W0178124

GEFANGENE DER FESTUNG

AUTONOME PROVINZ BOZEN SÜDTIROL
PROVINCIA AUTONOMA DI BOLZANO ALTO ADIGE

Deutsche Kultur

Die Drucklegung dieses Buches wurde ermöglicht durch
die Südtiroler Landesregierung / Abteilung Deutsche Kultur.

ROLF HENTZSCHEL

GEFANGENE DER FESTUNG

HISTORISCHER ROMAN

 ATHESIA VERLAG

BIBLIOGRAFISCHE INFORMATION DER DEUTSCHEN NATIONALBIBLIOTHEK
Die Deutsche Nationalbibliothek verzeichnet diese Publikation in der Deutschen
Nationalbibliografie; detaillierte bibliografische Daten sind im Internet abrufbar:
http://dnb.d-nb.de

2019
Alle Rechte vorbehalten
© by Athesia Buch GmbH, Bozen
Korrektorat: Michael Supanz
Umschlaggestaltung: Nele Schütz Design, München
    unter der Verwendung folgender Motive
    Shutterstock/dinosmichail; Blue Planet Studio
Design & Layout: Athesia-Tappeiner Verlag
Druck: Cierre Grafica, Caselle di Sommacampagna

ISBN 978-88-6839-392-2

www.athesia-tappeiner.com
buchverlag@athesia.it

Für Ulrike, die mich zu diesem Werk ermutigte,
und für Marlies,
die ihm den letzten Schliff gab.

Inhalt

7

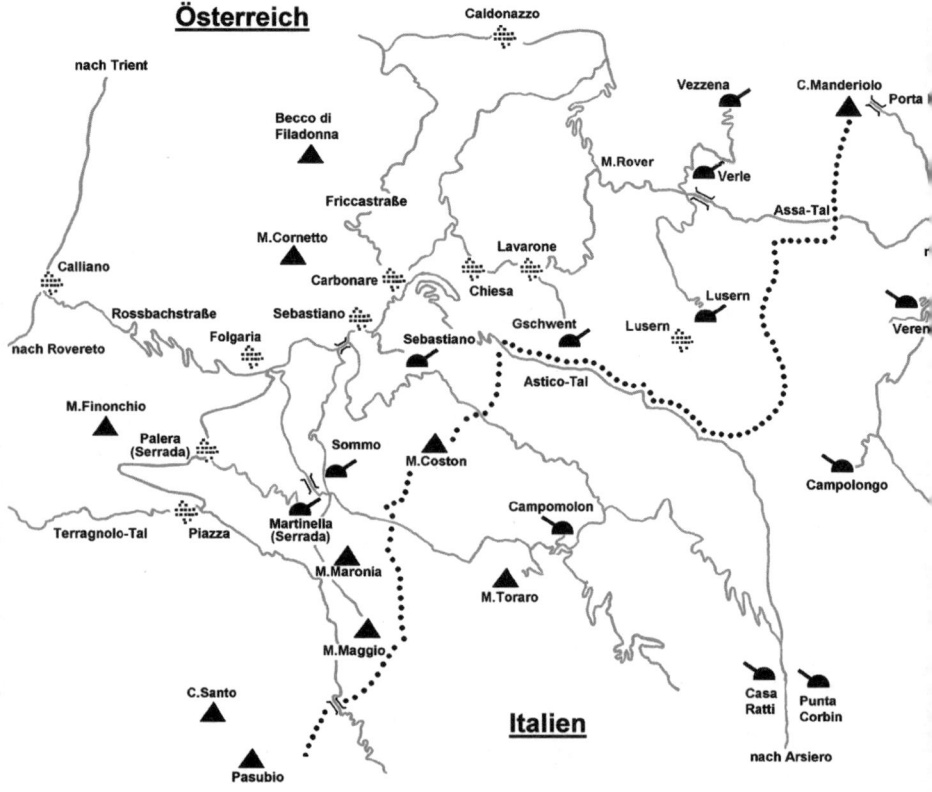

August 1907

Die Festungsbaukommission

S ilvano Longhi mühte sich den steilen Weg von Folgaria nach Palera hinauf und ließ seine Gedanken im Nichts treiben. Seine Mutter hatte ihm noch seinen breitkrempigen Sonnenhut aufsetzen wollen, aber er hatte ihn verschmäht, weil seine Schultern und sein Gesicht dadurch noch schmaler wirken würden. Jetzt brannten ihm der Schweiß und die Sonne in den Augen, und immer wieder musste er sich die verschwitzten Strähnen seiner langen schwarzen Haare aus dem Gesicht wischen. Der Mittagsdunst ließ die Konturen der Landschaft zerfließen. Der Grund des Terragnolotals zu seiner Rechten war kaum mehr zu ahnen, und der lang gezogene Rücken des Monte Pasubio auf der anderen Seite des Tals löste sich in den Wolken auf. Das monotone Zirpen der Heuschrecken auf den Almwiesen, das Summen der Fliegen über den Kuhfladen und der schwere Duft nach frischem Heu verbreiteten schläfrige Schwere.

Silvano hatte in Folgaria acht Pfund Nägel für seinen Vater gekauft. Er trug schwer an der Tasche, die ihm gegen seine nackten, staubgepuderten Beine schlug, und immer wieder musste er die Hand wechseln, weil ihn der schmale Griff in die Finger schnitt. Meist brachte Paolo Morelli solche Sachen mit seinem Fuhrwerk mit, aber diesmal hatte Silvano seinen Vater überredet, selbst gehen zu dürfen, um sich mit dem gesparten Geld eine von den rot-weiß gestreiften Zuckerstangen kaufen zu können, die in dicken Bündeln auf der Theke der Kooperative standen. Außerdem war dieser Ausflug allemal besser, als nach der Schule in der Schreinerei helfen zu müssen, wo er doch nur im Weg stand, die Nägel krumm haute und sich Vorhaltungen über seine Ungeschicklichkeit anhören musste.

Ein Brummen und Knallen ließ ihn aufhorchen. Das Geräusch kam von hinten und wurde langsam lauter, als folge es ihm den Weg hinauf. Als er sich umdrehte, sah er aus einer Staubwolke heraus ein Automobil mit offenem Verdeck auf sich zurumpeln. Mit einem unfreundlichen Hupen drohte der Fahrer an, dass er seinetwegen nicht ausweichen oder gar anhalten würde. Silvano sprang im letzten Augenblick zur Seite, wobei ihm die Nägel einen blauen Fleck am Knie bescherten.

Was mochte ein Automobil hier oben am Ende der Welt wollen? Der 1.000 Meter tiefe Abstieg nach Piazza im Terragnolotal war nur zu Fuß zu bewältigen, und andere Wege führten von hier aus nur auf die Weiden ringsum. Wer hier herauf kam, hatte etwas in Palera zu besorgen, und das kam wahrlich selten vor: einmal in der Woche der Gendarmerie-Wachtmeister aus Folgaria, der vor der Gemeindekanzlei unverständliche Ankündigungen verlas, einmal im Jahr der Bezirksveterinär, um nach dem Vieh zu sehen, und ab und zu einige Sommerfrischler, die aus der Gluthitze des Etschtales flohen, um sich im luftigen Klima der Hochebene zu erholen.

Als Silvano sah, dass der schwerfällige Wagen in der engen Serpentine vor ihm zurücksetzen und rangieren musste, presste er die schwere Tasche mit beiden Armen gegen seine Brust und schnitt die Kurve über einen Trampelpfad ab. Wieder auf der Straße angekommen winkte er dem Automobil zu, das nun im ersten Gang auf die nächste Spitzkehre zukroch, aber die Insassen würdigten ihn keines Blickes. Noch dreimal kreuzte er den Fahrweg, aber obwohl er sein Äußerstes gab, um das Fahrzeug einzuholen, gewann es immer mehr an Vorsprung.

Als Silvano im Dorf ankam, hatte sich auf dem Markplatz vor dem Albergo Stella Alpina schon eine Menschentraube um das Automobil gebildet. Vier Soldaten waren ausgestiegen und klopften sich gerade den Staub von ihren Uniformen. Sie hatten ihre Automobilbrillen abgenommen, deren Konturen auf den staubgrauen Gesichtern wie Insektenaugen wirkten. Der elegante Schnitt ihrer Uniformen ließ auch Ungediente sofort erkennen, dass sie Offiziere waren.

»Grüß Gott, können Sie mir sagen, wie wir von hier auf die Martinella kommen?«, fragte der Chauffeur den Wirt des Albergo. Sergio Toller konnte noch fließend Deutsch sprechen, so wie die Longhis, Zobeles und Perprunners, aber eben nur im Dialekt der Welschtiroler. Diese Soldaten kamen nicht von hier, das war nicht zu überhören. Sergio überlegte. Anders als der Pasubio oder die Becco di Filadonna hatten die Almhügel und Bergkuppen hier entweder gar keine Namen, oder sie wurden in jedem Dorf anders benannt. Mit Martinella war wahrscheinlich der Bergrücken südlich des Dorfes gemeint, auf dem die Almen der Gemeinde lagen. Man musste von der Straße nach Folgaria auf den Forstweg nach rechts abbiegen und dann hinter dem Gemeindewald ein Stück zu Fuß weiter hinauf über den Weidepfad gehen. Irgendwann sah man den Gipfel, von da an ging es nur noch querfeldein hinauf über die Almen. Sergio gab sich Mühe, ihnen den Weg zu beschreiben, ohne sich dabei allzu sehr festzulegen.

»Kommt man da auch mit dem Wagen hoch?«, fragte der Chauffeur misstrauisch.

Woher sollte er das wissen? In Palera besaß niemand ein Automobil oder war auch nur je mit einem gefahren. Aber immerhin wurde der Forstweg im Winter mit den schweren Schlitten zur Holzabfuhr befahren, und jetzt im August waren die Almen bestimmt trocken und der Boden fest.

»Mag schon sein«, erwiderte Sergio vorsichtig.

»Könnte uns vielleicht jemand den Weg dorthin zeigen?«

»Ich kenne den Weg«, rief Silvano und reckte seinen Zeigefinger über die Köpfe der anderen.

Den Weg zur Martinella kannten natürlich auch die anderen Jungen, schließlich mussten sie oft genug ihren Eltern das Essen zur Waldarbeit oder auf die Almen bringen. Aber Silvano war der Erste, dessen Neugierde über die Ehrfurcht vor den Uniformen gesiegt hatte. Der Fahrer winkte ihn zu sich und deutete den Umstehenden mit einer Handbewegung an, dass sie nun keine weiteren Sensationen mehr zu erwarten hätten.

Der Chauffeur kurbelte den Wagen an und die Fahrt begann. Silvano durfte sich auf das Trittbrett stellen, von wo aus er dem Fahrer vorlaute und überflüssige Anweisungen gab. Seine verschwitzten Haare begannen im Fahrtwind zu trocknen und wirbelten ihm lustig um die Stirn. Als sie die Abzweigung zum Forstweg erreicht hatten, hielt der Fahrer kurz an, um die Aussichten des Aufstiegs abzuschätzen. ›Das Kühlwasser habe ich gerade frisch aufgefüllt, im ersten Gang könnte es klappen. Außerdem ist der Wagen eine Leihgabe der Armee-Erprobungsstelle, wieso sollte ich ihn schonen‹, dachte er und ließ die Kupplung kommen.

Silvano musste sich am Rückspiegel festklammern, um bei der Fahrt durch die Schlaglöcher und über die Baumwurzeln nicht abgeworfen zu werden. Weiter oben wurde der Weg so eng, dass ihm die Äste der Tannen ins Gesicht schlugen, aber bald war der Wald zu Ende und sie sahen die grasbewachsene Kuppe der Martinella. Bis hierher war der Wagen durchgekommen, aber man entschloss sich, das letzte Stück doch lieber zu Fuß zu gehen, denn der Weg zum Gipfel war steiler, als er von ferne gewirkt hatte.

Die Offiziere redeten miteinander in kurzen, abgehackten Sätzen, die so anders klangen als die weiche, melodische Sprache der Leute aus dem Dorf. Silvano fielen die kirschroten Streifen an ihren Hosennähten und Ärmelaufschlägen auf, die er noch nie an einer österreichischen Uniform gesehen hatte. Der Älteste hatte einen eindrucksvoll nach oben gebogenen Schnurrbart, der seinem Gesicht etwas Trotziges verlieh. Nach den breiten Goldbordüren am Kragen und den Ärmelaufschlägen des Waffenrocks zu urteilen musste er der Ranghöchste sein. Zudem wurde er als Einziger mit »Exzellenz« angesprochen. Die anderen redeten sich untereinander mit Herr Major, Oberleutnant oder Leutnant an. Silvano konnte sich später nur an einen der Namen erinnern: Oberleutnant Haschek. Ein Mann Anfang dreißig, mit blonden Haaren, wie sie hier in der Trentiner Gegend gar nicht selten waren, und Locken, die eher zu einem Künstler als zu einem Offizier gepasst hätten. Oberleutnant Haschek sollte an diesem Tag der Einzige bleiben, dem Silvano ein Lächeln abringen konnte.

Die Soldaten hielten sich an feste, undurchschaubare Regeln. Murmelte die Exzellenz etwas, gab der Major zackige Befehle an die beiden Jüngeren, die dann entweder Karten aufrollten, Fotografien machten oder mit einem seltsamen Gerät auf einem Stativ hantierten. Der Leutnant machte sich ständig Notizen, besonders, wenn die Exzellenz etwas sagte. Silvano sah ein, dass er jetzt überflüssig war, übte schweigende Zurückhaltung und versuchte, von den Unterhaltungen der Soldaten so viel aufzuschnappen wie möglich.

»He, Kleiner«, rief Oberleutnant Haschek zu ihm herüber. Er kam angerannt und versuchte eine stramme Haltung einzunehmen. Haschek schaute ihn wohlwollend an und strich ihm über das Haar.

»Wie heißt du eigentlich?«

»Silvano Longhi, mein Herr.«

»Du kennst dich doch bestimmt gut aus hier. Weißt du, wie die Berge dort heißen?«

Silvanos Blick folgte der ausgestreckten Hand des Oberleutnants. »Monte Pasubio«, erklärte er und deutete mit dem Finger auf den hohen Gebirgszug auf der anderen Seite des Terragnolotals. Sein Blick wanderte weiter über den Borcolapass am Ende des Tals zu den sanften Waldhügeln, die den Rücken der Martinella mit Italien verbanden. »Monte Maronia, Monte Maggio«, er drehte sich weiter nach Osten, »und der Monte Coston.« Silvano blickte erwartungsvoll zu Haschek auf.

»Und dahinten die Berge im Dunst?«

»Die liegen schon in Italien, die kenne ich nicht, mein Herr.«

Der Offizier schaute abwechselnd auf die Karte und auf die Berge und war anscheinend zufrieden mit dem, was er sah.

»Weißt du, ab wann hier oben Schnee liegt und wann er wieder weggetaut ist?«

Wozu wollte der Offizier das denn wissen? Die Leute aus dem Dorf kamen nur hier herauf, wenn sie zu den Kühen wollten, vom Veitstag bis Mariä Geburt. Davor war der Boden noch zu aufgeweicht für die schmalen Klauen der Kühe, danach wuchs das Gras nicht mehr schnell genug nach, und man musste die Kühe wieder von den Almen holen. Und von Palera aus konnte man den Gipfel – ob mit Schnee oder ohne – nicht sehen. Der Oberleutnant schaute ihn ungeduldig an. Silvano schüttelte verlegen den Kopf.

»Weißt du wenigstens, ob es hier in der Nähe Wasser gibt, eine Quelle vielleicht?«

Silvano deutete eingeschüchtert auf einen brackigen Tümpel, den man für das Weidevieh angelegt hatte. Nach der Schneeschmelze war er voll, danach war es ein stetiges Auf und Ab, je nachdem, ob der Regen oder die Sonne die Oberhand behielt. Haschek schüttelte missbilligend den Kopf.

»Nein, eine Quelle gibt es hier oben nicht«, ergänzte Silvano. »Und der Brunnen im Dorf war im Sommer vor zwei Jahren sogar schon einmal versiegt, sodass Paolo das Wasser mit seinem Fuhrwerk aus Folgaria holen musste«, schob er nach.

Der Oberleutnant verzog die Mundwinkel. ›Allein die Zementmischmaschine wird 10.000 Liter Wasser verschlingen – jeden Tag‹, dachte er, ›da werde ich mir wohl etwas einfallen lassen müssen.‹

Silvano beobachtete, wie der Leutnant im Zickzack auf dem Gipfel umherging und dabei seine Schritte zählte, während Oberleutnant Haschek unentwegt in der Landkarte herumzeichnete. Irgendetwas Besonderes sollte auf diesem Almhügel passieren, aber was? Zu gern hätte Silvano danach gefragt, aber der Respekt vor den Uniformen, den Fremden und dem Automobil hielt ihn davon ab.

»Zweimal habe ich mit dem Generalstabschef schon hier auf den Bergen gestanden«, sagte die Exzellenz zu dem Major, »und jedes Mal hat er mir langatmig auseinandergesetzt, wie er von hier aus in die italienische Tiefebene bis nach Venedig durchmarschieren will. Wenn es nach ihm ginge, würden wir hier auf jedem Hügel ein Fort bauen, je näher an der Reichsgrenze, desto besser.«

»Haben Sie das notiert?«, fragte der Major den Leutnant.

»Gott bewahre!«, fuhr die Exzellenz dazwischen. »Das ist doch nicht für die Akten!« Er reichte dem Major sein Fernglas und zeigte mit der Hand auf die Berge im Süden.

»Sehen Sie, dort liegt der Monte Campomolon, und rechts davon der Monte Toraro, beide schon in Italien und keine acht Kilometer von hier. Wenn die Italiener dort ihre Belagerungsgeschütze aufstellen, können sie das Fort hier in aller Ruhe zusammenschießen, und wir können uns nicht dagegen wehren, weil unsere Festungsgeschütze nicht bis dorthin reichen. Unser Kundschafterdienst berichtete kürzlich, dass neue Straßen auf diese beiden Berge gebaut werden; da tut sich schon was.«

Er schaute den Major ernst an. Der Offizier schaute angestrengt zurück. Sollte er das jetzt aufschreiben lassen oder besser nicht? Sollte er dem Generalgenieinspektor der k. u. k. Armee Recht geben oder dem Generalstabschef? Er stellte erleichtert fest, dass die Exzellenz keine Antwort erwartete, sondern ihre Betrachtungen fortsetzte.

»Und hier, schauen Sie mal.« Seine Exzellenz fuhr mit der Spitze seines Spazierstocks den bewaldeten Bergkamm südlich von ihnen entlang. »Lauter Senken und Deckungen, in denen sich die Italiener unbehelligt von unseren Festungsgeschützen festsetzen können. Von wegen freies Schussfeld!« Er schnaubte verächtlich und schaute den Major triumphierend an.

»Außerdem gibt es hier weder Wasser für den Bau noch für die Besatzung, wir werden also aufwendige Leitungen legen müssen, und zu guter Letzt müssen wir auch noch eine elend lange Armierungsstraße den Berg hinauf bauen. Einen schlechteren

Platz hätte er sich nicht aussuchen können!« Die Exzellenz drehte sich um und zeigte mit dem Spazierstock auf die hohen Felsmauern der Becco di Filadonna im Norden.

»Dort wäre der richtige Platz für ein Fort gewesen. In sicherem Abstand hinter der Grenze hätte es die Übergänge nach Trient sperren können, die Straße nach Calliano und die Wege nach Caldonazzo. Aber meinetwegen soll der Conrad das Fort hier haben, schließlich ist er es, der dem Kriegsministerium das Geld dafür aus dem Rücken leiern muss. Die Geniedirektion in Trient wird sich ein weiteres sinnloses Denkmal setzen, und er wird seiner glorreichen Offensive gegen den Erzfeind wieder ein Stück näherkommen.«

Die Offiziere hatten für heute genug erkundet und machten sich auf den Heimweg.

»Ach, Herr Major«, sagte die Exzellenz, »das könnten Sie noch für die Erprobungsstelle notieren lassen: Das Automobil, das sie uns überlassen haben, eignet sich überhaupt nicht für das Gebirge. Mit unseren Pferden hingegen hätten wir bequem bis auf den Gipfel reiten können.«

Auf der Rückfahrt war das Automobil für Silvano schon keine Sensation mehr. Die Offiziere setzten ihn am Dorfplatz aus, von wo er nachdenklich nach Hause schlenderte.

»Kein Wort davon, was du gesehen und gehört hast«, klang die Ermahnung Hascheks in seinen Ohren nach, »das sind alles streng militärische Geheimnisse. Und im Gefängnis nützt du uns nichts, schließlich brauchen wir dich später noch einmal für ein wichtiges Unterfangen.«

Silvano konnte nicht ahnen, wie oft er noch an diesen Tag zurückdenken würde.

Mai 1908

Straßen des Krieges

Der dicke Ugo Zobele, der in Palera die kleine Poststation führte, hatte als Erster seinen angestammten Platz im Albergo Stella Alpina eingenommen. Wie immer schob er sein Weinglas auf das braune, sternförmige Astloch in dem langen Lärchenholztisch, so wie er auch hinter dem Postschalter seinen Stempel immer exakt auf die gleiche Stelle legte. Fabrio Longhi war der Nächste in der Runde. Er verströmte den Geruch von Kernseife und frischem Fichtenholz, und als er sich schweigend setzte, rieselten ein paar Sägespäne aus seinen schwarzen Locken. Basil Perprunner, der junge Bauernsohn, ließ sich als Letzter schwerfällig neben ihnen nieder. Ugo wollte gerade die Spielkarten austeilen, als Paolo Morelli eintrat.

»Schau an, welch seltener Gast!«, stichelte Ugo und hob zur Begrüßung sein Glas. »Was führt dich denn hierher?«

»Wollte mal hören, was es Neues gibt im Dorf.« Paolos Stimme war wie immer lauter als angemessen. Er konnte sagen, was er wollte, es klang immer wie eine Anklage oder gar wie eine Drohung. Er fuhr sich mit der Hand durch die langen schwarzen Haare, setzte sich an das andere Ende des Tischs und bestellte ein Glas Rotwein.

»Wer kommt denn immer so viel rum in der Gegend, du oder ich? Sonst weißt du doch immer alles aus erster Hand.«

»Da hast du recht, Ugo. Im Gegensatz zu dir kriege ich bei meinen Fuhren schon was von der Welt zu sehen, aber dafür geht die gesamte Post des Dorfes durch deine Hände.«

Die Lippen des Postmeisters wurden schmal. Ugo blickte in die Runde und spürte, dass er jetzt besser nicht auf die Gerüchte über seinen Umgang mit dem Briefgeheimnis eingehen sollte.

Paolo versuchte das Gespräch auf ergiebigere Themen zu bringen und wandte sich Fabrio zu.

»Weißt du noch, als dein Silvano letzten Sommer mit den Offizieren auf die Martinella gefahren ist? Was hat sich da oben eigentlich abgespielt?«

»Wenn ich das nur selber wüsste. Der Junge rückt nicht raus damit. Die Offiziere hätten ihm verboten, darüber zu reden, weil es ein Militärgeheimnis sei.«

Keiner konnte sich vorstellen, dass Silvano gegenüber seinem Vater tatsächlich ein Geheimnis bewahren würde. Eher schien es ihnen, als wolle Fabrio es ihnen nicht weitererzählen. Aber warum nicht?

»Was sollte es hier, am Ende der Welt, schon Wichtiges zu verraten geben? Hier hat sich doch noch nie etwas Bedeutendes ereignet.« Basil stellte seine Frage mit schleppender, fast resignierender Stimme in den Raum.

Sergio Toller, der die ganze Zeit hinter dem Schanktisch beschäftigt gewesen war, gesellte sich zu ihnen an den Tisch.

»Wieso Ende der Welt? Heute sollen sie entschieden haben, dass demnächst mit dem Bau der neuen Straße hinab nach Piazza ins Terragnolotal begonnen wird. Dann liegen wir nicht mehr am Ende der Welt, sondern sind in zwei Stunden in Rovereto. Und die Straße nach Folgaria soll jetzt doch verbreitert und befestigt werden.« Für einen Augenblick wurde es totenstill in der Gaststube. Sergio wusste sehr wohl um die Wirkung seiner Worte, und seine kleinen, unruhigen Augen huschten von Gesicht zu Gesicht, während er seinen Triumph genoss.

»Woher willst denn ausgerechnet du das wissen?« Basil sah ihn halb spöttisch, halb misstrauisch an.

»Ich war heute auf dem Gemeindeamt in Folgaria, da redet man so allerhand. Auch darüber, dass demnächst Handwerker und Fuhrleute für den Bau gesucht werden«, trumpfte Sergio auf.

Das war nun wahrlich eine Sensation! Seit dem Bau des Brunnens und des Waschhauses vor zehn Jahren lag Palera im Dornröschenschlaf. Jegliche Neuerung war an ihnen vorübergegangen, und nun das. Es entstand eine kurze Pause, und jeder versuchte sich auszumalen, was diese neuen Straßen bedeuten konnten, ihre Vorzüge, aber vielleicht auch ihre möglichen Nachteile für das Dorf und für sich selbst.

»Endlich nicht mehr eine Tagesreise, wenn wir mal zur Bezirkshauptmannschaft oder auf den Viehmarkt müssen«, versuchte Fabrio eine erste Analyse.

»Noch mehr Fremde, die mit ihren Automobilen das Vieh auf den Almen scheu machen!«, stöhnte Basil.

»Gegen ein paar Gäste mehr, die nicht den ganzen Abend vor nur einem Roten hocken, hätte ich nichts einzuwenden«, entgegnete Sergio und sah vorwurfsvoll auf Basils leeres Glas.

»Ach was, um uns geht's dabei überhaupt nicht. Wegen uns nimmt der Staat bestimmt nicht so viel Geld in die Hand. Das hängt irgendwie mit dem Militär zusammen!«, fiel Ugo ein. »Überlegt doch mal: Die Offiziere von der Geniedirektion waren nicht nur bei uns auf der Martinella, auch aus Sebastiano, Öseli und Lusern hört man ganz ähnliche Geschichten. Und dann soll es noch die neue Straße durch die Friccaschlucht herauf nach Carbonare geben, und noch eine sprengen die Pioniere der Kaiserjäger gerade zwischen Caldonazzo und Monte Rover in die Felsen. Überall laufen Landvermesser und Erkundungstrupps der Armee herum. Ich sage euch, da steckt noch was ganz anderes dahinter.«

Die Männer nickten zustimmend, jeder von ihnen hatte in der letzten Zeit ähnliche Beobachtungen gemacht. An der Quelle des Astico hatte man mit dem Bau einer Pumpstation begonnen, von der aus sich ein Geäst von Wasserleitungen scheinbar ziellos auf den Almen der Hochebene verlor, und in Carbonare erzählte man sich von Geometern der privaten Valsugana-Eisenbahn-Gesellschaft, die dort durch die Wälder gestreift sein sollten. Und nun also auch hier bei ihnen.

Paolo war aufgestanden und hatte sich neben Ugo gesetzt. »Wenn wir schon beim Thema Neuigkeiten sind, was sind das eigentlich für Holzmasten, die an der Straße nach Folgaria liegen?«, fragte er ihn. »Glatt gehobelte Tannenhölzer mit geteerten Spitzen. Weißt du vielleicht etwas darüber?«

Ugo schaute verlegen in sein Glas. ›Über kurz oder lang würden sie es sowieso erfahren, und das Postgeheimnis bezog sich schließlich nur auf Briefinhalte, aber nicht auf die Baumaßnahmen der k. u. k. Reichspost‹, dachte er. ›Ich bekomme ein Telefon – also die Poststation bekommt einen Telefonanschluss, damit können dann alle hier im Dorf telefonieren – gegen Gebühr natürlich. Aber das dauert noch etwas, bis es so weit ist.‹

Das war jetzt schon die zweite Sensation an diesem Abend. Bisher mussten sie für jedes Telefonat nach Folgaria auf das Postamt gehen, und wenn ihr Gesprächspartner dann gerade nicht erreichbar war, war der ganze Weg umsonst gewesen.

»Jetzt fehlt nur noch, dass wir auch noch Strom bekommen«, scherzte Basil, indem er ein Gerücht über angebliche Verhandlungen mit der Elektrizitätsgesellschaft in Trient aufgriff. Man trank noch eine Runde Roten auf diese Neuigkeiten, diskutierte das Für und Wider und zog sich alsbald nach Hause in den Kreis der Familie zurück.

Als Paolo früh am nächsten Morgen auf seinem schweren Kaltblüter den Weg nach Folgaria hinunterritt, um dort weitere Erkundigungen über den Straßenbau einzuholen, war ihm, als sähe er weit vor sich auf dem Weg Fabrio Longhi gehen, aber als er um die nächste Kehre kam, war niemand mehr zu sehen.

Es war im Juni des gleichen Jahres, als Paolo mit einem Lastwagen die Straße heraufgefahren kam und vor dem Albergo hielt. »Autotrasportatori Morelli«, stand an der Fahrertür, und auf dem Kühlergrill glänzte der Schriftzug »FIAT Werke Wien«. Als er ausstieg, wirkte er noch etwas wackelig auf den Beinen. Seine erste Fahrt mit dem Laster hatte ihn sichtlich angestrengt. Angelockt von dem ungewohnten Lärm kamen die Leute aus ihren Häusern und umringten den Lastwagen. Anfangs hielten sie noch respektvollen Abstand, aber nach und nach begannen sie die Karosserie, die Scheinwerfer und die Gummireifen zu betasten, als stünden sie vor einem exotischen Tier.

»Was machst du denn mit dem Ungetüm hier?«, frage Basil Perprunner.

»Das Ungetüm ist ein Lastauto mit 38 Pferdestärken, das 70 Zentner laden kann«, dozierte Paolo stolz. »Montag geht es los, ich werde Material für den Bau der Straße nach Folgaria fahren.«

»Du hast dich also als Fahrer anstellen lassen?«, wollte Sergio Toller wissen.

»Seit wann lässt sich ein Paolo Morelli anstellen? Bin ich Kutscher oder bin ich Fuhrunternehmer? Natürlich fahre ich mit meinem eigenen Wagen!« Dabei schlug er mit der flachen Hand ein paarmal gegen die Fahrertür, die sein Name zierte.

Sergio war baff. Sollte Paolo wirklich einen eigenen Lastwagen gekauft haben? Und nur wegen dem Stück Straße, die noch bis zum Winter fertig sein sollte? Der Wagen war nicht mehr neu, so viel war leicht zu sehen. Man erzählte sich, die Armee würde solche Lastwagen subventionieren, um im Kriegsfall darüber verfügen zu können. Aber dennoch, wie sollte sich das denn rechnen? Sergio schluckte seine Fragen herunter, um Paolo keine weitere Gelegenheit zum Prahlen zu geben, hier vor dem halben Dorf.

Der Fiat verschwand bis Montag in Paolos Scheune, die er sorgfältig abschloss – als wäre hier in Palera außer ihm noch jemand in der Lage, mit so einem Lastwagen davonzufahren.

Schon Sonntag Abend reisten die ersten Arbeiter an und quartierten sich im Albergo Stella Alpina ein. Sergio Toller konnte sich nicht erinnern, dass seine wenigen Kammern jemals alle belegt gewesen waren, und dann noch gleich für einen ganzen Sommer. Das brachte nicht nur Geld, sondern auch viel Arbeit. Er ließ einen Waschraum mit einem Badeofen anbauen, legte einen Eiskeller an und ließ aus Rovereto Bier in Fässern ankarren. Mehr als einmal musste er in der Nacht seine Frau wegen des neu aufgenommenen Kredits beruhigen.

»Alberta«, sagte er dann zu ihr und zog sie dabei an seine Schulter, »das ist alles für die Zukunft. Du wirst es sehen, durch die neue Straße wird alles anders.«

Wenn Paolo frühmorgens den Lastwagen startete, hüllte dieser die Scheune in dichten Qualm und weckte mit ohrenbetäubendem Knattern sogar die Hühner. Es sollte ein alltägliches Geräusch für das Dorf werden, damit begann und endete von nun an der Tag. An so manchem Morgen orgelte der Motor vergebens. Sowohl die Batterie als auch Paolos Kräfte an der Handkurbel waren nicht unerschöpflich, und so war er froh, dass er noch seine beiden schweren Zugpferde behalten hatte, mit denen er dann den Wagen anschleppen konnte.

Erst hatte er vorgehabt, die beiden Gäule zu verkaufen, aber dann hatte er kalkuliert, dass es sich doch lohnen würde, das Gespann weiter einzusetzen und sogar einen Kutscher zu bezahlen. Ein Tagelöhner der Baukolonne erwies sich dafür als geeignet, und für wenig Geld, abzüglich der Unterkunft, die Paolo ihm in seiner Scheune eingerichtet hatte, kümmerte er sich von nun an um diesen Teil des Geschäfts. Abgesehen von dem Neid, den Paolos Unternehmergeist im Dorf hervorrief, waren einige auch darüber empört, dass er diese Aufgabe nicht an jemanden aus Palera vergeben hatte. Fortunato Carbonari beispielsweise, der Totengräber der Gemeinde, hätte das Geld gut gebrauchen können, gerade jetzt, wo sein Sohn Roberto zur Welt gekommen war. Aber der fremde Tagelöhner, dessen Dialekt nach dem italienischen Mezzogiorno klang, war noch billiger gewesen – und trank zudem auch nicht so viel wie Fortunato.

Nachdem sich einige Fuhrunternehmer aus Trient darüber beklagt hatten, dass es hier oben keinen Treibstoff gäbe, hatte Paolo einige Benzinfässer und eine Handpumpe organisiert und vor seinem Hof eine kleine Tankstelle improvisiert. Hier bot er bald auch Motorenöl und andere nützliche Dinge an und spendierte sogar großzügig das Kühlwasser für die schweren Wagen.

Zehn Stunden pro Tag, sechs Tage in der Woche schaufelten die Arbeiter in sengender Hitze Schutt von der Trasse und hämmerten auf dem Boden kniend Steine in den Straßenuntergrund. Die Almen entlang der neuen Straße nach Folgaria waren von einer dichten weißen Staubschicht überzogen. Auf dem Weg nach Piazza verstummte das monotone Klopfen nur, wenn die Sprengschüsse durch das Terragnolotal rollten, mit denen sich die Männer den Weg durch den Fels bahnten.

Die beiden neuen Straßen nahmen langsam Gestalt an. In gleichmäßigen Steigungen und weit ausholenden Kurven erklommen sie von zwei Seiten die Höhe nach Palera. Die Trassen kürzten einige enge Spitzkehren ab, indem sie steile Gebirgsbäche überbrückten, wozu die Maurer mit viel Aufwand Stützmauern und Brückenbögen emporzogen. Unmengen von Steinen mussten deshalb für teures Geld von Folgaria herangekarrt werden. Angesichts der steigenden Kosten fragte einer der Bauingenieure Paolo, ob es keinen Steinbruch in der Nähe gebe.

»Herr Ingenieur, gestatten Sie mir eine Frage. Wozu braucht man denn für den Bau einer Straße in dieses unbedeutende Dorf überhaupt so viele Steine?«, fragte Paolo.

Der Ingenieur rieb sich das Kinn.

»Na ja, man sieht es ihr vielleicht nicht an, aber sie muss Wagen von fünfhundert Zentnern Gewicht tragen können, ohne den Abhang hinunterzurutschen.«

Paolo zog die Augenbrauen hoch.

»Fünfhundert Zentner, mein Gott! Mein Laster wiegt vollbeladen gerade mal hundertfünfzig Zentner. Wozu braucht Palera denn so schwere Wagen?«

Der Ingenieur zuckte die Achseln und hielt lächelnd seinen Kopf schief. Paolo verstand, hier gab es etwas, das der Mann ihm nicht sagen durfte. Er kam also wieder auf den Anfang ihres Gesprächs zurück.

»Was für Steine brauchen Sie denn, genügt Ihnen der Kalkstein aus der Gegend hier?«

»Wenn er hart genug ist, würde das für unsere Zwecke völlig ausreichen«, erwiderte der Ingenieur.

Paolo überlegte. Natürlich besaß die Gemeinde einen kleinen Steinbruch, aus dem das Material für die Häuser und Gartenmauern stammte. Er selbst besaß nur einen kargen Acker unterhalb eines Felsbandes am Terragnolotal. Dieser Acker war von hier gut zu erreichen, und soviel er wusste, gehörte das unnütze Felsband dazu.

»Ja, ich könnte Ihnen da etwas anbieten, aber der Weg dorthin müsste noch befestigt werden, und vielleicht braucht es auch noch eine Erlaubnis des Gemeindeamtes«, sagte Paolo.

»Die Sache mit dem Weg und der Erlaubnis ist unser tägliches Geschäft«, antwortete der Ingenieur, »wenn es weiter nichts ist.«

Und so kam es, dass der Fuhrunternehmer Paolo Morelli auch noch Steinbruchbesitzer wurde.

Ugo Zobele setzte sein Glas ab und schaute in die Runde, die sich am langen Tisch im Albergo versammelt hatte.

»Ihr werdet es sehen, die beiden neuen Straßen werden das Dorf verändern. Vor allem werden sie uns Wohlstand bringen.«

»Oder den Tod.« Basil Perprunner ließ seine Worte etwas wirken, bevor er die Erklärung nachschob: »Ich habe gestern einen Pionier von den Kaiserjägern beobachtet, wie er in einem Straßentunnel zum Terragnolotal einen Seitenstollen ausgemessen hat. Ich habe ihn gefragt, was diese Kaverne für eine Bedeutung hat. Und was, glaubt ihr, hat er geantwortet?« Basil lehnte sich triumphierend zurück.

»Eine Mautstation?«

»Kalt.«

»Ein Unterstand gegen den Regen?«

»Ganz kalt. Eine Sprengkammer! 100 Kilogramm Dynamit, und die Straße saust in den Abgrund. Die Armee hat sie in Auftrag gegeben, falls die Welschen einmal auf die Idee kommen sollten, hier hinaufzuwollen.«

»Moment mal. Wenn die Straße dort gesprengt wird, rutscht dann nicht das halbe Dorf hinterher ins Tal?«, wollte Ugo wissen.

»Genau das habe ich den Pionier auch gefragt. ›Im Krieg gibt's halt immer Verluste‹, hat er mir geantwortet. Der klang wie ein Oberösterreicher, dem kann es ja egal sein.«

»Trotzdem, ich bleibe dabei, unter dem Strich wird es uns Wohlstand bringen«, beharrte Ugo trotzig.

»Dem einen mehr, dem anderen weniger«, erwiderte Basil und versuchte, seiner Stimme einen vielsagenden Ton zu verleihen. »Vor allem aber dem Paolo Morelli.«

»Da hast du allerdings recht. Das mit seinem Lastwagen ist sein Beruf, das kann man ihm nicht übel nehmen, aber dass er jetzt auch noch zu seinem eigenen Steinbruch gekommen ist und die Gemeinde dadurch auf ihrem eigenen Geröll sitzen bleibt, das ist unverdientes Glück«, schnaubte Ugo verächtlich. »Geschmeidig und glatt wie eine Schildviper ist der Paolo. Ihr müsst einmal auf seine Arme schauen, kein Härchen werdet ihr darauf finden.«

»Jetzt übertreibst du aber, Ugo. So giftig wie eine Schildviper ist er nun wirklich nicht. Aber Schlingnatter fände ich passend, die ist auch glatt und bekommt den Hals nicht voll.« Basil grinste selbstgefällig über seinen gelungenen Vergleich.

»Seid nicht so ungerecht, ihr Neidhammel. Der Paolo riskiert halt etwas, so was wird eben belohnt«, warf Gemeindevorsteher Enzo Capeletti ein. »Aber das mit dem Steinbruch ärgert mich auch. Die Gemeinde hätte das Geld gut gebrauchen können.«

»›Dar taüvl schaist herta at'n groas hauf‹ – der Teufel scheißt immer auf einen großen Haufen –, sagt mein Vater immer. Wo der Paolo seine Augen hat, da hat er auch die Hände. Aber so ein Glückspilz war der Paolo auch nicht immer gewesen«, holte Basil aus. »Erinnert ihr euch noch, als er um Anselma geworben hat. Was hat er sie angeschmachtet, gebalzt hat er wie ein Pfau!«

»Da war er nicht der Einzige in Palera«, sagte Ugo und schaute Basil von unten herauf an. »Aber der Fabrio Longhi, der hat es am Ende geschafft. Ruhig, beständig, zuverlässig, so müsste der Mann für Anselma sein. Kein Windhund und Angeber.«

›Hat er jetzt über Paolo oder über sich selber gesprochen‹, dachte Basil, aber er wollte die Stimmung nicht weiter aufheizen und behielt seine Frage für sich.

»Ja, das war ein schwerer Schlag für Paolo. Ich glaube, das hat er Fabrio niemals verziehen«, seufzte Enzo.

»Mit seiner Francesca hat Paolo aber auch keinen schlechten Fang gemacht«, meinte Basil. »Manchmal tut sie mir schon ein wenig leid mit ihrer bescheidenen und stillen Art. Als Lehrerstochter hätte ihr ein Schöngeist besser gestanden. Paolo ist oft sehr grob zu ihr. Ob er sie wohl schlägt?«

Sergio Toller räumte den leeren Krug vom Tisch, die Sperrstunde nahte. »Wenn man euch so reden hört, könnte man wirklich meinen, ihr seid alle neidisch auf Paolo«, sagte er in die Runde. Dann schaute er Enzo von der Seite an: »Was unternimmt der Herr Gemeindevorsteher jetzt wegen dem Steinbruch?«

»Vor das Kreisgericht in Rovereto werde ich ihn dafür nicht bringen können, aber ich werde einmal mit Hochwürden Fontana sprechen.« Enzo Capeletti erhob sich und gab damit das Zeichen zum Aufbruch.

Im Herbst wurden die Straßen nach Folgaria und Piazza eingeweiht. Die Musikkapelle des Dorfes spielte den Kaiserjägermarsch, die Standschützen aus Folgaria mit ihren breitkrempigen Andreas-Hofer-Hüten und weißen Wollstutzen paradierten mit ihren Gewehren und schwenkten Fahnen mit den habsburgischen und Tiroler Wappen, und Ugos Frau Lucia, die Dorflehrerin, ließ ihre Schüler heimatliche Lieder singen. An Ugos Paradeuniform glänzten die polierten Messingknöpfe, und seine frisch gewichsten Schnurrbartspitzen standen genauso senkrecht in die Höhe wie die neuen Telegrafenmasten. Sogar Fortunato Carbonari hatte ein sauberes Hemd angezogen und wartete geduldig auf das angekündigte Freibier.

Paolo Morelli hatte sich mit seiner Frau Francesca und seinem Sohn Dino bei den Herren von der Bauleitung und der

Bezirksverwaltung platziert. Mit erhobenem Haupt, die Daumen in die Armlöcher der Weste eingehakt, zeigte er sich in Siegerpose. Seine Augen suchten in der Menge nach Anerkennung, blieben aber immer wieder an Anselma Longhi hängen, die mit ihrer Familie auf der anderen Seite der Straße stand. Als diese seinen hungrigen Blick auffing, hakte sie sich fest bei ihrem Mann Fabrio ein, zog Silvano an sich und wandte sich mit betonter Aufmerksamkeit dem festlichen Geschehen zu. ›Wann wird er endlich aufhören mir nachzustellen? Er muss doch irgendwann einsehen, dass ich für so etwas nicht zu haben bin‹, dachte sie. Paolo kannte diese Reaktion zur Genüge. Er drehte sich zu seinem Nebenmann und begann ein belangloses Gespräch, aber mit seinen Gedanken blieb er bei ihr.

Aus Rovereto und Trient waren hohe Herrschaften mit schwarzen Zylindern angereist, die Lobesreden auf Kaiser Franz Joseph hielten, und nachdem Hochwürden Fontana die neue Straße geweiht hatte, wurde sie unter Hochrufen feierlich ihrer Bestimmung übergeben. Jetzt begann der gemütliche Teil des Festes. Paolo hatte sich hierzu von Fabrio Sitzbänke auf die Ladefläche seines Lastautos zimmern lassen und veranstaltete Lustfahrten nach Folgaria und Piazza. Während sein Sohn Dino auf seinem Schoß saß und fleißig mit an dem großen Lenkrad zog, träumte Paolo davon, irgendwann einmal eine eigene Omnibuslinie nach Palera zu eröffnen.

Paolo Morelli hatte das Fest genossen, aber neidvolle Blicke und manche doppeldeutige Bemerkung hatten ihn nachdenklich gestimmt. Er beschloss noch vor dem nächsten Sonntag zur Beichte zu gehen.

Sanft setzte er seine Füße auf den Kies vor der Kirche, als hätte er Angst, entdeckt zu werden. Mehr als vor der Beichte graute ihm vor dem feuchten Geruch nach altem Holz und kaltem Weihrauch, der dem Beichtstuhl die beklemmende Atmosphäre eines Sarges gab. Innen erwartete ihn Hochwürden Fontana.

»Im Namen des Vaters und des Sohnes und des Heiligen Geistes. Amen«, sagte Paolo.

»Gott, der unser Herz erleuchtet, schenke dir wahre Erkenntnis deiner Sünden und seiner Barmherzigkeit.«

»Amen.«

»Du hast Sorgen, Paolo. Erleichtere dein Herz, nur dann kann der Herr dir deine Sünden vergeben.«

»Ja, Hochwürden Fontana, wo soll ich anfangen? Es ist wegen der neue Straße. Alle haben gute Arbeit gehabt, und das Dorf wird viele Vorteile durch sie bekommen. Aber anstatt sich darüber zu freuen, tun sie so, als ob ich der Einzige wäre, der davon profitiert hat. Ich glaube, sie schneiden mich deswegen.«

»Sie sagen, du hättest auch einen Fahrer aus Palera für deinen Laster einstellen können.«

»Ja, Hochwürden.«

»Und die Steine hätten auch aus dem Steinbruch der Gemeinde verkauft werden können.«

»So ist es, Hochwürden.«

»Sie meinen, es sei ungerecht, dass du so große Vorteile hast, so viel größere als die anderen, die genau wie du ihre zehn Stunden am Tag auf der Baustelle gearbeitet haben.«

»Sehen Sie das etwa auch so, Hochwürden?«

»Es spielt keine Rolle, wie ich das sehe. Das Einzige, was zählt, ist, wie Gott es sieht.«

»Und, wie sieht er es?«

»Tue nicht nur Buße, tue Gutes.«

»Was zum Beispiel?«

»Die Kirchentreppe ist völlig schief geworden, das Taufbecken hält das Wasser nicht mehr und die Mauer des Friedhofs droht einzustürzen.«

Paolo dachte nach. Die Worte des Paters erschienen ihm weise.

»Bei näherem Nachdenken würde mir sicher noch mehr einfallen«, setzte Fontana nach.

»Danke, Hochwürden. Ich denke, ich habe die Botschaft verstanden«, erwiderte Paolo rasch, bevor Fontana seine Drohung wahrmachen konnte.

»Hast du noch mehr auf dem Herzen, Paolo?«

»Nein, Hochwürden, das war alles.«

»Wie geht es Francesca?«

»Wieso?«

»Ist sie glücklich?«

»Ist sie etwa hier gewesen?«, brauste Paolo auf.

»Ich will dir ersparen zu hören, was die Leute im Dorf hierzu erzählen, Paolo. Aber lass dir eines gesagt sein: Du wirst keinen einzigen ihrer blauen Flecken mit Kirchentreppen oder Friedhofsmauern gutmachen können, so viele Steine hat dein Steinbruch nicht.«

Paolo schaute auf den Boden des Beichtstuhls. Er fühlte sich elend und hilflos. Ja, Francesca brachte ihn mit ihrer Art immer wieder aus der Fassung: Wurde er laut, wurde sie leise und klein und behielt am Ende doch immer recht, begehrte er sie, ließ sie sich willen- und leidenschaftslos nehmen; er wusste sich dann einfach nicht mehr anders zu helfen. Aber wie sollte er das dem Pater erklären, dessen Haushälterin Sofia eine sanftmütige, unattraktive alte Frau war? Paolo beschloss, dass Reue und Zerknirschung jetzt besser angebracht seien und schwieg.

»Denk einmal darüber nach, Paolo. Schenk Francesca ab und zu ein Lächeln, das kann Wunder bewirken. Und denk nicht immerzu an Anselma.«

Paolo zuckte zusammen, ihre Blicke trafen sich trotz Dunkelheit und Gitterwand.

»Ich bereue, dass ich Böses getan und Gutes unterlassen habe. Erbarme dich meiner, o Herr«, leitete Paolo das Ende der Beichte ein.

»Danke dem Herrn, denn er ist gütig.«

»Sein Erbarmen währt ewig.«

»Der Herr hat dir die Sünden vergeben, Paolo. Geh hin in Frieden.«

Als die Baustelle an der Straße geräumt war, übernahm Paolo von der Baufirma für geringes Geld noch einen alten Lastwagen, der seine besten Zeiten schon hinter sich hatte.

»Sag mal, Paolo, was willst du denn jetzt, wo die Straße fertig ist, mit einem zweiten Lastauto?«, stichelte Basil am gleichen Abend in der Gaststube.

Paolo setzte ein bedeutsames Gesicht auf. »Habt ihr nicht bemerkt, wie die Landvermesser durch den Gemeindewald unter der Martinella gezogen sind und rote Pflöcke eingeschlagen haben? Dort wird bald die nächste Straße gebaut.«

Paolo schaute in eisige Gesichter, im Albergo wurde es totenstill.

»Wozu soll man denn eine Straße auf die Martinella bauen? Etwa, um das Vieh dort hinaufzufahren?«, fragte Basil, um die Situation zu entspannen. Unter großem Gelächter und Schenkelklopfen versuchten sie sich vorzustellen, wie man Kühe in einem Lastauto auf die Almen fahren würde. Wozu hatten diese denn schließlich vier Beine?

Als wieder Stille eingekehrt war, hakte Basil nach: »Nun sag schon Paolo, wozu wird die Straße wirklich gebraucht?«

Paolo lehnte sich entspannt zurück, und um die Spannung auf die Spitze zu treiben, zählte er im Geiste langsam bis drei. »Um dort oben eine Festung zu bauen!«

Dieses Mal lachte niemand. Wozu sollte das gut sein? War Italien nicht ein Verbündeter Österreichs im Dreibund? Und was war überhaupt eine Festung? In Trient gab es einige, aber gesehen hatte sie eigentlich noch niemand. Die Absperrungen des Militärs ließen keine neugierigen Blicke zu, es gab nur Gerüchte über tiefe Gänge, dunkle und feuchte Kasematten und riesige Kanonen. Könnte man dabei etwa auch Geld verdienen? Und was wäre mit den Soldaten, die zu einer Festung gehörten? Wer sollte das sein, und wo sollten die wohnen? Es waren einfach zu viele Fragen, und man wollte die Antworten dieses Mal nicht von Paolo hören, der augenscheinlich nur darauf wartete, sein Ansehen mit der Preisgabe weiterer Geheimnisse ins Unermessliche zu steigern.

»Ach, übrigens, ist euch eigentlich aufgefallen, dass die Treppe der Kirche schon ganz schief geworden ist und die Friedhofsmauer bald umstürzen wird? Und das Taufbecken scheint mir auch nicht mehr dicht zu sein. Ich bräuchte noch jemanden, der mir helfen könnte, das wieder zu richten«, sagte Paolo in die Runde, und als von den überraschten Männern nicht gleich eine Antwort kam, setzte er mit sanfter Stimme nach: »Gegen gute Bezahlung natürlich.«

April 1909

Sprachprobleme

Als Ugo Zobele und Basil Perprunner die Gaststube des Albergo betraten, erwartete sie am Kopfende des langen Tischs ein Fremder. Er blätterte in einem Schreibheft und wirkte auf den ersten Blick wie ein Handlungsreisender, der sein Auftragsbuch ausfüllt. Er trug, was man ihm in Deutschland als alpenländische Kleidung verkauft hatte: eine feine Lodenjacke mit Hornknöpfen, eine lederne Kniebundhose und weiße Wollstutzen. Sein Italienisch war zu langsam und zu deutlich, sein Tonfall klang hart und unmelodisch. »Mein Name ist Gruber, Professor Gruber«, sprach er in die Runde. »Ich bin aus Berlin angereist, um hier an meinem Wörterbuch über alte Sprachen zu arbeiten. Ich habe gelesen, dass in Palera noch das altdeutsche Zimbrisch gesprochen wird. Vielleicht ist hier ja jemand, der mir in dieser Angelegenheit weiterhelfen kann.«

Vor hundert Jahren hätte er seine Studien hier noch ohne Probleme betreiben können, aber der italienische Einfluss aus dem Etschtal hatte auch vor Palera keinen Halt gemacht. Zimbrisch sprach man nur noch in den abgelegensten Dörfern der Hochebene, die im Winter wochenlang von der Außenwelt abgeschnitten waren. Immerhin war der Auftritt des Professors eine willkommene Abwechslung, und so setzten sich immer mehr Männer zu ihm, um mit ihm bei einem Krug Teroldego Sprachkunde zu betreiben.

Was Gruber für Zimbrisch hielt, war noch schlechter zu verstehen als sein Italienisch. Umständlich und stockend versuchte er seine Kenntnisse und sein Anliegen anzupreisen.

»Kümmar biar de prechtest, un ich küdedar, fon bene lante tu pist« *[Sag mir, wie du sprichst, und ich sag dir, aus welchem Land du bist]*, lachte Basil den Professor an und schlug sich vor Freude über seinen Scherz auf den Oberschenkel.

»Nicht so schnell, der Herr. Wie schreibt man ›kühetar‹?«, fragte Gruber und setzte den Stift an.

»Nicht ›kühetar‹. Kü-de-dar«, korrigierte Basil.

»Quatsch, du Bauer. Kütetar. Mit hartem t«, verbesserte ihn Ugo. Die Männer warfen sich listige Blicke zu, zitierten immer weitere Sprichworte aus Palera, korrigierten Grubers holprige Aussprache durch übertriebene und widersprüchliche Betonungen und torpedierten seine Wortwahl durch falsche oder gar zotige Begriffe.

»Mit bassere fon ferne leschet sich net koán fóar!« *[Mit Wasser aus der Ferne löscht man kein Feuer]*, rief Ugo und winkte Alberta Toller mit dem leeren Weinkrug.

Die Veranstaltung gipfelte schließlich in dem Streit der Einheimischen, ob mit »tunzan« nun eine Hure oder das männliche Geschlechtsteil gemeint sei. Gruber konnte sich augenscheinlich nicht entscheiden, was er hierzu in sein Heft schreiben sollte. Als sie sahen, wie der Teroldego seine Zunge zunehmend schwerer machte, prosteten sie ihm immer häufiger und auffordernder zu. Zur Sperrstunde trugen sie ihn und seine Hefte die Treppe hinauf in seine Stube.

»In narren und in kindern is net foroazen« *[Narren und Kindern kann man nicht raten]*, schloss Ugo den abendlichen Sprachunterricht ab.

Gegen Mittag hatte Gruber seine Handlungsfähigkeit weitgehend wiedererlangt. Er hatte gehört, der Tagelöhner und Totengräber Fortunato Carbonari würde die alte Sprache noch am besten beherrschen. Die Carbonaris wohnten in einem kleinen Häuschen am Eingang des Dorfes. Eine Küche mit einer offenen Feuerstelle in der Mitte, ein Schlafzimmer und ein Stall für die Ziege, mehr besaßen sie nicht. Als Gruber die verqualmte Küche betrat, begannen seine Augen sofort zu tränen.

»Machme nètt darzürnen! Ma mage nèt hèrta gaüln!« *[Mach mich nicht wütend! Man kann nicht immer weinen!]* Maria drohte dem kleinen Robert, der heulend auf dem Lehmboden saß, mit dem Zeigefinger. Sie war erkennbar schwanger und rührte in einem kupfernen Polentatopf herum, der über der Glut hing.

»Guten Morgen, mein Name ist Gruber.«

»Guatn mòrgan!«

»Was hat er denn, der Kleine?«

»'Z püable hatt gèzzt kartza vil båmbela« *[Der Bub hat zu viele Bonbons gegessen]*, klang Fortunatos müde Stimme hinter der Feuerstelle hervor.

Gruber sah sich in der Stube um, aber nach Süßigkeiten oder sonstigen zivilisatorischen Annehmlichkeiten sah es hier nicht aus.

»Ah ja, ich verstehe. Man hat mir gesagt, dass Sie die alte Sprache der Hochebene noch gut sprechen. Darf ich Ihnen ein paar Fragen dazu stellen?«

Fortunato wurde hellwach. Wer etwas von ihm wollte, war bestimmt auch bereit, etwas dafür zu geben.

»Trinkhpar an pudl pråmpoi?« *[Trinken wir ein Glas Schnaps?]*

Fortunato kramte eine halb volle Flasche aus einer Kiste und winkte ihm freundlich damit zu. Angesichts seiner gestrigen Erfahrung mit der Trinkfestigkeit der Männer von Palera und seines dicken Kopfes zog Gruber es jedoch vor, den linguistisch verheißungsvollen Besuch abzubrechen. Er machte sich noch schnell ein paar Notizen in sein Heft, und bevor Fortunato noch zwei Gläser mit einem schmutzigen Handtuch ausreiben konnte, verabschiedete er sich und eilte davon.

Als Nächstes versuchte Gruber es in dem Haus, in dem die Gemeindekanzlei, die Poststation und die Dorfschule untergebracht waren. Hier hoffte er von der Lehrerin mehr über die Entwicklung der deutschen Sprache auf der Hochebene zu erfahren. Lucia Zobele wirkte von Weitem zierlich und harmlos, aber wer sie einmal erlebt hatte, wusste, dass sie klug und unbestechlich war. Sie kannte die Welt aus dem Lehrerseminar in Trient und Palera von ihren Hausbesuchen bei den Eltern ihrer Zöglinge. Sie kannte die rohe Herzlichkeit der Carbonaris, die unterdrückte Rohheit der Morellis, die distanzierte Umgänglichkeit der Tollers und die herzliche Bescheidenheit der Longhis. Sie wusste, welcher Ehemann seine Frau schlug und welche Mutter ihre Kinder vernachlässigte, in welcher Familie Keuchhusten, Diphterie oder Tuberkulose herrschte und wer sich wegen der Läuse kratzte oder wegen der Pellagra, die damals wegen des übermäßigen Genusses von Mais noch häufig anzutreffen war. Lucia wusste mehr über die Dorfbewohner als Hochwürden Fontana, aber sie war genauso verschwiegen wie er.

»Sie sagen, der Deutsche Schulverein hat Sie beauftragt. Handelt es sich dabei um den Schulverein aus Wien oder den in Berlin?«, fragte Lucia Zobele in ihrem besten Hochdeutsch.

»Berlin natürlich, die Kinder sollen doch richtiges Deutsch lernen, nicht wahr? Aber sagen Sie, warum unterrichten Sie eigentlich kein Deutsch in Ihrer Schule, wenn es doch von alters her hier gesprochen wird?«, fragte Gruber.

»Sie wissen vielleicht, dass sich der Staat in Österreich aus dem Schulwesen sehr heraushält. Es ist Angelegenheit der Kirche, und so hat der Bischof von Trient schon vor fast hundert Jahren beschlossen, hier nur auf Italienisch unterrichten zu lassen.«

»Aber ist das für die Menschen hier nicht völlig wesensfremd, so verwelscht zu werden?«

Lucia schaute Gruber mit starrem Gesicht an, sie schwankte noch, ob sie sich empören oder ihn auslachen sollte.

»Wir leben hier in Welschtirol. Die allermeisten hier im Süden haben noch nie etwas anderes gesprochen als Italienisch. Früher, als es kaum Straßen gab, konnte sich das Deutsche hier noch halten. Die Dörfer waren wie kleine Inseln, ohne Kontakt mit der Außenwelt. Aber nun fahren die Leute auf die Märkte nach Trient und Rovereto, und irgendwann vielleicht sogar nach Arsiero in Italien. Da nützt ihnen das Italienische einfach mehr als das Deutsche.«

Gruber ließ nicht locker:

»Aber ihr Wesen, ihr Innerstes ist doch deutsch. Man kann sie doch nicht zwingen, eine ihnen fremde Sprache zu sprechen?« Lucia wurde über Grubers Unverständnis langsam ärgerlich.

»Herr Gruber, wie ich gehört habe, kommen Sie aus Berlin, das liegt in Deutschland. Wir hier sind Untertanen des Kaisers von Österreich, und wir sind stolz darauf, Österreicher zu sein. Wir haben viele unterschiedliche Nationalitäten in Österreich, und alle sprechen sie ihre eigene Sprache. Und nicht selten beherrschen die Einwohner sogar mehrere. Und hier sind die Leute eben italienischer Nationalität, und trotzdem stehen die allermeisten treu zu Österreich. Schauen sie sich doch einmal um. Sieht es hier etwa aus wie in Innsbruck? Oder doch eher wie in Verona?«

Gruber fragte sich, ob er es womöglich mit einer von diesen Irredentisten zu tun hatte, die den Anschluss dieser Gegend an das Königreich Italien betrieben. So kam er jedenfalls nicht weiter.

»Der Deutsche Schulverein wird in Folgaria einen deutschen Kindergarten und eine deutsche Schule errichten. Ich bin überzeugt, dass damit dem deutschen Kulturgut wieder zu seinem historischen Recht verholfen wird«, versuchte er aufzutrumpfen.

»Herr Gruber, Sie sind ein gelehrter Herr, und ich möchte Ihnen gegenüber nicht unhöflich wirken, aber wir sind hier, wie ich schon erwähnte, in Österreich. Ich bin nicht überzeugt, dass das österreichische Kulturgut auf den Gebrauch der deutschen Sprache angewiesen ist. Ich fürchte, Ihre Schule wird wenig Zulauf bekommen, ein paar Beamtenkinder vielleicht, die nur kurze Zeit hier wohnen werden. Warum sollte ein Kind das Lesen ausgerechnet in einer Sprache lernen, die die eigenen Eltern nicht verstehen?«

»Und was ist mit Lusern? Da gibt es eine deutsche Schule, und sie hat regen Zulauf«, konterte Gruber.

»Lusern. Nichts gegen die Luserner, aber die sind im Winter vier Monate von der Außenwelt abgeschnitten, und die restliche Zeit arbeiten ihre Männer von alters her als Maurer und

Steinmetze in Nordtirol oder der Schweiz. Lusern können Sie mit uns hier nun wirklich nicht vergleichen!«

Gruber begann zu ahnen, dass der Kampf gegen die Verwelschung der Hochebene von Folgaria sehr bald aufgenommen werden müsste, mit allen verfügbaren Mitteln, sonst würde dieser Landstrich unabdingbar an die Irredentisten verloren gehen.

Bauplanung

Oberleutnant Haschek wollte sich im Café Olympia von den endlosen Besprechungen in der Geniedirektion erholen, als ein Uniformierter durch den dichten Zigarrenqualm auf ihn zukam.

»Da schau an, der Stanislaus! Mal wieder auf der Flucht vor den Kameraden, wie ich sehe!«, rief der Offizier schon von Weitem.

»Servus, Franzl, setzt dich halt her, wenn du mich schon aufgespürt hast.«

Haschek winkte eine Bedienung herbei und der Offizier bestellte einen Schwarzen und einen Kognak. Die beiden hatten gemeinsam den Höheren Geniekurs in Wien absolviert und waren daraufhin dem Geniestab zugewiesen worden, Haschek in Trient und Oberleutnant Franz Schröder in Brixen.

»Süß«, sagte Schröder.

»Dein Kaffee?«, fragte Haschek arglos.

Schröder schaute an die Decke und rollte die Augen.

»Unsinn, die kleine Bedienung meine ich natürlich. Die haben etwas, die Italienerinnen, mit ihren großen schwarzen Augen und den niedlichen Löckchen. Die reinsten Engelchen!«

Jetzt schaute Haschek an die Decke und rollte die Augen, und als sich ihre Blicke wieder trafen, mussten beide lachen.

»Sag, was treibt dich denn nach Trient?«, versuchte Haschek das Gespräch auf ernste Themen zu leiten.

»Ich soll mir hier an der Grenze ein paar Baustellen anschauen, um zu lernen, wie man richtige Festungen baut. Bei uns in Brixen stopfen wir ja meist nur die undichten Dächer der Kästen von anno Radetzky, sonst tut sich in der Angelegenheit bei uns ja nicht so viel«, antwortete Schröder. »Ich habe gehört, du planst bei Folgaria ein Fort auf der Martinella. Großartige Sache, da kannst du doch einmal richtig kreativ werden.« In Schröders Satz lagen Neid und Spott dicht beieinander.

»Weißt du, Franzl, es ist wie bei einem Architekten, der ein Haus bauen will. Man hat Ideen, es gibt neueste Erkenntnisse und vielleicht auch Moden, aber es fehlt dem Auftraggeber meist an Fantasie, Mut und vor allem Geld, die glorreichen Ideen des Künstlers umzusetzen.«

»Ja, das Lied können wir vom Geniestab alle singen. Am Anfang gibt es eine taktische Aufgabe, diesen Berg zu befestigen oder jenes Tal zu sperren. Es heißt, lassen Sie sich Zeit, Sie haben alle Freiheiten, es soll ein Schmuckstück der k. u. k. Geniedirektion werden et cetera et, cetera. Und nach dem ersten Entwurf dann: Fantasie haben Sie ja schon, aber wer soll das denn bezahlen? Alles viel zu kompliziert, was ist das denn wieder für eine neue Mode, und überhaupt, wie sieht das denn aus?«

»Da hast du vollkommen recht. Mit Beton zum Beispiel kann man jetzt wunderbar organisch bauen, sich dem Gelände anpassen, glatte Wände formen ohne Stützwände außen dran wie bei einem Dom früher, und was sagt mein Chef? Das sieht aus wie Jugendstil. Wo ist denn da das Militärische zu erkennen? Ich sage ihm, die Form folgt immer der Funktion, es soll ja nicht aussehen wie die Wiener Ringstraße im neubarocken Stil. Außerdem kommt es so viel billiger.«

»Soso, organisch bauen.« Schröder formte mit seinen Händen die Taille einer Frau. »Da war der Alte bestimmt beleidigt, dauert jetzt zwei Jahre länger mit dem Hauptmann, was?«

»Begeistert war er nicht, aber das Argument mit den Kosten hat mich gerettet. Immerhin sehen unsere Festungen jetzt nicht mehr aus wie Wiener Kaufhäuser, alles unter einem Dach, sondern locker aufgelöst im Gelände.«

»Erzähl doch mal, wie soll es denn aussehen, dein Fort?« Er hatte den Satz so betont, als wäre Haschek gerade Vater geworden.

Haschek schaute sich um, neigte sich zu ihm hin und berichtete mit gesenkter Stimme: »Es gibt einen Kasemattenblock mit den Unterkünften, Küche, Telefonzentrale, Verbandsraum und all den militärischen Bequemlichkeiten einer Festung. Dazu Generatoren, Akkumulatoren und Ventilatoren wie auf einem Kriegsschiff. Dann weiter vorne einen separaten Batterieblock mit den Panzertürmen für die Haubitzen und mit den Munitionsmagazinen, und dann noch einen weiteren Block mit Kanonen, um den Zwischenraum zum Nachbarfort beherrschen zu können. Zur Sturmabwehr eigene Nahkampfanlagen mit Maschinengewehren unter Panzerkuppeln. Alles schön weit auseinandergezogen, damit die italienische Artillerie ordentlich Munition verpulvern muss, bis sie einmal einen Treffer landet.«

Schröder wiegte anerkennend seinen Kopf.

»Das hört sich richtig fortschrittlich an, wurde das denn auch alles so genehmigt?«

»Wo denkst du hin? Nehmen wir als Beispiel den Verbindungsgang zwischen dem rückwärtigen Kasemattenblock und dem vorderen Batterieblock. Er bedeutet für das Fort so etwas wie die Schlagader zwischen Herz und Faust oder wie den Nerv zwischen Hirn und Auge. Wir haben dort oben auf der Martinella schönen, soliden Fels, also wollte ich dafür einen Stollen tief unter der Erde anlegen. Einfach sprengen und graben wie die Bergmänner, und zum Schluss noch ein bisschen Putz auf die Wände, damit es nett aussieht. Billig und solide eben. Zudem hätte man den Verbindungsgang von außen nicht mal sehen können. Und was sagt das Technische Militärkomitee in Wien bei der Prüfung des Plans? Wie soll das denn trocken gehalten werden? Und ist das wirklich sicher gegen die Belagerungsartillerie? Nehmen Sie doch auch hierfür Beton, da weiß man wenigstens, was man hat!«

»Das ist typisch für diese Bürohengste. Sag, wie ging es aus?«

»Na wie wohl? Jetzt werden erst tiefe Gräben in den Felsen gesprengt und dann Betondecken drübergezogen. Und darauf noch eine Verkleidung aus Zinkblech, weil der Beton doch nie ganz dicht ist. Ich hab so etwas schon einmal am Tonalepass gesehen, das Blech leuchtete in der Sonne kilometerweit, ein perfektes Ziel für die feindlichen Artilleriebeobachter. Und kostet auch noch das Doppelte! Aber immerhin waren die Herren vom Komitee damit zufrieden.«

»Damit hast du doch schon die zweite Hürde genommen. Bleibt noch das k. u. k. Kriegsministerium, das den Kredit dafür bewilligen muss. Lass mich raten, zu teuer, oder?«

»Du sagst es. Sehr schön, Herr Oberleutnant, brav haben Sie das gemacht, aber so geht das nicht. Streichen S' halt was weg!«

»Na, das ist doch das Einfachste, oder? Hast du jetzt das Dach oder die Wände oder gar die Latrinen fortgelassen?«

»Witzbold! Die Zahl der Betten und Schlafräume musste ich halbieren, schließlich ist im Krieg immer ein Teil der Besatzung auf Wache. Und meine schöne Kanonenbatterie hab ich gestrichen. Nun ist das Fort zwar um ein Fünftel billiger, aber nur noch die Hälfte wert.«

Haschek hatte sich in Rage geredet, und Schröder suchte nach versöhnlichen Worten, um ihn wieder zu beruhigen.

»Tröste dich, Stanislaus, es wird schon keinen Krieg mit Italien geben, auch wenn unser Generalstabschef sich nichts sehnlicher wünschen würde. Die Hauptsache ist doch, dass am Ende deine eigene Festung auf dem Berg stehen wird, ein riesiges, persönliches Denkmal aus Stahl und Beton. Wann soll es denn losgehen?«

»Nächstes Frühjahr ist Baubeginn, bis dahin müssen noch die Aufträge für die Baufirmen erteilt werden.« Hascheks Stimme klang resigniert, ihm schauderte vor dem vielen trockenen Papierkram.

»Na freu dich doch, dann geht es endlich los! Deine Frau wird stolz auf dich sein. Wie geht es ihr eigentlich?«

Haschek war stolz auf sein Bauprojekt, das den vorläufigen Höhepunkt seiner Offizierslaufbahn darstellte. Aber er wusste auch, dass er ohne Emalie niemals so weit gekommen wäre. 1902 hatte er sie in Innsbruck kennengelernt, als er noch zur Befestigungsbaudirektion des 14. Korpskommandos gehört hatte. Damals war er noch ein kleiner Leutnant gewesen, stolz auf seine Uniform und seine Offizierssterne am Kragen, aber ansonsten völlig ahnungslos, was das wirkliche Leben anbetraf. Dann der Höhere Geniekurs an der k. u. k. Militärakademie in Wien. Fernab von seiner Geliebten hatte er damals über den elenden Prüfungsaufgaben gebrütet, und nur die ständigen Ermutigungen in Emalies Briefen hatten ihm die Kraft zum Durchhalten gegeben. Zurück in Innsbruck endlich die lang ersehnte Verlobung.

Emalie hatte sich schwergetan, sich den gesellschaftlichen Zwängen einer zukünftigen Offiziersgattin zu unterwerfen. Sie litt oft unter den Schikanen der Frau des Korps-Kommandeurs, die alle nur »die Kommandeuse« nannten. Aber Emalie hatte zu ihm gehalten und ihm die Kraft für sein Fortkommen gegeben. Dem Vermögen ihres Vaters, der großzügig die geforderte Heiratskaution gestellt hatte, verdankte er es, dass sein Regimentskommandeur ihm letztlich die Erlaubnis zur Heirat erteilt hatte. Denn ohne diesen Nachweis einer finanziellen Witwenversorgung durfte ein Offizier mit seinem schmalen Sold keine Ehe eingehen.

»Emalies Vater hat letztes Jahr eine Filiale in Wien eröffnet, Warenhaus Wilhelm Beck & Söhne, k. u. k. Kammerlieferant, na, wie klingt das? Das hat uns die Möglichkeit gegeben, von Innsbruck nach Wien umzusiedeln. Da schau her.« Haschek hob seine schwarze Offizierskappe hoch. »Modell Corso, der allerletzte Schrei, nachdem jetzt auch der kleinste Leutnant Modell Kasino oder Boulevard getragen hat.«

»Fesch, wirklich fesch!« Schröder zog das »e« in die Länge, dass es fast vulgär klang. Je weiter man von Wien weg kam, desto mehr bemühten sich die Offiziere, den Klang der Hauptstadt zu imitieren. »Du geh, ich muss weiter. Zahl du diesmal für mich, wir sehen uns bestimmt einmal wieder.«

Haschek schaute Schröder nach. Er war sich sicher, dass er diesem ehrgeizigen, aber auch leichtlebigen Offizier wieder einmal über den Weg laufen würde. Welche Bedeutung das für sein Leben haben würde, konnte er damals aber noch nicht ahnen.

Baubeginn

Als Hauptmann Haschek den jungen Silvano nach vier Jahren wiedersah, hätte er ihn fast nicht wiedererkannt. Seine kindlichen Züge hatte der Fünfzehnjährige längst verloren, und die harte Arbeit als Zimmermannsgeselle hatte ihm schon früh breite Schultern, aber auch schwielige Hände eingebracht.

Haschek schaute ihn mit gekünstelter Strenge an und fragte: »Nun, mein Junge, hast du unser Geheimnis auch für dich behalten?«

»Aber natürlich, Herr Hauptmann!«, antwortete Silvano stolz, aber als er das freundliche Schmunzeln Hascheks bemerkte, ahnte er, dass er damals nur auf den Arm genommen worden war.

»Wie ein echter Soldat. Ich bin stolz auf dich. Aber du wirst sehen, die richtig geheimen Sachen kommen erst noch.« Er schlug dem Jungen dabei kameradschaftlich auf die Schulter, und obwohl Silvano bezweifelte, dass es diesmal ernst gemeint war, fühlte er sich geschmeichelt.

Der frisch beförderte Hauptmann im Geniestab Stanislaus Haschek hatte die Bauleitung für das Fort Martinella und damit die Verantwortung für ein Budget von zwei Millionen Kronen und eine Truppe von 600 Arbeitern übernommen. Bis seine Wohnbaracke auf der Martinella fertiggestellt war, hatte er sich mit seinem Offiziersburschen im Albergo Stella Alpina einquartiert. Hier sollten sich Offiziere, Ingenieure und Monteure in den folgenden Jahren die Klinke in die Hand geben.

Kaum war der Schnee auf der Martinella geschmolzen, hatten die Bauarbeiten für die neue Armierungsstraße begonnen, die sich nun Kilometer um Kilometer durch den Gemeindewald schlängelte. Am Gipfel hatten Scharen von Arbeitern damit angefangen, das Gelände einzuebnen, um darauf ein kleines Dorf aus Holzbaracken zu errichten, Materiallager anzulegen und Baumaschinen zu installieren. Paolo Morellis Lastwagen krochen jetzt täglich auf die Martinella, schwer beladen mit Bauholz, Eisenträgern und Zementsäcken, und mit jedem gefahrenen Kilometer machten sie ihn reicher. Auch Fabrio Longhi hatte Aufträge erhalten und deswegen zwei Gehilfen eingestellt. Mit ihnen und seinem Sohn Silvano sägte und hämmerte er, solange es hell war, an den Holzbaracken herum.

An den arbeitsfreien Sonntagen hatte Haschek die Gelegenheit, sich Palera in Ruhe anzusehen. Anders als in seiner Heimat in Nordtirol fehlten hier die wohlhabenden Bergbauernhöfe, die dort weit um die Dörfer verstreut lagen. Die Felder waren von Generation zu Generation gleichmäßig auf die Erben aufgeteilt worden, sodass von den Gärten und Wiesen nur zahllose, winzige Streifen übrig geblieben waren. Die großen, frei stehenden Häuser trugen die typischen nur schwach geneigten Dächer des Südens und waren häufig von mehreren Familien bewohnt. ›Immerhin Tonziegel‹, dachte er, ›und keine Holzschindeln mehr wie auf der benachbarten Hochebene von Vezzena, wo diese brandgefährlichen Dächer jüngst in Lusern ein anfänglich kleines Feuer so lange von Haus zu Haus weitergereicht hatten, bis das halbe Dorf in Schutt und Asche lag.‹

Erstaunt musste er feststellen, dass es in Palera kaum Ställe für das Vieh gab. Denn die meisten Milchkühe, Rinder und Pferde auf den Almen gehörten anderen Bauern, die ihre Höfe in den Tälern hatten und die ihre Tiere nur den Sommer über hier oben weiden ließen.

Seinem geschulten Architektenauge blieb nicht verborgen, dass sich bei den Balkonen und Verzierungen der Häuser zahlreiche Stilrichtungen aus dem Norden eingemischt hatten. Vielleicht hatten die Steinmetze diesen fremden Zierrat von ihren Wanderschaften in der Schweiz oder Deutschland mitgebracht und versuchten nun, hier damit zu imponieren. »Auf alle Fälle«, beschloss Haschek seine Betrachtungen, »sieht es hier eher wie in Italien aus als wie in Österreich.«

Der Bau einer Festung so nah an der Reichsgrenze erforderte eine strenge Geheimhaltung, die auch für die Bewohner Paleras Folgen hatte. Neben dem Postamt zog eine Gendarmerieassistenz ein, die sogar ein eigenes Telefon bekam. Die beiden Gendarmen kontrollierten fortan die Namenslisten der Arbeiter, stellten unbescholtene Bürger mit seltsamen Fragen zur Rede, durchforsteten Taschen und Säcke und brachten oft genug durch ihr bloßes Erscheinen launige Gespräche im Albergo Stella Alpina zum Erliegen. Besonders schienen sie es auf die italienischen Senner abgesehen zu haben, die aus Arsiero kamen und rund um die Martinella Almen gepachtet hatten.

Die geheimnisvolle Baustelle, die sich mitten im Grünen hinter Bretterzäunen und Wänden aus Schilfmatten zu verbergen suchte, lockte natürlich auch Wanderer und Sommerfrischler an. Die Gendarmen mussten manchen Kodak-Film voller Urlaubserinnerungen aus den Kameras ziehen und immer wieder auf das Fotografierverbot hinweisen. Sogar Postmeister Ugo Zobele musste angesichts dieser ständigen Kontrollen einsehen, dass er das Postgeheimnis zukünftig sehr ernst nehmen müsse, was seiner Beliebtheit als Überbringer privater Heimlichkeiten im Albergo sehr abträglich war. Kurz, die Gendarmen unterließen nichts, um sich in Palera und auf der Baustelle unbeliebt zu machen.

Eines Tages kam eine von Perprunners Kühen der Baustelle zu nahe. Als Perprunners Knecht Ponifilio Murano das Tier zurücktreiben wollte, wurde er von einem der Gendarmen aufgehalten:

»Halt! Kannst du nicht lesen?«, fragte der Uniformierte und zeigte auf ein Schild auf der Wiese.

»Woher wissen der Herr Gendarm das?«, fragte Ponifilio mit einer gekünstelten Verbeugung.

»Warnung! Das Betreten des Bauplatzes und das Verweilen in dessen Nähe sind Unberufenen bei Verhaftung verboten. K. u. k. Geniedirektion Trient«, las der Gendarm mit ernster Stimme vor, wobei er den Buchstaben auf der Tafel mit seinem Zeigefinger folgte.

Die Szene erinnerte Ponifilio an seinen alten Schullehrer, aber schon damals war diese Methode bei ihm erfolglos geblieben.

»Aber ich bin doch gar nicht unberufen. Die Kuh meines Bauern ist zuerst hierher gelaufen, und wenn ich sie nicht zurückhole, werde ich eine Menge Ärger bekommen.«

»Was du für Ärger mit deinem Bauern bekommst, interessiert mich nicht. Wenn du dich nicht an das Gesetz hältst, wirst du mit mir eine Menge Ärger bekommen!«

Ponifilio saß in der Klemme. Nicht genug, dass die Kühe wegen der Unruhe und dem Lärm auf der Baustelle weniger Milch gaben. Nun wollten die Gendarmen womöglich auch noch eine von ihnen verhaften.

»Und was ist mit der Kuh? Sie kann genauso wenig lesen wie ich. Wollen Sie sie jetzt etwa einsperren?«

Der Gendarm sah sich um. Die Verordnung galt in der Tat nicht für Kühe, und da er Angst vor so großen Tieren hatte, sah er fürs Erste keine andere Möglichkeit, als Ponifilio zu erlauben, das Tier wieder auf seine Weide zurückzubringen.

Im Mai bezogen die auswärtigen Arbeiter die Baracken auf der Martinella. Ein richtiges Dorf mit einer Kantine, einer Verwaltung und einer Wachstation der Garnison in Trient war hier entstanden. Es hatte fast so viele Einwohner wie Palera, allerdings mit dem entscheidenden Unterschied, dass hier abends keine Frauen- oder Kinderstimmen zu hören waren. Die Männer kamen aus Salzburg, Innsbruck und Graz, einige auch aus Tschechien und aus Ungarn. Die wenigen aus den Dörfern Welschtirols waren meist Maurer und Steinmetze, die ihr Brot sonst den Sommer über auf Wanderschaft verdienen mussten und nun froh waren, bei ihren Familien bleiben zu können und trotzdem gutes, sicheres

Geld zu verdienen. Sogar einige Frauen und Kinder aus armen Familien waren unter den Arbeitern und schleppten für kargen Lohn Erde und Steine.

Hascheks neues Reich war die Baracke des Bauleiters, in der er zusammen mit Fortifikations-Werkmeister Anton Rechenberger über Plänen und Tabellen brütete. Ihre Papiere zierte meist der Stempel »Streng Reservat«, was in der österreichischen Beamtensprache so viel wie geheim bedeutete. Nur wenige durften diese Pläne einsehen oder gar mit auf die Baustelle nehmen. Jeden Abend prüfte Rechenberger die Unterlagen auf Vollzähligkeit und schloss sie wieder im Stahlschrank ein. Neben Haschek war der Werkmeister der Einzige, der einen Schlüssel zu dem Tresor besaß, und dieses Privileg kostete er weidlich aus, indem er sich bei der Herausgabe der Pläne jedes Mal zierte wie eine Jungfrau und den Schlüssel dabei behandelte wie eine Hostienschale. Hascheks zweiter Helfer war ein farbloser Militärbaurechnungsoffizial dritter Klasse, der unentwegt Zahlenkolonnen addierte, Lieferscheine prüfte und Geldanweisungen ausstellte.

Das Zusammenleben der Arbeiter auf der Martinella war nicht einfach. Tagsüber litten sie unter dem rauen Klima des Hochgebirges und dem ständigen Termindruck auf der Baustelle, abends vermissten sie die Geborgenheit ihrer Familien und die Abwechslung in ihren Dorfgemeinschaften. Die unterschiedlichen Sprachen und Temperamente der verschiedenen Nationalitäten führten zusätzlich zu häufigen Konflikten. Haschek versuchte stets, sich aus den Streitereien zwischen den Maurern und den Zimmerleuten, den Italienern und den Oberösterreichern herauszuhalten. Das Sichaufregen und Herumschreien überließ er lieber seinem Werkmeister Rechenberger. Überhaupt mochte er das lärmende Durcheinander und das Sprachengewirr auf der Baustelle nicht und zog es vor, erst nach Feierabend ungestört zwischen den Mauern und Gerüsten zu schlendern und die täglichen Veränderungen des Bauwerks auf sich wirken zu lassen.

Nur wenn sich hoher Besuch angekündigt hatte, führte er die Kommissionen mit Offizieren und gut gekleideten Unternehmern über die Baustelle, berichtete über Längen, Tiefen und Höhen, klagte über Lieferengpässe und mangelhafte Zementqualitäten und fasste den Baufortschritt in Metern, Tonnen und Tagwerken zusammen. Schnell musste er dabei einsehen, dass Beschwerden nichts als unendliche, aber ergebnislose Schriftwechsel nach sich zogen und dass es weitaus bequemer war, wenn er in seinen Berichten nicht lösbare Probleme unerwähnt ließ.

In den Sommerferien erhielt Haschek Besuch von seiner Frau Emalie und seinem kleinen Sohn Adolf, die mit dem Kindermädchen in seine Wohnbaracke einzogen. Emalie schlenderte anfangs mit weißem Kleid und breitkrempigem Hut über die Almwiesen und langweilte sich gepflegt, aber es dauerte nicht lange, bis sie ihre alte Liebe zur Natur wiederentdeckte, sich Schröters Taschenflora des Alpenwanderers unter den Arm klemmte und zu botanisieren anfing.

»Geh nicht zu weit weg von der Baustelle, nur so weit, dass du die Gerüste noch sehen kannst«, ermahnte Stanislaus sie.

»Ach Stani, was soll mir auf diesen idyllischen Almen denn schon zustoßen?«

»Wir sind nicht weit von der Reichsgrenze. Es gibt Schmuggler hier, raue Gesellen, die Saccharin und Tabak aus Italien holen. Es hat schon Tote gegeben, wenn die Grenzwacht sie ausgehoben hat.«

»Wilde Tiere gibt es bestimmt auch hier, Wölfe und Leoparden?« Emalie machte keinen Hehl daraus, dass sie seine Bedenken nicht ernst nahm.

»Giftige Kreuzottern und Schildvipern gibt es hier, es muss höllisch wehtun, von ihnen gebissen zu werden. Du musst einmal darauf achten, wie die Einheimischen hier Heidelbeeren oder Pilze sammeln gehen. Immerzu schlagen sie mit ihren Stöcken auf den Boden, um das Getier zu vertreiben. Vor allen Dingen solltest du dich nicht zum Schlafen auf die Wiesen legen, sonst kann es dir passieren, dass du beim Aufwachen so ein Reptil unter dem Rock liegen hast.«

Jetzt schauderte es Emalie doch, und fortan wurde sie außerhalb der Baustelle nie mehr ohne ihren weißen Wiener Sonnenschirm in der Hand gesehen.

Der kleine Adolf war anfangs noch beeindruckt von der lärmenden Baustelle, dem Zischen und Stampfen der Dampfmaschine, die den Schotterbrecher und den Zementmischer antrieb, und dem Dröhnen und Heulen der schwer arbeitenden Lastautos. Aber nach einigen Tagen vermisste er seine Spielkameraden, und so befreite Hauptmann Haschek den jungen Silvano Longhi von seiner Arbeit, um das Kindermädchen und den Jungen zu behüten und zu unterhalten. Silvano war eigentlich schon zu alt für den siebenjährigen Adolf und auch noch zu jung für das Mädchen, das von ihren Herrschaften Mizzi genannt wurde und vielleicht siebzehn war. Aber er war froh über die Abwechslung und die Möglichkeit, den Schikanen des Werkmeisters und der Strenge seines Vaters zumindest für eine kurze Zeit entkommen zu können. Mit seiner duldsamen, vorsichtigen Art machte er sich bald als Kinderbetreuer und Fremdenführer unentbehrlich. Die Einsamkeit der Berge und die Langeweile in einer Welt ohne Altersgenossen gleichen Standes taten ein Übriges, um das ungleiche Trio zu einer bunten Zweckgemeinschaft zusammenzuschmieden. So vergingen die Ferien für sie in spielerischem Müßiggang, für Adolf eine Zeit ohne die Zwänge des Wiener Stadtlebens, für Silvano ein unerwarteter Urlaub von der anstrengenden Arbeit auf der Baustelle und für Mizzi eine Zeit ohne anstrengende Haushaltsarbeit, aber auch ohne sonntägliche Tanzvergnügen.

Eines Samstagnachmittags saß Hauptmann Haschek mit Frau und Sohn auf der Veranda seiner Wohnbaracke bei Tee und Gebäck.

»Sag mal, Papa, wird deine Burg auch hohe Türme und eine Zugbrücke über den Graben bekommen?«, wollte der kleine

Adolf wissen. Geschichten von Burgen, Rittern und Belagerungen hatten seit einiger Zeit seine Gedanken beflügelt, und so mancher Stein und Ast auf der Martinella waren von ihm zusammengetragen worden, um sie mit viel kindlicher Fantasie und Mizzis und Silvanos Hilfe in »mittelalterliche Befestigungen« zu verwandeln. Die anschließenden Belagerungen nahmen allerdings meist nicht den von Adolf erhofften Verlauf, da Mizzi als Burgfräulein stets darauf bestand, von Ritter Silvano gerettet zu werden, anstatt mit Adolf zusammen siedendes Pech auf die anrückenden Horden türkischer Janitscharen zu gießen.

»Nein, Adolf, Festungen baut man schon lange nicht mehr mit hohen Türmen«, holte Stanislaus Haschek aus. »Heutzutage schießt man mit Maschinengewehren oder Geschützen aus Panzerkuppeln, das ist viel sicherer für die Besatzung.«

»Wann baust du diese Panzerkuppeln?«

»Die baue ich gar nicht, die lassen wir bei der Firma Skoda in Pilsen schmieden, und dann werden sie mit der Bahn und dem Lastwagen hierhergebracht.«

»Dann sind die aber klein, diese Panzerkuppeln«, schloss Adolf etwas enttäuscht daraus.

»Je kleiner, desto besser. Dann sind sie auch nicht so leicht zu treffen. Warte mal.«

Stanislaus ging in die Wohnbaracke und kam mit einem Fernglas zurück.

»Schau, da hinten auf dem Monte Verena, kannst du dort die Festung sehen?«

Adolf musste sich mit dem schweren Fernglas auf die Ellenbogen aufstützen, es dauerte, bis er das Fort sehen konnte.

»So bauen die Italiener. Die Panzerkuppeln haben einen Durchmesser von fünf Metern, doppelt so groß wie die unsrigen, aber dafür sind sie nur halb so stark gepanzert. Es wird ein Leichtes für uns sein, sie zu zertrümmern«, erläuterte Stanislaus.

Adolf schaute ihn mit verschwörerischem Blick an. »Du wirst sie mit den Kanonen deiner Festung besiegen, nicht wahr?«

Stanislaus warf einen kurzen Seitenblick auf Emalie, die den Verlauf dieses wehrwissenschaftlichen Unterrichts mit zunehmend missbilligender Miene verfolgte.

»Nein, mein Kleiner. Erstens reichen unsere Geschütze gar nicht bis zu den italienischen Forts, und zweitens sind die Italiener unsere Verbündeten.«

Stanislaus' Versuch, die drohende Kriegsgefahr abzuwenden, führte ihn postwendend in die nächsten Probleme.

»Das verstehe ich nicht. Wenn die Italiener doch unsere Freunde sind, warum baust du dann überhaupt hier eine Festung?«, wollte Adolf nun wissen.

»Wie du gesehen hast, haben die Italiener ja auch Forts auf ihren Gipfeln gebaut, und darum bauen wir hier auch welche.«

Kaum hatte er diese Erklärung abgegeben, bereute er sie auch schon. Er ahnte, was jetzt kommen musste.

»Aber warum haben die Italiener diese Festungen auf ihre Berge hier gestellt, wenn sie doch unsere Freunde sind? Und warum baust du hier eine Festung, wenn sie gar nicht bis zu den Italienern schießen kann?«, hakte Adolf nach.

Tja, das hatte sich Hauptmann Haschek auch schon manchmal gefragt. Als Emalie die Bredouille erkannte, in der er nun steckte, lenkte sie das Gespräch auf ein anderes Thema.

»Wie wäre es morgen mit einer Dampferfahrt auf dem Gardasee? Wir könnten von Riva nach Sirmione fahren, was haltet ihr davon?«

Adolf sah sofort riesige Panzerkreuzer unter Volldampf nach Italien brausen, und Stanislaus dachte an die Unannehmlichkeiten eines Grenzübertrittes für eine österreichische Militärperson, aber in Zivil war es nicht verboten, und so willigte er dankbar für die Rettung aus seiner strategischen Verlegenheit ein.

Am Anfang waren auf der Baustelle nur Gruben in die Felsen gesprengt worden, was jedes Mal für große Aufregung gesorgt hatte. Aber zum Bedauern der Arbeiter hatte sie der Sprengmeister immer vorher vertrieben, mit dem wichtigtuerischen

Hinweis auf Sicherheitsvorschriften, sodass es für sie nicht mehr zu sehen gegeben hatte als einen Krater im Fels und einen Haufen losen Gerölls. Da kaum jemand die Baupläne in ihrer Gesamtheit kannte, gab es nur verschwommene Vorstellungen davon, wie die Festung einmal aussehen sollte. Mit dem Zementieren der Fundamente nahm sie endlich erste Konturen an. Der Grundriss, der sich jetzt abzeichnete, hatte jedoch nichts mit einem Haus gemein, seltsame Auswüchse und Einbuchtungen verwirrten den Betrachter. Die ersten Fenster in der Rückwand des Kasemattenblocks wurden daher fast erleichtert aufgenommen: endlich einmal etwas, was man kannte.

Haschek ärgerte sich darüber, dass die Geniedirektion keinen Etat für eine feierliche Grundsteinlegung vorgesehen hatte, und mancher Polier wertete dies im Stillen als ein schlechtes Omen für das Fort. Eine leere Rotweinflasche, gefüllt mit einer Ansichtskarte der Martinella und voller guter Wünsche seiner Frau, ein paar getrockneten Alpenblumen von Adolf, einem Fünf-Kronen-Schein mit dem Konterfei des Kaisers Franz Joseph und der aktuellen Titelseite der Innsbrucker Nachrichten, war alles, was Haschek in einem unbeobachteten Augenblick in das Fundament des Kasemattenblocks einbetonieren ließ.

Ende August reiste Emalie mit Anhang wieder ab. Silvano tat es sogar etwas leid. Er hatte sich an Adolf und Mizzi gewöhnt, und die beiden hatten ihm Einblick in eine ganz andere, wohlhabende und gebildete Lebensweise gegeben. Man versprach sich zu schreiben, aber wie es zu erwarten war, ging der Erzählstoff schon nach dem zweiten Brief zur Neige. Silvano musste wieder hämmern und sägen und sich die neidvoll-neckischen Witzeleien der Arbeiter über sein Betreuungsprogramm anhören. Erst im Nachhinein begann er zu ahnen, dass Mizzis Neckereien vielleicht doch mehr gewesen sein könnten als nur Spiel, und er nahm sich fest vor, bei ihrem nächsten Besuch weniger zurückhaltend zu sein.

Als Ende Oktober die ersten Nachtfröste drohten, wurde der Bau vorübergehend eingestellt. Das Material wurde sorgfältig verstaut und der Stahlschrank mit den Plänen geleert. Die Arbeiter zogen nach Hause, und Haschek, Rechenberger und der Rechnungsoffizial verschwanden wieder nach Trient in die Geniedirektion. Nur ein paar Wachsoldaten blieben den Winter über hier oben. Im Mai des nächsten Jahres sollte es weitergehen.

Spionage

Das Jahr war für Haschek im Flug vergangen. Am stärksten spürte er das unaufhaltsame Fortschreiten der Zeit, als ihn seine Familie wieder einmal auf der Martinella besuchte und er sah, wie aus dem kindlichen Adolf ein eigensinniger Junge geworden war, der auch in den Bergen Südtirols darauf bestand, seinen blauen Matrosenanzug und die dazugehörige Mütze mit dem Namenszug des Schlachtschiffs »Tegethoff« zu tragen.

Heute führte sie ihr Sonntagsausflug über den Monte Maronia bis zum Monte Maggio an der Reichsgrenze, immer am Abgrund zum Terragnolotal entlang. Die heißen Aufwinde hatten immer wieder riesige Apollofalter zu ihnen hinauf getrieben, Blaufalter und Blutströpfchen drängelten sich auf den violetten Distelblüten, Asphodillen mit ihren langen weißen Blütenrispen wiegten sich in der Mittagshitze. Immer wieder hatte er Adolf ermahnen müssen, mit seinem Schmetterlingsnetz nicht zu nah an den Abgrund zu kommen. Aber während Emalie und ihr Sohn nur Augen für die mediterrane Natur der Südalpen hatten, schaute er mit dem Blick eines Festungskommandanten und mit heruntergezogenen Mundwinkeln auf die Kuppen, Senken und Felsen an ihrem Weg.

»Du schaust missmutig, lieber Stani, gefällt dir unser kleiner Ausflug denn nicht? Endlich einmal etwas anderes als deine Baustelle und immer das gleiche Bergpanorama.«

»Das ist es ja gerade. All das hier kann man vom Fort aus gar nicht sehen. Wenn sich die Italiener hier einnisten würden, lägen sie im toten Winkel unserer Beobachtungsstände.«

»Aber wieso sollten hier Italiener sein, das ist doch österreichisches Gebiet?«

Stanislaus lächelte ihr milde zu. Sollte er ihr an diesem herrlichen Sommersonntag erklären, wie sich hier oben vielleicht einmal ein Krieg abspielen könnte?

»Da hast du natürlich recht, wie konnte ich das nur vergessen.« Er schlug sich mit der Hand leicht auf den Hinterkopf, wackelte mit den Schultern, als schüttele er die kriegerischen Gedanken ab, und griff zum Beweis seiner friedlichen Absichten nach einem Grashalm, um darauf zu pfeifen.

Als der Monte Maggio in Sichtweite kam, fragte Emalie ihn:

»Hast du mir nicht gesagt, dass der Gipfel zu Österreich gehören würde?«

»Ja, so ist es. Ein hervorragender Aussichtspunkt auf die italienische Seite übrigens.«

»Wieso weht dort die italienische Fahne?«

Haschek holte seinen kleinen Feldstecher hervor.

»Potz Blitz, du hast aber gute Augen. Da weht tatsächlich die Trikolore, und darunter sitzen Italiener und machen ein Picknick auf unserem Hoheitsgebiet. Unverschämtheit!«

»Woran erkennst du denn, dass es Italiener sind, Stani?«

»Du hast recht, es könnten genauso gut Trentiner Irredentisten sein, die hier wieder einmal eines ihrer Manifeste geben wollen.« Stanislaus überlegte. Alleine konnte er gegen diese Gruppe nichts ausrichten, und außerdem war er in Zivil, und niemand könnte von ihm ein Einschreiten zum Schutze der Souveränität Österreichs verlangen.

»Ob Italiener oder Österreicher, es ist ein herrlicher Sommersonntag, und wir sollten den Leuten dort ihren kleinen Scherz nicht vermiesen. Wenn wir auf dem Gipfel ankommen, ignorieren wir ihr kleines Fähnchen einfach.«

Emalie musterte ihn mit einem spöttischen Lächeln. Offenbar war es doch ein Unterschied, ob man den Bau einer bedeutenden Festung an der Grenze leitete oder ob man die Ehre Österreichs mit eigenen Taten verteidigen sollte.

Als sie auf dem Monte Maggio angekommen waren, hatte sich die Gruppe zu Stanislaus' Erleichterung schon samt Trikolore davongemacht.

Eines Tages saß Hauptmann im Geniestab Stanislaus Haschek mit geschlossenen Augen auf einem Holzstapel und lauschte den Geräuschen seiner Baustelle. Das Stampfen der Dampfmaschine und das Rumpeln des großen Zementmischers gaben den Rhythmus vor, begleitet von dem schlurfenden Schippen im nassen Beton, dem Wimmern der Flaschenzüge und dem hellen Klingen der Meißel im Fels. Ein Jahr nach dem Baubeginn waren endlich die ersten Strukturen der zukünftigen Festung zu erahnen. Die Baugruben begannen sich mit Fundamenten und Mauern zu füllen, und die ersten Gänge und Räume wurden erkennbar. Im Geiste sah er sein Fort weiterwachsen. Modern und funktionell würde es werden, sparsam zwar und ohne überflüssigen Luxus, aber dennoch wehrhaft und seinen kommenden Aufgaben gewachsen. Ein schwer gepanzertes Schlachtschiff auf den Almwiesen.

Ein Grollen rollte durch das Tal und brach sich mehrfach an den Felswänden. Jetzt im Juni konnte man seine Uhr danach stellen, so pünktlich zogen die Gewitter aus der venezianischen Tiefebene herauf. Er öffnete die Augen und sah auf seine Taschenuhr: Halb zwei, das war deutlich zu früh! Beim nächsten Donnern erkannte er auch die Abschüsse, die dem Rollen vorausgegangen waren. Richtig, heute sollte das Nachbarfort seine Haubitzen einschießen!

Haschek versuchte sich vorzustellen, wie er in zwei Jahren neben den Panzertürmen seines Forts stehen würde. Scharf würden die Abschüsse über das Verdeck knallen, die Rauchwolken würden sich über dem Frontgraben verlieren, und mit dem Fernglas würde er die Aufschläge in den Almwiesen suchen. Bestimmt würden ihm dabei Schauer der Erregung und der Demut über den Rücken jagen. Der Löwe würde das Brüllen lernen – und den Gebrauch seiner scharfen Krallen!

Eigentlich lag Haschek gut im Zeitplan, nur zwei Dinge machten ihm Sorgen: die Arbeiter und das Wetter. Die Männer waren den Umgang mit Stahl und Zement nicht gewohnt, und er war froh um jeden, der dieses Handwerk jetzt endlich beherrschte. Die Arbeiter waren guten Willens, aber vieles von dem, worauf die Geniedirektion so viel Wert legte, konnten sie einfach nicht begreifen. Am deutlichsten trat dies beim Stampfen des Betons zutage. Damit dieser einer Beschießung standhalten würde, musste jede Schicht so lange mit schweren Balken gestampft werden, bis sich darauf ein kleiner See von Kalkmilch gebildet hatte. Erst dann waren die letzten Poren geschlossen, erst dann wurde aus dem losen Haufen Mörtel eine bombensichere Festung. Übertrieben sie es jedoch mit der Stampferei, drohten sich Sand, Schotter und Zement wieder voneinander zu trennen, was sich fatal auf die Festigkeit des Betons auswirken würde.

Diese Arbeit kam den Männern aber stupide vor, und um schneller voranzukommen, versuchten sie immer wieder dickere Schichten als die vorgeschriebenen fünfzehn Zentimeter einzubringen. Miese Ergebnisse bei den Festigkeitsprüfungen waren dann die unvermeidliche Folge. Daher war Haschek froh, dass man ihm für die Überwachung der Arbeiter einen so sorgfältigen Werkmeister wie den Rechenberger zur Seite gestellt hatte, schließlich konnte er seine Augen nicht überall selbst haben.

Seine zweite Sorge war das Wetter. Bei Frost konnte man nicht betonieren, und Frost konnte es in dieser Höhe von fast 1.800 Metern noch bis Ende Mai und dann schon wieder ab September geben. Der Militärwetterbericht kam entweder aus Bozen im Norden oder aus Triest am Mittelmeer, beide waren für eine vernünftige Planung nicht zu gebrauchen. Da waren die alten Bauernregeln der Einheimischen schon zuverlässiger. »Wenn es im April donnert, fehlen noch neun Tage Winter«, hatte Silvano Longhi beim letzten Gewitter zu ihm gesagt, und er hatte recht behalten. Fror es aber anhaltend, so zogen die Zementsäcke

Wasser. Ganze Wagenladungen des kostbaren Portlandzements aus Kufstein waren ihm auf diese Weise schon verdorben, und jedes Mal hatte er für ihren Ersatz seitenweise Rapporte und Formulare für die Geniedirektion ausfüllen müssen.

»Entschuldigen Sie, Herr Hauptmann.«

Rechenbergers Auftritt riss ihn aus seinen Gedanken. Der Werkmeister hatte sich mit einer Miene vor ihm aufgebaut, als wäre die Dampfmaschine ausgefallen oder ein Arbeiter vom Gerüst gestürzt. Rechenberger reichte ihm einen Feldstecher und zeigte mit der Hand in die Landschaft.

›Perprunners Kühe auf dem Weg zum Melken, ein Murmeltier behütet seine spielenden Jungen, die Silberdisteln schließen sich schon – das Wetter wird wohl umschlagen‹, dachte Haschek.

»Da, an der großen Lärche«, flüsterte der Werkmeister.

Haschek fokussierte den Feldstecher auf den Fuß des Baumes. ›Drei Männer. Der eine hält einen Notizblock oder so etwas und schreibt oder malt etwas darauf. Der andere schaut mit einem Fernglas immerzu zur Baustelle. Sie sind angezogen wie Wanderer, mit Rücksäcken und Stöcken, alle mit Filzhüten, zwei mit Wickelgamaschen – Wickelgamaschen? Kein Zivilist würde freiwillig so etwas Unpraktisches tragen!‹, dachte er. »Rufen Sie die Wache, Rechenberger, schnell.«

Der Werkmeister verschwand, und Haschek legte sich flach auf die Wiese, um nicht entdeckt zu werden. Er fürchtete schon, dass die drei entkommen könnten, als er bemerkte, wie einer der beiden Wachsoldaten kam und die Gruppe aufforderte, stehen zu bleiben. Die drei Männer wollten sich gerade umdrehen, vielleicht um zu flüchten, als ein Schuss fiel. Rechenberger hatte ihnen mit dem anderen Soldaten den Weg abgeschnitten, der Warnschuss des Soldaten überzeugte sie offenbar von der Aussichtslosigkeit einer Flucht.

In der Bauleiterbaracke nahm Haschek eine erste Untersuchung vor, um den Verdacht einer unerlaubten Ausspähung der Baustelle zu überprüfen. Die Augen der drei blickten unsicher, aber nicht ängstlich.

›Zwei von denen könnten Offiziere in Zivil sein. Mein Gott, wo hat denn der eine diese abstehenden Ohren her‹, dachte Haschek. ›Ihre Hände sehen aus, als wenn sie nur selten aus den Handschuhen herauskämen. Und der dritte könnte ein Bauer oder Hirte aus der Gegend sein, den sie als Führer dabeihatten.‹

»Darf ich fragen, was Sie hier in der Gegend zu suchen haben?«, sprach Haschek die drei auf Deutsch an.

Der Mann mit den abstehenden Ohren zog die Schultern hoch und gab auf Italienisch zu verstehen, dass er kein Deutsch sprach.

Erst als es Haschek auf Italienisch versuchte, erhielt er eine Antwort. »Wir machen einen kleinen Ausflug über die Almen, das ist doch wohl nicht verboten?«

»Aber Sie haben sich verdächtig verhalten, und das in der Nähe eines österreichischen Militärobjekts«, hielt ihm Haschek entgegen.

»Österreichisches Militärobjekt? Uns ist gar nicht aufgefallen, dass wir schon über die Reichsgrenze gekommen sind, die Landschaft hier sieht doch so italienisch aus!« Die Stimme des Italieners hatte einen unverhohlen süffisanten Ton angenommen. »Darf man fragen, was das österreichische Militär hier so dicht an der Grenze zu seinen Verbündeten denn baut?«

»Das Gleiche wie das italienische Militär auf dem Monte Verena«, entfuhr es Haschek.

»Auch mit vier weitreichenden 15-Zentimeter-Langrohrkanonen wie den unsrigen? Oder doch eher mit solchen schwachbrüstigen Spielzeug-Haubitzen wie diesen hier, die gerade einmal bis zur Grenze feuern könnten.« Der Mann deutete lächelnd auf den Plan eines Panzerturms, der groß wie ein Fenster an der Barackenwand hing.

Haschek schlug mit der geballten Faust auf den Plantisch, diese Provokation war zu viel für ihn. Und wieso hatte er Trottel auch diese Spione durch die ganze geheime Baustelle hindurch ausgerechnet in sein Allerheiligstes geführt? Er spürte, dass er im Begriff war, die Kontrolle über die Situation zu verlieren.

»Das ist ja interessant. Woher kennen Sie denn die Bewaffnung der italienischen Festungen so genau?«, fragte Haschek.

»Aus dem ›Corriere della Sera‹. Sie sollten sie auch einmal lesen, um etwas mehr über das Fort auf der Martinella zu erfahren.«

Das war genug, dem Mann war er nicht gewachsen.

»Darf ich um Ihre Ausweise bitten?«, befahl er in betont dienstlichem Ton.

»Darf ich fragen, ob Sie von der Polizei sind? Falls nicht, bin ich Ihnen keine Rechenschaft schuldig«, belehrte ihn der Italiener.

Haschek spürte, dass er bei dem Fremden mit Reden so schnell nichts erreichen konnte. Am Ende kannte der sich mit den Befugnissen eines k. u. k. Offiziers besser aus als er selbst. Am einfachsten wäre es, er fände ein paar Indizien für eine Straftat. Bevor es der Italiener verhindern konnte, griff er sich einen ihrer Rucksäcke und öffnete ihn.

»Schau an, ein Fotoapparat! Sie waren zwar noch außerhalb des Bauzauns, aber immerhin schon innerhalb des Bereichs, in dem Fotografieren verboten ist, da hätten Sie den Apparat gar nicht mitführen dürfen. Was mögen da wohl für Bilder drauf sein? Und hier, eine Landkarte mit der Lage des Forts und der Baracken, Skizzen der Baustelle, Entfernungsangaben, Anzahl der sichtbaren Arbeiter, Anzahl der Fahrzeuge. Was einen Wanderer heute so alles interessiert.« Er drehte sich zu den Wachen um. »Bringen Sie die drei zur Gendarmerie und melden dort: bei der Ausspähung der Baustelle auf frischer Tat erwischt.«

Beim Hinausgehen wäre der Mann mit den abstehenden Ohren fast über Silvano Longhi gestolpert, der gerade dabei war, die Treppenstufen am Barackeneingang zu richten. Neugierig sah er der ungewöhnlichen Prozession nach.

»Habt ihr etwa Spione erwischt?«, rutschte es ihm heraus.

Der Wachsoldat am Ende der Gruppe drehte sich mit verschwörerischer Miene zu ihm um. »Ja, italienische Spione, aber das ist streng geheim – auf keinen Fall weitersagen.«

Rechenberger schaute der Gruppe durch das Fenster nach. »Diese Kerle hätten unzweifelhaft elementare Details unseres Forts ausspionieren können.« Die Augen des Werkmeisters leuchteten triumphierend, er stand breitbeinig da wie ein Kriegerdenkmal. Haschek dachte nach. Von dort unten hatten die Kundschafter praktisch nichts von dem Fort sehen können, sicherlich hatten die Italiener von den hohen Bergen auf der anderen Seite der Grenze schon längst viel bessere Fernaufnahmen der Baustelle gemacht. Der Schaden durch die drei wäre insofern ganz sicher unbedeutend gewesen. Mit den Einblicken in die Risszeichnungen an den Wänden war es allerdings schon etwas anderes, und Haschek war froh, dass Rechenberger diesem Fehler offensichtlich keine große Bedeutung beigemessen hatte. Wahrscheinlich würden jetzt ein paar Tage lang die diplomatischen Drähte glühen, und dann würde man sie wieder freilassen. Aber Rechenberger war jetzt offensichtlich gierig nach Anerkennung für seine Heldentat, und Haschek wollte und durfte es sich nicht mit ihm verderben.

»Meine Anerkennung, Werkmeister Rechenberger. Sie haben Ihre Augen wirklich immer überall. Ich werde bei der Geniedirektion eine Anerkennung für Ihre Tat beantragen.«

»Danke gehorsamst, Herr Hauptmann, aber es gehört doch selbstverständlich zu unserer Pflicht, unsere Augen auf der Baustelle immer überall zu haben.«

Als Rechenberger die Baracke verlassen hatte, hörte Haschek immer noch den überheblichen Ton des Werkmeisters in seinen Ohren nachklingen. Oder schwang in seinem Hinweis auf »unsere« Pflicht sogar ein Vorwurf mit?

Der Werkmeister

»Die Wände der Einschalung stehen viel zu weit auseinander! 1,46 Meter sollten es sein, und das sind 1,50 Meter. Wenn ihr so weitermacht, reicht der vorgesehene Beton nicht aus«, schimpfte Werkmeister Rechenberger, der plötzlich hinter einem Bretterstapel aufgetaucht war und nun mit seinem Metermaß drohte wie ein Lehrer mit dem Rohrstock.

»Das verstehe ich nicht, im Plan steht doch 1,50 Meter Wandstärke?«, erwiderte Fabrio Longhi, der mit Silvano und seinen beiden Handlangern gerade dabei war, die Einschalung für eine Betonwand zu zimmern.

Rechenberger schüttelte missbilligend den Kopf.

»Man muss so einen Plan schon richtig lesen können. Da kommen ja noch zwei Zentimeter Putz auf jeder Seite drauf, und die 1,50 Meter beziehen sich auf die fertige Mauer. Also rückt die Bretter jetzt gefälligst zusammen, damit wir den Zeitplan einhalten können.«

Der Werkmeister zog weiter, um seine Kontrollen auf der Baustelle fortzusetzen. Fabrio und Silvano schauten sich an. Rechenberger war immer wieder für eine Überraschung gut, wenn es um die Auslegung der Baupläne ging, aber er hatte hier nun mal das Sagen. Er stammte aus dem Kohlerevier Schlesiens, litt unter der Hitze des Südens und verachtete Italiener, Tschechen, Ungarn, Polen, Kroaten, Slowenen und überhaupt alle Österreicher, die nicht deutscher Nationalität waren, als faules Pack. Der ausdruckslose Blick seiner wasserblauen Augen verwehrte jeglichen Einblick in seine Stimmung, und sein dünnes, hellblondes Haar und seine schmächtige, fast weichliche Erscheinung verrieten ihn unter all den braun gebrannten Arbeitern schon von

Weitem als Fremden. Geschmeidig schlich er durch Baugruben oder kletterte wieselflink über die Gerüste. Wenn er die Arbeiter eine Zeit lang heimlich beobachtet hatte, verteilte er mit seiner unangenehm schnarrenden Stimme pedantische Rügen. Mal deutete er auf seine Taschenuhr und bemängelte die Dauer des Zementstampfens, mal maß er die Höhe der einzelnen Betonschichten nach und ließ sie schlimmstenfalls wieder abtragen, wenn sie zu stark bemessen waren. Es war kein Wunder, dass er hier auf der Martinella keine Freunde gefunden hatte. »Ich habe noch nie gesehen, dass in diesem Fort eine Innenwand verputzt wurde«, stellte Silvano fest.

»Ich auch nicht. Aber wenn er jede Wand vier Zentimeter dünner macht, bleibt eine ganze Menge Zement übrig, den mancher im Dorf vermutlich gut gebrauchen kann«, erwiderte Fabrio.

Ihr Gespräch verstummte abrupt, als sie den Werkmeister hinter sich bemerkten. Er starrte vorwurfsvoll zu ihnen herüber, als habe er ihr Gespräch schon länger belauscht, und winkte Fabrio mit einer leichten Kopfbewegung zu sich.

»Du weißt doch noch, was du in deinem Dienstvertrag unterschrieben hast? Die Geniedirektion ist berechtigt, dich und deine Leute ohne Angabe von Gründen jederzeit sofort zu entlassen. Und wenn du hier nicht spurst, droht dir ein Jahr strenger Arrest im Festungsgefängnis von Trient. Also mach so etwas nie wieder!« Rechenberger hatte seine Drohung zwischen unbewegten Lippen herausgezischt wie eine Schildviper.

»Was meinen Sie damit? Etwa einen Plan richtig lesen zu können?«

»Widerworte meine ich. Widerworte. Diese Festung ist ein Werk der k. u. k. Geniedirektion, und wie es gebaut wird, bestimme ich und sonst niemand hier, hast du das verstanden?«

»Jawohl, Capomastro«, presste Fabrio zwischen zusammengebissenen Zähnen hervor.

»Und sag nie wieder Capomastro zu mir. Ich bin ein österreichischer Fortifikations-Werkmeister und kein welscher Maurerpolier, merk dir das!«

Rechenberger wandte sich mit betonter Langsamkeit ab und ging davon.

»Was hat denn der Capo dieses Mal von dir gewollt, Papa?«

»Nichts, gar nichts. Aber wenn du nicht langsam lernst, deinen Hammer nicht überall liegen zu lassen und die Bretter nicht immer zu kurz abzusägen, werden wir alle noch eines Tages von der Baustelle fliegen.«

Silvano blickte starr vor Schreck auf seinen Vater. Er sah, wie die Muskeln an dessen Schläfen arbeiteten und sich ein Bündel dicker Adern hervorpresste. Er kannte ihn schon immer als einen strengen Mann, aber diesen ungerechten Zorn hatte er erst in den letzten Wochen fürchten lernen müssen.

Einer der Gehilfen hatte Rechenberges Auftritt verfolgt. »Erinnert ihr euch noch an die Eindeckung des Kasemattenblocks? Die Männer hatten die tonnenschweren Eisenträger auf dem Obergeschoss aufgereiht, um darauf die drei Meter starke Betondecke aufzubringen. Dicht an dicht sollten die Träger gelegt werden, damit die ganze Angelegenheit auch wirklich bombensicher würde, aber als die Leute fertig waren, war eine meterbreite Lücke übrig geblieben. Der Partieführer wies den Capo darauf hin, dass offensichtlich drei Träger zu wenig geliefert worden seien. Rechenberger hat nur verächtlich geschnaubt und den Partieführer gefragt, ob er denn noch nie etwas von thermischer Ausdehnung gehört habe. Jetzt sei es noch früh am Morgen und eiskalt, und damit sich das Eisen in der Mittagshitze ausdehnen könne, müsse man eben immer zwei Zentimeter Abstand zwischen den Trägern lassen.«

»Ich erinnere mich noch an die Schinderei der Monteure, die die ganzen Träger in der Mittagshitze neu verlegen mussten. Und daran, wie wüst der Capo die Leute dabei beschimpft hat und wie eilig er es dann hatte, die erste Betonschicht aufzubringen, bevor die Herren Genieoffiziere aus Trient zur Kontrolle kamen«, ergänzte der andere Handlanger.

»Man sagt, er sei ein Spitzel von irgendeinem der österreichischen Geheimdienste. Vielleicht schleicht er deshalb immer über die Baustelle wie ein Indianer und belauscht die Leute, insbesondere wenn sie keine Deutschen sind.«

»Wie auch immer, irgendwann fällt der Capo durch einen dummen Zufall in eine Baugrube, kurz bevor eine große Ladung Zement hineingeschüttet wird, und dann wird er versehentlich eingestampft, bis der Beton rot wird von seinem Blut. Dann kann er als Geist sein Fort beaufsichtigen – bis in alle Ewigkeit.«

Während die Gehilfen noch Rachegedanken schmiedeten, fragte sich Silvano, wo in Palera die drei Eisenträger wohl eingebaut worden sein mochten.

Die Baustelle auf der Martinella brachte dem Dorf Wohlstand, sei es durch die Vermietung von Zimmern an die Monteure, die herrschaftlichen Gäste im Albergo Stella Alpina oder durch die Löhne der Handwerker aus dem Ort. Paolo Morelli profitierte ganz besonders davon. Seine beiden Lastwagen waren von Sonnenaufgang bis Sonnenuntergang unterwegs und seine kleine Garage versorgte die Fahrzeuge der anderen Fuhrunternehmen mit Benzin und kleineren Reparaturen. Er hatte sogar einen zweiten Fahrer eingestellt, damit ihm selbst mehr Zeit für das Geschäftliche blieb. Wenn er doch einmal selbst am Steuer saß, hatte er meist seinen Sohn Dino dabei, dem er stolz die Baufortschritte des Forts erklärte. Dino war sein Ein und Alles, und er hatte keine Kosten und Mühen gescheut, damit er als erster Junge aus Palera das Obergymnasium in Rovereto besuchen konnte.

Während die Arbeiter aus dem Dorf nach Feierabend entweder noch kurz in Tollers Albergo einkehrten oder aber todmüde ins Bett fielen, war aus Morellis Hinterhof bis tief in die Nacht Hämmern, Sägen und das Schlurfen von Schaufeln in frisch angemachtem Beton zu hören. Nach und nach zog Paolo dort eine richtige Werkstatt empor, mit großen Fenstern, um bei gutem Licht an den Lastern arbeiten zu können, und Eisenträgern an der Decke, um mit Flaschenzügen Motoren oder Getriebe aus den Fahrzeugen herauszuheben. Während die meisten Frauen in Palera noch mit dem Eimer zum Dorfbrunnen gehen mussten, hatte er sogar eine Wasserleitung bis in seine Werkstatt verlegt.

Paolo Morellis Fleiß fand zwar Anerkennung, aber sein wachsender Wohlstand weckte auch Neid. Mehr als einmal durchsuchte die Gendarmerie aufgrund anonymer Anzeigen seinen Hof und ließ sich die Quittungen für den Kauf diverser Baumaterialien vorlegen, aber da er stets die geforderten Nachweise vorlegen konnte, ließ er die Untersuchungen jedes Mal achselzuckend über sich ergehen.

Morelli war nicht der Einzige, der sich aus dem Überfluss auf der Baustelle selbst bediente. Seine Lastwagen kamen auf ihrer letzten Heimfahrt vor dem Wochenende nie leer die Armierungsstraße herunter. Was sie geladen hatten, hatten gewitzte Dörfler bereits im Vorfeld bestellt. Das Material wurde hinter den verschlossenen Toren seines Hofs verteilt und erreichte auf den Trampelpfaden hinter den Häusern seine Ziele. Wer samstagnachmittags mit offenen Augen durch die Dorfstraßen ging, konnte beobachten, wie die Männer ihre Häuser mit feinem Mörtel aus Trient verputzten, großzügige Ziegenställe aus teurem Eichenholz zimmerten und eiserne Zaunpfähle in ihren Vorgärten einbetonierten.

Der Festungsbau hatte für Palera aber auch seine Schattenseiten. Die fremden Arbeiter langweilten sich abends und versuchten mit den jungen Frauen aus dem Dorf anzubändeln, was den einheimischen Burschen Anlass zu mancher Rauferei gab. Einige Frauen, die auf der Baustelle Hilfsarbeiten verrichteten, hatten sich von den Männern zum Rauchen verführen lassen. Einer jungen Witwe sagte man sogar nach, sie biete den Arbeitern ihre Zuneigung gegen Geld an. Aber nicht nur der Neid und der allgemeine Verfall der Sitten sorgten für Spannungen, sondern auch die fremden Nationalitäten der Bauarbeiter, denn manchem

Einheimischen wurde erst durch die Anwesenheit der vielen Deutschsprachigen aus dem Norden bewusst, dass sie selbst Italiener und somit Fremde in Österreich waren.

»Ich habe gesehen, dass du heute Streit mit dem Bediener der Dampfmaschine hattest. Worum ging es denn?«, fragte Fabrio seinen Sohn.

»Der Mann hat mich geärgert. Er wollte wissen, warum wir denn nicht auf der anderen Seite der Grenze wohnten, schließlich seien wir doch auch Italiener.«

»Was hast du ihm geantwortet?«

»Ich habe ihm gesagt, dass ich Österreicher bin, wie alle hier in den Dörfern.«

»Und?«

»Er hat nur gelacht. ›Ihr sprecht wie die Italiener, ihr seid so braun wie die Italiener, ihr esst Polenta wie die Italiener, ihr arbeitet so schlampig wie die Italiener, also seid ihr auch Italiener‹, hat er gesagt.«

»Und weiter?«

»Nichts weiter. Ich habe ihm gesagt, dass er ein Trottel ist, und bin weggegangen. Aber einmal im Ernst, Papa. Das mit der schlampigen Arbeit ist eine Lüge, ich sehe doch, dass es die Männer aus Innsbruck und Bozen auch nicht besser machen als wir. Aber mit den anderen Sachen hat er doch schon recht, oder?«

Fabrio hatte diese Frage kommen sehen, er hatte sie sich schon oft genug selbst gestellt.

Aber bevor er etwas erwidern konnte, ergriff Silvano wieder das Wort: »Herr Antonio Piscel, der Abgeordnete mit der Villa am Dorfrand, hat gesagt, dass wir eigentlich zum Königreich Italien gehören und von den Österreichern nur gefangen gehalten werden. Er sagt, wir sollten auch erlöst werden wie 1866 Venedig und Verona. Was sagst du dazu, Papa?«

»Der Piscel ist Sozialist wie der Battisti auch, da muss man gut aufpassen, wie der es mit der Wahrheit hält. Ich fühle mich jedenfalls nicht als Gefangener der Österreicher.«

»Aber warum sprechen wir dann kein Deutsch wie die anderen Österreicher auch?«

»Man wird nicht nur durch die Sprache zum Österreicher, sondern durch die Liebe zu seiner Heimat, seinem Dorf und den Bergen um uns herum. Und natürlich zu unserem Kaiser.«

»Aber wenn Palera zu Italien gehören würde, würden wir es doch genauso lieben. Und warum liebst du Kaiser Franz Joseph mehr als König Viktor Emanuel? Ist er denn der Bessere von den beiden?«

Fabrio spürte, dass er die Fragen des Jungen nicht so einfach beantworten konnte. Wie Silvano ging es vielen hier, aber im Alltag waren diese Fragen bisher meist bedeutungslos gewesen. Man war unter sich, und mit den wenigen deutschsprachigen Gästen fand man sein Auskommen. Aber nun, durch die Baustelle, hatte sich die Lage verändert. Plötzlich waren aus den treuen Untertanen des Kaisers Fremde im eigenen Land geworden.

»Weißt du, Silvano, du kannst dir noch lange den Kopf zerbrechen über solche Fragen, aber ändern kannst du die Lage nicht. Du wirst sehen, wenn das Fort erst einmal fertig gebaut ist und die vielen Fremden wieder abgereist sind, wird sich hier niemand mehr über so etwas Gedanken machen.«

Fabrio strich seinem Sohn versöhnlich über den Kopf. Er konnte nicht ahnen, dass seine Hoffnung nicht in Erfüllung gehen sollte.

Der Zimmermann

Hauptmann Haschek konnte sich nicht konzentrieren. Das Krakeln der Feder, mit der der Rechnungsoffizial endlose Zahlenkolonnen addierte, übertönte hier drinnen sogar den geschäftigen Lärm der Baustelle. Eigentlich liebte er die Atmosphäre der Bauleiterbaracke. Mit ihrer kargen Möblierung, den großen Sprossenfenstern mit dem weiten, hellen Blick ins dunstig Unbestimmte und den Wänden voller Zeichnungen und Pläne hatte sie etwas von einem Künstleratelier. Und waren Architekten nicht auch Künstler?

Haschek wandte sich widerwillig dem Baujournal zu. Rechenbergs kleine, akkurate Handschrift hatte jede Lieferung, jeden Baufortschritt und vor allem jede Verzögerung akribisch dokumentiert. Besonders die Sommergewitter hatten ihnen arge Probleme bereitet. Schon lange bevor sich die Wolkenbrüche über die Baustelle ergossen, hatten die elektrischen Entladungen der Elmsfeuer an den Spitzen der Hacken und den Telefondrähten getanzt, und spätestens dann hatte er die Arbeiten einstellen lassen müssen, um keine Opfer durch Blitzschlag zu riskieren. Haschek setzte seine Unterschrift unter die Einträge, um zu belegen, dass er alles genauestens kontrolliert hatte, und klappte das leidige Heft zu.

Er zog eine Papierrolle aus dem Panzerschrank und breitete sie auf dem großen Plantisch aus. Die Blaupause wellte sich und fühlte sich klamm an. Die Schwüle der Luft war langsam in das Papier eingedrungen, in die Holzwände seiner Baracke und leider auch in den Zement, der draußen lagerte und auf seine Verarbeitung wartete. Haschek beugte sich über den Grundriss des Forts. Die Geniedirektion hatte verfügt, dass der Notausgang entfallen solle, der von dem Verbindungsgang zwischen den beiden Hauptteilen des Forts auf das Verdeck führen sollte. Offensichtlich musste Geld gespart werden, und so waren die 10.000 Kronen für die gepanzerte Abdeckung des Ausgangs ein willkommener Streichposten.

Vor einer Woche noch wäre diese Anweisung nur eine der zahllosen Planänderungen gewesen, mit denen er sich seit dem Beginn der Bauarbeiten herumschlagen musste. Nun aber war der senkrechte Schacht schon in den Felsen gesprengt worden. Ihn ärgerte nicht nur, dass er damit kostbare Zeit vergeudet hatte. Der offene Durchbruch musste schließlich auch wieder sorgfältig zubetoniert werden, was weitere Bauverzögerungen nach sich zog. Wie die sich das in Trient überhaupt vorstellten: Das Betonieren musste nach einem peniblen Zeitplan erfolgen: immer Schicht auf Schicht, niemals mehr als 25 Zentimeter hoch, sonst ließe sie sich nicht richtig verdichten, und niemals mehr als zwölf Stunden Pause zwischen den einzelnen Arbeitsgängen, sonst würden sich die Schichten nicht fest genug miteinander verbinden. Das bedeutete, dass an jedem Samstagabend ein Bauabschnitt, eine Wand oder eine Decke vollständig fertig betoniert sein musste. Diesen Rhythmus durfte man nicht einfach für ein paar Extrawürste stören. Die ganze Arbeit für die nächsten Wochen musste somit neu geplant werden.

Als hätten sie in den letzten Tagen nicht schon genug Ärger auf der Baustelle gehabt, war ein ungarischer Arbeiter vom Gerüst gestürzt und hatte sich schwer verletzt. Ob es ein Unfall war oder ein Streit mit den rauflustigen Kroaten, konnte nicht geklärt werden. Man hatte ihn noch ins Festungsspital nach Trient gebracht, wo er aber nach zwei Tagen gestorben war. Die Staatsanwaltschaft in Rovereto hatte daraufhin langatmige Untersuchungen eingeleitet, die den Baufortschritt noch weiter behindert hatten.

Zu allem Übel war auch noch die letzte große Zementlieferung faul gewesen, die vorgeschriebenen Betonproben waren in der Prüfpresse zerbröselt wie Streuselkuchen. Ersatz war zwar angekündigt, aber der zusätzliche Transport mit der Bahn, das

Umladen auf die Lastwagen und der ganze Papierkram bedeuteten weitere unangenehme Verzögerungen. Von den Gründen dafür blieben am Ende nur ein paar dürre Anmerkungen im Baujournal übrig, aber davon, dass der Termin der Endabnahme des Forts eingehalten wurde, hing seine Beförderung ab.

Der lang gezogene Pfiff der Dampfmaschine signalisierte Feierabend. Die meisten Arbeiter gingen zu ihren Baracken, die wenigen aus dem Dorf machten sich auf den Nachhauseweg.

»Komm, Silvano, ich zeig dir mal was.« Fabrios Stimme klang geheimnisvoll. »Du erinnerst dich doch, wie wir vor drei Wochen die Frontwand für den Batterieblock eingeschalt haben? Heute wurden die Bretter entfernt. Sieh mal.« Er zeigte auf eine Stelle dicht über dem Boden.

Silvano kniete sich vor die Inschrift, die mit sauberen Lettern in den Beton gedrückt war.

»F.L. / S.L. – 16.8.1913. Das sind ja wir beide! Wie hast du das denn gemacht, Papa?«

»Hier, schau selbst.« Er deutete auf ein Schalbrett, auf das die hölzernen Buchstaben in Spiegelschrift geleimt waren. »Ich dachte, wenn es schon keinen Grundstein gibt, so soll es doch wenigstens an uns eine Erinnerung für die Ewigkeit geben.«

»Aber wenn das der Capo sieht!«

»Mach dir mal keine Sorgen. Morgen früh wird die Wand mit Erde angeschüttet, dann ist unser Grundstein nicht mehr zu sehen. Aber du und ich, wir werden immer wissen, wo er liegt.«

»Jetzt haben wir unser eigenes Denkmal auf der Martinella«, flüsterte Silvano und es schauderte ihn vor Ergriffenheit.

»Ich komme heute Abend übrigens nicht mit nach Hause. Deine Mutter weiß Bescheid, dass ich heute in der Arbeiterbaracke schlafen werde.«

»Was gibt es denn Besonderes?«

»Der Capo hat es angeordnet. Morgen wird in aller Frühe eine Panzerkuppel geliefert, für die ein Sichtschutz gezimmert werden muss. Du weißt schon, die neugierigen Italiener mit ihren

Ferngläsern dürfen sie nicht sehen. Nun geh schon, du wirst den Weg auch alleine finden.« Fabrio klopfte ihm zum Abschied auf die Schulter, und Silvano schlenderte davon

Paolo Morelli und Werkmeister Rechenberger standen hinter der Zementbaracke und unterhielten sich mit gedämpfter Stimme. Morelli wirkte nervös und schaute sich unablässig um, während Rechenberger lässig die Hände in die Hosentaschen geschoben hatte.

»Wenn wir den neuen Zement am Bahnhof abholen, sind meine Lastwagen auf der Rückfahrt nach Calliano leer. Es kostet also weder zusätzliche Zeit noch Benzin, wenn sie dabei den alten Zement wieder zurückbringen. Aber was ist mit dem Auf- und Abladen des faulen Zements, wer wird das organisieren?«, fragte Paolo.

»Das geht auf die Geniedirektion, dafür sorge ich schon. Die Mehrkosten habe ich mit dem Baurechnungsoffizial abgesprochen, es wird keine Fragen hierzu geben.«

»Weiß der Bauleiter eigentlich davon?«

»Ach, der Hauptmann Haschek. Der brütet doch am liebsten in seiner Baracke über den Plänen oder liegt in der Wiese und träumt davon, wie schön sein Fort einmal sein wird. Ich habe noch nie gesehen, dass er die Leute einmal bei der Arbeit kontrolliert oder Lieferungen überprüft hätte. Der typische österreichische Schlendrian eben. Ohne mich würde der das Fort doch niemals fertig bekommen. Mach dir mal um den keine Sorgen.«

»Wozu geht der Zement überhaupt zurück? Der ist doch für gar nichts zu gebrauchen, oder soll er etwa noch einmal neu gebrannt werden?«

Rechenbergers Lippen wurden schmal. Was ging es den Morelli an, dass die Geniedirektion der italienischen Armee in Verona die Lieferung übernahm. Auch wenn er mit ihm gemeinsam Baumaterialien verschob, hieß das noch lange nicht, dass der welsche Hund nicht am Ende doch zu den Italienern halten würde.

»Von Calliano aus geht das Zeug per Bahn nach Süden, da gibt es Abnehmer für so etwas.«

Paolo schüttelte erstaunt den Kopf; er konnte nicht glauben, was er da gerade gehört hatte.

»Eine geniale Idee, den wertlosen Mörtel doch noch zu Geld zu machen, das muss ich schon sagen. Für die 1.000 Zentner bekommt man 5.000 Kronen, dafür muss ein Zimmermann viele Jahre lang arbeiten. Was wollen die denn damit eigentlich bauen?«

Der Werkmeister spürte, dass er mit seiner Vertrauensseligkeit schon viel zu weit gegangen war, aber gesagt war gesagt. Er schaute Paolo verschwörerisch an und legte einen Zeigefinger an seine Lippen. Der verstand, keine Fragen, kein Ärger. Und abgerechnet würde wie immer in bar.

Hauptmann Haschek genoss die abendliche Stille auf seiner Baustelle. Er liebte es, wenn aus den abstrakten Grund- und Seitenrissen solide Mauern, elegante Formen und zweckmäßige Räume wurden. Heute erst hatten sie die Holzverschalung des Verdecks auf dem Kasemattenblock entfernt. Er kniete sich auf den frischen Beton und fuhr mit den Fingern die zur Rückseite hin abfallende geschwungene Linie der Decke entlang. Geschmeidig, fast stromlinienförmig sollte sich das Fort an die Flugbahnen der Geschosse anschmiegen. Wie die Kieselsteine, die sie als Kinder über den See hüpfen ließen, sollten die italienischen Granaten an dieser Neigung abgleiten und sich in den Almen hinter dem Fort verlieren. So hatten es ihm die Experten des Technischen Militärkomitees in Wien vorgerechnet, und genau so hatte er es in die Pläne des Forts eingearbeitet. Haschek stand auf und war zufrieden. Auf dem Rückweg ging er noch einmal durch den unterirdischen Verbindungsgang und blieb an dem Schacht des Notausstiegs stehen. Die eisernen Leitersprossen hatten sie schon festbetoniert, es würde sich nicht mehr lohnen, sie noch einmal herauszumeißeln. Sein Werkmeister hatte schon den größten Teil der Holzverschalung am Fuße des Durchbruchs zurechtzimmern lassen. Jetzt müssten die Arbeiter nur noch fünf Meter hoch Beton hineinstampfen und die Angelegenheit wäre erledigt.

Er wollte gerade weitergehen, als er von oben lautes Sprechen hörte. Sie schimpften auf Italienisch, was auf dieser Baustelle mit ihren babylonischen Sprachverhältnissen nicht unbedingt Rückschlüsse auf die Nationalität zuließ. Sogar sein Werkmeister konnte mittlerweile auf Italienisch fluchen. Haschek glaubte in einer der Stimmen Silvanos Vater zu erkennen. Ob der wohl wieder seine schlechte Laune an seinem Sohn ausließ, mit Morelli über Lieferpreise stritt, von Rechenberger bei irgendeiner Schluderei ertappt worden war oder mit diesem Carbonari aus der Kantine aneinandergeraten war?

Er trat durch den Kasemattenblock ins Freie und machte noch ein paar Schritte auf das Verdeck, um nach den Streithähnen zu forschen, aber dort war niemand mehr zu sehen. Haschek ging zu seiner Wohnbaracke, legte die Füße auf das Geländer der kleinen Veranda und genoss den Sonnenuntergang über dem Pasubio bei einem Glas Blaufränkisch aus seiner Heimat.

Der nächste Tag begann mit neuen Aufregungen. Als Silvano Longhi am Morgen alleine auf der Baustelle erschienen war, hatte er seinen Vater nicht wie verabredet angetroffen. Man befragte die Arbeiter, suchte die Baustelle und die Baracken ab und telefonierte nach dem Gendarmerieposten im Dorf, aber Fabrio bleib verschwunden. Offensichtlich hatte er die Nacht weder zu Hause noch in der Arbeiterunterkunft verbracht. Es kam durchaus vor, dass Arbeiter plötzlich vom Heimweh ergriffen wurden und sich trotz der drohenden Strafe ohne Erlaubnis auf den Weg nach Hause machten. Aber Longhi wohnte im nahe gelegenen Palera, wo er Frau und Sohn hatte. Zudem galt er als sehr zuverlässig und bedächtig, nicht der Typ für affektartige Handlungen. Allerdings gehörte er zur italienischen Bevölkerung des Habsburger Reiches, und Haschek hatte sich gegenüber der Geniedirektion mehrfach für die stets in Zweifel gezogene Staatstreue seiner italienischen Arbeiter verbürgen müssen.

Zu allem Überfluss hatte ihm Rechenberger auch noch gemeldet, dass wichtige Baupläne aus dem Panzerschrank verschwunden waren. Er hatte also keine andere Wahl, als die Angelegenheit der Gendarmerie in Palera zu melden. Ihm graute vor den Rapporten, die er nun wieder würde schreiben müssen, und den erneuten Bauverzögerungen, die die Untersuchung zwangsläufig mit sich bringen würde. Es blieb ihm wirklich nichts erspart.

Fabrio Longhi blieb verschwunden, so wie die Pläne auch. Dass er damit nach Italien übergelaufen sein sollte, wie es ein Gerücht zunächst nahelegte, wollte keiner glauben. Dafür hing er viel zu sehr an seiner Familie, wie jeder bezeugen konnte, der ihn kannte. Aber die Indizien sprachen nun einmal gegen ihn. Also stellten die Gendarmen Longhis Wohnung auf den Kopf und verhörten seine Frau Anselma und das halbe Dorf, aber ohne jedes brauchbare Ergebnis. Am Ende ging sogar Hochwürden Fortunato nach Tonezza auf der anderen Seite der Reichsgrenze, um sich dort umzuhören, aber auch er kehrte ohne einen Hinweis auf Fabrios Schicksal zurück.

Als Haschek am Abend, erschöpft von Verhören, Berichten und Telefonaten, durch das Fort schlenderte, bemerkte er, dass zumindest der Notausgang schon fertig zubetoniert worden war. Immerhin etwas.

»Das tut mir leid, die Sache mit deinem Vater«, sagte Paolo zu Silvano, als er ihn Tage später mit seinem Lastwagen mit ins Dorf nahm. »Wie kommt Anselma jetzt so zurecht, ohne ihn?«

»Meine Mutter war zuerst völlig verzweifelt. Sie hat es nicht verstanden. Aber Alberta Toller hat sich rührend um sie gekümmert.«

»Und du, wie geht es dir?«

Silvano schaute starr vor sich auf die Straße, er versuchte nicht in Tränen auszubrechen.

»Lass mal, ich verstehe schon.«

»Sag mal, glaubst du etwa auch, dass Papa zu den Italienern übergelaufen ist?«

Paolo hielt sich konzentriert an seinem Lenkrad fest und vermied es, den Jungen anzusehen. »Woher soll ich das wissen? Mit mir hat er über so etwas jedenfalls nicht geredet.«

»Papa hätte so etwas niemals getan! Er ist ein guter, ehrlicher Mann, und er liebt unseren Kaiser.«

»Natürlich ist er ein guter Mann, aber was glaubst du, was Menschen für Geld alles tun?«

»Das glaube ich nicht. Papa hat immer gesagt, Geld allein macht nicht glücklich.«

Paolo sah ihn schweigend an, sein Kiefer bewegte sich, als zermahle er eine Antwort, die ihm auf der Zunge lag. Als die Stille in der Fahrerkabine zu drückend wurde, sagte er: »Vielleicht war er ja unglücklich?«

»Papa war der glücklichste Mensch auf der Welt. Er hat meine Mama über alles geliebt, und mich bestimmt auch – glaube ich jedenfalls.«

»Ja, das kann ich mir gut vorstellen«, erwiderte Paolo, vor dessen Augen die schlanke Figur Anselmas erschien. Der Laster schob sich mit heulendem Getriebe die Armierungsstraße herab, und auf der Fahrt durch den Gemeindewald musste er schon die Scheinwerfer einschalten.

»So, da wären wir.«

»Vielen Dank fürs Mitnehmen.«

Silvano wollte gerade die Wagentür hinter sich schließen, als Paolo ihn noch einmal ansprach: »Hör mal, wenn du was brauchst oder deine Mutter, dann sagt mir Bescheid. Dein Vater war nie schlecht zu mir. Wir waren vielleicht keine richtig guten Freunde, aber ich hatte nie etwas gegen ihn. Sag das auch deiner Mutter. Und nun gute Nacht, Silvano.«

Paolo legte den Gang ein und fuhr ruckend an, bevor Silvano noch etwas erwidern konnte.

Der Skodamonteur

Als Nepomuk Dopsil in Calliano aus dem Zug stieg, wartete der Wagen der Geniedirektion Trient schon auf ihn. Die Firma Skoda & Cie aus dem böhmischen Pilsen hatte Dopsil geschickt, um den Einbau der Panzertürme auf der Martinella zu leiten. Sein Reisekoffer und zwei Holzkisten mit feinmechanischen Messinstrumenten wurden auf dem Wagen verzurrt, und los ging die Fahrt hinauf auf die Hochebene von Folgaria. Sie fuhren zuerst nach Palera, wo für ihn ein Zimmer im Albergo Stella Alpina reserviert war. Die Zugfahrt von Pilsen war lang gewesen, und die Arbeit am Fort sollte erst am nächsten Morgen beginnen.

Abends in der Gaststube weckte Dopsils Anwesenheit natürlich die Neugierde der Einheimischen. Mit seinem weißen Hemd, seiner schwarzen, glänzenden Weste und seinem dunklen Anzug sah er nicht wie ein einfacher Schlosser aus, aber bei genauerem Hinsehen waren die Spuren seiner Arbeit auf dem Anzug unübersehbar. Er trug die Nase höher als andere Arbeiter seines Standes, und so bestand er darauf, mit »Herr Skoda-Obermonteur Dopsil« angesprochen zu werden. Auf die neugierigen Fragen der Gäste antwortete er entweder mit einem knappen Hinweis auf seine militärische Schweigepflicht, oder er behauptete, dass seine inhaltsschwere Antwort sowieso niemand verstehen könne, außer vielleicht der Generalstabschef Conrad von Hötzendorf oder der Chefkonstrukteur der Fima Skoda. Dabei bereicherte er mit seinem tschechischen Akzent die Sprachenvielfalt im Albergo um eine neue Facette.

Als Dopsil am nächsten Morgen auf der Baustelle des Forts eintraf, benötigte er keine fünf Minuten, um die alleinige Leitung der Montagearbeiten an sich zu reißen und Bauleiter Haschek, Werkmeister Rechenberger und die Partieführer zu Handlangern zu degradieren. Als Erstes untersuchte er die 15 Tonnen schweren Panzertürme, die auf Holzbalken bereitgestellt waren.

»Mein Gott, was haben sie denn mit denen angestellt?«, flüsterte er unheilschwanger und deutete auf einen Kratzer in einer Laufffläche. »Das kann teuer werden, nehmen Sie das ins Transportprotokoll auf«, diktierte er Rechenberger, der sorgenvoll den Kratzer untersuchte. Drohungen mit Kosten und Regress verbreiteten immer Angst, wenn es um Staatskosten ging.

Dann ging Dopsil daran, die Kisten mit dem Montagematerial auszupacken, die zu den Panzertürmen gehörten. Aus Bergen von Holzwolle und ölgetränktem Papier kamen riesige Schrauben, Muttern, Unterlegscheiben, Federn, Hebel, Zahnräder und Kugellager zutage, alle mit sauber eingravierten Kennzeichnungen versehen, um sie eindeutig zuordnen zu können.

Dopsil verglich die Lieferung akribisch mit den Lieferlisten, während die Männer von der Bauleitung es nicht abwarten konnten, dass es endlich mit der Montage losgehen würde. Als er bis zum Abend erst mit dem genauen Ausmessen der Betonunterlagen in der Decke des Batterieblocks begonnen hatte, auf die die Ungetüme geschraubt werden sollten, wurde ihnen klar, warum die Firma Skoda für den Einbau die unvorstellbare Zeit von zwei Wochen einkalkuliert hatte.

Bei den abendlichen Runden im Albergo Stella Alpina war die bevorstehende Montage der Panzertürme ebenso Gesprächsthema wie der eigenartige Monteur.

»Mein Häuschen liegt ja am Eingang des Dorfes, dort kommen immer die Transporte von Calliano zum Fort vorbeigefahren«, setzte Fortunato Carbonari an. »Letzte Nacht kam Elisabetta an mein Bett gerannt und schrie, es würden Ungeheuer nach Palera kommen. Die Kleine sieht immer und überall Geister und Feen, aber dieses Mal war ich kurz davor, ihr zu glauben. Der Boden dröhnte und die Fensterscheiben klirrten wie bei einem

Erdbeben. Als ich zur Haustür rannte, um nachzusehen, standen da schon die Gendarmen und schickten mich wieder hinein. ›Geheim, Fortunato, das ist geheim‹, haben sie gerufen. So ein Unsinn! Dabei war das Spektakel weder zu überhören noch zu übersehen«, ereiferte er sich.

»Ich habe es auch gesehen von meinem Schlafzimmer aus. Zwei Autos vom Militär hatten sie vor den Wagen gespannt. Die Panzerkuppeln darauf waren in Stroh eingewickelt und mit Kartoffelsäcken zugedeckt, damit man sie nicht erkennen konnte. Dabei weiß doch jeder, dass es die Panzerkuppeln für das Fort waren«, ergänzte Ugo Zobele.

»In Folgaria haben sie sogar das halbe Haus von Giovanni Forrer abreißen lassen, damit der Zug durch die enge Gasse passt«, wusste Enzo Capeletti zu berichten, »aber der Staat wird ihm den Schaden an seiner alten Bude bestimmt gut ersetzen.«

»Habt ihr den Monteur von Skoda gesehen? Tut wie ein Hohepriester, der Lackaffe! Vor dem kuscht auch der Bauleiter und sogar der Rechenberger, und das will schon etwas heißen«, ereiferte sich Fortunato.

»Hast du etwa Monteur gesagt, Fortunato? Obermonteur bitte schön!«, warf Sergio Toller ein und stellte einen weiteren Krug Teroldego auf den Tisch.

»Stellt euch vor, am ersten Abend fragt er mich doch, wo er sein Hemd waschen und bügeln lassen kann. Dabei hatte er es doch erst einen Tag angehabt, und es sah noch ganz manierlich aus.«

»Und, macht das jetzt deine Frau?«, wollte Ugo von Sergio wissen.

»Wo denkst du hin. Deine Frau bügelt jetzt für den Obermonteur, stimmt's, Fortunato? Jeden Abend holt sie ein Hemd bei ihm ab und bringt ihm dafür ein neues. Bitte schön, Herr Obermonteur, danke schön, Herr Obermonteur. Ich wusste gar nicht, dass Maria so feine Manieren hat«, spöttelte Sergio und legte Fortunato dabei versöhnlich die Hand auf die Schulter.

Fortunato schwieg und schaute angestrengt in sein Glas.

Endlich wurden die Panzertürme mit Kränen an ihren Einsatzort gehoben, wo Dopsil sie genau nach dem Lot ausrichten ließ. Wo notwendig, legte er dünne Bleibleche unter, bis die Libelle der Wasserwaage perfekt eingespielt war. Die Arbeiter wollten schon anfangen den Beton anzumischen, um die Unterteile der Türme einzubetonieren, aber der Skodamonteur bestand darauf, bis zum nächsten Morgen zu warten, damit sich das Ganze noch einmal setzen konnte.

Tags darauf zeigte die Wasserwaage tatsächlich einen Hauch von Schieflage, worauf Dopsil die ganze Prozedur noch einmal von vorn beginnen ließ. Die Einbauten, die das Drehen der schweren Panzertürme ermöglichen sollten, montierte er unter strenger Beachtung undurchsichtiger, aber langwieriger Rituale. Zuerst verbot er in einem Umkreis von zehn Metern um seine Baustelle lautes Sprechen oder gar Pfeifen, als würde er mit Nitroglyzerin hantieren. Dann holte er aus einer Kiste, die eingerichtet war wie eine k. u. k. Feldapotheke, Flaschen mit Knochenöl und Glyzerin, Tiegel mit Grafit und Tuben mit Vaseline und verschiedenen Schmierfetten, um Gewinde, Bolzen und Zahnräder mit diesen Essenzen zu bestreichen.

Erst dann begann Dopsil mit dem Zusammenbau der Einzelteile. Nur selten griff er dabei zu Feile oder Schmirgelpapier, um schwergängige Teile vorsichtig nachzuarbeiten, wobei er ihre Maße immer wieder mit seinen Messgeräten auf den hundertstel Millimeter genau kontrollierte.

Manchmal brauchte aber auch Dopsil fremde Hilfe. Mal war etwas zu schwer für ihn, mal brauchte man einfach vier Hände. Der Skodamonteur scheuchte als Erstes Paolo Morelli davon, der sich zwar durch seine Lastautos einige Schlosserkenntnisse angeeignet hatte, aber vielleicht gerade dadurch in den Verdacht geriet, in einem unbeobachteten Augenblick selbst unerlaubt Hand an die Mechanik legen zu können.

Dopsil verstand es geschickt, sich Konkurrenz vom Leibe zu halten, und wählte stattdessen den jungen Silvano aus, der mit seiner ruhigen und hilfsbereiten Art der ideale Mitspieler für ihn war. Als Silvano am Ende ganz allein am Handrad des Schwenkmechanismus kurbeln durfte und damit den Panzerturm fast geräuschlos einmal um seine eigene Achse drehte, waren die Arbeiter beeindruckt von der geschmeidigen Leichtgängigkeit der tonnenschweren Konstruktion.

Nachdem endlich der letzte der vier Türme aufgesetzt war, spendierte die Bauleitung eine Runde: Wein für sich und Bier für die Arbeiter. Der Skodamonteur gab dazu altkluge Erläuterungen zur Herstellung und Funktionsweise der Panzertürme und lobte die Genialität tschechischer Konstruktionskunst und das geheime Wissen ihrer Metallurgen.

Während er in Eisen, Silizium, Chrom und Nickel schwelgte, flüsterte Haschek seiner Gattin ins Ohr: »Jetzt, Gesellen, frisch! Prüft mir das Gemisch!«

Worauf Emalie sich mit verschwörerischer Miene zu ihm hin drehte und das Lied von der Glocke ergänzte: »Ob das Spröde mit dem Weichen sich vereint zum guten Zeichen.«

Als Höhepunkt der Zeremonie durfte Emalie kriegerisch-theatralische Taufsprüche für die vier zukünftigen Kriegshelden intonieren, während ihr Sohn Adolf in seinem Matrosenanzug zu salutieren und strammzustehen versuchte. Silvano Longhi, der ein wenig betreten bei den Arbeitern stand, hörte von den Reimen nur Wortfetzen wie »die Nachbarin des Donners« oder »sei dein metallner Mund geweiht« oder »Concordia soll dein Name sein«. Wie oft hatte er gemeinsam mit seinem Vater versucht, sich die Funktionsweise der zukünftigen Bewaffnung vorzustellen, aber niemand hatte jemals Pläne oder gar Bilder davon zu sehen bekommen. Er spürte, dass die Montage der Panzerkuppeln für das Fort so etwas Bedeutendes wie der Stapellauf für ein Schlachtschiff war. Die Festung strahlte jetzt, nach drei Jahren Bauzeit, zum ersten Mal etwas Wehrhaftes und Erhabenes aus. Er hätte sich so sehr gewünscht, sein Vater stünde jetzt neben ihm, um mit ihm gemeinsam zu feiern. Es half nichts, die Tränen ronnen plötzlich und unaufhaltsam über seine Wangen.

Der kleine Adolf Haschek sah es als Erster, und mit der Unbefangenheit eines Neunjährigen ging er zu Silvano und nahm ihn an der Hand. Auch Mizzi, das Kindermädchen, und am Ende sogar Emalie Haschek kamen zu ihm, um ihn zu trösten.

Als sich Hauptmann Haschek, der im Kreis der Gratulanten stand, umdrehte und die rührende Szene sah, musste er an den Tag denken, an dem Silvanos Vater auf rätselhafte Weise verschwunden war. Die Untersuchungen waren alle im Sand verlaufen. Hätte sich auch nur die Spur eines Verdachts auf Spionage halten können, wäre Silvano damals sofort von der Baustelle verwiesen worden. So aber hatte er bleiben und die finanzielle Not seiner Mutter wenigstens etwas lindern können.

Haschek dachte an die anderen Opfer, die der Bau bisher gekostet hatte. Zwei tödliche Unfälle und einige Schwerverletzte waren die Bilanz, aber so war das eben, wenn 600 Arbeiter drei Sommer lang schwere und mitunter gefährliche Arbeiten verrichteten. Er riss sich von seinen Betrachtungen los und wandte sich wieder der Festgesellschaft zu.

Als Nepomuk Dopsil am Abend wieder abgereist war, übernahm Hauptmann Haschek wieder die alleinige Leitung der Baustelle.

Wie so oft weidete sich Haschek auch an diesem Abend an den Fortschritten seines Forts. Er sah den graubraunen Stahl der Panzertürme matt im Abendlicht schimmern. Der Skodamonteur hatte ihm verraten, dass die geheime Legierung auch ohne die vorgesehene Tarnfarbe niemals rosten würde. Die Kuppeln würden also hier draußen trotz Regen und Schnee über Jahrhunderte unversehrt bleiben, genau wie die mächtige Betonkonstruktion der Festung. Haschek strich mit der Hand über die sanfte Krümmung ihrer Oberfläche. Der dicke Panzer hatte die Kraft der Mittagssonne gespeichert und fühlte sich jetzt in der aufkommenden Frische des Abends angenehm warm an.

Haschek legte sich auf den Bauch und peilte mit einem Auge an den Schießscharten vorbei, als ob er sich noch einmal der exakten Ausrichtung der vier Türme vergewissern wollte. Millimetergenau standen sie in einer Linie! Der Skodamonteur hatte ganze Arbeit geleistet. Ihre streng geometrische Anordnung auf den organischen Rundungen des Betonverdecks waren eine reizvolle Synthese von Funktionalität und Ästhetik, und sie vermittelten eine unerschütterliche Ruhe und Selbstsicherheit.

Haschek liebte diese Wirkung, die seine Festung ausstrahlte. Das Fort hatte keine Ecken oder Kanten, sondern war sanft geschwungen wie die Wiesenkuppe der Martinella. Geschmeidig lag es bereit zum Kampf und bot dabei doch den Granaten des Feindes keinerlei Angriffspunkt. Genau so hatte es sich Haschek vorgestellt: Die Form folgt immer der Funktion.

Mit dem Mund geformte Trompetensignale und unsinnige artilleristische Befehle von Jungenstimmen aus den Panzertürmen ließen ihn aufhorchen. Er bemerkte schmunzelnd, wie zwei der Türme anfingen sich lautlos zu drehen. Zwei Ofenrohre wurden aus ihren Scharten geschoben und richteten sich unheilschwanger gegen den Himmel. Kindliche Imitationen von Haubitzenschüssen bellten hohl durch die Blechrohre und bildeten den Höhepunkt dieses Feuerüberfalls auf das italienische Königreich. Haschek schlich sich nach unten in den Batteriegang und nahm mit lautem »Hände hoch!« seinen Sohn Adolf und Silvano gefangen.

Am nächsten Tag erreichte die Nachricht vom Attentat auf den österreichischen Thronfolger Franz Ferdinand das Dorf und die Baustelle. Die wenigsten hatten eine genaue Vorstellung davon, wo dieses Sarajevo lag oder welche Konsequenzen sich daraus für ihr zukünftiges Leben ergeben könnten, aber alle fühlten, dass dies ein einschneidendes Ereignis für sie alle war.

Am Samstagabend ging Hauptmann Haschek ein letztes Mal mit seiner Gemahlin über die Almen der Martinella spazieren, während Mizzi und Adolf vergeblich versuchten, ein Edelweiß oder zumindest ein vierblättriges Kleeblatt zu finden. Die Ferien gingen zu Ende, und morgen würde seine Familie zurück nach Wien fahren. Aber auch so hätte Haschek sie jetzt nach Hause geschickt, denn es war nicht abzusehen, wie sich die Dinge in den nächsten Tagen entwickeln würden. Immerhin war das Fort eine militärische Befestigung an der Reichsgrenze, und die zukünftige Haltung Italiens war alles andere als vorhersehbar.

»Sag, Stani, wird es Krieg geben?«, fragte Emalie.

»Wie soll man das wissen? Wer weiß schon, was die Diplomaten jetzt aushecken?«

Sie schaute hinab ins Terragnolotal und murmelte vor sich hin: »Möge nie der Tag erscheinen, wo des rauen Krieges Horden dieses stille Tal durchtoben.«

»Ach Emalie, du schaffst es noch, das ganze Fort Martinella mit Schillers Glocke zu beschreiben.«

»Ich hatte so gehofft, du würdest den Militärdienst quittieren, wenn du deine Festung fertig hast, und dann etwas Rechtes anfangen.«

»Was meinst du denn mit ›etwas Rechtes‹?«

»Etwas, das Geld einbringt. Du hast Talent, du kannst hart arbeiten, du hättest Architekt werden können und bestimmt viel Anerkennung dabei bekommen.«

»Vielleicht hast du ja recht, aber jetzt, wo der Krieg droht, geht das nicht mehr.«

»Ja, dafür ist es jetzt zu spät.«

»Aber Emalie, selbst wenn es Krieg gibt, wird er ja nicht ewig dauern.«

»Aber wer weiß schon, was danach sein wird.«

Haschek hielt inne. Was sollte er ihr darauf erwidern? Er blickte zum Fort, seinem Fort, zurück.

»Von hier aus ist es fast gar nicht zu sehen«, sinnierte er. »Wenn erst einmal die vorbereiteten Grassoden über den kahlen Kalkboden gelegt und die Betondecken mit Tarnfarbe bemalt worden sind, wird es spurlos verschwunden sein.«

»Fast, mein lieber Stani, aber die Panzerkuppeln hier am Abhang sind nicht zu verbergen. Ich finde, diese seltsamen Dinger ...«

»Du meinst die Maschinengewehrpanzerstände, liebste Emalie«, korrigierte Haschek nachsichtig.

»... ja genau, diese Dinger, ich finde, sie sehen aus wie Totenköpfe. Vielleicht liegt es an den beiden Schießscharten, die wie leere Augenhöhlen aussehen. Dein Fort erinnert an einen verwüsteten alten Friedhof, findest du nicht?«

Haschek hatte das Bauwerk bisher immer mit den Augen eines Ingenieurs betrachtet, hinter jeder Betonmauer sah er die Innereien, die Stockwerke, Treppen und Aufzüge. Aber ein Friedhof mit Totenköpfen?

Mizzi war herangekommen und hatte das Ende ihres Gesprächs mitbekommen. Ihre Stimme klang bedrückt. »Totenköpfe, ganz kahl und kalt. Sie sehen aus, als ob sie hämisch grinsen und heimtückisch auf ihre arglosen Opfer lauern würden. Ich hätte Angst, hier alleine im Dunkeln vorbeizugehen«, sagte sie.

Was sollte Haschek darauf erwidern? Er hatte keinen Vergnügungspark bauen wollen, sondern etwas Wehrhaftes, Tödliches. So gesehen waren die Bilder der beiden Frauen nicht abwegig. Er musste wieder an den Mord in Sarajevo denken und daran, dass es jetzt vielleicht wirklich Krieg geben könnte, auch für dieses Fort.

»Kommt, es wird Zeit für das Abendbrot, und ihr müsst noch packen. Morgen geht es früh los«, beendete Haschek ihre Betrachtungen.

Juli 1914

Die Garnison

Die allgemeine Unruhe wegen des Attentats auf den Thronfolger hatte sich gerade gelegt, als auch schon die nächsten aufregenden Nachrichten kamen. Aushänge am Gemeindeamt in Folgaria kündigten das Einrücken der Garnison in das Fort Martinella an. Die Bevölkerung wurde aufgerufen, hierfür Unterkünfte bereitzustellen – natürlich gegen Bezahlung.

Gemeindevorstand Capeletti musste sogleich Gerüchten entgegentreten, dass dies eine Vorbereitung auf einen drohenden Krieg mit Italien sei. Die Einquartierung sei schon lange vor den Schüssen von Sarajevo beschlossen worden, da die Festung kurz vor ihrer Fertigstellung stünde. Und weil die bombensicheren, aber viel zu engen Kasematten des Forts nur im Kriegsfall belegt werden konnten und das Geld für die vorgesehene Friedenskaserne noch nicht bereitstand, blieb eben nichts anderes übrig, als die Besatzung vorläufig in den nahen Dörfern unterzubringen.

Bald darauf kam ein Vorauskommando des Militärs, um die angebotenen Quartiere zu besichtigen und die Preise hierfür festzulegen. Die Offiziere sollten im Albergo Stella Alpina unterkommen, die höheren Chargen wie die Oberjäger der Landesschützen und die Feuerwerker der Festungsartillerie sollten private Zimmer bekommen und für die einfachen Soldaten wurden Mansarden hergerichtet und Dachböden ausgebaut.

Silvano Longhi hatte alle Hände voll damit zu tun, Zwischenwände einzuziehen und Schlafpritschen zu zimmern. Paolo Morelli hingegen hatte schon vier Wochen vor der offiziellen Ankündigung seine beiden Lastwagen aus der alten Scheune gefahren und dort etliche Pritschen aufgestellt, die ihm nun einen guten Erlös einbrachten.

Zuerst zogen vierzig Landesschützen eines Trentiner Regiments in Palera ein. Die Soldaten waren die Lieblinge der Einheimischen, sie rekrutierten sich aus den südlichen Teilen Tirols und sprachen wie die Leute hier meist italienisch. Das Edelweiß am Uniformkragen und die schwarzbraune Spielhahnfeder an der Feldkappe bezeugten ihre alpenländische Herkunft. Besonders den jungen Frauen imponierten ihre hechtgrauen Uniformen mit den feschen Mützen, aber das FJI auf ihren Knöpfen bezeugte, dass sie nicht frei, sondern durch ihren Eid an Kaiser Franz Joseph gebunden waren. Als sie mit siegessicheren Mienen die Straße von Folgaria heraufmarschierten, wurden sie von einem Schwarm johlender Kinder begleitet und von den Erwachsenen freudig begrüßt.

Zugsführer Basil Perprunner war der einzige Einheimische unter ihnen. Er war schon im September 1912 zu den Landesschützen eingezogen worden, und seine Entlassung stand eigentlich in diesem August an. Aber anstatt froh darüber zu sein, in sein Heimatdorf zurückkehren zu dürfen, quälte ihn nun die Frage, ob seine Ausmusterung durch eine Mobilmachung oder gar einen Krieg in Gefahr sei.

Die Garnison brachte das starre Gefüge des Dorfes in Bewegung. Die Kinder und die Großväter begeisterten sich vor allem für die Uniformen und die Ausrüstung der Landesschützen, während die Großmütter die vielen jungen Männer mit nostalgischem Lächeln betrachteten. Da die Soldaten nicht kaserniert waren, ließen sich zum Leidwesen ihrer Offiziere regelmäßige Begegnungen zwischen den jungen Frauen aus dem Ort und den Mannschaften nicht vermeiden. Die Mädchen nutzten jeden Vorwand, um abends auf den Marktplatz gehen zu können, und kein Exerzieren konnte die Soldaten so ermüden, dass sie nicht noch nach Dienstschluss durch die Gassen flanierten. Es wunderte daher niemanden, dass die anfängliche Begeisterung der Burschen des Dorfes schnell in offenen Neid umschlug, der manche Rauferei nach sich zog.

Zwei Wochen später zogen zusätzlich hundert Festungs-artilleristen in Palera ein. Die Einwohner beobachteten ihren Einzug dieses Mal aber eher mit Scheu als mit Begeisterung. Anders als die Landesschützen stammten diese Soldaten über-wiegend aus dem Osten des Habsburgerreiches und sprachen meist polnisch, aber auch tschechische, slowenische oder unga-rische Klänge waren zu hören. Ihre schwarz-braunen Uniformen wirkten düster und abweisend, und da ihnen die Sprache und die Kultur Welschtirols fremd waren, blieben sie auch in den dienstfreien Zeiten meist unter sich.

Die Garnison sollte über Wochen das Gesprächsthema Nummer eins in Palera bleiben. Man verglich die Sitten der unterschied-lichen Nationen, die Ränge der einquartierten Soldaten und die Miete, die man dafür bekam. Sergio Toller war froh, seine Zimmer jetzt wieder vollständig und sogar über den Winter vermieten zu können, zumal die Herren Offiziere auch ihr Abendessen häufig in seinem Albergo einnahmen. Auch seine Frau Alberta genoss diese Art von Gästen, die sich gegenseitig mit Komplimenten über die Unterkunft, ihre Kochkünste und, zum Leidwesen Sergios, auch mit schmeichelhaften Anspielungen auf ihre Erscheinung überboten.

Der größte Nutznießer der neuen Einquartierung war allerdings Hochwürden Fontana, dessen Sonntagsmessen ungewohnten Zu-lauf bekamen. Besonders unter den Festungsartilleristen waren viele strenggläubige Katholiken, die zwar häufig nicht lesen und schreiben konnten, aber dafür beim Singen ihrer polnischen Stro-phen hohen Einsatz an den Tag legten. Obwohl sich die Männer alle Mühe gaben, sich von ihrem Heimweh nichts anmerken zu lassen, blieb es Fontana nicht verborgen, dass vielen der Artille-risten bei der Messe vor Rührung die Augen feucht wurden. In Paolo Morellis Scheune waren auch die Kanoniere Josef Zapleta, Karl Hedelmaier und Paul Simeczek eingezogen. Diese drei ge-hörten, zusammen mit Vormeister Karl Kanarek, der bei einer alten Witwe untergekommen war, zur Geschützbedienung Nr. IV der Haubitzenbatterie des Forts. Nach ihrem Dienst im Fort saßen sie manchmal noch vor der Scheune, spielten Karten, rauchten oder tranken etwas und sahen den Mädchen hinterher.

»Sag mal, Zapleta, du erzählst immer so wilde Geschichten aus deiner Zirkuszeit. Was hast denn du eigentlich da gemacht?«, wollte Hedelmaier wissen.

»Den Bären.«

»Du warst Bärenführer?«, fragte Simeczek und zog die Augenbrauen hoch.

»Nein, Bär. Als uns damals in Triest der Bär davongelaufen war, haben sie mir ein altes Fell übergezogen und ich habe den Bären gemacht.«

»Und jetzt hat man dir eine Uniform übergezogen, und du machst den Kanonier«, lachte Hedelmaier.

»Woher kannst du eigentlich so gut Italienisch?«, wollte Simeczek wissen.

»Wir sind im Sommer immer die Adriaküste entlanggezogen. In Italien waren wir ein slowenischer Zirkus, in Slowenien ein italienischer. Für die Feriengäste konnte es gar nicht fremd genug sein. So hab ich es halt gelernt.«

»Damit hast du doch die besten Möglichkeiten bei den Mädchen hier. Die können leider alle kein Polnisch«, klagte Simeczek.

»Und meistens auch kein richtiges Deutsch«, ergänzte Hedelmaier, der aus Wien stammte.

»Nach meinem Geschmack sind sie nicht, die Mädchen hier. Hochnäsig tun sie, und schauen tun sie immer nur nach den Landesschützen.« Zapleta machte eine wegwerfende Handbewegung.

»Ich wette, du hast ein Mädchen in deinem Zirkus, deshalb schaust du nicht nach den Schönheiten hier im Dorf. Was macht sie? Ist sie die Dame ohne Unterleib?«, stichelte Simeczek

»Blödsinn, was will der Josef denn ausgerechnet mit einer ohne Unterleib? Zirkusprinzessin ist sie bestimmt, mit so einer Wespentaille«, erwiderte Hedelmaier und formte mit seinen

Händen ihre Silhouette nach, »und sie macht Kunststücke auf einem Schimmel. Stimmt's, Josef?«

Zapleta drehte ihm sein verwittertes Gesicht zu, und seine milchig-blauen Augen verrieten, dass Hedelmaier mit seiner Vermutung der Wahrheit bedenklich nahegekommen war. Zapleta war nicht groß, aber muskulös wie ein Ringer. Da nicht abzusehen war, ob er auf die nächsten Worte mit Fäusten oder Tränen reagieren würde, beschloss Hedelmaier vorsichtshalber das Thema zu wechselten.

Auf der anderen Straßenseite war Elisabetta Carbonari stehen geblieben, schnitt Grimassen und winkte zaghaft zu ihnen herüber. Sie war die jüngere Schwester von Fortunato Carbonari, und da sie von Geburt an in ihrer geistigen und körperlichen Entwicklung stark zurückgeblieben und daher stets auf fremde Hilfe angewiesen war, hatte Fortunato sie nach dem frühen Tod seiner Eltern bei sich aufgenommen.

Manche im Dorf führten ihre Behinderung auf eine Scharlacherkrankung ihrer Mutter während der Schwangerschaft zurück, andere vermuteten die Trunksucht ihres Vaters als Ursache. Fortunatos abergläubische Frau Maria hingegen war überzeugt, dass Fortunato einmal über sie hinweggeschritten sei, als sie als Säugling auf der Wiese gelegen hatte, was unvermeidlich Krankheit und Unglück nach sich ziehen musste.

Elisabetta war gerade siebzehn geworden, wirkte aber immer noch wie zwölf. Ihre Sprache war vernuschelt und arm an Wörtern, den Kopf hielt sie immer leicht schief, und da sie ihr linkes Auge aus unerfindlichen Gründen immer zusammenpetzte, wirkte ihr kleines Gesicht etwas verkniffen, was ihr je nach Situation etwas Nachdenkliches oder Schelmisches geben konnte. Über ihre Oberlippe und an den Schläfen zog sich ein auffallend dunkler Flaum entlang, und da Maria ihr die Haare mithilfe eines Kochtopfes als Schablone stets pflegeleicht kurz schnitt, war sie nur durch ihre Schürze als Mädchen zu erkennen. Wenn sie mit den anderen spielte, musste sie meist die Rolle des Kleinkindes,

des gefangenen Räubers oder sonstiger Wehrloser übernehmen. In letzter Zeit näherten sich ihr auch einige ältere Jungen, um sich gegenseitig Mutproben zu unterwerfen oder erste Mannbarkeitsrituale auszuprobieren.

»Schau mal die Kleine da, ich glaube, die meint dich.« Hedelmaier stieß Simeczek in die Seite.

»Blödsinn, die meint bestimmt den Josef.«

»Die meint euch beide. Das linke Auge schaut auf Paul und das rechte auf Karl«, lachte Zapleta.

Elisabetta schielte wirklich so sehr, dass Zapletas Vermutung nicht von der Hand zu weisen war. Ihr gewöhnungsbedürftiges Äußeres weckte bei Hedelmaier und Simeczek wenig Lust darauf, ihr zurückzuwinken.

Zapleta hingegen war aus seinem Zirkus einiges gewöhnt. Kasimir, ihr Liliputaner, war außerhalb der Vorstellungen oft für ein verkleidetes Kind gehalten worden, die dicke Martha an der Kasse hatte ein schiefes Gesicht und einen lahmen Arm, seit sie der Schlag getroffen hatte, und Teofil, der Gewichtheber, war von Geburt an stumm und hatte nach einer wilden Schlägerei mit ihrem Bärenführer nur noch ein Ohr. Was sollte ihn da noch erschrecken? Er begann also selbst einige Grimassen zu ziehen, die er sich bei den Clowns abgeschaut hatte. Zuerst schob er seine Unterlippe vor, bis sie die Nasenspitze berührte, und wackelte dabei mit den Ohren. Elisabetta schlug juchzend vor Lachen die Hände auf die Schenkel, dann zog sie als Antwort ihre Ohren in die Breite und streckte die Zunge heraus. Die drei Kanoniere nickten anerkennend. Als Nächstes zog Zapleta mit beiden Daumen seine Nasenlöcher nach oben und mit den Zeigefingern die Lidränder seiner Augen nach unten. Die Kleine schlug mit gespieltem Entsetzen und einem lauten »iiih« die Hände vor das Gesicht. Endlich hatte Elisabetta jemanden gefunden, der auf ihr seltsames Lachen nicht mit Desinteresse oder gar Abscheu reagierte, und so entspann sich zwischen den beiden eine Unterhaltung mit mimischer Akrobatik.

Hedelmaier und Simeczek folgten dem gestenreichen Dialog amüsiert. Als Zapleta sein Repertoire an Grimassen zur Neige gehen sah, zog er seine Mundharmonika aus der Feldjacke und begann zu spielen. Das Mädchen war entzückt. Sie hüpfte von einem Bein auf das andere und begann sich im Kreise zu drehen. Als der Kanonier bemerkte, wie ihr schwindlig zu werden begann, steigerte er grinsend das Tempo seines Spiels. Am Ende torkelte Elisabetta, berauscht von der Musik und der ungewohnten Aufmerksamkeit, die ihr zuteilgeworden war, in die Arme ihrer Schwägerin Maria, die das Mädchen gerade zum Abendessen holen wollte.

›In letzter Minute‹, dachte Maria, als sie Elisabetta hinter sich herzog, ›wer weiß, was diese Kerle, die seit Monaten keine Frau gehabt haben, noch alles mit der Armen gemacht hätten.‹

»Mir scheint, du hast jetzt eine Verehrerin«, frotzelte Hedelmaier, aber im Grunde war auch er froh über die Abwechslung, die die Kleine ihnen gebracht hatte.

Einige Tage später hatten sie im Fort einen Wettbewerb im Geschützexerzieren gemacht, und durch Zapletas Schusseligkeit hatte die Bedienungsmannschaft des Geschützes Nr. IV dabei als Letzte abgeschnitten. Zapleta war schlecht im Rechnen, daher konnte er weder mit den komplizierten Höhen- und Seitenskalen der Haubitzen umgehen, noch konnte er die Brennzündergranaten auf die richtige Schussweite einstellen, und so musste er meist die schweren Holzverschläge mit den Geschossen aus dem Munitionslager zu ihrem Geschütz schleppen. Da er aber auch kaum lesen konnte, hatte er die Verschläge mit den Granaten und die mit den Schrapnells verwechselt, was zu allerlei Verwirrung unter der Panzerkuppel und zu einem bösen Rüffel durch den Batteriekommandanten geführt hatte.

Um den unvermeidlichen Sticheleien seiner Kameraden aus dem Weg zu gehen, schlenderte Zapleta nach Dienstschluss über die Wiesen hinter dem Dorf. Auf der anderen Seite eines Weidezauns bemerkte er die kleine Elisabetta, die gerade einen Strauß Wiesenblumen pflückte und dabei – wenig melodisch – ein Lied summte. Als das Mädchen ihn sah, überlegte es nicht lange, kam auf ihn zu und hielt ihm mit weit ausgestrecktem Arm den Strauß entgegen.

Zapleta wägte seine Alternativen ab: Ein enttäuschtes Kind war ein unglückliches Kind, und man musste nicht in einem Zirkus gearbeitet haben, um zu wissen, dass dies in Tränen enden konnte. Also ergriff er die Blumen und machte zum Dank eine artige Verbeugung.

Elisabetta sprang juchzend in die Luft und rannte davon, um sich hinter einer Hecke zu verstecken. Zapleta hatte nun allerdings keine Lust auf dieses Kinderspiel, zumal es auf Außenstehende sehr merkwürdig wirken konnte. Er nutzte also die Gelegenheit, um sich mit dem Strauß hinter dem Zaun zu ducken und in dessen Schutz zurück zu Morellis Scheune zu schleichen. Es war keineswegs sein Plan gewesen, die Blumen in ihre Unterkunft mitzunehmen, aber ehe er noch ganz aus Elisabettas Sichtweite war, begegnete ihm Simeczek.

»Ah, endlich kümmert sich unser Zimmermädchen darum, dass es in unserem Quartier etwas heimelig wird«, zog er Zapleta auf.

Der Kanonier erkannte schnell, dass es besser war, diesen Spott über sich ergehen zu lassen, als die wahre Herkunft des Blumenstraußes zu verraten, und so stellte er den Strauß scheinheilig in einer leeren Konservendose auf den Tisch.

»Kuppelstellung 13, Seitenrichtung 164 Strich, Entfernung 31, Tempierung 31–50« schallte es aus dem Sprachrohr. Das ewige Geschützexerzieren wollte einfach kein Ende nehmen. Hedelmaier und Simeczek kurbelten an den beiden Hebevorrichtungen, der schwere Panzerturm hob sich unmerklich um einige Millimeter von seiner Unterlage. Vormeister Kanarek ging zur Schwenkvorrichtung, drehte die Kuppel in Stellung 13 und gab die Anweisung, sie wieder abzulassen und zu verriegeln. Simeczek spielte den Zeiger der Seitenrichtmaschine auf 164 Strich ein. Der Panzerturm war in Position.

»Laden!«, befahl Kanarek.

Zapleta hatte die Exerziergranate schon aus dem Holzverschlag genommen, die Tempierung des Brennzünders auf 31–50 eingestellt und den Sicherungsstift gezogen. Gerade als er sich erheben wollte, ließ Kanonier Hedelmaier den schweren Verschluss der Haubitze zurückgleiten. Zapleta sah den Zusammenstoß damit zwar aus dem Augenwinkel auf sich zukommen, fand aber in dem engen Panzerturm so schnell keinen Platz zum Ausweichen. Ein ausgeschlagener Eckzahn, eine blutige Lippe, Stöhnen und Schimpfen waren die direkten Folgen seiner Unachtsamkeit. Zu allem Übel reichte ihm Simeczek noch mit gutem Willen ein Leinensäckchen mit Schießbaumwolle, das beim Laden der Haubitze übrig geblieben war, damit ihm das Blut nicht über seine Uniform lief.

Zu spät erinnerte sich Simeczek an seinen Onkel, der in einer Munitionsfabrik arbeitete und durch die stark färbende Wirkung der dort verwendeten Chemikalien immer so gelb aussah wie ein Leberkranker. Und so verfärbte sich Zapletas Backe durch die Schießbaumwolle auch noch so gelb wie Simeczeks Raucherfinger.

Als sie abends müde in Morellis Scheune einrückten, stand Elisabetta schon erwartungsvoll vor dem Tor.

»Na dann viel Vergnügen heute Abend«, unkte Simeczek grinsend und schlug Zapleta auf die Schulter, »und nichts für ungut mit dem Zahn.«

Zapletas Beherrschung stand vor einer schweren Probe, aber Gewalttätigkeiten – auch außerhalb des Dienstes – wurden streng bestraft, und Arrest war das Letzte, was er heute gebrauchen konnte.

»Bist du Soldat?«, fragte Elisabetta ihn.

»Natürlich! Festungsartillerist sogar!« Zapleta warf sich gespielt in die Brust.

»Soldat von uns?«

»Von wem denn sonst, dachtest du vielleicht, von Italien?«

»Nicht Talien, aber Schina!« Sie deutete laut lachend auf seine gelbe Backe. Als Zapleta ihren Scherz begriffen hatte, fing auch er an zu lächeln. Die gute Laune der Kleinen war ansteckend.

»Was ist mit deinem Zahn?«, wollte sie wissen.

»Ich habe ihn mir ausgeschlagen, hier ist er.« Er griff in die Tasche seiner Feldbluse und hielt ihn zwischen Daumen und Zeigefinger.

»Oje! Du musst ihn in ein Mauseloch stecken und die Maus bitten, einen neuen zu bringen.«

»Woher hast du das denn?«

»Von Tante Maria, die weiß alles. Wo kommst du her?«

»Aus Jelsane.«

»Wo ist das?«

»In der Bezirkshauptmannschaft Volosca-Abbazia.«

»Und wo ist das?«

»Das liegt in Slowenien«

»Du bist gar kein Österreicher«, stellte Elisabetta entrüstet fest, »wieso bist du hier?«

Diese Frage hatte sich Zapleta auch schon oft gestellt.

»Du bist ja auch keine Österreicherin, sondern Italienerin«, konterte er etwas ärgerlich.

»Gar nicht wahr. Talien ist da«, sie zeigte unbestimmt in südliche Richtung. »Kannst du Slowenisch?«

»Seveda pa je govoriti slovensko.«

Elisabetta war beeindruckt.

»Alle sprechen dort so?«, fragte sie unsicher.

»Nein, die Hälfte spricht Kroatisch.«

»Was ist Kroatisch?«

»Kroatisch ist für die Slowenen das, was Italienisch für die Österreicher ist.«

Elisabetta rollte schläfrig die Augen, die Konstruktion des habsburgischen Vielvölkerstaates blieb nun einmal für so einfache Gemüter wie sie ein Rätsel.

Juli 1914

Kriegsbeginn I

Die Heuernte war in vollem Gang, und zwischen Garnisonssoldaten und einheimischen Mädchen bahnten sich die ersten Liebschaften an. Die Angst vor einem Krieg trat langsam in den Hintergrund und die Optimisten gewannen wieder die Oberhand. Nach der Ermordung von Kaiser Franz Josephs Gemahlin Elisabeth durch einen italienischen Gelegenheitsarbeiter habe es schließlich auch keinen Krieg mit Italien gegeben, lautete ihr liebstes Argument.

Am späten Nachmittag des 23. Juli 1914 kündigte sich ein Sommergewitter an, schwefelgelbe Wolken türmten sich über der Martinella und verdunkelten den Himmel wie bei einer Sonnenfinsternis. Zugsführer Basil Perprunner ging Wache um den Drahtverhau des Forts und beobachtete fasziniert die Elmsfeuer, die bläuliche Büschel auf die Spitzen der eisernen Hindernispfähle zauberten. Die Telefonisten behaupteten, sie könnten das Aufziehen eines Gewitters schon lange im Voraus am Prasseln und Knattern in ihren Apparaten erkennen. Ob das helle Singen des Stacheldrahts wohl auch durch die Elektrizität entstand?

»Wache sofort ins Fort einrücken!«, tönte es plötzlich hohl aus der Schießscharte einer Panzerkuppel.

»Na, das nenne ich Glück. Gleich gibt's hier draußen ein Donnerwetter und wir bekämen ordentlich den Arsch gewaschen«, sagte Basil zu seinem Kameraden. »Aber ungewöhnlich finde ich es schon, dass man sich um eine Wache auf einmal solche Sorgen macht.«

Er konnte nicht ahnen, dass er gerade dabei war, vom Regen in die Traufe zu kommen.

Elisabetta Carbonari war beim ersten Donnergrollen vors Haus geeilt und stellte einen umgedrehten Kupferkessel auf den Boden. Maria hatte ihr erklärt, dass dies der sicherste Schutz vor einem Blitzeinschlag sei. Als die ersten dicken Tropfen fielen, bemerkte sie, wie einige Männer mit weit ausholenden Schritten die Dorfstraße entlanggingen. Aber statt sich zu Hause in Sicherheit zu bringen, eilten sie in die Richtung des Albergo. Nun kam auch ihr Bruder Fortunato aus der Haustür gerannt, um den anderen zu folgen.

Schon auf der Treppe ins Albergo konnte Fortunato heisere Parolen und das Andreas-Hofer-Lied in den Sprachen Südtirols hören. »Will sterben, wie ich stehe, will sterben, wie ich stritt! – Giammai non ho tremmato, nemmen qui vo' tremmar!« In der Gaststube waren fast alle Stühle besetzt. Die Neuigkeit des österreichischen Ultimatums an Serbien wurde ihm gleich aus mehreren Kehlen entgegengebrüllt. Der Krieg war zum Greifen nah.

»Serbien muss sterbien!«, rief Ponifilio Murano, der Knecht vom Hof der Perprunners, laut in die Gaststube, wobei er sein leeres Glas in der Hoffnung auf einen weiteren national gesinnten Spender auffordernd schwenkte.

›Bei dem weiß man nie, ob er es ernst meint oder ob er sich heimlich lustig macht‹, dachte Gemeindevorsteher Enzo Capeletti.

»Erst zeigen wir es den Serben, dann den Russen«, versuchte ein anderer Ponifilio zu übertrumpfen.

»Unterschätzt die Russen nicht! Denkt an Napoleon«, gab Enzo zu bedenken. Man sah ihm an, dass ihm die rauschhafte Begeisterung der Gäste zuwider war.

»Hoffentlich gibt es den Krieg nicht jetzt schon, ich bin doch noch viel zu jung, um mit dabei zu sein.« Dino Morellis Stimme klang ungeduldig. Paolo schaute seinen Sohn von der Seite an. Er hatte ihn nicht auf das Obergymnasium in Rovereto geschickt, um ihn als Kanonenfutter auf dem Balkan zu verlieren. Er wusste nicht, ob er ihm für seine Bemerkung eine Ohrfeige geben oder ihn für seinen Mut bewundern sollte. Überhaupt hatte Paolo für diese Situation ausnahmsweise keinen Plan, und das beunruhigte ihn fast mehr als der drohende Krieg.

»Mit den Serben und den Russen werden wir schon fertig, aber was ist, wenn uns Italien in den Rücken fällt?«, fragte Paolo unsicher. »Und das Fort auf der Martinella ist auch noch nicht ganz fertig. Ob es uns wohl jetzt schon beschützen könnte?«

»Nanu, Paolo, warum auf einmal so zaghaft? Wer weiß, welche Geschäfte sich in einem Krieg machen ließen? Oder hast du etwa Angst davor, dass deine Lastwagen requiriert würden und du am Ende als einfacher Infanterist zu Fuß nach Serbien ziehen musst?«, spottete Ugo Zobele.

»Was meinst du damit?« Paolo sah ihn lauernd an.

»Nichts. Gar nichts.« Ugo schaute mit gekünstelter Nachdenklichkeit in sein Glas. »Nur eben, dass wir vor dem Tod alle gleich sind. Im Gegensatz zu den Menschen ist der Tod nicht bestechlich.«

»Ich finde, Paolo hat recht. Ich bin mir nicht sicher, ob Italien uns als treuer Verbündeter zur Seite stehen wird oder ob die Verlockung nicht doch zu groß ist, sich Welschtirol endlich einzuverleiben«, warf Sergio Toller vom Schanktisch her in die Runde. »Aber was immer auch kommen mag, das Wichtigste ist, dass wir jetzt zusammenhalten.«

Es war nicht klar, ob er damit den Zusammenhalt des Dorfes oder des Vielvölkerstaates Österreich meinte, und als habe Sergio diese Frage im Raum gespürt, schob er nach: »Wir haben dem Kaiser die Treue geschworen, und ich bin mir sicher, dass auch er für Österreich tun wird, was getan werden kann.«

Als eine Patrouille des Forts die Gaststube betrat, schwollen die Parolen wieder an und übertönten die sorgenvollen Stimmen, aber als die Rufer die ernsten Gesichter der Soldaten gewahrten, verebbten die Schlachtrufe und im Albergo gewann das übliche Gemurmel wieder die Oberhand.

Der Gewitterregen war noch nicht vorbei, als die Abendsonne durch die Wolken brach und alles in tief-satte Farben tauchte.

›Wenn die Sonne scheint, während es regnet, hat der Teufel gerade seine Frau geschlagen‹, dachte Elisabetta und nahm, zufrieden über den verhinderten Blitzeinschlag, den Kessel wieder mit ins Haus.

»Seine k. u. k. Apostolische Majestät haben eine teilweise Mobilisierung und eine teilweise Aufbietung und Einberufung des Landsturmes Allerhöchst anzubefehlen geruht. Alle Reservisten folgender Truppenteile haben binnen 24 Stunden einzurücken ...«, war an dem Aushang vor der Gemeindekanzlei zu lesen. Sergio Toller sollte diesen 26. Juli 1914 nie vergessen, denn seine Einheit gehörte dazu.

Seine Frau Alberta saß in der leeren Gaststube vor einem Notizblock und kaute fahrig auf ihrem Bleistift herum. Ihr Blick blieb an dem Bild des Kaisers hängen, das seit ein paar Tagen von einem Lorbeerkranz umrahmt war.

»Denk noch mal nach, hast du auch wirklich nichts vergessen? Warme Socken, die Leibbinde, dein Rasiermesser, Geld, ein paar Gamswurzen, dein Amulett – was ist mit Verbandszeug, wenn du verwundet wirst?«

»Wie oft soll ich es noch sagen, ich gehe weder auf eine Weltreise, noch ziehe ich in den Krieg. Das ist doch nur eine Drohgebärde gegen Serbien, damit sie den Mörder des Thronfolgers herausgeben. Mach dir doch nicht solche Sorgen.«

»Da hat mein Sohn recht.« Sergios Vater Felice stellte sein Weinglas mit zitternder Hand auf den Tisch. »Ich weiß, wie Krieg ist, ich habe ihn schließlich selbst miterlebt. Damals, im Juli 1866, waren hier in Palera Tiroler Jäger in Stellung gegangen, um Garibaldis Horden auf ihrem Marsch nach Norden aufzuhalten. Gut gelaunte junge Kerle waren das, und fesch sahen die aus in ihren Uniformen, und sie sind alle wieder gesund abgezogen aus dem Dorf.«

Alberta sah ihn zweifelnd an. Der Alte wurde zunehmend hinfällig. Wenn Sergio erst einmal im Zug in Richtung Osten säße, würde sie den Gasthof allein bewirtschaften müssen, von ihm konnte sie keine Unterstützung mehr erwarten. Sie sah zu ihrem vierjährigen Sohn Romano hinab, der auf dem Boden herumrobbte und mit Felices Gehstock auf »herannahende Serbenhorden« schoss.

»Na, und wenn es tatsächlich Krieg geben sollte, wären wir bis zum Herbst fertig mit den Serben«, schob Sergio nach, als er die Zweifel in ihrem Gesicht sah.

Bei dem Wort »Krieg« weiteten sich Albertas Augen, aber sie beschloss, nicht darauf einzugehen. Auch wenn ein Feldzug gegen Serbien nur wenige Wochen dauern würde, würde es für sie nicht leicht werden. Und was wäre, wenn ihr Mann doch fiele?

Kaum hatte Sergio sich auf den Weg zur Garnison in Trient gemacht, begannen sich die Ereignisse zu überschlagen. Am 28. Juli erklärte Österreich Serbien den Krieg. Am 1. August folgte die Kriegserklärung Deutschlands gegen Russland. Frankreich und England stellten sich daraufhin an die Seite des Zarenreichs, und ab dem 6. August schließlich kämpften auch Österreich und Russland gegeneinander. Der Weltkrieg war ausgebrochen. Das Dorf musste Abschied nehmen von vielen seiner Männer. Bei einigen würde es ein Abschied für immer sein.

»Ich will einen serbischen Säbel haben!«, rief der kleine Roberto Carbonari seinem Vater zu.

»Und ich will einen serbischen Soldaten haben!«, übertrumpfte ihn Elisabetta.

»Wenn ihr nicht bald Ruhe gebt, wird euch die Hexe Brava Part holen und in ihre Höhle am Rossbach mitnehmen. Dort könnt ihr mit den anderen ungezogenen Kindern den ganzen Tag Steine zuhauen und abends Wassersuppe essen.« Maria Carbonari hatte ihre Hände in die Hüften gestemmt und sah drohend zu den beiden herab.

Fortunato saß zusammengesunken am Tisch und betrachtete kopfschüttelnd seinen Einberufungsbefehl. »Ich habe eine Frau und drei Kinder, dazu noch Elisabetta, ist es da nicht ungerecht, dass ich als einer der Ersten eingezogen werde?«, klagte er und sah zu Maria auf, die gerade in einer Dampfwolke hinter der Feuerstelle verschwand.

»Du hast doch sonst immer so eine große Klappe, was machst du dir denn jetzt auf einmal in die Hosen. Außerdem sollst du doch zu den Sanitätern kommen. Ich dachte immer, auf das Rote Kreuz dürfen sie nicht schießen.«

»Ach was, ich kann doch so etwas gar nicht. Ich werde ihnen wohl den Totengräber machen. Was das betrifft, wird es dort bestimmt mehr zu tun geben als hier in Palera, wo immer alle so alt werden.«

»Na umso besser, auf dem Friedhof wird erst recht nicht geschossen. Und zum Tiroler Landsturm kommen doch nur so alte Männer wie du, da wird es schon nicht so heftig zugehen.«

»Du hast gut reden, du musst ja schließlich nicht zum Militär. Paolo Morelli hat sich auf der Baustelle am Fort unentbehrlich gemacht, Ugo Zobele mit seiner Poststation ist jetzt kriegswichtig, und Silvano Longhi ist kriegsuntauglich, seitdem ihm der betrunkene Handlanger damals mit dem Hammer auf den Zeigefinger gehauen hat. Warum habe ich Idiot eigentlich immer so auf meine Knochen achtgegeben?«

»Im Krieg sind nun einmal nicht alle gleich, wieso sollte es ausgerechnet da anders sein als im Frieden?«

»Und was soll aus euch werden, wenn ich weg bin? Du allein mit den Kindern?«

»Was soll schon werden? Ich werde nicht mehr zu schaffen haben als sonst, und der Staat wird schon für ein regelmäßiges Auskommen sorgen. So gut hab ich es bisher noch nie gehabt.«

»Ach so? Und was ist mit der Zeit, als ich auf dem Fort gearbeitet habe, ging es uns da etwa schlecht?«

»Dir ging es vielleicht gut dort oben, konntest immer den Arbeiterinnen nachsteigen und sie mit Speck und Käse aus der Kantine bestechen, während ich hier unten den ganzen Haushalt allein geschmissen und dafür gesorgt habe, dass dich deine verrückte Schwester nicht schon jetzt zum Onkel gemacht hat.

Immer dieses Fort! Wer weiß, was es uns noch für ein Unglück bringen wird.« Maria schaute angestrengt in ihren Kessel und versuchte ihr Gesicht in den Dampfschwaden zu verstecken. Niemand sollte ihre Sorgen und Tränen sehen.

Bauabnahme

Im September war Fort Martinella fertig. Zumindest hatte die Geniedirektion in Trient das so beschlossen, daher sollte heute die Bauabnahme erfolgen. Die Funktionstüchtigkeit der technischen Installationen und Waffen musste dabei ebenso nachgewiesen werden wie die vollständige und korrekte Ausführung der Betonbauten. Seit sechs Wochen war man dabei, die neue Besatzung einzuweisen. Verbissen exerzierten die Soldaten an den Haubitzen, Maschinengewehren und Scheinwerfern, während gleichzeitig Monteure durch die Gänge huschten, um die letzten Arbeiten abzuschließen. Noch durchzog der Geruch von frischem Putz, von Firnis und Ölfarben das Fort.

Von außen hörte sich die Festung wie ein summender Bienenstock an, aber innen, wo man die einzelnen Stimmen unterscheiden konnte, kam man sich vor wie beim Turmbau zu Babel. Die italienischen Handwerker aus dem Umland verstanden die polnischen Soldaten aus Krakau nicht, tschechische Feuerwerker brüllten ergebnislos slowenische Kanoniere durch das Festungstelefon an, und deutsche Befehle verloren sich in den verschlungenen Sprachrohren.

Hauptmann im Geniestab Stanislaus Haschek und Oberleutnant Alois Matura vom Festungsartilleriebataillon saßen zusammen in der Kommandanten-Kasematte. Vor ihnen lagen Baupläne, Ausrüstungslisten und der Schlüssel für den Tresor. Für Haschek bedeutete dieser Tag das erfolgreiche Ende des Projekts Martinella, Matura hingegen ersehnte schon jetzt den Tag, an dem er aus dieser Einöde an der Grenze abkommandiert würde. Nachdem sie das Übergabeprotokoll unterschrieben hatten, füllte Haschek die Kognakgläser.

»Es ist ein wunderbares Fort, dass Sie da gebaut haben«, lobte Matura. »Wirklich alles vom Feinsten, die Panzertürme von Skoda, die Haubitzen, die elektrische Beleuchtung, die starken Betondecken. Da wird so schnell kein Italiener dran vorbeikommen.«

Es war nicht dort gebaut worden, wo es hingehörte, das hatte der Generalgenieinspektor schon zu ihm gesagt, als hier noch ein friedlicher Wiesenhügel gewesen war. Und es war nicht so gebaut worden, wie es notwendig gewesen wäre, das wusste Haschek aus seiner eigenen Erfahrung mit der Geniedirektion und dem Kriegsministerium.

»Ein Fort ist nur so gut wie seine Besatzung. Aber ich bin überzeugt, dass es bei Ihnen in den besten Händen ist«, erwiderte er.

»Fällt es Ihnen nicht schwer, Ihren Liebling jetzt in fremde Hände zu geben?«

»Ach, wissen Sie, seit sieben Jahren ist das Fort meine Hauptbeschäftigung gewesen, da wird es Zeit, einmal etwas anderes zu machen.« Hascheks Tonfall klang eher resigniert als überzeugt.

»Sie überlassen mir ja auch Ihren Werkmeister. Was ist der Rechenberger eigentlich für eine Sorte?«

Haschek musste überlegen. Er arbeitete seit 1911 mit dem Mann zusammen, aber seine Person hatte ihn nie interessiert. Der Werkmeister war ihm immer farblos vorgekommen, er hatte in all den Jahren keine menschlichen Eigenschaften an ihm entdecken können, nichts Sympathisches, aber auch nichts Abstoßendes, alles an ihm war Dienst und Pflichterfüllung.

»Rechenberger ist ein zuverlässiger Mann. Er kennt das Fort von den Grundmauern auf. Sie werden gut mit ihm zurechtkommen.«

Haschek musste sich eingestehen, dass ihm die Trennung von seinem Werkmeister leichter fiel als die vom Fort Martinella.

Als die Abnahmekommission kam, war die Garnison schon in Paradeaufstellung vor dem Haupteingang angetreten. Offiziere des Artilleriebrigadekommandos in Innsbruck, Beamte vom Kriegsministerium in Wien und natürlich Vertreter der Geniedirektion in Trient waren gekommen. Für alle Fälle hatte die Firma Skoda auch ihren Obermonteur Nepomuk Dopsil geschickt, falls es zu unerwarteten Komplikationen bei den Panzertürmen oder Haubitzen kommen sollte. Die Kommission ging mit dicken Papiermappen durch die Gänge, bei jeder Tür wurde haltgemacht, Erklärungen wurden abgegeben, wichtige Fragen gestellt, Meldungen empfangen und Vorführungen veranstaltet.

Silvano Longhi war gerade im Fort, um die zahlreichen Holztüren nachzuarbeiten, die sich durch die Feuchtigkeit des Betonbaus verzogen hatten. Das gab ihm einen unauffälligen Vorwand, der Prozession diskret durch die Gänge des Forts zu folgen. Da gab es allerhand zu bestaunen: Ein hochnäsiger Sappeur drehte das Ventil einer Pressluftflasche auf, und schon schob sich zischend der Kolben des ersten Dieselmotors nach vorn und setzte das Schwungrad in lautlose Bewegung. Als der Sappeur den Hahn an der Rohölleitung öffnete, begann der Motor aus eigener Kraft zu laufen. Der zweite Dieselmotor folgte und zusammen versetzten sie den Bau in beruhigende rhythmische Schwingungen.

Ein Soldat an einer Marmortafel regelte die Zeiger der Voltmeter ein. Als er die elektrischen Stromkreise zuschaltete, begannen auf den Schleifern der Dynamos blaue Lichtbogen zu tanzen. Glühbirnen flammten auf und verbreiteten Dämmerlicht in den Gängen und Kasematten, in denen man extra die gepanzerten Fensterläden geschlossen hatte, um auch in der Mittagssonne die Situation bei Nacht zu simulieren. Im Akkumulatorenraum begann es nach Schwefelsäure und Elektrizität zu riechen. Ventilatoren heulten auf und bliesen feuchtwarme Luft durch die kalten Gänge.

Die Telegrafisten versuchten mit Blinksignalen Verbindung zum Nachbarfort aufzunehmen, um wichtige Meldungen auszutauschen. In der Küche herrschte überhitzter Hochbetrieb. Der große Ofen war angeheizt worden, um für 250 Mann Brot für zwei

Tage zu backen, während am Herd das herrschaftliche Mahl für das Ende der Besichtigung vorbereitet wurde.

Die Unterkünfte wurden inspiziert, und die Mannschaften beteuerten auf Nachfrage pflichtgemäß deren zweckmäßige und wohnliche Einrichtung. Der Geruch von Leder, Schweiß und Enge gab jedoch schon jetzt einen Vorgeschmack darauf, wie es sein würde, wenn man hier eines Tages wirklich Krieg führen müsste.

Als besondere Attraktion führten Sanitäter im Verbindungsgang zum Batterieblock die Bergung von Verwundeten mit Rauch gefüllten Räumen vor, wobei sie Atemgeräte trugen, mit denen sich sonst Bergleute vor giftigen Gasen schützten. Maschinengewehre jagten knatternde Salven aus den Panzerkuppeln und atomisierten wehrlose Pappkameraden in den Wiesen.

Als Höhepunkt der Veranstaltung schossen die Haubitzen. Auf den Almen vor dem Nachbarfort waren Stangen mit roten Wimpeln aufgestellt worden, die es mit unscharfen Granaten zu treffen galt. Die Kühe hatte man vorsorglich von den nahen Wiesen getrieben, damit kein Tier in Panik geriet. Kommandos jagten von den Beobachtungsständen in den Batterieblock, die Munitionsaufzüge unter den Panzertürmen fingen an zu rasseln, lautlos drehten sich die Türme und hoben sich die Geschützrohre.

Der laute Knall der ersten Salve ließ auch erfahrene Artilleristen zusammenzucken, einem vorwitzigen Leutnant der Geniedirektion wehte der Sog die Mütze vom Kopf und in den tiefen Graben, wo sie zu seiner Schande im Stacheldraht hängen blieb. Der Flug der Granaten war von einem Heulen und Rauschen begleitet, das sich in der Ferne verlor. Was blieb, waren der Geruch von Schwefel und graue Wölkchen, die träge über das Verdeck zogen. Die Aufschläge der Granaten waren, da ohne Explosion, mit bloßem Auge nicht zu sehen, was dem Spektakel den krönenden Abschluss raubte und bei der Kommission für enttäuschte Gesichter sorgte.

Als es anfing zu dämmern, wurde die Gefechtsbeleuchtung des Forts vorgeführt. Scheinwerfer schoben sich durch die Scharten und tasteten mit ihren bleichen Fingern das Gelände ab, weiße Leuchtkugeln stiegen empor und tauchten die Landschaft in silbriges Licht und schließlich verkündete eine Garbe roter Leuchtsterne das Ende der Übung. Die Kommission war zufrieden. Kleinere Missstände mussten noch behoben und letzte Arbeiten beendet werden, dann konnten die letzten Gelder an Baufirmen und Lieferanten ausgezahlt werden.

Das Kommissionsprotokoll wurde feierlich unterzeichnet und schon ging es in die Messe, in der, dem Anlass entsprechend, die Tische feierlich gedeckt waren. Die Geniedirektion hatte Sekt spendiert, und in ausgelassener Stimmung wurden Anekdoten erzählt, vom misslungenen Versuchsschießen und von Bauleitern, die bei der Abnahme in Ohnmacht gefallen waren.

Als sich die Kommission auf den Heimweg gemacht hatte, setzte sich Haschek ein letztes Mal auf das Betonverdeck der Haubitzenbatterie und blickte zu den Bergen rundum, die sich als schwarze Silhouetten gegen den klaren Abendhimmel abhoben. Er erinnerte sich an den Sommer 1912, als die ersten Abschüsse des Nachbarforts über die Hochebene gegrollt kamen und ihm einen Vorgeschmack auf den heutigen Höhepunkt seiner militärischen Laufbahn gegeben hatten. Das Donnern der Haubitzen hatte damals in ihm sentimentale Erwartungen auf einen solchen Festtag wie heute geweckt, aber jetzt wo es endlich so weit war, fühlte er sich enttäuscht. Vielleicht lag es an der Anspannung der letzten Tage, dass er keinen Stolz – oder zumindest Rührung – verspürte.

Sein Blick fiel auf Silvano, der sich durch den Stacheldrahtverhau auf den Heimweg machte, und vor ihm kamen die Bilder aus dem Jahr 1907 wieder auf, als er mit dem Generalgenieinspektor zum ersten Mal in diese Gegend gekommen und auf der damals noch jungfräulichen Martinella herumspaziert war.

Silvano war damals noch ein Kind gewesen, er konnte sich gut daran erinnern, wie er dem ernst dreinblickenden Jungen zum Spaß das Gelübde der strengsten Geheimhaltung abgenommen hatte. 1913 war sein Vater Fabrio auf mysteriöse Weise verschwunden. Haschek hatte sich damals große Sorgen gemacht, dass durch diese Angelegenheit, für die er ja nun wirklich nichts konnte, ein Makel auf seine Karriere fallen könnte, aber zum Glück hatte das Kriegsministerium die Sache schnell wieder zu den Akten gelegt – ungewöhnlich schnell sogar.

Und Silvano? Wer weiß, was aus dem Jungen und seiner Mutter geworden wäre, wenn sich der Fuhrmann Morelli nicht so rührend um die beiden gekümmert hätte. Emalie behauptete zwar immer, Morelli habe das alles nur wegen Fabrios Frau Anselma getan, aber was spielte das schon für eine Rolle.

Beim Anblick Silvanos, der jetzt ein stattlicher und früh gereifter junger Mann geworden war, musste Haschek sich eingestehen, dass in den Jahren des Baus alle hier, er selbst eingeschlossen, älter, reifer und irgendwie anders geworden waren. Und wie würde es jetzt weitergehen? Bis Ende des Monats hätte er noch in Trient zu tun, es mussten Abrechnungen erstellt und Berichte verfasst werden, aber dann war seine Tätigkeit an diesem Fort beendet.

In Friedenszeiten wäre er danach in irgendeine Garnison im Osten des Reiches versetzt worden, um dort weitere Festungen oder Kasernen zu bauen. Aber jetzt, wo Krieg war, ging es nur noch darum, Festungen zu belagern oder zu verteidigen. Von Bauen war keine Rede mehr. Er selbst würde jetzt wahrscheinlich irgendein Truppenkommando an irgendeiner der Fronten erhalten, wie andere gewöhnliche Offiziere auch. Haschek wurde mit leiser Wehmut bewusst, dass der Krieg seine Zeit als Architekt frühzeitig beendet hatte.

Die Soldaten kehrten an diesem Abend stolz und leicht betrunken in ihre Unterkünfte in Palera zurück. Die Abnahmekommission hatte dem Kommandanten ihr Lob ausgesprochen, und erleichtert hatte Oberleutnant Matura diesen Dank an seine Mannschaft weitergegeben. Eigentlich hätte sich an diesem Abend das ganze Dorf mit ihnen freuen können, schließlich hatten die Bewohner durch das Schießen und das Leuchtspektakel das Fort zum ersten Mal nicht nur als Baustelle oder schlafenden Riesen erlebt, sondern als wehrhafte Festung. Aber das Bewusstsein, dass nun tatsächlich Krieg herrschte, legte sich wie Blei auf ihre Seelen. Würde das Fort denn nicht auch die Gefahr eines Krieges mit Italien erhöhen? Und könnte ihr Dorf dann ungeschoren davonkommen?

Elisabetta stand am Dorfeingang und drückte die Hände fest an ihre Ohren.

»Waren wir bis hierher zu hören mit unserer Schießerei?«, scherzte Simeczek.

Elisabetta deutete mit dem Zeigefinger zum Fort: »Ich war da.«

»Wo, da?«, fragte Zapleta.

»An der Baracke oben, weiße und rote Sternchen auf der Wiese suchen.«

Zapleta wurde bleich, die Kleine hatte sich natürlich an das Fort geschlichen, um das angekündigte Schauspiel aus nächster Nähe zu betrachten.

»Die Glühwürmchen waren riesig«, beschrieb sie bewundernd die Leuchtkugeln, »die weißen sind Frieden, und die roten sind Krieg.«

»Na, wenn wir das vorher gewusst hätten, hätten wir die roten nicht verschossen«, lachte Zapleta.

»Die Glühwürmchen haben Spaß gemacht, aber das große Licht war aua!«

Sie hielt sich den Unterarm vor beide Augen. Simeczek sah Zapleta an.

»Das hätte buchstäblich ins Auge gehen können! Uns haben die Scheinwerferleute immer davor gewarnt, in den Lichtstrahl zu schauen. Man könne blind werden davon, haben sie gesagt.«

Zapleta erwiderte nichts. Er legte die Hand auf Elisabettas Schulter, drehte sie sanft um ihre Achse und sagte zu ihr: »Es ist schon dunkel, du solltest längst zu Hause sein.«

Elisabetta drehte den Kopf zu ihm zurück und erwiderte ernst: »Du hast an mich gedacht heute, nicht wahr?«

»Wie kommst du denn jetzt darauf?«

»Mein Schürzenband war offen. Maria hat gesagt, dass es aufgeht, wenn der Liebste an einen denkt.«

Zapleta suchte vergebens nach einer Antwort.

»Nachtkuss!«, forderte Elisabetta und spitzte die Lippen.

»Später, wenn du noch etwas gewachsen bist«, erwiderte Zapleta lachend und gab ihr einen Klaps, um sie in Bewegung zu versetzen.

April 1915

Frieden im Krieg

»Es ist ruhig in der Gaststube geworden, seit das Fort fertig ist«, stellte Maria Carbonari fest, während sie die Bierreste von dem großen Lärchenholztisch wischte.

»Seit unsere Gäste das neue Offiziershaus an der Armierungs-straße bezogen haben, sind auch meine Zimmer meistens leer«, ergänze Alberta. »Wie geht es eigentlich deinem Mann?«

»Er schreibt selten. Mir geht es gut, ich bin gesund, sonst nichts. Ich glaube, er will mir einfach nur keine Angst machen.«

»Und wie steht es zu Hause?«

»Wenn ich nicht bei dir dazuverdienen könnte, müssten wir verhungern. Vom Kriegsfürsorgeamt habe ich bisher noch keinen Heller gesehen, nur Formulare, die ich nicht verstehe. Aber zum Glück füllt Hochwürden Fontana sie mir immer geduldig aus. Roberto versorgt die Ziege und hütet die Kleinen, so gut es geht. Er ist mit seinen zehn Jahren schon ein richtiger Mann. Aber die meisten Sorgen macht mir Elisabetta. Sie treibt sich immerzu am Fort herum und will zu ihrem Kanonier. Letztens hatte sie sich in dem Minenfeld vor dem Drahtverhau verlaufen. Der Basil Perprunner war kreidebleich, nachdem er sie dort herausgelotst hatte. Er hätte ihr am liebsten eine Tracht Prügel verabreicht, aber der Kommandant hat es ihm verboten, also habe ich es halt ge-macht. Aber es nützt ja nichts bei ihr, sie ist einfach wie toll nach ihm. Wie geht es denn deinem Sergio an der Front?«

»Ich höre kaum etwas von ihm. Bestimmt leidet er unter der Kälte und dem Dreck, er ist doch so ein ordentlicher Mensch. Ich bin mir sicher, dass er sich Sorgen macht um das Albergo. Bestimmt denkt er, dass ich das hier allein nicht schaffen kann. Es soll schlimm zugehen im Osten, das macht mir oft Angst. Bei den Unsrigen soll es schon so viele Tote und Gefangene gegeben haben.«

»Ja, so sagt man, aber davon verstehe ich ja nichts. Heute haben sie übrigens Sold empfangen im Fort, da wird die Stube bestimmt wieder voll werden.«

»Aber Geld in die Kasse gibt's dadurch kaum. Satt essen sie sich vorher da oben, und dann sitzen sie hier unten den ganzen Abend vor einem Glas Bier«, klagte Alberta.

Ihre genagelten Stiefel waren schon von der Treppe zur Gaststube zu hören. Acht Festungsartilleristen kamen herein, grüßten höflich die wenigen alten Männer am Ofen und bestellten Bier. Sogleich füllte sich der Raum mit dem Geruch von klammer Wolle und feuchtem Leder, der gleichermaßen an Männlichkeit und Verwahrlosung erinnerte.

»Ich bin so froh, wenn wir endlich keinen Schnee mehr schaufeln müssen«, sagte ein Kanonier.

»Und wenn dieser elende Kasten endlich wieder warm und trocken wird«, ergänzte ein anderer.

»Beklag dich nicht. Was meinst du, wie es denen in Galizien an der Russenfront in diesem Winter gegangen ist«, gab Hedelmaier zu bedenken.

»Und denen in Sibirien erst ...« Vormeister Simeczek dachte an die Gräuelgeschichten über die russischen Gefangenenlager.

»Könnt ihr nicht einmal von etwas anderem reden? Immer dasselbe Thema«, stöhnte Zapleta und tat so, als hielte er sich die Ohren zu. »Aber da kommen ja unsere Landesschützen, vielleicht haben die ja mal was Angenehmes zu erzählen.«

Zugsführer Perprunner betrat mit vier Männern die Gaststube.

»Grüß Gott, Alberta. Einen Krug Teroldego bitte schön, und fünf Gläser. Hast du noch ein paar Gamswurzen für uns?«

Sie setzten sich zu den Artilleristen.

»Hübsche Mädchen habt ihr hier in Tirol«, begrüßte sie ein Kanonier.

»Du hast einen guten Geschmack. Bei euch gibt ja es wohl keine so feschen Frauen, sonst wärt ihr ja nicht hierhergekommen«, unkte ein Landesschütze.

»Wir haben uns unsere Garnison genauso wenig ausgesucht wie ihr. Meinst du, es macht uns Spaß, in euren kahlen Bergen zu frieren? Wir würden uns auch lieber unsere Mädchen in der Heimat anschauen, das könnt ihr uns glauben«, sagte Simeczek. »Die sind nicht nur viel hübscher, die versteht man wenigstens auch.«

»Und wir haben bald keine Lust mehr, für euch gegen Russland zu kämpfen, es liegen schon genug von uns in eurer schlammigen galizischen Erde«, erwiderte ein Patrouilleführer, der sich ihm gegenüber gesetzt hatte.

»Du musst gerade reden, du sitzt doch hier wie im Frieden. Und glaubst du etwa, es macht uns Freude, euch vor den Italienern zu beschützen? Ihr seid doch in Wirklichkeit selbst welche, das hört und sieht man doch!« Simeczek musterte ihn von oben bis unten.

»Wenn man euch Polen so reden hört, könnte man meinen, dass ihr kneifen würdet, wenn die Welschen wirklich kämen.« Der Landesschütze sprang von seinem Stuhl auf und machte breite Schultern.

Simeczek hatte sich ebenfalls von seinem Stuhl erhoben. Er steckte mit provozierender Ruhe beide Daumen in sein Lederkoppel und wippte auf den Fersen.

»Willst du damit etwa sagen, dass wir von der Festungsartillerie feige wären?« Er hielt den Kopf schief und musterte den Patrouilleführer abschätzig.

»Muss man das noch extra sagen? Das sieht man doch schon von Weitem!«

»Tz, tz, tz, so solltest du aber mit einem ›ka und ka‹-Kanonier der Festungsartillerie besser nicht reden!« Simeczek lächelte hämisch, seine Stimme wurde zunehmend leiser.

»Und du nicht mit einem kaiserlich-königlichen Patrouilleführer der Landesschützen!«, schrie der Landesschütze und ballte drohend die Faust.

Alberta Toller hatte sich zwar daran gewöhnt, dass die Soldaten erst einmal Dampf ablassen mussten, wenn sie dem strengen militärischen Reglement des Forts für einige Stunden entkommen konnten, aber Handgreiflichkeiten konnte sie in ihrem Albergo nicht dulden. Sie trat hinter dem Schanktisch hervor und stemmte die Hände in die Hüften. Die Sehnen und Muskeln auf ihren Unterarmen spielten vor Anspannung und ein feines Geäst von Venen begann sich darauf abzuzeichnen.

»Wenn ihr euch unbedingt prügeln müsst, dann geht gefälligst vor die Tür. Aber bezahlt vorher eure Rechnung! Wer weiß, wie viele von euch danach noch weitertrinken können.«

Perprunners Augen blieben an Alberta hängen. ›Bestimmt wäre sie eine gute Bäuerin geworden‹, dachte er. Sie war schlank und hochgewachsen und trug ihre Haare mittlerweile zu einem strengen Dutt hochgebunden, um bei ihrer männlichen Kundschaft auch nicht die Ahnung von Begehrlichkeit aufkommen zu lassen. Vielleicht reizte ihn gerade das besonders, vielleicht war es aber auch der Gedanke, dass sie jetzt allein war und – wer weiß – vielleicht auch bleiben würde.

Basil stand auf und zog den Patrouilleführer auf seinen Stuhl zurück.

»Entschuldige, Alberta. Das sieht nur so grob aus, aber prügeln will sich bestimmt keiner von uns. Und du, Simeczek, weißt genauso gut wie ich, dass wir zusammenhalten werden wie Pech und Schwefel, wenn es hier wirklich einmal losgehen sollte.«

»Lass gut sein, Simeczek, und setz dich auch wieder her«, sagte Hedelmaier und hob sein Bierglas. »Der Perprunner hat völlig recht. Es sind harte Zeiten für jeden von uns, und je mehr wir zusammenhalten, umso leichter werden wir es ertragen können. Lasst uns lieber gemeinsam auf jemanden schimpfen, der nicht mit am Tisch sitzt.«

Simeczek setzte sich widerwillig und grummelte vor sich hin, aber es dauerte nicht lange, bis die Sticheleien wieder aufflammten.

»Ach Basil, erzähl uns doch einmal, warum du neulich auf deinem Patrouillengang auf der Martinella deine eigene Kuh auf der Weide erschossen hast. Sie war doch eigentlich ganz friedlich.« Simeczek schaute mit gespieltem Ernst zu Basil Perprunner herüber, der vor Scham und Ärger rot anlief und hilflos nach Worten rang.

»Es war dichter Nebel, und es fing schon an zu dämmern«, erwiderte er zaghaft, aber es klang nicht überzeugend.

»Na, da kann unser Kommandant ja von Glück sagen, dass er an dem Abend nicht die Wachen vor dem Hindernis inspiziert hat!« Simeczeks Bemerkung wurde mit allgemeinem Lachen und »Muh«-Rufen quittiert.

»Der Oberleutnant Matura ist ein anständiger Kommandant, aber sein Werkmeister, der ist eine richtige Kanaille«, sagte Hedelmaier, um endlich von diesen leidigen Streitereien wegzukommen. »Immer ist er am Nörgeln. Lehn dich nicht gegen das Sprachrohr, sei vorsichtig mit dem Munitionsaufzug, es ist verboten, vor dem Benzinlager zu rauchen. Man könnte meinen, er hätte seine Augen ständig überall.«

»Mich hat er erst gestern wieder zur Schnecke gemacht«, bestätigte ihm Zapleta. »Ich war gerade im Verbindungsgang zum Batterieblock unterwegs. Da gibt es doch diese Stelle, ihr wisst schon – wo es nicht geheuer ist.«

»Du immer mit deinem Aberglauben«, unterbrach ihn ein Landesschütze.

»Und wenn schon. Im ganzen Gang glitzert die Decke von Tautropfen, der Beton ist auch im August eiskalt, nur an dieser einen Stelle ist die Decke immer trocken. Und die Glühbirne an dieser Stelle flackert auch immer, wenn ich dort vorbeigehe, und schon dreimal ist mir genau dort die Munitionskiste aus der Hand gerutscht. Bei der heiligen Barbara, von dieser Stelle geht Unglück aus! Ihr werdet es noch sehen.«

»Da hat der Josef recht.« Vormeister Kanarek wedelte mit dem erhobenen Zeigefinger. »Wenn man dort die Hand auf die Wand legt, fühlt man den Unterschied zum Rest des Gangs. Als wenn da noch etwas Geheimnisvolles dahinterliegen würde. Manchmal, je nachdem, wie feucht es da unten ist, kann man dort sogar Zeichen an der Wand sehen. Buchstaben und Zahlen, wie auf einem Grabstein. Ich kann mich genau an eine 13 erinnern. Wenn das kein böses Omen ist!«

Einige Soldaten schauten mit verdrehten Augen zur Decke, andere sahen sich vielsagend an.

»Na jedenfalls habe ich gestern dort einmal mein Ohr an die Wand gelegt«, fuhr Zapleta fort.

»Und? Was hast du gehört? Haben dich Feen und Elfen gerufen und dir verraten, was dort für ein Schatz einbetoniert ist?«

Simeczek sah in die Runde, aber niemand goutierte seinen Scherz.

»Nein, aber den Rechenberger habe ich gehört. Er hatte sich von hinten herangeschlichen und mir direkt ins Ohr gebrüllt. Was das soll, was ich da tue, ob ich nichts Vernünftiges zu schaffen hätte und so weiter. Der war ganz außer sich!« Zapleta stand noch sichtlich unter dem Eindruck dieses Zusammenstoßes.

»Was soll denn der Werkmeister dagegen haben, wenn ein armer Spinner die Wand abhört?«, wunderte sich Hedelmaier kopfschüttelnd.

»Der muss schon während des Baus so cholerisch gewesen sein.« Perprunner machte eine wegwerfende Handbewegung. »Aus Palera haben einige dort oben gearbeitet. Die konnten hier jeden Abend Geschichten erzählen. Aber er muss wohl auch krumme Dinger gemacht haben. Der Paolo Morelli hier im Dorf soll sich eine goldene Nase verdient haben mit dem, was die beiden von der Baustelle weggeschafft haben.«

»Was meinst du damit? Was soll man da denn holen können?«, fragte Simeczek.

»Holzbalken, Wasserrohre, Eisenträger. Vor allem aber Zement. Morellis Garage sieht genauso massiv aus wie das Fort, so viel geklautes Material hat er dort eingebaut. Ihr drei habt doch in seiner Scheune daneben gewohnt, ist euch da nichts aufgefallen?«

»Jetzt, wo du das sagst ... In der Garage hing ein Flaschenzug an der Decke, an einem schweren Eisenträger. ›Donawitz‹, stand darauf, genau wie auf den Trägern in unserem Fort«, bestätigte Hedelmaier.

»Donawitz, das Eisenwerk in der Steiermark. Niemand außer dem Militär lässt sich so etwas von so weit her liefern«, sinnierte Perprunner.

»Und warum hat ihn keiner angezeigt?«, fragte Zapleta.

»Hat man ja. Mehr als einmal. Aber er konnte immer Quittungen für alles vorweisen. Die muss ihm der Rechenberger beschafft haben.«

»Und der Zement und die Träger fehlen jetzt in der Eindeckung unseres Forts«, stellte Zapleta fest. Er schaute nachdenklich an die Decke der Gaststube.

»Na ja. Bei dem dicken Beton wird es auf ein paar Zentimeter schon nicht ankommen. Hoffe ich wenigstens.«

»Das hoffen wir alle.« Kanarek schaute aus dem Fenster. »Ich glaube, da kommt die Gendarmerie, wir sollten jetzt vielleicht besser von etwas anderem reden.«

Kriegsbeginn II

»Hallo Lucia, hast du vielleicht Elisabetta gesehen?«, fragte Maria Carbonari, als ihr Lucia Zobele entgegenkam.

»Nein, ist mir nicht begegnet. Ist sie wieder auf der Suche nach ihrem Liebsten?«, scherzte Lucia.

»Schon möglich. Es war einfacher, als die Soldaten noch im Dorf untergebracht waren. Damals musste ich nie weit nach ihr suchen gehen. Nun muss ich immerzu hinauf zur neuen Kaserne, wo sie sich meist rumtreibt. Ich sagte ihr noch, geh nur so weit, wie du den Kirchturm noch sehen kannst, aber sie hat ja nur noch Augen für ihren Kanonier.«

»Schau, da kommt der Basil Perprunner, vielleicht hat der sie ja gesehen?«

»Lasst mich raten, du suchst mal wieder Elisabetta, stimmt's?«, fragte Basil, aber er wartete nicht auf die Antwort. »Nein, Maria, ich habe sie nicht gesehen, aber ich komme gerade direkt vom Fort und kam gar nicht an unserer Kaserne vorbei. Auf der Martinella war sie jedenfalls nicht.«

»Sag mal, Basil, was macht ihr denn eigentlich den ganzen Tag dort oben?«, fragte Lucia neugierig. Sie litt darunter, sich nur noch mit Frauen, Kindern und Greisen unterhalten zu können, seit die meisten Männer aus Palera zum Militär eingezogen worden waren und die Garnison des Forts ihre Unterkünfte im Dorf verlassen hatte.

»Na ja, wir exerzieren an den Geschützen und Maschinengewehren unseres Forts und machen Patrouillendienst in den Bergen.«

»Und dann?«

»Anschließend reinigen wir die Waffen wieder und bringen die Magazine, Kasematten und Monturen wieder in Ordnung. Ist endlich wieder alles herausgeputzt, sind Kleiderappelle und Überprüfungen der Ausrüstung und der Munitionsmagazine angesagt.«

»Und weiter?«

»Dann exerzieren und patrouillieren wir wieder, und ab und zu gibt es als Zugabe eine nächtliche Alarmübung.«

Lucia war nicht überzeugt, dass es sich lohnen würde, Soldat zu sein.

»Das muss doch auf die Dauer langweilig sein, oder?«

»Im richtigen Frieden würden wir das vielleicht langweilig finden, aber jetzt ist Krieg, und nach allem, was man von der Russenfront hört, sind wir froh, dass man uns nicht auch dorthin geschickt hat. Die Landesschützen aus den Kasernen in Folgaria und Lavarone sind schon längst nach Osten abmarschiert und durch Landsturmeinheiten mit alten Männern ersetzt worden, aber wir von der Festungsbesatzung sind offensichtlich die Lieblinge der Heeresleitung und dürfen zu Hause bleiben.«

Lucia hielt dies schon für ein besseres Argument, um im Fort Martinella Soldat zu sein. Basil spürte Marias harten Blick, seit er sich so mit seinem Kriegsglück gebrüstet hatte.

»So ist der Krieg eben, Maria, es gibt keine Gerechtigkeit, für niemanden. Hast du eigentlich Neuigkeiten von deinem Mann?«

»Letzte Woche kam eine Vermisstenmeldung. Dadrin stand etwas von Gorlitsche-Tarnof oder so, aber ich weiß nicht einmal, wo das sein soll.«

»Vermisst ist nicht das Schlechteste, das einem in diesem Krieg passieren kann. Mit etwas Glück ist er jetzt in Gefangenschaft und damit raus aus dem Feuer.« Basil brauchte nicht erst in Lucias entsetztes Gesicht zu blicken, um zu merken, was er da für einen Mist erzählt hatte.

»Sag, wie geht es dir denn jetzt? Wie kommst du zurecht ohne Fortunato?« Er war dankbar, dass Maria auf seinen kläglichen Versuch einging, das Thema zu wechseln.

»Es geht so. Das Kriegsfürsorgeamt sendet zwar wenig Geld, aber immerhin kommt es jetzt regelmäßig. Im Albergo aushelfen reicht jetzt aber nicht mehr, da ihr ja alle so knauserig mit eurem Sold seid. Ich habe darum einen Dienstvertrag mit der Genie in Trient unterschrieben, das bringt mir eine Krone am Tag, und wenn mir Roberto hilft, noch 20 Heller extra.« Das Wort »Vertrag« betonte sie, als sei sie besonders stolz darauf, nun ein eigenes, regelmäßiges Einkommen zu haben.

»Bei der Geniedirektion? Wollen die etwa noch eine Festung hier bauen?«, fragte Lucia erstaunt.

»Ach was. Wir heben Gräben aus zwischen den Forts und spannen Stacheldraht davor. Hier, schaut selbst!« Sie hielt ihnen ihre blutig verkratzten Hände entgegen wie die heilige Veronica Giuliani.

Es war auch Lucia nicht verborgen geblieben, dass sich immer längere Schützengräben und Hindernisse durch die liebliche Almlandschaft zogen und zunehmende Spannungen zwischen den Verbündeten ankündigten. Sie wandte ihren Blick ab, als suche sie in den Grenzbergen nach einem Zeichen dafür, was die Zukunft ihnen bringen würde.

»Hoffentlich hält der Frieden mit den Welschen. Jetzt wo wir hier so schwach sind, werden die auf einmal mutig, genau wie 1866«, sagte Basil, brummte noch etwas von »Dienstgang« und »Bataillonsstab« und machte sich nachdenklich auf den Weg.

Mitte Mai 1915 verbreitete sich in Palera eine gespannte Atmosphäre wie schon im August des letzten Jahres, man sprach von diplomatischen Notenwechseln zwischen Österreich und Italien. Als eines Tages die Standschützenkompanien in den umliegenden Dörfern aufgeboten und mit Armbinden, Gewehren und scharfer Munition ausgerüstet wurden, wurde auch dem Letzten klar, dass die friedlichen Zeiten hier unweigerlich ihrem Ende entgegengingen. Alberta Toller hatte an diesem Abend noch einmal alle Hände voll zu tun in ihrer Gaststube.

»Sieg oder Tod unsere Losung heißt!«, rief Ponifilio Murano mit erhobenem Glas. Der Knecht der Perprunners hatte sich zur Überraschung aller kurz entschlossen den Standschützen angeschlossen.

Ein Weiterer fiel ein: »Für Gott, Kaiser und Vaterland!«

»Frau Toller, bekomme ich auch ein Bier?«, fragte Dino Morelli treuherzig.

Sein Vater Paolo war an der Front und hatte nicht verhindern können, dass sich der Sohn ebenfalls gemeldet hatte. Jetzt feierte Dino zusammen mit ihnen seinen Einstand und zugleich den Abschied vom Frieden.

»Sieg oder Tod im Morgenrot!« und »Zielbewusst und unerschrocken!«, schallte es durch das Albergo.

»Willst du nicht lieber eine Limonade? Du verträgst doch noch gar keinen Alkohol«, erwiderte Alberta.

»Frau Toller, ich bin jetzt Soldat! Wenn ich alt genug bin, um für den Kaiser zu sterben, dann bin ich auch alt genug für ein Bier.«

Alberta seufzte und brachte ihm ein Glas, das sie unter dem Schanktisch heimlich mit Wasser verdünnt hatte.

»Hoch dem Krieg!«, rief Ponifilio mit hörbar schwerer Zunge.

»Hoch dem Kaiser!«, fiel Dino ein und erhob strahlend sein Glas zu Alberta.

Die Konsequenzen, die sich aus dem drohenden Krieg ergeben sollten, wurden den Bewohnern erst nach und nach klar. In den folgenden Tagen wurden vorsorglich die bekannten Sympathisanten für einen Anschluss Südtirols an Italien verhaftet und in einem Lager in Katzenau bei Linz interniert. Als Nächstes wurde das Vieh von den Weiden in die Dörfer getrieben und vom Militär beschlagnahmt. Viele Herden gehörten italienischen Pächtern, die es nicht mehr geschafft hatten, ihre Kühe rechtzeitig zurück über die Reichsgrenze zu treiben; sie waren Österreichs erste Kriegsbeute.

Der Krieg mit Italien begann mit den Hammerschlägen des Gendarmen, der das Manifest des Kaisers am Marktplatz anschlug: »An Meine Völker! Der König von Italien hat Mir den Krieg erklärt. Ein Treubruch, dessengleichen die Geschichte nicht kennt, ist von dem Königreich Italien an seinen beiden Verbündeten begangen worden ... zu großen schmerzlichen Opfern entschlossen ... heimtückische Feind im Süden ...«, und so weiter, und so weiter. Diesen Pfingstsonntag 1915, der auf den 23. Mai fiel, sollte niemand mehr so schnell vergessen.

Palera wurde unter Kriegsrecht gestellt. Gemeindevorsteher Capeletti versuchte eilig herauszufinden, was mit den Bewohnern im Falle eines Artilleriebeschusses geschehen solle, aber weder die Gendarmerie-Assistenz noch der Kommandant des Forts oder gar das Gemeindeamt in Folgaria wussten etwas darüber. Aufregung und Ratlosigkeit machten sich breit.

Der Pfingstmontag blieb noch ruhig, und die Ersten hegten schon Hoffnungen, dass es vielleicht gar nicht so schlimm werden würde, bis sie am frühen Dienstagmorgen durch das Donnergrollen der italienischen Artillerie aufgeschreckt wurden. Einige Schaulustige waren zu einem Hügel südlich des Dorfes geeilt, von dem aus man das Fort sehen konnte.

Fasziniert sahen sie die schweren 28-Zentimeter-Granaten vom Monte Toraro heranrauschen, das Donnern ihrer Explosionen rollte mit vielfachem Echo durch das Terragnolotal, und über den Einschlägen auf der Martinella wuchsen schwarze Rauchsäulen. Manche stiegen auf wie Quallen im Meer, andere fielen um wie gefällte Bäume und verliefen sich dann auf den Almwiesen. Einige Blindgänger gaben beim Aufschlag ein kurzes, helles Klingen von sich, während abprallende Granaten mit Surren, Heulen oder Kreischen in die Richtung der Schaulustigen flogen und sie daran erinnerten, dass dies weder eine Übung noch ein Freudenfeuerwerk war. Jetzt konnten sie mit eigenen Augen sehen, über was sie zuvor nur gelesen hatten: Der Krieg war da!

Enzo Capeletti stand auf dem Marktplatz und erklärte die Regeln für die Evakuierung:

»Morgen früh um acht Uhr geht es los. Wir fahren zusammen nach Calliano zum Bahnhof. Dort wartet der Zug auf uns, der uns in Sicherheit bringen wird.«

»Was ist mit unseren Sachen? Können wir die mitnehmen? Und unsere Häuser, was wird aus denen?«, fragte Lucia Zobele.

»Jeder darf nur fünf Kilogramm Gepäck mitnehmen, für mehr ist kein Platz im Zug.«

»Fünf Kilo ist nicht viel.« Maria Carbonari machte mit der Hand eine abwägende Geste. »Mein Geschirr, meine Töpfe, das alles kann ich dann ja gar nicht mitnehmen.«

»Das brauchst du auch gar nicht, Maria. Es wird für alles gesorgt werden«, versuchte der Gemeindevorsteher sie zu beruhigen.

»Wo kommen wir denn überhaupt hin? Etwa nach Bozen?«, wollte Anselma Longhi wissen.

»Ich fürchte, wir werden noch weiter ins Hinterland gebracht werden. Aber wohin genau, weiß ich selbst noch nicht.«

»Also ich ziehe meine Sonntagskleider an. Unsere Gastgeber sollen schließlich nicht denken, dass hier arme Leute kämen«, sagte Francesca Morelli zaghaft.

»Meine Ziegen?«, fragte eine alte Frau.

»Mein Hund?«, fragte eine andere.

»Bleiben alle hier. Das Militär wird sie versorgen.«

»Denkt vor allem an euren Schmuck und die Sparbücher«, riet Enzos Frau Anna.

»Und an eure Urkunden, wenn ihr welche zu Hause habt«, ergänzte ihr Mann.

»Und die Schulsachen, denkt an die Schulsachen eurer Kinder. Schließlich fahren wir nicht in die Ferien, und die Kleinen müssen auch dort unterrichtet werden«, riet Lucia Zobele, die Lehrerin.

»Aber so lange werden wir doch wohl nicht fortbleiben müssen?«, meinte eine Mutter.

»Na, überleg doch mal, wie lange die aus Galizien schon in ihren Flüchtlingslagern stecken«, erwiderte Anselma Longhi. Manchen wurde erst jetzt der Ernst der Lage wirklich bewusst.

Die Menge auf dem Dorfplatz verstreute sich, um zu Hause die wichtigsten Sachen zu packen. Was man nicht mitnehmen konnte, wollte man bis zur Rückkehr verstecken. Tafelsilber wurde unter Holzdielen verborgen, wertvolle Möbelstücke auf dem Speicher mit alten Säcken zugedeckt und das gute Geschirr nach Einbruch der Dämmerung im Garten vergraben. Eine volle Wurstkammer und sauber aufgereihte Schinken und Käse stellten manchen Bewohner vor eine weitere schwere Entscheidung. Das Albergo Stella Alpina wurde von der Armee requiriert, und zusammen mit einem Rechnungsunteroffizier fertigte Alberta Toller penibel Listen der Wein- und Bierbestände an, um nach dem Krieg damit beim Sperrkommando einen Kostenausgleich geltend machen zu können.

Am nächsten Morgen wurden die Ochsen- und Pferdegespanne mit Gepäck, Kindern und Greisen beladen. Hochwürden Fontana hatte das Tabernakel und das Ewige Licht eingepackt, denn seine Schäfchen würden auch in der Fremde seines Beistands bedürfen. Zuletzt wurden die Fensterläden und die Türen der Häuser abgeschlossen, und noch einmal mussten die Bewohner eine ungewohnte Entscheidung fällen: Sollten sie den Schlüssel wie sonst unter dem Fußabstreifer verstecken oder ihn vorsichtshalber doch mitnehmen?

Als der Zug sich endlich in Bewegung setzen sollte, schallte Maria Carbonaris Ruf nach Elisabetta durch das Dorf. Am Morgen hatte sie ihre Schwägerin noch für die Reise herausgeputzt, und nun war sie weg. Der Verdacht lag nahe, dass sie zum Fort gelaufen war, um Abschied von ihrem angebeteten Artilleristen zu nehmen. Aber das Fort lag jetzt unter schwerem Beschuss. Von der Poststation bestand eine Telefonverbindung zum Fort, vielleicht könnte man von dort anrufen, schlug Capeletti vor, aber die Leitung war schon zerschossen.

Zur gleichen Zeit herrschte im Fort Martinella nervöse Anspannung. Die Feuertaufe war für die Besatzung eine schwere Nervenprobe. Ein Jahr lang hatten sie an Geschützen, Scheinwerfern und Maschinengewehren exerziert, aber sie waren nicht vorbereitet worden auf das nervenzerreißende Heranheulen der 28-Zentimeter-Granaten, die dröhnenden Explosionen auf der Betondecke, die noch in den tiefsten Winkeln des Forts zu hören waren, und auf das Klingeln der Panzerkuppeln, wenn sie von schweren Geschossen gestreift wurden. Kluge Köpfe im k. u. k. Kriegsministerium hatten zwar Wachspfropfen zum Schutz der Ohren vorgesehen, aber das Fort lebte von der Kommunikation zwischen dem Artilleriekommandanten, den Beobachtungsposten und den Geschützbedienungen, und die war mit verstopften Ohren nun einmal nicht möglich.

Zu der demoralisierenden Wirkung des Lärms kamen noch die giftigen Gase der Ekrasit-Explosionen, die von den Ventilatoren in das Fort gesaugt wurden und sich dort wie Blei auf die Lungen und die Stimmung der Soldaten legte. Die Angst schlug ihnen auf die Därme, und so verbreitete sich von den Aborten aus sehr bald der Gestank von massenhaftem Durchfall, der dem Fort die Atmosphäre eines Typhusspitals verlieh. Erst als nach einem Tag Beschießung immer noch keine gravierenden Schäden am Fort oder Verluste unter der Besatzung festzustellen waren, machte sich wieder vorsichtiger Optimismus unter den Soldaten breit.

Die Posten an den Maschinengewehren, die den Eingang des Forts sicherten, glaubten ihren Augen nicht zu trauen. Vor den Gittertüren, die den Zugang durch das Stacheldrahthindernis versperrten, stand ein Mädchen im schönsten Sonntagsstaat. Mal hatte sie die Hände zu einem Trichter vor ihrem Mund geformt, als riefe sie etwas zum Fort, mal winkte sie mit einem Strauß Wiesenblumen. Den Lärm der Granateinschläge schien sie gar nicht zu hören. Ein Artillerist ließ sich über das Festungstelefon mit dem Kommandanten verbinden.

»Hier Posten Haupteingang. Herr Hauptmann, vor dem Hindernis steht eine junge Frau. Ich glaube, sie möchte ins Fort.«

Hauptmann Matura dachte erst an einen Scherz. Oder sollte einer der Soldaten durch den Beschuss etwa schon übergeschnappt sein?

»Wo genau steht die Frau?«, fragte er nach, um Zeit zu gewinnen.

»Vor den Gittertüren, sie steht mitten im Feuer – noch, Herr Hauptmann.«

Matura ging zum Fenster, klappte den Verschluss der Schießscharte des stählernen Fensterladens zur Seite und suchte mit den Augen das Drahthindernis um das Fort ab. Ja, da stand sie. Es war Elisabetta Carbonari, die verrückte Verehrerin von Kanonier Zapleta. Sie war schon öfters im Sperrbereich des Forts aufgetaucht, und einmal hatten sie sogar eine Schießübung abbrechen müssen, weil sie trotz Absperrungen vor den Maschinengewehren des linken Panzerstands aufgetaucht war. Weder Zapletas Appelle an ihre Einsicht noch Maturas Androhungen von Strafen hatten eine nachhaltige Wirkung gezeigt, sie kam immer wieder zum Fort. Nun hatten sie die Bescherung.

»Sollen wir sie hereinlassen, Herr Hauptmann?«, fragte der Posten.

›Wenn sie einmal im Fort ist, bekommen wir sie so schnell nicht wieder los. Und außerdem ziehen heute die Einwohner Paleras ab, da muss die Kleine unbedingt mit‹, dachte Matura bei sich.

»Warten Sie, es kommt jemand und bringt sie fort«, wies er den Posten an. »Hallo, Bereitschaft, geben Sie mir den Zugsführer Basil Perprunner, schnell«, telefonierte Matura weiter.

»Zugsführer Perprunner, Herr Hauptmann«, meldete sich Basil. Er fragte sich, was ihm die Ehre eines persönlichen Telefonats mit dem Kommandanten verschaffte.

»Perprunner, die kleine Carbonari steht vor dem Hindernis. Bringen Sie sie ins Dorf, schnell. Ich erwarte Sie bis heute Abend um acht wieder im Fort, allein.«

Basil hatte Elisabetta genau vor Augen, er kannte sie von klein auf, und auch ihre Schwärmerei für Zapleta war hier keinem verborgen geblieben. Basil schulterte sein Gewehr und ging zum Eingang.

»Warte noch!«, sagte der Artillerist von der Wache und schaute auf seine Uhr.

Zwei schwere Einschläge ließen das Fort erzittern.

»Jetzt kannst du gehen, beeil dich, die nächste Salve kommt in fünf Minuten.«

Der Posten zog die schwere Panzertür auf und Basil Perprunner rannte los. Nur unter Tränen und Kratzen und dem Eindruck seines aufgepflanzten Bajonetts ließ sich Elisabetta zurückbringen.

Die Verabschiedung im Dorf war vollkommen anders als im August 1914, als die ersten Männer zum Militär eingerückt waren. Dieses Mal verließen die Frauen, Kinder und alten Männer das Dorf, und nur wenige Standschützen wie Dino Morelli und Ponifilio Murano oder Arbeiter wie Silvano Longhi blieben zurück und standen zum Abschied bereit. Als sich der Zug zögerlich in Bewegung setzte, beugte sich Elisabetta noch einmal von dem Leiterwagen zu Basil herab und murmelte mit ausdruckslosem Gesicht den alten Abzählreim:

»Eins ist keins,

zwei ist eins,

drei ist eine Menge,

vier ist eine Schar,

fünf ist der arme Mann,

Josef ist der Begrabene.«

Nachdenklich machte sich der Landesschütze auf den Rückweg zum Fort.

›Jetzt ist er übergeschnappt!‹, dachte Basil, als er die Kasematte der Haubitzenbedienungen betrat.

Josef Zapleta führte mit eingeknickten Knien, angezogenen Ellenbogen und herabhängenden Händen einen schwerfälligen Tanz auf dem Tisch auf und gab zu dem rhythmischen Klatschen seiner Kameraden brummende und knurrende Geräusche von sich, die sich bei jedem Einschlag der italienischen Granaten zu einem wütenden Brüllen steigerten.

»Pst!«, raunte ihm der Feuerwerker ins Ohr, der mit verschränkten Armen neben der Tür stand und das Schauspiel beobachtete. »Ich bin froh, dass der Zapleta jetzt wieder den Bären für sie macht. Das bringt sie auf andere Gedanken, bevor sie noch vor Angst den Verstand verlieren.«

Sie bemerkten Basil erst, als die Vorstellung zu Ende war. »Ich habe dir etwas mitgebracht«, sagte er und zog einen kleinen welken Blumenstrauß aus seiner Jackentasche.

Zapleta schaute ihn ungläubig an.

»Von deiner Verehrerin, der kleinen Elisabetta. Sie ist heute mit ihrer Familie ins Landesinnere abgereist. Das soll ich dir geben – selbst gepflückt. Willst du sie nicht in eine Vase stellen?«

Wortlos holte Zapleta die leere Messingkartusche einer 6-Zentimeter-Granate. Als der Strauß darin auf dem Tisch stand, lachte niemand in der Kasematte über ihn.

Volltreffer

»C arica numero sei, scostamento a sinistra mille duecento-
quindici, inclinazione mille novantacinque.«

Der Capopezzo hatte die Kommandos zum Richten der schweren Haubitze langsam und deutlich und ohne ein Zeichen von Anteilnahme von seinem Formular abgelesen. Sieben Kanoniere machten sich routiniert, aber sichtlich erschöpft an die Arbeit. Dreißig Schuss hatten sie heute schon abgegeben, sechs Tonnen Granaten und dreihundert Kilogramm Schießbaumwolle waren dabei durch ihre Hände gegangen, und zwischen den Abschüssen hatten sie tausend Liter Wasser verbraucht, um das Rohr innen spiegelblank sauber zu halten. Die Rohrseele war das Einzige hier in der Stellung, das keine schwarzen Hände hinterließ, wenn man es anfasste. Alles andere, die Kanoniere eingeschlossen, war von der typischen Mischung aus Grafit, Ruß und Schmierfett überzogen.

»Sollevare il proietto e disporlo sulla suola del tubo di caricamento.« Die Granate, die eben noch in der Sonne geglänzt hatte, glitt in die Dunkelheit des Geschützrohrs. Ein Kanonier zog ein Süßholzstäbchen aus seiner Jackentasche, biss ein Stückchen davon ab und verkeilte damit das Geschoss, sodass es beim Aufrichten des Rohrs nicht zurückrutschen konnte. Auf die Granate folgte die Messingkartusche mit der Treibladung. Die Haubitze war geladen.

»Chiudere l'otturatore.« Ein Kanonier schraubte den zentnerschweren Verschluss ins Rohr.

»Dare la direzione al pezzo.« Gleichmäßig wie ein Uhrwerk schwenkte die Lafette in Schussrichtung, bis die fein gravierte Markierung am Laufring über der 1215 stehen blieb.

»Dare l'inclinazione al pezzo.« Zwei Kanoniere kurbelten an großen Handrädern, die Mündung begann sich gegen den wolkenlosen Himmel zu recken. Der Zeiger glitt über den Höhenrichtbogen und spielte sich bei 1095 ein.

»Fuoco!« Ein Kanonier zog mit zugekniffenen Augen an der Abzugsleine. Dem scharfen Knall des Abschusses folgte das Rollen des Donners durch die Täler, dessen letztes Echo angeblich noch in Bozen zu hören sein würde. In der mächtigen schwarzen Wolke, die vor dem Rohr schwebte, hatte sich ein Rauchring gebildet, der von dem lauen Wind langsam zu einem Oval verzogen wurde, bis er sich in der flimmernden Mittagshitze über dem Monte Toraro auflöste. Die Granate hatte währenddessen ihren Steigflug in dreitausend Metern Höhe beendet und begann sich in elegantem Bogen ihrem irdischen Ziel zuzuneigen.

Zufrieden setzte der Capopezzo einen Haken auf sein Formular. Der letzte Schuss für heute, und es hatte keinen Zündversager und vor allen Dingen keinen Rohrkrepierer gegeben. Den Rest des Tages würden sie wie immer mit dem Reinigen und Schmieren der Haubitze verbringen.

Nach zwei Minuten wimmerte der Feldfernsprecher.

»Al centro«, gab der Artilleriebeobachter durch. Ihr letzter Schuss hatte mitten im Ziel gelegen.

Landsturm-Assistenzarzt Dr. August Bago studierte in der Tiroler Soldatenzeitung die Meldungen vom italienischen Kriegsschauplatz. »Feindliche Artillerie beschoss erfolglos die Plateaus von Folgaria und Lavarone.« Aus der Sicht eines Redakteurs in seinem Büro in Bozen mochte das vielleicht so aussehen, er hingegen empfand das ständige Krachen auf dem Betonverdeck und das Prasseln der Splitter gegen den stählernen Fensterladen als lebensbedrohlich.

Eine schwere Explosion ließ das Fort erbeben, die Fläschchen im Medikamentenschrank klirrten aneinander, das elektrische Licht ging aus und flackerte wieder an. Dieses Mal hatte es nicht wie die übliche Drohung mit dem Jüngsten Gericht geklungen, sondern wie eine vollzogene Exekution. Die Tür zum Arztzimmer wurde aufgerissen und ein Soldat rief atemlos hinein:

»Durchschlag im Verbindungsgang!«

Der Mann rannte weiter. War das nun ein Ruf nach medizinischer Hilfe gewesen? Oder einfach nur die Verkündung einer Sensation? Er wollte nicht neugierig losrennen, aber auch nicht tatenlos sitzen bleiben, bis ihm die Sanitäter jemanden in seinen Verbandsraum bringen würden. Dr. Bago schnallte also sein Koppel um, setzte die Mütze auf und ging mit mühsam gebremster Erregung in Richtung des Tumults, der schon von Weitem zu hören war.

Schwarzer Qualm und der stechende Geruch von Pulvergasen schlugen ihm entgegen, auf der Zunge spürte er den staubigen Geschmack von Zement. Je näher er der Unglücksstelle kam, desto aufdringlicher knirschten Betonstücke und Glasscherben unter seinen Stiefeln. Kabelbündel hingen lose von der Wand, das elektrische Licht im Verbindungsgang war ausgefallen. Festungsartilleristen versperrten aufgeregt durcheinanderredend den Gang und starrten ratlos in die Dunkelheit.

Der Lichtkegel einer Handlampe irrlichterte aus der Wolke auf sie zu, dahinter tauchte ein riesiges Insekt auf. Die großen runden Gläser der Rauchschutzbrille wirkten wie Facettenaugen. Ein Rüssel entsprang seinem Gesicht und führte zu dem Gummisack eines Selbstretters, der sich vor seiner Brust rhythmisch und mit schnaufenden Geräuschen blähte. Als das Insekt das Mundstück des Sauerstoffapparats aus seinem Gesicht fallen ließ, pendelte es an dem Schlauch hängend langsam aus.

»Unser erster Durchschlag! Das war zu befürchten nach den vielen schweren Treffern auf diese Stelle.«

Das Insekt nahm seine Rauchbrille ab und war nun als Werkmeister Rechenberger zu erkennen. Die Haut um seine Augen hob sich weiß von seinem grau gepuderten Gesicht ab, gerade wie bei einem Theaterschauspieler, den man als Gevatter Tod geschminkt hatte. So betrachtet passte Rechenbergers Auftritt perfekt zur Situation. Dr. Bago dachte an sein kleines Tagebuch und beschloss, diese bemerkenswerten Eindrücke dort mit einer Bleistiftskizze zu verewigen.

»Es gab Verluste. Wenn der Lüfter erst angeschlossen ist, werden wir sehen, wie viele es sind.«

Der Arzt bemerkte, dass Rechenberger die Worte »Soldaten« oder »Artilleristen« vermied. Vielleicht war er sich unsicher, ob sie als Tote überhaupt noch zum Militär gehörten oder doch wieder zu Zivilisten geworden waren.

Der Qualm floss zäh in den Gang hinein, aber er löste sich nicht auf und die Sicht wurde nicht besser.

»Sofort das Kabel anschließen!«

»Wo denn? Es ist doch alles im Arsch!«

»Weiter hinten, du Depp!«

»Eine Kabelverlängerung her, verdammt noch mal!«

»Achtung, jetzt einschalten!«

Die Nebelwand setzte sich unter dem Surren eines Ventilators behäbig in Richtung Batterieblock in Bewegung. Im Kreuzfeuer der Handlampen wurden jetzt kurze Einblicke in das Chaos möglich.

»Hedelmaier, Simeczek, Kanarek und Zapleta haben eben hier im Gang Granatverschläge verladen.« Die Aufzählung des Unteroffiziers klang wie eine Verlustliste.

»Vormeister Kanarek ist hier!«, rief Kanarek von der anderen Seite des Nebels. Er klang etwas unsicher, als müsste er sich erst selbst vergewissern, dass er den Einschlag wirklich überlebt hatte.

Die anderen drei sagten nichts mehr.

Der Arzt erkannte nun im Schutt Uniformfetzen und angekohlte Reste menschlicher Körper. Nur einer war noch im Ganzen erkennbar. Die Identifizierung der anderen dürfte nicht einfach werden, obwohl die Vorschriften forderten, dass die Soldaten die kleine Blechkapsel mit dem Legitimationsblatt immer bei sich zu tragen hatten. ›Im Zweifelsfall würde es am einfachsten sein, den Rest der Besatzung abzählen zu lassen, um aus der Differenz die Verlustmeldung zu konstruieren‹, dachte Bago. Vorausgesetzt, potenzielle Deserteure kämen nicht auf den gleichen Gedanken.

Dr. Bago ließ das Inferno auf sich wirken. Die Staubwolke hatte sich langsam aufgelöst und den Blick auf den Durchschlag in der Decke freigegeben. Glatt wie ein Ofenrohr war das Loch, durch drei Meter Beton hatte sich das Geschoss gebohrt – wie eine Stricknadel durch Butter. Ein oder zwei Sekunden später musste der Verzögerungszünder ausgelöst und zwanzig Kilogramm Ekrasit in dem engen Korridor zur Explosion gebracht haben.

Der Verbindungsgang enthielt an dieser Stelle nichts Bedeutendes, kein Munitionsmagazin, keine unersetzlichen technischen Installationen, nur – zufällig – drei Festungsartilleristen. Der Tod war ohne quälende Ankündigung über sie gekommen und musste sofort eingetreten sein, das war das einzig Tröstliche. Gestern war doch der Fotograf vom Kriegspressequartier im Fort gewesen, erinnerte sich Bago. Vielleicht sollte man den noch einmal hierherholen. Bestimmt hätte er auch ein Magnesiumblitzlicht bei sich, um das Grauen hier auf seine Platten zu bannen.

Es dauerte Stunden, bis die Soldaten den Schutt weggeräumt und dabei alles aussortiert hatten, was kein Beton und somit möglicherweise ein Stück Mensch gewesen war. Nach einer weiteren Stunde hatten es die Sanitäter aufgegeben, Körperteile und Uniformfetzen in die drei Zinksärge zu sortieren, die man aus der Totenkammer hergebracht hatte. Kanonier Zapleta war weitgehend unversehrt geblieben, aber was von den beiden anderen übrig war, passte auch in einen Sarg. Man konnte nicht wissen, wofür man den dadurch frei werdenden dritten Zinkkasten noch gebrauchen würde.

Die Legitimationskapseln der Soldaten blieben im Schutt verschollen, aber die Mützen, Koppel, und Schuhe waren einigermaßen heil geblieben und ließen zumindest verlässliche Rückschlüsse auf die Anzahl der Soldaten zu. Drei Mützen, drei Koppel, drei Seitengewehre, drei linke und vier rechte Schuhe zählte Dr. Bago. Insoweit war die Verlustmeldung von drei Festungsartilleristen an das Sperrkommando gerechtfertigt. Was den überzähligen Schuh betraf, hatten sie jetzt allerdings andere Sorgen.

Dr. Bago ließ seinen Blick noch einmal über die Unglücksstelle kreisen. Das Loch in der Decke war innen von einem großen auf dem Kopf stehenden Trichter umgeben, eine große Masse Beton war durch den Aufschlag abgeplatzt und in den Gang gestürzt. Spitze Schottersteine ragten aus der Oberfläche, Sand rieselte zwischen ihnen heraus. Auch ein Arzt konnte erkennen, dass dieser Beton liederlich zusammengemischt gewesen war. An einer Stelle war die Oberfläche des Trichters auffallend glatt. War da nicht ein Zeichen in den Beton gedrückt?

Ein Sanitäter rief seinen Namen und riss ihn damit aus seinen Betrachtungen. Die schrecklichen Eindrücke des Tages verfolgten ihn noch bis in sein Bett, und kurz bevor ihn der Schlaf übermannte, reihte sich das Bild eines Schuhabdrucks im Beton in die Erinnerung an Rauch, Blut und Uniformfetzen.

Als es Dr. Bago Tage später noch einmal in den Gang trieb, war das Loch schon sauber zubetoniert und mit einem sehr stabilen Betonpfeiler unterfüttert. Der Werkmeister hatte es sehr eilig damit gehabt. »Damit die Mannschaft nicht kopfscheu wird«, hatte er argumentiert, wobei unklar blieb, ob er dies auf die Angst vor der italienischen Belagerungsartillerie bezog oder auf die Gerüchte, die unter den Soldaten über den Verbindungsgang umgingen.

Im Dämmerlicht sah Bago Vormeister Kanarek durch den Hauptgang kommen.

»Da haben Sie damals aber ordentliches Glück gehabt!«, sprach er den Vormeister an.

»Gestatten, Herr Doktor«, erwiderte Kanarek, »aber das war kein Zufall. Mir war an dieser Stelle schon immer gruselig, und so bin ich halt eilig hier vorbeigegangen, während die anderen drei gemächlich ihre Geschossverschläge schleppten. Darum mussten sie dran glauben und ich nicht.«

Dr. Bago schaute Kanarek forschend an. Die polnischen Soldaten hatten einen ausgeprägten Hang zum Aberglauben, das hatte er schon mehrfach feststellen müssen. Dieser Vorfall hatte Kanarek aber einen schlagenden Beweis für die Richtigkeit seiner Ahnungen geliefert, da war jedes Dagegenhalten fruchtlos. Dr. Bago nickte leicht, wie zustimmend. Er musste wieder an den überzähligen Schuh denken. War da nicht ein entsprechender Abdruck im Beton gewesen, oder hatte er das nur geträumt? Seine Patienten fielen ihm wieder ein, und er ging zurück zur Krankenstube.

Einige Tage später klopfte es an die Tür von Dr. Bagos Kasematte.

»Entschuldigen Sie, Herr Doktor«, sagte Silvano und nahm Haltung an. Bei einem normalen Offizier hätte er sich so eine eigenmächtige Störung nicht so ohne Weiteres herausnehmen können, aber Dr. Bago war in erster Linie Arzt und nicht Festungsoffizier.

»Was kann ich für dich tun, Silvano?«, fragte dieser aufmunternd.

»Es ist wegen damals. Der Durchschlag, Herr Doktor.«

»Ja?«

»Es wurde ein überzähliger Schuh gefunden, ich hatte ihn kurz von Weitem gesehen. Ist er noch da?«

›Ach ja, der siebte Schuh‹, dachte Dr. Bago. ›Was mag den Jungen daran interessieren?‹

»Ich habe ihn nicht. Die beiden Sanitäter haben die Sachen damals weggeschafft. Komm, wir fragen sie einmal.«

Sie mussten nicht weit gehen, die Kasematte der beiden Sanitäter lag neben dem Arztzimmer, zwei Türen weiter. Als sie eintraten, stand der eine sofort auf und nahm Haltung an, während der andere am Tisch sitzen blieb. Er hatte den Kopf auf die Arme gelegt und schlief.

»Lassen Sie ihn weiterschlafen. Ich weiß, dass sie heute einen harten Tag dort draußen gehabt haben«, sagte Dr. Bago.

Die Sanitäter hatten Verwundete aus dem Fort in das Lazarett hinter dem Dorf getragen und waren dabei mehrmals unter Artilleriebeschuss geraten. Der Weg zum Fort war das Gefährlichste hier am Krieg, es wurde langsam Zeit, dass man mit dem Bau eines Zugangsstollens begann.

»Sie erinnern sich doch an den Einschlag neulich im Verbindungsgang. Wir wollten uns den überzähligen Schuh einmal ansehen, den man damals gefunden hatte. Wo habt ihr den hingebracht?«

Der Sanitäter überlegte kurz.

»Werkmeister Rechenberger hat den Schuh geholt. Er hat ja nicht zu den drei Toten gehört, und da habe ich ihm den Schuh gegeben. Was sollte man mit dem auch noch anfangen, so voll mit Beton wie der war?«

Dr. Bago war der direkte Vorgesetzte des Sanitätspersonals, aber nicht des Werkmeisters, und da ihm keine plausible Erklärung einfallen wollte, warum er den Schuh noch einmal sehen wollte, ließ er die Sache auf sich beruhen.

»Vielleicht fragst du den Rechenberger selber einmal danach«, sagte er zu Silvano.

Ausgerechnet den cholerischen Werkmeister um einen Gefallen bitten? Silvano ließ entmutigt die Schultern hängen und gab seine Suche auf.

Der August neigte sich dem Ende zu. Die Beschießung des Forts hatte vor einigen Tagen ihren Höhepunkt erreicht, es folgte ein groß angelegter Angriff der Italiener, der allerdings schon weit im Vorfeld des Forts von der Festungsartillerie zusammengeschossen wurde. Daraufhin hatte die italienische Belagerungsartillerie noch ein paar Tage lustlos ihre Munitionsvorräte leergeschossen, und nun, da sie offensichtlich fast nichts mehr hatten, herrschte bis auf vereinzeltes Störfeuer Ruhe.

Nach und nach traute sich die Besatzung auch tagsüber auf das Verdeck, um die Schäden zu begutachten. Dr. Bago schlenderte über die Betonwüste, stieß forschend mit der Stiefelspitze gegen einen zentnerschweren Granatsplitter, machte einen respektvollen Bogen um einen Blindgänger und bückte sich nach Zündern aus Messing, die schon jetzt als Briefbeschwerer für friedlichere Zeiten gefragt waren. Er bemerkte Silvano, der ihm mit großen Schritten entgegenkam und dabei laut zählte.

»Was machst du denn da?«

»Hier muss es gewesen sein, Herr Doktor, der Durchschlag in den Verbindungsgang.«

Dr. Bago schaute vor Silvanos Füße. Der Rand eines einzelnen Trichters, vielleicht zwei Meter im Durchmesser, markierte die Einschlagstelle. Die Mannschaft hatte das Loch in der Mitte schon in den Nächten darauf wieder zubetoniert. Rund herum war der Beton nur oberflächlich von kleineren Kalibern und Granatsplittern angekratzt.

›Was hatte Werkmeister Rechenberger damals gesagt: Kein Wunder bei den vielen schweren Einschlägen auf die gleiche Stelle?‹, dachte Dr. Bago und sah Silvano schweigend an.

Eine Trillerpfeife schrillte auf, das Zeichen, dass am Monte Toraro gerade eine 28er Haubitze abgefeuert wurde und in 32 Sekunden hier der Einschlag zu erwarten war. Die Schaulustigen spritzten auseinander wie die Murmeltiere und verschwanden in ihrem Bau.

Oktober 1915

Der Landesschütze

Zugsführer Perprunner faltete das Linzer Volksblatt mit dem Bericht über die Belagerung von Przemyśl zusammen und wischte sich damit den Hintern ab. Er war immer noch froh, dass er zum Fort Martinella kommandiert worden war und nicht – wie die meisten seiner Kameraden – an die Russenfront. Mit Hurra und den Taktiken von 1866 waren sie gegen die Maschinengewehre und Schnellfeuergeschütze der ach so rückständigen russischen Armee angestürmt und gefallen wie der Weizen vor dem Schnitter. Viele waren angeblich auch übergelaufen, aber die Gefangenschaft in Sibirien sollte ja fast genauso schrecklich sein wie die Schlachten in den Steppen und Sümpfen Galiziens.

Hier dagegen war der Krieg ein Kinderspiel. Die Italiener hatten keinen Schneid, und da dieser Frontabschnitt für die österreichischen Generäle ein Nebenkriegsschauplatz war, mussten die Truppen hier wenig Aktionismus an den Tag legen. Tja, am Isonzo, da war es bitter mit den Italienern, keine Deckung im Karst und ständige Angriffe und Gegenangriffe ohne Rücksicht auf Verluste. Angeblich bekamen sie dort Nasenpfropfen mit Lavendelduft gegen den Gestank der Leichenberge. Dagegen war das hier das reinste Paradies. Trotzdem jammerten die Artilleristen im Winter über die Feuchtigkeit in dem kalten Bau und im Sommer über die Mückenschwärme, die die Wassertropfen an den Decken der Kasematten umtanzten. Dabei waren sie hier doch sicher vor Lawinen und Blitzeinschlägen, den beiden größten Feinden des Soldaten im Gebirge.

Nach einem halben Jahr Krieg hatten sie hier im Fort erst drei Tote gehabt, was in diesen Zeiten so gut wie nichts war. Dr. Bago hatte ihnen einmal vorgerechnet, dass dies einer Sterblichkeitsrate von einem Prozent entspreche und es hier demzufolge noch weit weniger gefährlich sei als in Friedenszeiten zu Hause.

»Na, sind wir nicht zwei Glückspilze?«, sprach er Silvano Longhi an, der mit ein paar Holzbrettern auf der Schulter durch den Verbindungsgang kam.

Silvano kannte Basils vorausgegangene Gedanken nicht und schaute ihn fragend an.

»Ich meine, hier sind wir doch in Sicherheit, natürlich nur relativ, ich meine, verglichen mit Galizien oder dem Isonzo.«

»Ja, so gesehen hast du natürlich recht, nach allem, was man so hört. Aber das kann sich schnell ändern, wenn die Italiener hier auch ein paar 30er aufstellen wie in Lavarone, wo sie unsere Forts zusammengeschossen haben.«

Ja, da hatte Silvano nicht unrecht. Die 28er Haubitzen hatten dem Fort bisher wenig angetan, abgesehen von dem unglücklichen Treffer letztens, aber bei den Forts im Nachbarabschnitt sah es schon anders aus.

»Die sollen aber auch älter sein und nicht so starke Decken haben wie wir hier«, hielt Basil unsicher dagegen.

»Na und, dann brauchen die Italiener hier eben drei Treffer statt zwei auf die gleiche Stelle, um durchzukommen, das reißt es auch nicht raus. Steter Tropfen höhlt den Stein!«, erwiderte Silvano altklug.

Basil musste ihm recht geben, es gab im Krieg keinen sicheren Platz. In Folgaria war kürzlich eine Fliegerbombe in der Entlausungsstation eingeschlagen und hatte zwei Männer zerrissen. Die beiden sollten dort salonfähig gemacht werden für ihre Frauen und Kinder, denn ihr zweiwöchiger Urlaub stand kurz bevor. Statt der Väter kamen bei denen jetzt nur vorgedruckte Beileidskarten an.

»Wie geht's denn deiner Mutter?« Basil versuchte das Thema zu wechseln.

»Im Lager fehlt es an allem, sie können nichts arbeiten und verdienen, und die Einheimischen behandeln sie wie

Kriegsgefangene, weil sie so schlecht Deutsch sprechen«, klagte Silvano. »Und was hört man von deinem Vater?«

»Dem geht es genauso. Für einen Bauern ist es hart, immer nur vor der Baracke zu sitzen und auf das Kriegsende zu warten.« »Ich habe gehört, dass Sergio Toller in Russland in Gefangenschaft gekommen sein soll. Weißt du mehr davon?«

»Nein, das wusste ich noch gar nicht, aber immerhin ist er dann ja wohl noch am Leben. Dafür soll unser Knecht Ponifilio am Vezzena vermisst gemeldet sein. Man munkelt, dass er zu den Italienern übergelaufen ist. Er war doch schon immer ein echter Italiener«, schimpfte Basil.

»Das ist der Dino Morelli auch, und nun hat er die Silberne Tapferkeitsmedaille erhalten. Was macht eigentlich sein Vater?«

»Paolo ist wohl zum Kraftfahrerkorps gekommen. Der Kerl hat doch immer ein Glück! Fährt jetzt bestimmt dauernd hinter der Front umher, kann überall Verpflegung schnorren, schläft in einer warmen Baracke und kennt die Schützengräben nur aus der Zeitung.«

Ja, davon hatte Silvano auch schon gehört, und auch er hatte sich nicht darüber gewundert.

Sie rückten nachts aus, Basil Perprunner und fünf Landesschützen, um den Monte Maronia zu erkunden. Bis August 1915 hatten sie diesen Vorposten noch halten können, aber jetzt hatten sich die Italiener dort, direkt vor ihrer Haustür, eingegraben und ließen sich auch durch ihre Festungshaubitzen nicht mehr vertreiben.

Der Wachposten öffnete ihnen die Panzertür an der Grabenstreiche. Basil Perprunner und die fünf Landesschützen verließen die sprichwörtliche Bombensicherheit des Forts und gingen ein Stück den schützenden Frontgraben entlang. Schweigend stiegen sie das kleine Treppchen zum Grabenkopf hinauf, und nur mit Mühe fanden sie den Schleichpfad durch das Drahthindernis. Noch waren sie in Schussweite der eigenen Maschinengewehre, deren Schützen sie mit aufmerksamen Blicken von innerhalb der Panzerkuppeln verfolgten, um sie gegen mögliche Überraschungsangriffe feindlicher Patrouillen zu decken. Hinter der ersten Senke verloren sie aber den Sichtkontakt zum Fort, ab jetzt waren sie auf sich allein gestellt.

Der Mond stand über dem Pasubio, daher hatten sie den östlichen Weg gewählt, der im Schatten des Bergkamms lag, welcher das Fort Martinella mit dem Monte Maronia verband. Nicht sprechen, nicht mit der Ausrüstung klappern, nicht rennen, um nicht ins Keuchen zu kommen, so konnte man unbemerkt durch die italienischen Linien bis nach Venedig kommen – jedenfalls war das ihre bisherige Erfahrung. Sie gingen geduckt und dicht hintereinander, um sich in der Dunkelheit nicht zu verlieren.

Seit zwölf Stunden hatte Basil nichts gegessen und getrunken, weil dies angeblich die Überlebenschancen bei einem Bauchschuss erhöhen würde. Nun zog ihm der Hunger im Gedärm und sein dickes Blut rauschte in seinen Ohren. Noch zweihundert Schritte, dann müssten sie das feindliche Drahthindernis erreicht haben.

›Wenn ich die Mütze eines Italieners samt Regimentsnummer heimbringen würde, bekäme ich bestimmt die Silberne Tapferkeitsmedaille. Und für einen Gefangenen könnte sogar eine Goldene drin sein‹, dachte er, als er auch schon die gedämpfte Stimme eines italienischen Grabenpostens hörte.

»Arrestare, chi va là?«

Er hatte sich mit der Entfernung schwer verschätzt.

»Scheiße«, entfuhr es einem der Landesschützen laut.

»Idiot!«, fluchte Basil zischend, aber es war schon zu spät.

Energische Alarmrufe im italienischen Graben, gepresste Rückzugsbefehle bei der österreichischen Patrouille. Als sich die Italiener von der Überraschung erholt hatten, setzte eine wilde Schießerei ein. ›In dieser Dunkelheit treffen die nie was‹, dachte Basil und flog sogleich lang gestreckt ins Gras. Im ersten Moment glaubte er, er wäre gestolpert, aber das einsetzende Stechen im Knie deutete auf einen Treffer hin. Er tastete seine blutfeuchte Hose ab und hätte am liebsten vor Schmerz die Zähne zusammengebissen, aber dann hätte er nicht rufen können und seine Kameraden hätten ihn womöglich unbemerkt liegen gelassen.

»Ich bin getroffen«, presste er heraus, und sofort kamen sie, griffen ihm unter die Arme und schleiften ihn über die Wiese, bis sie außerhalb der Sichtweite der Italiener waren. Für den Rest der Strecke setzten sie ihn auf sein Gewehr, das sie quer zwischen zwei Männern trugen. An Verbinden war in der Dunkelheit nicht zu denken.

»Halt, wer da?«, hallte es aus der Schießscharte der Panzertür.

»Eigene Patrouille, einer ist verletzt, mach schnell auf.«

»Parole?«

»Mach keine Scherze, der verblutet!«

»Parole?«

»Haudegen.«

Die Tür ging auf, das Dämmerlicht der elektrischen Beleuchtung und die dumpfig-feuchte Atmosphäre des Forts empfingen sie. Sie waren wieder in Sicherheit.

Dr. Bago hatte es selten mit Schusswunden zu tun, die meisten hier hatten Granatsplitter oder Betonstücke oder Garben von Schrapnellkugeln im Leib. Es war ein glatter Durchschuss im Knie, ein Heimatschuss für die, die im Hinterland wohnten, aber nicht für Basil, dessen Dorf evakuiert und teils durch die italienische Artillerie, teils durch die dort hausenden Österreicher verwüstet war. Dr. Bago versorgte die Wunde und ließ ihn in die Krankenstube bringen, wo er bis zu seinem Abtransport in der nächsten Nacht liegen sollte.

»So schnell kann das gehen, gestern hast du mir noch vom Glück geschwärmt, hier an der Front zu sein, und nun das«, sagte Silvano, als er Basil an seinem Bett besuchte.

»Tja, Heimatschuss. Mal sehen, wo sie für mich eine Heimat finden«, erwiderte Basil, »Hauptsache es gibt keinen Wundbrand und das Knie bleibt nicht steif.«

Sie brachten ihn nach Carbonare in die Infanteriedivisions-Sanitätsanstalt, und einige Tage später fuhr er mit dem Zug von Calliano nach Bozen. Für Basil Perprunner war der Krieg zu Ende, denn sein Bein blieb steif.

April 1916

Der Kommandant

Hauptmann Matura war froh, diese Nacht hinter sich gebracht zu haben. Werkmeister Rechenberger hatte zwar prophezeit, das ewige Tropfen aus der rissigen Decke werde aufhören, wenn erst der Winter käme und das Fort mit einer Eisschicht überziehe. Aber offenbar hatte sich die drei Meter starke Betonschicht bereits so vollgesogen, dass das Wasser wohl bis zum Frühling reichen würde. Dann aber würde auch der Schnee wieder tauen und zu neuen Fluten im Fort führen. Zu allem Übel waren die dicken Wände seiner Kasematte partout nicht warm zu bekommen, egal wie viel Holz sein Bursche in den kleinen Gussofen schob.

Dazu kamen noch das ewige Hämmern der Bohrmaschinen im Fels, die das ganze Gebäude in Schwingungen versetzten, und das unaufhörliche Trappeln der genagelten Stiefel in den Treppenhäusern, begleitet vom Knirschen der Schuhsohlen auf dem Schutt in den Gängen. Es war, als wohne man in einem Bergwerk oder einer Fabrik.

Immerhin war die Belagerungsartillerie der Italiener zur Ruhe gekommen, da sie bei dem ungewöhnlich hohen Schnee ihre Munition nicht mehr hinauf in ihre Stellungen bekamen.

Sein Bursche brachte Matura das Frühstück in seine Kasematte. Er und der Festungsarzt Dr. Bago hatten das Privileg von Einzelzimmern, während die übrigen Offiziere und Fähnriche zu dritt oder gar zu viert in einer Kasematte hausen mussten. Die Mannschaften hingegen mussten sich sogar zu dritt ein Bett teilen, abwechselnd natürlich, sodass die schimmligen Strohsäcke zwar niemals kalt wurden, aber auch niemals ausgelüftet werden konnten.

Matura hätte zusammen mit seinen Offizieren frühstücken können, aber er genoss diese stillen, einsamen Minuten, in denen er seine nächtlichen Träume aufarbeiten konnte, bevor die Erinnerung an sie verflogen war, und die ihm Gelegenheit boten, sich für die Aufgaben des kommenden Tages zu sammeln. Sein Bursche hatte ihm auch eine Zeitung von letzter Woche und einen Brief auf das Tablett gelegt.

Matura hatte die Innsbrucker Nachrichten abonniert, aber sie kamen nur unregelmäßig und natürlich immer mit tagelanger Verspätung. Der italienische Kriegsschauplatz wurde hier nur noch selten erwähnt, der Krieg in den Alpen war wohl im Schnee erstarrt. Dazu passte auch die Meldung über das »unheilvolle Winterwetter«, das wieder einmal zahlreiche Straßen unpassierbar gemacht und Lawinenopfer gefordert hatte.

»Die Ausgabe der 3. Kriegsanleihe beginnt. Die Verzinsung beträgt 5,5 Prozent bei einer Laufzeit bis zum 1. Oktober 1930«, war weiter zu lesen. ›Ja, die könnte ich zeichnen. Was soll ich hier mit meiner Feldzulage auch sonst anfangen? Im Fort kann man kein Geld ausgeben, und eine richtige Etappe mit einem Offiziersheim gibt es hier auch nicht. Wenn der Krieg noch lange dauert, werde ich durch die aufgezwungene Sparsamkeit noch richtig reich‹, dachte er und beschloss, noch morgen in dieser Angelegenheit nach Hause zu telegrafieren.

Während Matura frühstückte, schaute er auf den Briefumschlag neben der Kaffeekanne. »Herrn Hptm. Alois Matura, Feldpost 217«, stand mit schön geschwungener Handschrift darauf. Er brauchte den Umschlag gar nicht umzudrehen, um den Absender »Sophie Derga, Marburg an der Drau« zu lesen, er erkannte die Schrift seiner Verlobten auch so. Er überlegte, ob er den Brief noch vor Dienstbeginn lesen solle, oder erst am Abend, oder vielleicht gar nicht.

Seit einigen Wochen waren die Pausen in ihrer Korrespondenz immer größer und die Briefe immer kürzer geworden. Aus dem verschneiten Fort oder dem gesellschaftlichen Leben von

Marburg gab es zwar nur wenig zu berichten, was die Zensur nicht beanstandet hätte, aber das allein war es nicht. Schon bei seinem letzten Urlaub waren die Gespräche zwischen ihnen seltsam oberflächlich gewesen, so als würden sie beide gewissen Themen ausweichen.

Natürlich war es schwierig, in diesen unsicheren Zeiten gemeinsame Zukunftspläne zu schmieden, aber diese Probleme hatten andere Paare auch. Allerdings hatte Sophie durchblicken lassen, dass für sie ein Wegzug aus Marburg auch in Zukunft nicht infrage kommen werde, und das bedeutete für einen Berufsoffizier wie ihn, entweder den Beruf an den Nagel zu hängen oder sich eine andere Frau zu suchen. Sie hatten das Thema stillschweigend vertagt, zumindest bisher. Vielleicht würde sie in diesem Brief Fakten schaffen, und vielleicht wäre das auch besser so.

Die morgendliche Besprechung mit seinen Offizieren war Routine: Meldungen über den Mannschaftsstand, wieder zwei Fälle von Typhus, die schon ins Seuchenlazarett nach Slaghenaufi abgegangen waren, Desinfektion der Kasematten, Meldungen über Munitions- und Rohölbestand, Befehle von oben, Befehle nach unten et cetera, et cetera.

Dann kam die Planung des heutigen Tages. Die Bereitschaft an den Waffen wurde rund um die Uhr aufrechterhalten, obwohl bei einer Schneehöhe von zwei Metern niemand ernsthaft auf die Idee kommen konnte, gegen die Festung anzustürmen. Besonders unbeliebt war der Dienst in den Panzerkuppeln, die so eng waren, dass es nicht möglich war, sich durch Trippeln oder Hüpfen warm zu halten, und so kalt, dass nicht behandschuhte Finger an den Scharten festfrieren konnten. Letzteres hatte Matura mittlerweile als versuchte Selbstverstümmelung unter Strafe gestellt.

Wenn die Temperaturen kurz vor dem Morgengrauen ihren Tiefpunkt erreichten, flammte manchmal ein Gefechtsscheinwerfer auf. Angeblich waren dann verdächtige Bewegungen im Vorfeld des Drahtverhaus beobachtet worden, aber in Wirklichkeit versuchten die Wachen nur, mit den elektrischen Lichtbögen etwas Wärme in ihre eiskalten Stahlkuppeln zu bringen.

Am wichtigsten aber war das Schneeräumen, da das Fort sonst ständig Gefahr lief, samt seiner Panzertürme unter der weißen Decke zu verschwinden. Auch wenn das für die Männer eine der wenigen Möglichkeiten war, sich etwas an der frischen Luft zu bewegen, war diese Arbeit doch unbeliebt, da sie anschließend ihre nassen Stiefel und Hosen in den dumpfigen Kasematten nicht mehr trocken bekamen.

Auf jeden Fall aber musste die Mannschaft irgendwie beschäftigt werden, um sie von ihrem Heimweh und der Sehnsucht nach Frau und Frieden abzulenken. Matura war hier, um sich mit den Italienern herumzuschlagen. Ärger mit der Disziplin seiner Besatzung war das Letzte, was er dabei gebrauchen konnte.

Für heute Vormittag hatte sich Besuch angekündigt. Hauptmann Haschek vom Geniestab wollte sich einmal ansehen, was aus seiner Festung geworden war, und bestimmt hatte er neugierige Gäste dabei. Für ihn würde er das Fort nicht auf Hochglanz bringen lassen, er sollte ruhig sehen, dass hier gearbeitet wurde.

»Guten Tag, Hauptmann Haschek, ich hoffe, Sie sind gut durch den Schnee gekommen«, begrüßte er den Wiener betont freundlich. Die Leute vom Geniestab waren die Herren über Arbeitskräfte und wichtige Baumaterialien, mit denen hieß es sich gut zu stellen.

»Grüß Gott, Hauptmann Matura. Ja, es ging, die Russen waren brav am Schaufeln, allerdings merkt man ihnen den Hunger arg an.«

Matura nickte nur leicht. Was sollte er auch sagen zur Versorgungslage der Kriegsgefangenen? Das lag schließlich nicht in seiner Zuständigkeit. Er war froh, wenn bei diesem Winter seine eigene Besatzung satt wurde.

»Ich habe einen Besucher mitgebracht, Professor Gruber aus Berlin. Er ist Sprachforscher und im Auftrag der Militärkanzlei hier.« Haschek deutete auf einen Riesen im jagdgrünen Lodenmantel.

»Willkommen im Fort Martinella. Was verschafft uns denn die Ehre?«, fragte Matura mit geheucheltem Interesse.

»Herr Hauptmann, Sie wissen bestimmt, dass dies hier uraltes deutsches Kulturland ist und dass beschlossen wurde, den schon fast der Erinnerung entschwundenen alten deutschen Namen wieder zu ihrem Recht zu verhelfen. Aus dem welschen Rovereto ist wieder das deutsche Rofreit geworden, Serrada heißt wieder Eben und das Terragnolotal wurde wieder zum Laimtal. Man hat mich geschickt, um auch die letzten vergessenen deutschen Namen von Orten und Fluren wieder ans Tageslicht zu fördern. Für die heilige deutsche Muttersprache muss wieder Platz in ganz Tirol geschaffen werden. Wie, sagten Sie, heißt der Berg hier? Martinella? Wie weibisch verwelscht! So kann man doch keinen so kriegswichtigen Berg nennen. Ich werde mir etwas einfallen lassen, was sehr deutsch klingen wird, Hauptmann Matura!«

Der Kommandant war beeindruckt, der wortgewaltige Deutsche war offensichtlich zu allem fähig. Aber warum hatte er den Namen »Matura« so seltsam betont? Suchte er vielleicht schon sein nächstes Opfer?

Hauptmann Haschek, der sich für einen überzeugten Habsburger hielt, zog die Augenbrauen hoch und entgegnete ihm vorsichtig:

»Ich war bisher davon überzeugt, die Monarchie würde all ihren Völkern die Freiheit von Sprache und Religion gewähren. Hat sich daran denn etwas geändert?«

Gruber schaute zwischen ihnen hindurch in die Unendlichkeit des dämmrigen Ganges, seine Augen überzog ein Glanz.

»Diese Stunde zeitigt neue Gesetze, meine Herren. Sie zerreißt die alten Abmachungen und Diplomatennoten zu Fetzen, um der deutschen Kultur wieder zu ihrem angestammten Recht zu verhelfen!«

Haschek sah Matura ratlos an. Hier war nichts mehr zu machen, der Deutsche war wie im Rausch. Die beiden Offiziere beschlossen, sich in die Kommandanten-Kasematte zurückzuziehen und die militärische Lage zu besprechen.

Als Haschek den Raum betrat, fiel ihm zuerst der Geruch auf. Zwei Jahre war es her, dass er hier mit Matura die Übergabeformalien abgewickelt hatte. Damals hatten die frisch gekalkten Wände, die neuen Möbel und die Farbe der stählernen Fensterläden eine Atmosphäre von Aufbruch und Optimismus verbreitet. Jetzt aber legten sich ihm die lähmenden Ausdünstungen von schimmligem Leder und modrigem Holz auf die Brust.

»Jetzt mal unter uns, wie steht es wirklich hier?«, fragte Haschek in vertraulichem Ton.

»Seit Kriegsbeginn haben die Italiener Granaten von insgesamt rund tausend Tonnen Gewicht auf das Fort verschossen. Es gibt Sprengtrichter in der Decke, die wir schon zehnmal wieder zubetoniert haben. Ohne den verbissenen Fleiß Ihres alten Werkmeisters wäre das alles gar nicht zu leisten gewesen. Drüben schaffen sie Granaten auf den Monte Toraro, hier schaffen wir Zement auf die Martinella. Eine seltsame Art der Kriegführung.«

›Dieser seelenlose Pedant ist also immer noch hier‹, dachte Haschek und versuchte sich vorzustellen, wie Rechenberger jetzt hier die Landsturmarbeiter schikanieren würde.

»Der gute Amboss fürchtet keinen Hammer«, sagte er, bevor der Kommandant auf die Idee käme, ihm ein Wiedersehen mit dem Werkmeister anzubieten.

»Schön gesagt, aber die Frage muss erlaubt sein, ob der Bau dieses Forts an dieser Stelle überhaupt notwendig war. Mit unseren kleinen Haubitzen können wir die Belagerungsartillerie der Italiener nicht erreichen, und für die anstehende Offensive sind unsere unbeweglichen, festgenagelten Geschütze völlig nutzlos. In den anderen Frontabschnitten, die nicht befestigt wurden, sind die Italiener ja auch nicht weiter vorgedrungen.«

»Aber Sie sind hier doch viel sicherer untergebracht als in den Schützengräben dort draußen. Ihre Verluste sind doch deutlich geringer«, hielt Haschek dagegen.

»Ja, da haben Sie schon recht, aber wenn man die Tausende von Tonnen Beton statt für dieses Fort dafür verwendet hätte, vernünftige Unterstände im Gelände zu bauen, hätte die Infanterie dort auch weniger Sorgen.«

Haschek dachte kurz nach.

»Im Grunde stimmt das schon, was Sie da sagen. Die Forts waren so geplant wie 1866, als Garibaldis wilde Scharen überraschend über alle Pässe in Südtirol eingebrochen waren. Aber keiner hatte bedacht, dass die Italiener ihre schwere Belagerungsartillerie schon Monate vor Kriegsbeginn in sicherer Entfernung aufstellen könnten, um unsere Festungen dann unbehelligt mit wochenlangen Bombardierungen in den Boden zu stampfen. Aber glauben Sie mir, komfortabler wollten wir sie schon bauen, wenn doch nur das Geld dafür verfügbar gewesen wäre«, rechtfertigte sich Haschek. Und bei sich dachte er: ›Der Generalgeniedirektor hatte das alles schon 1907 vorhergesagt. Im Grunde habe ich keinen wehrhaften Löwen gebaut, sondern nur eine wehrlose Schildkröte. Aber immerhin wird ihr leerer Panzer auch noch in hundert Jahren die Martinella krönen, wenn die Kavernen und Schützengräben ringsum schon längst wieder Natur geworden sind.‹

»Es hilft nichts, wir müssen jetzt gemeinsam das Beste daraus machen. Lassen Sie uns noch zur Baustelle für den neuen Stollen gehen, der interessiert Sie doch ganz bestimmt«, schloss Matura ihr Gespräch ab.

Der unterirdische Gang sollte das Fort mit der Armierungsstraße verbinden, denn auf den letzten 200 Metern der Straße hatten sie durch den feindlichen Beschuss bisher die meisten Verluste gehabt. Am Ende des Stollens würde eine neue Seilbahn die Verbindung mit dem Dorf herstellen, damit auch bei hoher Schneelage eine Versorgung der Festung sichergestellt wäre.

Auf dem Weg in das Kellergeschoss begegneten ihnen die Männer der Landsturmarbeiterabteilung mit Säcken voller Schutt und Erde auf dem Rücken. Ihre Haare und Kleider waren mit Kalkstaub bepudert, und trotz der Kälte waren ihre Jacken nass vor Schweiß.

»Wie kommen Sie mit den bosnischen Arbeitern klar?«, wollte Haschek wissen.

»Ein geduldiges und genügsames Volk. Die Muselmanen unter ihnen bestehen lediglich auf ihre Gebetspausen. Schwein essen sie auch nicht, aber Fleisch ist hier sowieso Mangelware. Die Serbisch-Orthodoxen können nur Kyrillisch lesen, wenn sie es überhaupt können, und die Katholischen sind ein bisschen wie die Slowenen«, erläuterte Matura.

Haschek wusste, dass Matura auch Slowene war, aber er war dazu auch noch Jude, vielleicht hatte er daher »wie die Slowenen« und nicht »wie wir Slowenen« gesagt. Sie gingen in den engen Stollen hinein, der nur spärlich beleuchtet war. Die Luft war erfüllt mit einer ungesunden Mischung aus Gesteinsstaub, kaltem Nebel und dem metallischen Klirren der Elektrobohrer.

»Da schau an, ist das nicht der Silvano Longhi?«, rief Haschek, als er den jungen Zimmermann erkannte, der gerade an einer Holzverschalung für die Stollenwand arbeitete.

»Nanu, Sie kennen sich?«, fragte Matura erstaunt.

Silvano legte Hammer und Brett zur Seite und kam zögerlich auf die beiden zu.

»Guten Tag, Herr Hauptmann«, sagte er unsicher.

Da er kein Soldat war, durfte er nicht militärisch grüßen, und seine schmutzige Hand wollte er dem Offizier auch nicht reichen. Er spürte, dass Haschek vor ähnlichen Problemen stand.

»Wissen Sie, Hauptmann Matura, was das Fort angeht, ist er im wahrsten Sinne ein Mann der ersten Stunde. Wir haben damals 1907 gemeinsam den Bauplatz auf der Martinella ausgesucht, stimmt's nicht, Silvano?«

Matura schaute fragend zu dem Zimmermann, der verlegen zu lächeln versuchte. Haschek spürte, dass er mit seiner Vertraulichkeit gerade dabei war, gegen die ungeschriebenen Standesregeln der k. u. k. Armee zu verstoßen, und versuchte einen geordneten Rückzug.

»Ich erzähle es Ihnen nachher in Ruhe, Hauptmann Matura, nun wollen wir den jungen Mann hier nicht weiter von seiner Arbeit abhalten.« Kaum hatte er das gesagt, ärgerte er sich schon darüber, dass er seine Gefühle einem sinnlosen militärischen Kodex untergeordnet hatte. Er wandte sich noch einmal zurück, um Silvano zu fragen, ob es Neuigkeiten über seinen verschwundenen Vater gebe, aber die Dunkelheit des Stollens hatte ihn schon verschluckt.

Ein Dröhnen hallte ihnen aus dem Verbindungsgang entgegen. »Die Haubitzenbatterie schießt. Das wollen Sie sich doch bestimmt einmal ansehen«, sagte Matura. Er selbst kannte das bis zum Überdruss, aber er wusste auch, dass es für Besucher immer etwas Besonderes war. Haschek eilte mit großen Schritten voran. Er wollte sich dieses Schauspiel nicht entgehen lassen, schließlich hatte er das Fort genau zu diesem Zweck gebaut.

»Was ist denn hier passiert?« Haschek deutete im Vorbeigehen auf einen Betonpfeiler im Gang.

»Blöde Sache damals, glatter Durchschlag. Ich erzähle es Ihnen vielleicht später.«

Als sie in den Batteriegang einbogen, roch es schon nach Eisen und Schwefel. Ein Sack mit leeren Messinghülsen schepperte die Eisenstiege hinab, die zur letzten der vier Panzertürme für die Haubitzen führte. Ein Feuerwerker kam ihnen aus dem Gang entgegen und erstattete Meldung:

»Die Haubitze Nr. IV wird neu eingeschossen. Der Skodamonteur hat die Geschützlafette neu justiert.«

»Kommen Sie, wir schauen uns das vom Beobachtungsstand aus an.« Matura deutete mit der Hand auf eine Eisenleiter, die neben ihnen nach oben führte. Oben angekommen konnte Matura durch einen schmalen Sehschlitz verfolgen, wie die wehrlose Ruine einer alten Almhütte von Explosionen eingekreist wurde.

›20 Granaten kosten so viel, wie ein Hauptmann im Monat verdient‹, dachte Haschek beim Anblick dieses Schauspiels.

»Ist das nicht fabelhaft, wie die Treffer im Ziel liegen?«, sagte Matura mit gespielter Begeisterung. Über sechstausend Schuss hatten sie seit Kriegsbeginn schon verpulvert, er wusste, dass von den ausgeleierten Rohren nicht mehr zu erwarten war.

»Ja, ein Wunderwerk tschechischer Ingenieurskunst!«, bestätigte Haschek höflich und stellte fest, dass auch nach einer Viertelstunde noch kein einziger Schuss die Ruine getroffen hatte.

Haschek und Gruber hatten das Fort vor Einbruch der Dämmerung verlassen. Im Panzerturm sortierte Obermonteur Nepomuk Dopsil sein Werkzeug in die Kisten. Die Kuppel war wie jede Nacht wieder feindabwärts gerichtet worden, um das Geschützrohr und die Scharte gegen plötzliche Feuerüberfälle der Italiener zu schützen.

»Darf ich heraufkommen?«, rief Silvano vom unteren Ende der Eisentreppe.

»Ja, mein Junge. Ich bin so gut wie fertig mit dem Schätzchen hier.«

Silvano hangelte sich die steile Stiege hinauf, die Stufen aus Riffelblech klirrten unter seinen genagelten Schuhen.

»Weißt du noch, wie wir beide sie damals eingebaut haben?« Aus Dopsils Stimme klang Wehmut.

»Ach was, ich habe doch nur die Schraubenschlüssel anreichen dürfen.«

»Immerhin, so dicht war hier außer dir damals keiner dran gewesen.«

»Eine tolle Erfindung, die Haubitzen, was?« Silvano wollte fachmännisch klingen.

»Na ja, ein bisschen zu empfindlich für meinen Geschmack. Aber ich will dir mal zeigen, was wirklich eine geniale Erfindung ist.«

Sie gingen zur Visierscharte des Panzerturms, und Dopsil schob Silvano an das Zielfernrohr heran.

»Was siehst du?«

»Schnee, viel Schnee.«

»Und sonst?«

»Die Seilbahn zum Stolleneingang. Sonst nur Hügel und Schnee.«

»Genau, das ist es. Bei uns im Riesengebirge fahren sie seit ein paar Jahren Ski. Schlitten natürlich auch. Ein Mordsspaß für die ganze Familie, wenn nur der elende Aufstieg nicht immer wäre. Dabei bräuchte man nur so eine Seilbahn wie diese hier. Aber keine Loren oder so, das wäre gar nicht nötig. Es würde schon genügen, einfach ein paar Taue herabhängen zu lassen, um sich daran festzuhalten und sich dann in aller Gemütlichkeit den Berg hinaufziehen zu lassen. Ein Stahlseil, ein paar Pfosten, zwei Umlenkrollen, einen Rohölmotor, fertig. Das wäre mal eine gute Erfindung. Damit ließe sich bestimmt gutes Geld verdienen«, schwärmte Dopsil, und in seinen Augen leuchtete es.

Silvano schaute ihn kopfschüttelnd an. Wieso sollte jemand ausgerechnet hierherkommen, um die Hügel der Martinella auf Skiern herabzufahren?

November 1918

Kriegsende I

»Wie wird es sein, wenn der Krieg erst einmal zu Ende ist?«
Landsturm-Assistenzarzt Dr. August Bago schaute nachdenklich zu Alois Matura hinüber. Kaum hatte er seine Frage ausgesprochen, bereute er sie schon. Er hatte einen zivilen Beruf erlernt und freute sich von ganzem Herzen darauf, zurück in Ungarn und bei seiner Frau sein zu können. Endlich würde er wieder als Gemeindearzt friedliche Krankheiten und harmlose Verletzungen kurieren dürfen.

In den letzten beiden Jahren waren ihm hier im Fort schwere Verwundungen erspart geblieben, nur ab und zu hatten sie einen Typhusfall, Erfrierungen und einmal sogar eine Selbstverstümmelung. In den letzten Monaten setzte ihnen die Spanische Grippe zu, gegen die er aber keine Medikamente außer Aspirin besaß. Für Hauptmann Matura musste die Aussicht auf den Frieden weniger rosig sein. Er war Berufssoldat, und ob es nach dem Krieg noch eine Armee geben würde oder überhaupt ein Österreich, war im Augenblick nicht abzusehen.

Matura betrachtete den Kognak, den er bedächtig in seinem Glas kreisen ließ.

»Schön wird es sein, wie sonst?« Seine Stimme klang nicht überzeugt. »Aber erst einmal müssen wir den Frieden haben.«
Die Männer im Fort fragen sich, wann endlich der Befehl für den Rückzug kommen wird. Viele haben noch einen weiten Weg in die Heimat vor sich, nach Polen, Slowenien oder in die Tschechei. Der Gedanke, davor vielleicht noch ein Jahr auf einer italienischen Mittelmeerinsel in Kriegsgefangenschaft ausharren zu müssen, dämpft allerdings ihre Hoffnung auf ein baldiges Ende

des Krieges. Aber auch ein Rückzug mit Hunderttausenden von Soldaten will organisiert sein, und daran scheint es mir doch sehr zu hapern.«

»Sehen Sie da etwa Probleme?«

»Allerdings! Die Telefonverbindungen zu den Stäben sind zum Teil bereits abgebaut worden, die zuständigen Kommandeure haben sich vorsichtshalber schon mal nach Innsbruck abgesetzt, und es ist unklar, wer von den Zurückgebliebenen überhaupt noch etwas zu befehlen hat. Schließlich gibt es nur eine Bahnstrecke über den Brenner, da gehört monatelange Planung dazu, einen geordneten Rückzug zu organisieren. Das wird ein einziges Chaos.«

Dr. Bago suchte in seinem Kopf nach Bildern für diese Situation, aber als Landsturmarzt hatte er von militärischen Transportfragen nur unklare Vorstellungen.

»Wer hätte je gedacht, dass sich Österreich einmal selbst auflösen würde. Bis zum Sommer 18 hat sich die Armee vom Isonzo über den Tagliamento bis zur Piave quer durch die norditalienische Tiefebene gekämpft, aber bei jedem Sieg ist sie beängstigend schwächer geworden. Und jetzt zerfällt das ganze Reich plötzlich in seine vielen Nationen. Ich habe heute die ungarische Landwehr in geschlossenen Verbänden zurück über den Borcolapass ziehen sehen, und an der Front sollen tschechische Regimenter geschlossen den Gehorsam verweigert haben, weil sie dafür keine standrechtliche Bestrafung mehr befürchten müssen. Wenn ich so etwas im Mai 16 vorausgesagt hätte, hätte man mich in eine Irrenanstalt gesteckt«, sagte Dr. Bago.

»Oder ins Gefängnis! Aber unsere Soldaten sind ausgezehrt, nur von Brot aus Sägemehl kann man auf die Dauer nicht leben, geschweige denn kämpfen. Und auch die Heimat ist wirtschaftlich am Ende. Die Heeresleitung hat den Italienern nicht ohne Grund den Waffenstillstand angeboten. Und nun müssen wir die besetzten italienischen Gebiete und ganz Welschtirol bis hinter den Brenner räumen.«

Er füllte ihre Kognakgläser wieder auf und steckte sich noch eine Zigarette an. Das Rauchen hatte er sich erst bei der Bombardierung des Forts im Sommer 1915 angewöhnt, das Trinken in den langen Wintermonaten, als es ganz besonders still und einsam hier war. Da die Festung seit ihrer Offensive im Jahr 1916 weit hinter der Front lag, hatte man ihm von der ursprünglich dreihundert Mann starken Besatzung nur sechzig übrig gelassen, und von den zwanzig Maschinengewehren waren ihm nur zwei geblieben. Nur die vier Panzertürme mit ihren Haubitzen waren noch armiert, und in den Munitionsmagazinen tief im Inneren des Forts stapelten sich die Geschossverschläge bis unter die Decke. Jetzt kämpften sie nicht mehr gegen die Italiener, sondern nur noch gegen Sickerwasser, Schimmel und Rost.

Und er selbst? Sein tapferes Durchhalten während der schweren Beschießungen im ersten Kriegsjahr war schon längst in Vergessenheit geraten. Während seine Jahrgangskameraden von der Artillerieschießschule jetzt entweder tot waren oder hochdekorierte Majore, hatte er es lediglich zum Hauptmann gebracht und zu chronischem Rheuma.

Sie hatten ihre Gläser schweigend geleert, und Matura stand auf, um seine abendliche Runde durch das Fort zu machen.

Im Batterieblock traf er Werkmeister Rechenberger, der gerade die Eisenleiter des Beobachtungsstands herabgestiegen kam.

»Na, Rechenberger, gibt's was Neues?«

Matura sagte das nur, um nicht unhöflich zu wirken. Er hatte, wie so oft, nicht die geringste Lust, sich mit dem Mann zu unterhalten.

»Man kann durch die Beobachtungsscharten die ersten Einheiten des Edelweißkorps zurückgehen sehen, Herr Hauptmann. Wie lange haben sie sich auf den Höhen des Monte Cimone und des Monte Pasubio abgekämpft, und nun das! Eine Schande ist das«, fluchte Rechenberger. »Stimmt es, dass wir ihren Rückzug mit unseren Haubitzen gegen die nachrückenden Italiener decken sollen?«

»Der Befehl ist längst überholt, Rechenberger. Jetzt heißt es, dass die Italiener bei ihrem Vormarsch auf keinen Fall provoziert werden dürfen.«

»Aber wir können doch nicht zulassen, dass das Fort den Italienern unzerstört in die Hände fällt. Ich schlage vor, es zu verminen, Herr Hauptmann. Wir könnten Sprengfallen an den Türklinken oder Lichtschaltern anbringen, um den Welschen das Fort möglichst teuer zu verkaufen. An den wertvollen Dieselaggregaten könnten wir bei laufenden Motoren das Schmieröl ablassen, um sie für die Italiener in wertlosen Schrott zu verwandeln. Außerdem habe ich auch schon eine Idee, wie wir die vollen Munitionsmagazine in die Luft jagen und damit das ganze Fort in Trümmer legen könnten.«

»Nein, Rechenberger, die Waffenstillstandsbedingungen verbieten ausdrücklich jegliche Sabotage an den Befestigungen.«

Matura sah klar seine Verantwortung für die ihm anvertrauten Männer – und auch für die des Gegners. Der Tod eines Soldaten war nur zu verantworten, wenn sich daraus ein wie auch immer gearteter Vorteil für einen Sieg ergeben würde, so hatte er es auf der Kriegsschule gelernt. Und die Aussichten auf einen Sieg waren jetzt vertraglich auf null gesetzt worden. Für ihn stellte sich daher einzig noch die Frage, wann die Besatzung abzurücken habe.

»Dann bleibt uns also nur noch, die geheimen Dokumente zu vernichten und das Kriegstagebuch des Forts in Sicherheit zu bringen«, sagte Rechenberger resigniert.

Matura nickte stumm.

Er wunderte sich nicht darüber, dass der Werkmeister in dieser Situation keinen Gedanken an die eigene Besatzung verschwendete. Für ihn hatte es immer nur das Fort gegeben, und nun blieb ihm nur noch, dessen Geschichte zu retten. In diesem Punkt waren sich die beiden ausnahmsweise einig: Die Dokumente, die in dem Panzerschrank in der Kommandanten-Kasematte lagen, sollten nicht in die Hände des Feindes geraten. Das galt besonders für das Kriegstagebuch, in dem das Schicksal des Forts und seiner Besatzung sowie die Entscheidungen des Kommandanten dokumentiert waren. Ging dieses Schreibheft mit dem schwarzen Leineneinband verloren, würde das Geschehen um das Fort Martinella in Einzelschicksale zerfasern, die keinen Zusammenhang mehr erkennen lassen würden. Auch wenn sie den Krieg nicht gewonnen hatten, so hatten sie hier doch gemeinsam Geschichte geschrieben. Eine kleine, von geringer Tragweite vielleicht, aber eben doch ihre Geschichte. Was würde ihnen denn sonst noch bleiben von diesem Krieg? Matura beschloss, das Tagebuch morgen mit dem letzten Ritt der Postordonnanz nach Trient bringen zu lassen. Er konnte nur hoffen, dass es von dort wohlbehalten die Heimat erreichen würde, wo immer sich diese nach dem Krieg befinden würde.

Zurück in seiner Kasematte, blieb Maturas Blick an dem Telefon auf seinem Schreibtisch hängen. In den Zeiten ihrer schweren Bombardierung war eine Alarmmeldung nach der anderen aus dem Hörer geschnarrt gekommen, aber seit Monaten wimmerte es nur noch bei der täglichen Leitungsprüfung kurz auf. Er schaute auf zum Bild des jungen Kaisers Karl, der inzwischen sichtlich gealtert war und vielleicht der letzte Kaiser Österreichs sein würde.

Matura schaltete die Schreibtischlampe an, die ihm ein Artillerist aus einer italienischen Granathülse gebastelt hatte. Der arme Kerl lag schon lange auf dem Friedhof des Seuchenspitals in Carbonare, und sein Kunstwerk würde wohl in einigen Tagen italienischen Souvenirjägern in die Hände fallen. Er griff zu dem Kriegstagebuch und fing an, darin zu blättern.

23. Mai 15: 4 Uhr vormittags – Kriegszustand.

15. Juni 15: Besuch von Erzherzog Eugen, trotz schwerem Beschuss großes Reinemachen.

7. Juli 15: Ein Artillerist desertiert.

Auf Seite 71 fand er den Eintrag zum 16. August 1915, der ihren einzigen Deckendurchschlag schilderte. Gleich drei Artilleristen waren dabei zu Tode gekommen – ein dummer Zufall, dass sie ausgerechnet in diesem Augenblick in dem Verbindungsgang gestanden hatten. Der Durchschlag war von eigenartigen Umständen begleitet gewesen. Die Betondecke hatte Hunderten von Treffern standgehalten, aber an dieser Stelle war die Granate durchgegangen wie durch Butter. Man konnte fast meinen, hier wäre am Bau geschludert worden. In normalen Zeiten wäre so etwas Anlass für eine Untersuchung gewesen, aber wer weiß, vielleicht sollten ja noch einmal normale Zeiten kommen.

Hauptmann Matura nahm einen Tintenstift, unterstrich die Worte »ungewöhnlich schwache Widerstandskraft« und »geringe Festigkeit des Betons« und notierte an den Rand: »Gegebenenfalls Untersuchung auf Baumängel einleiten«.

Werkmeister Rechenberger klopfte an die Tür.

»Herr Hauptmann, die Postordonnanz ist bereit.«

Matura gab Rechenberger das Kriegstagebuch und machte sich auf zu seinem letzten Rundgang durch das Fort.

Die Besatzung hatte die Gänge am letzten Freitag so sauber gekehrt, als wollten sie den Italienern das Fort verkaufen. Treibstoff sparen brauchten sie jetzt nicht mehr, und so wummerten die Dieselaggregate pausenlos, um alle Kasematten, Magazine und Gänge elektrisch zu beleuchten.

Im Verbindungsgang blieb Matura an der Holztafel mit den Namen der drei toten Artilleristen stehen, die der junge Longhi damals aus Lärchenholz gezimmert hatte. Der war offiziell immer noch für den Bestand des Forts unentbehrlich, obwohl er in den letzten beiden Jahren meist damit beschäftigt gewesen war, die Unterkünfte höherer Stäbe auf den Almen und in den Dörfern des Hinterlandes wohnlich auszustatten oder Triumphbögen für die regelmäßigen Frontreisen Kaiser Karls oder irgendwelcher Erzherzöge zu zimmern. Er hatte Glück gehabt und hier bleiben dürfen, ganz im Gegensatz zu den Männern der Landsturmarbeiterabteilung, die damals unablässig betoniert und gepölzt hatten, um das Fort vor dem Untergang zu bewahren, und die sich inzwischen wahrscheinlich in den Sümpfen der Piave entweder zu Tode geschuftet hatten oder an Hunger und Malaria zugrunde gegangen waren.

Matura kletterte die Eisenleiter zu einem der Beobachtungsstände hinauf. In der Panzerkuppel hatten die Artilleristen Landschaftsskizzen an die weißen Wände gemalt, die die Entfernungen zu markanten Punkten der ehemaligen Front bezifferten. »It. Beob. 2400« oder »Kavernengeschütz 3700«, war dort zu lesen, aber auch missratene Silhouetten von jungen Frauen und Reime mit zweideutigem Inhalt hatten sie dort hinterlassen. Einer hatte seine Sehnsüchte sogar auf Kyrillisch verewigt. Die Inschrift »12.8.15 – 370 28er« erinnerte an die Zeiten, als sie täglich die Einschläge auf das Fort zählen mussten, um die statistischen Begierden des Sperrkommandos zu befriedigen.

Er ging weiter und stieg zu einer Haubitze hinauf. Ein Volltreffer auf den Panzerturm hatte eine tellergroße Beule auf der Stahlwand hinterlassen, die weiße Farbe hatte durch die Hitzeentwicklung des Einschlags einen Kranz von Brandblasen geworfen. Statt sie wieder ordentlich zu lackieren, hatte ein Nostalgiker die Stelle beschriftet. »4. Juni 1915 4 Uhr nm, Monte Toraro«, war zu lesen, womit die Umstände des Treffers genauestens dokumentiert waren.

Man hätte diese Wandgemälde vielleicht einmal ablichten sollen als Beispiele gelebter Soldatenkunst, aber der Fotograf vom Kriegspressequartier kam immer nur, um Heldenporträts oder Propagandabilder über ein unbesiegbares Gebirgsfort aufzunehmen. Der Feigling war immer nur zur Mittagszeit hier gewesen, wenn die italienischen Artilleristen drüben ihre Polenta aßen, anstatt das Fort zu bombardieren. Und in den Batterieblock hatte er sich schon gar nicht gewagt, angeblich hätte sein Magnesiumblitzlicht die zweitausend Sprenggranaten in den Munitionsmagazinen entzünden können.

Matura warf noch einen letzten Blick durch die Visierscharte auf die Bergkette im Süden, die vor Kurzem noch in ihren Händen gewesen war, dann schlenderte er wieder in seine Kasematte zurück.

Rechenbergers Gedankenspiele über einen möglichen Widerstand hatten sich am nächsten Tag erübrigt, denn italienische und englische Vorhuten hatten die Friccastraße in die Valsugana und die Rossbachstraße ins Etschtal besetzt und dadurch den zurückflutenden Österreichern den Weg in die Heimat abgeschnitten. Die Hochebene von Folgaria war ein riesiges Kriegsgefangenenlager geworden.

Eine italienische Patrouille kam vorsichtig die Armierungsstraße herauf geritten und verharrte unsicher vor dem Stacheldrahthindernis des Forts. Hauptmann Matura ließ die Panzertür öffnen und trat hinaus. Der Weltkrieg war damit auch hier zu Ende.

Heimkehrer I

»Ich habe Angst.« Rosetta Capeletti wandte ihren Blick von der fernen Silhouette Paleras ab und vergrub sich auf ihrem Fuhrwerk unter einer Decke. Ihr Vater Enzo führte den Zug der Heimkehrer an. Er hatte Mühe, die beiden abgehärmten Militärgäule seines Gespanns die letzte Serpentine vor dem Dorf hinaufzuzwingen.

»In Folgaria dachte ich noch, so schlimm ist es ja gar nicht, aber das hier lässt nichts Gutes erwarten«, rief Lucia Zobele vom zweiten Wagen nach vorn. »Wo ist denn unser Kirchturm hin?«

»Wartet es doch ab, bis wir da sind, vielleicht ist es aus der Nähe gar nicht so schlimm«, versuchte Enzo die Frauen zu beruhigen.

Leider sollte er nicht recht behalten.

Häuserruinen zeugten davon, dass Palera während des ersten Kriegsjahrs im Wirkungsbereich der italienischen Artillerie gelegen hatte. Durch löchrige Dächer und leere Fensterhöhlen pfiff ein kalter Nordwind, auf den Schutthaufen wuchsen mannshohe Birken und ein undurchdringliches Gestrüpp aus Brombeeren durchzog die früher so liebevoll gepflegten Gärten. Verbranntes Gebälk, Einschusslöcher in den Wänden und die Spuren der Granatsplitter im Verputz erinnerten an die Sekunden, in denen das Schicksal dieser Häuser besiegelt worden war. Nur wenige Tapetenreste an den Wänden und das bisschen, was von den Möbeln noch übrig geblieben war, gaben Hinweise auf das einstmals friedliche Leben ihrer früheren Bewohner.

In den letzten beiden Jahren hatte das Etappenleben der österreichischen Armee den Ort geprägt. Was die italienischen

Geschütze nicht zerstört hatten, war nun von den eigenen Soldaten geplündert worden, um ihre Unterkünfte auszustatten. Einige Häuser hatten sie so umgebaut, dass deren alte Besitzer sie erst gar nicht wiedererkannten. Beschriftungen wie »Stationskommando«, »Telefonzentrale« oder »Offizierskasino« auf Schildern und Hauswänden zeigten, wozu sie verwendet worden waren.

Die militärische Bedeutung der Gebäude war leicht an der Anzahl der Telefondrähte abzulesen, die sauber wie die Harfensaiten von einer Hausecke zur nächsten gespannt worden waren. Über die Tür des Albergo Stella Alpina hatte ein Witzbold »Schloss Schönbrunn« gepinselt. Ein Wegweiser gab die Entfernung nach Venedig mit optimistischen 80 Kilometern an. Der Zustand der Unterkünfte entsprach dem Rang ihrer Bewohner: Offiziere, Mannschaften, Arbeiter, Kriegsgefangene, Pferde und Schweine.

Auf dem Dorfplatz erwartete Silvano Longhi die Kolonne. Er hatte zu den ersten Heimkehrern in Palera gehört. Nur kurze Zeit hatten ihn die Italiener im November 1918 festgehalten, bis er sie davon überzeugt hatte, dass er nur ein einfacher Arbeiter und kein Soldat gewesen war und demnach auch nicht in Kriegsgefangenschaft musste.

»Willkommen in der Heimat!«, rief er und breitete seine Arme aus.

Seine Mutter Anselma fiel ihm weinend um den Hals

Gemeindevorsteher Capeletti begrüßte ihn mit Handschlag und suchte nach Worten.

»Grüß Gott, Silvano. Man sollte glauben, du bist noch einmal gewachsen, seit ich dich im Mai 15 das letzte Mal gesehen habe. Ich hatte gehofft, dass du besser auf unsere Häuser aufpassen würdest.« Enzo deutete dabei auf die Häuserruinen, aber das Lachen über diesen Witz blieb ihm im Halse stecken.

»Na ja, toll sieht es nicht aus, aber dafür habe ich schon einmal die gute Stube geheizt, euch ist doch bestimmt kalt, oder?«, erwiderte Silvano.

Es war Anfang März und der Schnee auf der Dorfstraße war gerade erst geschmolzen, daher waren für die Heimkehrer mit ihren vielen Kindern und Greisen ein Dach über dem Kopf und ein funktionierender Ofen überlebenswichtig.

»Sieh an, du hast Soldatenhumor entwickelt, Silvano. So kannte ich dich ja noch gar nicht.«

»Wieso Humor? Schau doch selbst.«

Silvano wies mit ausgestreckter Hand auf den Schornstein des Lazaretts, aus dem dichter Qualm aufstieg. Die Bewohner kannten das lang gestreckte Gebäude noch gar nicht, das während des Krieges am oberen Dorfrand gebaut worden war und noch gut erhalten schien. Das Gemeindeamt in Folgaria hatte es ihnen samt Einrichtung und Brennholz als Notunterkunft zur Verfügung gestellt.

»Du bist ein Held, Silvano. Wie hast du das angestellt?«, wollte seine Mutter wissen.

»Ihr erinnert euch doch noch an Ponifilio Murano, den Knecht auf dem Perprunner-Hof? Im Juni 15 war er als einer der Ersten zu den Italienern übergelaufen, und schon im Dezember 18 kam er auch als einer der Ersten wieder zurück. Und nun sitzt er im Gemeindeamt in Folgaria und arbeitet für die Militärverwaltung – obwohl er weder lesen noch schreiben kann. Aber Ponifilio ist ein guter Kerl, er hegt keinen Groll gegen seine alten Herren. Durch ihn hatte ich gleich einen guten Kontakt zu den Italienern, die dort jetzt das Sagen haben.«

»Daran werden wir uns erst noch gewöhnen müssen, dass wir jetzt zu Italien gehören«, sagte Enzo und schüttelte den Kopf.

»Es wird schon nicht so schlimm werden. Schließlich sind sie gekommen, um uns ›unerlöste‹ Italiener aus dem österreichischen Völkergefängnis zu befreien, und nicht, um uns als Besiegte zu besetzen.«

Die Kinder waren ungeduldig von den Wagen gesprungen, um nach ihren alten Heimen zu suchen. Fast vier Jahre waren sie in Mitterndorf im Lager gewesen, sodass sich die Jüngeren unter ihnen gar nicht mehr an ihre alte Heimat erinnern konnten. Die Kleinsten waren sogar im Lager geboren worden und hatten Palera noch nie gesehen.

»Da hat dein Papa vor dem Krieg die Poststation geführt.« Lucia Zobele und ihr Sohn Alfonso schauten durch ein eingeschlagenes Fenster auf das Chaos von herabgerissenen Telefondrähten, zerschlagenen Gläsern für die Blei-Akkumulatoren, den Resten eines Vermittlungsschranks und wahllos auf dem Boden verstreuten Listen.

»Und dort drüben wirst du in die Schule gehen, wenn sie erst mal wieder aufgebaut ist.« Sie zeigte auf ein verfallenes Gebäude, über dessen Tür »Soldatenheim Belvedere« zu lesen war.

Alberta Toller öffnete vorsichtig die Tür des Albergo. Offensichtlich war die Gaststube auch während des Krieges als solche genutzt worden. Allerdings sah es jetzt deutlich nach Männerwirtschaft aus. Die Holzdielen waren voller Flecken von Rotwein, Speiseresten und Erbrochenem. Das Mobiliar war eine bunte Mischung aus italienischem Beutegut und Überresten der alten Ausstattung. Den Schanktisch und den langen Lärchenholztisch erkannte sie unter dem Schmutz erst auf den zweiten Blick wieder.

An der Wand erinnerten ein verblichenes Rechteck in der Tapete und ein paar Einschüsse aus Gewehren an das Bild von Kaiser Franz Joseph, der von hier aus jahrzehntelang gütig über seine Untertanen gewacht hatte. Die Schränke standen offen, alles Ess- und Trinkbare war verschwunden. Ob es die Österreicher waren, die sich noch einmal satt essen wollten, bevor sie einem ungewissen Schicksal entgegengingen, oder die Italiener, die hier ihren Sieg gefeiert hatten, was spielte das jetzt noch für eine Rolle?

Alberta wollte schon in einem ersten Reflex einen Putzeimer suchen, aber dann sah sie ein, dass sie nach dieser langen Reise erst einmal ihre Kinder versorgen müsse. Sie würde noch lange genug Zeit haben, diesen Augias-Stall auszumisten – sehr lange sogar. Sie nahm ihre Tochter Marcelina und ihren Sohn Romano an die Hand und folgte den anderen ins ehemalige Lazàrett.

Hochwürden Fontana stand in der Ruine seiner Kirche. Das Dach war eingestürzt, der Altar unter Trümmern begraben. Der Turm war eines der ersten Ziele der italienischen Artillerie gewesen, seine Glocken hatten die Österreicher bald danach eingeschmolzen, um daraus Messinghülsen für ihre Granaten herzustellen. Als er sich umdrehte, fiel sein Blick auf einen Haufen vermodertes Holz. Hier hatte früher der Beichtstuhl gestanden. ›Wo soll ich denn am nächsten Sonntag eine Heilige Messe feiern?‹, dachte er. ›Wo sollen die Mütter ihre gefallenen Söhne beweinen und die Männer ihre Sünden aus dem Krieg beichten? Aber immerhin, die Italiener sind auch gläubige Katholiken, mit ihrer und Gottes Hilfe wird sich das schon alles irgendwie richten.‹

Maria Carbonari hielt Quirino und Eliana an den Händen und stand fassungslos vor den Resten ihrer Hütte. Die Soldaten hatten sie offensichtlich als Stall missbraucht. Roberto stocherte abenteuerlustig im Schweinemist herum und hielt stolz einen gusseisernen Topf in die Höhe, während Elisabetta zielsicher hinter die Hütte ging und anfing im Mauerwerk zu kratzen und zu schaben. Es dauerte nicht lange, da kam sie mit strahlendem Gesicht und hocherhobener Hand zurückgerannt.

»Schau, Maria, er ist noch da. Jetzt wird alles wieder gut«, rief sie schon von Weitem.

»Wer ist noch da?«

»Der Zahn. Der Zahn von Josef.«

»Wo hast du denn den her?«

»Josef hat ihn mir geschenkt, zum Abschied. Und ich hatte ihn in dem Mauseloch in der Wand versteckt. Jetzt ist dem Josef bestimmt ein neuer Zahn gewachsen.«

Maria hatte in diesem Augenblick keine Kraft, um mit Elisabetta über das Schicksal des Kanoniers Josef Zapleta zu reden. ›Wer weiß, was aus dem geworden ist‹, dachte sie, und ihr schauderte vor den Tränen, die Elisabetta seinetwegen vielleicht noch vergießen würde.

Silvano sollte recht behalten. Die Italiener linderten die ärgste Not der Neuankömmlinge mithilfe der Vorräte, die das österreichische Heer in seinen Proviantmagazinen zurückgelassen hatte. Und als später die Reparationszahlungen Österreichs zu fließen begannen, sollten auch noch Gelder zum Wiederaufbau der Schule, der Kirche und der Straße hinzukommen. Langsam begann Palera sich wieder zu beleben.

Silvano hatte ab jetzt alle Hände voll damit zu tun, marode Dächer abzudichten und zerborstene Glasscheiben zu ersetzen. Eines Tages war auch die Hütte der Carbonaris an der Reihe. Er wurde schon sehnsüchtig von Maria und Elisabetta erwartet.

»Grüß Gott, Maria. Hast du Neuigkeiten von deinem Mann?«, wollte Silvano wissen.

»Die letzte Karte vom Roten Kreuz habe ich im Januar bekommen. Er ist immer noch in Sibirien in Gefangenschaft, und er schreibt nur, dass er gesund sei. Aber so ganz glauben kann ich das nicht. Man hört so viel Grausames von den Russen, wo doch da jetzt die Revolution ist. Und die Zensur lässt die Wahrheit bestimmt nicht durch, so war es doch bei uns auch.«

Silvano versuchte sich vorzustellen, wie Maria jetzt wohl ohne Mann mit der großen Familie zurechtkommen mochte. Er hatte es ja selbst schon schwer genug, obwohl er nur seine Mutter versorgen musste. Sein Blick fiel auf Elisabetta, die niedergeschlagen auf den Boden schaute.

»Sie ist nur noch am Heulen. Sie hat fest damit gerechnet, dass ihr Kanonier immer noch im Fort sein würde, wenn sie zurückkommt. Ich habe versucht ihr zu erklären, dass er bestimmt in Gefangenschaft ist wie ihr Vater oder wieder zu Hause bei seinem Liebchen, aber sie will nicht ab von ihm«, seufzte Maria.

Silvano überlegte kurz. Sie konnte ja nicht wissen, dass Zapleta tot war, aber irgendwann musste sie es ja doch erfahren.

»Weißt du, Elisabetta, der Josef ist mit zwei anderen Artilleristen im Fort gefallen, im Sommer 1915 schon. Es war eine schwere Granate, die drei hatten ganz bestimmt nicht zu leiden gehabt. Er liegt auf dem Friedhof hinter der Kaserne des Forts. Das Grab ist nicht zu übersehen, er hat einen wunderschönen Stein aus Beton bekommen, die anderen beiden auch. Ich habe damals dabei geholfen, es zu machen, es wird dir bestimmt gefallen.«

Er ärgerte sich sofort über das unangebrachte Eigenlob. ›Bestimmt fängt sie gleich an zu weinen, es wäre besser, wenn ich nicht dabei sein müsste‹, dachte Silvano bei sich. Sie tat ihm ehrlich leid. Zapletas Tod hatte Elisabettas unbedingter Liebe jede Hoffnung auf Erfüllung genommen, sie würde sicher ihr Leben lang um ihn trauern.

Elisabetta war fassungslos, man sah sie würgen, und es dauerte, bis sie den ersten Ton herausbrachte.

»Josef nicht.«

»Glaub mir, er ist wirklich tot, wie die beiden anderen auch.«

»Ja, aber es war nicht die Granate!«

Die Italiener entließen zuerst die verwundeten und kranken Kriegsgefangenen, die ihnen nur zur Last gefallen wären. Nach und nach kehrten die Männer zerlumpt und abgemagert nach Palera heim, und nach und nach klärten sich die Schicksale der Vermissten und Kriegsgefangenen.

Im April 1919 humpelte Basil Perprunner die Straße von Folgaria herauf. Wie oft hatte er sich während des Krieges seine Heimkehr nach Palera ausgemalt. Seine Silberne Tapferkeitsmedaille auf Hochglanz poliert, ein Blumensträußchen an der Feldmütze, in der Hosentasche die Uhr und die Goldmedaille, die er einem gefangenen Italiener als Kriegsbeute abgenommen hatte, von Kindern und jungen Frauen umjubelt und von den daheim gebliebenen Männern beneidet. Und nun? In der k. u. k. Invalidenschule in Bozen hatten ihn die Italiener in letzter Minute erwischt und tatsächlich gefangen genommen. Nur einen Tag später, und er wäre in der Militärversehrtenanstalt in Innsbruck in Sicherheit gewesen. Mit seiner Tapferkeitsmedaille spielten jetzt die italienischen Straßenkinder auf der Mittelmeerinsel Asinara. Und in dem Dorf dort oben, das sah man schon von

Weitem, war jetzt bestimmt niemandem danach zumute, ihn jubelnd zu empfangen.

»Mein Gott, der Basil! Komm doch rein in die gute Stube«, rief Alberta von der Treppe, als Basil gerade am Albergo vorbeigehen wollte.

»Grüß Gott, Alberta. Wie geht es dir?«

»Na, jedenfalls besser als dir. Was ist denn mit deinem Bein?«

»Steif.«

»Wird das noch?«

»Nein, das bleibt so.«

»Und wie soll das jetzt gehen mit deinem Bauernhof?«

»Gar nicht mehr. Ich habe umgeschult auf Schuhmacher.«

Alberta starrte schweigend auf sein Knie. Wie oft hatte sie seinen weit ausholenden und doch federnd leichten Gang bewundert. Obwohl sie ihn nie hatte tanzen sehen, hätte sie doch immer gerne eine Polka mit ihm gewagt. Und nun war er für immer ein Krüppel.

Basil spürte ihre Betroffenheit, er suchte nach einem Ausweg aus der beklemmenden Situation. Mit gespielter Sachlichkeit schaute er an ihren Beinen hinab zu ihren ausgetretenen Stiefeln.

»Ich kann jetzt übrigens auch Damenschuhe machen, neueste Innsbrucker Mode! Und du, hast du vielleicht noch einen Teroldego für einen armen Landesschützen übrig?«

»Oh, entschuldige, Basil. Wie konnte ich das vergessen!« Sie bot ihm einen Platz an und stellte ihm ein volles Glas hin. »Warst du schon bei deinem Vater oben?«

»Nein, ich komme direkt aus Calliano, wo wir ausgeladen wurden.«

»Ach du Armer, den langen, steilen Weg zu Fuß nach Hause. Deinem Vater geht es übrigens nicht besonders. Er hat noch kein neues Vieh, die Almen sind voller Stacheldraht, Granattrichter und Blindgänger, da ist das Militär noch am Aufräumen. Und er ist alt geworden seit dem Mai 15.«

»Wer ist das nicht in diesem Krieg? Wie geht es denn deinem Vater?«

Alberta schaute auf das Kruzifix im Herrgottswinkel der Gaststube.

»Er ist im Lager gestorben, Weihnachten 17. Für ihn war es eine Erlösung. Er hat das alles nicht mehr verstehen können, weißt du.« Sie deutete mit ihrem Zeigefinger auf ihre Schläfe. Basil nickte stumm.

»Und Sergio? Was ist mit ihm?« Basil traute sich kaum zu fragen, da er über dessen Schicksal seit 1915 nichts mehr gehört hatte.

»Immer noch in Russland. Die letzte Karte vom Roten Kreuz kam schon vor sechs Wochen. Ich mache mir solche Sorgen, das kannst du dir gar nicht vorstellen.«

»Und du, wie geht es dir, Alberta?«

»Ach, Basil, die Leute kommen nur hierher, um sich aufzuwärmen und sich trösten zu lassen, aber da kaum jemand Geld verdient, trinken sie nur wenig und essen noch weniger bei mir. Und obwohl mir Romano mit seinen neun Jahren hilft, wo er nur kann«, sie schaute sich in der Gaststube um, »ist das alles einfach zu viel für mich.« Sie bekam feuchte Augen und ihre Stimme wurde brüchig.

Basil nickte wieder stumm. Was sollte er darauf auch schon erwidern? Nachdem Sergio eingezogen worden war, damals im Sommer 14, hätte sich Basil manchmal gerne als Albertas Beschützer aufgeführt. Aber sie war resolut genug gewesen, um es allein mit den Artilleristen und Landesschützen aufnehmen zu können. Und jetzt wo sie wirklich Hilfe gebrauchen konnte, war er selbst ausgezehrt und lahm. Und bis er wieder auf dem Damm sein würde, wäre bestimmt auch ihr Mann aus der Gefangenschaft zurück. Ja, wenn der Sergio jetzt tot wäre – Basil wedelte kurz mit der Hand vor seiner Stirn, um diesen Gedanken zu vertreiben.

»Sag, Alberta, steht eigentlich das Fort auf der Martinella noch?«

»Das Fort, euer Scheißfort! Natürlich steht es noch, picobello in Schuss, fest verschlossen und bestens bewacht von italienischen

Soldaten, nur müsste mal jemand von der Geniedirektion vorbeikommen und ein bisschen Unkraut jäten im Vorgarten. Aber mal im Ernst, wem haben wir denn das ganze Unglück hier zu verdanken? Hätte es dieses Fort nicht gegeben, hätten wir vielleicht keine vier Jahre im Lager leben müssen wie die Kriegsgefangenen und unser Palera wäre nicht verwüstet worden. Vielleicht hätten sich die Österreicher dann gleich am Anfang bis nach Trient zurückgezogen und hier hätte weiter Frieden geherrscht.« Alberta war wütend aufgestanden und schaute aus dem Fenster zur Martinella.

»Vielleicht. Vielleicht wärt ihr dann aber auch in ein italienisches Lager nach Sizilien gekommen, zu Läusen und Polenta, und die Österreicher hätten Palera bei ihrer Offensive in Schutt und Asche gelegt, genau wie Asiago.«

Alberta setzte sich wieder zu ihm an den Tisch.

»Es tut mir leid, du kannst natürlich genauso wenig für all das, was geschehen ist, wie das Fort auf der Martinella etwas dafür kann. Du und dein Fort, ihr habt ja nur eure Pflicht getan.«

»Ja, Alberta, wir beide hatten gar keine andere Wahl, und jetzt sind wir beide lahm und unnütz. Ich muss jetzt weiter zu meinem Vater. Ich danke dir für den Wein. Ich kann doch bei dir anschreiben, oder?« Er stand auf und griff nach seinem Stock.

»Ach, Basil. Natürlich.« Sie fasste ihn kurz an der Schulter. »Es ist schön, dass du wieder zu Hause bist.«

Paolo Morelli war einer der Letzten, die aus der Gefangenschaft zurückkamen. Er war zwar wie sein Sohn Dino unversehrt geblieben, aber von seinem schwunghaften Fuhrunternehmen war nicht mehr viel übrig. Seine Werkstatt war eine ausgeplünderte Ruine, und von seinem requirierten Fuhrpark hatte er nie wieder etwas gesehen.

Paolo stand vor seinem Hof. Ein paar Ölschlieren in den Pfützen waren das Einzige, was noch an seine schweren Lastwagen erinnerte. Sein Blick schweifte die Dorfstraße entlang. Was hier benötigt wurde, waren Bauholz, Steine, Ziegeln und

ein Fuhrunternehmen, das all dies auf die Hochebene herauf-
karren würde.

Am Bahnhof in Rovereto hatte er ausgemusterte Militärpferde
gesehen, die dort zum Verkauf angeboten wurden. Die Tiere
waren sogar für den Metzger zu mager, sie hätten den Weg durch
das Terragnolotal und die steile Straße hinauf zum Dorf wohl
kaum geschafft. Aber es wurden auch ausgemusterte Lastwagen
angeboten, und darunter hatte er brauchbares Material gesehen,
das nötige Kapital vorausgesetzt.

Paolo machte einen tiefen Atemzug, nickte leicht, als wolle er
sich selbst bestätigen, und beschloss, gleich morgen in Folgaria
zur Sparkasse zu gehen, um nachzusehen, was der Krieg von
seinem Vermögen übrig gelassen haben mochte.

Die Italiener kommen

»Wohnt hier Signor Silvano Longhi?«, fragte der italienische Soldat und sah streng auf Anselma herab. Sie schaute ihn entgeistert an. Waren sie gekommen, um ihn zu verhaften? Oder brachten sie etwa Neuigkeiten über Fabrios Schicksal? »Ja. Was ist mit ihm?«

»Wir brauchen ihn. Morgen soll eine Militärkommission das Fort Martinella untersuchen, und es heißt, er würde sich gut dort auskennen.«

»Silvano ist bei den Capelettis, um dort neue Fenster einzusetzen.« Anselma zeigte die Dorfstraße hinauf. »Via Marconi 4, Sie können es gar nicht verfehlen.« Nachdenklich blickte sie den beiden Soldaten nach.

Rosetta erschauderte, als der Diamant über die Glasscheibe kreischte. Auf ihren nackten Unterarmen bildete sich eine Gänsehaut, auf der sich die feinen Härchen aufrichteten. Sie bemerkte es im gleichen Augenblick wie Silvano, und beide fingen an zu lachen. Wie gern hätte er jetzt über ihre Arme gestreichelt, um den zarten Flaum wieder zu beruhigen. Vielleicht hätte sie es auch zugelassen, vielleicht hätte es ihr sogar gefallen – aber sie waren leider nicht allein im Haus. Ständig streckte der alte Enzo seine Nase in die Stube, um zu kontrollieren, wie weit er schon mit den Fenstern war.

Als Rosetta sich auf den Stuhl stellte, um eine Gardine aufzuhängen, konnte Silvano ihre schlanken Fesseln bewundern, die zwischen den züchtigen Söckchen und dem ebenso züchtigen Rocksaum hervorlugten. ›Ja, die Rosetta, das wäre eine für mich‹, dachte er bei sich.

Als er die Tür das nächste Mal öffnete, blickte Enzo Silvano sorgenvoll an.

»Hier sind zwei Soldaten, die zu dir wollen.«

Die italienische Armee hatte das Fort Martinella sofort nach dem Waffenstillstand versiegelt, und regelmäßig schauten nun Soldaten dort nach dem Rechten. Niemand in Palera war seitdem in der Festung gewesen, keiner hatte ein Bild davon, wie es jetzt dort drinnen aussah. Silvano hatte sich daher gern bereit erklärt, die Kommission am Eingang des Forts zu erwarten und sie durch die Anlage zu führen.

Der Bergfrühling hatte begonnen und der meiste Schnee auf der Martinella war schon geschmolzen, nur in den schattigen Festungsgräben hielten sich noch schmutzige Reste, neben denen jetzt die Pestwurz ihren grünen Teppich ausbreitete. Silvano wunderte sich, wie sehr sich das Fort in den vergangenen sechs Monaten verändert hatte. In dem sorgfältig gehegten Drahthindernis klafften erste Lücken, ob vom Wild oder durch Plünderer verursacht, war nicht festzustellen. Unkraut begann in Mauerritzen zu wachsen, Ofenrohre hingen traurig vom Verdeck herab und aus Entlüftungslöchern flatterten Kohlmeisen, die hier einen bombensicheren Nistplatz gefunden hatten.

›Wie schnell so etwas geht‹, dachte Silvano. ›Als ob das Fort anfinge zu verwesen wie ein totes Tier.‹ Er ging zum Eingang, aber die schwere Gittertür war noch verschlossen. Rechts von ihm kragte die Fassade des Kasemattenblocks etwas vor. Aus einer schweren Panzerplatte heraus beherrschten zwei Schießscharten die Rückfront in ihrer ganzen Länge. Wie zwei Augen schienen sie auf den Eingang des Forts zu schielen und darüber zu wachen, dass niemand unerlaubt eintrat.

Silvano erinnerte sich, dass die Männer von der MG-Bedienung von dort manchmal zum Spaß auf die Soldaten gezielt hatten, die draußen darauf warteten, dass man ihnen die Gittertür öffnete. Ein Festungsartillerist war ihm in diesem Zusammenhang in besonderer Erinnerung, weil er manchen ahnungslosen Landsturmarbeiter mit seinen plötzlichen lauten Ratatatataaa-Rufen in Todesangst versetzt hatte. Es war Basil Perprunner gewesen, der diesem Unwesen schließlich ein Ende bereitet hatte, indem er dem Übeltäter zielsicher eine unscharfe Übungshandgranate durch die enge Scharte direkt vor die Füße geschleudert hatte.

Ein kalter Luftzug und das regelmäßige Geräusch fallender Wassertropfen aus Richtung des Eingangs ließen Silvano erschaudern. Als er etwas auf und ab ging, um sich aufzuwärmen, meinte er Blicke zu spüren, die ihn aus den beiden Scharten verfolgten. Er war heilfroh, als er endlich das Brummen nahender Autos hörte. Die Kommission kam mit zwei Wagen. Ein Offizier mit auffallend abstehenden Ohren sprach ihn in stockendem Deutsch an, bis ihn Silvano darüber aufklärte, dass die Einheimischen hier schon seit Jahrzehnten Italienisch sprachen.

»Ich bin Capitano Maranza. Ich komme von der Festungsbaudirektion in Verona. Man erzählte uns, Sie kennen das Fort sehr gut, Herr Longhi. Darf ich fragen, woher Sie diese Kenntnisse haben?«

»Ich habe bei seinem Bau als Zimmermann mitgeholfen, Capitano, und während des Krieges war ich hier als Landsturmarbeiter dienstverpflichtet für die ständigen Reparaturen.«

Er hatte noch überlegt, ob er sie auch auf den ersten Erkundungsgang der österreichischen Genieoffiziere im Jahr 1907 hinweisen sollte, als die Martinella noch ein friedlicher, unberührter Wiesenhügel gewesen war, aber er fand, diese Anekdote würde sie wohl kaum interessieren.

Man beschloss, sich zuerst das Innere des Forts anzusehen. Ein Soldat schloss die Gittertür auf, ein anderer verteilte elektrische Taschenlampen. Es dauerte etwas, bis sich die Augen von der gleißenden Maisonne auf die trüben Lichtkegel der Lampen umgestellt hatten.

Eine beklemmende Enge umschloss Silvanos Herz. Noch vor einem Jahr war das Fort voller Geräusche, Bewegungen und den strengen Gerüchen von Männern, Rohöl und Zementstaub gewesen. Und nun herrschte hier die Stille, Kälte und Dunkelheit eines Grabes, und aus dem Inneren der Anlage wehte ihnen der Geruch von vermodertem Holz entgegen.

Capitano Maranza zog ein Blatt Papier aus seiner Manteltasche und ging voraus.

»Hier müsste es zur Leichenkammer gehen«, las er aus dem Plan und wandte sich nach links.

»Nein, Capitano, die Leichenkammer ist rechts, hier geht es zu den Motoren und den elektrischen Akkumulatoren«, korrigierte ihn Silvano.

Der Capitano drehte das Papier, aber es änderte sich nichts; der Plan war falsch.

»Zum Munitionsmagazin?«

»Nein, Capitano, hier geht es zur Telefonzentrale.«

»Kommandant?«

»Verbandsraum!«

Die Herren von der Festungsbaudirektion sahen ein, dass der Plan in ihren Händen wertlos war. Silvano gelang es, einen Blick auf das Papier zu werfen, das offensichtlich nur eine flüchtige Handskizze zeigte und keineswegs eine Kopie des österreichischen Bauplans war. Den hatte er während der Bauphase oft genug studieren müssen, die feinen violetten Linien und die sorgfältigen Beschriftungen hätte er sofort wiedererkannt.

»Woher haben Sie denn diesen Plan?«, entwich es ihm vorlaut, und überrumpelt von der Frage verriet der Offizier:

»Von einem österreichischen Überläufer, der behauptete, bei den Bauarbeiten dabei gewesen zu sein.«

Silvano riss die Augen auf. Sollte das etwa sein Vater gewesen sein? Er hatte jetzt weder die Zeit noch die Nerven, darüber langwierige Überlegungen anzustellen, und während noch die Erinnerungen an die chaotische Suche nach ihm in den Schächten und Gruben, die bösartigen Gerüchte der Arbeiter und die strengen Verhöre der Gendarmen in ihm aufstiegen, platzte es aus ihm heraus:

»Mein Vater Fabrio war auch Zimmermann auf der Baustelle, er ist 1913 verschwunden. Man hat vermutet, dass er zu den Italienern – also zu Ihnen – übergelaufen sei, mitsamt den Festungsplänen. Aber er hat sich auch nach dem Krieg nicht mehr zu Hause gemeldet. Sagen Sie, haben Sie den Plan von meinem Vater?«

Silvano hatte die Offiziere neugierig gemacht, nun steckten sie flüsternd die Köpfe zusammen.

»Ich darf Ihnen nicht sagen, von wem wir den Plan haben, aber ich kann Ihnen versichern, dass wir ihn nicht von einem Fabrio Longhi haben«, verkündete Maranza das Ergebnis ihrer Beratung. Silvano wusste nicht, ob er jetzt erleichtert oder enttäuscht sein sollte. Sein Vater war also vermutlich doch kein Verräter gewesen, aber daran hatte er sowieso nie geglaubt. Allerdings hatte sich damit erneut eine aufkeimende Hoffnung zerschlagen, sein Schicksal doch noch aufzuklären.

Die Kommission setzte ihre Untersuchung in den Gängen und Kasematten des Forts fort. Besondere Bewunderung ernteten die beiden Dieselmotoren.

»Ob man die noch einmal zum Laufen bringen kann?«, wollte Maranza wissen.

Früher waren die Aggregate der Herzschlag des Forts gewesen. Vom ersten bis zum letzten Kriegstag hatten sie mit ihren Kolben und Pleuelstangen gleichförmig und unbeirrbar die schweren Schwungräder in Bewegung gehalten. Ihre sanften Schwingungen hatten sich durch alle Kasematten verbreitet und die Soldaten abends in den Schlaf gewiegt. Niemand hatte mehr auf dieses Geräusch geachtet, aber wie bei einer Uhr, die plötzlich stehen bleibt, entstand sofort Unruhe in der Mannschaft, wenn ausnahmsweise einmal beide Aggregate zum Stillstand gekommen waren. Tag und Nacht waren die Maschinen umsorgt gewesen von den Maschinisten, die sich mit Putzlappen und Ölkännchen an ihnen zu schaffen gemacht hatten. Auch bei strengstem Frost war es hier im Maschinenraum mollig warm gewesen.

Und jetzt stand hier nur noch erstarrte, einsame und kalte Mechanik. Silvano hatte den Sappeuren ein paarmal dabei zugesehen, wie sie einen der Dieselmotoren mithilfe der Pressluft angeworfen hatten, aber das Manometer auf der Stahlflasche stand jetzt hoffnungslos auf null. Vorerst war hier also nichts zu machen.

Als sie durch den Verbindungsgang weiter zum Batterieblock gingen, deutete einer der Offiziere auf die Gedenktafel für die drei gefallenen Artilleristen. Silvano musste ihnen den Hergang des Deckendurchschlags im August 1915 in allen Details beschreiben. Einige Offiziere machten sich stirnrunzelnd Notizen. Offensichtlich hatten sie bisher noch nichts davon gewusst, obwohl ihre Flugzeuge oft genug über das Fort geflogen waren und Fotografien davon gemacht hatten.

In der Batterie bestiegen sie einen Panzerturm, kurbelten an der Haubitze und dem Drehmechanismus herum wie kleine Kinder und zum Schluss zog einer den Abzugshebel und rief zur allgemeinen Erheiterung laut: »Bumm!«

Dieses Geräusch hatte die Stimmung der Kommissionsteilnehmer nachhaltig gelöst. Auf einmal alberten sie herum über jede Zeichnung, die sie an den Panzerwänden entdeckten, und imitierten mit zackigen Verrenkungen österreichische Festungssoldaten, die ständig die Hacken zusammenschlugen. Sie begannen Silvano sympathisch zu werden, etwas Kindliches, Herzliches ging von ihnen aus, und wenn sie lachten, lachten ihre Augen mit.

Die Offiziere fragten ihn auf dem Rückweg zum Haupteingang noch allerlei nach dem Leben im Fort, nach den Kämpfen, der Besatzung und nach dem Kommandanten.

»Sagen Sie, Herr Longhi, gab es hier auch Pläne oder Zeichnungen des Forts?«, wollte Maranza wissen.

»Ja, natürlich. Im Panzerschrank des Kommandanten waren die geheimen Unterlagen eingeschlossen, da waren auch die Pläne des Forts dabei.«

Silvano war erstaunt, wie klein und spartanisch ihm die Kommandanten-Kasematte im Nachhinein vorkam. Es fehlte nur noch ein Gitter vor dem Fenster, und es hätte ebenso gut eine Gefängniszelle sein können. Allein der leere Tresor, dessen Tür jetzt weit offen stand, und das Telefon, dessen Hörer wohl von einem italienischen Souvenirjäger in den ersten Tagen nach dem Waffenstillstand abgeschnitten worden war, wiesen auf seine frühere Bedeutung hin. Einige von der Feuchtigkeit gewellte Künstlerpostkarten des Roten Kreuzes über dem Bett zeigten pathetische Kampfszenen auf Dolomitengipfeln und ein Bild der heiligen Barbara, der Schutzpatronin der Kanoniere. Eine leere Kognakflasche auf dem Beistelltischchen neben dem Bett ließ Vermutungen über die Stimmung des Kommandanten an seinem letzten Abend zu, und auf dem Fußboden verkündete die angemoderte Titelseite der Linzer Tagespost vom 28. Oktober 1918 die Gründung eines tschechoslowakischen Staates.

Schweigend bewegte sich die Kommission durch die anderen Unterkünfte. Man sah es den Gesichtern an, dass diese nachträglichen Einblicke in fremde Existenzen die Teilnehmer beeindruckten. Die Unordnung in Dr. Bagos Kasematte ließ eine fluchtartige Abreise vermuten, vor dem Schrank lagen heruntergefallene leere Schachteln mit dem rot umrandeten Aufdruck »Morphium diacetylic. Hydrochlorium« und einige verblasste Fotografien, die leicht bekleidete Jünglinge vor antiken Hintergründen zeigten.

Auch Werkmeister Rechenberger, dem laut Dienstgrad gar keine eigene Kasematte zugestanden hätte, war durch die Dezimierung der Besatzung im letzten Kriegsjahr zu einer eigenen Unterkunft gekommen. Ein Bild des müden Kaisers Franz Joseph im Kreise seiner entschlossen dreinblickenden Erzherzöge spiegelte Rechenbergers patriotische Gesinnung. Seine wahre Liebe aber schien dem Fort gehört zu haben. Der sauber herausgeschweißte Ausschnitt eines Schießschartenverschlusses, in den sich das Sprengstück einer italienischen Granate gebohrt hatte, war ihm wohl für seinen Rückmarsch in die Heimat zu schwer gewesen und zierte daher immer noch als Trophäe seinen Schreibtisch.

Professor Saligers Buch über den Eisenbeton, in Farbe und Format einer Hausbibel nicht unähnlich, schien seine einzige Lektüre an den einsamen Abenden in der feuchten Kasematte gewesen zu sein. Capitano Maranza blätterte es langsam durch, sodass die Umstehenden die zahlreichen Notizen und Unterstreichungen Rechenbergers sehen konnten. Silvano fiel auf, dass ganz hinten im Buch sauber gefaltete Zeitungsartikel und Notizen eingelegt waren. Maranza klappte es zu und steckte es ein. So käme er wenigstens nicht mit leeren Händen zurück. Die Kommission hatte genügend Eindrücke über die unterirdischen Anlagen gesammelt. Die Männer waren froh, sich bei dem anschließenden Rundgang über das Verdeck in der Mittagssonne aufwärmen zu können.

»Könnten Sie uns die Stelle zeigen, wo damals die Granate durchgeschlagen ist?«, fragte Maranza.

Silvano überlegte. Die Decke war im Herbst 1916 vollständig repariert worden, und anschließend hatte man sie mit Teer überpinselt, um den Bau endlich wasserdicht zu bekommen. Aber an einer Stelle konnte man noch den Umriss des Einschlags ahnen, der Beton war dort etwas erhaben.

»Hier muss es gewesen sein.« Silvano deutete auf den Boden.

»Wir werden jemanden schicken, der eine Probe des Betons nimmt, der Sache sollten wir nachgehen«, sagte der Capitano zu einem Leutnant, der sich sofort Notizen dazu machte.

»Herr Longhi, Sie haben uns sehr geholfen, wofür wir uns bei Ihnen bedanken möchten. Können wir etwas für Sie tun?«, fragte Maranza am Ende der Besichtigung.

»Ja, Sie können mir sagen, wo mein Vater geblieben ist«, entfuhr es Silvano unwillkürlich.

»Wir haben Ihre Adresse, wir melden uns bei Ihnen«, versprach Maranza, und es klang, als meinte er es ernst.

April 1920
Die Recuperanti I

»Maria, das Geld liegt auf der Straße! Gleich morgen fangen wir an, reich zu werden.« Fortunato Carbonari warf seinen breiten Filzhut mit Schwung auf den Kleiderhaken und setzte sich an den Tisch, an dem schon seine Kinder Quirino, Roberto und Eliana und seine Schwester Elisabetta Platz genommen hatten.

›Immer wenn er aus dem Albergo kommt, ist er voller wirrer Ideen‹, dachte Maria und tischte Wiesenkümmel mit Schmalz, Kartoffelpolenta und Gerstensuppe auf.

»Ich bin heute schon oft genug über die Straße gegangen, zum Waschhaus, zum Einkaufen, zum Putzen in der Kirche. Glaub mir, Fortunato, wenn da auch nur ein Centesimo gelegen hätte, ich hätte ihn gesehen und mitgenommen«, erwiderte sie.

»Man darf nicht immer nur vor seinen eigenen Füßen schauen, man muss seinen Kopf erheben, um das Glück zu finden. Die Leute kommen jetzt sogar schon aus dem Tal zu uns herauf, um die zahlreichen Blindgänger aus den Bergen zu holen. Die liegen da oben wie die Kuhfladen, man muss sich nur bücken, und schon hat man bares Geld in den Händen. Die kupfernen Führungsbänder, die Zünder aus Messing, die Füllungen mit Bleikugeln, dafür zahlen die Schrotthändler in Calliano jetzt richtig viel. Sie können gar nicht genug bekommen davon.«

»Ich dachte, die Pioniere der italienischen Armee hätten schon letztes Jahr alles abgesucht, damit die Almen wieder beweidet werden können. Wo soll denn da noch was liegen?«

»Man muss schon ein wenig im Boden stochern oder ein bisschen höher in die Berge gehen, wo keine Almen mehr sind. Die Soldaten haben es sich damals einfach gemacht, einmal rund um das alte Fort Martinella, einmal die Schützengräben entlang, und fertig waren sie. Du weißt doch selbst, wie die Italiener sind.«

»Und wie bekommst du das ganze schwere Eisen nach Calliano? Willst du es etwa auf deinem Rücken ins Tal hinuntertragen?«

»Paolo Morelli wird es fahren. Wir suchen es und tragen es zu einem Sammelpunkt, und Paolo fährt es zu den Schrottlern und löst das Geld ein.«

»Umsonst?«

»Na ja, nicht ganz, natürlich.«

»Natürlich. Und wen meinst du mit wir?«

»Ich, du, Roberto, wir alle. Gleich morgen früh ziehen wir los. Du wirst sehen, es wird sich für uns rechnen. Dieses Mal werden wir wirklich reich.«

Als Maria mit den Kindern Palera im Mai 1915 hatte verlassen müssen, war ihr ältester Sohn gerade zehn Jahre alt gewesen. Keines ihrer Kinder hatte den Krieg an der Front erlebt, nur das Lager in Mitterndorf war ihnen aus dieser Zeit in Erinnerung geblieben. Nach ihrer Rückkehr im Frühling 1919 hatten sie anderes zu tun gehabt, als zu den Schützengräben und Stellungen vor dem Dorf zu ziehen. Es gab dort nichts, was man zum Essen, Heizen oder irgendwie sonst gebrauchen konnte. Außerdem galt es als gefährlich. Nun aber sollte sie der Krieg wieder einholen.

Von diesem Tag an zog die gesamte Familie Carbonari jeden Morgen los, als ob es in die Pilze ginge. Ihre Suche gestaltete sich allerdings schwieriger, als Fortunato prophezeit hatte. Da seit Kriegsende schon viel Gras über die Granaten gewachsen war, mussten sie tief im Wiesenboden herumstochern, um fündig zu werden. Der zehnjährige Quirino hatte dabei buchstäblich den besten Riecher. Er steckte einen eisernen Hindernispfahl in den Boden, zog ihn wieder heraus und schnüffelte an seiner Spitze. Eine Ahnung von faulen Eiern deutete auf Schwarzpulverladungen hin, Trotyl und andere Sprengstoffe rochen wie ein

Keller voller reifer Äpfel und verrostetes Eisen erinnerte an frisches Blut. Mit der Zeit lernte er sogar den metallischen Geruch von Blei, Kupfer und Messing zu unterscheiden.

Oft genug förderten die Fortunatos dabei allerdings nur die weißen Kalksteine der Hochebene zutage. Oberhalb der Almen, wo die Latschenkiefern undurchdringliche Dickichte bildeten, krabbelte Eliana bei ihrer Suche auf allen vieren durch das Gehölz. Noch weiter oben in den Felsen und im Karst wuchs zwar kein Gras und kein Busch über die Hinterlassenschaften des Krieges, dafür lagen die Granaten aber oft versteckt in Felsspalten, und ohne beschwerliche Kletterei konnten sie nicht gefunden werden. Hier bewies der fünfzehnjährige Roberto das meiste Geschick, denn er verband die Geschmeidigkeit eines Kindes mit der Ausdauer eines Erwachsenen.

Elisabetta hatte in diesem Familienunternehmen eine ganz besondere Rolle. Obwohl sie mit ihren dreiundzwanzig Jahren geistig und körperlich immer noch wie ein Kind wirkte, kannte sie weder Angst vor der Dunkelheit noch Grauen vor Gespenstern. Ihre Domäne waren die verrotteten Kavernen, die die Soldaten zum Schutz vor dem Artilleriefeuer in die Felsen gebohrt hatten. Tief und finster waren diese Stollen und oft weit verzweigt wie das alte Fort Martinella. Aber wie von einer unhörbaren Stimme gerufen, stieg Elisabetta immer wieder in sie hinab und zerrte mit verbissener Ausdauer sperrige Eisenteile daraus hervor.

Es dauerte seine Zeit, bis die Kinder zwischen Interessantem und Wertvollem zu unterscheiden gelernt hatten. Verrostete Konservendosen, abgerissene Lederriemen, Porzellanisolatoren von Telefonleitungen, leere Munitionskisten, Gasmasken oder zurückgelassene Erinnerungsfotos von jungen Frauen brachten kein Geld, Eisenträger aus den Eindeckungen der Unterstände, gusseiserne Öfen, Artilleriemunition aller Kaliber und unbenutzte Stacheldrahtrollen dafür umso mehr. Maria behielt nur mit Mühe den Überblick, wo ihre Kinder herumschwärmten, und oft genug wurde aus der Suche nach Kriegsresten die Suche nach einem verirrten Familienmitglied.

Ihre Beute zu bergen und abzutransportieren war harte Knochenarbeit. Sie mussten tief verankerte Hindernispfähle aus dem felsigen Boden graben und zentnerschwere Mörsergranaten mit bloßen Händen durch unwegsames Gelände bis zu einem Platz schleppen, von dem Paolo Morelli sie abholen konnte. Er war weit und breit der Einzige, der es wagte, mit seinem Lastauto über die ausgewaschenen Militärstraßen bis auf die Gipfel zu fahren, aber er ließ sich sein Monopol auch gut bezahlen.

Die Carbonaris bewegten sich ständig in einer Welt des Krieges, nur ohne Soldaten, die ihnen nach dem Leben trachteten, und so waren sie mit der Zeit sorglos im Umgang mit dessen tödlichen Überresten geworden. Eines Tages aber kam die kleine Eliana laut heulend und am Kopf blutend zu ihrer Mutter gerannt. Wie sich herausstellte, war sie zwischen Elisabetta und Quirino geraten, die sich im Spiel gegenseitig mit italienischen Eierhandgranaten beworfen hatten. Zum Glück für alle hatten sie die Geheimnisse ihres Abreißzünders nicht entdeckt.

Maria wurde bei dieser Erkenntnis kreidebleich, und Fortunato begann von nun an, die Kleinen über Zweck, Funktionsweise und vor allem die Gefahren von allerlei Kriegsmaterial aufzuklären. Am Ende dieses Sommers wusste schon die siebenjährige Eliana mehr über die Nahkampfausrüstung österreichischer und italienischer Sturmtruppen als über die Geschichte ihrer Heimat oder das Alte Testament. Eine wirkliche Vorstellung davon, wie es damals im Krieg gewesen sein mochte, konnten sie aber trotz Fortunatos waffenkundlicher Unterweisungen nie bekommen.

»Hast du denn keine Angst, wenn du die Zünder so einfach mit Hammer und Meißel abschlägst?«, wollte Quirino von Roberto wissen.

»Die Dinger haben schon einmal beim Aufschlag versagt, warum sollten die gerade jetzt hochgehen?«

»Mir wäre das nicht geheuer. Ich bringe die immer in eine von den Kavernen und mache Feuer darunter. Es dauert nicht lange, und – wumm, wumm, wumm – gehen sie hoch. Man muss natürlich mitzählen, dass auch wirklich alle explodiert sind, bevor man wieder hineingeht.«

»Und wenn nicht alle hochgegangen sind, dann musst du warten, bis das Zeug abgekühlt ist, sonst geht dir die Letzte vielleicht in den Händen los.«

»Ja, das könnte natürlich passieren.«

»Und außerdem musst du die Eisensplitter, die Kupfer- und Messingbrocken und die Bleikugeln in deiner Kaverne wieder mühsam zusammensuchen.«

»Schon.« Quirino wurde kleinlaut.

»Und letztens ist dir die Kaverne dabei zusammengestürzt und hat die Arbeit eines ganzen Morgens unter sich begraben.«

»Ja, das war wirklich saublöd.«

»Siehst du, Quirino, und daher nehme ich Hammer und Meißel und mache es wie der Schlachter mit dem Kalb: Zielen, zack und fertig.« Roberto reckte sich stolz und gab seinem Bruder einen Klaps auf die Schulter. »Aber du bist ja noch ein Kind, da ist es schon besser so, wie du das machst.«

Fortunato hatte ihr Gespräch mitgehört. Er hatte schon einige Geschichten über Unglücksfälle beim Umgang mit Granaten gehört, und so sehr er seinen Ältesten auch für dessen Mut bewunderte, sosehr bereitete ihm die Sicherheit seiner Kinder doch Sorgen.

»Wenn wir genug Geld zusammen haben, kaufen wir in Folgaria eine große Rohrzange. Ich habe einmal zugesehen, wie die Pioniere damit die Zünder einfach aus den Granaten herausgeschraubt haben. Und ich habe noch nie gehört, dass dabei einer Pech gehabt hätte«, sagte er zu den beiden Jungen. Nachdenklich machten sich die drei wieder an ihre Arbeit.

Fortunato führte sich gern als Chef dieses Familienunternehmens auf, aber er vergaß vor lauter Herumkommandieren allzu oft, dass seine »Untergebenen« überwiegend Kinder waren. Streit, Tränen und Schmollen waren damit vorprogrammiert, und es war letztlich Marias Verdienst als Mutter, Gattin, Köchin, Krankenschwester, Seelsorgerin und vor allem Verwalterin der Einnahmen, dass das Ganze reibungslos und sogar profitabel lief.

Denn so begeistert die Kinder zunächst von ihren neuen Aufgaben waren, nach einigen Wochen versanken sie in der Langeweile der Wiederholung.

Vor allem Eliana fing an, mit ihren Funden lieber fantasievolle Geschichten zu spielen, als sie zügig an ihre Eltern abzuliefern.

»Für den König und die Königin.« Eliana stellte zwei verbeulte österreichische Kochgeschirre auf den angemoderten Tisch in einer Holzbaracke, die in einem verfallenen Militärlager stand. Vor ihren Augen verwandelte sich die Stube in einen prunkvollen Ballsaal.

»Für die Prinzessin und den Prinzen.« Zwei leere Konservendosen mussten, der Rangfolge entsprechend, für das etwas weniger noble Paar genügen.

»Für die Hochzeit.« Durch ein Loch im Bretterdach fiel ein Sonnenstrahl auf den Tisch, und genau an dieser Stelle platzierte Eliana einen Strauß wilder Margeriten und Feuerlilien in einer Messingkartusche.

»Das Festmahl – es gibt leckere Spaghetti mit Fisch.« Ein verbeulter Stahlhelm, vollgestopft mit einem Knäuel von Telefondrähten, eierte auf der Tischplatte. Eine leere Sardinendose symbolisierte die kostbaren Zutaten.

»Du fauler Diener, du hast den Wein vergessen, ich werde dich hängen lassen!« Sie ging um den Tisch und füllte aus einer Feldflasche unsichtbaren Wein in Pokale, die nur sie sehen konnte.

»Und jetzt die Hochzeitsgeschenke. Für den Prinzen ein kostbares Schwert.« Eliana legte ein verrottetes Bajonett auf den Tisch und wischte mit einer Handbewegung etwas von dem abgebröckelten Rost auf den Fußboden.

»Und für die Prinzessin goldener Schmuck.« Sorgsam drapierte sie die Rosetten einiger Silberdisteln um die bronzene Tapferkeitsmedaille eines unglücklichen Infanteristen, die sie schon seit Tagen in ihrer Schürzentasche versteckt gehalten hatte.

Eliana ließ ihren Blick gerade prüfend über die festlich ge-
deckte Tafel schweifen, als in der leeren Fensterhöhle der aus-
geblichene Totenschädel eines Maultiers auftauchte.

»Iiiihaaaah!«

»Roberto, lass den Quatsch, mich kannst du damit nicht mehr
erschrecken«, seufzte Eliana hochnäsig.

»Eliana, wir sind zum Arbeiten hier, nicht zum Spielen«, äffte
er seinen Vater nach und ließ den Schädel auf die Wiese fallen.

»Du bist der König und Quirino der Prinz.«

»Ich weiß schon, und du bist die Prinzessin, die Schönste in
ganz Italien«, sagte Quirino, den das Eselsgeschrei seines Bruders
angelockt hatte. Er schaute genervt auf seine Schwester herab.
»Und Elisabetta mit ihrem verknitterten Gesicht ist bestimmt
wieder die Königin. Ohne mich, Kinder, ich muss zu meinen
Granaten.« Roberto machte ein wichtiges Gesicht und wandte
sich ab, um zu gehen.

»Wo ist eigentlich Elisabetta?«, fragte Quirino und sah sich um.

Im gleichen Augenblick stieß Eliana einen langen, schrillen
Schrei aus und zeigte auf die Rückwand der Baracke. Mit dem
anderen Arm hielt sie sich angsterfüllt beide Augen zu. Mitten
in dem glaslosen Fenster war eine graue Gasmaske aufgetaucht,
die mit großen, blinden Brillengläsern regungslos hereinstarrte.
Das Gummigesicht blähte sich bei jedem Atemzug schnaufend
auf. Darunter war der Kragen einer schmutzig-schwarzen Kittel-
schürze zu erkennen.

»Elisabetta!!!«, schimpfte Maria, die auf den alarmierenden
Schrei hin mit Fortunato sorgenvoll angerannt gekommen war.
»Du dummes Ding, musst du Eliana denn so erschrecken?«

»Wollt ich doch nicht«, antwortete Elisabetta.

»Dann zieh sofort den blöden Gummirüssel ab. Du bist jetzt
bestimmt ganz schmutzig im Gesicht. Wer weiß, wo das eklige
Ding die ganzen Jahre gelegen hat.«

»Geht nicht, er stinkt so«, kam es gepresst aus der Maske.

»Wer?«

»Josef.«

Maria blickte Fortunato fragend an.

»Wo ist er denn, dein Josef?«, wollte der wissen.

»Da, in der Höhle. Er stinkt.«

Elisabetta führte sie zum Eingang einer Kaverne.

»Du bleibst hier und passt auf deine kleine Schwester auf«, befahl Maria Quirino, »wer weiß, was Elisabetta dadrinnen gefunden hat.«

Die ersten Meter waren wie üblich voller Kuhmist, denn das Weidevieh zog sich bei Gewittern gern in die alten Unterstände zurück. Die Wände hingen voller Stechmücken, die auf den Einbruch der Dunkelheit warteten, in den Nischen saßen schwarze Spinnen und verdauten ihre Beute. Die vier Carbonaris mussten über Steine und morsche Bretter hinabsteigen, bis der Boden wieder eben wurde. Vorsichtig tasteten sie sich an den Wänden entlang.

»Es ist kalt hier drinnen«, stellte Maria fest, und sie fragte sich, ob ihre Gänsehaut tatsächlich daher kam.

»Da ist Josef«, sagte Elisabetta mit seltsam gefasster Stimme und deutete vor sich auf den Boden. Es klang nicht nach Trauer oder Entsetzen, sondern nach der erschöpften Erleichterung am Ende einer langen Ungewissheit.

Die anderen versuchten etwas zu erkennen, aber es dauerte eine Weile, bis sich ihre Augen an die Dunkelheit gewöhnt hatten. Dämmriges Licht aus Richtung des Stolleneingangs ließ vage die mumifizierten Überreste eines Soldaten in österreichischer Uniform erkennen. Jemand hatte seine Hände über dem Bauch zusammengefaltet, vielleicht derselbe, der auch seine Stiefel mitgenommen hatte. Ein Fuß fehlte, ob durch eine Verwundung oder ein Tier war nicht mehr festzustellen. Der Kopf war nach hinten gekippt, sodass sein Mund weit offen stand wie bei einem Schlafenden, der laut schnarchte. Oder wie bei einem, der sich vor Lachen den Bauch hielt.

»Meine arme Elisabetta. Komm, wir gehen wieder an die frische Luft.« Maria legte ihre Arme um die junge Frau.

»Will bei Josef bleiben.« Sie wand sich aus der Umarmung.

»Das ist nicht Josef«, stellte Fortunato fest. Inzwischen hatte er sich an das Dämmerlicht gewöhnt und konnte Details ausmachen.

»Wieso nicht?«

»Der hier war kein Artillerist. Man kann noch die grasgrüne Farbe am Kragen erkennen, und auch das Edelweiß ist noch zu sehen. Der hier war Landesschütze. Und Josef war Festungsartillerist. Und außerdem liegt er seit fünf Jahren hinter dem Fort begraben. Du bist doch jede Woche ein paarmal dort oben, du müsstest es doch langsam wissen.«

»Sieht Josef jetzt auch so aus?«

»So werden wir alle einmal aussehen. Aber Silvano hat ihm damals bestimmt einen schönen Sarg gemacht, in dem er bequemer liegt als der unglückliche Kamerad hier.«

Elisabetta zog die Gasmaske ab und drehte sich zu Roberto um. Ihr kleines Gesicht war von dem Abdruck der Maske rot umrahmt. Sie kniff ein Auge zu, sah ihn mit dem anderen von unten an und zeigte mit ausgestrecktem Finger auf ihn.

»Nur du wirst niemals so aussehen – das weiß ich genau.«

Roberto hatte die ganze Zeit hinter Maria gestanden und auf die Leiche gestarrt. Alles, was er hier auf den Schlachtfeldern gesehen hatte, war Tod. Die Gräber, die Blindgänger, die Erinnerungen an den Krieg. Aber selbst gesehen hatte er ihn bisher noch nicht. Nun stand er das erste Mal vor ihm und blickte in seine leeren Augenhöhlen.

Roberto hob den Kopf und sah Elisabetta an. Ja, sie hatte ihn gemeint. Sie starrte ihn regungslos an, nichts verriet ihre Gemütslage, nichts ließ erkennen, was sie mit ihren Worten meinte und wer ihr diese Weissagung zugeflüstert haben mochte. Roberto schwor sich, für die Granatzünder ab jetzt nur noch die Rohrzange zu nehmen.

»Die Leiche ... was machen wir jetzt damit?« Maria schaute Fortunato ratlos an.

»Die italienische Regierung gibt 25 Lire Schädelgeld für jeden gefundenen Vermissten, das ist eine Menge Geld«, sagte Fortunato. ›Und wenn wir noch ein paar Schafsknochen dazu mischen, könnten wir sogar zwei Soldaten daraus machen‹, dachte er bei sich.

Die Neugierde trieb Quirino dazu, nach Dingen zu suchen, für die damals noch kein Händler etwas bezahlt hätte. Telefonapparate, Taschenlampen und anderes technisches Zeug weckten sein besonderes Interesse. Einmal fand er neben den Trümmern eines Doppeldeckers einen schön gearbeiteten kleinen Holzkasten mit Skalen, Drehknöpfen, Spulen aus Kupferdraht und seltsamen Glühlampen. Obwohl er von der Funktion des seltenen österreichischen Funkgeräts keine Ahnung hatte, nahm er es sorgsam wie eine Schmuckschatulle an sich. Er konnte nicht ahnen, welche Bedeutung es für ihn und das Fort einmal erlangen sollte. Auch ein österreichischer Militärkompass, eine Bussole von Bezard, hatte es ihm angetan. Quirino trug ihn auf seinen Streifzügen stets wie ein Amulett um den Hals, als gäbe er ihm die Sicherheit, immer wieder nach Hause zu finden.

»Was ist denn mit dem Kompass passiert, wieso liegt denn der Pasubio auf einmal im Norden statt im Osten?« Quirino schaute ratlos auf die Radiumnadel.

»Das Eisen, die Nadel wird vom Eisen abgelenkt. Du darfst ihn nicht auf die Granatsplitter legen«, erläuterte Roberto altklug.

Quirino hielt den Kompass vorsichtig an ihre verschiedenen Funde, die Stacheldrahtrollen, die Kochgeschirre aus Aluminium, die Messingzünder, und studierte fasziniert die unterschiedliche Wirkung der Metalle. Vermoderte Holzbretter und Ledersohlen, die er dazwischenschob, konnten die unsichtbare Wirkung des Eisens offensichtlich nicht aufhalten, und nach einigen weiteren Experimenten hatte er verstanden, wie er mit dem Bezard durch die Grasnarbe hindurch vorhersagen konnte, ob sie darunter einen lohnenden Eisensplitter finden würden oder nur einen wertlosen Kalkstein.

Je mehr die Carbonaris schon abgesucht hatten, desto weiter mussten sie sich von ihrem Dorf entfernen, um noch etwas Lohnendes zu finden, und so kam es, dass sie im Sommer manchmal in den Bergen übernachten mussten. Die Not in den Städten trieb zusätzlich Sammler aus den Tälern auf die Hochebene. Prügeleien um wertvolle Funde häuften sich, es kam zu gegenseitigen Diebstählen, und am Ende musste Quirino ihre aufgestapelten Granaten bewachen, bis sie von Paolo abgeholt werden konnten. Ihre Ausbeute wurde immer geringer, und schließlich mussten sie sogar alte Stacheldrahtverhaue aufdröseln, um am Abend nicht mit leeren Händen dazustehen.

Eines Tages beobachteten Fortunato und Roberto eine Gruppe gut gekleideter Herren, die mit Spazierstöcken und Wanderhüten bewaffnet einen der alten Schützengräben entlanggingen, neugierig in verfallene Unterstände blickten, mit den Händen auf Almen und Berge deuteten und angeregt miteinander debattierten. Als sie sich in einem der Gräben begegneten, stellte sich heraus, dass sie ehemalige österreichische Offiziere waren, die während der großen Offensive im Mai 1916 hier in Stellung gelegen hatten und nun alte Erinnerungen aufleben ließen. Einer von ihnen hielt Roberto den kunstvoll verzierten Kupferring einer 8-Zentimeter-Granate hin.

»Sagen Sie, haben Sie vielleicht so etwas schon einmal hier gefunden? Ich würde Ihnen fünfzehn Lire für so ein Stück geben.«

Roberto und Fortunato sahen sich an. Fünfzehn Lire waren eine Menge Geld für so ein kleines Stück Kupfer, dafür musste man in der Fabrik in Trient einen ganzen Tag arbeiten. Sie hatten zwar in einer verfallenen Batteriestellung schon mal einige Messinghülsen gefunden, in die der österreichische Doppeladler, Regimentsbezeichnungen oder unanständige Figuren geritzt gewesen waren, aber sie hatten ihnen keinen besonderen Wert beigemessen und sie Paolo wie immer für ein paar Centesimi mitgegeben. Fortunato schüttelte mit einer Mischung aus Bedauern und Verständnislosigkeit den Kopf, und die Herrengesellschaft zog fröhlich schwatzend weiter.

»Sag mal, Papa«, fing Quirino beim Abendessen an, »du hast doch gesagt, dass die Österreicher dir Geld für einen verzierten Kupferring aus dem Krieg geboten haben, oder?«

Fortunato und Roberto sahen ihn fragend an.

»Er hat doch nicht gesagt, dass der Ring schon während des Kriegs verziert worden sein muss?«

Quirino musste nicht weiterreden, sie hatten sofort verstanden. Am nächsten Tag lieferten sie weder Messinghülsen noch Kupferbänder an Paolo Morelli ab. Stattdessen säuberten sie ihre Funde abends im Spülstein der Küche und breiteten sie auf dem Esstisch aus. Mit Nadeln, Messern, einer Eisensäge und einem kleinen Hammer versuchten sie nun, die Stücke irgendwie zu verzieren. Die ersten Versuche sahen noch kläglich ungelenk aus, aber Roberto und Maria bewiesen bald Talent und stellten mit der Zeit richtige Schmuckstücke her. Trillerpfeifen aus aufgeschnittenen Patronenhülsen, Armbänder und Amulette aus Kupfer, Brieföffner aus heimtückisch scharfen Granatsplittern, Tintenfässer aus Geschossböden, Briefbeschwerer aus polierten Zündern, Blumenvasen aus geköpften Eierhandgranaten, Kruzifixe aus Stacheldraht – der Fantasie waren bald keine Grenzen mehr gesetzt. Ihr Meisterwerk jedoch waren Sträuße aus blühenden Alpenveilchen. Patronenhülsen, aufgeschnitten und geschält wie Bananen, bildeten die Blüten, und aus angelötetem Telefondraht und Dosenblech formten sie die Blumenstängel und Blätter.

Anfangs boten Maria und Eliana die Sachen noch österreichischen Besuchern auf den Soldatenfriedhöfen in Folgaria und Carbonare an, aber bald kamen die Kunden sogar zu ihnen nach Hause, um ihre originalen Kriegsfunde zu kaufen. Auch Alberta Toller holte sich einige Stücke, um ihre Gaststube damit zu schmücken, was die durstigen und hungrigen Schlachtfeldtouristen lobend bemerkten, wenn sie nach ihren Friedhofsbesuchen und Geländeerkundungen bei ihr einkehrten.

Vom Erlös ihres Handels kauften sie für die beiden Jungen in Rovereto Zündsteine, Reibräder und Dochte, damit sie aus leeren Patronenhülsen Feuerzeuge herstellen konnten. Maria hingegen bekam ein Sortiment Punzen, Stichel und Feilen, mit dem sie Messingkartuschen mit nostalgischen Motiven ziselierte.

Am Ende des Sommers zimmerte Silvano Longhi ein Schaufenster für ihr kleines Häuschen, um darin ihre Ware auszustellen. Schließlich wurde es Fortunato zu anstrengend, das Rohmaterial selbst zu suchen, und so ließ er sich die Funde von Paolo gegen gutes Geld bringen. So brachte der Krieg den Carbonaris, die seit Generationen arme Tagelöhner in Palera gewesen waren, zum ersten Mal einen bescheidenen Wohlstand.

Ende August war das Fort Martinella wieder einmal Gesprächsthema im Dorf. Fremde hatten in seinem Frontgraben eiserne Hindernispfähle gestohlen und waren dabei auf eine intakte italienische 28-Zentimeter-Granate gestoßen. Der Fund war offensichtlich sogar den Schrottdieben zu brisant gewesen, denn sie hatten den Blindgänger einfach liegen gelassen. Der Gemeindehirte hatte daraufhin bei der Gemeindeverwaltung in Folgaria Anzeige erstattet, damit Pioniere des italienischen Militärs die Granate sprengen oder abholten, bevor eine seiner Kühe damit in die Luft flöge.

Die Granate, so wurde gemunkelt, sei noch völlig unbeschädigt, und so beschloss Roberto, abends zum Fort hinaufzugehen, um sich den Zünder und das Führungsband zu sichern. Aus einem so langen Kupferring ließe sich bestimmt ein richtiges Kunstwerk machen.

Nach dem Abendessen machte er sich auf und schlenderte nachdenklich die Armierungsstraße zum Fort entlang. Er hatte sich in letzter Zeit häufiger gefragt, ob es nicht sicherer sei, lieber die Finger von den alten Kriegsüberresten zu lassen und das Schicksal nicht weiter herauszufordern. Er kam jetzt in ein Alter, in dem für ihn nicht mehr allein das Hier und Jetzt zählte, sondern auch begann, Zukunftspläne zu schmieden. Das Geschäft mit den Kriegsandenken hatte ihm erstmals gezeigt, dass Leben nicht nur Schicksal sein musste, sondern auch gestaltet werden konnte – sogar von einem Carbonari.

Er schlich sich an das Fort heran und stellte beruhigt fest, dass das Militär noch keine Wachen rund um den Blindgänger aufgestellt hatte. Im Vorbeigehen bemerkte er, dass jemand schon einige der stählernen Fensterläden abmontiert hatte. Ja, in dem Fort steckte mehr Eisen, als die ganze Familie Carbonari in einem Leben hätte sammeln können.

Der Blindgänger lag säuberlich freigelegt im felsigen Frontgraben.

›Wie ein schlafendes Baby‹, dachte er, ›mit seinen fünf Zentnern muss es für die Mutter eine schwere Geburt gewesen sein.‹ Roberto musste schmunzeln. Da stand er vor dem leibhaftigen Verderben und dachte ans Kinderkriegen. Er strich mit der Hand die Rundung der Granate entlang, sanft rieb er die Geschossspitze zwischen Daumen und Zeigefinger. Trotz seiner Kälte und Härte fühlte sich der Stahl angenehm an, seine Stromlinienform gab ihm etwas Geschmeidiges, und unwillkürlich musste er an die kalten Nächte des letzten Winters denken, die er gemeinsam mit Elisabetta unter ihrer Bettdecke verbracht hatte. Robertos Fantasien wurden jäh unterbrochen, als seine Finger das scharfkantige Führungsband berührten, in das sich beim Abschuss die spiraligen Züge des Kanonenrohrs eingeprägt hatten.

Geräusche aus den Schießscharten der Grabenstreiche ließen ihn aufhorchen. Sollte Elisabetta etwa wieder ihren Spuk hier treiben? Aber nein, das konnte nicht sein, er hatte sich beim Weggehen vergewissert, dass sie noch bei den anderen in der Küche saß. Bestimmt waren es Murmeltiere oder Ratten, die in den Gängen des Forts unterwegs waren.

Die Scharten für die Maschinengewehre waren paarweise angeordnet, jetzt blickten sie aus den nackten Stahlwänden auf ihn herab wie die leeren, geheimnisvollen Augenhöhlen eines Totenkopfes.

Basil Perprunner hatte einmal versucht, ihm den Zweck dieser Anlage zu erklären. Das Bauwerk lag heimtückisch geduckt in der äußeren Grabenwand und war daher von fern nicht zu sehen. Wäre es den Italienern gelungen, in den Graben einzudringen, so hätte die acht Meter hohe innere Felswand jedes Weiterkommen vereitelt. Am Boden der deckungslosen Schlucht wären die tollkühnen Angreifer dann der Kaltblütigkeit der Maschinengewehr-schützen in der stark gepanzerten Grabenstreiche wehrlos aus-geliefert und ein Rückzug über die äußere Grabenwand so gut wie ausgeschlossen gewesen – so war jedenfalls die Theorie.

Aber Basil hatte beteuert, dass während des ganzen Krieges niemals ein Italiener bis hierher gekommen sei, dafür hätten er und die anderen Soldaten der Besatzung schon gesorgt. Roberto überlegte, dass er ja jetzt auch Italiener war; wie gut, dass der Krieg schon vorbei war.

Der Mond wanderte, und bald würde die Granate in den Schatten der Grabenwand eintauchen. Roberto nahm leise sei-nen Rucksack ab. Die Rohrzange für den Zünder, den Hammer und den Meißel für das kupferne Führungsband, alles hatte er sorgfältig in alte Lumpen eingewickelt, damit bei seinem nächt-lichen Marsch nichts klappern würde.

›Zuerst den Zünder‹, dachte er, ›damit das Baby ruhig weiter-schläft, wenn ich ihm gleich das Halsband stibitze.‹

Roberto kniete sich hin, setzte die Rohrzange an die sechs-eckige Messingschraube an und brachte sich in Position, um sich mit einem Ruck und unter dem Einsatz seines ganzen Gewichts auf den Hebelarm der Zange zu stützen. Insgeheim schwor er sich, dass dies das letzte Mal sein sollte. Sein Schwur kam zu spät.

Bei seiner Beerdigung wunderten sich die Sargträger, dass ihre Last so ungewöhnlich leicht war, aber Silvano Longhi, der den Sarg gefertigt hatte, erzählte ihnen am Abend im Albergo Stella Alpina, dass man kaum ein Stück von Roberto gefunden hatte und der Sarg demzufolge praktisch leer war. Der Granatsplitter, den seine Geschwister für ihn graviert und ihm mit hineingegeben hatten, war wohl das Schwerste darin gewesen.

»Weißt du noch, Maria, wie wir uns kennengelernt haben? Was haben wir damals auf den Dorffesten gefeiert«, seufzte Fortunato.

»Und ob. Ein wilder Geselle warst du damals. Was haben mich die anderen Mädchen beneidet, dass ich so einen guten Tänzer abbekommen habe.« Sie lächelte ihm müde zu und legte eine Hand auf seinen Arm.

Fortunato sah sie zweifelnd an. Er entstammte einer alten Dynastie von Tagelöhnern, die immer ohne Beruf und eigenen Besitz gewesen waren, und er lebte schon immer von den Arbeiten, die zwar unumgänglich, aber auch ebenso unbeliebt waren. Als er noch jung gewesen war, hatten ihn die jungen Frauen geliebt, weil er so leidenschaftlich tanzen und küssen konnte. Die Burschen im Dorf hatten ihm das geneidet und ihn gleichzeitig wegen seiner Herkunft verachtet. Konflikte waren daher nicht ausgeblieben, und so erinnerte ihn heute sein etwas eingedrückter Nasenrücken an diese Zeit. Aber auch einige seiner Kontrahenten hatten von damals Zahnlücken oder zumindest schmerzhafte Erinnerungen zurückbehalten.

»Und ich erst, was hatte ich für ein Glück, so ein fesches Mädchen zu bekommen.«

Maria sah an ihm vorbei. Sie kam aus der Familie eines Ziegenhirten. Schön war sie damals nicht wirklich gewesen, aber erfahren und willig und daher auch begehrt. Um eine bessere Partie zu machen, hätte sie sich schon früh von einem der Bauern- oder Handwerkersöhne schwängern lassen müssen. So aber war für sie die Auswahl heiratsfähiger Männer mit der Zeit immer kleiner geworden, und am Ende war nur noch Fortunato übrig geblieben.

Sie hätten eine kinderreiche Familie haben können, wenn die Diphterie, durchgegangene Gäule und ihre schmalen Hüften ihr nicht so eine hohe Kindersterblichkeit beschieden hätten. Wie groß war daher ihre Freude gewesen, mit Roberto endlich einen eigenen gesunden Sohn zu haben. Und nun war er tot.

»Es war ein Fehler, die Sache mit der Munition anzufangen«, sagte Fortunato. Er hatte sich nach vorn gebeugt und seine Stirn auf beiden Daumen abgestützt.

»Nein, es war Schicksal. Wäre Roberto früher geboren worden, wäre er vielleicht im Krieg gefallen. Wäre er Gemeindehirte geworden, wäre er und nicht der arme Luigi im letzten Sommer auf der Martinella vom Blitz erschlagen worden. Hochwürden

Fontana hat es oft genug gesagt, unser Schicksal liegt in Gottes Hand. Du solltest aufhören, dir Vorwürfe zu machen.«

Fortunato richtete sich auf und sah ihr ins Gesicht.

»Elisabetta hat es gewusst! Hätte ich doch damals nur verstanden, was sie mit ihrer Weissagung gemeint hat!«

Maria hielt sich die Hand vor den Mund und schaute mit feuchten Augen auf die Fotografie an der Wand, von der Robertos Gesicht mit jugendlichem Optimismus in ihre karge Stube strahlte.

Die Andenken in ihrem kleinen Lädchen und ihre private Sammlung besonders schöner Stücke verkauften sie noch, dann hängten sie einen schwarzen Vorhang in das Schaufenster. Die Carbonaris gaben das Geschäft mit der Erinnerung auf.

Juni 1921

Die Totenpolizei

»Guten Abend, mein Herr. Wir benötigen vier Betten für zwei Wochen. Haben Sie noch so viel Platz in Ihrem Albergo?«, erkundigte sich der Korporal über den Schanktisch, während seine drei Kameraden unschlüssig die Gaststube musterten. »Was sucht denn das Militär bei uns?«, fragte Sergio Toller. »Ist denn schon wieder Krieg?«

»Wir sind nicht von der Armee«, erwiderte einer aus der Gruppe, »sondern von der Polizia Mortuaria – der Totenpolizei.«

Silvano Longhi, Fortunato Carbonari und Paolo Morelli unterbrachen ihre Unterhaltung und schauten zu den Uniformierten herüber.

»Wir hatten schon die Carabinieri aus Rovereto hier, als der Senner von der Malga Maronia verschwunden war, die Polizia aus Folgaria, weil im Albergo angeblich der Wein gepanscht war, und die Finanzieri aus Trient, um die Steuerabgaben von Paolo zu prüfen. Aber was um alles in der Welt wollt ihr denn bei den Toten kontrollieren?«, ereiferte sich Fortunato halb im Ernst und halb im Spaß.

Wie sich herausstellte, hatte die italienische Regierung beschlossen, die zahlreichen verstreut liegenden Soldatenfriedhöfe aufzulösen und die Toten auf großen zentral gelegenen Anlagen zu bestatten. Denn die alten Friedhöfe waren während des Krieges spontan und planlos hinter den Schlachtfeldern angelegt worden und lagen daher häufig weit außerhalb der Dörfer. Jetzt kamen die Angehörigen der Gefallenen aus Österreich, Polen und der Tschechoslowakei und irrten auf ihrer Suche nach den Gräbern durch wegloses Gelände. Manche Ruhestätte war schon von Büschen überwachsen und gar nicht mehr zu erkennen, und viele der hölzernen Namensschilder waren durch die Witterung unleserlich geworden.

Fortunato hatte als Totengräber schon einige Gräber auf dem Dorffriedhof geöffnet, wenn sie nach 25 Jahren aufgelöst worden waren. Außer ein paar Knochenresten war da nicht mehr viel zu sehen gewesen.

Einmal aber hatte er bei der gerichtlich angeordneten Exhumierung der jungen Martha Dosseli mithelfen müssen, als der Verdacht aufgekommen war, sie sei keines natürlichen Todes gestorben. Die Dosseli war noch kein Jahr tot gewesen, und der Anblick des geöffneten Sargs hatte Fortunato damals wochenlang durch seine Träume verfolgt. Und jetzt sollten hier Hunderte Leichen ausgegraben werden, die höchsten sechs Jahre unter der Erde gelegen hatten?

»Habt ihr denn so etwas überhaupt schon einmal gemacht?«, fragte Fortunato daher in einer Mischung aus Neugierde und Mitgefühl mit den jungen Männern.

»Wir kommen gerade vom Monte Ortigara! Steiniger Boden, glühende Hitze, Schlangen, alles, was man braucht. Dagegen sind eure Kuhweiden hier ein Kinderspiel. Wir könnten übrigens noch Hilfe gebrauchen«, antworte der Älteste von ihnen.

Die österreichischen Toten sollten nach Folgaria auf den Soldatenfriedhof unterhalb der Kirche gebracht werden, die Italiener auf die andere Seite der alten Reichsgrenze. So wären auch für die Zukunft Konflikte zwischen den alten Feinden ausgeschlossen. Das Holz für die Särge würde zugeschnitten angeliefert, aber die Kisten müssten noch zusammengenagelt werden. Auch könne man noch einen Lastwagen samt Fahrer für den Transport der Särge gebrauchen. Der Leiter der Gruppe hatte Vollmachten, und noch am gleichen Abend unterschrieben Fortunato Carbonari als Totengräber, Silvano Longhi als Zimmermann und Paolo Morelli als Fuhrunternehmer ihre Verträge.

Sie begannen ihre Arbeit bei den großen Friedhöfen, die neben den ehemaligen Feldlazaretten und Seuchenanstalten bei Monte Rover, Slaghenaufi und Carbonare angelegt worden waren. Da Sommer war, brachen sie morgens immer schon kurz nach Sonnenaufgang auf, wenn die Hitze noch erträglich und die Fliegen noch träge waren.

Die Männer von der Totenpolizei hatten große Korbflaschen mit Wein aus den venezianischen Bergen dabei, um die Bilder und Gerüche der Toten hinunterzuspülen, sodass sie die Arbeit nach der langen Mittagspause meist Fortunato und den anderen Helfern überlassen mussten.

Den einfachen Arbeitern aus den umliegenden Dörfern fehlte allerdings die Übung im Lesen und Schreiben, und manche Leiche wechselte an diesen Nachmittagen nicht nur ihre Liegestätte, sondern auch ihren Namen. Überhaupt war die Identifizierung nicht einfach, und viele wurden als »unbekannt« bestattet.

Die österreichischen Vorschriften besagten zwar, dass die Soldaten Legitimationskapseln aus Blech um den Hals tragen mussten, aber die dort eingelegten Legitimationsblätter mit ihren persönlichen Angaben mussten bei ihrer Beerdigung aus den Kapseln genommen werden, und nur wenige hatten auf eigene Faust ihren Namen in die Messingkapseln graviert. Die Vorschriften zogen zwar in Betracht, dass Soldaten fallen könnten, aber nicht, dass man sie dann Jahre später noch einmal umbetten würde.

Die Gebeine hatten sich in dem kalkhaltigen Boden der Hochebene gut erhalten, und so versuchten die Arbeiter anfangs noch, sich die jeweilige Todesursache anhand zertrümmerter Knochen oder fehlender Gliedmaßen auszumalen, aber dieses Interesse erstarb bald durch den immer wiederkehrenden Anblick der Toten. Einmal jedoch lag eine Grabstätte in einer sumpfigen Wiese, und Fortunato lernte von einem Korporal der Totenpolizei, was eine Wachsleiche war. An diesem Abend kehrten auch die Arbeiter betrunken nach Hause zurück.

Die Einwohner der umliegenden Dörfer verfolgten die Exhumierungen anfangs mit Neugierde. Besonders den Frauen und Kindern fehlten die direkten, grausamen Erfahrungen des Krieges, sie kannten den Tod nur von den abstrakten Verlustlisten des Kriegsministeriums und den Todesanzeigen in den Zeitungen. Aber nach den ersten scheuen Blicken über die Schultern der Arbeiter war ihr Bedarf an diesen Bildern meist nachhaltig gedeckt.

Selten kamen Angehörige, die von der Arbeit der Totenpolizei erfahren hatten, und versuchten eine Umbettung auf einen Friedhof in ihrer Heimat zu erreichen. Die finanziellen und behördlichen Hürden waren aber meist zu groß, zumal die meisten Gefallenen von der anderen Seite der neuen Landesgrenze stammten.

Als sie die größeren Friedhöfe aufgelöst hatten, wandten sie sich den kleinen Grabstätten und Einzelgräbern in der Nähe der alten Front zu. Hinter der Kaserne des Forts Martinella waren die Gefallenen dieses Abschnitts begraben worden. Die meisten waren Standschützen, die in den Stützpunkten rund um das Fort zu Tode gekommen waren, oder Landstürmer, die auf der Armierungsstraße beim Transport von Munition und Lebensmitteln dem Streufeuer der italienischen Artillerie zum Opfer gefallen waren.

Die Besatzung hatte von ihren Vorräten für die ständigen Reparaturarbeiten am Fort ein paar Zentner Beton abgezweigt und damit ein rührend anmutendes Denkmal errichtet. Links und rechts von einem Obelisken hielten zwei 28-Zentimeter-Granaten Wache, seine Spitze krönten ein erbeuteter italienischer Adrian-Helm und zwei gekreuzte Alpini-Stutzen. Vier 15-Zentimeter-Granaten markierten die Ecken eines kleinen Ehrenhains um das Denkmal. Die Gräber, es mochten etwa ein Dutzend sein, waren von den jeweiligen Einheiten mit unterschiedlichem Können und Aufwand geschmückt worden.

Drei große Grabsteine aus solidem Beton stachen besonders hervor. Akkurate Jugendstillettern wiesen auf Dienstgrad, Namen, Einheit und Todesdatum hin: Kan. Karl Hedelmaier, Kan. Paul

Simeczek und Kan. Josef Zapleta, alle drei vom Festungsartilleriebataillon, alle drei gefallen am 16.8.1915.

»Die drei habe ich vor dem Krieg noch selbst im Dorf kennengelernt. Basil Perprunner hat mir von ihrem traurigen Schicksal erzählt. Es waren die einzigen Soldaten, die im Fort zu Tode gekommen waren, die anderen hier starben im Feld«, sagte Fortunato Carbonari zu dem Korporal der Totenpolizei. Er kannte natürlich auch die Geschichte von Elisabetta und dem Kanonier Zapleta, aber die behielt er lieber für sich.

Fortunato grub dieses Mal besonders sorgfältig, um den Gebeinen keinen Schaden zuzufügen. Bei Kanonier Hedelmaier hätte er sich diese Pietät allerdings sparen können, denn in seinem Grab lag nur ein wirrer Haufen von Knochenresten.

»Mein Gott, den hat es aber gründlich erwischt«, murmelte ein Arbeiter betroffen.

Fortunato musste bei dem Anblick an seinen Sohn Roberto denken, der letztes Jahr hier oben mit der Granate in die Luft geflogen war. Er hatte es damals vermieden, Robertos Überreste selbst in den Sarg zu legen, aber gleich nach der Beerdigung hatte er schon bereut, dass er nicht persönlich von ihm Abschied genommen hatte. Jetzt fehlten ihm die Bilder, an denen er die Erinnerung an sein Ende hätte festmachen können.

Fortunato sortierte die Knochen in die bereitgestellte kleine Holzkiste, die ein Sarg sein sollte. Instinktiv versuchte er, die Gebeine in der Ordnung hinzulegen, die einem friedlich Gestorbenen zugestanden hätte.

»Schau mal, Fortunato, der eine Arm ist ja viel länger als der andere«, stellte ein Arbeiter fest.

»Bei dem hier nebenan ist es genauso. Wahrscheinlich musste das bei den Artilleristen so sein«, erwiderte der Korporal lachend und deutet auf die Überreste von Simeczek.

»Da hat sich aber einer wenig Mühe gegeben«, tadelte Fortunato den unbekannten Bestatter und tauschte die Arme so aus, dass sie wieder zueinanderpassten.

»Wer sagt dir denn, dass die Arme jetzt bei den Richtigen liegen?«, fragte der Korporal. »Vorher hatte jeder der beiden zumindest einen Arm, der auch zu ihm gehörte. Nun stehen, die Chancen 50 zu 50, dass beide Arme falsch sind.« Fortunato starrte den Korporal verständnislos an, dann dämmerte ihm, was er angerichtet hatte. Er wollte die Knochen gerade wieder zurücklegen, als der Korporal ihn davon abhielt. »Lass gut sein, so wird es vielleicht noch viel schlimmer. Die Toten haben deinen guten Willen gesehen, ich denke, wir sollten es dabei bewenden lassen.« Fortunato war dankbar, dass ihm der Korporal aus der Klemme geholfen hatte.

»Jetzt noch den Zapleta hier, und wir sind für heute fertig«, sagte ein Arbeiter und wollte schon den Spaten ansetzen.

»Geht ihr schon mal zusammenpacken«, unterbrach ihn Fortunato und legte seine Hand auf den Spaten des Arbeiters, »ich mache das hier schon.«

Zapletas Leiche war in deutlich besserer Verfassung als die der anderen Artilleristen. Sein Schädel war an der linken Seite eingedrückt, sonst wiesen seine Knochen keine weiteren Hinweise auf die Todesursache auf. Seine rechte Hand war noch geschlossen, und ein Kettchen aus Messing schaute daraus hervor.

Fortunato sah sich um. Die anderen waren schon dabei, zusammenzuräumen, oder sie warteten unter den Tannen im Schatten. Für einen Moment war ihm, als hätte er zwischen den Bäumen Elisabetta gesehen, aber er konnte sich täuschen und wollte jetzt nicht die Aufmerksamkeit der anderen wecken. Leichenfledderei war streng verboten bei diesem Unternehmen. Die Totenpolizei hatte sie zuvor auf die drakonischen Strafen hingewiesen, aber meist waren die Soldaten schon bei ihrer Beerdigung durchsucht worden, um ihre persönlichen Wertgegenstände an die Angehörigen senden zu können, oder aber schon davor von eigenen Kameraden oder den Feinden, denen die Totenpolizei diese Vorschriften nicht vorgelesen hatte.

Aber in diesem Fall ging es um eine Familienangelegenheit im weiteren Sinne, sagte sich Fortunato ohne Gewissensbisse. Vorsichtig öffnete er die Hand Zapletas, nahm die Kette mit der Legitimationskapsel und ließ sie unauffällig in seine Westentasche gleiten.

Dieses Mal war es ausnahmsweise nicht Paolo Morellis Lastwagen, mit dem die Särge transportiert wurden. Im Nachbardorf gab es eine Gruppe von Pfadfindern, die ständig auf der Suche nach Möglichkeiten waren, gute Taten zu tun. Und so durften sie diese besonderen Särge nach Folgaria tragen, wo Hochwürden Fontana sie feierlich und unter überraschend großer Anteilnahme der Dorfbewohner einsegnete.

»Es hat mich gewundert, wie viele heute ihre Arbeit stehen und liegen gelassen haben, um an der Beerdigung der drei Soldaten teilzunehmen«, sagte Basil Perprunner in die Runde am langen Tisch im Albergo.

Alberta Toller stellte einen Krug Teroldego auf den Tisch.

»Für dich erscheint das seltsam, Basil, du warst ja damals hier und hast alles miterlebt. Aber denk mal an die vielen, die die Gräber ihrer Lieben niemals sehen werden, weil sie vermisst sind oder in Polen oder Russland beerdigt wurden. Für sie war es das erste Mal, dass Soldaten beerdigt wurden, die sie selbst gekannt haben.«

»Da hast du schon recht, Alberta. Und diese drei Artilleristen waren ja fast schon Einheimische. Ein ganzes Jahr waren sie hier, bevor sie fielen«, stimmte Basil ihr zu.

»Weißt du noch, wie Elisabetta Carbonari immer hinter dem einen her gewesen war?«, erinnerte sich Enzo Capeletti. »Er hat mir ja schon ein bisschen leidgetan. Die anderen haben ihn damit immer aufgezogen, aber er hatte wohl Mitleid mit dem Mädchen, und daher hat er sie nicht davongejagt.«

»Ob die beiden wohl etwas miteinander hatten?«, überlegte Ugo Zobele.

»Unsinn«, empörte sich Basil, »der Zapleta war ein feiner Kerl. Etwas einfach gestrickt vielleicht, aber gegenüber Elisabetta war er immer anständig. Das hat jeder so gesehen da oben im Fort.«

»Die arme Elisabetta, ihr glaubt nicht, was sie damals gelitten hat, als wir in Mitterndorf im Lager waren. Lucia, unsere Lehrerin, musste immer Briefe für sie an den Soldaten schreiben«, sagte Alberta.

»Und ich musste sie dann Zapleta vorlesen und die Antworten aufsetzen«, ergänzte Basil. Die beiden schauten sich an und brachen in Gelächter aus.

»Da hätte ich ihr ja auch gleich selbst schreiben können«, scherzte Basil. Alberta zog es vor, vor all den Männern in der Gaststube darauf nichts zu erwidern.

»Silvano Longhi und seine Mutter wären vielleicht froh, wenn sie auch ein Grab hätten, auf dem ›Fabrio‹ stehen würde«, warf Ugo ein.

»Ach ja, Fabrio. Was aus dem wohl geworden ist?«

Basils Frage war an diesem Tisch schon häufig besprochen worden, stets ohne greifbares Ergebnis, und auch dieses Mal war sie das Signal dafür, nach einem neuen Gesprächsthema zu suchen.

Als Fortunato nach Hause kam, war er wie immer müde von der Arbeit, von der Sonne und vom Wein.

»Na endlich kommst du, ich weiß wirklich nicht mehr weiter mit Elisabetta. Erst war sie den ganzen Tag unterwegs auf der Martinella, und seitdem sie wieder hier ist, rennt sie unentwegt durch die Stube und heult und zappelt herum. Kannst du dir vorstellen, was sie hat?« Maria rechnete natürlich nicht ernsthaft damit, dass ihr Mann das wissen könnte.

»Hab so eine Ahnung«, murmelte Fortunato und ließ erkennen, dass ihm jetzt nicht nach langatmigen Erklärungen war.

Elisabetta kam langsam auf ihn zu. Sie drehte ihren Rocksaum zwischen den Fingern und vermied es, ihn anzusehen.

»Hast du mir etwas mitgebracht?«, fragte sie.

»Ja, meine Kleine. Hier ist ein Andenken an deinen Soldaten. Du hast mir einmal gesagt, dass die Taschen eines Toten leer sein müssen, sonst kann er nicht in den Himmel kommen. Aber du darfst es niemandem zeigen und keinem sagen, woher du es hast, sonst komme ich ins Gefängnis.«

Fortunato nahm ihre Hand, legte ihr die Legitimationskapsel hinein und schloss ihre Finger darum. Als sie ihn fragend anschaute, legte er nur den Zeigefinger an seine Lippen, um sie an ihre Verschwiegenheit zu gemahnen. Elisabetta ging hinaus und setzte sich auf die Holzbank neben der Haustür. Abwechselnd schloss sie die Augen und sah in ihre Hand. An diesem Abend sprach sie kein Wort mehr.

Elisabetta hielt sonst immer ein Versprechen, das sie gegeben hatte. Wenn sie auch nicht immer alles verstand, was man ihr auftrug, zuverlässig war sie in jedem Fall. Aber was nutzte ihr Fortunatos Geschenk, wenn sie es nicht tragen durfte? Und so dauerte es nicht lange, bis es doch sauber poliert um ihren Hals hing.

»Weiß du was, Elisabetta, ich werde dir ein schönes Bild eingravieren«, bot Maria an, um ihr eine Freude zu machen. »Was hättest du denn gerne darauf?«

»Gesicht von Josef«, war die knappe Antwort.

»Das kann ich nicht, dazu bräuchte ich eine Fotografie von ihm, und die habe ich nun einmal nicht. Wie wäre es mit einem Edelweiß?«

»Peter Klepec«, erwiderte Elisabetta.

»Wer ist das denn?«, fragte Maria erstaunt.

»Märchen von Josef.«

»Das musst du mir jetzt aber einmal genauer erklären.«

Maria setzte sich zu ihr auf die Küchenbank und hörte zu.

Die Franzosen kommen

Capitano Maranza hätte sich am liebsten die Ohren zugehalten. Die Lobeshymnen von Colonel Mangin und seinen Begleitern hatten etwas Demütigendes. Den ganzen Vormittag hatte er die französische Militärkommission durch das Fort Martinella geführt, und durch jede Kasematte, durch jeden Panzerstand war aufs Neue ihr »Aah« und »Ooh« und »Incroyable« gehallt. Ihre leuchtenden Augen waren den Lichtkegeln der Taschenlampen gefolgt, aufmerksam hatten sie den Erläuterungen des Dolmetschers gelauscht, und alles hatten sie mit ihren Händen betatschen müssen, als könnten sie gar nicht glauben, dass dies alles wirklich war und keine Illusion.

An jedes kleine Detail hatten die Österreicher beim Bau des Forts gedacht, für jede denkbare Panne hatten sie die erforderlichen Ersatzteile und Werkzeuge bereitgehalten. Er brauchte nur an die Beleuchtung des Forts zu denken. Den Strom für die elektrischen Glühlampen erzeugten zwei Dieselaggregate. Fiel ein Aggregat aus, genügte das andere für den gesamten Bedarf. Blieb auch dieses stehen, standen Akkumulatoren mit einer Kapazität für sechs Stunden Betrieb bereit. Waren selbst die Akkumulatoren leer, gab es Petroleumlampen in jedem Raum. Ging davon eine kaputt, lagen im Lampenmagazin Ersatzdochte und Reservegläser bereit. War das Petroleum alle, konnte immer noch im Kerzenlicht gearbeitet und gekämpft werden. Das Fort war ausgerüstet wie ein Schiff auf Weltreise und gebaut für die Ewigkeit.

Maranza konnte Mangins Begeisterung gut verstehen. Ihm war es bei seiner ersten Besichtigung ähnlich ergangen, und gerade deshalb ärgerte er sich jetzt ganz besonders darüber, dass Mangin auch noch das völlig zertrümmerte italienische Fort Verena besichtigen wollte, diese billige Fehlkonstruktion, diesen ewigen Schandfleck der Festungsbaudirektion in Verona. Es bereitete ihm große Mühe, seinen Gast davon abzubringen. Der direkte Vergleich der österreichischen und italienischen Bauweise, vor allen Dingen bei der Sorgfalt im Detail, wäre in den Augen eines Unparteiischen sicher vernichtend für die Italiener ausgefallen.

1907 hatte er sich noch mehrfach bemüht, die Leitung beim Bau des Forts Verena zu bekommen, aber gegen die älteren Offiziere in der Direktion hatte er natürlich keine Chance gehabt. Aber als dann eine Untersuchungskommission für die überraschend schnelle Vernichtung des Forts eingerichtet wurde, war er froh gewesen, in dieser Kommission zu sitzen und nicht davor.

»Sie haben wirklich schöne Sachen gebaut, die Österreicher, sehr durchdacht, fast schon verspielt. Wenn sie auch noch gute Soldaten gewesen wären, hätte der Krieg hier ganz anders ausgehen können«, resümierte Mangin, während ihr Wagen die Armierungsstraße hinunterrollte.

Maranza suchte nach Worten, die Überheblichkeit des Colonels hatte sein diplomatisches Reservoir schon längst erschöpft. Drei Jahre lang hatten sie keinen einzigen ernst zu nehmenden Sieg gegen die ausgehungerten Österreicher und ihre geknechteten Völker erringen können, und wären ihnen am Ende die Franzosen und Engländer nicht zu Hilfe gekommen, hätte irgendwann auch in Venedig wieder die schwarz-gelbe Flagge der Habsburger geweht. Maranza erinnerte sich mit bitteren Gefühlen an die letzten Kriegstage 1918, als sie das Wettrennen mit den Engländern um den ersten Schritt über die alte Reichsgrenze verloren hatten. Der Krieg hatte der königlich italienischen Armee schon genügend Demütigungen bereitet, musste dieser französische Colonel jetzt, drei Jahre nach Kriegsende, immer noch ihre verwundeten Seelen peinigen?

»Tja, Colonel Mangin, der Weltkrieg war eben der Triumph der Industrie. Mit Tapferkeit allein war da nichts zu machen. Das hat die glorreiche französische Armee ja am eigenen Leibe erfahren müssen. Die verlausten Deutschen haben Sie auch erst aus ihren Schützengräben jagen können, als die Amerikaner die Schlachtfelder mit ihren frischen Divisionen überschwemmt hatten. Wer weiß, wie der Krieg ausgegangen wäre, wenn die Deutschen 1917 nicht blindwütig das amerikanische Passagierschiff Lusitania versenkt hätten.«

Das saß. Mangin blickte missmutig geradeaus auf die Straße, während sich Maranza entspannt in den Sitz sinken ließ.

»Bitte entschuldigen Sie mich jetzt, Colonel, ich muss hier in Palera noch ein kurzes Gespräch führen, dann fahren wir weiter zu den anderen österreichischen Festungen. Sie können sich in der Zwischenzeit im Albergo des Dorfes etwas frisch machen.«

Der Wagen hielt vor Silvanos Schreinerei. Capitano Maranza stellte zufrieden fest, dass der Wiederaufbau Paleras gute Fortschritte gemacht hatte. Die Ruine der armseligen Kirche war einem imposanten Neubau gewichen. Schlicht zwar, vielleicht etwas zu groß für eine so kleine Gemeinde, aber immerhin zweckmäßig. Der frei stehende Campanile symbolisierte mehr als alles andere, dass das Dorf nun zu Italien gehörte.

Silvanos Werkstatt wirkte fast jungfräulich, an den Decken und in den Winkeln gab es noch keine verstaubten Spinnennetze, das Sägemehl auf den Scheiben war noch hell wie Buchenholz und die Balken des Dachstuhls hatten sich noch nicht unter der Last des Winterschnees gebeugt. Hier zumindest waren die österreichischen Reparationszahlungen wirklich angekommen.

»Guten Tag, Capitano.« Silvano versuchte sich vergebens an den Namen des Offiziers zu erinnern. »Was führt Sie denn hierher?«

»Guten Tag, Herr Longhi. Ich hatte Ihnen vor einiger Zeit versprochen, mich noch einmal bei Ihnen zu melden. Es geht um Ihren Vater, Fabrio Longhi.«

»Haben Sie etwa etwas über sein Verschwinden herausbekommen?«

»Leider nein. Es gibt bei keiner italienischen Behörde einen Hinweis auf diesen Namen oder eine Person, auf die seine

Beschreibung passen würde. Und ich habe mich auch bei solchen Stellen erkundigt, von denen normalerweise niemand etwas erfährt. Der Grund für das Verschwinden Ihres Vaters kann also nur auf der österreichischen Seite zu finden sein.«

Offensichtlich hatte Maranza wirklich alle seine Beziehungen genutzt, um Licht in das Schicksal seines Vaters zu bringen. Silvano sah keinen Grund, an seiner Aussage zu zweifeln. Auch wenn es ihn nicht weitergebracht hatte, war er doch froh darüber, denn er hatte nun wirklich alles getan, was getan werden konnte, um das Schicksal seines Vaters aufzuklären.

»Ich habe aber noch eine Frage an Sie, Herr Longhi. Können Sie sich erinnern, wer das Fort Martinella damals gebaut hat? Ich meine, wer die Baustelle geleitet hat?«

»Das war Hauptmann Haschek, Stanislaus Haschek. Er hat es geplant und später gebaut.«

»Die ganze Zeit? War nicht vielleicht einmal jemand da, dessen Name mit ›R‹ anfängt?«

Silvano sah ihn forschend an. Warum interessierte sich der Capitano auf einmal für die Leute aus der Bauzeit? Der Name des Capos fing mit »R« an. Silvano mochte den Capitano, er hatte ein ehrliches Gesicht und er hatte ihn gut behandelt. Rechenberger hingegen war hinterhältig gewesen und hatte immer nur Angst verbreitet. Nichts sprach dagegen, ihm den Namen zu verraten. Nur vielleicht nicht ohne Gegenleistung.

»Ja, Capitano, da gab es noch einen mit ›R‹.«

»Ja?«

»Wenn ich es Ihnen sage, werden Sie mir dann auch eine Frage beantworten?«

»Wenn ich es kann – und darf.«

»Werkmeister Anton Rechenberger war vom ersten Tag an auf der Baustelle. Er hatte die Aufsicht über die Arbeiter. Er war sogar noch während des Kriegs im Fort, bis zum letzten Tag.«

»Werkmeister – er gehörte demnach zur Geniedirektion in Trient?«

»Ja, genau.«

»Reschenberger, sagten Sie?

»Rechenberger – ch, nicht sch.«

Maranza hielt ihm resigniert sein Notizbuch und einen Tintenstift hin. An seinen Deutschkenntnissen würde er für seine zu-
künftige Aufgabe noch feilen müssen. »Danke, Herr Longhi, das hat mir sehr weitergeholfen. Und
nun zu Ihrer Frage.«

»Die Karte, die Sie letztes Jahr im Fort dabeihatten, die von
dem Überläufer. Sie durften mir damals seinen Namen nicht
verraten. Ich verstehe schon, dass so etwas geheim bleiben muss.
Aber sein Nachname, fing er vielleicht mit ›M‹ an? Und sein Vorname mit ›P‹?«

Maranzas Lippen buchstabierten stumm einen Namen, sein
Nicken war nur zu ahnen, aber als er zu Silvano aufsah, stand in
seinen Augen ein klares Ja.

Als sich der Capitano verabschiedet hatte, schaute Silvano ins
Leere. P. M. – Ponifilio Murano, der Knecht der Perprunners. Das
Fort hatte er nie von innen zu sehen bekommen, er hatte nur die
Gerüchte darüber gekannt, die im Dorf kursierten. Und kaum hatte
Italien im Mai 1915 den Krieg erklärt, war er von seinem Wach-
posten abgehauen und zu den Italienern übergelaufen. Jetzt ver-
stand Silvano, warum Ponifilio als Erster aus der Kriegsgefangen-
schaft zurückgekehrt war und nun behaglich im Gemeindeamt in
Folgaria residierte. Aber was nützte ihm dieses Wissen?

Er hatte nie etwas gegen Ponifilio gehabt, damals nicht und
heute auch nicht. Seine Skizze des Forts war so falsch und wertlos
gewesen, dass sie für die Besatzung keine Gefahr dargestellt hatte.
Und was spielte es jetzt noch für eine Rolle, ob Ponifilio zu den
Verrätern oder zu den Befreiern zählte? Nächste Woche würde er
Rosetta Capeletti heiraten und ein neues Leben beginnen, und
dann wäre es langsam an der Zeit, den Krieg, die Habsburger und
auch seinen Vater hinter sich zu lassen. Eine Frage beschäftigte
ihn aber doch noch: Warum hatte ihn der Capitano nach dem
Capo gefragt?

April 1927

Glauben, gehorchen, kämpfen

V or der Grenze überprüfte die Gendarmerie ihre Pässe und der Zoll ihr Gepäck, hinter der Grenze durchstreiften Carabinieri und Finanzieri die Abteile, um das gleiche Spiel zu wiederholen, während es auf den Bahnsteigen von wichtigtuerischen Uniformträgern der faschistischen Miliz nur so wimmelte. Es war das erste Mal, dass Stanislaus Haschek und seine Familie den Brenner als Staatsgrenze erlebten, so lange waren sie schon nicht mehr in Südtirol gewesen.

Die allgegenwärtigen Parolen an den Bahnhöfen, Rathäusern und Kasernen bezeugten aufdringlich, dass hier jetzt nicht nur eine andere Sprache gesprochen wurde, sondern auch ein anderer Geist herrschte. Hascheks Sohn Adolf hatte vom Zugfenster aus die Aufschriften gezählt. »Credere, obbedire, combattere« – »Glauben, gehorchen, kämpfen« – lag an erster Stelle, gefolgt von »Il Duce ha sempre ragione« – »Der Duce hat immer recht«. Immer ging es um Kampf, Macht oder die glänzende Zukunft Italiens. In Bozen hatte Stanislaus trotz der italienischen Parolen noch die altösterreichische Atmosphäre spüren können, aber beim Halt in Trento, wie Trient jetzt hieß, musste er sich fragen, wie diese Stadt mit ihrem mediterranen Flair jemals zum Habsburgerreich gehört haben konnte.

»Es wirkt alles viel moderner als zu Hause. Mir scheint, die Faschisten haben in den letzten Jahren wirklich etwas bewegt«, stellte Emalie fest und versuchte sich etwas frische Luft zuzufächeln, »aber das Etschtal ist immer noch eine Gluthölle, daran konnten wohl auch sie nichts ändern.«

»Warten wir ab, wie es aus der Nähe aussieht, hinter den Parolen«, erwiderte Stanislaus mit heruntergezogenen Mundwinkeln.

In Calliano nahmen sie den Bus nach Palera. Beim Einsteigen fiel Stanislaus' Blick auf den Schriftzug »Autolinee Morelli«, der sich über die gesamte Seitenwand zog. Ob das wohl der Fuhrunternehmer Paolo Morelli von seiner alten Baustelle war? Ein geschäftstüchtiger, gerissener Hund war der ja gewesen, zwar immer an der Grenze des Legalen, aber dafür auch stets zuverlässig. Die Erinnerung an damals machte ihn unruhig. Was mochte aus den Bewohnern Paleras geworden sein? Ob die Tollers noch ihr Albergo führten, der Postmeister Zobele immer noch seine Stempel bewachte und der kleine Silvano die Tischlerei seines Vaters übernommen hatte? Und vor allen Dingen: Was mochte aus seiner Festung geworden sein?

Der Bus arbeitete sich die steile Bergstraße hinauf, die Luft wurde endlich frischer, und ihm wurde wieder einmal bewusst, warum die Hochebene sich schon früh zur Sommerfrische der Trentiner Beamten und Geschäftsleute entwickelt hatte. Sie stiegen vor dem Albergo aus, das nun nicht mehr Stella Alpina hieß, sondern Stella d'Italia.

Als sie die Gaststube betraten, fiel Stanislaus' erster Blick auf einen Wandfries, der sich rund um den sonst unveränderten holzgetäfelten Raum zog.

»Gefällt es Ihnen?«, fragte Alberta Toller etwas unsicher, als sie sein ratloses Gesicht bemerkte.

»Nun, es ist – modern, oder?« Stanislaus versuchte Zeit zu gewinnen.

»Papa, das ist Futurismus, das steht für das neue Italien«, dozierte Adolf.

»Schau mal, Stani, das ist doch die neue Dorfkirche?« Emalies Stimme klang versöhnlich.

»Aber der Turm steht ja ganz schief.«

»Darauf kommt es doch gar nicht an, sei nicht so altmodisch. Hier – eine Prügelei in der Gaststube und da – ein Lastauto, das die Straße heraufkommt. Und da vorne – ein Schlitten, der Holz aus den Wäldern abfährt. Wer ist das auf dem Motorrad dort?«

»Das ist Dino Morelli, man erkennt ihn nicht wegen der Leder-haube auf dem Kopf«, erläuterte Alberta.

»Ihr könnt sagen, was ihr wollt, ich finde, er sieht aus wie ein Blechritter aus Konservendosen mit einem Trichter auf dem Kopf«, protestierte Stanislaus.

»Papa, ist das dort dein Fort?« Adolf wies auf die Mitte des Frieses.

»Donnerschlag, das hat er aber gut getroffen! Gut, die Kanonen sind etwas lang geraten, und die Panzertürme standen damals noch gerade. Aber von der Atmosphäre her ist es wie echt. Mo-dern, harmonisch, stolz, einfach unbesiegbar!« Stanislaus' Blick war augenscheinlich nicht mehr im Hier und Jetzt.

»Pa-pa!«, mahnte ihn Adolf.

»Wer hat das denn gemalt, muss man den kennen?«, schloss Emalie den Kunstunterricht ab.

»Er stammt aus Rovereto und hat dort viele öffentliche Ge-bäude bemalt. Das hier hat er in seinen Ferien gegen Kost und Logis gemacht, er hat eine ganze Woche dafür gebraucht. Seht mal, den Stuhl hat er auch mitgebracht aus seiner Werkstatt.«

Stanislaus setzte sich vorsichtig auf das futuristische Möbel-stück, wackelte etwas darauf herum und urteilte zufrieden:

»Stabil ist er ja und sogar bequem.«

Er schaute noch einmal auf den Fries, der über dem Schank-tisch Raum für zwei Fotografien ließ: Auf der einen schauten der kleine Viktor Emanuel und seine Gattin auf ihre neuen Unter-tanen herab. Er hatte nicht verhindern können, dass Italien 1915 in den Krieg gegen Österreich eingetreten war, und er hatte nichts dazu beigetragen, dass sein Land 1918 auf der Seite der Sieger ge-standen hatte. Auf dem anderen Foto versuchte Benito Mussolini furchterregend die Augen zu rollen.

Haschek erinnerte sich, dass er diesen Tintenrevoluzzer in seinen billigen Anzügen oft in den Trentiner Cafés hatte herum-gestikulieren sehen, bevor ihn die Österreicher 1909 des Landes verwiesen hatten. Seine sozialistische Kampfzeitung »L'avvenire del lavoratore« – »Die Zukunft der Arbeiter« – lag manchmal auf den Toiletten der Direktion herum. Zur böswilligen Indoktrinierung der k. u. k. Armee, sagten die einen. Um sich damit den Hintern abzuwischen, sagten die anderen.

Haschek stellte fest, dass das Albergo seit dem Krieg fast komfortabel geworden war. Im Obergeschoss waren die Fensterläden wegen der glühenden Mittagssonne geschlossen, aber Alberta Toller brauchte nur an den Bakelitschaltern zu drehen, und schon flammte elektrisches Licht in jedem Zimmer auf. ›Nie wieder rußige Finger vom Anzünden der Petroleumlampen‹, dachte Stanislaus und erinnerte sich an die Zeit vor fünfzehn Jahren. Damals hatte ihm das Zimmermädchen morgens noch das Waschwasser in einem Krug auf die Stube gebracht, heute hingegen gab es fließendes kaltes Wasser in jedem Zimmer. Und während er zum Klo früher noch nach draußen und über den Hof in Richtung des Schweinestalls hatte gehen müssen, gab es jetzt auf jedem Stockwerk ein modernes WC für die Gäste.

Nachdem sich Familie Haschek frisch gemacht und etwas gegessen hatte, gingen sie auf eine erste Erkundungstour. Der Krieg hatte manches alte Gemäuer hinweggefegt, und stattdessen waren mit den Reparationszahlungen der Österreicher stattliche Häuser im schnörkellosen Trentiner Stil errichtet worden. Das Postamt war noch an seinem alten Platz, aber der verschnörkelte Schriftzug »K.K. Post und Telegraphenamt« war in eleganten Lettern mit »Poste e Telegrafi« übermalt worden. Auf dem Marktplatz neben dem Waschhaus erinnerte jetzt ein Kriegerdenkmal an die Gefallenen und Vermissten Paleras. Das alte Schild über Paolo Morellis alter Garage war mit »Dopolavoro« überpinselt worden, was immer das bedeuten mochte. Lastwagen parkten dort jedenfalls keine mehr. Dafür hatte Morelli am Dorfeingang eine imposante Halle gebaut, in der jetzt fünf Omnibusse standen.

Stanislaus fiel auf, dass es im Dorf ungewöhnlich still war, nur aus Silvanos Tischlerei kreischte eine Kreissäge. Er öffnete vorsichtig

die Tür zur Werkstatt. Ein junger Mann von vielleicht dreißig Jahren schob gerade eine Holzbohle über das Sägeblatt. Als er sie eintreten sah, legte er das Brett zur Seite und schaltete die Maschine aus. Stanislaus wartete, bis das Wimmern der auslaufenden Säge erträglich geworden war, und fragte zögernd:
»Silvano Longhi?«

»Ja, das bin ich. Und Sie sind ...«, er kam nicht gleich auf den Namen, »... der Bauleiter des Forts, Hauptmann ...«

»Haschek.«

»Dann kann das nur Ihre Frau Emalie sein ... und Adolf«, schloss er vorsichtig und gab ihnen höflich die Hand.

»Wie ist es dir denn ergangen seit dem Krieg?« Stanislaus versuchte, irgendwo einen Anfang zu finden.

»Von mir gibt es nicht viel zu berichten«, erwiderte Silvano etwas überrumpelt. »Ich habe vor fünf Jahren Rosetta geheiratet, die Tochter des ehemaligen Gemeindevorstehers Capeletti. Und mein Vater ist immer noch verschwunden.«

Stanislaus hatte nicht damit gerechnet, dass Silvano so schnell auf diese ernste Geschichte zu sprechen kommen würde. Der Gedanke an das ungeklärte Schicksal Fabrios war ihm unangenehm, und er versuchte auf ein neutrales Thema auszuweichen.

»Ist Rosettas Vater denn nicht mehr euer Gemeindevorsteher?«

»Nein, schon lange nicht mehr.«

»Und wen habt ihr als seinen Nachfolger gewählt?«

»Wählen brauchen wir den jetzt nicht mehr. Wir haben jetzt auch hier das italienische Verwaltungssystem übernommen, und daher gibt es jetzt nur noch den Podestà, der von der Präfektur in Rovereto eingesetzt wird«, erläuterte Silvano, der erleichtert war, dass das Gespräch einen roten Faden gefunden hatte.

»Ah ja, kenne ich den ... äh ... Podestà vielleicht? Etwa Paolo Morelli?« In Stanislaus' Frage war ein spitzer Ton zu erahnen.

»Paolo wäre gar kein schlechter Podestà gewesen, schließlich ist er ein fähiger Mann, auch wenn ihm viele in Palera seine Erfolge neiden. Unser Podestà heißt Murano, Ponifilio Murano.«

»Ponifilio, was für ein schöner Name. So hieß doch auch der kauzige Knecht, der bei ... na, auf dem großen Hof am Ende des Dorfes ... gearbeitet hatte.«

»Perprunner, das war der Hof des alten Rudolfo Perprunner. Und der Podestà war tatsächlich einmal sein Knecht.«

Stanislaus schwieg. Ponifilio hatte sich auch auf seiner Baustelle beworben, aber da er damals weder lesen noch schreiben konnte und wegen seiner Malariaanfälle auch keine schwere Arbeit verrichten durfte, hatten sie ihn nicht eingestellt. Silvano ahnte, was Stanislaus dachte.

»Er war einer der ersten hier im schwarzen Hemd, und Treue belohnen die Faschisten. Wenn Schreibkram zu erledigen ist, kommt ihm die Lehrerin Lucia Zobele zu Hilfe. Aber er ist kein schlechter Kerl, da gibt es ganz andere in den Dörfern hier.«

›So ist das also mit dem Faschismus‹, dachte Stanislaus und wechselte das Thema. »Wir wollen morgen zum Fort hinauf. Steht es denn überhaupt noch?«

Aus seiner Frage klang gleichermaßen Scherz und Unsicherheit.

»Die Gemeinde hat es der Armee dieses Jahr für kleines Geld abgekauft. Wozu, habe ich nie verstanden. Auf den Almen drumherum wächst wegen der Granattrichter nur mageres Gras, und innen war es schon vorher völlig ausgeplündert. Die Bettgestelle, Lampen und Öfen kann man in fast jedem Haus hier finden. Sogar die gepanzerten Fensterläden mit ihren Schießscharten haben sie abmontiert und damit die neue Carabinieri-Kaserne gesichert. Die jungen Männer dort kommen aus dem Süden und haben immer noch Angst vor uns Einheimischen.«

Dass er sich selbst seine elektrische Kreissäge aus einem der großen Ventilatoren des Forts geschlossert hatte, verschwieg Silvano pietätvoll.

»Sind denn die Haubitzen noch in ihren Panzertürmen, oder stehen die jetzt auch in euren Scheunen?«

»Nein, die Armee hat sie bald nach dem Krieg verschrottet. Vielleicht hat jemand Haarnadeln daraus gemacht oder irgendetwas anderes Nützliches.«

»Könnte man das Fort nicht irgendwie nutzen? Ein Ausflugsziel, Lager, Fabrik oder so?«, fragte Haschek unsicher.

»Ein Ausflugsziel ist es schon. Am Wochenende kommen die Wanderer aus dem Etschtal, während der Ferien die Schlachtfeldtouristen aus Österreich. Man will sogar schon Engländer dort oben gesehen haben. Fortunato Carbonari veranstaltet manchmal Führungen für die Besucher. Er erzählt blutige Schauergeschichten vom Krieg und scheucht seine Gäste mit der Taschenlampe durch die Gänge und Kasematten, während Quirino in der Zwischenzeit ihre Töchter unterhält, die sich nicht in die Dunkelheit wagen. Wenn die Leute dann steif und durchgefroren wieder ans Licht kommen, verkauft seine Frau Maria ihnen selbst gemachte Kräutertinkturen gegen Rheuma und Gicht oder bespricht ihre Warzen. Aber es ist kein verlässliches Geschäft damit zu machen. Mal kommen sie in Scharen, dann bleiben sie wieder ganz aus. Ansonsten ist das Fort zu kalt, zu dunkel, zu feucht und auch zu weit vom Dorf entfernt, um für irgendetwas gut zu sein.«

Stanislaus hatte eigentlich nichts anderes erwartet, aber dennoch betrübte ihn die ehrliche Antwort Silvanos. Er hatte damals für die Ewigkeit bauen wollen, so wie alle Architekten auf dieser Welt, aber für eine lebendige Ewigkeit, nicht für eine tote.

Nachdenklich setzten die Hascheks ihre Runde durch das Dorf fort.

Im Stella d'Italia waren noch weitere Sommerfrischler eingekehrt und verbreiteten eine ausgelassene Stimmung. Italienische Familien, die je nach Gesinnung feine Sommerkleider oder fantasievolle Uniformen aus dem vielfältigen Sortiment faschistischer Organisationen trugen, schwatzten fröhlich durcheinander. Wohlhabende österreichische Veteranen erzählten mit gesenkter Stimme ihren Begleitern von ihren kriegerischen Heldentaten. Ein paar deutsche Wandervögel, die mit viel Optimismus und viel zu wenig Geld auf die Reise nach Venedig gegangen waren, schrieben verbissen in ihre Reisetagebücher.

»Sagen Sie, Frau Toller, wir fanden das Dorf heute Nachmittag ziemlich verlassen vor, und in der Gaststube sitzen auch kaum einheimische Gäste. Was mag der Grund für diesen Wandel sein?«, fragte Emalie Haschek.

»Tagsüber arbeiten jetzt viele in den Fabriken im Etschtal, die kommen erst abends mit dem Bus zurück«, erklärte Alberta. Und ihr Mann Sergio ergänzte:

»Tja, das Leben hier oben ist nicht einfacher geworden, und es werden immer weniger, die sich ihr Brot in Palera verdienen können.«

»Die Leute sind dann abends sicher zu müde, um bei Ihnen noch einen Roten oder ein Bier zu trinken?«

»Ach was, die sitzen bei Paolo Morelli im Dopolavoro und lassen sich volllaufen!«, winkte Sergio ab.

»Was ist denn das eigentlich, das Dopolavoro?«, mischte sich Adolf neugierig ein.

»Das ist eine dieser Erfindungen der Faschisten. Dort sollen die Arbeiter ihren Abend gemeinsam verbringen, sich Vorträge von der Partito Nazionale Fascista – also der Faschistischen Partei – anhören, billig trinken und essen und den Reden des Duce im Radio lauschen. Es ist ja vielleicht gut gemeint, aber das Dopolavoro muss keine Konzessionsabgaben zahlen wie wir, deshalb kostet der Wein dort nur ein Viertel von unserem. Da bleiben hier natürlich schnell die Gäste weg.«

»Soso, tagsüber verdient der Morelli also an den Leuten, wenn sie mit seinen Omnibussen fahren, und abends, wenn sie bei ihm ihren Lohn versaufen. Ist er eigentlich auch bei den Faschisten?«

»Hatten Sie etwas anderes erwartet? Er ist Centurione bei der faschistischen Miliz, genauer bei der Legion Battisti. Immer rennt er mit seinem schwarzen Fez auf dem Kopf im Dorf herum und ...« Sergio sah sich vorsichtig in der Gaststube um »... und so halt. Heute ist übrigens Sabato fascista, da finden im Dopolavoro die Samstagsveranstaltungen und Vorträge statt. Da könnten Sie jetzt allerhand Uniformen bewundern. Alfonso Zobele ist jetzt 16, also ist er bei den Avaguardisti. Quirino Carbonari musste auch dahin. Seine kleine Schwester Eliana ist noch bei den Piccole italiane und kommt nächstes Jahr zu den Giovani italiane. Unsere Tochter Marcelina musste auch beitreten, aber sie drückt sich, wo sie nur kann. Sogar die Kleinsten sind schon bei der Balilla. Und was machen die alle? Marschieren, salutieren, exerzieren, die Knirpse von der Balilla sogar schon mit richtigen kleinen Gewehren. Es gibt kaum noch jemanden, der nicht in irgendeiner dieser faschistischen Jugendorganisationen ist und deren alberne Uniformen trägt.«

»Tz, tz, tz, Sergio, rede dich doch nicht immer so in Rage, dieser Spuk wird ja sicher nicht ewig dauern«, versuchte Alberta ihn zu beruhigen.

»Wissen Sie, Herr Haschek, ich kam schon 1915 in russische Gefangenschaft, aber ich wurde nach dem Frieden von Brest-Litowsk nicht ausgetauscht wie so viele andere. Erst drei Jahre nach Kriegsende kam ich zu Fuß die Dorfstraße herauf, was bei den ganzen Krankheiten, die ich mitgebracht hatte, gar nicht so einfach war. Damals schwor ich mir, vom Krieg willst du nie wieder etwas wissen. Und was machen die Kleinen jetzt von der ersten Klasse an: Balilla!«

Erst Albertas Abendessen erlöste die Hascheks von Sergios düsteren inneritalienischen Einsichten.

Am nächsten Morgen brach Familie Haschek zu ihrem Ausflug zum Fort auf. Da Sonntag war, hatte Silvano Longhi sich ihnen angeschlossen. Die Kilometersteine an der Armierungsstraße waren noch an ihren Plätzen, aber von der ehemaligen Kaserne waren nur noch die Grundmauern zu sehen.

»Die Steine, aus denen sie gebaut war, haben wir im Dorf für den Wiederaufbau unserer Häuser verwendet«, erläuterte Silvano.

»Lass mich raten, Paolo Morelli hat sie transportiert, für gutes Geld natürlich«, stichelte Adolf.

»Paolo hat es damals auch nicht leicht gehabt. Als er 1919 aus der Kriegsgefangenschaft kam, sah er aus wie ein Strich in der

Landschaft. Seine beiden Lastwagen waren im Krieg zuschanden gegangen, seine Ersparnisse waren durch den schlechten Wechselkurs von 100 Kronen zu 40 Lire geschmolzen, und seine Garage war eine Ruine.«

»Ein italienischer Treffer?«

»Nein, die Österreicher hatten am Dorfrand einen 42-Zentimeter-Mörser aufgestellt, um den Pasubio zu beschießen. Der Luftsog des Mündungsfeuers ging genau über sein Haus und hat das Dach weggeblasen. Den Rest haben dann Schnee und Regen besorgt. Paolo hat mit einem ausgemusterten Militärlaster wieder ganz von vorne anfangen müssen, aber im Gegensatz zu manch anderem, der am Krieg zerbrochen ist, hat er es eben geschafft.«

Als sie die Ruinen des alten Offiziershauses erreichten, konnten sie das Fort zum ersten Mal sehen. Stanislaus hatte noch sein frisch mit Tarnfarbe angestrichenes Panzerwerk vor Augen, seinen wehrhaften Löwen, aber von hier aus wirkte das Ganze eher wie ein verendeter Wal. Die langen Reihen leerer Fensterhöhlen im Kasemattenblock erinnerten an ein hohles Gerippe, und die rissigen, zerfaserten Teerflecken auf dem geschwungenen Verdeck sahen aus wie Hautfetzen. Als sie sich dem Eingang näherten, wehte ihnen aus dem Inneren ein kalter Hauch entgegen. ›Wie eine Gruft‹, dachte Emalie und es schauderte sie, nicht nur wegen der Temperaturen. Sie beschloss, sich auf die Wiese zu setzen und die Aussicht auf den Borcolapass und das Terragnolotal zu genießen, während die drei Männer das Innere erkundeten.

»Passen Sie auf wegen der Vipern«, warnte Silvano sie, halb im Scherz, halb aus Fürsorge.

Emalie hob reflexhaft ihren Rock an und stelzte mit vorsichtigen Schritten auf einen Felsblock zu, um sich dort niederzulassen.

Das Fort war für Stanislaus von innen noch enttäuschender als von außen. Die Plünderer hatten nicht nur alles Brauchbare mitgenommen, sondern auch den Rest der Einrichtung sinnlos zerstört. Türen waren eingetreten, Lüftungsrohre lagen platt gestampft auf dem Boden, die Wandfliesen im Proviantmagazin waren zerschlagen und überall stank es nach Fäkalien. Einzig die Panzertürme waren noch an ihren Plätzen, aber da die Eisenstiegen demontiert worden waren, hätte man sich nur mühsam hinaufhangeln können. In einer großen Kasematte ließen die Reste elektrischer Installationen deren ehemalige Funktion erahnen. Der Lichtkegel von Stanislaus' Taschenlampe fuhr an den Umrissen von Maschinenfundamenten entlang.

»Das war der Raum für die Dynamos. Hier standen zwei wunderbare Rohölmotoren, und es war wie eine Symphonie, wenn die beiden aus dem Stand anliefen.«

»Ach Papa, für dich ist alle Technik Kunst, jedes Maschinengeknatter Musik und jede Lagerhalle eine Skulptur.«

Silvano schob mit der Fußspitze den Schutt auf dem Boden beiseite. Ein schwarz-weiß kariertes Kachelmuster trat zutage.

»Für den Maschinenwart war das hier das Allerheiligste. Ununterbrochen ließ er seinen Gehilfen die Messinggehäuse der Instrumente putzen, Kupferrohre polieren und den Boden wischen, auch beim allerstärksten Bombardement, während sie draußen in den Gräben im Dreck lagen und Läuse bekamen.«

Stanislaus ging weder auf Adolfs gut gemeinten Scherz noch auf Silvanos Erinnerungen ein, für ihn lösten sich soeben alle Illusionen auf eine weitere Verwendung des Bauwerks in Luft auf.

Als sie durch den Verbindungsgang zum Batterieblock kamen, fiel Adolfs Blick auf einen Betonpfeiler, vor dem Kerzenstümpfe und Gläser mit verwelkten Wiesenblumen standen.

»War das hier etwa die Festungskapelle?«

»Die Geniedirektion hatte zwar an fast alles gedacht, aber für den Seelenfrieden der Besatzung war natürlich kein Geld da. Der Kommandant erzählte mir einmal, dass der Feldkurat während des Krieges ab und zu ins Fort gekommen ist. Er musste seine Messe dann in den Korridoren abhalten, weil kein Raum groß genug für alle war«, erwiderte Stanislaus und spürte sogleich, dass er Adolfs Frage damit noch nicht beantwortet hatte. Silvano zündete ein paar der heruntergebrannten Kerzen an. »An dieser Stelle hier gab es im August 1915 drei Tode, als ein schwerer Treffer die Decke durchschlug. Basil Perprunner, der damals zur Besatzung des Forts gehörte, stellt hier an jedem Jahrestag eine Kerze auf, und Elisabetta Carbonari bringt regelmäßig Blumensträuße her. Sie war in einen der drei gefallenen Artilleristen verliebt gewesen. Schaut, hier liegt sogar noch die alte Lärchenholztafel mit deren Namen. Wie oft habe ich die schon wieder aufhängen müssen!«

Er zog die Tafel aus dem Schutt und reichte sie Adolf, der zögerlich danach griff. Adolf kannte den Krieg bisher nur aus Büchern oder den Sammelalben mit Zigarettenbildchen. Jetzt aber waren nicht nur die Namen der Gefallenen greifbar, sondern auch Ort, Datum und Umstände ihres Sterbens. Laut las er die Inschrift vor:

Kan. P. Simeczek 1877
Kan. K. Hedelmaier 1892
Kan. J. Zapleta 1894
gefallen am 16. August 1915
Die Besatzung

»Mein Gott, der Hedelmaier war damals so alt, wie ich jetzt bin.« Er sah auf und suchte den Blick seines Vaters.

Stanislaus musterte die Einschlagstelle. Vor seinem geistigen Auge malte er sich die möglichen Kurven aus, denen die Granate auf ihrem Weg durch die Decke gefolgt sein mochte. War es denkbar, dass das Geschoss durch den Schacht für den geplanten Notausgang eingedrungen war? Aber den hatte er doch verschließen lassen, als die Geniedirektion die Baupläne geändert hatte. Der Beton für die Füllung war zweifellos vorschriftsmäßig und mit großer Sorgfalt hergestellt und verarbeitet worden, dafür hatte sein pedantischer Werkmeister todsicher gesorgt. Nein, ihn traf keine Schuld an dieser Tragödie.

»Ja, das war offenbar ein wirklich unglücklicher Treffer. Aber sag mal, Silvano, Basil Perprunner, war das nicht der junge Bauer von dem Hof in Palera?« fragte Stanislaus.

»Ja, das ist er. Dem armen Kerl hat man übel mitgespielt. Erst hat er vom Krieg ein steifes Bein behalten, dann musste er deswegen auch noch seinen Hof aufgeben. Die Italiener haben sich lange geziert, bis sie ihm endlich eine Invalidenrente gezahlt haben. Die sieben Kronen Ehrensold für seine Tapferkeitsmedaille hat er natürlich nie zu sehen bekommen, und da er als Krüppel keine Frau findet, muss er jetzt auch noch jedes Jahr 50 Lire Junggesellensteuer zahlen. Ist das nicht beschämend?«, fragte Silvano, erwartete aber keine Antwort.

Die Männer inspizierten noch ein paar Gänge und Kasematten, dann gingen sie wieder ins Freie, um sich in der Sonne aufzuwärmen.

Emalie hatte sich auf einem Felsbrocken niedergelassen und ließ den Blick am Horizont entlangwandern. In der Mittagshitze verschwanden die Berge im milchigen Nichts. Einige Wälder am Borcolapass hatten den Krieg überlebt, ihr üppiges Grün erinnerte Emalie von Weitem an Fotografien, die sie einmal vom Amazonas gesehen hatte. Die Wiesen waren noch voller Spuren der Kämpfe, die hier stattgefunden hatten. Verschüttete Schützengräben schlängelten sich im Zickzack über die Hügel, Fundamente deuteten die Lage ehemaliger Barackenstädte an und halb verfüllte Granattrichter zeugten von Tod und Vernichtung. Zum Glück verwischte die Natur die harten Konturen dieser Narben mittlerweile mit Wiesenblumen und schnell wachsenden Kieferlatschen. Emalie versuchte sich vorzustellen, wie es im Krieg hier wohl ausgesehen haben mochte, aber obwohl ihr Stanislaus Fotografien davon gezeigt hatte, vermochte sie es nicht, das friedliche Gezirpe der Heupferdchen und den würzigen Duft der Wiesenkräuter um sie herum mit diesen Bildern zu verbinden.

Sie erinnerte sich, wie sie damals manches Mal zum Erstaunen der Einheimischen auf diesen Wiesen botanisiert hatte. Ein ganzes Herbarium hatte sie mit ihrer Beute gefüllt, und auch Adolfs Schmetterlingssammlung hatte sich dahinter nicht zu verstecken brauchen. Damals hatte sie die Landschaft hier lieben gelernt und sogar kurz mit dem Gedanken geliebäugelt, hierherzuziehen. Aber ebenso sehr, wie Innsbruck ganz und gar österreichisch war, war Trient italienisch, daran konnten auch die zahllosen k. u. k. Behörden und Garnisonen nichts ändern. Hier wäre sie immer eine Fremde geblieben.

Stanislaus hatte sich zu Emalie gesetzt. Sie ließ ihm Zeit, seine Gedanken zu sortieren.

»Du siehst enttäuscht aus, Stani. Hast du etwa erwartet, dass sie dir hier ein Denkmal setzen?« Neckisch ließ sie die Gummihosenträger schnarren, die seine Knickerbocker bis zu den Rippen hochzogen. »Enttäuschte Eitelkeit muss bitter sein. Ach, ihr Männer!« Sie zupfte ihm die Krawatte zurecht und vermied es, ihm dabei in die Augen zu sehen.

Stanislaus schaute schweigend ins Nichts. Es lähmte seine Schlagfertigkeit, wenn er sich ertappt fühlte.

»Sag mal, Stani, der Pasubio dort, sah der nicht früher irgendwie anders aus?«

›Wie geschickt sie doch das Thema wechseln kann‹, dachte Stanislaus. »Was dir so alles auffällt, Emi. Vom Gipfel fehlt ein Stück. Den haben wir den Italienern 1917 unter dem Hintern weggesprengt. Da hat sich jemand wirklich ein Denkmal für die Ewigkeit geschaffen.«

Emalie sah ein, dass sie ihn jetzt besser mit seinen Erinnerungen allein lassen sollte.

Adolf und Silvano waren währenddessen zu ihren alten Spielplätzen gegangen.

»Weißt du noch, wie wir damals hier zusammen mit eurem Kindermädchen Mizzi auf Konservendosen geschossen haben? Was ist eigentlich aus ihr geworden?«

»Wir haben mittlerweile schon die vierte Mizzi. Papa hat sie immer alle Mizzi genannt, egal wie sie wirklich hießen. Von der Mizzi von 1914 habe ich allerdings nie wieder etwas gehört. Und du, hast du eigentlich etwas über das Verschwinden deines Vaters erfahren?«

»Nein, nie. Ich weiß aus zuverlässiger Quelle, dass er damals nicht nach Italien gegangen ist, mehr nicht«, antwortete Silvano, und schweigend gingen sie zu Adolfs Eltern zurück.

Am Abend beschloss Adolf noch ein wenig allein durch Palera zu streunen. Die Reise nach Italien hatte ihm viele neue Eindrücke beschert, die er in der Stille des Abends auf sich wirken lassen wollte. Aber Musik und lautes Stimmengewirr lockten ihn zu Morellis alter Garage. Aus dem Dopolavoro plärrte ein Radio, wahrscheinlich der Sender in Bozen, dessen hoher Antennenmast ihm bei der Herfahrt schon aufgefallen war.

Marschmusik und kernige Reden gingen ineinander über, unterbrochen vom sporadischen Jaulen der Schaltkreise und vom Knattern elektrischer Entladungen in der gewittrigen Atmosphäre der Südalpen. Durch das Fenster konnte er sehen, dass alle Tische in dem karg eingerichteten Saal besetzt waren. Batterien leerer Rotweinflaschen erklärten die ausgelassene Stimmung. Der einzige Schmuck im Raum waren das Radio, das den Schriftzug der Balilla und das faschistische Liktorenbeil trug, und ein Spruch, der die ganze Rückwand das Saals einnahm: Noi tireremo dritto – Wir lassen uns nicht aufhalten!

Die Tür sprang auf und aus dem Lokal torkelten zwei Gestalten in schwarzen Uniformen.«»Ejà! Ejà! Ejà! Alalà! Alalà!«, brüllten sie mit schweren Zungen. Der Schlachtruf der Faschisten echote vielstimmig aus dem Dopolavoro.

Ein junger Mann trat hinter den Betrunkenen aus dem Lokal. Er hatte die Hände tief in den Hosentaschen vergraben und die Schiebermütze lässig ins Gesicht gezogen. Ihre Blicke trafen sich. »Kennen wir uns nicht?«, fragte der Mann auf Italienisch. »Adolf Haschek. Und du, bist du nicht der Sohn des Fuhrunternehmers?«, antwortete Adolf. Sein Italienisch klang noch steif, denn sie hatten den ganzen Tag Deutsch miteinander gesprochen. »Ja, ich bin Dino Morelli. Ich erinnere mich, dass wir manchmal auf der großen Baustelle da oben zusammen gespielt haben. Du hattest immer einen blauen Matrosenanzug an, und das dort oben in den Bergen.« Er nickte in Richtung Martinella. »Wie lange ist es wohl her, dass wir uns das letzte Mal gesehen haben?«

»1914 war ich zum letzten Mal hier, als mein Vater das Fort an die Soldaten übergeben hat. Es herrschte schon Krieg mit Russland, aber noch nicht mit Italien.«

Adolf bereute sofort, dass er so schnell die trennenden Dinge angesprochen hatte. Sie waren damals zwar keine richtigen Freunde gewesen, aber immerhin hatten sie öfter zusammen herumgetollt. Adolf, weil er sich auf der Baustelle unter all den Erwachsenen gelangweilt hatte, und Dino, weil Adolf als richtiger Österreicher eine Attraktion war, zumal er schon damals ein Luftgewehr besessen hatte.

»Und 1927 sehen wir uns wieder, ist das nicht ein netter Zufall?« Adolf versuchte dem Gespräch wieder eine verbindende Richtung zu geben.

»Bei uns ist 1927 jetzt das Jahr 5. Wir Faschisten rechnen die Zeit ab dem Marsch auf Rom und nicht ab Christi Geburt. Wir haben vieles von dem überkommenen Kram über Bord geworfen. Italien ist nicht mehr das Land der alten Männer, sondern der Jugend.« Dinos Augen leuchteten, in seiner Stimme schwang Pathos mit.

»Bei uns in Österreich ist alles noch genauso wie früher. Bei uns muss man nur alt genug werden, dann hat man auch was zu sagen. Je älter, desto besser. Hier in Italien spürt man überall eine Atmosphäre des Aufbruchs.« Sofort ärgerte sich Adolf darüber, dass er versucht hatte, Dino zu schmeicheln. In Wirklichkeit hätte er diese hochtrabenden Parolen an den Hauswänden und diese allgegenwärtigen Uniformen in seinem behäbigen Wien nur als peinlich empfunden. Ihm war schon das Gewimmel von Frontkämpferverband, Republikanischem Schutzbund und der verschiedenen Heimwehren zuwider.

»Ja, der Duce hat ein neues Italien geschaffen, und wir sind alle sehr stolz darauf.«

»Ich habe oft den Spruch ›Glauben, gehorchen, kämpfen!‹ an den Wänden gelesen. Das klingt sehr streng, gegen wen richtet sich das denn?« Adolfs Italienisch klang jetzt schon so sicher, dass er sich diese Stichelei zutraute.

»›Der Pflug gräbt die Furche, aber das Gewehr verteidigt den Boden‹, sagt man bei uns. Unser Erfolg hat uns auch viele Neider in der Welt beschert, da heißt es wachsam sein.«

Adolf schaute auf die beiden Betrunkenen. Der eine war gerade dabei, sich an der Wand des Dopolavoro zu übergeben, während der andere versuchte, ihn abzustützen, damit er nicht in sein Erbrochenes fiel.

»Gibt es dadrinnen etwas zu feiern?«

Dino nahm Adolf an den Schultern und drehte ihn in Richtung Marktplatz. Langsam schlenderten sie gemeinsam auf das Kriegerdenkmal zu.

»Sie haben heute in Bozen einen Trachtenumzug aufgemischt, lauter Andreas-Hofer-Kasper, und das begießen sie jetzt. Weißt du, Adolf, so eine Revolution hat nicht immer nur schöne und gute Seiten. Es gibt viele Widerstände zu überwinden, und dazu braucht man manchmal auch Männer wie diese da.« Er wies mit dem Kopf zurück zum Dopolavoro. »Was hat dich denn eigentlich hierhergetrieben? Wolltest du dir etwa das alte Fort Martinella noch einmal ansehen?«

Adolf war dankbar, dass Dino das Thema gewechselt hatte.

»Mein Vater wollte es noch einmal sehen. Es war damals sein ganzer Stolz. Und da ich das Land in guter Erinnerung hatte, bin ich eben mitgefahren.«

»Dein Vater hat allen Grund, stolz zu sein. Die Festung ist unverwüstlich, gebaut für die Ewigkeit. Ich sehe so etwas mittlerweile mit anderen Augen, wo ich doch jetzt auch Bauingenieur geworden bin.«

»Bauingenieur? Das studiere ich auch gerade. Ist das nicht ein Zufall?«

»Dann trittst du also in die Fußstapfen deines Vaters? Was willst du denn später einmal bauen, etwa Festungen?« Dino lachte und schlug Adolf gönnerhaft auf die Schulter.

»Ich würde gern Straßen bauen. Am Großglockner soll jetzt ein Hochalpenpass extra für Touristen gebaut werden, das wäre etwas für mich. Und was machst du?«

»Noch gar nichts. Ich fange gerade bei der Montecatini-Gesellschaft an. Italien braucht jetzt viel Strom, und da wir keine Kohle im Land haben, werden wir viele Staudämme errichten. Hier, schau mal«, er zeigte auf eine elektrische Straßenlaterne, »sogar in unserem Dorf gibt es seit diesem Jahr Elektrizität.«

Adolf nickte anerkennend. Palera hatte sich wirklich sehr verändert. Armselig hatte es vor dem Krieg auf ihn gewirkt, die Anbauten von Generationen hatten sich wie Jahresringe um die niedrigen Häuser gewunden, aber durch den Wiederaufbau gab es hier jetzt mehr moderne Bauten als in jedem Dorf Oberösterreichs.

Früher hatten die meisten Kinder nach der vierten Klasse die kleine Dorfschule verlassen, und die amtlichen Anschläge am Marktplatz mussten sich auch danach viele noch vorlesen lassen, und jetzt hatte es der Erste aus Palera sogar zum Ingenieur gebracht. Im Albergo Futurismus, auf der Straße Faschismus, wo man hinschaute Aufbruch und Umdenken. Sogar die Friese der neuen Dorfkirche zierten jetzt die Liktorenbündel. Er konnte sich der Faszination der Moderne hier in diesem entlegenen Winkel nicht entziehen, aber sie beunruhigte ihn auch. War Palera früher nicht friedlicher gewesen? Waren die bedrohlichen Parolen und schwarzen Uniformen der Preis, den es für den Fortschritt bezahlen musste? Aber andererseits: Hatte es nicht auch schon früher Streit um Weiderechte, Bräute oder die richtige Sprache gegeben?

Er sah in den klaren Abendhimmel über den Dächern und stellte beruhigt fest, dass zumindest die Berge ringsum, die Becco di Filadonna, der Pasubio und die Martinella, sich als Garanten der Ewigkeit erwiesen hatten. Und das galt auch für das Fort seines Vaters – zumindest bis jetzt noch.

Adolfs Blick streifte das Kriegerdenkmal. »Unseren Gefallenen des Weltkriegs 1914 – 1918«, war da zu lesen. Die Liste der Namen war lang. Die meisten von 1914, als ganze Divisionen in den Galizischen Steppen verschwunden waren, dann wieder 1918, als Hunger und Grippe die Armeen geschwächt hatten. Sein Blick blieb an einem Namen hängen. »Forrer? War das nicht Alfons Forrer, der Steinmetz? Er wollte mir immer beibringen, wie man einen Stein zuhaut, aber ich konnte noch nicht einmal seinen schweren Hammer heben. Wieso hat man seinen Vornamen herausgemeißelt? Und hier noch einer. Die anderen hat man alle gelassen.«

»Wir sind jetzt nicht mehr in Österreich, sondern in Italien. Da gehört es auch dazu, dass die Leute italienische Namen tragen. Wir wollten Alfonso daraus machen, aber seine Witwe behauptete ganz frech, dass er sich dann im Grabe umdrehen würde. Da bleibt der Vorname eben ganz weg.«

»›Wer mich liebt, der folge mir‹, soll Mussolini zwar gesagt haben, aber die da hatten doch gar keine Möglichkeit mehr dazu.«

Dino sah starr auf das Denkmal, als versuche er Adolfs Blick auszuweichen. Eine Antwort blieb er ihm schuldig.

»Ich muss jetzt gehen, Dino. Es war interessant, dich wiederzusehen. Vielleicht treffen wir uns ja einmal auf einer Baustelle. Du baust den Staudamm, und ich baue die Straße dorthin.«

Sie reichten sich die Hand, als hofften sie beide auf einen Abschied für immer.

Nach drei Wochen gingen die Ferien der Hascheks zu Ende. Am letzten Abend im Albergo Stella d'Italia ließen sie ihre neuen Eindrücke noch einmal Revue passieren. Stanislaus studierte immer wieder den Fries, als suche er in den Bergen, der Festung und den Wirtshausszenen nach Hinweisen auf die Vergangenheit. War da nicht ein Gesicht in einer der Panzerkuppeln zu erkennen? Oder ein Fuß in der Wand? Diese Futuristen hatten schon eine blühende Fantasie, das musste er ihnen lassen. Von den eckigen und dennoch so lebendigen Figuren auf dem Wandfries und auf der Campari-Reklame über dem Schanktisch ging eine besondere Wirkung aus, genauso wie vom Faschismus. Aber würden sie dafür – oder trotzdem – noch einmal nach Palera kommen?

Paolo Morelli trat ein und legte seinen Fez auf den Tisch. »Das war ein harter Tag heute, aber es war höchste Zeit, dass etwas geschieht.« Die Gäste sahen ihn fragend an. ›Morgen wird es ja sowieso in allen Zeitungen stehen, wozu also ein Geheimnis daraus machen. Tue Gutes und sprich darüber‹, dachte er, hängte die Daumen lässig in den Gürtel seiner Uniform, wippte ein wenig auf den Fersen und begann seine Rede.

»Heute haben wir mit zweihundert Mann von der faschistischen Miliz, sechzig Carabinieri und zehn Polizeibeamten in Lusern eine Razzia durchgeführt. Und was sage ich euch, wir haben tatsächlich sechzig Gewehre, siebzig Bajonette, zehn Säbel, zwanzig Pistolen und Unmengen Munition gefunden. Neunzehn Einwohner haben wir verhaftet und nach Borgo abgeführt. Wahrscheinlich stecken bayerische Agenten dahinter.«

Er schaute mit vielsagender Miene zu den Hascheks hinüber. »Aber wir werden es denen schon zeigen. Wer nicht für uns ist, ist gegen uns!« Er drehte sich zu Sergio Toller um und befahl: »Und jetzt Wein, es gibt etwas zu feiern.«

Paolo war wie im Rausch, und daher merkte er nicht, wie einige Gäste klammheimlich das Albergo verließen, um auf ihren Speichern und in ihren Kellern nach dem Rechten zu sehen.

Beschussversuche

»Beim alten Fort wird geschossen«, rief es in die Schreinerei. Silvano legte den Hobel auf den Kindersarg und sah Quirino in der Tür stehen.

Bevor er etwas fragen konnte, hörte er einen fernen Abschuss, gefolgt von einem tiefen Grollen, das über die Höhen getragen wurde und sich dann im Tal brach. Silvano schaute zurück auf den Sarg. Die Diphterie hatte wieder einmal ihr Dorf heimgesucht und ihr erstes kleines Opfer gefordert. Aber da der Sarg schon so gut wie fertig war, schloss er sich ohne weitere Worte den anderen an, die mit strammen Schritten an seiner Werkstatt vorbei auf die alte Armierungsstraße zueilten.

An der Ruine des ehemaligen Offiziershauses stockte die Prozession. Ein Stacheldraht versperrte ihnen den Weg, dahinter hatten sich zwei braun gebrannte Soldaten aufgebaut, die über diese unerwartete Störung ihrer Mittagspause verärgert wirkten.

»Was ist denn hier los, warum lasst ihr uns nicht durch?«, fragte Quirino.

»Es ist verboten, dort hinaufzugehen«, erwiderte ein Sergente und wollte sich gerade abwenden, als er mit weiteren Fragen konfrontiert wurde.

»Wieso verboten? Die Gemeinde hat das Fort gekauft, ihr könnt uns doch nicht verbieten, zu unserem Eigentum zu gehen!«, insistierte Ugo Zobele.

Der Sergente sah ihn unentschlossen an, das Argument war nicht von der Hand zu weisen. Aber dann besann er sich.

»Es ist einfach zu gefährlich für euch, und fragt jetzt nicht warum, das ist ein militärisches Geheimnis, basta!«

»So ein Quatsch. Ich wette, du weißt selbst nicht, was hier gespielt wird.« Damit hatte Ugo den Süditaliener an seiner Ehre gepackt, und wichtigtuerisch fing der an zu erzählen.

Festungsartilleristen aus Verona hatten ein Belagerungsgeschütz auf die Martinella heraufgezogen, um durch Beschussversuche die Qualitäten des österreichischen Betons und des tschechischen Panzerstahls zu erforschen. Angeblich sollten die Ergebnisse dieser Tests beim Bau neuer, moderner Festungsbauten an den Grenzen zu Frankreich, Österreich und Jugoslawien dienen. Das Fort kam also auch jetzt, dreizehn Jahre nach dem Ende des Krieges, nicht zur Ruhe.

Nachdem das Rätsel um diese Schießerei gelüftet war, kehrten die meisten Dorfbewohner wieder zu ihrer Arbeit im Ort oder auf den Feldern zurück. Die militärgeografischen Dimensionen dieses Ereignisses könnten sie auch noch am Abend im Albergo oder im Dopolavoro bei Wein und Bier diskutieren. Nur einige der Jungen suchten auf einer der nahen Almen nach einem günstigen Aussichtsplatz. Oft genug hatten sie den Schilderungen Silvanos und Basils über die furchtbaren Bombardierungen des Forts gelauscht, und dies war eine einmalige Gelegenheit, eine solche Beschießung selbst hautnah miterleben zu können.

Silvano blieb unentschlossen stehen. Die Schießerei weckte alte Erinnerungen in ihm, immerhin hatte er mehr als drei Jahre am Bau des Forts mitgearbeitet und vier weitere Jahre dort während des Krieges als Landsturmarbeiter Dienst geleistet. Beim nächsten Abschuss duckte er sich unwillkürlich, die alten Reflexe wurden wieder wach. Wie oft hatte er solche schweren Einschläge erleben müssen. Der Beton hatte das Dröhnen in die tiefsten Kasematten geleitet, und die Schwingungen des Gemäuers hatten das Urvertrauen der Männer in den Boden, auf dem sie standen, nachhaltig erschüttert. Überall hatten sie das Gefühl gehabt, die Granaten explodierten direkt über dem eigenen Kopf, und obwohl sie nur einen einzigen Durchschlag während des ganzen

Krieges erlitten hatten, waren sie doch alle bei jedem Einschlag vor Schreck zusammengezuckt.

Er riss sich aus seinen Erinnerungen und wandte sich ab, um zu gehen. Die Diphterie brachte ihm vielleicht schon bald den nächsten dieser ungeliebten, aber stets dringlichen Aufträge. Im Umdrehen erblickte er Paolo Morelli. Er stand da und schaute zum Fort hinauf, als blicke er in der Heiligen Messe auf die Mutter Gottes, starr, geradezu feierlich, aber ohne erkennen zu lassen, was in ihm vorging. Als er sich Silvano zuwandte, wirkte Paolo auf einmal unsicher, beinahe verzagt. Ein ungewohnter Anblick dieses stets zuversichtlichen und angriffslustigen Paolo.

»Wer hätte gedacht, dass der alte Kasten noch einmal so etwas erleben muss! Ich finde, man sollte den Toten besser ruhen lassen«, bemerkte Silvano.

Paolo zuckte zusammen. Meinte Silvano mit dem Toten das Fort, das wie leblos auf dem Gipfel lag? Oder war das eine Anspielung?

»Ja, ich denke, du hast recht«, versetzte er einsilbig, nur um diese Frage nicht offen im Raum stehen zu lassen.

»Kommst du mit zurück?«, fragte Silvano, aber er erhielt nur ein leichtes Kopfschütteln als Antwort. Also machte er sich allein auf zu seiner Werkstatt. Als er in der nächsten Kurve noch einmal zurücksah, stand Paolo immer noch da und starrte zum Fort.

Die Beschießung dauerte eine Woche, dann bauten die Festungsartilleristen ihre Belagerungskanone wieder ab. Ein paar Tage danach kamen Funker der Armee und untersuchten die Möglichkeiten, aus den dicken Panzerkuppeln heraus Kontakt zu dem alten österreichischen Fort auf der anderen Seite des Passes aufzunehmen. Die Straßensperre wurde nun nur noch nachlässig bewacht, und so gelang es Quirino Fortunato, sich an die Soldaten heranzupirschen und das Schauspiel aus der Nähe zu beobachten.

Antennendrähte ragten aus den Schießscharten einer Panzerkuppel und aus dem Inneren des Forts drang das Heulen und Pfeifen eines Funkempfängers. Da man Quirino keine Spionageabsichten zutraute und technisch begeisterte Jungs als die Zukunft der italienischen Armee galten, nahm ihn ein Unteroffizier zur Seite und erklärte ihm die verschiedenen Geräte. Je mehr er über Elektronenröhren, Überlagerungsempfänger, hertzsche Wellen und faradaysche Käfige sprach, desto größer wurden Quirinos Augen.

Er verstand natürlich kein Wort, aber es schmeichelte ihm, dass sich ein wichtiger, in eine schicke Uniform gekleideter Soldat – sicher ein bedeutender Spezialist – um ihn kümmerte und sich die Zeit nahm, ihn in die Geheimnisse der drahtlosen Telegrafie einzuführen. Schließlich setzte ihm der Unteroffizier ein Paar Kopfhörer auf und stellte den Empfänger ein. Quirino hörte es piepsen und zwitschern, und obwohl er die geheime Sprache der Morsefunker nicht verstand, fühlte er sich wie ein auserwählter Mitwisser. Als er am Ende sogar in die Fahrradpedale des kleinen Stromaggregats treten durfte, kam er sich vor wie der italienische Funkpionier Guglielmo Marconi, von dem ihm der Unteroffizier erzählt hatte.

Das Militär verschwand am Tag darauf so plötzlich, wie es gekommen war, aber Quirino suchte so lange in seinem geheimen Versteck auf dem Heuboden, bis er das alte Funkgerät aus dem österreichischen Flugzeug wieder gefunden hatte.

Am folgenden Sonntag wanderten einige Dorfbewohner hinauf zum Fort, um nachzusehen, was der Beschuss dort angerichtet hatte. Es war ein herrlicher Sommertag, die Heuernte war schon eingebracht, und so entwickelte sich der Ausflug zu einem großen gemeinsamen Picknick. Alberta Toller hatte einen Petroleumherd aufgebaut, kochte Polenta und bot heißes Wasser an, damit jeder sich sein mitgebrachtes Kaffeepulver aufgießen konnte. Kinder spielten Verstecken in den feuchten Kasematten des Forts und lauerten sich gegenseitig in den Nischen und Magazinen auf, und die Gänge hallten wider vom lauten Quietschen der Mädchen und vom Wetteifern der Jungs um das gruseligste Echo.

Albertas Tochter Marcelina posierte auf einer Panzerkuppel und gab dabei kokett vor, die Blicke der jungen Männer – und auch die von einigen Alten – geziemend zu ignorieren. Quirino hatte sich ortskundig durch die engen Katakomben in das Innere der Kuppel geschlichen, von wo er durch eine Schießscharte ihre Beine baumeln sah. Sie hatte zum Sonntag kurze weiße Strümpfe angezogen, die die gesunde Bräune ihrer schlanken Beine vorteilhaft betonten. Quirino empfand ein wohliges Ziehen in der Magengrube. Aus dem sicheren Dunkel des Panzers heraus konnte er ihr nahe sein und sie in Ruhe beobachten, ohne Abweisung oder gar Spott riskieren zu müssen.

Das Fort bot Geborgenheit, nicht nur unter kriegerischen Aspekten. Schon früher war er mit den anderen Jungs aus Palera zum Spielen hierhergekommen, und dabei hatte er immer wieder versucht, sich das Leben, Kämpfen und auch das Sterben in dieser Festung vorzustellen. Oft hatten sie mit ihren Holzgewehren durch die Schießscharten auf Kühe und imaginäre Angreifer gezielt, aber bislang war ihm noch nie die Frage in den Sinn gekommen, ob die Wachen in ihren Beobachtungsständen wohl auch von ihren Liebsten zu Hause geträumt haben mochten.

Quirino bemerkte, dass das unbeschwerte Schlenkern von Marcelinas Beinen plötzlich aufgehört und sie beide Füße auf den Boden gestellt hatte, als schickte sie sich zum Gehen an. Schnell schob er eine Hand durch die Schießscharte und zog sie neckend am Rockzipfel. Ein kurzer empörter Aufschrei war sein Lohn. Als sie ihr Gesicht vor die Öffnung schob, um nach dem Schelm zu forschen, der sie da so frech attackiert hatte, drückte er ihr, ohne nachzudenken, einen raschen Kuss auf den Mund und verschwand im Dunkel des unterirdischen Zugangs. Marcelina gab keinen Laut von sich. Sie hatte nicht erkannt, wer es gewesen war, aber eigentlich, vermutete sie, hatte es nur Alfonso Zobele sein können, der schöne Sohn der Lehrerin. Verträumt ging sie zu den anderen zurück.

»Mein Gott, die schreit ja wie am Spieß!« Alberta legte die Kelle zurück in den großen Polentatopf und drehte sich nach dem kleinen Mädchen um, das heulend aus der Festungsruine gestolpert kam.

»Komm her, meine Kleine.« Sie nahm sie in die Arme. »Was ist denn Schlimmes passiert?«

»Dadrin liegt ein Toter!«

Die Menschenschlange, die bislang geduldig vor Albertas Kocher gestanden hatte, kam in Bewegung. Hatte die Kleine Gespenster gesehen? Oder sollte dort wirklich ein Toter in der Ruine liegen?

»Wie sah er denn aus?«, wollte Quirino wissen.

»Ganz tot, ein Gerippe.« Die Stimme des Mädchens erstickte in Tränen.

»Josef!«, schrie Elisabetta und wollte schon auf das Fort zulaufen, als Quirino sie gerade noch am Arm zu fassen bekam.

»So ein Unsinn. Du weißt doch, dass Josef in Folgaria auf dem Friedhof liegt. Wie kommst du nur immer wieder auf so eine blöde Idee.«

»Vielleicht ist ja durch den Beschuss eine Leiche aus dem Beton gefallen. Ich habe gehört, dass Besatzungen von Festungen manchmal ihre Gefallenen einbetoniert haben, wenn sie sie wegen des Trommelfeuers nicht im Freien beerdigen konnten.« Sergio Tollers Idee feuerte die Fantasie der Umstehenden an.

»Ich habe im Krieg oft erlebt, dass bei schweren Treffern zentnerschwere Betonblöcke von der Innendecke gestürzt sind, ohne dass es einen richtigen Durchschlag gegeben hätte«, erinnerte sich Silvano. »Das wäre natürlich auch hier denkbar. Aber ich bin mir ganz sicher, dass hier niemand eingemauert worden ist, schließlich bin ich vom ersten bis zum letzten Tag dabei gewesen.«

»Siehst du, Elisabetta, Josef kann es also gar nicht sein«, sagte Fortunato zu seiner Schwester, die immer noch ungeduldig an Quirinos Arm zerrte.

»Aber wer sagt denn, dass dadrin nicht schon vor dem Krieg einer einbetoniert worden ist?«, setzte Sergio Toller rechthaberisch nach.

Paolo Morelli hatte das Gespräch bislang schweigend verfolgt. Nun drängte er sich durch die Umstehenden nach vorn.

»Was soll der Unsinn? Wir sollten lieber nachsehen, was die Kleine dort wirklich gesehen hat, anstatt hier Räuberpistolen zu erfinden. Wo genau hast du denn das Skelett gefunden?«

Der Zeigefinger des Mädchens wanderte unbestimmt über die Rückseite der Ruine, aber als Paolo sie fragte, ob sie ihm die genaue Fundstelle zeigen wolle, schüttete sie nur ängstlich den Kopf.

»So hat das keinen Zweck, wir müssen eben alles absuchen. Wer kommt mit?«, fragte Silvano.

Dino Morelli, Alfonso Zobele und Quirino Fortunato schlossen sich ihm an.

»Was ist mit dir, Papa? Willst du nicht mitkommen?«, fragte Dino.

Paolo gab sich einen Ruck. »Ja, natürlich komme ich mit. Am besten ist es, jeder von euch sucht ein Stockwerk in den hinteren Kasematten ab, ich werde nach vorn zur Batterie gehen und dort nachsehen«, kommandierte er und ging voran.

Das Knirschen ihrer Schuhe verhallte in den Korridoren der Festung. Paolo bog in den Verbindungsgang ein. An dessen Ende fiel ein schwacher Lichtstrahl durch eine Schießscharte und wies ihm den Weg. Seine Hand strich die Wand entlang, die sich kalt und feucht anfühlte. Mit den Fußspitzen tastete er nach Hindernissen. Ob er in dieser Dunkelheit die Äste und Steinchen, die die Kinder beim Spielen hier liegen gelassen hatten, von den Rippen eines Skeletts unterscheiden könnte?

Paolo erinnerte sich an abenteuerliche Schilderungen seines Sohnes Dino. Tiefe Abwasserschächte gebe es hier, deren Abdeckungen längst weggeschleppt worden seien, und bis in den Sommer hinein bilde das Tropfwasser an manchen Stellen spiegelglatte Eisflächen. Ein kalter Luftzug kam ihm durch den Gang entgegen und ließ ihn frösteln.

Er holte das grün-weiß-rote Italiamissima-Päckchen aus seiner Jackentasche, riss ein Wachsstreichholz heraus und zündete es an. Die Stichflamme blendete ihn. Der Nebel, den die Sommerschwüle zusammen mit der Kälte des Stollens bildete, mischte sich mit dem Rauch aus Schwefel und Antimon. Paolo schaute vor sich auf den Boden. Der Weg schien frei zu sein. Sein Blick streifte die Betonwand des Verbindungsgangs und blieb an einem Gesicht hängen. Bevor sein Gehirn das Bild aufnehmen konnte, verbrannte ihm das Zündholz die Finger und erlosch. Er hörte das Blut in seinen Ohren pochen und versuchte flach zu atmen, um kein Geräusch zu überhören. Nervös zündete er ein weiteres Streichholz an.

Das Gesicht war offenbar ungelenk mit dem Ruß einer Kerzenflamme an die Wand gezeichnet worden. Eine Fratze eher, ohne Leben. Am Boden standen einige Kerzenstummel, die Paolo mit seinem letzten Streichholz anzündete. Um die Zeichnung war eine Art Rahmen gezogen, und zusammen mit einem angedeuteten Kruzifix erinnerte sie ihn an ein Fürstengrab in der Kathedrale von San Vigolo in Trient. Neben der Malerei hing eine kleine Holztafel mit einer ordentlich geschnitzten Inschrift.

Paolo atmete tief aus. Das musste die Stelle sein, an der ein italienischer Volltreffer die drei Artilleristen getötet hatte. Basil Perprunner hatte ihnen an den langen Abenden im Albergo oft genug von der Tragödie und der Gedenktafel erzählt. Seine Schilderungen waren einem ständigen Wechsel der Nuancen und Betonungen unterworfen, und sie waren mit der Zeit eher länger als kürzer geworden. Demnach hatte der Festungskommandant Silvano beauftragt, diese Tafel anzufertigen, eine Tat besonderer Pietät, wo doch viele im Krieg noch nicht einmal ein richtiges Grab bekommen hatten, geschweige denn ein Denkmal am Ort ihres Todes.

Die Rußzeichnungen hatten vielleicht Kinder gemacht oder aber Elisabetta, die manchmal nachts hier herumschlich – so erzählte man sich im Dorf – von Stimmen angelockt, die nur sie hören konnte. Elisabetta und Josef, so hatten es die Kinder im Dorf zur Melodie eines Weihnachtsliedes gesungen, damals im Sommer 1914.

Josef hatte zuvor für ein paar Monate in Paolos Scheune gewohnt, aber an seinen Nachnamen konnte er sich schon nicht mehr erinnern. Es könnte der Zapleta auf der Tafel gewesen sein. Kan. J. Zapleta, Josef Zapleta, Josef und Elisabetta, Elisabetta Zapleta. Sein Tod hatte ihr die Enttäuschung erspart, niemals wären sie ein Paar geworden, und so war ihr nur die Erinnerung an ihre Wunschträume geblieben. Schlurfende Schritte kamen aus der Richtung des Batterieblocks und rissen ihn aus seinen Gedanken.

»Ich wusste gar nicht, dass du so gläubig bist.« Silvano wies mit einer Kopfbewegung auf die brennenden Kerzenstummel, die die andachtsvolle Atmosphäre eines Kirchenaltars verbreiteten. »Ich bin vorn eingestiegen, durch die Scharte eines Panzerturms. Bei mir geht so etwas noch.« Er zog den Bauch ein und strich sich mit der Hand darüber. »Und, hast du etwas entdecken können?«

»Nein, nichts. Es sind keine Beschädigungen von innen zu sehen, und natürlich auch kein Toter.«

Silvano schaute auf die Gedenktafel. Das Lärchenholz war durch die ständige Feuchtigkeit schon ganz weiß geworden, aber die Schriftzüge waren noch tadellos zu erkennen.

»Ich wünschte, mein Vater hätte auch so eine Tafel bekommen.«

»Wieso? Glaubst du denn, dass er tot ist?«

»Kannst du dir denn vorstellen, dass er noch lebt?«, erwiderte Silvano.

Paolo hielt den Blick starr auf das Holz gerichtet und blieb die Antwort schuldig.

»Ich glaube, du hast ihn damals als Letzter gesehen, stimmt's, Paolo?«

Paolo wandte ihm mit einem Ruck sein Gesicht zu, aber sein Blick floh sogleich wieder auf die Tafel.

»Nein. Ich glaube, es war der Capo. Ich war schon auf dem Weg ins Dorf, als die beiden sich noch unterhielten.«

»Ja, der Capo. Rechenberger hieß er. Die italienische Armee hat sich für ihn interessiert, gleich nach dem Krieg.«

Paolo sah ihn forschend an.

»Wieso denn das?«

Silvano zuckte die Achseln.

»Anscheinend etwas Geheimes. Kannst du dir vielleicht vorstellen, was die von ihm wollten?«

»Nicht im Entferntesten. Und überhaupt, was geht mich der Capo an? Lass uns gehen, es ist kalt hier, und draußen warten sie bestimmt schon auf uns.«

Am Ausgang schlugen ihnen schwüle Nachmittagshitze und milchige Helligkeit entgegen. Quirino hatte die Ursache für die Aufregung gefunden und hielt zum Beweis den skelettierten Kopf einer Ziege unter dem Arm, die sich wohl hierherverirrt hatte.

Was das Ergebnis der Beschießung anbetraf, stellten die Männer fest, dass die schweren Granaten kaum Wirkung gezeigt hatten. Die Jüngeren waren enttäuscht, dass die italienische Armee, die sich auf ihren Werbeplakaten als die modernste und stärkste der Welt anpries, dieser alten Ruine offensichtlich nichts hatte anhaben können. Die Älteren gaben fachmännische Erklärungen über die Verdichtung von Stampfbeton und die Zementqualitäten ab und wirkten geradezu erleichtert darüber, dass das Fort nach wie vor standfest geblieben war. Im Albergo kam man abends folgerichtig zu dem Schluss, dass man die neuen Festungen an Italiens Grenzen am besten von den Österreichern bauen lassen sollte.

Ein Platz an der Sonne

Maria Carbonari hatte den Tisch zum Abendessen gedeckt. Weißbrot, Käse und billiger Rotwein standen bereit und vor allem ein Krug mit Wasser, um den Wein zu verdünnen, damit der Abend nicht wie so oft turbulent enden würde. Eliana versuchte die Melodie eines Schlagers zu summen, Elisabetta formte aus dem Inneren eines Weißbrots eine nur für sie verständliche Skulptur und Quirino schaute stumm auf das Bild Robertos, das neben dem Kruzifix an der Wand hing. Gemeinsam warteten sie darauf, dass ihr Vater aus dem Dopolavoro kam.

»Wir marschieren in Abessinien ein«, verkündete Fortunato, als er eintrat, und setzte sich zu ihnen an den Tisch. »Der Duce sagt, dass wir die Beduinen in kürzester Zeit besiegt haben werden. Dann werden wir dort eine wunderbare Kolonie gründen, die Italien Anerkennung in der Welt und uns allen Wohlstand bringen wird«, erklärte er begeistert.

»Kaffee, Tee und Kakao für alle«, war Elianas begeisterte Schlussfolgerung.

»Araberhengste und einen Harem für alle«, ergänzte Quirino grinsend.

»Na ja, für alle wohl kaum, und außerdem müssen wir die Abessinier erst einmal besiegen, bevor der Kuchen verteilt werden kann«, beschwichtigte Maria. Und schob versöhnlich nach: »Immerhin soll es dort ja auch Christen geben.«

»Christen vielleicht, aber keine Katholiken. Hochwürden Fontana hat sich schon kundig gemacht. Es gibt also auch für die Kirche dort viel zu tun«, korrigierte Fortunato sie gewichtig.

Elisabetta hatte ihre mittlerweile dunkelgrau gewordene Brotmasse zur Seite gelegt.

»Wo liegt denn dieses Apfelsinien eigentlich?«, wollte sie wissen.
Nachdenkliches Schweigen kehrte ein. Abessinien war fern
von Italien – und noch ferner von ihrem Dorf. Es würde Mut
dazu gehören, die Heimat zu verlassen und dorthin in den Krieg
zu ziehen, und noch mehr Überwindung, dort für immer als
Kolonist zu bleiben. Fortunato schaute seinen Sohn ernst an.
»Der Duce verlangt jetzt nach jedem Mann! Alfonso Zobele
wird sich bestimmt freiwillig an die Front melden – aber für dich
ist es vielleicht besser, damit noch so lange zu warten, bis hier
daheim das Gröbste überstanden ist.« Er erinnerte sich noch
gut an die allgemeine Kriegsbegeisterung im August 1914 und an
seine elende Rückkehr aus dem Krieg. Er hatte als Totengräber an
der galizischen Front mehr Leichen gesehen als alle anderen in
Palera, und diese Erfahrung würde er seinem Sohn gern ersparen.
Andererseits würde sich in ihrem Leben nicht mehr so oft eine
Gelegenheit bieten, der Armut zu entfliehen.

»Würdet ihr denn nach Abessinien gehen, um dort zu arbeiten?«, fragte Quirino seine Eltern.

Maria und Fortunato schauten sich an. Sie waren jetzt beide
über fünfzig, nicht das ideale Alter, um als Pioniere in die Wüste
zu ziehen. Und Elisabetta würde das nicht einfacher machen.

»Was macht denn eigentlich Dino Morelli, der wäre doch im
besten Alter für so etwas?«, fragte der alte Carbonari.

»Die Morellis haben es schon längst zu etwas gebracht, was
sollten die denn dort noch gewinnen? Das Fuhrunternehmen
läuft glänzend, seit die Leute alle nach Rovereto zur Arbeit fahren,
und in der Partei sind Paolo und Dino beide große Nummern.

Bei Alfonso Zobele ist das etwas anderes. Erst hat sein Vater
Ugo 1919 die Hälfte seines Vermögens durch den schlechten
Wechselkurs verloren, dann hat man ihn bei der Post raus-
geworfen, weil er nicht in der Partei war, und am Ende ist auch
noch die Genossenschaftsbank in Folgaria in Konkurs gegangen,
wo er seine Ersparnisse angelegt hatte.

Ugo war vom Pech verfolgt, und Alfonso möchte im Gegensatz
zu seinem Vater endlich auf der Seite der Gewinner stehen. Ich

glaube, nach Abessinien gehen nur die Pechvögel, die nichts mehr zu verlieren haben«, sagte Maria nachdenklich.

»Wieso Pechvogel? Hat Alfonso etwa keine gute Partie gemacht, als er Marcelina Toller geheiratet hat? Jeder Mann im Dorf beneidet ihn darum!«, hielt Fortunato dagegen.

Maria stemmte die Hände in die Hüften und sah ihn halb vorwurfsvoll, halb spöttisch an.

»Soso. Jeder Mann im Dorf. Da gehörst du doch auch dazu, oder?«

»Alfonso wird zuerst sterben.«

Elisabettas Zwischenruf stand wie ein Todesurteil im Raum.

»Mein Gott, Elisabetta, wie kannst du nur so etwas sagen?«, empörte sich Eliana, aber ihr Protest klang unsicher.

»Wer von den beiden in der ersten gemeinsamen Nacht das Licht löscht, der wird zuerst sterben«, erläuterte Elisabetta.

»Und woher willst du wissen, wer von den beiden das gewesen ist?«, fragte Quirino.

»Weil ich sie gefragte habe, gleich als sie bei ihrer Hochzeit aus der Kirche kamen.«

»Wie konntest du nur!«, rief Fortunato, entsetzt über Elisabettas Pietätlosigkeit.

›Wie konnte sie nur‹, dachte Maria über Marcelina, ›noch vor der Hochzeit!‹

Quirino und Eliana schauten sich betreten an. Elisabettas Aberglaube war grenzenlos. Wenn sie ihrer Lehrerin so gut zugehört hätte wie ihrer Mutter, der alten Kräuterhexe, wäre sie vielleicht ein Genie geworden.

»Jetzt lass doch den Quatsch. Wir sprachen gerade von der Zukunft in Abessinien, dem Platz an der Sonne, und nicht von deinen finsteren Weissagungen.« Fortunato suchte einen Ausweg aus der düsteren Stimmung.

»Heißt das jetzt, dass wir auch nach Apfelsinien gehen werden?«, fragte Elisabetta, aber sie erhielt darauf keine Antwort.

Juni 1936

Die Recuperanti II

Am Abend hatte sich ein Trupp Arbeiter aus Rovereto im Albergo Stella d'Italia einquartiert. Ihre Firma habe der Gemeinde Folgaria die schweren Panzerkuppeln und Eisenträger des Forts Martinella abgekauft, und nun seien sie hier, um sie zu holen, erklärten sie den neugierigen Stammgästen. Über die Hintergründe dieses Geschäfts war in Palera schon länger spekuliert worden: Mit dem Erlös sollte das löchrige Dach der Schule repariert werden, berichteten die einen. Für die Balilla sollten neue Uniformen gekauft werden, sagten die anderen. Einig war man sich nur darin, dass die Gemeinde wegen ihrer hohen Schulden gar keine andere Wahl gehabt hatte, als das Fort den Schrotthändlern zu überlassen.

Metall war wertvoll geworden, seitdem der Völkerbund wegen des Kolonialkrieges in Afrika Sanktionen gegen Italien verhängt hatte. Die Metallsammler von der Balilla, die letztlich für nicht viel mehr als ein paar alte Löffel und rostige Dosen von Tür zu Tür gezogen waren, hatten nicht den erhofften Erfolg gebracht, obwohl sie immer wieder versucht hatten, den Bewohnern ein schlechtes Gewissen zu machen. Wer nicht spende, mache sich mitschuldig, wenn der Sieg über Äthiopien ausbliebe. »Wer nicht für uns ist, ist gegen uns«, hatte Mussolini skandiert, und so war eines Tages die faschistische Miliz vor der Villa des alten Sozialisten Piscel aufgezogen und hatte mit patriotischer Zeremonie die prachtvoll verzierten gusseisernen Gartenzäune abgesägt.

Paolo Morelli hatte von dem Geschäft mit dem alten Fort schon frühzeitig Wind bekommen und es durch seine guten Verbindungen geschafft, auch hierbei einen lukrativen Auftrag zu erhalten. Seine Aufgabe war es, den Schrott mit seinen Lastwagen von der Martinella nach Calliano zu fahren, wo er auf die Bahn verladen werden sollte. Genau wie 1914, als er die Panzerteile aus dem Etschtal herangekarrt hatte, nur eben in die andere Richtung. Paolo schätzte den Aufwand auf immerhin hundert Fahrten, und da er bergab mit geringeren Benzinkosten rechnen konnte, würde es sicher ein einträgliches Geschäft.

Zwei Wochen später wanderten Quirino Carbonari, Silvano Longhi und einige andere Dörfler zum Fort hinauf, um sich das Schauspiel aus der Nähe anzusehen. Die vier rostbraunen Panzertürme für die Haubitzen waren schon mit Hebekränen vom Beton abgehoben worden und standen nun in Reih und Glied neben ihren Geschützbrunnen. Die Szenerie erinnerte Silvano an den Sommer 1914, als er dem Obermonteur von Skoda & Cie beim Einbau der Kuppeln hatte helfen dürfen.

»Zwanzig Tonnen das Stück«, kommentierte Silvano und strich mit der Hand sanft die Rundung einer Kalotte entlang. »Bester Pilsener Chrom-Nickel-Stahl. Geheimlegierung. Die Österreicher sagten, sie würden auch ohne Farbe niemals verrosten.«

Quirino war beeindruckt. Zwanzig Tonnen, so viel Metall hatten sie damals nach dem Krieg vielleicht in zwei Monaten sammeln können, als sie noch mit der ganzen Familie losgezogen waren, um Blindgänger zu suchen.

»Hier, schau mal.« Silvano zeigte auf eine tiefe Schramme in der Oberfläche eines der Panzer. »Ein Streifschuss. Was glaubst du, was so etwas jedes Mal für einen Lärm gemacht hat. Manchmal hat die Kuppel nachgeschwungen wie eine Kirchenglocke, und die Besatzung purzelte halb taub die Eisentreppe in den Batteriegang hinunter. Bei einem Volltreffer...«, Silvano umstrich den handtellergroßen Kraterrand an einem anderen Panzer, »... war die Besatzung so geschockt von dem Lärm, dass sie anschließend einen halben Tag dienstfrei bekam.«

Quirino sah ihn ungläubig an. Er klopfte mit dem Knöchel seines Zeigefingers gegen den dicken Stahl. Da klingelte und schwang nichts, die Kuppel gab keinen Laut von sich. Enttäuscht wandte er sich den Demontagearbeiten zu.

Auf dem Verdeck des Forts waren Arbeiter mit Schweißgeräten am Werk. Sie wirkten in ihren weiten grauen Overalls und ihren dunklen Schweißerbrillen ein wenig so wie die Rennfahrer, die im letzten Sommer mit ihren Automobilen über die Pässe und an Palera vorbeigebraust waren. Die Schneidbrenner zerschnitten die Panzerkuppeln mühelos und mit lautem Zischen. Ein dichter Funkenregen fiel sprühend auf den Boden, es roch nach Eisen und Schmiede. Was ein Jahr der Beschießung durch die italienische Belagerungsartillerie und zwanzig Jahre Hochgebirgswinter nicht hatten zerstören können, filetierten die Schweißer innerhalb weniger Stunden. Erst jetzt konnte man sehen, wie dick diese Panzer wirklich gewesen waren, und es wunderte nun niemanden mehr, dass sie auch schwersten Kalibern standgehalten hatten.

Quirino hob ein Stück mit markanten Trefferspuren auf. »Kann ich das haben, als Andenken?«, fragte er den Arbeiter, der es gerade auseinander geschweißt hatte.

»Klar doch, fünf Lire, und der Brocken gehört dir«, lachte der Schweißer, und seine weißen Zähne bleckten in einem Gesicht, das vom Eisenstaub ganz schwarz war.

›Fünf Lire! Wenn ich die hätte, würde ich mir etwas Nützlicheres kaufen als das hier‹, dachte Quirino und ließ das Teil lässig wieder fallen.

Silvano betrachtete den Arbeiter. Was für ein Kontrast zu dem Skodamonteur, der damals hier im Anzug angetreten war und gearbeitet hatte wie ein Uhrmacher. ›So wie der aussieht und redet, ist er bestimmt ein echter Italiener‹, dachte er bei sich.

»Machen Sie das eigentlich schon lange?«, fragte er den Mann.

»Den ganzen Sommer über sind wir schon auf den Bergen unterwegs. Zuletzt drüben beim Fort Campolongo. Da brauchten wir gar nichts zu sprengen, die Österreicher hatten mit ihren Mörsern schon vorher ganze Arbeit geleistet, die Panzertürme lagen auf dem Verdeck herum wie die Muscheln am Lido von Venedig. Beim Fort Verena war es ganz ähnlich. Man munkelt, die Österreicher hätten denen etwas in den Beton gemischt, keine Ahnung, wie sie das angestellt haben sollen.« Der Arbeiter genoss es augenscheinlich, sich mit seinem besonderen Wissen hervorzutun. Silvano versuchte sich zu erinnern. Hatte nicht sein Vater einmal so etwas erwähnt? Österreichischer Zement und italienische Festungen? Hätte er ihm doch damals nur besser zugehört.

Wie riesige Scherben lagen die zersägten Stahlpanzer schließlich auf dem Verdeck und die Arbeiter ließen sich davor fotografieren wie Großwildjäger vor erlegten Elefanten. Während Quirino die Schweißer um ihre leicht verdienten Erfolge beneidete, wurde Silvano melancholisch beim Anblick dieses alten Raubtiers, dem man gerade die Klauen und Zähne gezogen hatte. Die gähnenden Löcher wirkten wie Wunden, von der alten Wehrhaftigkeit des Forts war nur noch wenig zu spüren. Aber das sollte erst der Anfang sein.

Nachdem Paolos Laster alles Metall abtransportiert hatten, das man oberhalb der Betondecke hatte abschweißen können, wurden mit Presslufthämmern Löcher in den Beton gebohrt, um auch noch die dort verankerten letzten Reste der Panzer herauszusprengen. Aus Verona kamen hierzu italienische Pioniere, für die das eine willkommene Übung war – oder vielleicht auch eine späte Rache an den verhassten Habsburgern.

Die Soldaten meinten es gut mit der Dosierung des Dynamits. Die Stahlteile sprangen mit lautem Getöse hoch in die Luft und einige schwere Stücke mussten anschließend wieder mühsam den steilen Abhang des Terragnolotals heraufgezogen werden. Aus den kleinen Wunden mit sauberen Rändern, die der Krieg hinterlassen hatte, waren jetzt große, ausgefranste Krater geworden. Die einstigen Konturen des Forts lösten sich mehr und mehr auf.

Als Nächstes sollten die starken Eisenträger ausgebaut werden, auf denen das Betonverdeck ruhte. Vorsichtig wollte man sie nach innen herausstemmen, damit die Decke des Forts erhalten bliebe.

Besucher hätten die Ruine dann immer noch gefahrlos betreten und Paolo hätte weiterhin hoffen können, hier oben irgendwann ein kleines Museum mit einem Ausflugslokal zu eröffnen. Aber er sollte später noch froh darüber sein, dass der Fotograf aus Folgaria schon letzten Sommer Ansichtskarten von der damals noch unbeschädigten Festung für ihn gemacht hatte, denn das Fort sollte am Ende dieses Raubzugs nichts mehr von seiner alten Form zurückbehalten.

Quirino witterte die Gelegenheit, endlich einmal mit dem Metall-detektor angeben zu können, den er sich aus einem alten Radio-gerät gebastelt hatte. Schon früh morgens war er mit einem Ruck-sack voller Geräte, Batterien und Kabel die Armierungsstraße hinaufgeeilt. Immer wieder hatte er sich dabei die richtige Be-dienung des Apparats vor Augen geführt, denn diese Chance würde er nur einmal bekommen.

Oben angekommen zog er das Holzkästchen aus seinem Ruck-sack, stöpselte eine Kupferspule ein, die er um einen hölzernen Kochlöffel gewickelt hatte, setzte sich ein Paar Kopfhörer auf und drehte an dem Skalenknopf.

»Schaut mal her«, rief er den Arbeitern zu und winkte mit den Kopfhörern.

Er hielt die Spule über die Betondecke des Batterieblocks und ließ den Vorarbeiter durch den Kopfhörer das unmelodische Jaulen hören.

»Die ganze Decke steckt voller Eisen«, erläuterte er die selt-samen Töne.

Die Arbeiter begriffen die Funktion des Gerätes erst richtig, als Quirino es an die Reste einer Panzerkuppel hielt, was der Detektor mit hellem Aufheulen quittierte.

»Wie soll denn das Eisen in die Decke gekommen sein? Nach unseren Plänen ist die Betondecke hier drei Meter stark, und erst ganz unten gibt es eine Reihe Eisenträger, die man von innen ja auch gut sehen kann«, fragte der Vorarbeiter.

Quirino stellte den Detektor ab.

»Um den Beton gegen weiteren Beschuss zu härten, haben die Österreicher bei ihren Reparaturarbeiten im Sommer 1916 alles an Blindgängern, Granatsplittern und stählernen Hindernispfählen in den Beton eingemischt, was sie in die Hände bekamen. Und weil das Fort monatelang beschossen worden war, fanden sie hier oben zig Tonnen davon!«

»Woher willst denn ausgerechnet du das wissen, du hast doch damals noch in den Windeln gelegen«, legte der Vorarbeiter forschend nach.

»Silvano Longhi hat mir das erzählt, der war während des ganzen Krieges hier oben und muss es schließlich wissen«, gab Quirino trotzig zurück.

Der Vorarbeiter ließ sich mithilfe von Quirinos Detektor eine erfolgversprechende Stelle zeigen, um dort eine Probe zu machen. Und richtig, der Bohrer traf schon nach wenigen Zentimetern auf etwas Hartes. Bei der anschließenden Sprengung kamen tatsächlich schwere Granatsplitter und Geschossböden zutage. Der Vorarbeiter versuchte abzuschätzen, wie viel Eisen dort wohl einbetoniert war, und er kam zu dem Ergebnis, dass es sich vermutlich lohnen würde, hier weiterzusuchen.

Die Abrissfirma entschloss sich, die gesamte drei Meter starke Betondecke des Forts zu sprengen, um die wertvollen Eisenteile dann mit Pressluthämmern aus den Trümmern herausbrechen zu können. Sprengstoff hatte das Militär offensichtlich genug, tagelang war das Fort in eine Staubwolke gehüllt und dröhnte unter den Explosionen und den Schlägen der Bohrhämmer. Durch Quirinos Erfindung war die Suche nach dem Eisen sehr erfolgreich. Er krabbelte mit seinem Gerät über die Trümmerhaufen, immer das jaulende Auf und Ab des Detektors in seinen Kopfhörern, und zeigte den Arbeitern wie ein Wünschelrutengänger, wo es noch etwas zu holen gab. Der Unternehmer verdiente Tausende Lire zusätzlich damit und speiste Quirino zur Belohnung mit 50 Lire ab. Auch die Arbeiter waren mit Eifer bei der Sache. Die Hoffnung darauf, Andenken, Orden oder gar einen verborgenen Schatz zu finden, beflügelte ihre Fantasie. Erst das Gerücht, die

Österreicher hätten auch ihre Toten hier einbetoniert, dämpfte ihre Euphorie schließlich wieder etwas.

»Unfassbar, was sich die Österreicher damals für eine Mühe mit dem alten Kasten gemacht haben«, sagte der Vorarbeiter anerkennend zu Paolo Morelli, der den Abtransport des Schrotts mit seinen Lastern überwachte. »Es muss doch eine wahnsinnige Arbeit gewesen sein, die schweren Panzer und den vielen Zement hier herauf auf die Martinella zu bringen.«

»Ja, in der Tat, das war damals eine große Leistung. Auf jeden Fall gehörte mehr Wissen und Sorgfalt dazu, das Fort aufzubauen, als es jetzt in Trümmer zu legen«, erwiderte Paolo.

Der Vorarbeiter war sich nicht sicher, ob in Paolos Stimme Mitleid mit der Festung oder Verachtung für ihn mitschwang. Er deutete auf Quirino, der mit seinem Metalldetektor wie ein Schatzsucher im Rausch über die Trümmer wuselte.

»Der Junge hat es drauf, auf so jemanden kann Italiens Zukunft bauen«, sagte der Vorarbeiter auf der Suche nach einem gemeinsamen Standpunkt.

Paolo hielt es für besser, sich nicht gegen Italiens Zukunft zu stellen, murmelte einige unbestimmte Floskeln und ließ den Vorarbeiter stehen.

Während Quirino in Erfolg und Anerkennung schwelgte, wurde Paolo zunehmend stiller. Er verfolgte den Fortgang der Sprengungen mit fast besorgter Anteilnahme. Als die Decke des Verbindungsgangs gesprengt werden sollte, verließ er die Baustelle und kehrte erst wieder zurück, als die Abrissarbeiten beendet waren. Das Fort hatte seine markanten Konturen nun völlig verloren, die Decken waren eingestürzt und die einst tiefen Gräben waren mit Schutt gefüllt. Was blieb, war eine hellgraue Steinwüste, in der nur wenige leere Fensterhöhlen darauf hindeuteten, dass dies einmal ein wehrhaftes Bauwerk gewesen war. Was dem Weltkrieg nicht gelungen war, hatten am Ende die Schneidbrenner und Quirinos Erfindung innerhalb weniger Wochen erreicht.

September 1938

Der Kommandant emigriert

Alois Matura betrachtete das Spiegelbild seiner Frau Elise in der Fensterscheibe. Die turbulenten Ereignisse seit dem »Anschluss« an das »Altreich« hatten tiefe Spuren in ihrem Gesicht – und gewiss auch in dem seinen – hinterlassen. Jetzt wirkte sie zum ersten Mal seit Tagen etwas entspannter.

Ein Rucken ging durch das Abteil, der Schnellzug von Wien nach Mailand nahm wieder Fahrt auf. Die Kontrollen und Schikanen der Gestapo an der Zollstation des Brennerpasses waren hoffentlich ihre letzte Begegnung mit den Nazis gewesen. Die Ausfuhr von Gold stand jetzt unter schwerer Strafe, aber Elise hatte dankbar bemerkt, wie der Zöllner, bestimmt ein alter Österreicher, ihr laienhaft verstecktes Schmuckkästchen ungeöffnet wieder zurück in den Koffer gesteckt hatte.

Als sie den italienischen Finanzieri ihre Ausreisepapiere hinstreckten, winkten die sie mit einer mitleidigen Geste durch. Und nun rollten sie durch die Tunnels und über die Viadukte der Brennerbahn in den spätsommerlichen Süden. Matura hatte ein weiteres Kapitel seines Lebens abgeschlossen – wäre das nicht ein geeigneter Zeitpunkt, um eine persönliche Bilanz zu ziehen?

Die Stimmung in Österreich war schon vor dem »Anschluss« alles andere als freundlich gegenüber Juden gewesen. 1932 war er daher mit einigen alten Kriegskameraden in den Bund jüdischer Frontsoldaten eingetreten, um gemeinsam mit ihnen den Vorurteilen der Judenhasser entgegenzutreten. Einmal hatte er sogar in der »Jüdischen Front« einen Artikel über seine Zeit im

Fort Martinella veröffentlicht. Aber im Grunde war das alles nichts als ewige Rechtfertigung, das gegenseitige Aufrechnen von Heldentaten, Orden und Gefallenen, um den sinnlosen Beweis zu führen, dass Juden nicht weniger wert waren als Nichtjuden. Die jahrtausendealte Geschichte eben.

Kürzlich war in Deutschland ein Roman über die Geschichte der sieben Festungen auf den Hochebenen erschienen, und es war nur eine Frage der Zeit, bis auch der Film dazu in die Kinos kommen würde. Alois hatte schon geahnt, dass dieses Buch der reinste Schund war, aber letztlich hatte seine Neugierde doch gesiegt, und er hatte es gekauft. Es war wie alle Kriegsromane: ein bisschen Tatsache, hier mehr Heldentum, dort weniger Heimweh, etwas Liebelei dazu, und schon ging das Ganze als Erbauungsstoff für die Hitlerjugend durch. Wirklich schockiert hatte ihn aber, dass er und seine polnischen und jüdischen Offizierskameraden plötzlich deutsch klingende Namen bekommen hatten. Man hatte ihnen ihre Identität und Geschichte gestohlen und sie irgendwelchen erfundenen Ariern geschenkt. Was hätte man einem ehemaligen k. u. k. Offizier noch mehr rauben können?

Und jetzt? Zu lange hatten Elise und er den Gedanken an eine Auswanderung verdrängt. Das werde sich wieder legen in Deutschland, die Österreicher seien ja ganz anders, und überhaupt: Wer einst den Fahneneid seines Heeres in elf verschiedenen Sprachen hatte ableisten lassen können, würde doch wohl noch die paar lächerlich wenigen Juden verkraften können – an Hoffnungen und Ausflüchten hatte bis zum März 1938 kein Mangel geherrscht unter den Juden in Österreich. Aber kaum waren die Deutschen in Wien einmarschiert, hatte sich auch hier der Mob von seiner schlimmsten Seite gezeigt. Er wollte gar nicht mehr an all die Erniedrigungen denken, die seine Familie hatte erdulden müssen. Auf einmal war es nicht mehr um Auswandern gegangen, sondern nur noch um Flucht.

Die meisten der umliegenden Länder hatten wegen der massenhaften Emigration deutscher und österreichischer Juden Einreisebeschränkungen erlassen, und plötzlich war Shanghai der einzige Ort auf der Welt, den man noch ohne Visum betreten konnte. Die Kartenpreise für eine Schiffspassage dorthin waren seit dem März regelrecht explodiert, dreitausend Reichsmark hatten sie für die beiden Tickets der Lloyd Triestino bezahlen müssen. Übermorgen würde der Expressdampfer Mano Bianca in Genua ablegen, und in drei Wochen würden sie im Fernen Osten ein neues Leben beginnen.

Na ja, neues Leben. Zehn Reichsmark hatte jeder von ihnen mitnehmen dürfen und offiziell keinerlei Wertgegenstände im Handgepäck. Was würde man damit schon für ein Leben führen können? Shanghai war wild und fremd und tropisch, und vor den Toren der Stadt führten die Japaner Krieg gegen die Chinesen. Matura sprach zwar Jiddisch, Deutsch, Slowenisch und Italienisch, aber leider kein Englisch, geschweige denn Chinesisch. Und sie hatten keine Freunde oder Verwandten dort und würden vom ersten Tag an völlig auf sich allein gestellt sein.

Elise lächelte ihn zaghaft an, als könnte sie seine Gedanken lesen, und er versuchte sie mit einem optimistischen Blick aufzumuntern. Aber beiden fielen keine passenden Worte ein, und so schauten sie wieder aus dem Zugfenster, als könnten sie dort die Vorboten ihrer ungewissen Zukunft finden.

Matura erinnerte sich an den Sommer 1919, als er aus italienischer Kriegsgefangenschaft in seine Geburtsstadt Maribor zurückgekehrt war. Seine Heimat hatte nicht mehr zu Österreich gehört, sondern war zu Jugoslawien geworden, seine Karriere als Berufssoldat war mit 31 Jahren frühzeitig beendet und der Bedarf an Männern, die sich auf das Kriegführen verstanden, war gleich null.

Damals war er wie viele ehemalige k. u. k. Offiziere nach Wien gezogen, wo er das ungemeine Glück gehabt hatte, Elise kennenzulernen. Ihr Vater hatte patriotische Gesinnung oder auch einfach nur Mitleid gezeigt und dem mittel-, arbeits- und illusionslosen Alois Matura eine Anstellung in seiner Eisenwarenhandlung angeboten. Dort hatte er im grauen Kittel hinter der Ladentheke gestanden und in der Hierarchie der Angestellten ganz unten angefangen. Fahrradlampen statt Sprenggranaten, Quittungszettel statt Verlustmeldungen, »Bitte schön, der Herr« statt »Marsch, Marsch, Männer«.

Die Umstellung war ihm nicht leichtgefallen, denn in der Armee hatten Demütigungen nach festen Regeln stattgefunden, während man als Zivilist auf alles gefasst sein musste. Aber es war aufwärtsgegangen, bald hatte er Prokura gehabt und nach der Heirat mit Elise auch die Aussicht auf eine spätere Beteiligung am Geschäft.

Für ihn war die Welt wieder im Lot gewesen und es hätte auch so bleiben können, wenn man nicht irgendwann geglaubt hätte, in den Juden die Ursache für alle Übel dieser Welt zu erkennen. Und nun stand er wieder da, wo er schon einmal nach dem Krieg gestanden hatte. Ob er wohl ein zweites Mal die Kraft aufbringen würde, sich wieder nach oben zu arbeiten? Jetzt, wo er zwanzig Jahre älter war, seine zarte und stets behütete Frau beschützen musste, und das in einer völlig fremden Kultur, deren Sprache und Sitten er nicht einmal ansatzweise verstand? Alois Matura hegte berechtigte Zweifel.

Der Zug fuhr in Trient ein. Eigentlich hätte er jetzt einen Abstecher zu seinem alten Fort machen können, aber wer auf der Flucht ist, sieht nur noch sein Ziel vor Augen und hat keine Muße für nostalgische Blicke zurück. Zwanzig Jahre lang hatte er keine Sehnsucht nach dem alten Kasten gehabt, warum sollte er ihn ausgerechnet jetzt noch einmal sehen wollen? Er hatte vor Kurzem im Stuttgarter »Bunten Blatt« gelesen, die Italiener hätten die altösterreichischen Gebirgsfestungen gesprengt, um an den wertvollen Stahl zu kommen. Diesen Anblick wollte er sich ersparen. Nein, in Wahrheit hätte es ihm sogar gutgetan, die Vergangenheit, die er jetzt hinter sich lassen musste, in Trümmern versunken zu sehen. Aber er hatte einfach Angst, dadurch womöglich sein Schiff zu verpassen und damit seine letzte Aussicht auf ein Überleben.

Der Krieg kam ihm jetzt wie ein Traum vor. 1914 hatte er sich gefühlt wie ein U-Boot-Kommandant: elitär, stolz und unbesiegbar. 1915 dann die Feuertaufe, die er und seine Mannschaft mit Anstand bestanden hatten. Es hatte Momente der gemeinsamen Not und der Bewährung gegeben und einen festen Zusammenhalt in der Besatzung, und es hatte Orden und Beförderungen gegeben und lobende Erwähnungen in den Zeitungen.

Nachdem das anfänglich stark wütende Feuer der italienischen Belagerungsartillerie in müde Routine verfallen war, hatten sich auch die Generäle und Erzherzöge zur Besichtigung ins Fort gewagt, und als die Front nach der Offensive dreißig Kilometer weit nach Süden gewandert war, hatte sogar Kaiser Karl die Festung besucht.

Anfangs war seine Besatzung noch geschmeichelt gewesen, wenn ein Tross mit hohen Tieren gekommen war, aber dann waren sie das Putzen und Wienern und all die Potemkinschen Dörfer einfach nur noch leid gewesen. Nach der Offensive hatten viele Festungsartilleristen ihren sicheren Bau verlassen müssen und waren an die Front kommandiert worden, wo sie, ungeübt im Infanteriekampf, beim Stürmen auf namenlose Bergketten große Verluste erlitten hatten.

Er selbst hatte insofern Glück gehabt, als man ihn für unentbehrlich gehalten hatte, um das Fort verteidigungsbereit zu halten – für alle Fälle. Andererseits war eben das aber auch in gewisser Hinsicht sein Pech, denn Orden und vor allem Beförderungen hatte es in dieser Etappe für ihn nicht mehr gegeben. Und das Kriegsende? Die Männer hatten nur noch nach Hause gewollt, vorzugsweise mit heilen Knochen. Nur sein Werkmeister, der verbohrte Rechenberger, hatte damals noch nicht begriffen, dass der Krieg aus und verloren war, und hatte immer noch den Helden mimen wollen. Überhaupt, dieser Rechenberger!

Im Frühjahr 1934 war Alois Matura zum Kriegsarchiv in Wien gegangen, um sich seine Auszeichnungen beglaubigen zu lassen, seine Goldene Tapferkeitsmedaille und seinen Orden der Eisernen Krone, III. Klasse zwar nur, aber immerhin. Er hatte die Dokumente im oder nach dem Krieg verloren, wo, wusste er nicht mehr.

Im Kriegsarchiv hatte es zu dieser Zeit von Juden nur so gewimmelt, die ihre Tapferkeit und ihr Heldentum amtlich bestätigt wissen wollten. Irgendwie hatte das damals schon angefangen mit ihrem verfluchten Minderwertigkeitskomplex. Und wer war ihm da über den Weg gelaufen? Rechenberger! Ganz offensichtlich war er nicht nur hier gewesen, um ein paar persönliche Papiere abzuholen. Sein Tisch im Lesesaal, auf dem sich graue Kartons voller Unterlagen gestapelt hatten, deutete auf einen längeren Aufenthalt hin.

Matura erinnerte sich noch genau an ihren Wortwechsel.

»Grüß Gott, Herr Rechenberger. Ich kann mich gar nicht erinnern, Sie einmal in Zivil gesehen zu haben. Wie geht es denn so?«

Sie hatten sich seit dem Kriegsende nicht mehr gesehen, und so hatte er versucht, das Gespräch möglichst belanglos anzufangen. Er erinnerte sich noch an die kurze Befangenheit auf beiden Seiten, jetzt da militärische Ränge belanglos geworden waren und man sich sogar bei der Anrede unsicher war.

»Grüß Gott, Herr Matura. Ich dachte, Sie leben jetzt in Jugoslawien?«

Matura hatte damals geglaubt etwas Abfälliges in dieser Frage zu spüren, so als hause er bei den Negern im Dschungel.

»Wissen Sie, Herr Rechenberger, ich war damals österreichischer Offizier, und nun bin ich österreichischer Bürger, so geht das halt.«

Rechenberger hatte geschwiegen, seine Lippen waren schmal geworden, und irgendwie lag Streit in der Luft. Matura hatte etwas Unverbindliches nachschieben wollen, aber unbedacht hatte er alles noch viel schlimmer gemacht.

»Na und Sie, sind Sie auf der Suche nach den Gründen, warum wir den Krieg verloren haben?«

Rechenberger war weiß geworden wie eine Wand, er hatte sichtlich um passende Worte gerungen.

»Warum wir den Krieg verloren haben, weiß ich schon lange. Es lag an der Heimat, die nicht mitzog, an den vielen minderwertigen Rassen im Reich und an gewissen Geschäftsleuten, die nur an ihren Profit dachten. Die Armee war im Felde unbesiegt, sie hat bis zum Ende heroisch gekämpft – die meisten jedenfalls.«

Matura waren die Parolen Rechenbergers bekannt vorgekommen: das tapfere Heer, hinterrücks erdolcht, die unzuverlässigen slawischen Völker, die nur ihre Unabhängigkeit im Sinn hatten, und die reichen Juden, die nach der Niederlage noch reicher waren als zuvor. Und die Spitze gegen seine Kapitulation damals konnte er auch nicht überhören. Gegen Parolen waren ihm noch nie gute Antworten eingefallen, aber bevor er noch etwas hatte erwidern können, hatte Rechenberger nachgelegt:

»Bei allem Respekt, Herr – Matura, aber Sie sind nicht mehr mein Vorgesetzter, und es geht Sie wirklich nichts an, was ich hier mache.«

Matura war nicht mehr dazugekommen, versöhnliche Worte zu suchen, denn Rechenberger hatte sich schon auf dem Absatz umgedreht und war mit einem Schnaufen, das wohl verächtlich wirken sollte, zurück zu seinem Tisch im Lesesaal gegangen.

Damals war Matura einfach nur verblüfft gewesen, aber da ihn nie etwas Persönliches mit dem Werkmeister verbunden hatte, hatte er der Begegnung keine besondere Bedeutung beigemessen. Erst als er später bei einem Kameradschaftsabend seiner Frontsoldaten darauf zu sprechen kam, wies man ihn auf die Rolle Rechenbergers als ein umtriebiger Parteigänger der damals noch verbotenen österreichischen Nationalsozialisten hin. Wie er später erfuhr, hatte Rechenberger 1934 nach dem Juliputsch nach Deutschland flüchten müssen. Vermutlich war er nach dem »Anschluss« nach Wien zurückgekommen, und Matura war nach dieser Eröffnung froh gewesen, dass es zu keiner weiteren Begegnung mehr zwischen ihnen gekommen war.

Der Zug ruckte an und sie passierten bald darauf Calliano. Das Nest hatte im Krieg hauptsächlich aus einem riesigen Bahnhof bestanden, im dem ständig Munitionszüge aus- und Lazarettzüge vollgeladen wurden. Heute wirkten die kilometerlangen Verladerampen und verrosteten Kräne verwaist und deplatziert. Hier waren während des Krieges nicht nur Waffen und Menschen umgeschlagen worden, sondern auch Unmengen von Zement.

Die Soldaten und Landsturmarbeiter hatten während der Beschießung des Forts und noch ein Jahr nach der Maioffensive wie die Besessenen betoniert. In den Schützengräben an der Front hatten sich die Infanteristen aus Holzprügeln armselige Unterstände gegen die italienischen Granaten und Schrapnells gebaut, und in seinem Fort weit hinter der Front hatten hundert bosnische Arbeiter rund um die Uhr Zement gemischt, geschaufelt und betoniert, um die Festung standfest für die Ewigkeit zu machen. Matura hatte Rechenberger damals keine Vorwürfe dafür machen können, diese Entscheidungen waren im Geniestab der Brigade und in der Geniedirektion in Trient gefallen und der Werkmeister hatte die Befehle nur gewissenhaft umgesetzt.

Überhaupt hatte er sich über den Mann damals nicht beklagen können. Pünktlich, genau und verlässlich war er gewesen, er hatte alles verkörpert, was man von einem Soldaten erwarten konnte. Aber irgendwie hatte er nirgends dazugehört. Er war weder Artillerist noch Infanterist gewesen, der dem Feind durch eigenes Zutun hatte treffen können, sondern eben ein Baumeister.

Seine Waffen waren Beton und Stahlstützen gewesen, und die hatte er verbissen eingesetzt, um den Krieg gegen Italien zu gewinnen. Orden hatte er dafür auch bekommen, und das nicht zu knapp, aber es hatte ihm an Gelegenheiten für echte Heldentaten gemangelt – oder für das, was er dafür hielt. Und Dünkel hatte er immer gehabt, gegen die polnischen Artilleristen, die muslimischen Landsturmarbeiter aus Bosnien, den ungarischen Festungsarzt, gegen alles, was nicht von Geburt an Deutsch sprach. Und wahrscheinlich auch gegen ihn, den slowenischen jüdischen Festungskommandanten. So gesehen war seine Karriere bei der österreichischen NSDAP wohl nur die logische Konsequenz aus seinen persönlichen Einstellungen.

Matura kramte einen Briefumschlag voller Fotografien aus seiner Tasche. Mit Eltern und Geschwistern zwischen Farnwedeln im Fotoatelier, Porträts in Uniform und immer mehr Sternen am Kragen, Elise verliebt, Elise in Weiß, die Offiziere des Forts Martinella. Ein Fotograf des Kriegspressequartiers hatte dieses Bild aufgenommen, eine der seltenen Innenaufnahmen mit Magnesiumblitzlicht. »16. August 1916«, stand auf der Rückseite.

Sechs Stunden zuvor war der Verbindungsgang durchschlagen worden, und kaum waren die armen Opfer fortgeschafft, hatten die Offiziere vor dem Ort der Verwüstung posiert wie die Großwildjäger. Der kleine Festungsarzt Dr. Bago mit seinen ungesund glänzenden Augen, der Artilleriekommandant Oberleutnant Jaremko mit den hängenden Tränensäcken und dem Kaiser-Wilhelm-Schnurrbart, der pausbäckige Landesschützenkommandant Darfinger mit seinen Wickelgamaschen, zwei schmale Fähnriche mit schüchternem Lächeln, er selbst in ernster und gestellt standhafter Haltung und neben ihm Werkmeister Rechenberger. Überrascht vom Blitzlicht starrten sie alle in die Kamera. Das Ereignis hatte Spuren in ihren Gesichtern hinterlassen, sogar der Werkmeister wirkte auf dem Foto verunsichert.

Die grelle Magnesiumflamme hatte den Einschlagkanal in der Decke in einen unauffälligen schwarzen Fleck auf einer Tapete aus silbrig aufleuchtenden Kondenswassertropfen verwandelt. Die Explosion der Granate im Gang hatte große Betonbrocken aus der Decke und aus der Wand gerissen. Hinter den Offizieren baumelten zerrissene Elektrokabel und zerdrückte Sprachrohrleitungen von der Wand, von der Decke hing ein abgeknicktes Lüftungsrohr. Und was war das da neben Rechenberger? Matura hielt die Fotografie etwas schräg, als könnte er dadurch von der Seite in den Verbindungsgang schauen. War da in der Wand neben Rechenberger nicht etwas Regelmäßiges, ein Abdruck oder gar Zeichen, in dem Betontrichter zu erkennen?

Der Zug kam durch Ala, den alten Grenzübergang nach Italien. Matura bemerkte einen traurigen Glanz in Elises Augen, jetzt verließen sie das Österreich ihrer Jugend. Sie griff nach seiner Hand, fahrig und unkonzentriert.

»Du denkst an deine Eltern, nicht wahr?«, fragte Alois.

»Sie werden nicht nachkommen, wie sie es gesagt haben. Sie werden bleiben wie so viele von den Alten. Sie haben einfach nicht mehr die Kraft. Und das Schlimmste ist, sogar wenn der Nazispuk bald zu Ende ginge, würden sie zerbrechen an dem, was sie in den letzten Monaten erleben mussten. Die eigenen Angestellten, Nachbarn und sogar ehemalige Freunde haben ihnen ohne Grund einen so abgrundtiefen Hass entgegengebracht. Das werden sie niemals überwinden können.« Elise brach in hemmungsloses Schluchzen aus, und die zugestiegenen Italiener sahen Alois vorwurfsvoll an, weil er seine schöne, zarte Frau offenbar so traurig gemacht hatte.

Matura schaute noch einmal kurz auf die Fotografie. Der Krieg war vorbei, und vielleicht wäre es besser, ihn nicht mitzunehmen in eine hoffentlich friedlichere Zukunft, sondern ihn dort zu lassen, wo er gewütet hatte. Er zerriss das Papier in briefmarkengroße Stücke, hielt sie aus dem Fenster und sah ihnen nach, wie sie im Fahrtwind zerstoben.

Sie erreichten die oberitalienische Tiefebene, von der sie im Krieg so oft geträumt hatten. Matura wollte nicht wieder seinen angstvollen Gedanken an die Zukunft folgen und suchte nach einer Ablenkung. Er beschloss, noch ein wenig über die Vergangenheit nachzudenken. Warum nur hatte Rechenberger so heftig reagiert, als er ihn nach dem Zweck seines Besuchs im Kriegsarchiv gefragt hatte?

Oktober 1938

Lufthansa D-ABFL

Sie saßen an dem langen Lärchenholztisch im Albergo Stella d'Italia und suchten nach einem Gesprächsthema.

»Die kleine Elisabetta ist nun schon den dritten Tag verschwunden.« Enzo Capelettis Stimme klang gleichermaßen sorgenvoll und neugierig.

»Sie sucht bestimmt immer noch nach ihrem Soldaten dort oben im Fort Martinella«, vermutete Ugo Zobele. »Manchmal soll sie nachts durch die unterirdischen Gänge geistern, mit einer Kerze in der Hand, und Zaubersprüche vor sich hinmurmeln. Der Senner auf der Malga Maronia behauptet, dass ihm letztens wegen ihrer Hexerei ein Kalb mit zwei Köpfen geboren worden ist.«

»Vielleicht hat sie dieser schielende Hirte auf dem Gewissen? Der sitzt doch den ganzen lieben Tag allein in seiner Hütte und sieht seine Frau nur alle paar Wochen. Diesen Welschen ist einfach nicht zu trauen«, eiferte sich Basil Perprunner.

»Ach Basil, wir sind doch jetzt selbst Welsche, hast du das denn immer noch nicht begriffen?«, beschwichtigte Alberta Toller und legte ihm ihre Hand auf die Schulter.

»In letzter Zeit sind noch ganz andere Sachen vom Erdboden verschluckt worden. Nehmen wir doch einmal das deutsche Flugzeug, das seit Wochen vermisst wird. Es wollte von München nach Mailand, mit dreizehn Leuten an Bord, und ist niemals dort angekommen.« Ugo Zobele prahlte mit seinem Wissen als Zeitungsabonnent.

»Dann ist es auf jeden Fall westlich der Etsch abgestürzt.« Quirino schloss die Augen, um sich die Landkarte der Alpen vorzustellen, aber immer wieder schob sich das verknitterte Gesicht Elisabettas davor.

Ugo Zobele holte einen Zeitungsausschnitt aus seiner Jackentasche.

»Hier steht, dass man mittlerweile nicht ausschließen kann, dass sich die Maschine verflogen hat und auch östlich von Trient heruntergekommen sein könnte. Tausend Reichsmark hat die Lufthansa für den Fund der Ju-52 ausgesetzt. Das sind 4.500 Lire!«

Niemand erwiderte etwas, nur Quirino griff nach dem Papier, um das Bild des Flugzeugs zu betrachten. 4.500 Lire, was könnte man damit nicht alles machen! Diese Frage nahmen sie alle mit auf ihren Weg nach Hause.

In der Hütte der Carbonaris herrschte ungewohnte Stille.

»Meistens war sie in der Ruine des Forts, wenn wir sie gesucht haben«, sagte Eliana abwesend, denn ihre Gedanken waren bei Dino Morelli und ihrem letzten Treffen oben auf der Martinella.

»Ich bin schon durch das ganze Fort gekrochen, auf dem Bauch bin ich durch die unterirdischen Gänge gerobbt, in jede Kaverne und Schlucht dort oben habe ich geschaut. Nichts. Wie vom Erdboden verschwunden.« Man merkte Quirino an, dass ihm seine Tante am Herzen lag. »Ich weiß gar nicht, wie es möglich ist, einfach so spurlos zu verschwinden.«

Fortunato starrte finster vor sich hin.

»Ich weiß nicht, was mit ihr mal werden soll. Wir werden immer älter und sie immer wunderlicher. Vielleicht hat sie das auch gespürt und ist einfach weggegangen«, sinnierte er.

Seine Frau Maria sah ihn sorgenvoll an und legte ihm stumm die Hand auf den Arm. Als sie die Gartentür quietschen hörten, wandten sich alle Augen zur Haustür.

»Ich bin müde«, verkündete Elisabetta vorwurfsvoll.

Sie hatte mindestens drei verschiedenfarbige Kleider übereinander an. Mit dem blauen Hütchen auf dem Kopf, dem weißen Nerz um den Kragen, den roten Samthandschuhen und der weißen Handtasche am Arm sah sie aus wie ein Paradiesvogel. Zahlreiche Kratzer und Schürfwunden ließen vermuten, dass sie einiges durchgemacht haben musste.

»Elisabetta! Mein Gott, wo hast du denn gesteckt!« Maria war aufgesprungen und hatte sie in die Arme genommen. »Und wie siehst du überhaupt aus. Woher hast du das denn alles?«

»Hunger!«, war die lapidare Antwort.

Maria setzte ihr einen Teller Polenta vor und Elisabetta begann das Essen gierig hinunterzuschlingen. Quirino öffnete derweil neugierig die Handtasche. Ein Spitzentaschentuch, ein Fläschchen Echt Kölnisch Wasser, ein Röhrchen Tabletten und ein Zettel kamen zutage.

»Das ist kein Italienisch«, stellte er fest.

»Gib mal her.« Fortunato nahm das Papier und begann vorzulesen: »Deutsche Lufthansa Aktiengesellschaft, Flugschein Nummer DE 173677.« Er blickte überrascht auf: »Sag mal, Elisabetta, wo hast du denn das gefunden?«

Elisabetta zeigte mit dem Finger zur Tür. »Draußen.«

Am nächsten Morgen machten sich die Carbonaris auf die Suche nach dem Flugzeug. Elisabetta war noch ganz erschöpft von den Strapazen der letzten Tage und verwirrt von ihren Eindrücken an der Absturzstelle. Die Familie wechselte unter ihrer Führung mehrfach die Richtung und verlor sich immer mehr auf den Wiesen der Hochebene. Am Ende gingen sie nach Süden, an dem Trümmerberg vorbei, der früher einmal das Fort Martinella gewesen war, und weiter hinaus in das ehemalige Niemandsland. Sanft geschwungene Almen kennzeichneten diese Gegend, unterbrochen von Tannenwäldern, grauen Felsbändern und engen Karstspalten. Man hatte keine klare Vorstellung von der Größe eines Passagierflugzeugs, aber hier konnte es unmöglich abgestürzt sein, ohne eine weit sichtbare Schneise der Verwüstung zu hinterlassen.

Quirino war der Erste, der das silbern glänzende Wellblech mit dem roten Band und dem Hakenkreuz aus der karstigen Felsspalte ragen sah. D-ABFL prangte in großen schwarzen Buchstaben auf dem Rumpf, genau wie es in der Zeitung beschrieben war. Man solle das Blech des Flugzeugs nicht berühren, um sich nicht an den scharfen Kanten zu verletzen, stand in der Zeitung geschrieben, aber wahrscheinlich hatte man mit dieser Warnung nur potenzielle Plünderer abschrecken wollen.

Mit betont ruhigem Atem ließ Quirino seinen Blick über die Wiesen gleiten. Wie damals nach dem Krieg, als sie noch Granaten und Zünder auf den Schlachtfeldern gesucht hatten, stand er reglos da und versuchte jede Unregelmäßigkeit zwischen den Grashalmen wahrzunehmen. Ein weißes Taschentuch. Ein ausgefranstes Stück Blech. Ein verbogenes Rohrstück. Da, ein rechteckiges Leder, das könnte etwas sein.

Langsam ging er auf den Fund zu, gerade so, als hätte er Angst, er könnte im letzten Augenblick in einem Murmeltierbau verschwinden. Die Brieftasche lag neben der geöffneten Blüte einer Silberdistel. Sie lag dort nicht wie verloren, sondern als hätte sie jemand für ihn hingelegt. Eine Versuchung oder ein Geschenk, wer konnte das wissen?

Vorsichtig hob er sie auf. Ein Flugschein, wie ihn Elisabetta gestern dabei gehabt hatte, das Foto einer schönen Frau mit schwarzen Dauerwellen, ein Ausweis. Den deutschen Reichsadler erkannte er, aber die verschlungene Schrift auf dem grauen Leinen konnte er nicht lesen. Der Mann auf dem Bild sah klug und nachsichtig durch seine Hornbrille, die beiden Fingerabdrücke neben dem Foto waren hingegen nichtssagend.

Der dicke blaue Buchstabe in Frakturschrift, der über die ganze linke Seite gestempelt worden war, hätte vielleicht ein »J« sein können. Die Brieftasche enthielt sonst nur Papiere, die er nicht lesen konnte. Gerade wollte er sie auf die Wiese zurücklegen, als er etwas Hartes, Schweres darin fühlte. Er trennte das Futter mit seinem Taschenmesser auf und holte zehn Goldmünzen heraus.

»Deutsches Reich 1877 10 Mark«, war darauf in verschnörkelter Schrift zu lesen. Hundert Mark also, immerhin. Er ließ die Münzen in seine Jackentasche gleiten und legte die Brieftasche zurück. Wie wertvoll zehn Goldmark wirklich waren, sollte er erst in der kommenden Woche bei einem Juwelier in Rovereto erfahren. Gerne hätte er jetzt in Ruhe das Wrack untersucht, denn sicher hatte es ein modernes und kompliziertes Funkgerät an Bord, aber da hörte er schon die Stimmen seiner Familie näherkommen.

Die Nachricht von dem Fund verbreitete sich schnell von Haus zu Haus, und so hatten die Carabinieri an dem Flugzeugwrack ihre liebe Mühe, die Neugierigen auf Abstand zu halten. Laut kommentierend standen sie um die Felsspalte herum und tauschten wichtige technische Erklärungen über den Flugzeugtyp und die mögliche Absturzursache aus.

»Die Maschine muss wohl ins Trudeln gekommen und dann wie ein Stein senkrecht in die Spalte gestürzt sein«, mutmaßte Basil Perprunner.

»Wäre es eine Caproni und nicht eine Junkers, wäre das bestimmt nicht passiert.« Paolo Morelli hatte die Hände in die Hüften gestützt und schob trotzig seinen Unterkiefer vor.

Silvano erinnerte sich, dass die Österreicher im Herbst 1915 einen italienischen Caproni-Doppeldecker hinter dem Fort abgeschossen hatten. Schon damals war so etwas eine Sensation gewesen. Die Trümmer waren sofort von Soldaten umringt gewesen, die ungeachtet der Gefahr, im deckungslosen Gelände Opfer eines plötzlichen Feuerüberfalls zu werden, aus ihren Unterständen und sogar aus der Etappe gekommen waren, um ihre Neugierde zu befriedigen.

›Die Menschen haben sich nicht verändert‹, dachte Silvano und schaute in die Runde, die wie die Teilnehmer eines großen Sonntagsausflugs wirkte. ›Nur bunter angezogen sind sie mittlerweile.‹ Den Anblick des verkohlten italienischen Piloten, dessen weißes Gebiss immer noch höhnisch zu lachen schien, hatte er niemals vergessen können.

Silvano riss sich von seinen Erinnerungen los. Als er die anderen darauf hinwies, dass in dem Wrack wahrscheinlich noch dreizehn Tote lagen, machte sich betretenes Schweigen breit. In Lucia Zobele kamen die Schreckensbilder hoch, die sie seit der Nachricht über den Absturz ihres Sohns Alfonso in Abessinien jede Nacht verfolgten. Ohnmächtig sank sie zusammen, und nur ein beherzter Griff Ugos bewahrte sie davor, ebenfalls in die Felsspalte zu stürzen.

Auch nachdem das Flugzeug längst geborgen war, blieb der Fund das Gesprächsthema Nummer eins in Palera.

»Was werden die Carbonaris wohl mit ihrem Finderlohn anfangen?«, fragte Basil Perprunner im Albergo in die Runde. »Ob es der alte Fortunato durchbringen wird?«

»Du elender Miesepeter! Ich finde, sie haben es wirklich verdient. Vor allem für die Kinder wäre es eine Chance für eine bessere Zukunft«, meinte Alberta Toller und stellte die Rotweingläser auf den Tisch.

»Quirino will einen Schlittenlift hinauf zur Martinella bauen«, wusste Silvano zu erzählen.

»Einen Schlittenlift? Wozu soll das denn gut sein?«

»Ach Basil, wenn du im Winter einmal deine Füße vor die Tür setzten würdest, wüsstest du das«, sagte Alberta. »Die Gäste mühen sich eine Stunde mit den Skiern auf dem Rücken durch den Schnee nach oben, um dann zehn Minuten abfahren zu können. Wenn die mit einem Schlitten hinaufgezogen würden, könnten sie am Tag dreimal so oft abfahren.«

»Und wie soll das funktionieren?«

»Ganz einfach«, erklärte Silvano. »Du erinnerst dich doch noch an die Materialseilbahn, die im Krieg zum Fort Martinella gebaut worden ist? Die Trasse dafür ist noch da. Oben am Fort wird der Motor aufgestellt und zieht den Schlitten mit acht Gästen hinauf. Achtmal eine Lira pro Fahrt, zehn Fahrten am Tag, das könnte sich rechnen.«

»Nicht dumm, der junge Quirino.« Basil pfiff durch die Zähne. »Und wer genug vom Skifahren hat, der kann dort oben in der neuen Baita al Forte deiner Tochter Marcelina Tee trinken und Polenta essen. Aber was mich wundert, ist, dass der alte Fortunato seinem Sohn das Geld dafür geben will. Oder ist der etwa plötzlich selbst zu etwas gekommen?«

Das fragten sich die anderen in Palera auch.

Kriegsbeginn III

Alberta Toller stellte einen Krug Teroldego und einige Gläser auf den langen Tisch in der Gaststube.

»Ich habe es euch schon immer gesagt, dieser Hitler ist eben doch ein echter Österreicher. Genau wie unser alter Kaiser Franz Joseph wollte er immer nur Frieden. War das nicht genial, wie er letztes Jahr die Sudetendeutschen vor den heimtückischen Tschechen gerettet hat? Aber was nützt das alles, wenn ihm die Neider um ihn herum den Krieg aufzwingen! Ich kann es jedenfalls gut verstehen, dass er jetzt auf die raffgierigen Polen zurückschießen lässt«, ereiferte sich Basil Perprunner.

»Ich weiß nicht, Basil, ob es wirklich so ist, wie es die deutschen Zeitungen schreiben. Wir hatten damals das ganze Fort Martinella voll mit Festungsartilleristen aus Polen. Wenn es da mal einen Streit gab, waren es immer die anderen, die angefangen hatten. Die Polen waren dafür bekannt, dass sie immer treu und geduldig ihre Pflicht getan haben«, erwiderte Silvano. Seine Bewunderung für den tschechischen Skodamonteur und seine Furcht vor dem sudetendeutschen Rechenberger wagte er in dieser Runde erst gar nicht ins Feld zu führen.

»Ich komme mir vor wie im August 1914. Eine Kriegserklärung jagt die andere, man verliert völlig den Überblick, wer jetzt gegen wen kämpfen wird, aber nachher will keiner schuld gewesen sein«, ergänzte der alte Enzo Capeletti etwas verzagt.

Dino Morelli, der Sohn des Fuhrunternehmers, schaute in die Runde: »Der Duce hat versprochen, uns aus einem Krieg in Europa herauszuhalten. Wir können froh sein, dass wir jetzt zu Italien gehören und nicht mehr zu Österreich, denn die müssen jetzt alle mit den Deutschen in den Krieg. Ihr werdet sehen, am Ende wird Italien wieder bei den Siegern stehen!«

Basil sah ihn an. Die Formulierung »bei den Siegern stehen« war etwas anderes als »Sieger sein«. Dino, der glühende Faschist, sprach Worte von unfreiwilliger Klugheit.

»Jaja, wir kennen alle den Ausspruch des Duce: La pace riposa sulle nostre forze armate – der Frieden beruht auf unseren Streitkräften! Was sagst du dazu, Ugo?«, fragte Basil.

Ugo Zobele schaute nicht von seinem Glas auf. Er überlegte kurz und antwortete dann langsam:

»Vor vier Jahren hat der Duce auch von Frieden geredet, und dann ist er in Abessinien einmarschiert. Einen Platz an der Sonne hatte er damals jedem versprochen, und jetzt liegt mein Alfonso dort in einer Oase unter Palmen, aber nicht in der Sonne, sondern zwei Meter tief im Wüstensand. So hat man es mir zumindest geschrieben. Aber vielleicht haben ihn auch die Schakale gefressen, man kann das nicht so genau wissen. Seid mir nicht bös, aber mir ist es mittlerweile wirklich egal, auf welcher Seite wir stehen werden, wenn die Welt untergeht.«

Es wurde still am Tisch. Sie konnten sich noch daran erinnern, wie Alfonso in seiner schicken Offiziersuniform in Rovereto in den Zug gestiegen war. Mit seinem Tropenhelm hatte er damals eher wie ein Afrikaforscher ausgesehen als wie ein Soldat. Und Ugo? Sein Stolz hatte damals noch über seine Angst um seinen einzigen Sohn gesiegt, und die Tränen seiner Frau Lucia hätten auch Tränen der Rührung oder gar der Freude sein können.

Der Kampf gegen ein harmloses Wüstenvolk, ein militärischer Spaziergang, Tanks gegen Kamele, Giftgas gegen Beduinen, was hätte da schon schiefgehen sollen? Und nun war die schöne Marcelina, die Tochter von Sergio Toller, Alfonsos Witwe und ihre kleine Tochter Giuliana Halbwaise. Ugos Reaktion auf den neuen Krieg war vorhersehbar gewesen. Die anderen am Tisch behielten ihre Zweifel vorerst noch für sich.

Kaum begannen die Nachrichten über den Krieg alltäglich zu werden, verbreitete sich auch schon neue Unruhe in Palera. Im Oktober war die deutsch-italienische Vereinbarung zur Aussiedlung der deutschsprachigen Bevölkerung Südtirols unterzeichnet worden. Diese leidige Streitfrage zwischen Mussolini und Hitler sollte damit ein für alle Mal gelöst werden. Jeder Südtiroler musste sich nun entscheiden: bleiben und sich italienisieren lassen – oder nach Deutschland auswandern?

Neben Südtirol galt diese Regelung zur sogenannten Option auch für einige deutsche Sprachinseln in Norditalien, und aus irgendwelchen Gründen gehörte auch Palera plötzlich dazu. Die Vermutung hielt sich hartnäckig, dass der deutsche Sprachforscher Gruber, der einige Male auf seinen Studienreisen hier gewesen war, etwas mit diesem Unsinn zu tun hatte.

Hitler hatte jedem Optanten, der sich für Deutschland entscheiden würde, eine goldene Zukunft in den neu zu besiedelnden Gebieten des Reiches versprochen – jedenfalls konnte man dies aus den Anschlägen am Gemeindeamt in Folgaria herauslesen. »Eine schwere, aber stolze Stunde ruft euch auf zum Bekenntnis für Blut und Volk, zur Entscheidung, ob ihr für euch und eure Nachkommen endgültig auf euer deutsches Volkstum verzichten oder ob ihr euch stolz und frei als Deutsche bekennen wollt. Ihr wählt nicht zwischen Heimat und Galizien, sondern ihr wählt zwischen einem uns fremd gewordenen Südtirol und dem Lande, das uns der Führer im deutschen Reichskörper zuweisen wird«, war dort zu lesen.

Fortunato Carbonari gehörte zu denen, die darin die Chance für einen Neuanfang sahen. Was hatte er hier schon zu verlieren? In Palera war er nur ein einfacher Tagelöhner, und das tragische Schicksal seines Sohns Roberto hatte ihn eher noch weiter von der Dorfgemeinschaft entfernt als daran gebunden. Bei der großen Auswandererwelle vor dem Ersten Weltkrieg, als es Hunderttausende Italiener nach Amerika zog, hatte ihm das Geld für die Überfahrt gefehlt, aber die Reise ins Deutsche Reich würde er sogar bezahlt bekommen. Wenn er seinem Leben noch einmal eine Wendung geben wollte, dann jetzt. Seine Frau Maria sah das zwar nicht so, aber nach dem Gesetz musste sie ihrem Mann folgen, in das Sudetenland oder Egerland, wohin auch immer die Optanten umgesiedelt werden sollten. Deutsch konnten sie zwar beide nur radebrechen, aber eine Sprachprüfung wurde nicht verlangt.

Quirino und Eliana sahen das allerdings ganz anders. Seit sie in die Schule gekommen waren, lebten sie im Königreich Italien. Quirino war noch wehrpflichtig, und mit der deutschen Wehrmacht in einen großen Krieg zu ziehen empfand er als wenig verlockend. Seit sein Bruder Roberto mit der 28-Zentimeter-Granate in den Himmel oder sonst wohin geflogen war, hatte sich seine anfängliche Begeisterung für alles Militärische deutlich abgekühlt. In Italien rechnete er sich jedenfalls bessere Überlebenschancen für die kommenden Zeiten aus.

Und für Eliana kam es nach ihrer Heirat mit dem reichen Dino Morelli überhaupt nicht infrage, Italien zu verlassen. Sie hatte aus Bozen ein Flugblatt mitgebracht, in dem die Zukunft der Optanten weit weniger rosig dargestellt wurde:»Südtirol und Galizien! Gibt es einen schreienderen Gegensatz? Wohnen sollt ihr in Hütten, aus denen die polnischen Bewohner vertrieben wurden, arbeiten auf Höfen, von denen man die Besitzer samt Weib und Kind verjagt hat. Zwischen feindliche Völker eingeschoben, umgeben von Slowaken, Tschechen und Polacken, die russischen Bolschewiken in nächster Nähe. Die Losung lautet nicht ›Geschlossen auswandern‹, sondern ›Geschlossen in der Heimat verbleiben‹!«

Anfangs argumentierten die Carbonaris noch über das Für und Wider, dann stritten sie, und auf eine Phase des Brüllens und Weinens folgte schließlich endgültiges und verhärtetes Schweigen.

»Was soll eigentlich mit Elisabetta geschehen? Willst du sie etwa mitnehmen? Man erzählt sich, dass sie dort Leute wie sie als unnütze Esser einfach umbringen«, fragte Maria ihren Mann.

Fortunato machte eine wegwerfende Handbewegung.

»Gerüchte, nichts als dumme Gerüchte. Aber ich habe mit Lucia Zobele gesprochen. Sie sagt, dass es in Pergine in der Valsugana ein Sanatorium gibt, wo wir sie für die erste Zeit lassen könnten. Wenn wir uns etwas aufgebaut haben, könnten wir sie nachkommen lassen.«

»Sanatorium? In Pergine gibt es nur eine Irrenanstalt!«

»Sanatorium, Irrenanstalt, was soll's. Es ist doch nur für ein paar Monate, und dort wäre sie gut versorgt. Lucia meint, in ihrem Fall müssten wir auch nichts dafür bezahlen. Und ehrlich, uns täte es auch einmal ganz gut, wenn wir nicht ununterbrochen auf sie aufpassen müssten.«

»Wir? Seit wann passt du denn auch auf sie auf?«

Fortunato sah ein, dass Empörung jetzt fehl am Platz war, und zuckte resigniert die Achseln. Und Maria sah ein, dass es nur so und nicht anderes gehen konnte mit ihrer Auswanderung.

Ende November löste sich die Familie Carbonari endgültig in Zank und Tränen auf. Elisabetta wurde in die Anstalt in Pergine eingewiesen, und Fortunato und Maria packten ihre Sachen und stiegen zusammen mit ein paar anderen Optanten aus Palera in den Bus nach Rovereto, von wo sie ein Sammeltransport ins Deutsche Reich brachte.

Major a. D. Stanislaus Haschek und seine Frau Emalie hatten es sich im Wohnzimmer gemütlich gemacht und lauschten der Marschmusik und den Siegesmeldungen, die abwechselnd aus dem Radio tönten. Stanislaus betrachtete das angefangene Pappmodell des Forts Martinella, kaute zwischendurch genüsslich auf einem Schluck Zweigelt herum und war froh, dass der neue Krieg ohne ihn stattfinden musste. Er hatte das wohlverdiente Pensionsalter erreicht und konnte nun die kommenden Siege und Niederlagen mit Fähnchen auf der neuen Kriegskarte an der Küchenwand markieren.

»Da schau mal, Stani, was ich gefunden habe.« Emalie hatte Schröters Taschenflora des Alpenwanderers aufgeschlagen und hielt ihm das Buch hin.

»Fort Cima di Vezzena, 18. August 1913, unser erstes Edelweiß«, las er Emalies Notiz vor.

»Wir hatten einen ganzen Strauß gepflückt, und das hier habe ich zwischen die Buchseiten gelegt. Es hat sich doch ganz gut erhalten, oder? Du hast damals immer versucht, mir unsere Exkursionen zu den anderen Festungen mit Naturkundeunterricht schmackhaft zu machen. Du warst schon immer geschickt, was den Umgang mit Frauen angeht.« Sie lächelte ihm nachsichtig zu.

»Ja, das waren schöne Zeiten. Manchmal denke ich, ich war in meinem Leben nie wieder so frei wie damals auf meiner Baustelle zwischen nichts und nirgendwo. An was erinnerst du dich beim Fort Verle?«

»Kohlröschen, schwarze und rote und alles dazwischen. Nicht zu vergessen Enzian und Murmeltiere.«

»Lusern?«

»Ammoniten, überall Ammoniten in dem rötlichen Kalk.« Es klang, als spreche sie über eine Ameisenplage.

»Tja, sogar über dem Eingang hatten sie einen einbetoniert. Sie konnten damals noch nicht ahnen, dass er einmal das Symbol ihres Untergangs werden würde. Das weiche Gestein taugte überhaupt nicht für eine Festung, hätte man auch vorher wissen können.« Stanislaus bemerkte Emalies tadelnden Blick und wandte sich schnell wieder ihren gemeinsamen Erinnerungen zu.

»Gschwent?«

»Die Luftkämpfe der Wanderfalken im Aufwind des Asticotals, wenn sie sich um ein Weibchen stritten. Ihr ›iiier, iiier‹ klang wie das Schreien eines Säuglings.«

»Sebastiano?«

»Kuhfladen und Mistkäfer.« Sie mussten beide lachen.

»Sommo?«

»Holunderknabenkraut, das rote und das gelbe, Blatt an Blatt.«

»Und unser Fort Martinella?«

»Asphodille und darauf Apollofalter, und die Alpendohlen an der Felskante, die mir die Kuchenkrümel aus der Hand geholt haben. Und dann natürlich du und deine bunte Truppe. So muss es auch beim Turmbau zu Babel zugegangen sein.«

»Mir scheint, du hast auch nur gute Erinnerungen an die Zeit auf der Martinella.«

»Wenn du mich so fragst.« Sie dachte nach. »Schlangen. Die schwarze Karbonarschlange hat mich immer furchtbar erschreckt. Auch wenn sie nicht giftig war, war sie doch beängstigend geschmeidig und schnell. Und dein Werkmeister, der war auch so.« Emalie schüttelte sich kurz. »Aber sonst war es wirklich eine schöne Zeit.«

Es klopfte an der Tür, das Zimmermädchen kündigte Besuch an.

»Ein Herr Schröder, Feldmarschall-Leutnant a. D., gnädiger Herr.«

Das konnte nur Franz Schröder sein, sein alter Kamerad aus dem Geniestab. Sie sahen sich zwar selten, aber sie hatten sich nach 1918 nie ganz aus den Augen verloren.

»Lassen Sie ihn bitten, Mizzi«, antwortete er.

Haschek war es nach wie vor gleichgültig, wie ihre Zimmermädchen hießen, er nannte sie immer noch alle Mizzi.

Schröder trat ein, und nach den üblichen Begrüßungsfloskeln fing er an, zum Anlass seines Besuchs zu kommen.

»Ich war vor vier Wochen beim Pionierstab in Wien«, fing er an. »Ich habe versucht, die Herren von den Festungspionieren davon zu überzeugen, dass sie auf die Erfahrungen der ehemaligen k.u.k. Genie auf keinen Fall verzichten können, wenn sie den Krieg gewinnen wollen.«

»Ach Franz, was wollen die denn heute mit unseren altmodischen Festungen! Blitzkrieg macht man jetzt oder kleine Bunker wie beim Westwall, aber Genie? Das einzige Genie in der Wehrmacht ist doch der Hitler selbst!«

Schröder widersprach nicht. Hascheks Ansichten über Hitler wurden von vielen ehemaligen Offizieren geteilt, und auch an dem geringen militärischen Wert ihres historischen Wissens war nicht wirklich zu zweifeln.

»Stanislaus, wo denkst du hin! Es geht um das, was für einen Offizier wirklich wichtig ist, ob er nun aktiv oder pensioniert ist: Ansehen und Rang!« Haschek schaute ihn schweigend an, was hätte er hierzu entgegnen sollen?

»Heute kam die Antwort des Pionierstabs. Es wird eine Kommission eingerichtet, die eine Denkschrift über die k. u. k. Festungsbauten im Ersten Weltkrieg erstellen soll. Ich werde das Kommando über sieben ehemalige österreichische Offiziere übernehmen. Wir werden im Kriegsarchiv sitzen und in alten Akten schmökern, Erinnerungen austauschen, irgendetwas aufschreiben und vor allen Dingen: Wir werden reaktiviert! Weißt du, was das bedeutet?«

Hascheks Pupillen weiteten sich, er kannte die Konsequenzen: Besoldung eines Aktiven, womöglich sogar Beförderung!

»Vielleicht machen wir sogar Frontreisen zu den alten Ruinen, in Uniform zu unseren Waffenbrüdern nach Italien, das gibt Feldzulage«, setzte Schröder noch eins drauf.

»Und warum erzählst du ausgerechnet mir das alles?«, fragte Haschek in einer Mischung aus Neid und freudiger Vorahnung.

»Du Nasenbär! Weil du natürlich dabei sein wirst in der Kommission!«

Und so kam Major a. D. Stanislaus Haschek siebenundvierzig Jahre nach seinem Eintritt in das österreichisch-ungarische Heer zu einer nagelneuen deutschen Wehrmachtsuniform und einem Arbeitstisch im Kriegsarchiv in Wien.

Juni 1940

Auf zu alten Ufern

Bevor Stanislaus Haschek zum Kriegsarchiv aufbrach, betrachtete er sich noch einmal im Spiegel. Die neue Uniform war maßgeschneidert, sie hatte nicht mehr den monarchistischen Stil des österreichischen Bundesheeres, sondern den schnörkellosen Chic der deutschen Wehrmacht. Daran konnte es also nicht liegen, wenn er sich etwas »zivil« vorkam. Aber wo sollte eine militärisch-stramme Haltung auch herkommen, nach über zwanzig Jahren Privatleben und bürgerlicher Bequemlichkeit? Seine Karriere als Berufssoldat in der alten k. u. k. Armee hatte nach der Auflösung des Kaiserreichs abrupt geendet, und seitdem trug er Anzug und Krawatte statt Uniform und Säbel. Haschek hatte damals noch Glück gehabt, er hatte in das Architekturbüro seines Onkels eintreten können, und mit Fleiß, Talent und einigen alten Beziehungen zum Heeresministerium der österreichischen Republik hatte er es zu relativem Wohlstand gebracht.

Ein bisschen bange war ihm nun allerdings doch vor der kommenden Aufgabe. Der Ton in der deutschen Wehrmacht war bestimmt nicht so kommod wie seinerzeit bei den Österreichern. Er kannte das noch vom Deutschen Alpenkorps, mit dem er im Sommer 1915 manchmal zu tun gehabt hatte. Immer zackig, immer hurtig und immer überheblich waren die Piefkes damals gewesen, und das war unter den Nazis bestimmt eher noch schlimmer geworden.

Warum nur hatte er sich von Schröder breitschlagen lassen? Etwa wegen der Aussicht auf den Sold eines Oberstleutnants? Wohl kaum. Ansehen? Musste er sich bei den Deutschen erst noch verdienen. Langeweile? Schon eher, denn immer nur

Zeitung lesen, zu Hause oder im Kaffeehaus, war keine tagesfüllende Aufgabe. Aber vor allem seine Neugierde auf eine Reise in die eigene Vergangenheit war es gewesen, die ihn magisch angezogen hatte. Man wird sehen, ob es ein guter Entschluss war, sagte er sich, nahm seine Aktentasche und ging los.

Sie trafen sich im ehemaligen Festsaal der Stiftskaserne im VII. Bezirk, der mit seinen Nischen, Gewölben und barocken Deckenmedaillons an die besseren Zeiten der Habsburger erinnerte und dem Archiv nun als Lesesaal diente. Der Prunkbau erinnerte Haschek an seine Zeit in Trient, als er noch in der Geniedirektion gearbeitet hatte. Der Renaissancebau des Palazzo Pretorio am Domplatz war von venezianischer Grandezza gewesen, und seine dunkle Kühle war in dem Glutkessel von Trient die Voraussetzung dafür, überhaupt schöpferisch arbeiten zu können.

Nun stand der soeben zum Generalleutnant beförderte Schröder vor seiner siebenköpfigen Kommission und versuchte ihren strategisch bedeutsamen Auftrag zu erläutern. Alle spürten, dass er selbst nicht so genau wusste, worin dieser Auftrag eigentlich bestand, aber nach einigen Rückfragen kristallisierte sich heraus, dass sie gemeinsam eine Denkschrift über die österreichischen Festungen verfassen sollten. Das Werk sollte weniger dazu dienen, die deutschen Festungspioniere am Können der altösterreichischen Geniesten teilhaben zu lassen, als vielmehr dazu, den Sturmtruppen der Wehrmacht zu zeigen, wie sie in zukünftigen Blitzkriegen die Schwachstellen fremder Befestigungen noch schneller finden und für ihre Zwecke nutzen könnten.

Da keiner der Beteiligten nach 1919 noch im militärischen Dienst gewesen und der technische Fortschritt des Befestigungswesens also seit zwanzig Jahren an ihnen vorbeigegangen war, rätselten sie, welche Aspekte für die Wehrmacht in diesem Zusammenhang nützlich sein könnten. So beschlossen sie, erst mal einfach alles aufzuschreiben, was sie in Erfahrung bringen konnten.

Kurz darauf umringten die altgedienten Offiziere ihren Kommissionsleiter wie Rekruten die Postausgabe, denn Schröder begann die Aufgaben nach Frontabschnitten zu verteilen: Krakau und Przemysl, Cattaro, Pola und die Küstenländer, Kärnten und der Isonzo. Haschek fielen die Befestigungen auf den Hochebenen von Folgaria und Lavarone zu.

Bevor sie mit dem Aktenstudium beginnen konnten, mussten sie noch eine Einführung in das Ablagesystem des Archivs über sich ergehen lassen. Begriffe wie Findbücher, Karteikarten, Signaturen, Konvolute und Faszikel leierten aus dem Mund des Archivars und verbreiteten eine Atmosphäre historischen Komposts. Als die Offiziere aus ihrer theoriegeschwängerten Betäubung erwachten, stürmten sie erlöst an die Bestellzettel, um sich endlich mit dem ersehnten Lesestoff zu versorgen.

Haschek hatte sich entschieden, mit den Bauunterlagen seines eigenen Forts zu beginnen, musste aber zu seiner Enttäuschung feststellen, dass diese nicht aufzufinden waren. Der Archivar wusste dazu auch keinen Rat. Er kannte sich, wie zu erwarten war, nur mit dem aus, was er hatte, und nicht mit dem, was fehlte. In der Mittagspause brachte Haschek das Gespräch auf die fehlenden Dokumente.

»Bauunterlagen? Die gehörten doch zur Geniedirektion in Trient. Wenn die bis zum November 1918 bestanden hat, sind die Dokumente dort geblieben und gehören nun dem italienischen Staat – vorausgesetzt, sie haben das Kriegsende überhaupt überlebt«, wusste einer der Archivare zu erklären.

›Ja, das könnte natürlich sein‹, dachte Haschek. Aber die Akten des ehemaligen Kriegsministeriums in Wien müssten doch noch hier sein und damit auch die Pläne, die er damals fleißig nach Wien gesendet hatte.

Tatsächlich fand sich in mehreren Mappen einiges an Korrespondenz mit der Geniedirektion in Trient, und er versank für einige Tage in der Lektüre von Papieren, die alte Streitereien um fehlende Geldmittel, ständige Änderungen der Baupläne und Terminverzögerungen dokumentierten. Aus den Unterlagen zu benachbarten Festungen ging hervor, dass deren Bauleiter vor ähnlichen Problemen gestanden hatten wie er selbst, und sie hatten je nach Naturell in ihren Rapporten lamentiert, kaschiert und manchmal auch schamlos gelogen, denn schließlich waren Ansehen und Beförderungsaussichten auch danach bemessen worden, wie akkurat Zeitpläne eingehalten wurden.

In einer der Mappen stieß Haschek auf seinen Bericht über die gestohlenen Pläne des Forts und den spurlos verschwundenen Zimmermann Fabrio Longhi. Die Akte enthielt hierzu auch einen Schriftwechsel mit dem Evidenzbüro, wie der österreichische militärische Kundschafterdienst damals geheißen hatte. »Bezüglich der verschwundenen Werkspläne wurden die Ermittlungen vereinbarungsgemäß eingestellt«, hatte das Evidenzbüro geschrieben.

Aha, da hatten sie ihm auf der Baustelle die Hölle heißgemacht und mit dem Kriegsgericht gedroht, und hier war lapidar von Einstellen die Rede. Und der Zimmermann? »Die Gendarmerie-Assistenz vor Ort wurde angewiesen, keine weiteren Ermittlungen mehr durchzuführen«, war in einem Aktenvermerk des Kriegsministeriums zu lesen. Keine Begründung, nichts. Das Schreiben war schon drei Tage nach seiner Meldung aufgesetzt worden, also bestimmt nicht wegen mangelnder Erfolgsaussichten. Er hatte schon damals daran gezweifelt, dass Fabrio Longhi mit den Plänen zu den Italienern übergelaufen war, dafür war er gar nicht der Typ gewesen, und außerdem hätte er damit Frau und Sohn in einer misslichen Lage zurückgelassen. Das hier roch danach, als hätten noch ganz andere als dieser Longhi ihre Finger mit im Spiel gehabt.

Und wirklich, die Mappe hatte noch mehr Überraschungen für ihn parat. Ein weiterer Schriftwechsel betraf nämlich die Abrechnung einer Zementlieferung. Haschek stutzte. Seit wann wurde Zement vom Kriegsministerium oder vom Evidenzbüro bezahlt? Das war doch die Sache seiner Bauleitung gewesen, dafür hatte er einen eigenen Baurechnungsoffizial gehabt, der penibel auf die Einhaltung von Fristen und Kosten zu achten hatte.

»Die Abrechnung für 50 Tonnen mangelhaften Zements erfolgt durch das Evidenzbüro, ebenso die Kosten für den Rücktransport zum Bahnhof Calliano. Der Erlös für den Verkauf an ›I‹ geht auf das Konto des Evidenzbüros«, hatte der Ministerialbeamte in sauberer Handschrift an den Rand einer Akte notiert.

Haschek überlegte. Ein- oder zweimal hatten sie damals Zement geliefert bekommen, der die Festigkeitswerte nicht eingehalten hatte. Einmal war es besonders schlimm gewesen, die Proben waren nach dem Aushärten wie die Sandburgen zerbröselt, die sein Sohn Adolf als Kind am Lido von Grado ... Haschek schlug sich mit der flachen Hand an die Stirn, sodass sich die anderen Offiziere fragend nach ihm umdrehten. Das Bild stand vor ihm, als wäre es gestern gewesen: Werkmeister Rechenberger mit der Hand an der Probenpresse, dazu das Geräusch der Betonbrösel, die auf den Holzfußboden fielen.

»Was soll ich denn da für einen Druckwert in das Prüfprotokoll schreiben?«, hatte Rechenberger damals gefragt.

»Null, schreiben Sie einfach Null«, hatte Haschek mit einem sorgenvollen Blick auf den Terminplan an der Barackenwand geantwortet.

Am liebsten hätten sie das Zeug in den Festungsgraben gestreut, aber Rechenberger hatte darauf bestanden, es an den Lieferanten zurückzusenden, wegen Regress oder so. Ihm war es damals irgendwie seltsam vorgekommen, sich diese Mühe zu machen, aber letztlich war er froh gewesen, dass ihm der Werkmeister diese Sache abgenommen hatte und er sich um die Anpassung des dadurch geplatzten Terminplans hatte kümmern können. Wie es aber laut Aktenlage nun aussah, war der Zement damals nicht zum Lieferanten nach Kufstein zurückgegangen, sondern an »I«, und dafür hatte das Evidenzbüro sogar noch Geld kassiert. Wer war »I«? Und was hatte das Evidenzbüro damit zu tun? Und Rechenberger, was hatte er davon gewusst?

»Stanislaus, was schaust du so ernst, hast du herausgefunden, warum wir den Krieg verloren haben?«, neckte ihn Schröder.

Haschek sah ihn an, schloss die Mappe, legte sie unter den Stapel Papier auf seinem Tisch und seufzte:

»Nein, nur halt den üblichen habsburgischen Schlendrian, was sonst?«

Am nächsten Tag wollte er die Unterlagen bestellen, in denen er das Kriegstagebuch seines Forts vermutete, sowie die Berichte des Evidenzbüros für den August 1913.

»Das Kriegstagebuch ist einfach zu finden, das müsste in den Feldakten des entsprechenden Sperrkommandos sein«, schnarrte der Archivar und schaute über seine Brille, »aber Evidenzbüro, kann man das vielleicht etwas präzisieren? Sie ahnen ja nicht, wieviel die in einem Monat geschrieben haben.«

»Tirol? Trient?«, tastete Haschek sich vor.

»Trient? Warum nicht gleich Italien?«

»Entschuldigung, natürlich meinte ich Italien«, erwiderte Haschek und sah ein großes »I« vor Augen.

Haschek wurde klar, dass er keinerlei Vorstellung davon gehabt hatte, wie so ein Archiv eigentlich funktionierte. Während des Kriegs hatte er zwar mitbekommen, dass man alte Akten und erledigte Vorgänge nicht einfach wegwerfen durfte, sondern sie ins Kriegsarchiv nach Wien schicken musste. Damals hatte er sich aber noch nicht vorstellen können, dass sich jemals irgendjemand noch einmal dafür interessieren könnte.

»Haben Sie eigentlich viel Besuch in Ihrem Archiv?« Er wollte das nicht wirklich wissen, aber etwas persönliche Anteilnahme könnte sich ja vielleicht bei seiner Recherche auszahlen.

»Früher war die Nachfrage eher gering. In den 20er-Jahren waren ein paar Offiziere hier, die ihre Memoiren geschrieben haben, aber nach der Machtergreifung im Deutschen Reich wimmelte es hier auf einmal von Juden, die Nachweise für ihre Kriegsauszeichnungen gesucht haben. Die dachten damals noch, es würde ihnen helfen, wenn sie ihre Tapferkeit während des Ersten Weltkriegs belegen könnten.«

Der Archivar sah ihn unsicher an und suchte in Hascheks Gesicht nach Hinweisen auf seine Gesinnung. Da dessen Miene aber auffallend zurückhaltend geworden war, beschloss er wohl, dieses Thema lieber nicht weiterzuverfolgen. »Jetzt, nachdem der neue Krieg angefangen hat, kommen kaum noch Leute her. Wozu soll man sich auch mit einem alten Krieg befassen, wenn der neue doch viel spannender ist.«

Da Haschek hierzu nichts Unverfängliches einfiel, nickte er nur verständnisvoll. Der Archivar trug zwar eine Wehrmachtsuniform, aber seine Aussprache und sein gebremstes Temperament wiesen ihn unzweifelhaft als Österreicher aus. Überhaupt hatte er vom strammen Ton der Preußen hier noch nichts bemerken können. »Wie ist es denn unter den Deutschen so im Kriegsarchiv?«, klopfte er auf den Busch.

Der Archivar begann aufzutauen.

»Na ja, früher war ich Regierungsrat und militärischer Fachberater im Archiv, und nun bin ich nur noch Verwaltungsamtmann, das sind zwei Gehaltsstufen weniger. Ich hatte mir vom Anschluss an das Reich ehrlich gesagt mehr erwartet. Außerdem sind wir jetzt kein österreichisches Kriegsarchiv mehr, sondern nur noch eine Außenstelle des deutschen Heeresarchivs. Und zu guter Letzt sollen wir unsere Faszikel nun auch noch Aktenbündel nennen! Sagen Sie selbst, wie hört sich das denn an?«

Haschek fand darauf keine diplomatische Antwort, für ihn klang das eine so fad wie das andere.

Eine Stunde später lagen die bestellten Akten des Evidenzbüros auf seinem Tisch, für ausreichend Lesestoff war damit erst mal gesorgt. Haschek überflog die Papiere. ›Mein Gott, womit sich das Evidenzbüro so beschäftigt hat!‹, dachte er mitleidig. Stimmungsbilder von der Front, Aussagen von Gefangenen, Spionage, Gegenspionage, Gerüchte und Bestechungen. Hier ergab sich ein ganz anderes Bild von der Lage, als es das Kriegspressequartier damals in seinen Meldungen verbreitet hatte.

Endlich fand er auch die gesuchte Mappe. Da war es, »I« stand natürlich für »Italien«. Der Zement war nach Verona gebracht und dort von der Festungsbaudirektion über einen Strohmann der königlich-italienischen Armee verkauft worden. Wie es aussah, hatte man die Italiener glauben gemacht, dass es sich um einen besonders guten Spezialzement für den Bau österreichischer Festungen handelte – was in gewisser Weise ja sogar gestimmt hatte. Offenbar hatten die Italiener keinen Verdacht geschöpft und das Material tatsächlich in einem Fort mit dem hübschen Mädchennamen Verena eingebaut.

›Moment mal‹, dachte Haschek, ›das war doch das italienische Fort auf der gegenüberliegenden Seite!‹ Im Juni 1915 hatten die Österreicher es mit ihren Mörsern zusammengeschossen, und gleich bei einem der ersten Treffer war ein Viertel der Besatzung mitsamt dem Kommandanten ums Leben gekommen. Er erinnerte sich, dass nach der österreichischen Offensive eine Kommission der Geniedirektion Trient das Fort und die Beschussschäden untersucht und über die miserable Qualität des Betons berichtet hatte. Womöglich war der faule Zement von ihrer eigenen Baustelle der Grund dafür gewesen.

Er versuchte seine Gedanken zu sortieren. Wonach hatte er eigentlich gesucht? Ach ja, die verschwundenen Pläne und der entlaufene Zimmermann. Darüber enthielten die Akten kaum Hinweise. Ein Konfident »R« hatte wohl auf der Baustelle seine Hände im Spiel gehabt, das könnte Rechenberger gewesen sein. Der nämlich hatte damals den Verlust der Pläne angezeigt und auch die Sache mit Fabrio Longhi, aber Haschek erkannte in alldem keinen Zusammenhang.

Nun widmete er sich den Unterlagen des Sperrkommandos, in denen er wie erwartet das Kriegstagebuch des Forts fand. Haschek schlug die erste Seite auf: »23. Mai 1915, 4 Uhr vormittags – Kriegszustand, Haubitzen in Alarmstellung Richtung Borcolapass, Wetter klar, windstill.« So knapp konnte man damals große Augenblicke beschreiben. Er blätterte das Heft durch und überflog die

Seiten. Artillerieduelle, Zu- und Abgänge bei der Besatzung, Typhusimpfungen, Benzinlieferungen, die Reinigung der Klärgrube, ein erschossener Wachhund. ›Was so alles in einem Krieg Bedeutung gewinnt‹, dachte er schmunzelnd. ›Aber hier, der Bau des Zugangsstollens und der Materialseilbahn im Frühjahr 1916, das ist schon eher etwas für einen alten Geniesten.‹

Einige Tage später war Haschek mit dem Studium der Unterlagen fertig, seine Notizen und Kopien füllten einen ganzen Ordner. Bevor er den Stapel mit den Mappen des Sperrkommandos und des Evidenzbüros zurückgehen ließ, sah er sich das Kriegstagebuch noch einmal in Ruhe an.

Die Seiten waren mit Tintenstift geschrieben, dokumentenecht, wie es die alten Instruktionen vorschrieben. Den wechselnden Handschriften nach zu urteilen hatte es der Kommandant nicht selbst geführt, sondern lediglich täglich die Einträge abgezeichnet. Die Blätter waren durchnummeriert, falsche Einträge sauber durchgestrichen und leserlich korrigiert. Ob wohl etwas fehlte oder verändert war?

Er klappte das Heft zu und schaute von der Schmalseite darauf. War da nicht eine Lücke zu ahnen? Haschek begann zu blättern: Seite 70, 15. August 1915, Seite 73, 17. August 1915: Ein Blatt war so sorgfältig herausgetrennt worden, dass es ihm beim Lesen zuerst gar nicht aufgefallen war. Hascheks Neugierde war geweckt. Seiten aus wichtigen Akten zu entfernen war eine schwerwiegende Dokumentenfälschung, die in der österreichischen Armee sicher bestraft worden wäre. Warum sollte jemand dieses Risiko eingegangen sein?

Die Frage nach dem »Warum« war eng verbunden mit der weiteren Frage nach dem »Wer«. Aber wie sollte er das herausfinden, wenn er nicht wusste, was am 16. August 1915 im Fort geschehen war? Vielleicht ergaben sich ja aus dem Zusammenhang Hinweise auf das Geschehen.

»15. August: schwere Beschießung des Forts.« »17. August: Reparaturarbeiten an dem Durchschlag im Verbindungsgang.« Am

16. August war demnach die Betondecke des Gangs von einer Granate durchschlagen worden. Soweit er wusste, war es während des Krieges in diesem Fort nur einmal zu einem so folgenschweren Einschlag gekommen. Aber warum hatte jemand den Bericht darüber verschwinden lassen?

Haschek versuchte seine bisherigen Erkenntnisse zu sortieren. Der Coup mit dem faulen Zement, der den Italienern angedreht worden war – das war zweifellos interessant. Rechenberger hatte in dieser Sache mit dringesteckt, und irgendwie hing sie auch mit den verschwundenen Plänen und dem abgängigen Zimmermann zusammen. Es war nicht abwegig, den Werkmeister auch mit der herausgetrennten Seite 71 im Kriegstagebuch in Verbindung zu bringen, auf der wahrscheinlich der ominöse Treffer vom 16. August 1915 beschrieben war. Allein, es fehlte die Verbindung zwischen alldem. Was war eigentlich nach dem Krieg aus Rechenberger geworden?

Gerade wollte Haschek die Mappe zuklappen, als ein gelbes Bestellformular seine Aufmerksamkeit weckte. »Photographierauftrag« und »Kriegsarchiv« war darauf zu lesen. Offensichtlich hatte sich da noch jemand für diese Unterlagen interessiert, und dieser jemand hatte am 12. Juli 1939 den entsprechenden Auftrag mit »Giulio Maranza« unterschrieben und dann offenbar vergessen, ihn abzugeben. Der Name sagte ihm nichts, vielleicht war der Unbekannte ein Mitglied der italienischen Archivkommission? Die Sache wurde immer mysteriöser.

›So komme ich nicht weiter‹, dachte Haschek. ›Hier hilft nur der alte Architektentrick: erst einmal alles aufschreiben, eine Stoffsammlung machen und dann die Zusammenhänge skizzieren.‹ Er schlug noch einmal die Aktenmappe des Evidenzbüros und das Kriegstagebuch auf, nahm sich einen Notizzettel, schrieb oben rechts nach alter Gewohnheit Datum und Uhrzeit hin, notierte sich Namen, Daten und Fakten, verband die Wörter nach und nach mit Linien, strich durch, zeichnete neu, radierte und setzte

Fragezeichen. Er hielt sich das Papier mit ausgestrecktem Armen vor Augen und ließ die Linien und Pfeile auf sich wirken. Die Skizze hatte etwas von einem Spinnennetz, und die meisten Pfeile wiesen auf einen Namen in dessen Mitte: Anton Rechenberger.

Ein lautes, anhaltendes Klingeln im Flur ließ ihn aufhorchen. Die Tür zum Lesesaal wurde aufgerissen und jemand rief:»Fliegeralarm, alles in den Keller!« Fliegeralarm? Wie sollte denn ein Engländer nach Wien kommen, über eine Entfernung von 1.200 Kilometern?

»Los, los, machen S' schon, die Zeit wird aufgeschrieben!«, drängte der aufgeregte Archivbeamte.

›Ach so, eine Alarmübung. Da wollen wir doch nicht unangenehm auffallen‹, dachte Haschek, legte das Blatt mit seinen Notizen in das Kriegstagebuch, schob dieses hastig in die aufgeschlagene Aktenmappe des Evidenzbüros und folgte den anderen in den Keller.

Außer ein paar wichtigtuerischen Parolen an den Wänden und dem Lakaien mit der Armbinde»Luftschutz« deutete nichts darauf hin, dass hier im Ernstfall Sicherheit geboten würde. Archivpersonal, Besucher und die Offiziere von Schröders Gruppe saßen auf den Bänken und versuchten Witze zu machen oder sich vorzustellen, wie so ein Luftkrieg wohl tatsächlich sein mochte.

Haschek ließ seinen Blick an den Sitzreihen entlangschweifen. So wie diese Menschen auf ihn wirkten, hätte er auch im Bunker eines Finanzamts sitzen können, lauter Schreiberlinge und Brillenträger. Eine fremde Uniform allerdings weckte sein Interesse. ›Könnte ein Italiener sein‹, dachte er. Italien unterhielt seit 1919 eine eigene Archivkommission in Wien, daran hatte auch der Anschluss an das Deutsche Reich nichts geändert. ›Was mögen die Italiener nach über zwanzig Jahren hier noch suchen? Und woher hat der Kerl diese kolossal abstehenden Segelohren? Der ist bestimmt bei der Luftwaffe.‹ Haschek wunderte sich selbst über seine launigen Gedankenspiele.

»Die Übung ist beendet«, schallte ein Kommando, und allgemeines Drängeln zum Ausgang setzte ein.

»Auf den Schreck gehen wir jetzt einen heben, fürs Weitermachen ist es für heute sowieso schon zu spät«, beschloss Schröder, und die Gruppe folgte ihm in das Beisel an der Straßenecke, um bei Veltliner und Mehlspeise den Verlauf der Übung und die Auswirkungen eines möglichen Luftkriegs auf den zukünftigen Festungsbau zu diskutieren.

»Können die Unterlagen jetzt wieder zurück?«, rief der Archivar Haschek hinterher, der gerade mit der Gruppe im Gehen begriffen war.

Der hob nur die Hand und hielt den Daumen zustimmend hoch. Seine Gedanken waren schon auf dem Weg vom Bombenkrieg zum Heurigen.

»Diese Keller bieten keinerlei Schutz, auch wenn man sie mit Grubenholz auspölzen würde. Die Decken sind einfach zu dünn und nachträglich kaum zu verstärken. Man müsste riesige Bunker bauen für die Bevölkerung und obendrauf Geschütze stellen, um die Bomber abzuschießen«, dozierte Schröder.

»Und wo sollen die hingestellt werden, hier in dem engen und verbauten Wien?«, wollte einer wissen.

»Zum Beispiel in den Hinterhof der Stiftskaserne, direkt hinter das Kriegsarchiv. Dann hätten wir es im Ernstfall auch nicht so weit«, erwiderte Schröder mit gespieltem Ernst, und seine Offiziere goutierten den gelungenen Scherz mit entspanntem Gelächter.

Elisabetta kehrt heim

Quirino Fortunato saß in der Küche, vor sich eine Handvoll Radioröhren, Kondensatoren und den Torso eines kleinen Funkgerätes. Er wartete darauf, dass der Lötkolben über der Spiritusflamme auf Temperatur kam. Ein Klopfen an das verdunkelte Fenster riss ihn aus seinen Überlegungen, wie er den Empfänger wieder zum Laufen bringen könnte. Vor der Haustür stand Alfonso Zobeles Witwe.

»Marcelina, was machst du denn so spät noch hier?«, raunte er und ließ vorsichtig seine Blicke die Dorfstraße entlanghuschen. Als er sie hereinzog, spürte er ihre Locken auf seiner Wange. Sie dufteten frisch, nicht mehr nach Trauer, sondern nach Jugend und Zukunft.

»Nicht, was du jetzt vielleicht denkst.« Sie sah zu ihm auf, und er glaubte für einen Moment ein Blitzen in ihren Augen gesehen zu haben. »Im Sanatorium in Pergine sind Omnibusse vorgefahren, sie holen die deutschen Patienten ab. Lucia hat es mir erzählt, sie hat es von einer Bekannten«, erklärte sie.

»Sanatorium? Du kannst ruhig Irrenanstalt dazu sagen. Hat sie gesagt, wohin sie gebracht werden?« Marcelina zuckte die Achseln. »Dino hat mir einmal erzählt, dass sie solche Leute nach Deutschland bringen wollen«, fuhr Quirino fort. »Dort würde man sie …«

»Ich will es gar nicht so genau wissen. Ist deine Tante Elisabetta noch dort?«

»Ich weiß es nicht … warte, ich komme gleich. Wir leihen uns bei Dino einen Wagen und fahren hin.«

»Wann?«

»Jetzt sofort!«

Er ging zurück, schob das Funkgerät in die Schublade des Küchentischs, löschte den Spiritusbrenner und nahm seine Jacke.

Eine halbe Stunde später waren die beiden unterwegs in die Valsugana.

»Es war fein von Dino, dir den Wagen auszuleihen. Ich hätte nicht gedacht, dass er das so ganz ohne Zaudern und Fragen machen würde«, sagte Marcelina. Sie rieb sich die Schultern, in dem Fiat war es noch ganz kalt.

»Ich hab noch was gut bei ihm.« Quirinos Blick suchte in der Dunkelheit angestrengt nach den spärlichen Randsteinen in den Serpentinen. Er spürte Marcelinas fragenden Blick.

»Na ja, ich habe Eliana früher immer die Alibis verschafft, wenn sie sich heimlich mit Dino getroffen hat. Manchmal müssen wir Männer eben zusammenhalten, egal ob wir reich oder arm sind.«

»Deine Schwester hat mit Dino eine gute Partie gemacht.«

»Ja, sie kann sich endlich alles leisten, was sie will, und seit Dino an der Grenze zu Deutschland Bunker baut und nur noch an den Wochenenden nach Hause kommt, hat sie auch genügend Zeit, den Alpini-Offizieren hier oben den Kopf zu verdrehen.«

»Was du auch immer denkst!«, protestierte Marcelina, unterdrückte ein Grinsen und sah demonstrativ aus dem Seitenfenster.

Eine Nachtfahrt im Auto, ganz allein mit Marcelina, das hätte er nie zu träumen gewagt. Wie gern hätte er jetzt seinen Arm um ihre Schultern gelegt, aber der Anlass ihrer Fahrt ließ solche Annäherungsversuche nicht zu.

Das Personal der Anstalt war anfangs unwillig gewesen, Elisabetta gehen zu lassen. Ein Arzt dozierte über die Reinheit des Blutes und die Volksgesundheit, Quirino malte im Gegenzug seine Beziehungen zu Paolo Morelli aus, dem Centurio der faschistischen Miliz. Am Ende hatte der Arzt wohl selbst Mitleid bekommen, und schließlich war Elisabetta in erster Linie Italienerin und sicher auch eine gute Katholikin, warum also hätte er sie ausgerechnet nach Deutschland und damit den erklärtermaßen gottlosen Nazis ausliefern sollen?

Während der gesamten Heimfahrt lag sie schlafend auf dem Rücksitz; man hatte ihr und den anderen Patienten Beruhigungsmittel gegeben, damit die Busfahrt nach Deutschland ruhig verlaufen würde. Nur ab und zu, wenn sie in den engen Kurven gegen die Wagentür gedrückt wurde, murmelte sie im Schlaf. Offenbar träumte sie von Josef, ihrer großen Liebe, von der Illusion einer Auswanderung nach »Apfelsinien« und von dem Optantenschicksal ihres Bruders.

»Was wirst du jetzt mit ihr machen?«, frage Marcelina.

Quirino dachte nach. »Ich werde sie mit zu mir nach Hause nehmen.«

»Du lebst allein, da wird es nicht einfach für dich werden. Wenn die Alpini meine Skihütte nicht requiriert hätten, könnte sie im Sommer dort bei mir wohnen. Sie war ja sowieso die meiste Zeit in dem alten Fort unterwegs.«

»Ach ja, du und dein Baita al Forte. Und ich mit meinem Schlittenaufzug. Es waren zwei schöne Winter, die wir zusammen hatten. Was hätte aus uns beiden noch werden können ...«

Statt einer Antwort rückte sie ihm näher und legte den Kopf auf seine Schulter, während er versuchte, im fahlen Licht der Scheinwerfer die Spur zu halten.

»Häng die Antenne noch etwas höher!« Marcelina balancierte auf einem Betonbrocken und reckte die Hand mit dem Kupferdraht in den Himmel.

»Höher ... noch höher, sonst fangen wir nur die schweren Wellen, die am Boden kriechen!«, rief Quirino lachend und beobachtete erfreut, wie Marcelinas Kleid dabei nach oben rutschte. Sein Blick blieb an den schwarzen Büscheln unter ihren Achseln hängen. Was ihm dieser Abend auf dem Fort wohl noch bringen würde? Er drehte mit wichtiger Miene an der Abstimmung und der Rückkopplung, stellte die Batteriespannung ein und rief:»So ist es prima! Warte, ich komme und mache die Antenne fest.«

Er nahm ihr vorsichtig den Draht aus der Hand, wobei er wie zufällig ihren Arm streifte, und knotete ihn an einer sperrigen Lärche fest, die sich in der Trümmerwüste des ehemaligen Festungsverdecks festgekrallt hatte.

Die Sonne war gerade untergegangen und legte einen orangefarbigen Saum um die Becco di Filadonna. Die Silhouette des Pasubio hatte sich im schwarzen Nachthimmel schon aufgelöst. Marcelina lehnte sich an seine Schulter und beobachte mit gespieltem Interesse, wie er konzentriert an den Knöpfen drehte.

Quirino riss den Blick von ihren nackten Füßen los und ließ den Zeiger langsam über die selbst gemalte Wellenskala wandern. Das Zwitschern und Jaulen erinnerte ihn an den Militärfunker, der ihm hier oben vor vielen Jahren mit seinen Experimenten so imponiert hatte. Noch am gleichen Abend hatte er das Funkgerät wieder herausgekramt, das er in dem abgestürzten Doppeldecker gefunden hatte, als er seinerzeit mit seinen Eltern als Schrottsammler über die Schlachtfelder gezogen war. Wochenlang hatte er mit dem alten Postmeister Zobele an dem Gerät herumgelötet, bis es endlich die ersten Töne von sich gegeben hatte. Wie stolz war er gewesen, als er zum ersten Mal Radio Bozen aus dem Rauschen erahnen konnte, und wie enttäuscht, dass sich außer Ugo Zobele niemand in diesem verbohrten Dorf mit ihm hatte begeistern können. Sein Blick hob sich und fand an Marcelinas Knien Halt, die jetzt unter ihrem Kleid hervorgerutscht waren.

»Hör mal, die BBC, das ist England.« Er nahm den Kopfhörer ab und hielt ihr eine der beiden Muscheln hin.

»Das darfst du nicht hören!«, empörte sich Marcelina pflichtgemäß und legte die Hand auf seinen Arm, als wolle sie ihn damit von weiteren Verfehlungen abhalten.

Der Zeiger wanderte weiter über die Skala und nahm die beiden mit auf eine Reise rund um das Mittelmeer. Ein Janitscharenorchester irgendwo auf dem Balkan, griechische Hirtenweisen, Jazzmusik aus Kairo, das lang gezogene Gebet eines Muezzins aus

Tunesien, heitere Musette aus Algier und Flamenco aus Spanien wechselten sich ab. Dazwischen immer wieder das Rauschen des Äthers und das geheimnisvolle Gegacker der Morsefunker auf ihren Schiffen.

»Da, das muss Radio Äthiopien sein«, sagte Quirino. Er wiegte den Kopf zu den Rhythmen italienischer Folklore.

»Hör mal, Nachrichten aus Afrika!« Marcelina neigte den Kopf zu dem Empfänger herab und deutete auf die rot glühende Radioröhre, als sitze der Sprecher leibhaftig dort drinnen.

»Gestern haben unsere siegreichen Truppen Berbera, die Hauptstadt von Britisch-Somaliland, besetzt. Damit sind wir unserem Sieg in Afrika einen bedeutenden Schritt näher gerückt«, schnarrte eine Stimme in militärischem Befehlston.

Plötzlich schoss Quirino durch den Kopf, dass Marcelina ja ihren Mann im Abessinienkrieg verloren hatte. »Dieser Abend ist viel zu schön für so schreckliche Dinge wie den Krieg«, sagte er und drehte den Zeiger schnell weiter, bis Tanzmusik aus dem unbesetzten Frankreich aus dem kleinen Kasten erklang.

»Schau, eine Sternschnuppe!« Er zeigte aufs Geratewohl in den mondlosen Himmel.

»Wo? Ich habe nichts gesehen.«

»Aber ich! Mach die Augen zu, du darfst dir etwas wünschen.«

»Mmh. Ich wünsche mir ...«

»... pssst! Du darfst es doch nicht verraten, sonst geht dein Wunsch nicht in Erfüllung!« Er legte ihr seinen Zeigefinger auf die Lippen.

»Was ist das?« Sie hatte seine Hand sanft zur Seite geschoben und deutete über den Festungsgraben hinweg auf die Reste der Grabenstreiche. Ein flackernder Lichtschein drang aus einer der Schießscharten, verschwand, tauchte in der Nachbarscharte wieder auf. Im Abendwind glaubten sie einen magischen Singsang zu hören.

»Elisabetta, die alte Hexe. Sie spukt wieder einmal rastlos durch die Kasematten des Forts. Manchmal frage ich mich, wen sie dort sucht. Einmal machte sie so eine Andeutung, dass mein

Bruder Roberto noch hier sei. Sie hat es nicht verwinden können, dass damals nach der Explosion des Blindgängers nichts mehr von ihm zu finden war. Dann wieder ist es ihr Kanonier Josef, der immer noch da oben wohnen soll, und dann Silvanos Vater Fabrio, von dem sie glaubt, er sei im Fort gefangen oder verhext.«

Marcelina fröstelte und hielt die Hände über die heiße Radioröhre.

»Deine Tante ... ich glaube, sie lebt in ihrer ganz eigenen Welt und trifft dort Wesen, die du und ich nicht sehen können.«

Quirino zog sie zu sich heran. »Es ist wirklich nicht leicht mit Elisabetta, und ohne die Hilfe von Lucia ginge es gar nicht. Aber ich habe es nie bereut, dass ich sie aus dem Sanatorium geholt habe.«

»Vielleicht ist ihre Welt ja sogar besser als unsere. Glaubst du, dass es hier wirklich spukt? Ich weiß noch, wie mir hier oben einmal etwas an die Beine gegriffen hat. Ich muss so achtzehn gewesen sein und hatte noch meine langen Zöpfe. Damals war das Fort noch nicht gesprengt. Ich saß auf einem von diesen Eisendingern und bekam grade einen kalten Hintern, als etwas aus einem Loch nach mir griff. Mann, was habe ich mich damals erschreckt!«

»Diese Eisendinger waren Panzerkuppeln, dieses Loch war eine Schießscharte und dieses Etwas war ich!«

»Ach, du warst also der Schuft!« Sie schubste ihn mit gespielter Empörung. »Aber weißt du was?« Ihre Stimme wurde weich, fast nur noch ein Hauchen. »Ich hätte jetzt eigentlich gar nichts dagegen, wenn du es noch einmal machen würdest. Du kannst das doch auch ohne dieses blöde Eisenkuppeldingsloch, oder?«

September 1943

Operationszone
Alpenvorland

Der Zusammenbruch Italiens vollzog sich, wie so vieles in seiner Geschichte, auf verschlungenen Wegen. Nach der Landung der Alliierten in Salerno und der Absetzung Mussolinis okkupierte die deutsche Wehrmacht Südtirol und das Trentino und erklärte das gesamte Gebiet zur Operationszone Alpenvorland. Dort wurde die politische Lage in der Folge unübersichtlich. Der Corpo di Sicurezza Trentino – von den Deutschen Trentiner Sicherungsverband oder kurz CST genannt – begann ab 1944 die Bevölkerung zu terrorisieren und Deserteure, Partisanen und alles, was den Nazis sonst noch suspekt war, zu verfolgen.

Als Nächstes setzte sich in den Köpfen der politischen und militärischen Führung die Idee fest, an der Südfront eine der zahllosen unüberwindlichen Bollwerke des Dritten Reiches zu errichten. Großspurig wurde ein »Führerbauprogramm« aufgelegt. Sogar die ehemaligen Frontabschnitte des Ersten Weltkriegs rückten in diesem Zusammenhang wieder ins Blickfeld. Das gut ausgebaute Wegenetz in hochalpinen Lagen, alte Schützengräben, Artilleriestellungen und Stollenanlagen sollten reaktiviert werden, so las sich das in den Denkschriften der Militärplaner. Nur waren seit Kriegsende fünfundzwanzig Jahre vergangen, und fünfundzwanzig Hochgebirgswinter hatten Zeit gehabt, diese Infrastruktur mit Frostsprengungen, Lawinen und Gewitterregen zu ruinieren.

Generalleutnant Franz Schröder und der frisch zum Oberstleutnant im Pionierstab beförderte Stanislaus Haschek hatten ihre neu gewonnenen Beziehungen spielen lassen, um eine dienstliche Besichtigungsreise an die frühere Gebirgsfront machen zu können. Für ihre erste Etappe hatten sie sich im Grandhotel von Levico in der Valsugana einquartiert.

»Lass uns morgen mit dem alten Fort Martinella anfangen«, schlug Haschek beim Abendessen vor. Er versuchte erst gar nicht seine Unruhe zu verbergen.

»Ja, warum nicht. Aber du wirst enttäuscht sein, die Italiener sollen die Forts ordentlich demoliert haben, um an das Eisen darin zu kommen«, warnte Schröder.

»Ja, ich habe Fotos davon gesehen, wirklich schade drum. Aber mich interessiert eine ganz besondere Stelle des Forts, und wer weiß, vielleicht hatten die Sprengungen dafür ja auch ihr Gutes.«

Schröder sah Haschek verwirrt an, aber er wollte seine Neugierde jetzt nicht zeigen und ging nicht weiter darauf ein.

Am nächsten Morgen räkelten sie sich im Fond eines requirierten Horch und ließen sich am Ufer des Lago di Caldonazzo entlangfahren, um dann über die Friccastraße zur Hochebene von Folgaria zu gelangen.

»Schau, Franzl, zu dem See sind wir manchmal sonntags zum Baden gefahren, als ich noch Bauleiter auf dem Fort war«, begann Stanislaus in Erinnerungen zu schwelgen. »Damals gab's hier kaum Tourismus, aber durch die neuen Ferienkolonien hat sich das inzwischen grundlegend geändert.«

Schröder glaubte, aus Hascheks Worten Bewunderung für das faschistische Italien herauszuhören. Als Verbündete im »Stahlpakt« hatten die »Spaghettis« bei den deutschen Soldaten allerdings kein hohes Ansehen, was wohl bereits auf die abfälligen Erlebnisberichte des jungen Leutnants Erwin Rommel über die italienische Niederlage bei Karfreit im Jahre 1917 zurückging. In den Augen der Deutschen waren die Italiener weichliche Müttersöhnchen. Aber andererseits: Von wem dachten die Deutschen das nicht? Und hatte auch er sich nicht schon damals über die überheblichen deutschen Waffenbrüder beklagt? Schröder beschloss seine Ansichten für sich zu behalten, zumal ihr neugieriger Fahrer offenbar ein Reichsdeutscher war.

»Da schau, die Sprengkammern von 1911 sind auch noch da. Zweihundert Kilogramm Dynamit hätten damals im Notfall die Tunnels und Viadukte in die Tiefe reißen und den wichtigsten Weg von der Hochebene nach Trient versperren sollen. Und hier, das gute alte Wachhaus, ein nettes kleines Gesellenstück der Geniedirektion in Trient. Da hat sich damals das Abschnittskommando einquartiert, als der Krieg hier oben begann.«

»Warst du eigentlich noch mal hier, nachdem 1915 der Krieg gegen Italien begonnen hat?«, wollte Schröder wissen.

»Selten«, klang es ein wenig kleinlaut. »Im April 16, vor der österreichischen Offensive, machten wir eine Studienreise zu den Festungen, die wir da oben gebaut hatten. Die waren zum Teil gar nicht mehr wiederzuerkennen, so zerdroschen waren sie. Das Fort Martinella stand noch mit am besten da.«

Aus seiner Stimme klang unsicherer Stolz.

»Aber vielleicht lag das ja auch gar nicht an unserer sorgfältigen Bauweise, sondern einfach daran, dass die Italiener hier schwächere Kaliber eingesetzt hatten«, setzte der alte Haschek nachdenklich nach.

»Und, was hast du empfunden, als du dein Fort wiedergesehen hast? Ich meine, nicht militärisch, sondern persönlich?«

Stanislaus musste erst überlegen, wie Schröder diese Frage gemeint haben könnte.

»Was soll ich sagen, ist ja schon über fünfundzwanzig Jahre her. Also, ich erinnere mich, dass der Kommandant die Sinnhaftigkeit des Bauwerks infrage gestellt hat. Das hat mir damals schon zu denken gegeben. Die Decken waren rissig geworden, das durchsickernde Regenwasser bildete im Inneren kleine Bäche und viele von der Besatzung hatten Rheuma bekommen und sahen wirklich nicht gesund aus. Aber das war ja im Krieg woanders auch nicht besser.

Als ich dann den neuen unterirdischen Zugang und die Materialseilbahn sah, habe ich mich darüber geärgert, dass ich so etwas nicht selbst schon vorgesehen hatte. Aber im Grunde war ich damals stolz, etwas für die Ewigkeit gebaut zu haben, etwas, das sich bewährt hatte und das in den Tagesdepeschen der Presse gefeiert wurde. Wer erreicht so etwas schon in seinem Leben?« ›Tja, wer erreicht so etwas schon in seinem Leben?‹, dachte Schröder. Er jedenfalls nicht. Es wurde still im Wagen, die Männer hingen ihren Erinnerungen nach.

Als sie oben ankamen, war die Martinella in dichten Nebel gehüllt. Die Grenzen zwischen Wiesen, Felsen und Beton schienen sich aufgelöst zu haben. Außer ein paar Dohlen war nichts zu hören. Feuchte Kälte kroch ihnen in die Glieder. Stanislaus nahm seine Unterlagen aus dem Kofferraum und eilte auf die Ruine zu. Als er sie in ihrer vollen Breite sehen konnte, hielt er abrupt inne. »Mein Gott!«, rief er und der Mund blieb ihm offen stehen. So hatte er sich das allerdings nicht vorgestellt. Auf den Fotos, die er kannte, waren zwar die herausgesprengten Panzerkuppeln zu sehen gewesen, aber das Verdeck, die Wände, überhaupt das ganze Bauwerk war zum Zeitpunkt der Aufnahmen noch weitgehend intakt gewesen. Nun stand er vor einem Trümmerberg, nur Teile der Rückwand mit ihren leeren Fensterhöhlen standen noch. Die Zwischenböden waren unter dem Gewicht der Schuttmassen zusammengebrochen, das Innere der Kasematten wahrscheinlich nicht mehr zugänglich. Der ehemals weiße Beton des Forts war mit den Jahren so grau geworden wie Hascheks Haare. ›Mein Gott, was haben sie aus dir gemacht?!‹, dachte Haschek. 1912, als das hier noch eine Baustelle war, hatte er die romantische Vision eines geschmeidigen, wehrhaften Löwen mit todbringenden Zähnen und Krallen gehabt. Auf die organischen Formen des Forts war er damals noch stolzer gewesen als auf seine Wehrhaftigkeit. Diese Form hatte er geschaffen, der Rest kam von Skoda & Cie aus Pilsen, dafür konnte er nichts. 1927 war aus dem Löwen schon ein friedlicher Wal geworden, harmlos zwar, aber immer noch einigermaßen elegant und stromlinienförmig. Aber nun? Mit einem lebendigen Wesen ließ sich dieser Trümmerberg auch mit wohlwollender Fantasie nicht mehr vergleichen. Ein Gerippe hätte mehr Struktur gezeigt als dieser Haufen hier. Ihm klangen noch Emalies Anspielungen auf Schillers Glocke bei der Taufe der Panzertürme in den Ohren. Und was war von dieser Glocke jetzt noch übrig?

»Leergebrannt ist die Stätte, wilder Stürme raues Bette, in den öden Fensterhöhlen wohnt das Grauen, und des Himmels Wolken schauen hoch hinein.« Haschek spürte, dass ihm gleich die Tränen kommen würden. Schröder hatte mittlerweile zu ihm aufgeschlossen und sah kopfschüttelnd auf die Ruine. Stanislaus versuchte sich nichts anmerken zu lassen, er holte einen Plan aus der Tasche und versuchte ihn durch Drehen mit dem in Übereinstimmung zu bringen, was er vor sich hatte.

»Hier schau, Franz«, erklärte er mit belegter Stimme. »Hier haben sie 1916 einen unterirdischen Zugang zum Fort gegraben. Die Verluste bei den Trägern waren damals sehr hoch, und sie fielen meist kurz vor dem Eingang im Streukegel der italienischen Granaten, die eigentlich das Fort treffen sollten. Der Eingang des Stollens müsste dort vorn gelegen haben.« Stanislaus zeigte auf eine Wiesenmulde neben dem ehemaligen Offiziershaus unterhalb des Forts. »Lass uns die Lampen holen und nachsehen.«

Der Eingang war leichter zu finden als gedacht, ein deutlicher Trampelpfad führte durch die Wiese dorthin. Der Gang war noch intakt. Sie mussten sich manchmal bücken, da im Laufe der Jahre loses Gestein von der Decke herabgefallen war und den Boden aufgefüllt hatte. An einer Stelle kamen sie nur noch auf allen vieren weiter, aber dann erreichten sie einen vollständig betonierten Teil, der kaum Spuren der Zeit aufwies. Jetzt waren sie im alten Fort angekommen, genauer gesagt in dem Verbindungsgang zwischen dem Kasematten- und dem Batterieblock. Stanislaus pfiff leise durch die Zähne.

»Für die elektrische Beleuchtung.« Er zeigte auf eine Einbuchtung in der Decke.

»Hier hing ein Telefonschaltkasten«, ging es weiter.
»Dort stand ein Starkstromverteiler.« Haschek deutete auf eine Nische in der Wand. »Schau mal, ein Sprachrohr, Messing!« In der Tat, da hatten die Schrottdiebe offenbar etwas übersehen. Ihre Schritte knirschten über Schutt und Glasscherben. »Hier ist es!«

Schröders Augen folgten Hascheks Fingerzeig auf eine kahle Stelle an der Wand. Außer Beton konnte er nichts Besonderes erkennen.

»Hier sollte ursprünglich ein Notausgang auf das Verdeck angelegt werden. Der senkrechte Schacht war schon fertig, aber dann kam die Weisung der Geniedirektion, den Ausgang an einer anderen Stelle zu bauen, und der Schacht musste wieder zubetoniert werden.«

Schröder schaute abwechselnd auf den nichtssagenden Beton und in Stanislaus' angespanntes Gesicht. So erregt hatte er Haschek noch nie erlebt.

»Könntest du mir bitte einmal erklären, was es hiermit Besonderes auf sich haben soll?«, fragte er sehr direkt.

»Damals«, holte Stanislaus aus, »damals, 1913, verschwand ein Zimmermann von der Baustelle, Fabrio Longhi hieß er. Und gleichzeitig verschwanden wichtige und reservate Baupläne.«

Er bemerkte den fragenden Ausdruck im Gesicht Schröders.

»Streng reservat – geheim. Es wurde natürlich sofort gemutmaßt, dass Longhi mit den Plänen zu den Italienern rüber ist. Aber er kam dort nie an. Er kam auch nach dem Krieg nicht zurück. Ich habe letztens bei einem Freund Erkundigungen eingeholt, der bei der Abwehr arbeitet. In Italien kamen damals weder die Pläne an noch Longhi.«

Schröder runzelte die Stirn.

»Wieso hast du jetzt, nach dreißig Jahren, Erkundigungen über diesen Fall eingeholt?«, wollte er wissen.

»Wir haben in den letzten drei Jahren gemeinsam viel Zeit im Kriegsarchiv verbracht. Verstaubte Akten und viel langweiliges Zeug gab es dort, aber auch alte Erinnerungen. Darunter war auch das Kriegstagebuch des Forts mit den Einträgen über die schwere Beschießung durch die Italiener. Eines Tages wurde hier der Gang von einer 28er durchschlagen. Drei Tote hatten sie damals, übrigens die Einzigen, die während des ganzen Krieges innerhalb dieses Forts ihr Leben verloren haben. Die Granate war schräg durch den zubetonierten Notausgang eingedrungen.« Hascheks Zeigefinger zeichnete die Flugbahn des Geschosses in die Luft. »Es hatte mich damals schon gewundert, dass sie so glatt durchgegangen war. Irgendetwas war mit dem Beton hier faul gewesen, aber ich hatte während des Krieges wahrlich andere Sorgen, als Materialforschung zu betreiben.«

»Also weißt du, Stanislaus, das scheint mir doch eine ziemlich wirre Geschichte zu sein, und außerdem wird es mir langsam kalt in der Gruft hier. Komm, lass uns wieder an die Sonne gehen, wir haben noch viel vor heute.«

Haschek warf einen letzten Blick auf die Einschlagstelle. Die kleine Lärchenholztafel mit den Namen der Gefallenen war verschwunden, vielleicht hatten sie pietätlose Souvenirjäger mitgehen lassen. Nur ein paar Kerzenstummel lagen noch im Schutt auf dem Boden verstreut. Der Rest des Gangs war bei seinem letzten Besuch noch offen gewesen, jetzt aber war er mit Betonbrocken verschüttet. Hier war kein Weiterkommen möglich. Er kehrte um und folgte Schröder ins Freie. Kurz vor der ersten Biegung des Gangs schaute er noch einmal zurück und ließ den Kegel der Taschenlampe an den Wänden entlangschweifen. Seltsam, von hier aus wirkten die Betonbrocken, die ihnen den Weg versperrt hatten, gar nicht mehr wie abgestürzt, sondern eher wie von Menschenhand aufgeschichtet.

»Nun komm schon, Stani, ich krieg schon das Festungsrheuma hier«, drängte Schröder.

Haschek riss sich los und folgte ihm zum Ausgang.

Draußen empfing sie die milde Wärme des Spätsommers. Den kurzen Weg zu ihrem Wagen legten die beiden schweigend zurück, und als sie einstiegen, vermied es Haschek, noch einmal zum Fort zurückzuschauen. Der Horch fuhr vorsichtig im kleinen Gang die Armierungsstraße hinunter. Als sie die Abfahrt nach Palera erreicht hatten, tippte Haschek dem Fahrer auf die Schulter. »Fahren Sie hier nach links und setzen Sie mich in dem Dorf dort ab.« Und zu Schröder gewandt: »Franzl, ich hab hier noch was zu erledigen. Kannst mich auf dem Rückweg wieder auflesen. Ich warte dann im Albergo am Marktplatz auf dich.«

Haschek war am Eingang des Dorfes ausgestiegen und schlenderte, die Hände in den Hosentaschen, die Straße zum Marktplatz hinauf. Der September konnte hier in den Bergen traumhaft sein, die Almen gerade noch grün, die Lärchen an der Baumgrenze schon leuchtend gelb, kaum Dunst über dem Terragnolotal, die ideale Zeit für einen Wanderurlaub. Als er noch auf der Baustelle auf der Martinella gearbeitet hatte, war der Spätsommer seine liebste Jahreszeit gewesen.

Aber Palera sah heute nicht nach Frieden und Ferien aus, und das lag keineswegs nur an dem nasskalten Wetter. Ihm fiel auf, dass die Liktorenbündel an der Dorfkirche schon fachmännisch herausgemeißelt waren. Vor dem Dopolavoro hing jetzt Wäsche zum Trocknen, wahrscheinlich hatten sie auch hier Leute aus dem Etschtal unterbringen müssen, die vor den zunehmenden Bombenangriffen der Alliierten geflüchtet waren. Die Fenster waren mit schwarzen Verdunklungsvorhängen umsäumt wie mit Trauerflor. Ein gebeugter alter Mann in schwarzem Anzug mit Hut und Stock war der erste Mensch, der ihm hier begegnete. Ihre Blicke trafen sich.

»Herr Morelli? Paolo Morelli? Erkennen Sie mich denn nicht mehr? Ich bin Stanislaus Haschek, Ihr alter Bauleiter vom Fort.«

Morelli erstarrte. Nun da er ihn endlich erkannt hatte, war er augenscheinlich eher erschreckt als erfreut.

»Guten Tag, Herr Haschek«, antwortete er höflich.

»Wie geht es Ihnen, Herr Morelli? Was machen die Geschäfte?«

Sollte das etwa eine Anspielung sein? Ach was! Der Bauleiter war schon damals keine Leuchte gewesen. Aber warum war er überhaupt hierher nach Palera gekommen? Morelli beschloss vorsichtig zu sein.

»Na ja, Sie sehen es ja selbst, das Dorf ist halb leer. Mit wem kann man da schon Geschäfte machen?«

›Als wäre der alte Morelli ausgerechnet durch die armen Dorfbewohner reich geworden‹, dachte Haschek. Aber er hatte schon recht, Palera war wie ausgestorben. Ehe er noch etwas erwidern konnte, setzte Morelli neugierig nach:

»Was verschafft uns denn die Ehre Ihres Besuchs? Wollten Sie das alte Fort Martinella noch einmal besichtigen?«

»Ja, da war ich schon. Viel haben sie ja nicht davon übrig gelassen.«

Morelli war sich unsicher, ob er mit »sie« ihn oder die Italiener im Allgemeinen gemeint hatte. »Und jetzt bin ich hier, um Silvano Longhi zu besuchen. Er lebt doch noch hier im Dorf, oder?«

Morelli spürte ein Ziehen in der Magengrube. Was mochte denn der Bauleiter ausgerechnet von dem Zimmermann wollen?

»Ja, Silvano hat immer noch seine Schreinerei hier. Sie haben doch nicht etwa Neuigkeiten über seinen verschwundenen Vater?« Morelli ärgerte sich sofort, dass ihm diese Frage herausgerutscht war.

»Doch, ich habe ein paar Dinge in Erfahrung gebracht, die ich mit Silvano bereden möchte. Machen Sie es gut, Herr Morelli, hat mich gefreut, Sie noch einmal zu sehen.«

Haschek ging weiter, er konnte nicht mehr sehen, wie Morelli bleich wurde.

Silvano Longhi hatte die Kreissäge abgeschaltet und blies sich den Holzstaub von der Hornbrille. ›Wie eine ausklingende Luftschutzsirene‹, dachte Haschek, als das Heulen aus der Schreinerei langsam leiser und tiefer wurde. Silvano stutze, als er den Mann in Wehrmachtsuniform auf die Werkstatt zukommen sah.

»Grüß Gott, Silvano. Bin ich wirklich so alt geworden, dass man mich nicht mehr erkennt?«

»Ja, der Herr Haschek! Das ist ja eine Überraschung! Kommen Sie doch rein. Wie geht es Ihnen denn? Sie sind bestimmt wegen dem Fort Martinella gekommen.«

Sie gingen ins Haus, und nach einer herzlichen Begrüßung durch Silvanos Frau Rosetta setzten sich die Männer an den Küchentisch. Haschek fand es befremdlich, dass er Silvano immer noch duzte wie einen kleinen Jungen und im Gegenzug von ihm gesiezt wurde, aber da er nicht wusste, wie er das ändern konnte, ließ er es dabei bewenden.

»Ja, ich komme gerade von den Ruinen des Forts. Die Wehrmacht interessiert sich für die alten Stellungen hier oben.«

Silvano zog die Augenbrauen hoch, vermied es aber, darauf einzugehen.

»Ich habe übrigens gerade Paolo Morelli getroffen. Er trug Schwarz, ist er in Trauer?«, fuhr Haschek fort.

»Seine Frau Francesca ist vorige Woche gestorben. Das ist ihm sehr nahegegangen, obwohl er ihr das Leben wirklich nicht leicht gemacht hatte.«

»Morelli hatte doch noch einen Sohn, ist der nicht Ingenieur geworden?«

»Ja, Dino. Der hat sich jetzt bei der Organisation Todt verpflichtet, um nicht zum CST eingezogen zu werden. Jetzt baut er irgendwo im Süden Bunker für die Deutschen oder sprengt vielleicht auch irgendetwas Kriegsentscheidendes in die Luft. Er ist selten hier und erzählt wenig über seine Arbeit.«

»Gibt es denn auch gute Neuigkeiten in Palera?«

»Es ist Krieg, was soll es da Gutes geben? Wir sind jetzt Operationszone Alpenvorland, und wieder einmal wissen wir nicht, ob wir zum Norden oder zum Süden, zum Deutschen Reich oder doch eher zur Sozialistischen Republik Italien gehören. Hier hat jeder sein besonderes Schicksal. Romano Toller, der Sohn der Wirtin, ist im Frühjahr in Afrika in englische Gefangenschaft gekommen, das ist vielleicht noch die beste Nachricht. Quirino Carbonari wollten die Deutschen als Militärinternierten ins Reich verschleppen, aber er ist geflohen und hält sich in den

Bergen versteckt – vor den Deutschen«, schob er nach, während sein Blick am Hakenkreuz auf Hascheks Uniform hängen blieb. »Und unsere schöne Skihütte auf der Martinella hat der CST letzte Woche in die Luft gejagt, weil sich dort angeblich Partisanen eingenistet haben.«

Was sollte Haschek darauf erwidern? Schließlich war er genauso wenig Deutscher, wie Silvano Italiener war.

»Du hast recht, Silvano, auch über diesen Krieg gibt es nichts Gutes zu berichten.« Er suchte nach einer Möglichkeit, zu seinem eigentlichen Anliegen zu kommen.

»Ich habe in den letzten Monaten viel Zeit im Kriegsarchiv in Wien verbracht, dienstlich, versteht sich.« Silvano sah ihn erwartungsvoll an. »Ich hatte dort die Gelegenheit, alte Akten aus der Zeit des Ersten Weltkriegs zu studieren. Auch Unterlagen über das Fort Martinella.«

»Ja?«

»Rechenberger, der Werkmeister, war in Schiebereien verwickelt, wusstest du das?«

»Beweisen konnte das damals niemand, aber geahnt hatten wir das doch alle.«

Haschek schwankte zwischen Erstaunen und Enttäuschung. Sollten wirklich alle außer ihm etwas davon gewusst haben?

»Und warum hat mir damals niemand etwas gesagt?«

»Was hätte das denn geändert? Wir waren doch nur Italiener, und ihr ... also ich meine: Rechenberger ... war Österreicher.«

»Hast du inzwischen etwas über deinen Vater erfahren?«

»Nein, überhaupt nichts.« Silvano verschwieg seine Gespräche mit Capitano Maranza und auch den Brief, den er ihm im Sommer aus Wien geschrieben hatte. »Haben Sie denn etwas Neues im Kriegsarchiv erfahren?«

»Das Evidenzbüro hatte irgendwie seine Finger im Spiel. Zumindest hat es dafür gesorgt, dass die Angelegenheit damals nicht weiter untersucht worden ist. Fabrios Verschwinden muss irgendwie mit Rechenberger zusammenhängen, aber ich habe nicht herausfinden können, wie.«

Silvano war irritiert. Hascheks Worte warfen mehr Fragen auf, als sie beantworteten.

»Meinen Sie, Rechenberger könnte meinen Vater umgebracht haben?«

Haschek dachte nach. Zumindest wusste er, dass Rechenberger und Fabrio Longhi an diesem letzten Abend beide auf der Baustelle gewesen waren. Hatte er damals nicht einen lauten Streit gehört, als er unterhalb des Notausgangs gestanden hatte? Hatten die damals Deutsch oder Italienisch miteinander gesprochen? Nein, das war nicht Rechenbergers schnarrendes Näseln gewesen, das wie ein Schotterbrecher geklungen hatte, wenn er wieder einmal laut wurde. Aber was sollte das Silvano jetzt helfen?

»Das glaube ich nicht, Silvano. Ich kannte ihn persönlich zwar nur wenig, aber einen Mord würde ich ihm nicht zutrauen. Rechenberger interessierte sich damals wahrscheinlich nur für seine Schiebereien. Aber dazu muss er Komplizen gehabt haben«, sinnierte Haschek und hatte Fabrios Schicksal schon wieder aus dem Auge verloren. »Wussten damals etwa auch alle, wer ihm dabei geholfen hat?« Seine Stimme hatte einen enttäuschten Unterton.

›Sollte der Bauleiter damals wirklich so ahnungslos gewesen sein?‹, dachte Silvano, und zu Haschek sagte er: »Paolo Morelli. Haben Sie sich denn niemals gefragt, womit er seine Werkstatt gebaut hat? Gehen Sie doch mal hinein und lesen Sie, was auf den Eisenträgern unter der Betondecke steht: Do-na-witz!«

Haschek sah nachdenklich auf seine Fingernägel und schüttelte langsam den Kopf. War er damals wirklich wie ein blinder Idiot über seine Baustelle gelaufen und hatte von alldem nichts mitbekommen? Oder hatte es ihn einfach nicht interessiert? So, wie ihm auch seine Bauarbeiter im Grunde vollkommen egal gewesen waren – Fabrio Longhi eingeschlossen. Seine Welt bestand damals aus seinen Plänen und Zeichnungen, den Mauern und Decken und Panzern, die daraus erwuchsen, und der Funktionalität, die sich aus dem Zusammenspiel von Stahl und Beton ergab. Die Menschen waren dabei nur notwendige und unberechenbare Randerscheinungen gewesen.

Im Grunde war es kein Mitgefühl, was ihn heute hierhergetrieben hatte, sondern Reue. Und wie war das mit den drei Artilleristen? Ihre Schicksale, ihre Angehörigen, das hatte ihn bisher nie interessiert. Aber dass diese italienische Scheißgranate durch seinen Beton gefahren und in seinem Fort explodiert war, das ging ihm bis heute nach.

»Im August 15 sind doch drei Soldaten im Fort gefallen – im Verbindungsgang. Weißt du eigentlich, wo die begraben worden sind?« Haschek war selbst überrascht über seine unerwartete Sentimentalität.

»Ursprünglich lagen sie auf dem Friedhof beim Fort, aber 1921 hat man sie nach Folgaria umgebettet. Sie werden die Gräber leicht erkennen, die Grabsteine sind aus bestem Beton.«

Haschek sah auf seine Uhr.

»Ich werde bald abgeholt von meinen Kameraden. Es hat gutgetan, dich wohlauf zu sehen in diesen Zeiten. Und es tut mir leid, dass ich dir nichts Genaueres über deinen Vater berichten konnte. Falls du noch mal was erfährst, kannst du mir ja mal schreiben.«

Er schrieb seine Adresse auf einen Zettel, verabschiedete sich und ließ Silvano ratlos zurück. Am Marktplatz wartete schon der Wagen des Pionierstabs. Paolo Morelli kam gerade aus dem Albergo, ihre Blicke begegneten sich kurz. Haschek öffnete die Wagentür und wollte gerade einsteigen, als er sich noch einmal zu Morelli umwandte.

»Silvano Longhi weiß jetzt alles.« Haschek wusste nicht, warum er das gesagt hatte, er wusste auch nicht, was er damit eigentlich ausdrücken wollte, und er konnte nicht ahnen, was seine Worte auslösen sollten.

Der Wagen kurvte die Straße nach Folgaria hinunter. Als sie sich dem Soldatenfriedhof näherten, sagte Haschek zu Schröder:

»Wir sind gut in der Zeit, lass uns kurz da vorn anhalten.«

»Am Edelweißfriedhof? Stanislaus, du wirst ja noch richtig sentimental auf deine alten Tage. Kennst du etwa jemanden, der dort liegt?«

»Nein, nicht wirklich, aber genau darum will ich ja hin.«

Silvano saß immer noch auf seiner Holzbank und starrte durch das Fenster auf die Stelle, wo der alte Bauleiter hinter den Häusern verschwunden war.

»War der alte Haschek auf der Durchreise, oder wollte er etwas Besonderes?«, fragte Rosetta und legte ihm liebevoll den Arm um die Schultern.

»Er hat im Archiv über Werkmeister Rechenberger geforscht und auch über meinen Vater. Aber über sein Verschwinden hat er nichts wirklich Neues herausgefunden.«

»Und dafür ist er extra aus Wien hierhergekommen?«

»Er sagte, er komme wegen der alten Stellungen. Die Wehrmacht interessiert sich offenbar dafür.«

»Sie suchen die Verstecke der Partisanen und Deserteure, stimmt's?«

»Vielleicht. Vielleicht wollen sie aber auch eine neue Widerstandslinie bauen, falls die Amerikaner bis hierher kommen.«

»Egal warum, wenn sie dort oben herumschnüffeln, werden sie über kurz oder lang auf die Partisanen stoßen. Wir sollten unsere Leute auf dem Fort warnen, Silvano.«

»Ich habe dir die ganze Zeit gesagt, halt dich da raus. Du bringst uns noch alle in Gefahr damit. Denk doch auch mal an unseren Sohn, an Daniele!«

»Gerade weil ich an Danieles Zukunft denke, dürfen wir uns nicht heraushalten! Wie hat der Duce selbst gesagt? Besser einen Tag als Löwe leben, als hundert Jahre als Schaf!«

Silvano schaute vor sich auf den Boden. »Ja, Rosetta, wahrscheinlich hast du recht.« Er zog seine Jacke an und machte sich auf den Weg zum Fort.

März 1945

Die Beichte

Hochwürden Fontana saß in seiner Küche und genoss den Ruhestand bei einem Glas Wein. ›Unter den Faschisten wurde schon zu viel gelogen und geprahlt, aber jetzt unter den Nazis ist es einfach unerträglich geworden‹, dachte er. ›Ich danke dem Herrn, dass ich in diesen gottlosen Zeiten niemandem mehr die Beichte abnehmen muss.‹

Ein Sommergewitter tobte über dem Dorf, und bei all dem Klappern der Fensterläden und Dachziegel hätte er das Klopfen an der Haustür fast überhört. Kaum hatte er die Tür einen Spalt weit geöffnet, drängte ein Mann zu ihm hinein.

»Paolo, was führt dich denn zu so später Stunde noch zu mir?«

»Hochwürden Fontana, Sie müssen mir die Beichte abnehmen«, erwiderte Paolo Morelli und schüttelte sich das Wasser vom Mantel.

»Ich bin doch schon lange nicht mehr im Dienst der Kirche. Warum gehst du nicht zu unserem jungen Priester?«

»Aber Hochwürden, Sie stehen doch immer im Dienst Gottes.«

»Wenn ihr Faschisten schon anfangt von Gott zu reden, scheint es nicht gut um euch zu stehen.«

Fontana winkte den anderen in die Küche, schob einen weiteren Stuhl an den Küchentisch und stellte ein zweites Weinglas auf die Wachstuchdecke. Sie setzten sich über Eck, beide mit Blick auf das Kruzifix im Herrgottswinkel. Der Priester schloss die Augen und faltete die Hände.

»Gott, der unser Herz erleuchtet, schenke dir wahre Erkenntnis deiner Sünden und seiner Barmherzigkeit«, begann er.

»Amen.«

»Du musst große Sorgen haben, Paolo. Erleichtere dein Herz, nur dann kann der Herr dir deine Sünden vergeben.«

»Ich werde bald sterben, Hochwürden.«

»Bist du denn krank, Paolo?«

»Nein. Aber ich stand bei der Beerdigung des alten Enzo Capeletti neben Elisabetta Carbonari. Gerade als der Sarg in die Grube hinuntergelassen wurde, drehte sie sich zu mir um, bekreuzigte sich und sagte, dass ich der nächste sei.«

»Du abergläubischer Idiot, wegen so etwas kommst du mitten in der Nacht zu mir? Du solltest dich schämen.« Fontana schnaufte und nahm einen großen Schluck aus seinem Weinglas.

Paolo erinnerte sich, dass Elisabetta doch auch den Tod ihres Neffen Roberto vorhergesagt hatte, jeder im Dorf wusste das. Aber es schien ihm jetzt kein guter Gedanke zu sein, sich mit dem Pfarrer in Diskussionen über den Wahrheitsgehalt von Elisabettas Weissagungen einzulassen.

»Genau genommen bin ich wegen Anselma Longhi hier.«

»Du warst mal hinter ihr her, als sie noch jung und hübsch war, stimmt's?«

»Woher wissen Sie das, Hochwürden?«

»Macht Liebe denn tatsächlich so blind? Jeder in Palera hat es gesehen, du bist um sie rum wie ein Pfau.«

Paolo schaute in sein Weinglas, als könne er darin die vergangene Zeit wiederfinden.

»Eigentlich bin ich auch nicht wegen Anselma hier, sondern wegen, wegen Fabrio.«

Fontana hob überrascht den Kopf und blinzelte Paolo schweigend an. Der hoffte, der Pater werde ihm mit ein paar Fragen zu Hilfe kommen, aber Fontana presste seine Lippen aufeinander, um jede unwillkürliche Bemerkung zu unterdrücken. Paolos Blick wanderte Hilfe suchend zum Kruzifix im Herrgottswinkel und wieder zurück zu seinem Weinglas. Das Ticken der alten Uhr an der Wand und das Pochen in seinen Ohren waren die einzigen Geräusche, die er noch wahrnahm.

»Ich habe Fabrio Longhi auf dem Gewissen«, presste er mit Mühe hervor. Er starrte eine Zeit lang auf sein Weinglas, aber als ihm das Schweigen des Priesters unerträglich wurde, hob er den Blick erst zu dem Gekreuzigten, der ihn teilnahmslos anzusehen schien, um sich dann endlich ein Herz zu fassen und Hochwürden Fontana ins Gesicht zu sehen.

»Sprich weiter, mein Sohn.«

Paolo stellte erleichtert fest, dass Fontanas Stimme nicht nach Neugierde, sondern eher nach Mitgefühl klang. In ihm begann die Hoffnung auf Erlösung zu keimen.

»Wir waren auf der Baustelle, auf dem Fort Martinella. Wir sind in Streit geraten, es kam zu einem Gerangel, und plötzlich war Fabrio tot.«

»Das war alles?«

»Ja.«

»Wegen was habt ihr euch denn gestritten? Wegen Anselma etwa?«

»Ach was, nein. Der Capo war schuld. Er hatte mir gesagt, dass Fabrio hinter die Sache mit unseren Materialschiebereien gekommen sei. An diesem Abend wollten wir wieder einige Sachen von der Baustelle verschwinden lassen, und Fabrio war unter einem Vorwand oben geblieben, offenbar, um uns auf frischer Tat zu ertappen.«

»Hat der Capo gesagt ...« Fontanas Bemerkung war halb Feststellung, halb Frage.

»Ja, der Capo. Er sagte, ich solle mal mit Fabrio reden. Man könne sich doch bestimmt mit ihm arrangieren.«

»Hat der Capo vorgeschlagen.« Jetzt glaubte Paolo einen zynischen Unterton herauszuhören.

»Ja, es war seine Idee. Fabrio wollte davon aber nichts wissen. Dabei hätte er doch das Material gut gebrauchen können für seine armselige Schreinerei. Und das bisschen Zement und die paar Eisenträger und Holzbalken wären bei all dieser Verschwendung auf der Baustelle doch gar nicht aufgefallen. Ich hätte ihm das Zeug sogar noch vor die Haustür gefahren. Aber dieser verdammte Fabrio war stur wie ein Ochse. Ich solle doch auch mal an die Soldaten denken, die in dem Fort später vielleicht einmal Schutz suchen müssten. Mein Gott«, Paolo bekreuzigte sich eilig, »wer hätte denn damals an Krieg gedacht? Und bei drei Meter dicken Betondecken kommt es ja wohl auf ein paar Zentimeter nicht an.« Paolo hatte sich in Rage geredet.

»Und dann hast du ihn ein bisschen geschubst und plötzlich war er tot.«

Paolo fragte sich, ob ein katholischer Priester ein Anrecht darauf hatte, einen armen Sünder zu verhöhnen.

»Er ist auf mich losgegangen, da musste ich mich doch wehren. Und dann ist er gestrauchelt und in einen offenen Schacht gefallen. Er muss sofort tot gewesen sein.«

»Hast du mit eigenen Augen gesehen, dass er tot war?«

»Nein, ich bin oben stehen geblieben. Es hat mich gegraust vor dem Anblick. Aber der Capo hat mitbekommen, was passiert ist, und ist zu ihm hinuntergestiegen ... aber da hat Fabrio schon nicht mehr geatmet.«

»Und was habt ihr mit der Leiche gemacht, Paolo?« Fontanas Frage klang, als würde das mit der eigentlichen Sünde jetzt erst beginnen.

»Erst hatte der Capo die Idee, es wie einen Arbeitsunfall aussehen zu lassen, aber wir hatten schon kurz davor einen gehabt, und er befürchtete langwierige Untersuchungen durch die Staatsanwaltschaft in Rovereto. Dann kam er auf die Idee mit dem Überläufer. Wir bräuchten nur die Leiche verschwinden zu lassen und außerdem noch ein paar geheime Baupläne aus dem Panzerschrank des Bauleiters. Jeder würde glauben, er wäre mit den Plänen zu den Italienern übergelaufen.«

»Wo habt ihr Fabrios Leiche denn beerdigt?« Fontana klang jetzt eher wie ein Richter als wie ein Seelsorger.

»In dem Schacht.«

»Deckel drauf und zu?«

»Aufgefüllt mit Zement und anderen Sachen, voll bis oben hin.«

»Und Anselma hat nie etwas davon erfahren?«

»Ich habe sie unterstützt, wo ich nur konnte, mit Geld, mit Lebensmitteln, mit Beistand. Und Silvano mit Maschinen und Aufträgen für seine Werkstatt, die jetzt richtig gut läuft.«

Fontanas Mundwinkel zuckten verächtlich.

»Paolo, der selbstlose Retter der Witwen und Waisen! Hast du jemals darüber nachgedacht, was Anselma für Höllenqualen durchgemacht haben muss? Hast du jemals an den kleinen Silvano gedacht? Wie er darunter gelitten haben mag, dass man seinen Vater für einen Verräter gehalten hat? Ich sage dir, was du tun wirst. Du wirst zu ihnen gehen und ihnen die Wahrheit sagen. Deine Tat ist vor den weltlichen Gerichten verjährt, es gibt für dich keine Ausrede mehr, ihnen die Wahrheit über Fabrios Verschwinden weiterhin vorzuenthalten.«

Paolo sah den alten Priester entsetzt an. Er war zu Hochwürden Fontana gekommen, um sein Gewissen zu erleichtern, aber nicht, um von ihm sein Todesurteil zu empfangen.

»Das kann ich nicht«, flüsterte er schwach.

»Willst du Anselma etwa in ihrer Ungewissheit sterben lassen? Ich dachte, du hättest sie einmal geliebt?«

Paolo hatte sein Glas leer getrunken und starrte auf dessen Boden, bevor er es langsam wieder auf den Tisch stellte.

»Ich bereue, dass ich Böses getan und Gutes unterlassen habe. Erbarme dich meiner, oh Herr«, murmelte er kraftlos.

»Danke dem Herrn, denn er ist gütig.«

»Sein Erbarmen währet ewig.«

»Ich hoffe, der Herr wird dir deine Sünden vergeben, Paolo.«

Paolo schaute Fontana verwirrt an. Das war nicht die erhoffte Erlösung, das war nicht die Formel »der Herr hat dir deine Sünden vergeben«. Entsetzt dämmerte ihm, dass Hochwürden Fontana ihm die Absolution seiner Tat verweigert hatte.

»Gehe hin in Frieden«, schloss Fontana die Beichte ab, nicht ohne nachzusetzen: »Und denke an meine Worte.«

April 1945

Kriegsende II

D er grün-braun gefleckte Kübelwagen mühte sich die Bergstraße von Caldonazzo nach Carbonare hinauf. Unten am
See standen die Obstbäume in voller Blüte und bildeten einen
bezaubernden Kontrast zu den schneebedeckten Bergen ringsum,
der Panarotta, der Cima di Vezzena und dem Becco di Filadonna.
Die drei Soldaten ließen sich den Fahrtwind um die Nasen wehen,
dessen Duft sich mit zunehmender Höhe von Apfelblüte über
Rosen zu Wiesenblumen änderte.

Sie hatten das Wagenverdeck aufgeklappt, um nach allen Rich-
tungen freie Sicht zu haben, denn man hatte sie gewarnt, dass die
Hochebenen von Folgaria und Lavarone Partisanengebiete seien
und sie in einen Hinterhalt geraten könnten.

Oberleutnant Adolf Haschek hatte den Auftrag, alte Stellungen
aus dem Ersten Weltkrieg zu erkunden und ihre Tauglichkeit
als mögliche neue Auffangstellung zu prüfen. Angeblich wollte
Generalfeldmarschall Kesselring aus dem Monte Pasubio und
den umgebenden Hochebenen ein zweites Monte Cassino machen, aber Kesselring galt eigentlich als Realist, und so war dies
sicher nur eine der üblichen Scheißhausparolen.

Gerüchte sprachen gar von einer gigantischen »Alpenfestung«,
in der der Führer seinen letzten und sicherlich siegreichen Kampf
führen wollte. Immerhin war die Organisation Todt am Pasubio
tatsächlich dabei, die alten Kriegsstraßen der Italiener und Österreicher wieder instand zu setzen. Als würden die Alliierten ausgerechnet über den Pasubio nach Berlin marschieren!

Dieser Erkundungsauftrag hätte für Haschek junior lediglich
eine der üblichen Wehrmachtssatiren gewesen sein können, die

ihren Rückzug bereits seit Salerno begleiteten, wäre da nicht die Sache mit der Terragnolostraße gewesen. Tausend Meter Höhenunterschied und steile Felswände trennten den Talboden von Palera. Wäre diese Straße unpassierbar, müsste der Feind einen Umweg von fünfzig Kilometern fahren, um auf die Hochebene zu gelangen. Das war auch dem Pionierstab nicht verborgen geblieben, und so hatte er den Auftrag erhalten, die Sprengung dieser Zufahrt vorzubereiten.

Die alten Sprengkammern, die die Österreicher seinerzeit in die Tunnels und Viadukte eingebaut hatten, waren angeblich noch zugänglich. Sein Vater hatte sie ihm 1927 gezeigt und erklärt, dass bei einer Detonation der Minen wahrscheinlich das halbe Dorf in den Abgrund stürzen würde.

Im Ersten Weltkrieg wäre so etwas militärisch vielleicht zu rechtfertigen gewesen, aber heute, wo die Amerikaner durch den damit erzwungenen Umweg weniger als zwei Stunden verlieren würden, wäre so eine Straßensprengung nicht nur eine völlig sinnlose Zerstörung der Straße, sondern auch des Dorfs. Und außerdem war er schließlich deshalb Ingenieur geworden, um Straßen zu bauen, und nicht, um sie in die Luft zu jagen. Adolf schaute nachdenklich aus dem fahrenden Wagen hinunter in die blühende Valsugana.

Schütze Fiaka zog an seiner Eckstein und inhalierte tief.

»Zittern deine Hände vor Kälte oder vor Angst?«, fragte Struzik.

Es war nicht herauszuhören, ob der Gefreite aus Fürsorge fragte oder um seinen Kameraden aufzuziehen. Die beiden standen Wache vor den Sprengkammern an der Friccastraße, die von deutschen Pionieren mit zweihundert Kilogramm TNT geladen worden waren.

»Vor Kälte natürlich.« Fiakas Empörung war gespielt. »In den letzten Tagen sind genug von unseren Leuten erschossen aufgefunden worden ... oder sind einfach spurlos verschwunden. Und nur zu zweit stehen wir beide hier doch auf verlorenem Posten. Wer sagt, dass uns die Wehrmacht auf ihrem siegreichen Rückzug nicht einfach hier vergisst?«

»Na, das wäre nun wirklich nicht das Schlimmste. Ein paar Monate Gefangenschaft bei Corned Beef und Bohnenkaffee, damit wir wieder etwas auf die Rippen kriegen, und dann gut ausgeschlafen zurück nach Wien, das wäre mir lieber, als immerzu um mein Leben zu fürchten. Die Gegend hier würde ich mir lieber im Frieden mal so richtig ansehen.«

»Da bin ich sofort dabei. Mein Vater hat mir immer von den gigantischen Festungen aus dem Weltkrieg erzählt, die dort oben bei Folgaria stehen sollen. Solche Kaliber sollen die Kanonen gehabt haben.« Er formte mit seinen Händen einen Kreis vom Durchmesser eines Fußballs.

»Stimmt, ich hab sogar einmal einen Tatsachenroman gelesen über so ein Fort. Überall Tote und Verwundete und Irrsinnige, es muss die Hölle auf Erden gewesen sein.«

»Das Buch kenne ich. Sie sollen sogar ihre Toten in der Festung einbetoniert haben, weil sie sie draußen im Trommelfeuer nicht begraben konnten. Achtung! Da kommt ein Kübelwagen mit einem Offizier!« Fiaka schnippte seine Kippe über den Abgrund und nahm Haltung an.

Nach der üblichen Belehrung über die Partisanengefahr konnte Oberleutnant Haschek seine Fahrt fortsetzen.

›Der Krieg wird bestimmt nicht an der Friccastraße entschieden‹, dachte Adolf in einem Anflug von Sarkasmus, aber er erinnerte sich auch an die Worte seines Vaters Stanislaus, der ihn einmal belehrt hatte: »Die Kriege von morgen werden durch Straßen entschieden und nicht mehr durch Festungen.«

Wie recht er haben sollte. Im Herbst 43 war sein Vater das letzte Mal hier gewesen, in schicker Wehrmachtsuniform, aber auch schon mit seinem Krebs im Leib, von dem er damals allerdings noch nichts gewusst hatte. Ganz aufgekratzt war er vor der Reise gewesen, dauernd hatte er die Familie mit seinen Entdeckungen im Kriegsarchiv genervt. Aber als er wieder nach Wien zurückgekehrt war, war er ungewöhnlich still, fast bedrückt gewesen. Und das war er bis zu seinem Tod Ostern 44 auch geblieben.

Der Wagen hielt in Carbonare an der Straßenkreuzung. Im Schatten der Häuser lagen noch Schneereste, aber die Luft roch schon mild und man spürte, dass der Winter auf dem Rückzug war.

»Rechts geht es nach Folgaria, links nach Lavarone und geradeaus ins Asticotal. Womit fangen wir an?«

Die Frage des Fahrers riss Adolf aus seinen Erinnerungen. Er brauchte nicht auf seine Karte zu schauen. Er kannte die Stellungen noch von den Wanderungen mit seinem Vater. Die österreichischen Festungen waren von den Italienern gesprengt worden, die italienischen Forts von den Österreichern 1915 in Trümmer geschossen und die Unterstände und Kavernen dazwischen waren dem Zahn der Zeit zum Opfer gefallen. Im Grunde hatte sich eine militärische Erkundung hier schon erübrigt, jeder Heuschober auf den Almen bot mehr Schutz als die Überreste des letzten Kriegs.

»Fahren Sie nach rechts, und in Folgaria biegen Sie links ab. Wir fangen dort an«, befahl Adolf.

In Folgaria kamen sie an dem alten österreichischen Soldatenfriedhof vorbei. Als sein Vater das Fort gebaut hatte, hatten hier noch Obstbäume gestanden. Adolf Haschek kannte die Gedenkstätte aus den Ferien, die er 1927 mit seinem Vater hier verbracht hatte. »Friedhof des Edelweißkorps«, stand auf dem steinernen Eingangsportal. Edelweiß, edel und weiß, gut und rein, alles, wonach es sich zu streben lohnte. Oder zu sterben. Adolf war heute in Laune für Wortspiele.

Sein Vater hatte ihm kurz vor seinem Tod von den Gräbern der drei Festungsartilleristen erzählt, die in seinem Fort durch einen unglücklichen Treffer getötet worden waren. Davor hatte Stanislaus immer nur von »dem Durchschlag« geredet, von Zementmischungen, Würfeldruckfestigkeiten und der Aufschlagswucht schwerer Granaten. Die Formeln, die er so oft aus dem Kopf zitiert hatte, kamen stets zu dem gleichen Ergebnis: Die italienische Granate hätte dort gar nicht durchschlagen können.

Aber nach seinem letzten Besuch war sein Vater wie verwandelt gewesen. Er hatte sich sogar die Namen der Artilleristen von den Grabsteinen abgeschrieben und wollte im Kriegsarchiv nach deren Familien forschen, die heute vielleicht noch irgendwo im Osten lebten. Aber wozu? Darauf hatte er ihm keine Antwort mehr geben können.

Der Kübelwagen nahm die letzten Serpentinen der alten Bergstraße nach Palera. Adolf erinnerte sich an das Albergo Stella d'Italia am Marktplatz, in dem sie übernachtet hatten, an Paolo Morellis Garage, in der es immer nach Benzin und Schmierfett gerochen hatte und die dieser zu einem Treffpunkt der faschistischen Partei hatte umbauen lassen, und an das Kriegerdenkmal, das keine deutsch klingenden Namen mehr zierte, weil die Faschisten nur noch italienische geduldet hatten. Was mochte von alldem noch da sein?

Als sie in das Dorf einfuhren, fiel sein Blick zuerst auf das Albergo. 1909, als er als kleiner Junge zum ersten Mal hierhergekommen war, hatte es noch Albergo Stella Alpina geheißen – Gasthaus Edelweiß. 1924 hatten die Faschisten Sergio Toller so lange schikaniert, bis er es in Albergo Stella d'Italia umbenannt hatte. Nun war der Name mit »Gasthaus Alpenrose« überpinselt worden. Die SS war 1944 zeitweise hier eingezogen, und die Männer hatten wohl ihrem Eindeutschungswahn freien Lauf gelassen. Die SS war schon lange wieder verschwunden, aber die Frakturlettern über dem Eingang waren geblieben.

Adolf ließ seine Männer am Wagen warten und ging die Treppe hinauf. In der Gaststube herrschte jetzt die lieblose Atmosphäre einer Soldatenkneipe, nur der futuristische Wandfries erinnerte noch an bessere Zeiten. Zwei bleiche Flecken an der Wand markierten die Stellen, an denen zwanzig Jahre lang die Fotografien des Duce und des italienischen Königspaars gehangen hatten. Jemand hatte liebevoll ein Edelweiß mit den Runen der Waffen-SS mitten in den Fries gemalt. Ein paar Einschüsse darin bewiesen, dass die Disziplin auch hier schon längst in Auflösung begriffen war.

Alberta Toller stand hinter dem Schanktisch und notierte gerade Bestellungen auf ihren Schreibblock. Sie wirkte alt und müde, wie so viele in dieser Zeit. Als sie Adolf erkannte, huschte ein schwacher Glanz über ihre Augen, aber ein Blick auf seine Wehrmachtsuniform ließ ihr aufkeimendes Lächeln wieder ersterben.

»Herr Haschek, was machen Sie denn hier?«, rief sie dennoch freundlich.

Adolf zuckte die Achseln, was sollte ein Soldat schon machen in einem besetzten Land? Ihm fiel keine Begründung seines Besuchs ein, mit der er auf Sympathie hätte hoffen können, daher konterte er mit einer Gegenfrage.

»Wie geht es Sergio und Ihren beiden Kindern, dem Romano und der Marcelina?«

Seine Anteilnahme war ehrlich gemeint, aber Alberta blieb vorsichtig. In Zeiten, in denen es sogar im eigenen Dorf schwer wurde, Freund und Feind auseinanderzuhalten, war es sicherer, sich im Beliebigen zu bewegen.

»Mein Gott, der Krieg, Sie wissen schon.«

Er verstand, es war nicht klug, weiter nachzufragen. Ob bei der italienischen Armee oder bei den Partisanen, ob von den Deutschen interniert oder bei den Alliierten gefangen, mit all diesen Schicksalen war nur Angst und Unsicherheit verbunden.

»Und Silvano Longhi, was ist mit ihm?«

»Er ist zu Hause in seiner Schreinerei. Sie haben ihn bisher zu nichts eingezogen, es grenzt fast an ein Wunder.« Es klang wie eine Bitte, ihn auch zukünftig in Ruhe zu lassen.

»Sie brauchen keine Angst um ihn zu haben, ich will nur ein paar alte Erinnerungen mit ihm austauschen. Machen Sie es gut und grüßen Sie mir Ihre Lieben, wenn Sie sie hoffentlich bald gesund wiedersehen.«

Im Hinausgehen tat ihm der gut gemeinte Wunsch leid, schließlich wusste er nicht, ob der Krieg in ihrer Familie nicht schon die ersten Opfer gefordert hatte.

Silvano hobelte an einem schlichten Sarg, vier weitere warteten noch auf die letzten Anpassungen. Adolf hatte zwar laut an die Tür geklopft, bevor er eingetreten war, aber Silvano war so in seine Arbeit vertieft oder vielleicht auch schon so taub geworden, dass er sein Eintreten nicht bemerkt hatte. Als Adolfs Schatten auf den Sarg fiel, blickte Silvano auf, legte den Hobel zur Seite und ging auf ihn zu. Es war eine kurze, scheue Umarmung.

»Mein Gott, Adolf, dass der Krieg dich ausgerechnet zu uns verschlagen hat. Bist du hier, um die Amerikaner aufzuhalten?«

»Ich soll die alten Stellungen aus dem Weltkrieg inspizieren, vielleicht bauen wir sie ja wieder auf und bringen die Alliierten hier endlich zum Stehen.«

Er wusste, dass er sich bei Silvano solche ketzerischen Reden erlauben durfte. In den folgenden Minuten tauschten sie die wichtigsten Informationen über zurückliegende Ereignisse aus, über die Hochzeiten, Geburten und Todesfälle, die den vergangenen achtzehn Jahren ihre Bedeutung gegeben hatten.

»Sag mal, ist die Straße zum Fort noch in Ordnung? Kann man sie schon befahren oder liegt noch Schnee dort oben?«

Silvano überlegte. Man konnte den Gipfel der Martinella vom Dorf aus nicht sehen, und ihm war, als hätte er dies schon einmal einem Offizier erklären müssen. Ja, richtig, das war 1907, und der Offizier damals war Adolf Hascheks Vater gewesen. Er erinnerte sich, dass Quirino Carbonari, der jetzt bei der Resistenza war, vor wenigen Tagen an der Festung gewesen war und beiläufig erwähnt hatte, die Straße bis zur alten Kaserne sei schon schneefrei.

»Ja, bis fast obenhin kann man schon fahren«, erwiderte er, schob jedoch gleich nach: »Aber die Straße ist schlecht geworden, gar nicht zu empfehlen.«

»Ich muss dort oben hin, hast du nicht Lust auf einen kleinen Ausflug in vergangene Zeiten?«

Silvano hatte keine Lust, vor allem wollte er nicht von den Partisanen zusammen mit einem deutschen Offizier gesehen werden. Er hatte sich bisher immer aus diesen Sachen heraushalten können, und so kurz vor dem Ende wäre es einfach zu blöd, zwischen den Fronten sein Leben zu lassen, saublöd sogar. »Die Särge werden morgen benötigt. In der Kapelle liegen fünf junge Italiener, die dann beerdigt werden sollen, und ich schaffe das nicht, wenn ich dich jetzt auf die Martinella begleite.« Adolf nickte wortlos, er fragte gar nicht erst, wie und warum sie gestorben waren.

»Nur eines noch, Silvano. Meinst du, es ist gefährlich, dort hinaufzufahren?«

»Man sollte sich vorsehen.«

Adolf hatte verstanden. Ein fester Händedruck, mehr fiel ihnen zum Abschied nicht ein. Er wog seine Alternativen ab. Was für einen Sinn sollte es machen, sich für ein paar wertlose Betontrümmer in Gefahr zu bringen? War es seine Neugierde, den Zustand des Forts mit eigenen Augen zu sehen? Oder suchte er dort oben eine Antwort auf die Fragen, die seinen Vater vor seinem Tod umgetrieben hatten? Wie auch immer, ein paar Fotos und Beschreibungen musste er schon mit zu seinem Stab in Levico bringen, und so beschloss er, trotz allem auf die Martinella zu fahren.

An seinem Kübelwagen sah er in einer Gruppe Neugieriger auch Paolo Morelli stehen. Adolf hatte ihn als stolzen und starken Kerl in Erinnerung, der immer kampfeslustig und überheblich auf seine Mitmenschen herabsah. Nun stand ein alter, gebeugter Herr vor ihm. Paolo war adrett gekleidet, aber die strähnigen grauen Haare unter seinem Hut und die weißen Schuppen auf dem Kragen seiner schwarzen Jacke deuteten auf beginnende Verwahrlosung hin. Witwerschicksal eben.

Früher war Paolo stets freundlich zu ihm gewesen, aber es war die Freundlichkeit von Untergebenen, nicht die von Menschen, die sich sympathisch waren. Zuletzt hatte sein Vater sogar angedeutet, er habe möglicherweise etwas mit dem Verschwinden von Fabrio Longhi zu tun gehabt. Jetzt wünschte er sich, er hätte den Anekdoten seines Vaters besser zugehört.

»Schau an, der junge Herr Haschek! Soll das alte Fort Martinella etwa wieder aufgebaut werden?«, unkte der alte Herr.

Adolf war überrascht über Paolos Ausgelassenheit, die in krassem Gegensatz zur allgemeinen Untergangsstimmung hier in Palera stand. Er fragte sich, ob dieser Frohsinn ein Zeichen von Gelassenheit oder von beginnendem Altersschwachsinn war.

»Grüß Gott, Herr Morelli. Wer hat Ihnen denn dieses Staatsgeheimnis verraten? Wir sind hier, um die unterirdischen Gänge unter dem Schutthaufen wieder zugänglich zu machen und das Fort mit unseren Geheimwaffen auszurüsten. Sie werden sehen, die Festung wird danach stärker und wehrhafter sein als jemals zuvor.«

Adolf wollte ironisch klingen, aber mittendrin überkam ihn ein plötzlicher Zorn – gegen den Krieg, gegen die Italiener, aber besonders gegen Paolo Morelli selbst, und so legte er in seine Worte einen ungeplanten Ernst. Paolo erstarrte. Sollten die Deutschen das etwa ernst meinen? Sollte der alte Kasten denn niemals zur Ruhe kommen?

»Kommen Sie mit, Herr Morelli, wir haben noch einen Platz für Sie im Wagen frei! Jetzt, wo Sie schon alle unsere Geheimnisse kennen, können Sie uns auch ein wenig bei der Arbeit zusehen.«

Morelli machte eine wegwerfende Handbewegung und wollte sich gerade abwenden, als ihn Adolf unvermittelt am Ellenbogen fasste, die hintere Wagentür öffnete und ihn langsam und unerbittlich hineinschob. Adolf war über sich selbst überrascht. Wollte er Morelli mit dem Fort und der Vergangenheit konfrontieren? Oder hatte er einfach nur Angst vor den Partisanen und nahm den Alten als Geisel, die ihre Sicherheit bei dieser Fahrt garantieren sollte?

Quirino Fortunato lugte aus einer Fensterhöhle auf der Rückseite des Forts. Von hier aus hatte er den Weg bis hinunter zur Ruine der alten Kaserne im Auge. Wenn die Deutschen oder die Verräter vom CST kommen sollten, dann wahrscheinlich aus dieser Richtung. Vor zwei Tagen hatten die Engländer endlich die angekündigten Waffen und Funkgeräte mit Fallschirmen abgeworfen, und es war seiner Partisanengruppe gelungen, die wertvolle Fracht einzusammeln, ohne dass sie dabei beobachtet worden waren. Zumindest war ihnen niemand dabei aufgefallen. Die Ladung hatten sie in die Ruine des Forts gebracht und im Munitionsmagazin gestapelt, das immer noch unterirdisch zugänglich war. Morgen sollte die angekündigte Verstärkung kommen und mit den Waffen ausgerüstet werden, dann wäre die Hochebene endgültig in ihrer Hand. Wahrscheinlich würde es hier nicht mehr zu großen Kämpfen mit den Deutschen kommen, aber ihrer Partisanengruppe würde diese Aktion helfen, in dem neuen Italien von der ersten Stunde an ein gewichtiges Wort mitzureden.

Die Eiskrusten auf den Pfützen zerbrachen unter den Rädern des Kübelwagens, Schlamm spritzte auf die schneebedeckten Straßenränder. Der Beifahrer hatte sich die Maschinenpistole auf den Schoß gelegt und spähte unruhig über die schmutzig grauen Almen ringsum. Adolf beobachtete Paolo Morelli aus den Augenwinkeln. Das frühere Glühen in dessen schwarzen Augen schien erloschen, er starrte müde, fast ergeben vor sich ins Nichts. So hatte sein Vater letztes Jahr auch auf ihn gewirkt, als er ihn die Stufen des Wilhelminenspitals hinauf begleitet hatte, das er nicht mehr lebend verlassen hatte.

Zwischen den Spitzen der Tannen ragte der Rücken der Martinella hervor. Schneereste gaben den spitzen Betontrümmern des Forts weiche Konturen. Seinen Vater musste es sehr getroffen haben, als er diese Ruine gesehen hatte. Er war seitdem nicht gut zu sprechen gewesen auf die Italiener, die sein Lebenswerk, das sie mit Tausenden Tonnen von Granaten nicht hatten niederringen können, nur wegen ein bisschen Eisenschrott geplündert und dem Erdboden gleichgemacht hatten. Beinahe so, wie er als Kind am Lido von Grado die verlassenen, von Pensionären kunstvoll angelegten Sandburgen aus Langeweile und Neid zertrampelt hatte.

Der Wagen hielt kurz an, der Fahrer stellte sich hinter eine Tanne und pinkelte ein gelbes Hakenkreuz in den Schnee.

»Was hat das Fort Martinella eigentlich für Sie bedeutet, Herr Morelli?« Adolfs Stimme klang weich wie die eines Paters, der die Beichte abnimmt.

Morelli sah ihn müde an, er überlegte.

»Nichts. Gar nichts. Die Baustelle hat Palera damals Wohlstand gebracht. Allen im Dorf, nicht nur mir. Jeder hat seinen Schnitt dabei gemacht, die Steinmetze, die endlich einmal nicht in der Schweiz oder in Deutschland arbeiten mussten, die Tollers, die aus einem Holzschuppen ein richtiges Hotel machen konnten, die Witwen, die ihre schäbigen Mansarden teuer an die Garnison vermietet haben. Alle haben sie vom Fort profitiert. Bis der Krieg kam. Aber der kam auch in die anderen Dörfer, das machte keinen Unterschied.«

»Nur Fabrio Longhi hat wohl seinen Schnitt nicht gemacht.«

Morelli wich Adolfs Blick aus.

»Er war nicht der Einzige, der Pech hatte. Verletzungen waren an der Tagesordnung, einer stürzte sogar vom Gerüst in den Tod. Silvano behielt nur einen steifen Zeh, aber es nutzte ihm nichts, dass er damit dienstuntauglich wurde, das Fort hielt ihn trotzdem gefangen.«

»Immerhin weiß man von ihren Schicksalen. Fabrio blieb einfach verschwunden. Was mag damals wohl passiert sein?«

Morelli zog die Schultern hoch, ein Achselzucken oder einfach wegen der Kälte, Adolf konnte es nicht deuten. Der Fahrer startete den Motor wieder, der Kübelwagen ruckte an.

Quirino kroch die Kälte unter die Jacke, eine Wolke hatte sich vor die Frühlingssonne geschoben, und die Ruine bot keinen Schutz vor dem aufkommenden Wind. Ein Geräusch ließ ihn aufhorchen. Ein Wagen kam die Armierungsstraße herauf, verschwand in einer Kehre, tauchte wieder auf. Kein Zweifel, ein deutscher Kübelwagen mit vier Soldaten näherte sich dem Fort.

Die letzte Steigung ließ den Wagen langsamer werden. Jetzt konnte er erkennen, dass es nur drei Soldaten und ein Zivilist waren. Sie wollten bestimmt zum Fort, was könnten sie sonst hier oben wollen? Wussten sie etwa von ihrem Waffenversteck? Hatte sie vielleicht doch jemand bei ihrer Aktion beobachtet und an die Deutschen verraten? Der Zivilist im Wagen vielleicht, dessen Gesicht wegen seines breitkrempigen Hutes nicht zu erkennen war? Quirino entsicherte seine Maschinenpistole.

Ihr Gespräch war ins Stocken gekommen. Als Fabrio damals verschwunden war, war Adolf noch viel zu klein gewesen, um das Ausmaß dieses Dramas für die Familie Longhi zu verstehen. Sein Vater hatte später immer nur von seinem Fort Martinella und dessen Entstehung erzählt. Die Geschichten hatten jedes Mal einen leicht unterschiedlichen Verlauf genommen, aber Fabrio Longhi hatte darin keine große Rolle gespielt. Überhaupt hatten die Personen in seinen Anekdoten erst Namen und Gesichter bekommen, als er von seinem letzten Besuch aus dem Trentino zurückgekommen war. Plötzlich war aus dem Fuhrunternehmer der aalglatte Morelli geworden, aus dem Werkmeister der überhebliche Rechenberger und aus Longhis Sohn der kleine liebenswürdige Silvano, und oft genug versuchte sich sein Vater bei ihm und Emalie zu vergewissern, ob er mit seinen Einschätzungen richtig lag.

Und jetzt saß der vielleicht wichtigste noch lebende Zeitzeuge neben ihm im Wagen. Wenn er noch etwas über die Geschichte erfahren wollte, dann jetzt.

»Mein Vater war im Spätsommer 43 noch einmal hier. Er hat damals auch Silvano Longhi besucht.« Adolf sah forschend zu Paolo Morelli hinüber.

Der schaute starr auf die Ruine vor ihnen, deren Konturen nun immer deutlicher wurden.

»Sie haben sich auch über den Werkmeister Rechenberger unterhalten. Den kannten Sie doch gut, oder?«

Morelli schob seinen Unterkiefer vor und schwieg.

Das Auto fuhr mit hochtourigem Motor um die letzte Kurve, gleich würde es direkt vor ihm stehen bleiben. Vier gegen einen. Quirino verspürte Harndrang, ob aus Angst oder wegen der feuchten Kälte hier zwischen den Betontrümmern hätte er nicht sagen können. Wo waren jetzt seine stets kampfeslustigen Kameraden von der Brigade Pasubiana? In den letzten Tagen waren sie ihm mit ihrem kindischen Kriegsgeheul oft auf die Nerven gegangen, aber jetzt, wo es wirklich einmal darauf ankam, war er mutterseelenalleine. Sollte er sich in das Innere der Festungsruine zurückziehen und auf seine guten Ortskenntnisse vertrauen? Aber was, wenn die Deutschen auch in die unterirdischen Gänge wollten? Sollte er es auf einen Kampf in diesem Labyrinth ankommen lassen? Oder würde das Fort für ihn zur Falle werden? Der Kübelwagen kam unaufhaltsam näher. Seine Blicke trafen sich mit denen eines Soldaten. Jetzt gab es keine Zeit mehr für weitere Überlegungen. Quirino legte an und schoss auf den Wagen, der fast genau im gleichen Augenblick hinter dem alten Wachhaus verschwand. Hatte er getroffen? Wie viele? Wen? Er hörte wieder den Wagen, der offensichtlich gewendet hatte und nun mit Vollgas die Straße wieder hinunterraste. Einer der Soldaten schoss wie wild mit einer Maschinenpistole in seine Richtung, sodass Quirino sich schnell hinter den Mauerresten ducken musste und den Wagen aus den Augen verlor.

Kaum hatte Adolf das Aufblitzen der Salve bemerkt, als ihm Paolo Morellis Oberkörper auch schon kraftlos auf den Schoß sank.

»Los, nichts wie weg hier«, wurde gerufen. Er hätte nachher nicht mehr sagen können, ob von ihm oder einem der anderen.

Der Kübelwagen wendete, und Adolf versuchte den Rückzug mit aussichtslosen Salven ins Unsichtbare zu decken. Nach der alten Kaserne, außerhalb der Sichtweite des Forts, drosselte der Fahrer den Motor. Es wäre unsinnig, jetzt einen Kolbenfresser oder Unfall zu riskieren, sie hatten noch einige Kilometer vor sich, bis sie wieder in sicherem Gebiet waren.

Paolo lag schwer auf Adolfs Schoß, warmes Blut rann ihm in Hose und Stiefel. Erst jetzt hatte er Zeit, nach seinen Verletzungen zu sehen. Es war aussichtslos, Paolo Morelli musste auf der Stelle tot gewesen sein.

In Palera hielten sie vor Silvanos Schreinerei. Als Adolf eintrat, sah er gerade noch einen Jungen hinter den Särgen aus dem Fenster springen. Silvano schaute entsetzt auf seine bluttriefende Hose »Nein, es ist nichts«, sagte Adolf, noch bevor Silvano eine Frage stellen konnte, »aber Paolo Morelli ist tot. Du wirst noch einen weiteren Sarg machen müssen.«

Der Kübelwagen fuhr zurück nach Folgaria. »Sollten wir nicht noch die Sprengung der Straße ins Terragnolotal vorbereiten?« Der Beifahrer hatte sich zu Adolf zurückgedreht und sah in fragend an.

»Bei der Partisanengefahr hier oben und nur zu dritt wäre das sicher ein Himmelfahrtskommando, da sind wir uns doch einig, oder? Meine blutige Hose und der Einschuss hier in der Tür sollten dem Pionierstab als Beweis wohl genügen.«

Haschek sah den Hinterkopf des Fahrers zustimmend nicken, und auch der Beifahrer gab durch ein langsames Senken der Augenlider sein Einverständnis zu erkennen.

An der Straßenkreuzung in Carbonare versperrte ihnen ein Menschenauflauf den Weg.

»Was gibt es denn hier Besonderes?«, fragte der Beifahrer in die Menge.

»Da schaut doch selbst, was eure Kameraden hier angerichtet haben.«

Ein Mann zeigte auf einige Körper, die leblos in Blutlachen lagen. »Vor zehn Minuten ist die Kolonne hier durchgefahren und hat wahllos auf unsere Männer geschossen.« Die Leute schauten feindselig zu ihnen herüber. Haschek zählte acht Tote. Einer von ihnen kam ihm irgendwie bekannt vor. War das nicht der Bauer aus Palera, Bärbrunner oder Perprunner oder so? Und dort, der alte Mann im schwarzen Anzug, könnte das der Pater aus dem Dorf sein? Der Beifahrer entsicherte seine Maschinenpistole, aber Haschek legte ihm die Hand auf den Unterarm und zischte nur: »Rückzug!«

März 1948

Die Heimkehrer II

Der Zweite Weltkrieg hatte dreihunderttausend Italienern das Leben gekostet und den Überlebenden große existenzielle Sorgen hinterlassen. Partisanen hatten für gegensätzliche politische Ideale gekämpft und dabei auf eigene Landsleute geschossen, Soldaten waren aus der königlich-italienischen Armee desertiert und mussten sich jahrelang in den Bergen versteckt halten, Kriegsgefangene kehrten abgemagert und zerlumpt aus den Lagern Russlands und Deutschlands zurück, manch einer hatte mit den Nazis kollaboriert oder gar auf ihrer Seite im Trentiner Sicherungsverband gekämpft und gemordet und viele hatten ihre Kinder, Eltern oder Ehepartner verloren. Die ersten Nachkriegsjahre waren daher zunächst von Trauer und Rachegedanken und später von der Sehnsucht nach Vergessen, Versöhnung und heiler Welt geprägt.

Palera war in diesem Weltkrieg weitgehend unbeschädigt geblieben. Sprengungen durch die deutsche Wehrmacht waren dem Dorf ebenso erspart geblieben wie Luftangriffe der amerikanischen Luftwaffe, die, als sie die strategisch wichtige Brennerbahn treffen wollte, die Wohnviertel von Rovereto und Trient schwer bombardiert hatte. Dafür hatte das Schicksal manchem Bewohner Paleras übel mitgespielt.

Fortunato Carbonaris Hoffnung auf ein besseres Leben im Deutschen Reich hatte sich nicht erfüllt, er war 1944 verbittert als einfacher Knecht auf einem Bauernhof in Böhmen gestorben. Seine Frau Maria hingegen hatte Glück im Unglück, denn durch einen Zufall traf sie dort Nepomuk Dopsil wieder, den Skoda-Obermonteur, der zwanzig Jahre vorher in ihrem Dorf logiert hatte.

Nepomuk hatte ihr schon damals schöne Augen gemacht, und da er immer noch unverheiratet und sie jetzt Witwe war, wagten sie gemeinsam einen späten Neuanfang. Aber kaum war der Krieg vorbei, wurde das Paar vor eine schwere Entscheidung gestellt. Die Tschechen wollten nicht noch einmal wegen einer deutschsprachigen Minderheit ihre staatliche Souveränität riskieren, und so vertrieben sie die Sudetendeutschen über Nacht und mit unverhohlenem Hass aus ihrem Land. Als deutsche Staatsbürgerin musste auch Maria Carbonari ihre neue Heimat überstürzt verlassen. Sie hatte ursprünglich nur ihrem Mann zuliebe für eine Ausbürgerung optiert und nicht aus Sympathie für Deutschland. Maria wollte zurück nach Italien, und Nepomuk Dopsil, erfüllt von Liebe zu ihr und von nostalgischen Erinnerungen an seine jungen Jahre, wollte ihr folgen. Doch Nepomuk war tschechoslowakischer Staatsbürger und Maria hatte jetzt einen deutschen Pass, und so hatten sie beide keinen Anspruch darauf, nach Italien umzusiedeln. Sie musste also erneut Jahre in einem öden Flüchtlingslager ausharren, diesmal in Südbayern, bis sie 1948 endlich gemeinsam mit Nepomuk ihre Heimat wiedersah.

Auch für die Daheimgebliebenen veränderte sich wieder einmal viel. Schon dreimal hatten sie sich in einer neuen Welt zurechtfinden müssen. 1919 waren sie zu Italienern geworden, 1922 zu Faschisten und 1943 um ein Haar zu Deutschen. Was sie jetzt werden sollten, war noch offen; vielleicht Demokraten oder sogar Kommunisten, aber ihre Sehnsucht nach einer sicheren Zukunft verband sie und ließ sie gemeinsam nach vorn schauen.

Alfonso Zobeles Witwe Marcelina war eine der Ersten, die einen Neuanfang wagten. Zusammen mit ihrem Freund Quirino hämmerte sie die Balken des Baita al Forte wieder zusammen, das der CST gesprengt hatte, damit sich darin keine Partisanen oder Deserteure verstecken konnten. Sie erwartete schon im nächsten Winter wieder Skifahrer aus Trient und Rovereto, die sich mit Polenta und Rotwein würden stärken wollen, und sie sollte recht behalten.

Der alte Schlittenaufzug an der Skipiste war schon vor dem Krieg dem Ansturm der Gäste nicht mehr gewachsen gewesen, und so griff Quirino die Idee des alten Nepomuk auf, einen Sessellift hinauf zu Marcelinas Baita und dem alten Fort Martinella zu bauen. Und wer wäre für die Konstruktion des ersten Lifts auf der Hochebene besser geeignet gewesen als der ehemalige Obermonteur der Firma Skoda?

Im Gegensatz zu dem wieder erwachenden Dorf war es im Hause der Longhis still geworden. Silvanos Mutter Anselma lag im Sterben.

»Ich wünschte, sie könnte sanft einschlafen, so sanft, wie sie all die Jahre auch gelebt hat«, flüsterte Silvanos Frau Rosetta.

»Ja, das würde ich ihr auch von Herzen wünschen. Sie hat viel einstecken müssen in ihrem Leben. Wie oft hat sie mir von den Zeiten erzählt, als Palera noch von der Welt abgeschnitten war. Kein Strom, kein fließendes Wasser, kein Omnibus. Aber friedliche, verlässliche Zeiten müssen das gewesen sein, bis 1907, als die Soldaten beschlossen, das Fort Martinella zu bauen. Auf einmal waren wir ein wichtiger Teil Österreich-Ungarns. Die neuen Straßen verbanden uns mit Rovereto und Trient, und die Bauaufträge für die Festung brachten plötzlich Geld ins Haus«, erinnerte sich Silvano mit nostalgischer Wehmut.

»Immer diese Festung! Am Anfang hat sie allen Wohlstand gebracht und später nur noch Not und Tod. Dein Vater war nicht ihr erstes Opfer. Was war das für eine Aufregung damals, als er verschwunden ist! Die verrückten Gerüchte, er hätte Anselma und dich verlassen und wäre zu den Italienern gegangen. Wer konnte sich so etwas nur ausdenken?«

»Für Mama war das ein herber Schlag. Wäre er tot gewesen, hätte sie es irgendwann überwunden, aber so? Ich weiß noch, als sie im Winter 1913/14 einen Lawinentoten auf der Friccastraße geborgen haben, der angeblich Papa ähnlich sah. Mama war ganz außer sich, bis die wirkliche Identität des Mannes festgestellt worden war. Und 1919, als die Heimkehrer aus der

Kriegsgefangenschaft kamen, keimte diese verdammte Hoffnung erneut in ihr auf.«

Silvano setzte sich an das Bett seiner Mutter und nahm ihre Hand.

»Ich glaube, sie freut sich jetzt darauf, wieder zu ihm zurückkehren zu können, wo auch immer er gewesen sein mag. Das ist es, was ihr das Sterben leicht macht«, sagte Silvano, und er wunderte sich, wie selbstverständlich er davon ausging, dass sein Vater tatsächlich tot war.

»Wir haben uns im Dorf damals alle so unsere Gedanken gemacht, was mit deinem Vater gewesen sein mochte. Paolo Morelli ist es anscheinend ganz besonders nahegegangen. Kannst du dir einen Grund dafür vorstellen?«, fragte Rosetta.

Paolo Morelli, er hatte nie mit ihr darüber gesprochen. Wie er anfangs noch zögerlich, fast schüchtern, mit ein paar unterschlagenen Konserven aus der Baustellenkantine zu ihnen gekommen war, wie seine Besuche dann immer häufiger geworden waren und immer länger dauerten, wie er irgendwann statt Lebensmitteln nur noch dicke Briefumschläge auf den Küchentisch gelegt hatte und wie es schließlich selbstverständlich wurde, dass er spät nachts die Treppe heruntergeschlichen kam und sich leise davonmachte. Später, als die Spuren des Lebens in Mamas Gesicht nicht mehr zu verbergen waren und Paolos Miliziuniform ihn zu mehr Vorsicht zwang, war er mit seiner Moto Guzzi nach Calliano gefahren, um seine Bedürfnisse dort zu befriedigen. Die Briefumschläge hatten jetzt seine Fahrer gebracht, und wenn sie einmal ausgeblieben waren, hatte seine Mutter nur gesagt: »Ich muss mal mit Paolo reden«, ihre Haare frisiert, ihre Schürze abgebunden und energisch die Haustür hinter sich zugezogen.

»Ich weiß es nicht«, sagte Silvano. »Er war einer der Letzten, die ihn lebend gesehen haben. Und irgendwie muss er Schuldgefühle gehabt haben, sonst hätte er sich danach nicht so rührend um mich und Mama gekümmert.«

»Hörst du, wie deine Mutter atmet? Ich glaube, ich sollte jetzt den Pater holen.«

Anselmas Beerdigung fand unter großer Anteilnahme statt. Wie üblich traf man sich anschließend im Albergo Stella d'Italia zum Leichenschmaus – einem der letzten Überbleibsel alter habsburgischer Bräuche –, um die Verstorbene und auch manch anderen Toten noch einmal lebendig werden zu lassen.

»Jetzt ist es drei Jahre her, dass der arme Basil Perprunner ums Leben kam«, eröffnete Lucia Zobele den Reigen. »Ausgerechnet er, der 1943 noch auf einen Anschluss des alten Südtirol an Deutschland gehofft hatte, musste an dem Tag in Carbonare sein, an dem die Deutschen dort vor Angst auf jeden schossen, der wie ein Italiener aussah. Er hat in seinem Leben kein Glück gehabt – auch bei den Frauen nicht.« Lucia sah zu Alberta Toller hinüber, die hinter dem Schanktisch stand und nachdenklich ins Nichts schaute.

»Er hat die Italiener gehasst«, erinnerte sich Alberta mit trauriger Stimme. »Als die Deutschen hier 1943 die italienische Armee entwaffnet haben, sind viele Soldaten in die Berge geflüchtet, um nicht im Reich interniert zu werden. Der Basil hat sich einen Spaß daraus gemacht, die Verstecke der armen Kerle auf den Almhütten und den alten Kavernen an den CST zu verraten. Bei diesen Bluthunden waren auch ein paar deutsche Dableiber aus der Bozener Gegend, mit denen saß er gerne hier und hat getrunken und gegen die Welschen gehetzt. Er hatte sich sehr verändert zum Schluss.«

»Ja, der Basil hat sich nie damit abfinden können, dass er Italiener werden musste. Aber mit seinem steifen Bein hat er sich 1940 auch nicht getraut zu optieren«, ergänzte Silvano. »Man muss eben mit der Zeit gehen. Schaut euch Quirino an, der hat es doch zu etwas gebracht.«

Quirino und Marcelina saßen zusammen mit der kleinen Giuliana und gaben das Bild einer glücklichen Familie ab. Silvano hatte ihm mit seinem Hinweis das Stichwort geliefert, für sein neues Radiogeschäft in Folgaria Reklame zu machen.

»Irgendwie haben wir Carbonaris immer vom Krieg gelebt. Mein Vater auf der Baustelle des Forts und als Totengräber, dann die ganze Familie als Recuperanti.« Er machte eine kurze Pause, und jeder im Raum wusste, dass sie seinem Bruder Roberto gewidmet war. »Ich hatte Glück, dass es dieses Mal keine Granaten waren, die mir der Krieg hinterlassen hat, sondern Radioröhren. Die deutschen aus deren gesprengten Panzern, die englischen aus deren abgeschossenen Bombern und die amerikanischen aus den Jeeps, die unbewacht vor dem Albergo standen. Wer hatte denn ahnen können, dass die Leute nach dem Krieg so verrückt auf Radio sein würden!«

Das Funkgerät aus der Lufthansa-Junkers und die Goldmünzen des jüdischen Emigranten verschwieg er bei seiner Aufzählung, obwohl man es einem Carbonari nicht übel genommen hätte, wenn sein Wohlstand auf nicht ganz legale Weise zustande gekommen wäre.

»Irgendwie ist der Krieg doch der Vater aller Dinge«, sinnierte Dino Morelli, der von der Baustelle am Vajont-Stausee gekommen war und nun neben Eliana und seinen Kindern saß. »Mein Vater verdankte seinen Wohlstand der Baustelle auf der Martinella. Noch heute erinnert mich der Geruch von frischem feuchten Beton mehr an die Almen der Martinella als der Duft von Wiesenblumen. Ohne das Fort hätte ich kein Abitur gemacht und wäre niemals Ingenieur geworden. Aber ich hätte auch keine Bunker bauen müssen für die Italiener am Brennerpass und für die Deutschen an der Goten-Linie im Apennin. An diesen Festungen klebt doch immer irgendwie Blut.«

Dino sah Silvano an, als wolle er noch etwas anderes sagen, aber er schwieg. Jeder am Tisch wusste auch so, dass es die Geschichten vom gewaltsamen Tod seines Vaters Paolo und vom Verschwinden Fabrio Longhis waren, die ihn verstummen ließen. Elisabettas Gekicher über Nepomuks Witze aus dessen tschechischer Heimat war ein willkommener Ausweg aus der betretenen Stimmung.

»Weißt du noch, Nepomuk«, griff Silvano den Gesprächsfaden wieder auf, »als ich dir damals geholfen habe, die Panzerkuppeln einzubauen? Was bin ich damals stolz gewesen!«

Nepomuk sah ihn nachdenklich an.

»Ja, vier Panzertürme, vierhundert Zentner Geheimlegierung das Stück, fünfzig Kronen der Zentner, die haben wir Tschechen damals den Österreichern für einen Krieg gegen die damals noch verbündeten Italiener geliefert. Und die Italiener haben daraus vielleicht Tanks geschmiedet für den Krieg gegen die Engländer in Libyen. Und die Libyer machen jetzt vielleicht Wasserpfeifen oder Teekessel daraus! Aber ich will mich nicht beklagen, ich habe am Ende durch das Fort mein Glück gefunden.« Er sah Maria an, und auch für Elisabetta hatte er einen liebevollen Blick übrig.

Dino Morelli war gerade mit seiner Familie im Aufbruch begriffen, als der halb taube Sergio Toller laut vom Schanktisch herüberrief:

»Wir haben alle unser Schicksal, aber manchmal frage ich mich doch, was eigentlich dein Vater Fabrio für eines gehabt haben mag!«

Im Hinausgehen legte Dino Silvano die Hand auf die Schulter und flüsterte ihm ins Ohr: »Ich muss mit dir reden. Könnten wir uns morgen treffen?«

Dino holte Silvano am nächsten Morgen mit seinem Wagen ab, sie fuhren die alte Armierungsstraße zum Fort hinauf. Er konnte seine Unruhe schlecht verbergen und suchte nach einem Anfang für ihr Gespräch. Er entschied sich für ihre gemeinsame Vergangenheit.

»Mein Vater hat mich damals manchmal mitgenommen auf das Fort. Er war unheimlich stolz auf seinen Lastwagen und darauf, dass er an der Festung mitarbeiten durfte. Das war seinerzeit schon was Besonderes.«

»Ich erinnere mich noch gut. Dein Vater war immer voller Optimismus, er sah nur die Möglichkeiten und Vorzüge. Mein Vater dagegen wirkte manchmal bedrückt. Er war es gewohnt, in seiner kleinen Werkstatt vor sich hin zu arbeiten. Für Fensterrahmen und Bettgestelle brauchte er nicht auf Termine zu achten, nur bei seinen Särgen musste er auf den Kalender schauen«, erwiderte Silvano, »aber auf der Baustelle wurde seine Arbeit von diesem Capo genau kontrolliert, und wenn er einmal nicht pünktlich fertig war mit einer Einschalung oder einem Gerüst, standen die Maurer schimpfend hinter ihm und deuteten auf die Uhr.«

»Dabei galt er doch als flinker und zuverlässiger Mann, wie du ja auch. Und geschimpft haben damals alle auf der Baustelle. Mir kam es manchmal vor wie der Turmbau zu Babel«, versuchte Dino zu scherzen. »Schau, die Reste der alten Kaserne. Und dort der alte Soldatenfriedhof. Man kann noch die Umrisse der leeren Gräber erkennen. Schade, dass sie damals das Denkmal gesprengt haben, nur um an die Blindgänger zu kommen, die als Verzierung einbetoniert waren«, schob er nach, um Zeit zu gewinnen.

»Sag, Dino, warum fährst du mich auf das Fort? Was ist es, was du mir zu sagen hast?« Silvano wollte endlich zur Sache kommen.

Sie hielten vor dem Graben am Kasemattenblock und stiegen aus.

»Im Frühjahr 1945, als die Deutschen auf dem Rückzug waren, kamen Gerüchte auf, dass sie die Gebirgsstraßen und die unterirdischen Reste des Forts sprengen wollten. Ich war damals bei der Organisation Todt. Nicht ganz freiwillig, aber ich wäre sonst zum CST eingezogen worden, und da wollte ich auf keinen Fall hin. Wir verbreiterten die alten Kriegsstraßen drüben am Pasubio, damit die deutschen Gebirgsjäger ihre Geschütze dort hinschaffen konnten, während die Pioniere schon überlegten, an welchen Stellen sie die Brücken und Tunnels sprengen könnten, um die Amerikaner aufzuhalten. Verrückt, was?«

Silvano nickte, er kannte Dutzende solch widersinniger Geschichten aus den beiden Weltkriegen.

»An diesem Tag war ich zu Hause, hatte einen Tag Urlaub. Meinem Vater ging es nicht gut, der Krieg bedrückte ihn sehr, und irgendwie hatte er den Glauben an die Zukunft verloren. Es war wie jetzt: Er wollte sich etwas von der Seele reden, und um Zeit zu gewinnen, fing er ganz vorn in der Geschichte an.«

»Und du willst mir nun erzählen, was dein Vater dir damals gebeichtet hat.«

Silvanos Satz war keine Frage, sondern eine Feststellung. So, wie Dino angefangen hatte, konnte es sich nur um so etwas wie eine Beichte handeln.

»Ja, so ist es.« Dino sah auf den Boden. »Er hatte während der Bauzeit Material unterschlagen. Zement, Stahlträger, Wasserrohre, Nägel, einfach alles, was er für den Bau seiner Autowerkstatt gebrauchen konnte.«

»Das wussten wir doch alle, aber es konnte ihm keiner etwas nachweisen. Ugo Zobele hat ihn damals zweimal bei der Gendarmerieassistenz angezeigt, aber dein Vater konnte Quittungen für alles vorlegen, und so wurde die Sache nicht weiterverfolgt.«

»Ach, Ugo war das gewesen? Mein Vater hatte sich immer gefragt, wer da so neidisch auf ihn gewesen sein mochte. Aber im Grunde hatte Ugo natürlich recht. Es war kriminell, ganz einfach kriminell. Die Quittungen stammten übrigens von dem Capo, der hatte irgendwelche Beziehungen für so etwas.«

»Was war mit meinem Vater?«

Silvanos direkte Frage erschreckte Dino, aber sie machte es ihm auch leichter, auf den Punkt zu kommen.

»Dein Vater hat das Ganze natürlich auch mitbekommen. Mein Vater hatte ihm angeboten, ihn zu beteiligen, er hätte das Material ja schließlich auch gebrauchen können. Aber Fabrio war viel zu ehrlich für so etwas ...«

»... und vielleicht auch zu feige«, unterbrach Silvano ihn.

»Jedenfalls sind sie eines Abends in Streit geraten. Es ging um eine große Zementlieferung, mit der wohl irgendetwas nicht gestimmt hat, ganz genau habe ich das nicht verstanden. Dein Vater hat gedroht, meinen Vater anzuzeigen, und mein Vater hat ihn an den Schultern gepackt und geschüttelt und geschubst ...«

»... und dann ist er in den Schacht für den Notausgang gestürzt«, ergänzte Silvano. Dino sah überrascht auf.

»Woher weißt du das?«

»Ich weiß es gar nicht, aber irgendwie hatte ich das schon immer gefühlt. Mein Vater hatte keinen Grund, uns zu verlassen, und er hatte auch kein Ziel, wohin er hätte gehen können. Ich habe schon immer geahnt, dass er auf der Baustelle des Forts geblieben war.«

Sie waren während ihres Gesprächs langsam und scheinbar ziellos umhergegangen und fanden sich jetzt auf der Trümmerwüste des gesprengten Verdecks wieder.

»Als mein Vater gesehen hat, dass Fabrio regungslos am Boden des Schachts lag, lief er wie von Sinnen davon. Er muss eine halbe Stunde lang ziellos über die Baustelle geirrt sein, bis er sich endlich entschloss, unten beim Notausgang nachzusehen, ob dein Vater vielleicht noch lebte. Aber es war zu spät, er war schon tot. In seiner Angst rannte mein Vater dann zum Capo. Es war Rechenbergers Idee, deinen Vater dort mit Beton zuzudecken. Sie müssen geschuftet haben, als ginge es um ihr Leben, sie haben alles in den Schacht geworfen, was sie greifen konnten, Kisten, Fässer, Steine und Zement. Mein Vater kam dann erst spät nachts nach Hause. Er erzählte uns, er habe die ganze Zeit nach Fabrio gesucht.«

»Dein Vater hat dieses Geheimnis dreißig Jahre lang mit sich herumgetragen?«

»Ja. Er hat immer versucht, es zu vergessen, aber jedes Mal, wenn die Sprache auf das Fort kam, wurde er nervös. 1921, als die Italiener die Decke angebohrt haben, 1931, als sie das Probeschießen veranstaltet haben, 1936, als die Panzer und die Decken gesprengt wurden, jedes Mal war er wie von Sinnen. Und als das Gerücht mit der Sprengung im April 1945 aufkam, hatte er keine Kraft mehr. Er beichtete mir die ganze Geschichte und flehte mich an, sie dir erst nach seinem Tod zu erzählen. Ich glaube, er hatte keine Angst vor einer Bestrafung, sondern davor, dir und deiner Mutter in die Augen sehen zu müssen.«

Dino war sichtlich erleichtert, dass er das Ganze jetzt los war.

»Dein Vater starb auch hier beim Fort, so wie meiner, ist das nicht seltsam?«, sinnierte Silvano.

»Ja, aber ich glaube, mein Vater hatte es geahnt, als er zu den Deutschen in den Wagen stieg. Es war für ihn wie eine Fahrt zum Schafott. Er hätte sich wehren können dagegen, sich herausreden, lügen. Aber er wollte nicht mehr, er hat es gar nicht erst versucht.«

»Weißt du eigentlich, wer ihn erschossen hat?«, fragte Silvano.

»Nein. Ich will es auch gar nicht wissen. Es war Krieg. Weißt du es denn?«

»Nein, ich weiß es auch nicht«, log Silvano. »Es wäre meiner Mutter leichter gefallen zu sterben, wenn sie Gewissheit über den Tod meines Vaters gehabt hätte. Warum hast du es nicht schon früher erzählt? Dein Vater ist doch schon seit drei Jahren tot?«

»Ich konnte einfach nicht, ich habe mich zu sehr geschämt – und ich tue es immer noch.«

Die beiden schwiegen erschöpft. Der Abendwind setzte ein und trieb die würzige Mittagsluft von der Becco di Filadonna in Richtung der Venezianischen Ebene. Mit ihr wehte das Hämmern an Marcelinas Baita und das metallische Klirren der Eisenrohre des Sessellifts zu ihnen herüber. Obwohl es noch taghell war, flackerte das blau-grelle Licht von Dopsils Schweißapparat wie die Leuchtkugeln, die sie früher aus dem Fort in den Himmel geschossen hatten. Ein Hirtenjunge kam durch den Graben gehetzt und rief nach seiner entlaufenen Kuh.

»Was wird jetzt geschehen?«, fragte Dino.

Aus seiner Stimme klangen Ratlosigkeit und Fatalismus.

»Was soll schon geschehen? Was war, ist nicht mehr zu ändern. Niemand hätte jetzt mehr etwas davon, wenn die Sache noch einmal aufgerollt würde.«

»Möchtest du nicht, dass dein Vater ein würdiges Begräbnis erhält?«, fragte Dino erstaunt.

»Weißt du, er liegt doch hier an einem würdigen und sicheren Ort. Ich glaube, meine Mutter wird ihn im Himmel suchen und nicht auf dem Friedhof.«

Mai 1962
Die Archivratten

Das Kriegsarchiv der Österreichischen Republik war immer noch in der ehemaligen Stiftskaserne im VII. Bezirk von Wien untergebracht. Bis zum Frühjahr 1945 waren hier nur die Akten mit den Berichten über blutige Schlachten und die Matrikel Tausender gefallener Soldaten über die Lesetische geschoben worden. Als aber schließlich die Russen den Festsaal nach der Einnahme der Hauptstadt als Militärlazarett nutzten, hatte der Tod hier auch ganz real Einzug gehalten. Im Notwinter 1946 war das prunkvolle Mobiliar verheizt und durch Tische und Stühle ersetzt worden, die den nüchternen Charme eines Finanzamts der 1920er-Jahre ausstrahlten. Nur das intime Dämmerlicht der schwachen Deckenlampen, der säuerliche Geruch von stockigem Behördenpapier und die Kleidung des Personals, die sich kaum von den vergrauten Pappkartons abhob, in denen die Konvolute und Faszikel archiviert waren, erinnerten noch an die gute alte Zeit.

Wenige der Archivbesucher waren junge Männer, die hier historische Quellen für ihre Diplom- oder Doktorarbeiten studierten. Einige waren Freizeitforscher, deren Steckenpferd bestimmte Kampfgebiete oder Militäreinheiten des Ersten Weltkriegs waren. Die meisten waren reifere Herren, die Unterlagen über ihren eigenen Militärdienst suchten, um sich die Zeit für ihre Rentenversicherungen bescheinigen zu lassen. Frauen wurden hier praktisch nie gesehen, weder beim Personal noch als Besucher. Die große Ausnahme war Oberamtsrätin Simone Angerer.

Die zierliche Frau, deren Alter irgendwo zwischen 45 und 55 liegen mochte, hätte ein Lichtblick in diesem Milieu des Vergänglichen sein können, hätte sie sich bezüglich ihrer Kleidung nicht schon vollständig assimiliert. Die Lesebrille aus schwarzem Horn auf der Spitze ihrer zugegebenermaßen wohlgeformten Nase wirkte wie ein Zunftzeichen ihres Berufsstandes. Nur selten nahm sie sie ab, um sie dann an einem Goldkettchen über dem streng verschlossenen Dekolleté baumeln zu lassen. Mit ihren ungefärbten und eng anliegenden Haaren, die sie zu einem strengen Knoten geschlungen hatte, gelang es ihr unauffällig, ihre leicht abstehenden Ohren zu verbergen.

»Grüß Gott, Simone.«

Rudolf Struzik begrüßte sie wie ein Stammgast die Wirtin. Er war Pharmazierat im Bundesministerium für Gesundheit und kam fast jeden Freitagnachmittag ins Kriegsarchiv. Als echter Wiener konnte er den knotterigen Tonfall und die mürrisch zurückhaltenden Mienen der Aufsichtsbeamten leidlich gut ertragen. Umso mehr heiterte sich seine Stimmung auf, wenn Simone Angerer Dienst hatte. Denn von ihr waren – zumindest ab und zu und auch nicht für jeden Besucher – andere Sätze zu hören als »Ist leider ausgeliehen« oder »Da war die Signatur wohl falsch« oder »Bitte etwas mehr Vorsicht mit den empfindlichen Landkarten!«.

»Grüß Gott, Herr Struzik, mal wieder auf der Suche nach der Wahrheit über das Fort Martinella?«

Struzik war der gedrungene Typ, nicht wirklich klein, nicht wirklich dick. Breitbeinig wie ein Ringer stand er da, die Hände lässig in den Hosentaschen, das schüttere Haar mit Pomade streng nach hinten gekämmt. Über seinem Bauch spannte sich ein dunkelroter Pullunder über seinem weißen Beamtenhemd, darüber wellte sich eine langweilige, aber stilsichere Krawatte.

»Bis zum letzten Atemzug, meine liebe Simone! Aber mal im Ernst, das Kriegstagebuch des Forts ist nicht auffindbar, das Baujournal des Forts ist verschwunden und von den Bauplänen fehlen wichtige Teile. Wenn es die spärlichen Schönfärbereien in der Denkschrift der Schröder-Kommission nicht gäbe, könnte man Zweifel bekommen, dass es die Festung überhaupt je gegeben hat.«

»Tja, Herr Struzik, Sie wissen ja, beim Zusammenbruch des Reiches im November 1918 ist vieles verloren gegangen, wer hatte da noch Zeit und Lust, eine ordentliche Aktenablage zu machen? Was zur Geniedirektion in Trient gehörte, übernahmen 1919 die Italiener, und in italienischen Archiven sind die Unterlagen so gut versteckt, dass sie niemand jemals finden wird.«

»Sicher haben Sie recht damit, aber das Fort kam nach der Offensive im Mai 1916 aus der Schusslinie, diese Unterlagen hat man doch sicher lange vor 1918 in Sicherheit gebracht. Von den Nachbarfestungen ist schließlich auch alles noch da. Wieso ausgerechnet beim Fort Martinella nicht?«

Er klang wie jemand, der schon länger an dieser Frage herumgekaut hatte.

»Es gibt ja noch die Nachlasssammlung. Wir bekommen immer wieder einmal etwas Neues herein, beispielsweise wenn ein ehemaliger Offizier stirbt und die Erben mit den alten Unterlagen nichts anfangen können. Nehmen Sie doch Platz und lassen Sie uns einmal in die Liste der Neuzugänge schauen.«

Das genau war es, was Frau Angerer nicht nur bei Struzik so beliebt machte: Sie hatte ein Herz für die Suchenden und sie machte sich ernsthafte Gedanken, wie sie ihnen weiterhelfen konnte.

»Adelshofer, Manfred?«

»Sagt mir nichts.«

»Augstein, Rudolf?«

»Sagt mir was, aber nicht in Bezug auf Festungen.«

»Bago, August?«

Struzik sprang von seinem Stuhl auf, als hätte er einen elektrischen Schlag erhalten.

»Steht da noch etwas dabei?«

»Nichts. Sagt Ihnen der Name etwas?«

»Bago, Landsturm-Assistenzarzt August Bago. Er war der Arzt im Fort. Kann ich den Nachlass sehen?«

»Aber natürlich, dafür sind wir ja schließlich da«, erwiderte Frau Angerer charmant.

Eine Stunde später saß Struzik hinter aufgestapelten Briefen, Heftchen, Umschlägen mit Fotos und all den Kleinigkeiten, die die Erben Bagos in seinem Schreibsekretär gefunden hatten. Er hatte immer geglaubt, Bago habe in Ungarn gelebt, aber augenscheinlich war er 1956 nach dem Aufstand gegen die Russen nach Wien geflüchtet.

Struziks unvermeidliche Memphis im Aschenbecher glomm unbeachtet bis zum Filter herunter, er saß wie immer in eine Rauchwolke eingenebelt. Dieser Unart verdankte er einen eigenen Tisch in einer abgelegenen Ecke des Lesesaals, um die anderen Besucher nicht zu sehr zu belästigen.

»Unfassbar!« Struzik blätterte in einem kleinen Notizbuch mit schwarzem Leineneinband und schüttelte langsam den Kopf. ›Ein wahrer Schatz‹, dachte er und ein Schauer von Ergriffenheit lief ihm den Rücken hinunter. Er durfte gar nicht daran denken, wie viele unersetzliche Andenken und Aufzeichnungen die Nachkommen anderer Kriegsteilnehmer bereits achtlos entsorgt haben mochten. Die immer gleichen Erzählungen ihrer Väter und Großväter waren vielen einfach nur lästig, zumal sie oft genug Anlass für unergiebige politische Dispute bei Familientreffen waren. Viele der Nachgeborenen konnten zudem die altmodischen Handschriften auf den Briefen gar nicht lesen oder kannten die Personen auf den Fotos nicht, und so mochten sie es als eine Art Befreiung empfunden haben, solches Zeug einfach in den Ofen oder die Mülltonne zu stecken.

Struzik hingegen sah das anders. Als Apotheker war er jahrelang gezwungen gewesen, die hastig hingeschmierten Rezepte der Ärzte in seinem Bezirk zu entziffern, und so hatte er keinerlei Schwierigkeiten, auch die alten Handschriften in den Briefen zu lesen, zumal er all die militärischen Begriffe und kryptischen Abkürzungen aus den Weltkriegen durch seine Forschungen in- und auswendig kannte. Und auch die Landschaften auf den Fotos waren ihm durch seine reichhaltige Sammlung historischer Bilder und seine häufigen Exkursionen an die ehemalige Alpenfront vertraut.

Ein Foto in Dr. Bagos Nachlass weckte seine besondere Aufmerksamkeit. Eine Innenaufnahme mit Blitzlicht, offenbar von einem Berufsfotografen gemacht. Offiziere in einem betonierten Gang, die Schäden an der Einrichtung deuteten auf eine Explosion hin. Auf der Rückseite stand in Bagos Handschrift »16.8./1915«, dazu die Unterschriften der anderen Abgelichteten. Struzik beschloss, das Archivlabor um eine Vergrößerung zu bitten.

Was Dr. Bagos Nachlass außerdem so besonders machte, war die Fülle von akribischen und detailreichen Aufzeichnungen, die er in das kleine Notizbuch geschrieben hatte. Es war keines der üblichen Tagebücher, die alltägliche Begebenheiten stichwortartig zusammenfassten und deren Einträge meist aus Bequemlichkeit oder Abstumpfung mit jedem Tag kürzer wurden, bis sie zu einem stereotypen »heute nichts Neues« verkamen.

Bago hatte sich offensichtlich die Zeit genommen, seine Erlebnisse literarisch aufzuarbeiten, was manchmal zwar aufgesetzt oder verschnörkelt, aber in der Sache stimmig klang. Sein Einrücken in das Fort, die Beschreibungen seiner Offizierskameraden oder der Mannschaft, sein erster Verletzter, sein erster Toter, seine Ängste – na ja, da wurde es auch schon etwas dünn. Wie so vielen Männern war es offenbar auch ihm schwergefallen, über seine eigenen Gefühle zu schreiben, und nur selten fanden sich versteckte Hinweise darauf, dass er seine größte Seelennot mit etwas Morphium aus der Festungsapotheke gemildert haben mochte.

›Bago konnte noch gar nicht so lange tot sein‹, überlegte Struzik. Warum hatte er nicht einfach einmal in Wien nach ihm gesucht? Schließlich hatte es doch viele ehemalige Offiziere aus dem ehemaligen Habsburgerreich hierherverschlagen. Als er Tage später im Telefonbuch den Eintrag »Dr. Bago, August, Nottenburgerstraße 44« fand, hatte er aus Ärger über sich selbst einen sehr lauten, sehr unziemlichen Fluch von sich gegeben. Jetzt aber schwelgte er in den Unterlagen und machte sich fleißig Notizen auf die herausgerissenen Rückseiten des Österreichischen

Apothekerkalenders, die er im Kriegsarchiv immer dabeihatte, denn als echter Staatsbeamter war Sparsamkeit für ihn ein heiliges Gut.

Einige Freitage später saß Struzik wieder hinter seiner Nebelwand im Kriegsarchiv, als ein braun gebrannter stattlicher Herr auf ihn zutrat. Seine straffe Haltung hätte Indiz für eine sportliche, ja asketische Lebensweise sein können, aber seine eckigen Bewegungen wiesen ihn als jemanden aus, der nicht nur sein Geld im Sitzen verdiente, sondern auch seine Freizeit in dieser Körperhaltung verbrachte. Umso bewegter waren seine buschigen Augenbrauen, die seine Gemütslage im Sekundentakt in mimische Symbolik übersetzen konnten.

»Mann, Rudolf, da hast du aber wieder einmal Schwein gehabt mit diesem neuen Nachlass«, begrüßte er Struzik.

Die beiden kannten sich schon seit dem letzten Krieg, trafen sich seither aber hauptsächlich an diesem Ort. Sie verband die gemeinsame Leidenschaft für österreichische und italienische Gebirgsfestungen, aber ihre Herangehensweise an ihre diesbezüglichen Forschungen war sehr unterschiedlich. Struzik als Apotheker war es gewohnt, im Labor zwar korrekte, aber äußerst knappe Aufzeichnungen zu machen, die seine Beobachtungen festhielten. Kurt Fiaka, der als Staatsanwalt am Landesgericht arbeitete, war genaue, aber auch sehr ausführliche Darstellungen und Zitate gewohnt. Seine Büroordner zu Hause füllten Hunderte sauber mit der Maschine geschriebene Seiten. Einmal waren sie sogar gemeinsam in die Alpen gereist, aber Struziks rasante Fahrweise auf den engen Hochgebirgsstraßen war Fiaka nicht gut bekommen, und so beschränkte man sich fortan auf die durchaus herzlichen Treffen im Kriegsarchiv.

»Du glaubst es nicht, der Bago muss jeden Tag eine Stunde geschrieben haben. Der Nachlass ist ein wahrer Schatz!«, antwortete Struzik. »Und als Arzt hatte er gleichermaßen Zugang zu den Offizieren wie zu den einfachen Soldaten, das gibt völlig ungewohnte Einblicke«, fuhr er fort. »Hier, hör mal zu:

›13. Juli 1914: Unterkunft im Albergo Stella Alpina bezogen (ländlich gediegen), Lt. Darfinger versucht sofort der Wirtin (schlanke Fesseln, flotter Feger!) den Hof zu machen. Olt. Matura lässt für sich koscher kochen. Nachmittags in unserem Eiskeller auf der Martinella eingerückt.

12. September 1914: Unternehmen Potemkin: die Bauabnahme! Die Geniedirektion vertuscht die Planungsmängel, die Baufirma die Baumängel und wir unsere Ausbildungsmängel. Meine beiden Sanitäter strangulieren bei der Selbstretterübung um ein Haar einen Statisten.

23. September 1914: Landesschütze P. aus Palera erschießt nachts auf Patrouille seine eigene Kuh auf der Weide vor dem Fort. Sie hatte wohl auf Italienisch gemuht! Strenge Untersuchung des Vorfalls, Mordsgaudi bei der Mannschaft, besonders bei den Polen!

3. März 1915: Kein Frieden, kein Krieg. Unser Gegner heißt Langeweile. Das ständige Exerzieren und die Appelle helfen da auch nicht weiter. Die Mannschaften überbieten sich mit Gruselgeschichten über das Fort und seine unterirdischen Gänge. Kanonier Z. traut sich kaum noch alleine durch das Fort. Ist es Lygophobie, die Angst vor der Dunkelheit, Wiccaphobie, die Angst vor Hexen, oder Hadephobie, die Angst vor der Hölle? Habe ihm Aspirin gegeben.

23. Mai 1915: Pfingstsonntag, der Krieg mit Italien beginnt an einem Feiertag! Im Fort läuft alles wie tausend Mal geübt, draußen regt sich gar nichts.

8. Oktober 1915: Der tumbe Landesschütze P. läuft bei einer Patrouille blindlings in das italienische Hindernis und wird angeschossen. Seit Kriegsbeginn ist P. scharf auf eine Goldene Tapferkeitsmedaille gewesen, stattdessen hat er nun ein steifes Bein.

24. Dezember 1915: Heilige Messe im Verbindungsgang, ich habe das heulende Elend, wann ist endlich Frieden? Olt. J. braucht auch immer mehr MO aus der Festungsapotheke.

1. April 1916: Ein Geniehauptmann und ein deutsches Sprachgenie suchen das Fort heim. Entkomme knapp der Eindeutschung, ansonsten genialer Aprilscherz! Hauptmann Haschek kommt gar

nicht über unseren spektakulären Einschlag vom August 15 hinweg. Irgendetwas muss faul an der Sache sein!

15. Mai 1916: Wenn unsere Offensive gelingen sollte, wird der Krieg gar kein Ende mehr nehmen. Nieder mit den Habsburgern!

11. Februar 1917: Habe eine neue Krankheit entdeckt: das Zementrheuma! Einzige Gegenmittel: Versetzung oder Fahnenflucht. Lieber tot am Isonzo als verschimmelt in Südtirol!

1. September 1917: Ich will raus aus dieser elenden Gruft auf der Martinella und vor allem weg von den überheblichen Österreichern und den einfältigen Polen.

3. November 1918: Endlich – das Ende! Aber woher in Zukunft MO bekommen?‹«

»Na, was sagst du dazu?« Struzik sah triumphierend von dem Tagebuch auf.

»Beeindruckend, wirklich. Hast du etwas Neues aus den Unterlagen gelernt?«, war Fiakas ernüchternder Kommentar.

»Nun ja, sagen wir mal so«, Struzik suchte einen Anfang, »... das meiste über das Fort und die Kampfhandlungen hatten wir uns ja schon zuvor aus anderen Quellen zusammengereimt, und wie es scheint, lagen wir dabei nicht sehr weit daneben.«

Fiaka war erleichtert über den Wert des bisher Geleisteten, aber auch etwas enttäuscht darüber, dass es vielleicht keine neuen Erkenntnisse geben sollte.

»Aber der Bago schreibt da über einen Deckendurchschlag am 16. August 1915 ...«

»... kennen wir«, fiel ihm Fiaka ins Wort,

»... August 1915, der seltsame Begleitumstände hatte.«

»Das klingt schon interessanter. Was schreibt Bago dazu?«

»Offensichtlich war man verwundert, dass der Durchschlag an dieser Stelle erfolgte, etwas soll mit dem Zement dort faul gewesen sein. Und dann gibt es noch die Sache mit dem überzähligen Schuh.«

Fiaka setzte sich, zündete sich eine Virginia an und schlug die Beine übereinander. Ein Hosenbein rutschte hoch und gab den Blick auf die blauschwarzen Knoten seiner Krampfadern frei.

»Ja, und?«, forderte er.

»Hör selbst: ›16. August 1915: Volltreffer! Unser erster Decken-durchschlag, 3 Tote im Verbindungsgang, davon 2 vollkommen zerschmettert und angebrannt wie dunkles Brot. Der dritte (J. Z.) nur eine Fraktur an der Schläfe, aber tödlich. Weiterhin 7 Schuhe, einer soll mit Beton ausgegossen gewesen sein. Abdruck in der Wand? W. R. hat den Schuh angeblich verschwinden lassen, aber warum? Das Vertrauen der Besatzung in das Fort ist erschüttert. Ich habe Angst!‹«

Struzik schlug die nächste Seite auf. In der Mitte einer Bleistift-zeichnung stand ein Fabelwesen in einer rauchenden Höhle, die auch der Eingang zur Hölle hätte sein können. Mit den Glied-maßen und Augen einer Gottesanbeterin, dem Rüssel eines Nacht-falters und der k. u. k. Uniform wirkte es wie ein Zwischenstadium aus Kafkas Verwandlung. Mit der einen Hand umklammerte es eine Sense, in der anderen hielt es einen Schuh in die Höhe wie ein Henker, der ein abgeschlagenes Haupt präsentiert.

»Da hat sich aber einer seine Albträume von der Seele gemalt«, sagte Fiaka beeindruckt.

»Könnte auch Morphium mit im Spiel gewesen sein«, ergänzte Struzik. »Er erwähnt noch, dass ein Silvano Longhi unter den Landsturmarbeitern gewesen sei, der ihn nach dem Schuh ge-fragt habe. Sein Vater war beim Bau des Forts 1913 auf mysteriöse Weise verschwunden. Man sprach in diesem Zusammenhang von Spionage, aber auch von Korruption.«

Ja, da gab es eine Affäre mit gestohlenen Werksplänen und einem Überläufer, davon hatte Fiaka einmal gelesen. Er beschloss, in seinen Unterlagen nachzuforschen.

»War das etwa schon alles, was du herausgefunden hast?«, woll-te er wissen, und um Struzik etwas zu ärgern, gab er seiner Frage einen ironischen Unterton.

»Ich bin noch nicht zur Hälfte durch, du glaubst ja nicht, über was alles Bago sich ausgelassen hat.«

Fiaka wollte seinen alten Freund nicht weiter bei dessen Studium stören, zudem hatte er jetzt eigene Hausaufgaben zu erledigen.

Am gleichen Abend saß Fiaka in seinem privaten Arbeitszimmer und ließ den Blick über die Wände gleiten. Das Bücherregal erinnerte an eine gut geführte Bibliothek, an den Regalböden standen Buchstaben und Themenhinweise, und die Bücher waren nicht laienhaft nach Größe, Farbe oder Format geordnet, sondern nach einem wissenschaftlichen System. Das Aktenregal auf der gegenüberliegenden Seite sah auf den ersten Blick aus, als stünde es in einer Behörde. Alle Rückenschilder waren akkurat mit Hauptüberschriften, Unterüberschriften und Inhaltsübersichten versehen. Hier herrschte Ordnung wie im Landesgericht in Wien. Fiaka war aufgestanden und tastete sich mit dem Zeigefinger an den Ordnern entlang.»Österreich – Südwestfront – Folgaria – Fort Martinella – Erbauung ... hier könnte es sein.« Er legte den Ordner auf seinen Schreibtisch und schlug ihn auf. Der Inhalt war mit Registerblättern unterteilt, deren seitliche Fähnchen weitere Hinweise gaben:»Bauerkundung – Projektplanung – Bauausführung ... ja, da ist es.« Er schlug das Registerblatt um und blätterte die zusammengehefteten Unterlagen durch:»Sprengarbeiten – Fundamentierung – Lieferung der Eisenträger – Spionageverdacht ... na, wer sagt es denn!« Er lehnte sich in seinem Schreibsessel zurück, goss sich einen Kognak ein, zündete sich eine Virginia an und begann sein Aktenstudium.

Am gleichen Abend saß auch Struzik zu Hause vor seinem Arbeitstisch. Links und rechts türmten sich Mappen mit losen Papieren, vor ihm standen ein geöffneter Karteikasten, der die Hoffnung auf Ordnung schon aufgegeben hatte, ein übervoller Aschenbecher, den ein bizarr geformter Granatsplitter zierte, und ein leeres Bierglas mit dem Aufdruck der Ottakringer Brauerei. Auf dem Boden stapelten sich Bücher. Einige Papiertaschen mit

Nachschub aus dem Antiquariat warteten offensichtlich schon länger darauf, endlich ausgepackt zu werden.

Struzik öffnete eine Mappe mit dicht beschriebenen Kalenderrückseiten und versuchte auf einem noch leeren Blatt eine Zusammenfassung seiner neuesten Entdeckungen zu formulieren. Er hatte wohlweislich nicht ganz oben angefangen, denn schon nach einigen Zeilen musste er darüber neue Fakten einfügen, und schnell verlor er den Überblick über das, was sich auf dem Papier vor ihm zusammenbraute. Es half nichts, auch diese Zusammenfassung musste neu geschrieben werden, und erst nach der dritten Version gab er sich mit seinem Werk zufrieden.

Fiaka und Struzik hatten sich in einer Buschenschänke in Klosterneuburg verabredet. Ihr Treffen wirkte geschäftlich, jeder hatte eine Aktentasche mit Papieren bei sich, die er nach und nach auf dem Tisch ausbreitete. Struzik nahm sein Manuskript als Gedächtnisstütze und fing an:

»Ein Mann verschwindet unter Spionageverdacht, ein Schuh ohne Mann taucht plötzlich auf und verschwindet auf ebenso mysteriöse Weise wieder. Der Schuh wurde durch einen Deckendurchschlag freigelegt, der ebenfalls etwas Rätselhaftes an sich hat, die Stelle war womöglich geschwächt, aber offensichtlich nicht durch den Beschuss. Der Fall des verschwundenen Zimmermanns wird ungewöhnlich schnell zu den Akten gelegt, und ehe man sichs versieht, wird der Durchschlag repariert und mit einem massiven Pfeiler versiegelt. Das Kriegstagebuch, das hierzu Aufschluss geben könnte, ist nicht auffindbar. Laufend sind hier Kräfte am Werk, die etwas verschwinden lassen. Was sagst du dazu, Kurt?«

Fiaka ließ die Worte auf sich wirken. Struzik hatte eine so andere Vorgehensweise als er selbst, da musste er sich zuerst einmal hineindenken.

»Mit den Kräften hast du völlig recht«, pflichtete er ihm bei, »aber ich habe eine Idee, wo diese Kräfte hergekommen sein könnten.«

»Ah geh!«

»Spionageangelegenheiten fielen in den Bereich des Evidenzbüros. Dort muss die Entscheidung gefällt worden sein, die
Untersuchung in der Sache Fabrio Longhi einzustellen. Das
Evidenzbüro konnte vieles verschwinden lassen – Akten, Tagebücher, vielleicht sogar Menschen, aber nicht sich selbst! Bestimmt haben die über alles bestens Buch geführt, und wenn das
so ist ...«, Fiaka machte eine genüssliche Kunstpause, »... dann
müssen wir nur in den Akten des Evidenzbüros im Kriegsarchiv
nachforschen!« Er lehnte sich triumphierend zurück und zog an
seiner Virginia.

»Morgen fangen wir an«, erwiderte Struzik, und erhob seinen
Veltliner zum Anstoßen.

Oberamtsrätin Simone Angerer verdrehte die Augen.

»Akten des Evidenzbüros, August 1913! Haben Sie eine Vorstellung davon, wie viel der Kundschafterdienst allein in einem
Monat produziert hat?«

Weder Struzik noch Fiaka hatten eine Ahnung. Wenn sie bisher
etwas ausgeliehen hatten, hatten sie konkrete Faszikelnummern
genannt und die Mappen waren jedes Mal dünn und übersicht-
lich gewesen.

›Für alles bauen sie heutzutage Maschinen. Warum erfindet
nicht mal jemand eine Suchmaschine für Kriegsarchive?‹, dachte
Struzik und sah an die Decke.

»Fangen wir doch einfach vorn an, einmal den 1. August für
Herrn Struzik und den 2. August für mich«, schlug Fiaka so charmant wie möglich vor.

Einige Stunden später saßen die beiden vor ihren Papierstößen
und versanken in einem Gewirr sauber notierter Vermutungen
und Behauptungen, Anzeigen und Anschwärzungen, Über-
setzungen ausländischer Pressemeldungen und Statistiken.

»Den 3. für Herrn Struzik und den 4. für mich, bitte schön.«
Fiaka legte Frau Angerer einen großen Papierstoß zurück auf
ihren Tisch.

In den nächsten Tagen setzte sich dieses Ritual fort.

»Ich weiß schon, den 9. für Sie und den 10. für Ihren Kollegen«, sagte Frau Angerer zu Struzik.

Die beiden hatten sich hinter einer gemeinsamen Nebelwand verschanzt und sprachen kaum ein Wort miteinander. Das Rascheln von Papier und ab und zu ein Seufzer oder ein Raucherhusten war alles, was sie von sich gaben. Aber plötzlich wurde es still, ganz still. Fiaka hob den Blick, aufgeschreckt durch dieses Ausbleiben jeglicher Geräusche. Struzik saß wie angenagelt, man sah ihn nicht mehr atmen.

›Mein Gott, ihn wird doch jetzt nicht der Schlag getroffen haben? Obwohl – was wäre ein schönerer Tod, als inmitten der geliebten Archivalien zu sterben!‹, dachte Fiaka, doch dann stieß Struzik atemlos hervor:

»Das Kriegstagebuch!«

›Er deliriert schon, wir hätten mehr Pausen machen sollen.‹ Fiaka machte sich stumme Vorwürfe.

»Ich habe das Kriegstagebuch des Forts gefunden. Horch: 23. Mai 1915, 4 Uhr vormittags – Kriegszustand, Haubitzen in Alarmstellung Richtung Borcolapass, Wetter klar, windstill. – Was sagst du nun?«

Fiaka sprang auf, nahm ihm vorsichtig das schwarze Heft aus der Hand, als sei es eine empfindliche Papyrusrolle, und blätterte ein paar Seiten durch. Ohne Zweifel, das war das Kriegstagebuch des Forts Martinella.

»Das ist ja ein Ding! Was ist denn sonst in der Mappe?«

»Da, lies halt selbst.«

Struzik reichte sie seinem Freund brummig herüber. Die Akten des Evidenzbüros interessierten ihn jetzt nicht mehr, er hatte sich schon in dem Tagebuch festgelesen und wäre nur mit Gewalt wieder in die Gegenwart zurückzuholen. Fiaka nahm die Mappe und vertiefte sich schweigend darin.

»Lieferung von verdorbenem österreichischen Zement über einen Strohmann an die Festungsbaudirektion der königlich-italienischen Armee in Verona, bestimmt für das Fort Verena«, fasste er nach einiger Zeit die Ergebnisse auf einem Zettel zusammen und vor seinen Augen tauchten die alten Fotografien der grausam zusammengeschossenen italienischen Festung auf.

Es dauerte nicht lange, da hielt Struzik triumphierend mit spitzen Fingern ein Blatt Papier in die Luft.

»Kurt, du wirst niemals erraten, was ich hier in dem Kriegstagebuch gefunden habe.«

»Den Bericht über den Spionagefall?«

»Kalt.«

»Etwas über den verschwundenen Longhi?«

»Schon besser, aber lies selbst.«

Fiaka setzte sich zu ihm an den Tisch und betrachtete verständnislos das Blatt mit den handgeschriebenen Notizen, Pfeilen, Namen und Unterstreichungen.

»Stanislaus Haschek, KA Wien, 27. Juni 1940«, las er laut vor. Sie waren offensichtlich nicht die Ersten, die Nachforschungen über das Fort angestellt hatten. Fiaka lehnte sich zurück und nahm einen tiefen Zug aus seiner Virginia.

»Haschek, so hieß der Erbauer des Forts Martinella. Der war doch auch in der berüchtigten Schröder-Kommission, die hier in den 40er-Jahren die ganzen Archivalien zum Festungsbau durcheinandergebracht haben. Und die Pfeile auf seinem Zettel deuten fast alle auf den Namen Rechenberger. War das nicht der Werkmeister auf der Baustelle?«

»Was hatte Dr. Bago über den Schuh geschrieben? W. R. hat ihn angeblich verschwinden lassen. Das könnte eine Abkürzung für Werkmeister Rechenberger sein.«

»Donnerschlag, das klingt ja wie ein Krimi. Jetzt muss mir nur noch einer erklären, wie das Kriegstagebuch in diese Mappe des Evidenzbüros geraten ist«, sagte Struzik.

»Diese Frage könnte dir wohl nur der da beantworten«, erwiderte Fiaka und deutete auf Hascheks Notizzettel.

August 1962

Oral History

»**B**evor du anfängst …«, sagte Fiaka, »… ich habe mit Mario Bertholi in Trient telefoniert. Was haben wir für ein Glück, dass es dort noch jemanden gibt, der Deutsch spricht.«

»Und, was sagt er?«, wollte Struzik wissen.

»Silvano Longhi lebt noch!«

Struzik wusste nicht, was er sagen sollte. Ihm fiel Dr. Bago wieder ein, der jahrelang wie er in Wien gelebt hatte, ohne dass er es gewusst hatte, und wieder ärgerte er sich über seine eigene Unfähigkeit.

»Und nun?«

»Wir fahren hin!«

Das Karmann-Cabrio schlängelte sich die Friccastraße von Caldonazzo zur Hochebene hinauf. Struzik hatte das Verdeck geöffnet, seine Rallyehandschuhe übergestreift und ließ in den Haarnadelkurven die Reifen quietschen. Eine weiße Sportkappe hielt seine Frisur zusammen, während Fiakas lockige Haare frei in den Turbulenzen der Frontscheibe tanzten. Als sie auf einen Felstunnel zuhielten, bemerkte Fiaka dort aus dem Augenwinkel einen schmalen Stolleneingang.

»Sieh mal, die Sprengkammern der Habsburger sind immer noch da. Erinnerst du dich, wie wir im April 45 einsam und verlassen davor Wache gestanden haben? Mann, was hatten wir damals die Hosen voll!«, brüllte er gegen den Boxermotor an, bevor sie ins Dunkel eintauchten. Obwohl er genau wusste, dass es ihm im Ernstfall nichts nutzen würde, klammerte er sich mit beiden Händen an den Griff über dem Handschuhfach, bis seine Knöchel weiß waren. Im Stillen verfluchte er sich selbst. Warum hatte er sich auf diese Autofahrt eingelassen, obwohl er doch wusste, was für einen heißen Reifen sein alter Freund fuhr. Hätte er doch auf sein Bauchgefühl gehört und wäre mit dem Zug gefahren!

An der Kreuzung in Carbonare überfuhr Struzik souverän ein Stoppschild und bog mit kreischenden Reifen ab.

»Sag mal, was ist dieser Mario Bertholi eigentlich für einer?«, wollte er wissen, als sie schließlich die Straße nach Folgaria hinabrollten.

»Mario stammt aus Trient und hat in Padua studiert, Germanistik und Geschichte. Er interessiert sich sehr für das Schicksal seiner Heimat im Ersten Weltkrieg, und da er eine wissenschaftliche Ausbildung hat, liest er nicht nur die alten Geschichtsbücher der italienischen Faschistenpropaganda, sondern auch die historischen Quellen in den Staatsarchiven in Trient und Rom. Und vor allen Dingen, er behütet und verschweigt seine Erkenntnisse nicht wie die anderen Historiker, sondern teilt sie auch mit Amateuren wie dir und mir.«

»Da könnte sich mancher bei uns in Österreich eine Scheibe abschneiden. Immer diese Geheimniskrämerei, fast wie beim Pilzesuchen!«

»Mario ist auch Bergsteiger, er hat schon manche alte Stellung im Hochgebirge wiederentdeckt, und außerdem hat er als Höhlenforscher die Unterwelt der alten Forts bis in die letzten Winkel erkundet«, setzte Fiaka seine Anpreisung fort.

»Wäre nicht mein Ding, mit meiner Raucherlunge komme ich auf keinen Hügel mehr und bei meinem Umfang würde ich in jedem Stollen stecken bleiben. Also bleibe ich lieber bei der Theorie«, lachte Struzik und rieb sich seinen Wohlstandsbauch mit beiden Händen, wobei er seinen Karmann zu Fiakas Entsetzen mit den Knien durch die engen Kehren lenkte.

In Palera parkten sie vor dem Albergo Stella d'Italia neben einem roten Fiat 500. Während die beiden noch damit beschäftigt waren, sich steif von der langen Fahrt aus dem niedrigen Sportwagen herauszuarbeiten, kam ein Mann Anfang dreißig auf sie zu. Seine lockigen schwarzen Haare glänzten in der Sonne, und braun gebrannt, mit Shorts und kurzärmligem Hemd, wirkte er wie ein Afrikaforscher oder Bergsteiger.

»Guten Tag, Herr Fiaka, willkommen in Palera!«, grüßte er auf Deutsch.

»Buona giornata, Mario«, erwiderte Fiaka und reichte ihm die Hand.

»Ich darf dir Herrn Struzik vorstellen, er ist ein Spezialist, was Festungen betrifft, und ein Champion, was das Autofahren angeht.«

Das Wort »Festungen« verband die drei Männer augenblicklich.

»Wir bringen nur noch unser Gepäck auf die Zimmer, dann können wir uns in der Gaststube unterhalten, was meinst du, Mario?«, schlug Fiaka vor.

Mario verzog das Gesicht.

»Wir könnten uns auch hier draußen unterhalten und von der Terrasse aus den Blick auf den Pasubio genießen«, erwiderte er zögerlich.

»Was hast du gegen die Gaststube, bei Marcelina Carbonari ist es doch immer gemütlich, oder nicht?«

Mario deutete mit einer Kopfbewegung auf zwei blaue Wagen auf dem Parkplatz.

»Die Carabinieri und die Finanzieri sind im Gasthaus.«

»Ja, und? Wir haben nichts geschmuggelt, und Festungsforschung ist doch nicht verboten. Was ist denn los?«, mischte sich Struzik ein.

»Verboten ist nichts, aber Sie haben doch sicherlich die Sache mit der sogenannten Feuernacht mitbekommen, als der selbst ernannte ›Befreiungsausschuss Südtirol‹ die vielen Hochspannungsmasten gesprengt hat. Und seitdem sie im Grödner Tal das Reiterstandbild gesprengt haben ...«

»Doch nicht etwa den Aluminium-Duce?«, fiel ihm Struzik lachend ins Wort.

Mario nickte und fuhr fort:»... und bei Bozen das ehemalige Wohnhaus des faschistischen Senators Ettore Tolomei in die Luft jagen wollten, sind die Behörden sogar hier im Trentino ganz nervös geworden. Wenn wir uns dadrinnen auf Deutsch unterhalten, gibt es sofort lästige Untersuchungen«. Mario senkte die Stimme und schob entschuldigend nach:»Die Carabinieri sind nicht wirklich böse, aber sie haben einfach Angst.«

Als die beiden Wiener gerade ihre Koffer vom Gepäckträger des Karmann abgeschnallt hatten, kamen vier Uniformierte aus dem Albergo und fuhren mit ihren blauen Wagen davon.

»Wahrscheinlich setzen sie ihre Weinprobe jetzt in der Baita al Forte fort«, stichelte Mario grinsend.

»Ach ja, das Baita al Forte!«, seufzte Struzik.»Als ich das erste Mal zum Fort Martinella fuhr, damals, 1952, da habe ich ein paarmal dort übernachtet. Auf dem Dachboden im Lager, im Schlafsack auf dem Boden. Alberta und Sergio Toller lebten damals noch, und ihre Enkelin Giuliana führte die Baita. Viel los war dort auch im Sommer nicht. Für die Festung hat sich damals kaum jemand interessiert, nur ein paar Wanderer kamen vorbei. Ob sie die Hütte wohl immer noch führt?«

»Ja, immer noch. Aber sie heißt jetzt Cueli mit Familiennamen«, antwortete Mario grinsend und stellte sich die einsamen Nächte von Giuliana und Struzik vor.

»Ich war damals so unendlich blöd ... Nein, nicht, was Sie jetzt denken.« Er warf Mario einen strafenden Blick zu.

»Nepomuk Dopsil lebte da noch, der hat ja geholfen, den Skilift zur Baita al Forte zu bauen. Ab und zu kam er auf die Martinella herauf, trank ein Bier oder einen Roten in der Baita oder streunte um die Ruine des Forts. Nie habe ich ihn ohne seinen dunklen Anzug, sein weißes Hemd und seine Weste gesehen. Ich wäre nicht im Traum auf die Idee gekommen, dass er mal der Monteur war, der 1914 die Skodapanzer montiert hatte. Was hätte uns dieser Mann erzählen können! Details, die in keiner Baubeschreibung stehen, Anekdoten, über die kein Tagebuch berichtet! Und in Palera hat sich keiner dafür interessiert, keiner hat mit dem alten Mann über die Bauzeit geredet. Mein Italienisch war damals noch sehr holprig, aber wer hätte auch ahnen können, dass der alte Böhme perfekt Deutsch sprach! Als ich allerdings das erste Mal im Archiv auf seinen Namen stieß, war er leider schon tot.«

Struzik warf mit biblischer Geste die Arme gen Himmel, seine Klage kam aus dem tiefsten Inneren. Fiaka klopfte seinem Freund tröstend auf die Schulter.

»Es ist eben unser Schicksal, dass wir uns für alles viel zu spät interessieren. Deshalb rennen wir der Erkenntnis auch immer hinterher und können froh sein, wenn wir einmal ein kleines Stückchen ihres Rocksaums erwischen«, dozierte er.

Die beiden nahmen ihr Gepäck und gingen in die Gaststube des Albergo, wo sie von Marcelina Carbonari wie alte Stammgäste empfangen wurden.

»Grüß Gott, die Herren. So viele Forscher auf einmal hatte ich bisher selten in meinem Haus.«

»Grüß Gott, Frau Toller, was meinen Sie denn damit? Waren denn außer uns jemals andere hier?«, fragte Struzik halb im Spaß, halb im Ernst.

Ernsthafte Konkurrenz in Sachen Festungsforschung kannte er bislang nur von Kurt Fiaka. Sollte es etwa noch andere Menschen mit dieser speziellen Veranlagung geben?

»Und ob, Herr Struzik. Eine Studiengruppe der Universität Venedig war letzten Sommer hier. Sie können sich nicht vorstellen, was damals hier für ein Palaver geherrscht hat!«

Sie ließ lächelnd offen, ob sie ihre Landsleute aus dem Süden wirklich für so geschwätzig hielt oder ob sie nur Struzik schmeicheln wollte. Der machte eine wegwerfende Handbewegung.

»Parlare, parlare und nichts dahinter«, war sein einziger Kommentar.

Die Gaststube hatte sich kaum verändert. Der futuristische Fries zierte immer noch die Wände, wenn auch seine ehemals lebendigen Farben durch Küchendünste und Nikotin verblasst waren. An einigen Stellen waren die Bilder sogar fachmännisch restauriert worden. Hier hatten sowohl die Faschisten als auch die Nazis ihre Finger nicht von dem Kunstwerk lassen können, sodass der Maler nach dem Krieg noch einmal hier erschienen war und die Spuren dieser unrühmlichen Epochen eigenhändig übermalt hatte. Nur wenn das Licht in einem bestimmten Winkel in die Stube fiel, konnte man die Liktorenbündel, SS-Runen und kämpferischen Parolen noch erahnen.

Das einzig Neue in der Gaststube war ein Fernsehapparat, der auf einem hohen Tisch in der Ecke stand und wahrscheinlich anlässlich der Olympischen Spiele in Rom angeschafft worden war.

Die Wiener brachten ihr Gepäck auf die Zimmer, überzeugten sich, dass aus den Wasserhähnen jetzt auch wirklich warmes Wasser lief, und trafen sich zu Campari und Kaffee in der Gaststube wieder.

»Ich denke, wir sollten uns erst einmal auf einen gemeinsamen Kenntnisstand bringen«, begann Fiaka in bester Behördensprache. »Sag, Mario, was hast du in den unergründlichen Archiven Italiens herausbekommen?«

Mario Bertholi holte tief Luft. Anscheinend hatte er so viel zu berichten, dass er nicht wusste, wo er anfangen sollte.

»Das Staatsarchiv in Trient wird von Forschern über den Ersten Weltkrieg selten genutzt. Die Sachen da sind praktisch überhaupt nicht inventarisiert, es gibt keine Findbücher oder Karteien, sondern nur ein Regal in einer dunklen Ecke auf dem Dachboden, in dem unbeschriftete Kartons stehen. Man könnte meinen, seit 1918 hätte dort niemand mehr hineingesehen.

Ich habe also im April drei staubige Wochen dort oben auf dem Speicher verbracht. April! Wissen Sie, was das bedeutet in Trient? Abwechselnd Schneefall auf dem ungeheizten Speicher oder brütende Hitze und kein Fenster zum Öffnen. Die Beleuchtung war so miserabel, dass ich mir am Ende eine Taschenlampe mitgebracht habe.«

Mario machte eine Pause, um den beiden anderen die Gelegenheit zu geben, ihr Mitleid und ihre Anerkennung zu artikulieren. Aber Fiaka sah ihn nur ungerührt an und wartete auf die historische Ausbeute dieses Tuns.

»Und vor allem, Herr Fiaka, dort oben durfte man wegen der Brandgefahr nicht einmal rauchen!«, setzte Mario in der Hoffnung nach, doch noch eine emotionale Resonanz zu erhalten.

»Großer Gott!«, entfuhr es Struzik, und Fiaka fasste sich unwillkürlich an die Kehle wie jemand, der gerade zum Tod durch Erhängen verurteilt worden war.

»Also«, fuhr Mario befriedigt fort, »Sie wissen doch, was ein Baujournal ist. Damals wurde jeden Abend aufgeschrieben, was auf der Baustelle des Forts gemacht und was an Material verbraucht worden ist. Sie sagten doch, der Bauleiter Stanislaus Haschek hat auf seinem Notizzettel vermerkt, dass am Tag nach Longhis Verschwinden der Schacht schon zubetoniert war?«

»Mach es nicht so spannend, Mario«, drängelte Fiaka.

»Der Schacht war offenbar tatsächlich verschlossen, aber es fehlte der Eintrag dafür im Journal. Sie werden vielleicht sagen, dass das ja auch einmal jemand vergessen haben könnte. Aber es gibt auch keine Verbrauchsmeldung in diesem Zusammenhang. Vier Kubikmeter Beton stecken mindestens in diesem Loch, und die Bilanzen haben am Ende trotzdem gestimmt.«

Die beiden Wiener versuchten das gerade Gehörte in einen Zusammenhang zu bringen.

»Ein Mann verschwindet spurlos, ein Loch wird undokumentiert zubetoniert, und drinnen hat ein Schuh einen Abdruck hinterlassen – was meint ihr, wurde Longhi damals etwa einbetoniert?«, kombinierte Struzik zögerlich.

»Einige hier meinen, es sei so gewesen, aber Sie wissen ja, wie das so ist in einem kleinen Bergdorf: parlare, parlare! Ich habe Ihnen übrigens Kopien von dem Baujournal gemacht.« Mario kramte einen Packen Papier aus seiner Ledertasche und legte ihn auf den Lärchenholztisch.

Fiaka und Struzik starrten mit geweiteten Pupillen auf das Bündel, als seien es Tausend-Schilling-Noten. Struzik faltete unter dem Tisch seine Hände, um nicht reflexhaft zuzugreifen, während ihm Fiaka betont lässig das Bündel zuschob, als sei es ihm dort im Weg für etwas, das noch kommen sollte.

»Die Geschichte geht noch weiter«, setzte Mario erneut an. »Silvano Longhi erzählte mir, dass 1919 eine italienische Kommission der Festungsbaudirektion Verona das Fort inspiziert hat. Ein Capitano hat ihm damals versichert, sein Vater Fabrio sei nachweislich nicht nach Italien übergelaufen. Die Italiener besaßen auch keine echten Baupläne des Forts, sondern nur ein paar wertlose Gedächtnisskizzen eines Überläufers.«

»Hat er auch gesagt, wer dieser Überläufer war?«, fragte Fiaka.

»Der Capitano hat es ihm nicht verraten. Silvano hat, wie ich glaube, eine Vermutung, aber er wollte keinen Namen nennen. Das gebe nur unnötig böses Blut im Dorf, hat er mir gesagt. Aber es gibt etwas viel Interessanteres.«

Mario bestellte sich noch eine Limonade und versuchte einen neuen Anfang zu finden.

»Die Italiener waren damals sehr interessiert an diesem Durchschlag im Verbindungsgang. Sie beorderten einen Bautrupp zum Fort, der eine Bohrung in den Beton machte, um nach der Ursache dieser unerklärlichen Schwachstelle zu forschen.«

Struzik und Fiaka sahen sich überrascht an.

»Ich war weiß Gott oft genug auf dem Fort Martinella, und ich glaubte bisher jeden Quadratzentimeter dort zu kennen. Eine Bohrung in der Decke wäre mir ganz bestimmt aufgefallen«, wandte Struzik ein, und Fiaka nickte zustimmend.

»Der Bautrupp hat damals das Bohrloch wieder verschlossen, Silvano hat die Spuren selbst gesehen. Wir werden uns die Stelle morgen einmal ansehen. Ich habe übrigens mit Silvano geredet, er wird uns auf unserer Besichtigungstour begleiten.«

Die Aussicht, mit einem Zeitzeugen durch die Tiefen der Ruine streunen zu können, überflutete Struzik und Fiaka mit Glückshormonen.

»Aber ich verliere gerade den Faden, lassen Sie mich noch einmal von vorn beginnen. Es gibt auch in Rom ein historisches Archiv. Im Gegensatz zu Trient herrscht dort große Ordnung, dafür sieht das Personal sich aber als Hüter der alten Dokumente und verteidigt sie mit allen Mitteln gegen den Zugriff von Forschern. Ein Mittelding zwischen dem Heiligen Gral und Fort Knox.«

Struzik begann unruhig auf der Holzbank herumzurutschen, denn noch war nicht abzusehen, ob Mario diese Festung gestürmt hatte oder nicht.

»Ein alter Feldwebel war für die Akten der Festungsbaudirektion zuständig. Wenn der überhaupt mal anwesend war, telefonierte er ununterbrochen. Hier war eine förmliche Belagerung notwendig, ein verkürzter Angriff wäre mit Sicherheit gescheitert.«

Fiaka amüsierte sich über diese Redewendungen des Festungskrieges und nickte Mario aufmunternd zu.

»Nach drei Tagen gab er seinen Widerstand endlich auf, und nach drei weiteren Anläufen hatte ich dann auf dem Tisch, wonach ich gesucht hatte.«

»Ja, und?«, drängelte Struzik.

»Entschuldigen Sie, aber auch Festungsforscher müssen einmal auf die Mannschaftslatrine«, entgegnete Mario und stand auf.

»Der Junge ist Gold wert, du hast vollkommen recht gehabt mit deiner Einschätzung«, flüsterte Struzik seinem Freund anerkennend zu.

Fiaka lehnte sich lässig zurück und zündete sich eine Virginia an.

»Wo war ich stehen geblieben?«, setzte Mario wenig später sichtlich entspannt seinen Bericht fort.

»Ach ja, Fort Knox. Der Notausgang sollte ursprünglich in einer seitlichen Nische des Verbindungsgangs beginnen und dann erst in einem Schacht senkrecht nach oben führen. Die Österreicher hatten dann aber wohl eingesehen, dass es doch keine so gute

Idee war, bei einem Brand oder einer Verschüttung das Fort über das Verdeck zu verlassen, wo die Mannschaft dem feindlichen Feuer schutzlos ausgesetzt gewesen wäre. Sie wären dadurch womöglich vom Regen in die Traufe gekommen.«

»Oder aber die Geniedirektion musste wieder einmal Geld einsparen. Wohin wurde der Notausgang dann eigentlich verlegt?«, fragte Struzik und fing sich dafür einen strafenden Blick Fiakas ein, der befürchtete, damit vom Thema abzukommen.

»An der tiefsten Stelle des Forts ist ein weiterer Verbindungsgang unter dem Frontgraben hindurch zur vorderen Grabenstreiche. Von dieser Stelle aus hatte man einen Entwässerungsstollen in Richtung Passstraße angelegt. Dieser Stollen diente dann auch als Notausgang. Man muss auf allen vieren durchkriechen, aber es geht, und man kommt in einer uneinsehbaren Senke heraus.

Die Bohrung der Italiener wurde zwei Meter tief in den aufgefüllten Schacht gemacht. Man hatte dabei mit etwa dreißig Kilogramm Beton als Bohrgut gerechnet, aber es waren nur zehn Kilogramm. Loses Zeug, nachlässig hineingeschüttet und nicht vorschriftsmäßig verdichtet.«

»Das spricht unbedingt dafür, dass hier überhastet gearbeitet worden ist. Wie um in aller Eile etwas zu verbergen«, folgerte Fiaka.

»Es kommt noch besser. Die Italiener fanden Fassdauben und Metallbänder, als wären leere Fässer mit hineingeworfen worden, damit der Schacht schneller voll wird. Denn auch ohne Verdichten ist es ein ziemliches Stück Arbeit, einen so großen Schacht vollkommen zuzuschütten.«

»Und was schlossen die Italiener daraus?«, wollte Struzik wissen.

»Pfusch. Die Österreicher hatten gepfuscht, und daher war die Granate über dem alten Notausgang eingedrungen, durch den Schacht hindurchgegangen und dann schräg aus der Seitenwand des Verbindungsgangs wieder herausgekommen. Damit war die Untersuchung für die Festungsbaudirektion in Verona erledigt.

Sie bohrten nicht weiter, schließlich haben sie dort keinen verborgenen Schatz oder sonst etwas Wichtiges vermutet.«

»Wenn die geahnt hätten, dass dort möglicherweise jemand einbetoniert war, hätten sie vielleicht weitergebohrt. Aber woher hätten sie das wissen sollen?«, spekulierte Struzik.

»Von Silvano Longhi zum Beispiel. Der hätte doch einen Verdacht haben können. Er wusste schon damals fast so viel wie wir heute«, stellte Fiaka fest und blies einen Rauchring gegen die Zimmerdecke.

»Nein, damals wusste er es nicht. Er konnte die Bohrarbeiten nur von Weitem sehen, und die Italiener hielten ihre Ergebnisse geheim. Damals konnte er nicht darauf kommen«, hielt Mario dagegen.

»Wie wäre es mit Abendessen, meine Herren?« Giuliana Carbonari stand mit drei Tellern in den Händen vor ihrem Tisch.

»Eine gute Idee, gibt es eigentlich noch die selbst gemachten Priesterwürger?«

»Nein, heute gibt es Pizza!«

»Ist das etwa italienisch?« In Struziks Frage schwang gleichermaßen Neugierde und Abscheu mit.

»Ja, aber aus dem Mezzogiorno. Die Amerikaner haben diese Idee mitgebracht. Die richten gerade auf der Alm hinter dem Fort Martinella eine Raketenstation für unsere Luftwaffe ein. Sie lieben Pizza, und die jungen Leute hier im Dorf mittlerweile auch. Wie wäre es mit einer Cola dazu?«

Struzik verzog das Gesicht und bestellte ein Viertel Teroldego zum Essen.

Der Karmann Ghia brüllte im ersten Gang die Armierungsstraße hinauf. Fiaka kauerte mit angezogenen Knien auf dem Rücksitz und biss jedes Mal die Zähne zusammen, wenn das Bodenblech über den ausgewaschenen Schotter knirschte. Silvano Longhi hatte es sich auf dem Beifahrersitz bequem gemacht und genoss die Fahrt mit offenem Verdeck. Seine grauen, dünnen Haare wirbelten im Wind, und verblasste Erinnerungen an seine erste Fahrt mit einem Automobil hinauf auf die Martinella kamen in ihm hoch. Alpensommer auf den Wiesen, der Pasubio in harmlosem Dunst, ein paar fette Murmeltiere, die die Hänge entlanghoppelten.

Früher hatte er das helle Gezirpe der Heupferdchen und Grillen noch hören können, aber nun, mit seinen 66 Jahren, war er schon froh, dass er sie noch sehen konnte. Als Kind hatte er dem Zauber der Alpen nur wenig Bedeutung beigemessen, aber je mehr er an Wahrnehmungsfähigkeit einbüßte, desto wertvoller erschien ihm jede Facette der Natur.

Struzik zog die Handbremse an.

»Da wären wir.«

Er zerrte den hilflosen Fiaka aus dem engen Fond des Cabrios, und zu dritt schritten sie die letzten Meter die Armierungsstraße hinauf, wo Mario sie erwartete.

»Und, Herr Fiaka, wie sitzt man so auf dem Rücksitz?«, fragte er lachend. Er wusste, warum er es vorgezogen hatte, sich zu Fuß auf den Weg zu machen. Von Fiakas Antwort verstand er nur das Wort »Kindersitz«, der Rest waren wahrscheinlich Wiener Schimpfworte.

»Hier müsste der Stolleneingang gewesen sein.« Fiaka deutete auf eine Wiesenmulde neben einer Lärche.

»War das nicht weiter oben?«, widersprach Struzik.

»Auf keinen Fall. Da steht noch das Fundament der Materialseilbahn, die vom Dorf zum Stolleneingang führte.« Fiaka deutete auf einen Betonsockel in der Wiese. »Sieht fast so aus, als hätte jemand den Eingang zugeschüttet.«

»Das könnte der Gemeindehirte gewesen sein. Bei Gewitter haben sich die Kühe immer in den Stollen gezwängt, und er hatte dann seine liebe Mühe, das Vieh wieder rückwärts herauszubugsieren. Haben Sie schon einmal eine Kuh rückwärtsgehen sehen?«, dozierte Silvano launig. Man hätte glauben können, es sei ihm ganz recht, dass der Stollen jetzt verschlossen war.

Struzik war sich nicht einmal sicher, ob er jemals gesehen hatte, wie eine Kuh vorwärtsgeht. Und Kälber kannte er nur in ihrer Daseinsform als Schnitzel, als lebende Tiere interessierten sie ihn nicht.

Bei seinem letzten Aufenthalt in Palera war dieser alte Stollen der letzte verbliebene Zugang zu den unterirdischen Gängen des Forts gewesen. Und jetzt war er ihnen verschlossen, und ihre bisher einzige Möglichkeit, in den Verbindungsgang zu kriechen und sich die Einschlagstelle anzusehen, war dahin.

Seit dem Fund von Dr. Bagos privatem Tagebuch war er wie in einem Rausch gewesen, unerwartet hatten sie auch das verschollene Kriegstagebuch gefunden, ein Puzzlestein nach dem anderen war aufgetaucht, ein letzter lebender Zeitzeuge war gefunden worden – und jetzt, so knapp vor dem Ziel, wurden seine Hoffnungen auf eine Auflösung der Rätsel um das alte Fort im wahrsten Sinne des Wortes verschüttet.

Struzik überlegte kurz, ob er seinen Klappspaten im Kofferraum dabeihatte, aber dann schien ihm das angesichts der Schuttmassen doch allzu aussichtslos zu sein.

»Dann lasst uns wenigstens ein bisschen auf das Verdeck gehen, vielleicht sieht man von dort ja noch etwas von dem Einschlag«, schlug er vor und versuchte seine Enttäuschung zu verbergen.

Mit welchen Augen mochte dieser Longhi den Trümmerhaufen jetzt wohl sehen? Er selbst kannte das Fort nur von den Fotografien, die meist irgendwelche Helden in Siegerpose vor dem Haupteingang zeigten oder akribisch die Schäden an den Panzertürmen dokumentierten. Von der Frontseite aus gab es kaum Aufnahmen, wer hätte sich auch mit dem Rücken zum Feind vor den Drahtverhau gewagt, nur um ein paar Erinnerungen festzuhalten? Und Innenaufnahmen hatte er bisher überhaupt erst einmal gesehen. Was hätte er darum gegeben, auch nur einen einzigen Tag des Krieges an Silvanos Stelle gestanden zu haben, um die Wirklichkeit in dieser Festung mit den eigenen Sinnen zu erfahren! So aber blieb er nur seiner Vorstellungskraft, seinen Analysen und vor allem seiner Fantasie überlassen.

Als sie oben angekommen waren, versuchten sie sich zu orientieren. Die Betontrümmer waren schon teilweise von Alpenblumen und Gras überwuchert, Flechten hatten die Unterschiede zwischen Beton und Fels verwischt. Der Frost hatte sein Übriges getan, um die Reste der Festung der Natur wieder anzugleichen. Sie irrten noch ein wenig über das, was vor der Sprengung einmal das Verdeck gewesen war, und sahen schließlich ein, dass es aussichtslos war, hier weiter nach der Einschlagstelle zu suchen.

»Das war wohl auch nichts. Aber wenn wir schon mal hier oben sind, können wir noch einmal zusammen um das Fort herumgehen«, schlug Struzik vor.

Als sie an dem Batterieblock vorbeikamen, zeigte Fiaka auf einen Granattrichter in der Frontwand.

»Ich dachte immer, das Fort wäre im Sommer 1916 wieder instand gesetzt worden. Woher kommt eigentlich dieser Einschlag hier?«

»Das Probeschießen. 1931 beschossen die Italiener das Fort, um zu prüfen, wie widerstandsfähig der Beton war.«

Mario deutete neben dem Trichter auf die Wand. »Hier ist übrigens eine Inschrift. Weiß jemand, was das bedeutet?«

Neugierig waren die drei anderen nähergekommen.

»F.L. / S.L. – 16.8.1913«, las Fiaka vor.

»Fabrio Longhi und Silvano Longhi. Mein Vater hat die Buchstaben an diesem Tag auf ein Brett genagelt, mit dem wir danach diese Betonwand eingeschalt haben. Es sollte eine Erinnerung an unsere Zeit auf der Baustelle sein, so etwas wie unser persönlicher Grundstein. Die Einschalung wurde an dem Tag entfernt, an dem er verschwand. Ich wusste gar nicht, dass die Inschrift durch den Beschuss wieder freigelegt worden ist.«

Silvanos Blick zeigte, dass er mit seinen Gedanken jetzt ein halbes Jahrhundert in der Vergangenheit war.

»Lasst uns hinüber zum Baita al Forte gehen und einen Kaffee trinken«, unterbrach Fiaka das betretene Schweigen. »Ich war schon seit Jahren nicht mehr dort.«

Sie saßen unter flatternden Coca-Cola-Sonnenschirmen bei einer Runde Campari Soda und beobachteten, wie sich über dem Pasubio und dem Borcolapass schwarze Wolken aufzutürmen begannen. Bei Struzik und Fiaka wollte sich allerdings keine entspannte Stimmung einstellen, es quälte sie das Rätsel um Fabrios Verschwinden, und bis jetzt hatten sie noch keinen günstigen Augenblick gefunden, dessen Sohn Silvano darauf anzusprechen.

»Sagen Sie, Herr Longhi, Sie haben vorhin erwähnt, dass Ihr Vater im Jahr 1913 verschwunden ist. Hat sich eigentlich jemals aufgeklärt, was aus ihm geworden ist?« Mario versuchte seine Frage so harmlos wie möglich klingen zu lassen.

»Nein. Ich habe niemals etwas darüber erfahren.«

»Es gibt Gerüchte, er könne vielleicht in der Festung einbetoniert worden sein. Was halten Sie von diesem Gedanken?«, platzte es aus Struzik heraus.

Silvano holte tief Luft, als wolle er seine Antwort über die Almen bis hinüber zum Pasubio schreien, dann hielt er kurz inne und sagte mit leiser, gepresster Stimme:

»Davon habe ich noch nie etwas gehört. Wissen Sie, vor dem Ersten Weltkrieg war das hier noch ein wildes und manchmal auch gefährliches Land. Damals führte ein Schmugglerpfad an der Martinella vorbei. Diese Kerle machten nicht viel Federlesen, wenn sie auf ihren Touren ertappt wurden, denn die Strafen waren hoch. Alberta Toller fand einmal beim Pilzesammeln die Skelette von zwei Touristen, die wahrscheinlich vom Blitz erschlagen worden waren. Die Tochter des Bäckers wurde von einer Schlange gebissen und lag drei Tage im Wald, bevor man ihre Leiche fand. Ich weiß wirklich nicht, was meinem Vater passiert ist, aber einbetoniert? Wer hätte so etwas tun sollen? Und wie hätte er das bewerkstelligen sollen? Und wozu hätte er das tun sollen? Und vor allen Dingen: Wen interessiert das heute noch, nach fast 50 Jahren?«

Die drei sahen ein, dass sich hier weitere Fragen erübrigten. Fiaka wechselte das Thema und begann von seinen Besuchen des Forts und den Übernachtungen in der Baita zu erzählen. Schon bald begann Silvano durch die Belanglosigkeit der

Erinnerungen aufzutauen und zu erzählen. Vielleicht hatte er ihre zielgerichteten Fragen wie ein Verhör empfunden, vielleicht hätten sie ihm einfach mehr Zeit geben müssen, um Vertrauen zu gewinnen. Fiaka kam eine Idee.

»Was haltet ihr davon, wenn wir uns ein Tonbandgerät ausleihen und heute Abend im Albergo ein wenig über die alten Zeiten plaudern und das aufzeichnen. Dabei kommen bestimmt viele schöne Anekdoten zutage, aus denen wir einen Geschichtsband schreiben könnten. Erlauschtes und Erlebtes über Palera und das Fort Martinella«, schlug er vor.

»Oral History, eine geniale Erfindung der Amerikaner«, dozierte Mario. »Ich frage noch heute im Radiogeschäft von Quirino Carbonari nach einem Tonbandgerät, der müsste doch so etwas haben.«

Am Abend saßen sie gemeinsam am großen Tisch im Albergo Stella d'Italia. Quirino hatte das Grundig-Gerät in der Mitte aufgebaut und das Stromkabel vorschriftswidrig an die Fassung der Deckenlampe gepfriemelt. Anstelle der nun fehlenden Glühbirne hatte Giuliana zwei Kerzen auf den Tisch gestellt. Das Ganze hatte sich wie ein Lauffeuer herumgesprochen, und so waren auch ansonsten seltene Gäste wie zum Beispiel Dino Morelli dazugekommen. Wie bei einer okkultistischen Sitzung saßen sie nun um den Tisch herum und warteten darauf, was geschehen würde.

»Eins, zwei, drei.« Quirino machte ein paar Probeaufnahmen. Der grün fluoreszierende Balken des Magischen Auges zuckte im Rhythmus seiner Worte, er regelte die Aussteuerung nach, richtete das Mikrofon auffordernd auf Silvano und gab das Startzeichen.

»Mein Name ist Silvano Longhi, ich wurde im Jahr 1896 geboren.« Er fing an sich warmzulaufen. Noch einmal fuhr er auf dem Trittbrett des Militärautos auf die Martinella, und die Militärstraßen begannen erneut das Dorf zu umspinnen. Silvano versuchte Geräusche von Sprengungen und Presslufthämmern zu imitieren, man sah und hörte das Fort aus den Wiesen emporwachsen. Die ersten Zwischenrufer korrigierten oder ergänzten Namen, Zahlen und Daten, und das Mikrofon wanderte von Hand zu Hand.

›Das läuft ja von ganz allein, man muss gar keine Fragen mehr stellen‹, dachte Fiaka und sah zufrieden zu Mario herüber. Struzik hatte die Augen geschlossen und drückte sanft seinen Nasenrücken zwischen Daumen und Zeigefinger, um die Gegenwart auszublenden. Die Erzählungen aus den Jahren bis zum Ende des Ersten Weltkriegs konnten die beiden anhand ihrer langjährigen Forschungen im Kriegsarchiv nachvollziehen, aber als die Sprache auf die Nachkriegszeit kam, wurden sie hellhörig. Von den Beschussversuchen der 1930er-Jahre hatten sie heute zum ersten Mal gehört, und dass sogar die Franzosen einmal hier gewesen waren, war ihnen auch neu. Struzik trat Fiaka unter dem Tisch ans Schienbein und flüsterte ihm zu:»Wir müssen nach Paris ins Archiv, wer weiß, was die damals für Fotos von der Festung gemacht haben.«

Am Tisch im Albergo ging die Reise durch die Jahrzehnte unbeschwert weiter. Quirino wischte mit der Hand eine Rotweinpfütze von der Wachstischdecke und gab seine Erlebnisse bei den Funkversuchen der italienischen Armee und der Sprengung des Forts zum Besten. Er kam in Fahrt und merkte gar nicht, wie Struzik ihn mit den Augen fast erdolcht hätte, als er sich und seinen Metalldetektor als die eigentlichen Auslöser für den endgültigen Untergang des Forts anpries. Fiaka hingegen bewahrte kaltes Blut und sorgte unauffällig dafür, dass Quirinos Rotweinglas nie leer wurde.

»Mein Vater hat damals sogar Pläne des Forts besessen, groß wie Tischtücher waren die.« Quirino breitete beide Arme aus, um die Dimensionen zu verbildlichen.

Struzik wurde neugierig. Er wollte gerade etwas sagen, als ihm Silvano zuvorkam.

»Hatte er diese Pläne selbst gezeichnet?«

»Ach woher, es waren Pläne der Österreicher. Blau wie Tinte waren sie, und die Striche darauf waren weiß, und auf jedem Plan waren Stempel, auf denen T.Ma. und ›streng reservat‹ stand. Als mein Vater 1940 nach Böhmen auswanderte, habe ich einige davon noch auf dem Dachboden gefunden.«

T.Ma. war der Deckname der Geniedirektion für »Trient – Martinella«, das Bauprojekt des Forts. Für Struzik bestand kein Zweifel, das mussten die originalen Baupläne gewesen sein.

»Wissen Sie, woher er die Pläne hatte?«, wollte Mario wissen.

»Er hat sie eines Abends auf der Baustelle gefunden, sie müssen im Wind über das Verdeck geflogen sein. Er hat sie wohl aus Neugierde mitgenommen, aber als er erfuhr, dass Silvanos Vater am gleichen Tag verschwunden war, bekam er Angst, in irgendwas hineingezogen zu werden, und versteckte sie zu Hause. Er war später ganz erstaunt, dass sie nach seiner Rückkehr aus dem Krieg immer noch in ihrem Versteck waren.«

»Haben Sie diese Pläne etwa noch?«, fragte Fiaka in so vorsichtigem Ton, als könnte sich allein durch die Frage diese Fata Morgana in Luft auflösen.

»Nein, leider. Nach dem Umsturz 1943 haben die SS und dann der CST fast wöchentlich Razzien in Palera durchgeführt, wegen der Partisanen. Da habe ich die Pläne in den Herd geschoben. Wegen so etwas wollte ich nun wirklich nicht in Schwierigkeiten geraten.«

Silvano Longhi und Dino Morelli sahen sich erst erstaunt und dann nachdenklich an. Dino trat an den Tisch und griff nach dem Mikrofon.

»Wie schade, dass wir deinen Vater nicht mehr fragen können, woher er die Pläne hatte, aber das ist eben der Lauf der Geschichte. Aber sag mal, Quirino, die Partisanen, die gab es doch tatsächlich hier in Palera, und auch auf dem Fort sollen sich welche versteckt haben, damals im April 1945. Weißt du darüber zufällig auch etwas?«

Quirinos Lippen wurden schmal, sein Adamsapfel begann auf und ab zu tanzen, er wirkte auf einmal sehr blass. Struzik sah auf das Magische Auge, dessen Balken reglos und erwartungsvoll offen stand. Wie sich das bleierne Schweigen wohl auf dem Gerät anhören würde?

Das Band, das bis jetzt gleichmäßig am Tonkopf vorbeigezogen worden war und ihre Gespräche aufgezeichnet hatte, sprang mit einem schnalzenden Geräusch aus der leeren Spule. Das jetzt freie Ende peitschte mit einem leisen, schnellen Tschapp-tschapp-tschapp gegen den Tonkopf. Es kam so plötzlich wie das Tack-tack-tack der englischen Maschinenpistole, die damals in Quirinos Hand zu tanzen begonnen hatte. Er schaute Dino ratlos ins Gesicht. Oder war es flehend?

»Na ja, das gehört genau genommen ja auch gar nicht mehr zur Geschichte des Forts. Das ist Dorfgeschichte. Und damit soll es gut sein«, beschloss Dino und ging bezahlen.

Am nächsten Tag reiste Mario wieder ab und ließ Struzik und Fiaka allein in Palera zurück. An Silvanos Erzählungen hatten die beiden Wiener unterschiedliche Erinnerungen. Struzik versteifte sich darauf, dass er gar keine tieferen Einblicke in die wahren Geschehnisse um das Fort, den verhängnisvollen Treffer und das Verschwinden seines Vaters gehabt haben konnte. Seine Anekdoten aus der Bauzeit und dem Krieg waren zwar lebendige Stimmungsbilder der Vergangenheit, aber wichtige neue Fakten hatten sie von ihm nicht erfahren.

Fiaka hingegen war überzeugt, dass Silvano genau Bescheid wusste, aber ihren Fragen geschickt ausgewichen war, wenn sie zu dicht an die Wahrheit herangekommen waren. Erkenntnisgewinn, historische Wahrheit oder gar die kriminalistische Aufklärung eines Verbrechens waren ihm augenscheinlich egal. Ihm war es einfach peinlich, wenn ihn Wildfremde über die Vergangenheit seiner Familie aushorchen wollten.

»Glaub mir, Rudolf, ich habe am Landesgericht jede Woche mit Leuten zu tun, die die Geschehnisse der Vergangenheit vor mir verbergen wollen. Ich habe dafür mittlerweile ein Gespür.«

Diesem Argument hatte Struzik ausnahmsweise nichts entgegenzusetzen.

»Und Quirinos Geschichte mit den Festungsplänen, was sollen wir davon halten?«, fuhr er mit seinem Resümee fort. »Bisher dachte ich, der Werkmeister hätte die Pläne vielleicht aus dem Tresor genommen, um Fabrio Longhi als Überläufer verdächtig zu machen und damit dessen Verschwinden zu erklären. Aber dazu hätte er sie doch am einfachsten mit einbetoniert.«

»Vielleicht hatte er das ja auch versucht, und der Abendwind hat ein paar Seiten der Pläne weggeweht und über die Baustelle getrieben.«

»Aber warum sollte der Zimmermann überhaupt verschwinden, wo ist da das Motiv?«

»Vielleicht war er hinter die Sache mit dem verdorbenen Zement gekommen.«

»Aber wegen zwanzig Tonnen wertlosem Staub jemanden umbringen? Vielleicht ging es noch um andere Dinge ... Frauen, Erpressung oder Unterschlagung?«

»Vielleicht«, murmelte Fiaka. »Dieses Wort scheint mir das heimliche Motto unserer Exkursion zu sein.«

Es war der Abend vor ihrer Rückreise nach Wien. Fiaka und Struzik zogen eine Bilanz ihrer Erkundungen. Mario Bertholis Funde im römischen Archiv waren zweifellos hochinteressant, und Silvano Longhis Schilderungen insofern einmalig, als sie von dem ersten Zeitzeugen der Geschichte des Forts Martinella stammten, dem sie persönlich begegneten.

»Man bräuchte so etwas wie einen Rückspiegel für die Zeit, mit dem man direkt in die Vergangenheit blicken könnte«, sinnierte Struzik.

»Wollen wir das denn überhaupt immer?«

Fiakas Frage versetzte Struzik in Erstaunen. »Wie meinst du das? Sind wir nicht immer auf der Suche nach neuen Erkenntnissen?«

»Na ja. Überleg doch mal, wie du dich fühlst, wenn du wieder einmal ein Rätsel gelöst hast.«

»Stolz.«

»Und dann?«

Struzik überlegte.

»Erschöpft vielleicht? Oder gar traurig?«, versuchte Fiaka ihm auf die Sprünge zu helfen.

»Irgendwie schon. Als ich mein Examen gemacht hatte, war ich anschließend einen Abend blau und dann zwei Wochen lang deprimiert. Man denkt vorher, Wunder was man erreicht hat, und was ist? Man steht allenfalls vor neuen Aufgaben. Damals war es die drängende Frage nach einer Anstellung.«

»Siehst du, es ist das Suchen, die Gier nach immer neuen Geheimnissen, die uns antreibt. Nicht das Finden.«

Struzik schwieg nachdenklich. Er griff sein Rotweinglas und wollte es gerade an die Lippen führen, als sein Blick eine alte Frau streifte, die eben aus der Küche kam. Seine Augen blieben starr an ihrem Hals hängen, seine Pupillen zogen sich zusammen. In dem Augenblick, als sie die Türklinke der Ausgangstür herunterdrücken wollte, stürzte Struzik auf sie zu. Er bremste ebenso abrupt vor ihr ab, wie er zuvor aufgesprungen war, nahm eine respektvolle Haltung an, verbeugte sich, räusperte sich verlegen und sprach sie dann mit wohlüberlegten italienischen Worten an.

»Entschuldigen Sie bitte, aber dürfte ich vielleicht einmal einen kurzen Blick auf ihr wunderschönes Amulett werfen?«

Elisabetta hielt ihm lächelnd die Legitimationskapsel entgegen. Die Halskette war sehr kurz und Struzik musste sich sehr dicht zu ihr und ihrem Mundgeruch herabbeugen, um etwas zu erkennen. Auf der einen Seite waren zwei Initialen eingraviert und auf der anderen einige Figuren.

Fiaka war hinzugekommen und starrte abwechselnd auf die Legitimationskapsel und den wie versteinert stehenden Struzik.

»Darf ich Sie fragen, woher Sie dieses Schmuckstück haben?«, fragte Struzik.

»Von Josef.«

»Josef wer?«

»Josef Zapleta, dem Festungsartilleristen aus dem Fort Martinella«, erwiderte Giuliana Toller hinter dem Tresen.

Struzik rang nach Luft. Er sah noch einmal auf die Initialen. Ein J oder ein Z stand dort jedenfalls nicht.

»Möchten Sie sich nicht ein wenig zu uns setzen und von Josef Zapleta erzählen?«, lud Fiaka die beiden Frauen höflich ein.

Der Kommandant kehrt heim

»Sie sind schön braun geworden im Trentino, war Ihre Exkursion erfolgreich?« Simone Angerer lächelte Struzik verschmitzt zu.

»Mir wäre es lieber, ich wäre schön weise geworden. Aber im Ernst, die Forschung war in letzter Zeit wirklich anstrengend für mich. Erst ist hier im Archiv das persönliche Tagebuch von Dr. Bago aufgetaucht, dann haben wir durch einen seltsamen Zufall endlich das Kriegstagebuch des Forts gefunden, und in Palera hat mir ein Freund auch noch eine Kopie des lange verschollenen Baujournals geschenkt. Aber das Beste war, dass wir sogar noch einen Zeitzeugen getroffen haben, der die Geschichte des Forts schon aus den Zeiten kennt, als dort noch die Kühe geweidet haben. Seine Erzählungen haben Leben und Farbe in die Vergangenheit gebracht, die ich mir zuvor aus den Inhalten Ihrer grauen Kartons zusammengebastelt hatte.«

»Na, dann haben Sie doch alles erreicht, was ein Forscher erreichen kann. Und jetzt sind Sie hierher zu meinen grauen Kartons und Faszikeln gekommen, um sich von Ihren Erfolgen zu erholen?«

»Mit dem Erreichen ist das so eine Sache. Über die Geschichte von Beton und Stahl auf der Martinella kann ich jetzt zu jedem Datum irgendeine historische Quelle studieren, aber über die Menschen, die mit dem Fort gelebt haben, und vor allem über die, die darin gestorben sind, weiß ich immer noch viel zu wenig.«

»Herr Struzik, einmal unter uns: Hat Sie das denn jemals wirklich interessiert?«

Er sah Simone Angerer an. Auf einmal wirkte sie gar nicht mehr wie eine kartongraue Archivarin, die Hüterin von totem, stockigem Papier, sondern wie eine Mutter, die ihr Kind mit einem verständnisvollen, warmen Lächeln trösten wollte. Sie hatte die Sache auf den Punkt gebracht. All die Jahre hatte er versucht, Geschichte zu rekonstruieren und in Zahlen und Daten zu fassen. Aber nur mit trockenen Fakten über Geschützkaliber, Besatzungszahlen und Panzerstärken konnte man die Vergangenheit nicht verstehen.

Auch seine Sammlung zeitgenössischer Fotografien, auf denen sich stolze Helden in pathetischer Haltung präsentieren, gab nur einen romantisch verklärten, einen gewollten und gestellten Eindruck der Wirklichkeit wieder. Aber Silvanos leuchtende Augen bei seinen Erzählungen über die Bauerkundung und die Taufe der Panzertürme, das war erlebte Geschichte. Oder auch die vergebliche Liebe Elisabetta Carbonaris zu dem Kanonier Josef Zapleta, die Giuliana Toller ihm so rührend erzählt hatte. Hätte es damals doch nur schon so etwas wie ein Tonbandgerät gegeben!

Vielleicht könnte er ja wenigstens über Zapletas Tod etwas Genaueres erfahren. Es half nichts, er musste sich das Tagebuch des Forts noch einmal genauer ansehen. Jetzt, mit seiner neuen Betrachtungsweise, würde er die Beschreibungen vielleicht in einem ganz anderen Licht sehen.

»Ich habe noch ein paar Tage Urlaub, und die wollte ich nutzen, um mir das Kriegstagebuch des Forts Martinella noch einmal genauer anzusehen. Könnten Sie es mir bitte geben?«

»Es tut mir aufrichtig leid, aber das Tagebuch ist schon von jemand anderem ausgeliehen worden.«

Er schaute sie verständnislos an, und es dauerte einige Sekunden, bis er den Inhalt ihrer Worte begriff.

»Könnten Sie mir sagen, wer es hat?«

Noch während er diese Worte aussprach, wurde ihm bewusst, dass er damit zu weit gegangen war, denn es war geschriebenes und streng beachtetes Gesetz im Kriegsarchiv, dass die Ausleihe von Archivgut vertraulich blieb, um zwischen den Forschern keine Konkurrenz aufkommen zu lassen. Simone Angerer ahnte, dass dies nicht der richtige Augenblick war, um auf Paragrafen herumzureiten. Dieses Mal lag irgendetwas Besonderes vor.

»Sie wissen, dass ich Ihnen das nicht sagen darf, aber vielleicht fragen Sie die beiden Herrn dort drüben an dem Tisch einmal danach.«

Sie nickte mit dem Kopf in Richtung zweier Männer, die über einige Mappen gebeugt saßen und leise miteinander sprachen.

Der eine war an die achtzig. Seine wenigen Haare waren schlohweiß, sein Gesicht bleich und von Altersflecken überzogen. Unter buschigen Augenbrauen blickten ein paar kleine, müde wässrige Augen hervor. Er wirkte wie jemand, der keine zwei Jahre mehr leben würde. Der Mann ihm gegenüber hätte Ende fünfzig sein können, ein typischer studierter Anzugträger, der allenfalls durch seine lockigen Haare hervorstach. Etwas schien die beiden zu verbinden, schaffte Vertrauen zwischen ihnen, und dieses Etwas war vermutlich hier im Kriegsarchiv zu suchen. Struzik trat auf die beiden zu. Ihm war keine passende Einleitung eingefallen, und so beschloss er, mit der Tür ins Haus zu fallen.

»Grüß Gott, die Herren, entschuldigen Sie die Störung. Mein Name ist Rudolf Struzik. Sie werden mich sicher nicht kennen, aber auch ich interessiere mich schon seit vielen Jahren für die Geschichte des Forts Martinella.«

»Haschek, Adolf Haschek«, sagte der Jüngere. Es war ihm anzuhören, dass er die Störung als lästig empfand.

»Etwa der Sohn von Stanislaus Haschek, dem Genieoffizier, der das Fort geplant und gebaut hat?«

»Ja, genau. Der bin ich«, erwiderte Haschek erstaunt.

»Und der 1940 in die Schröder-Kommission eingetreten war, um die Denkschrift über die österreichischen Festungen des Ersten Weltkriegs zu verfassen?«

Struzik hatte diese Information nur nachgeschoben, um Zeit zu gewinnen.

»Ja, stimmt. Wie ich sehe, sind Sie gut informiert«, antwortete Haschek, der langsam neugierig wurde, was der Herr vor ihm wohl von ihm wollen könnte.

»Ich war letzte Woche in Palera, dem Dorf unterhalb des Forts. Ich habe dort Silvano Longhi kennengelernt. Sie müssten ihn doch auch kennen?«

Adolf Haschek sah ihn erstaunt an, und Struzik fühlte, dass ihm mit dieser Nachricht ein entscheidender Schritt gelungen war.

»Silvano Longhi, ich bin gar nicht auf die Idee gekommen, dass er noch leben könnte. Aber ja doch, er müsste jetzt fast siebzig sein, wie geht es ihm denn?«

»Gut so weit, er hat Sie oft erwähnt bei seinen Geschichten um das alte Fort. Er musste damals immer auf Sie aufpassen, wenn Sie Ihren Vater in den Sommerferien auf der Baustelle besucht haben.«

Ihr Gespräch begann in Fluss zu kommen, und Haschek spürte, dass nun der Zeitpunkt gekommen war, seinen älteren Begleiter in die Unterhaltung einzubeziehen.

»Darf ich Ihnen Herrn Matura vorstellen ...«, begann er, aber Struzik unterbrach ihn.

»Sagen Sie nichts!« Dann wedelte er kurz mit der Hand wie jemand, der noch nach einem Wort oder Namen suchte, und setzte dann selbst Hascheks Vorstellung fort.

»Matura, Alois Matura, Jahrgang 1886, Hauptmann der k. u. k. Festungsartillerie, von 1914 bis 1918 Kommandant des Forts. Ich habe lange nach Ihnen gesucht, aber Ihre Spur verlor sich leider im Hafen von Genua im Jahr 1938.«

Noch während er sprach, wurde Struzik unsicher, ob er mit seinem Vorpreschen nicht alles wieder verdorben hatte. Festungsforschung verlangte weniger Pietät als die Geschichte der Judenverfolgung. Wer weiß, welche Wunden er gerade aufgerissen hatte und was das für Konsequenzen für ihre Begegnung haben sollte. Aber zum Glück war Matura viel zu verblüfft, als dass er jetzt in persönliche Erinnerungen an seine Flucht versunken wäre.

»Ja, Herr Struzik, der bin ich. Ich muss zugeben, Sie sind wirklich gut informiert, alle Achtung!«, sagte er anerkennend. Vielleicht konnte er sich ja die Erfahrungen dieses Struzik zunutze machen. Der Mann war bestimmt schon seit Jahren an dem Thema dran, während sie hier im Kriegsarchiv erst am Anfang standen. Und wer weiß, wie viel Zeit ihm noch bliebe für seine Nachforschungen.

»Wir sind auf der Suche nach der Ursache eines schweren Volltreffers im August 1915. Wissen Sie zufällig etwas darüber?«, klopfte Matura auf den Busch.

»Wenn Sie die Sache mit dem gepfuschten Beton in der Decke des Verbindungsgangs meinen, dazu kann ich Ihnen einiges berichten. Aber vielleicht könnten Sie mir dafür etwas über den Tod des Kanoniers Josef Zapleta erzählen?«, erwiderte Struzik.

Matura schaute ihn an wie einen Geist und wandte sich Hilfe suchend zu Adolf Haschek um.

»Ich glaube, wir werden uns viel zu erzählen haben. Aber der Tag war für Herrn Matura schon sehr anstrengend, und der Lesesaal ist auch nicht der richtige Ort für so eine Unterhaltung. Ich schlage vor, dass wir uns bei Herrn Matura treffen, er ist im jüdischen Altenheim einlogiert, da sind wir ungestört. Wie wäre es morgen Nachmittag?«, schlug Haschek vor.

»Sehr gern. Wenn Sie nichts dagegen haben, bringe ich noch einen anderen Forscherkollegen mit. Er arbeitet bei Gericht und ist spezialisiert darauf, komplizierte Dinge in den richtigen Zusammenhang zu bringen«, erwiderte Struzik mit der Erleichterung eines Mannes, der soeben eine sehr schwere Prüfung bestanden hat.

Am nächsten Tag fuhr Kurt Fiaka zum jüdischen Altenheim in der Seegasse im IX. Bezirk. Der Bau hatte den Krieg zwar unbeschädigt überstanden, aber die Spuren der Zeit waren nicht zu übersehen. Nach einem unbeschwerten Lebensabend sah es hier nicht eben aus. Es schien um Maturas Vermögensverhältnisse nicht gut bestellt, sonst hätte er sich eine bessere Bleibe für seine letzten Tage ausgewählt.

Was sein Freund Struzik ihm gestern Abend am Telefon erzählt hatte, war fantastisch, fast nicht zu glauben. Aber in Fiakas Vorfreude auf die neuen Erkenntnisse mischte sich schon jetzt

Wehmut. Vielleicht würden heute die letzten Rätsel aufgelöst. Oder sollte er besser sagen: entzaubert? Statt der ruhelosen Nachmittage im Archiv und der anstrengenden Diskussionen mit Struzik, die oft geprägt waren von einem steten Wechsel zwischen detektivischer Analyse und überschäumendem Wunschdenken, würde ihm dann lediglich ein Haufen nackter Fakten bleiben, die er allenfalls noch in seine Schreibmaschine tippen und ordentlich abheften könnte. Und am Ende würden seine Forschungsergebnisse vielleicht in der Nachlasssammlung des Kriegsarchivs landen und damit selbst zu Archivalien werden.

Die Vorstellung, dass irgendwann einmal jemand im Kriegsarchiv sitzen würde, um entweder ehrfürchtig den Nachlass Fiakas zu studieren oder aber seine geliebte Ordnung postum zu zerfleddern, belustigte und betrübte ihn gleichermaßen.

Struzik wartete schon vor dem Eingang des Altenheims, und wahrscheinlich lief er hier schon seit zwanzig Minuten auf und ab, wie immer, wenn er ungeduldig auf wichtige Fortschritte bei seiner Forschung hoffte.

»Na, mein Freund, bist du schon lange hier?«, stichelte Fiaka.

»Hat sich so ergeben«, parierte Struzik unkonzentriert. Seine Gedanken waren bereits auf der anderen Seite der Tür bei Alois Matura und Adolf Haschek.

Sie hatten sich in der Eingangshalle verabredet. Alle vier waren voller angespannter Erwartung, und so brachten sie die Begrüßungen und die Vorstellung Fiakas als den Neuen in der Runde schnell, fast hastig hinter sich.

»Wissen Sie, mein Zimmer ist im Vergleich zu unserer Unterkunft damals in Shanghai ein Palast, aber für vier erwachsene Männer doch etwas zu eng. Sie brauchen auf die anderen Insassen, die hier im Foyer herumsitzen, keine Rücksicht zu nehmen. Von denen haben wir keine neugierigen Fragen mehr zu erwarten«, erklärte Matura.

Der Geruch von Desinfektionsmittel und Urin und die wenigen vergessenen Veteranen und blassen Holocaustüberlebenden, die durch die Eingangshalle schlurften, ließen keine Zweifel aufkommen, dass dies hier die Endstation schwerer Schicksale war. Die Bezeichnung der Heimbewohner als Insassen erinnerte Fiaka an Sträflinge, ein Vergleich, der ihm nicht schmeichelhaft, aber in gewissem Sinne passend schien. Maturas Formulierungen ließen erahnen, dass sein Schicksal einen Zyniker aus ihm gemacht hatte.

»Ich habe viele Jahre nach den Mitgliedern der alten Festungsbesatzung geforscht«, begann Struzik ihren Austausch. »Aber ich hätte nicht erwartet, dass ich gerade Sie hier in Wien finden könnte. Allerdings war ich auch nicht auf den naheliegenden Gedanken gekommen, Dr. Bago hier im Telefonbuch zu suchen, als er noch lebte. Darüber könnte ich mich heute noch schwarz ärgern.«

»In meinem Fall brauchen Sie sich nicht darüber zu grämen, dass Sie mich nicht gefunden haben, Herr Struzik. Als der Krieg zu Ende war, zogen wir von Shanghai zurück nach Maribor, das jetzt in Jugoslawien liegt. Ich wollte eigentlich gar nicht mehr nach Österreich, ich habe den Wienern nicht mehr getraut.« Er sah das Zucken in Struziks Gesicht und schaute nachdenklich auf den Tisch.

»Allerdings war Jugoslawien für uns Juden auch nicht der Himmel auf Erden, den Kommunisten sind wir immer suspekt geblieben. Und da meine Frau als echte Wienerin trotz allem immer zurück in ihre Heimat wollte, haben wir uns auf unsere alten Tage doch noch aufgerafft und sind hier in dieses Altenheim gegangen. Sie ist heute auf ihrem Zimmer geblieben, seit ihrer letzten Operation ist sie zu schwach für solche Runden.«

Sein Hinweis auf den Gesundheitszustand seiner Frau ließ nichts Gutes ahnen, und daher nickten alle mitfühlend und niemand fragte näher nach ihrem Befinden. Vor allen Dingen wollten Fiaka und Struzik nicht riskieren, dass Matura durch seine Sorgen von ihrer bevorstehenden Reise in die Vergangenheit abgelenkt werden könnte.

Adolf Haschek spürte, wie Matura das Reden anstrengte, und so übernahm er selbst den ersten Teil der Unterhaltung. »Herr Matura hat mich bald nach seiner Ankunft in Wien aufgestöbert. Er war auf der Suche nach meinem Vater, der aber schon 1944 gestorben war. Leider konnte ich ihm bei seinen Nachforschungen über seine Zeit im Ersten Weltkrieg wenig helfen. Mein Vater hatte zwar mit zunehmendem Alter immer häufiger über seine Zeit bei der k. u. k. Genie gesprochen, aber dabei hatte ich, wie die meisten Nachgeborenen, meist nur mit einem Ohr zugehört. Herr Matura hatte jedoch das Glück, Dr. Bago aufspüren zu können, den damaligen Arzt im Fort. Die beiden trieb vor allen Dingen ein Volltreffer während des ersten Kriegsjahres um. Das war meinem Vater auch so gegangen, und schon bei ihm hatte ich mich immer gewundert, wie so etwas einen Menschen sein Leben lang beschäftigen konnte. Der Tod war in diesen Tagen schließlich Alltag, allein in Österreich-Ungarn hat der Krieg über eine Million Soldaten das Leben gekostet.

Mein Vater hatte mir einmal Fotografien von den Nachbarforts gezeigt. Man konnte durch die Krater in den meterdicken Betondecken den blauen Himmel sehen, die Festungen waren durchlöchert wie Schweizer Käse. Aber ausgerechnet dieser eine einzige Treffer im Fort Martinella hat meinem Vater bis zu seinem Tod keine Ruhe gelassen. Vielleicht können Sie mir das erklären.«

»Vor einem Jahr haben wir darüber noch genauso wenig gewusst wie Sie, aber seit ein paar Wochen können wir Ihnen über die Ursache für den Einschlag der italienischen 28-cm-Granate am 16. August 1915 und den Tod von zwei der drei Festungsartilleristen einiges erzählen. Aber vorher bräuchte ich erst einmal eine Melange und ein Glas Wasser.«

Struzik hatte bewusst »wir« gesagt, denn ihre Erkenntnisse waren nicht allein sein Erfolg, und es lag ihm fern, sich mit fremden Federn zu schmücken, zumal Fiaka direkt neben ihm saß.

Die Darstellung der Ereignisse und ihrer Zusammenhänge nahm einige Zeit in Anspruch. Struzik verlor sich in einem Gewirr von aktenkundigen Tatsachen und Spekulationen über das Schicksal Fabrio Longhis und die Rolle Rechenbergers in diesem Drama. Die Fragen zu alldem stellte meist Haschek, der den komplizierten, nicht immer stringenten Ausführungen Struziks besser folgen konnte als Matura, den die Angelegenheit trotz aller Spannung auch sichtlich anstrengte. Maturas Augenbrauen allerdings hoben sich stets, wenn der Name Rechenberger fiel. Man konnte ahnen, dass hier noch eine alte Rechnung offen war.

»Der Werkmeister arbeitete als Konfident für das Evidenzbüro«, fuhr Struzik fort, »aber vielleicht hat er auch in seine eigene Tasche gewirtschaftet. Letztlich war es wohl seine Idee gewesen, Fabrio Longhis Leiche in dem Schacht für den Notausgang verschwinden zu lassen und diesen dann mit Beton aufzufüllen. Für Longhis Tod konnte er möglicherweise nichts, aber die toten Artilleristen gehen eindeutig auf sein Konto, zumindest indirekt«, schloss Struzik seine Ausführungen.

Matura nickte zustimmend, er fand seine eigene Meinung über den Werkmeister bestätigt. Damit hätte die Sache für ihn eigentlich abgeschlossen sein können, wäre da nicht noch eine andere Frage offen gewesen. Bevor er allerdings etwas sagen konnte, ergriff Fiaka das Wort.

»Es gibt da noch die Sache mit dem Kanonier Josef Zapleta. Wir trafen in Palera eine Frau namens Elisabetta Carbonari. Als junges Mädchen muss sie wohl sehr für diesen Soldaten geschwärmt haben. Als wir sie trafen, trug sie an einer Kette eine alte österreichische Legitimationskapsel um den Hals. Die hatte ihr Bruder angeblich 1921 bei Zapletas Exhumierung in dessen Hand gefunden und ihr als Andenken geschenkt.«

»War denn das Legitimationsblatt mit seinen Personalien noch in der Kapsel?«, wollte Matura wissen, der plötzlich wieder hellwach war.

»Nein, die Kapsel war leer. Das Papier war entweder entnommen worden oder im Laufe der Zeit verrottet. Wie Sie wissen, waren diese Kapseln nicht wasserdicht. Und bei einer Beerdigung sollte das Papier ja auch herausgenommen und nicht mitbestattet werden.«

»Aber ist es nicht ungewöhnlich, dass die Kapsel in seiner Hand gefunden wurde? Sie sollte doch in der Hosentasche getragen werden?« Matura hatte sich an dem Thema festgebissen.

»Das stimmt, und vielleicht hängt das ja mit den seltsamen weiteren Umständen zusammen. Wir haben uns die Kapsel zeigen lassen. Elisabettas Nichte hatte für sie einige Verzierungen in den Messingdeckel eingraviert. Einen Jungen mit ein paar Zweigen in der Hand und drei Mädchen, die auf einer Wiese liegen. Und auf der Rückseite standen Initialen, die ganz offensichtlich von dem ursprünglichen Besitzer stammten.«

Fiaka machte eine Kunstpause, und Struzik sah ihn missbilligend an. Sein Blick signalisierte ihm, dass er es mit der Spannung jetzt eindeutig übertrieb.

»A. R.«, buchstabierte er genüsslich und lehnte sich in seinem Sessel zurück.

Matura beugte sich nach vorn und presste seine zu Fäusten geballten Hände gegen die Stirn, als könnte ihm dies beim Nachdenken helfen.

»A. R. – Anton Rechenberger«, murmelte er, und es klang wie eine Beschwörungsformel.

»Drei Wochen vor seinem Tod war Dr. Bago das letzte Mal bei mir. Es ging ihm wie vielen, die ihre Kriegserlebnisse im Grunde niemals überwunden haben. Wer hat sich in der Heimat damals schon für solche Sachen interessiert? In den Zeitungen standen bis zum letzten Tag nur Siegesmeldungen, und die Bildchen darin vermittelten allenfalls den naiven Hurrapatriotismus Radetzkys.

Aber hier im Altenheim können Sie sie nachts manchmal schreien hören, wenn die Erinnerungen an das Leiden und Sterben auf den Schlachtfeldern sie wieder einmal überwältigen. Jeder hat aus diesem Krieg ein Päckchen mitgenommen.

Für Dr. Bago war es damals das erste Mal, dass er die schrecklich verstümmelten Opfer einer schweren Explosion gesehen hat.

Ich erinnere mich, dass der Arzt eines Nachbarforts im Herbst 1915 sogar den Dienst quittieren musste, weil er nervlich völlig am Ende war. Er soll später ertrunken sein, als guter Schwimmer übrigens – für mich ein klarer Selbstmord.« Matura merkte, dass er gerade dabei war, den Faden zu verlieren. Er goss sich Kaffee nach und suchte in seinem Kopf angestrengt nach Erinnerungen.

»Also, Dr. Bago wurde von diesen Bildern zu mir getrieben. Zwei der Toten waren von der Druckwelle zerschmettert worden und von der Hitze der Explosion verbrannt. Sie müssen unmittelbar unter der Einschlagstelle gestanden haben. Der Dritte, Zapleta, hatte eine tödliche Wunde am Kopf, aber sonst war er ziemlich unversehrt. Bago hatte sich das auch in seinem privaten Notizbuch notiert, aber als er auf die Idee kam, der Sache nachzugehen und Zapleta vielleicht sogar zu obduzieren, war der schon beerdigt. An eine Exhumierung war damals nicht zu denken. Was hätte das denn für einen Eindruck auf die Besatzung gemacht? Ich hätte einem solchen Anliegen unter den damaligen Umständen auch niemals zustimmen können.«

»Dr. Bago hatte also den Verdacht, dass Zapleta gar nicht bei dem Einschlag ums Leben gekommen sein könnte. War ihm denn nicht aufgefallen, dass er in seiner Hand noch eine Legitimationskapsel hielt?«, fragte Fiaka.

»Wir ließen damals die Taschen der Toten nach persönlichen Gegenständen durchsuchen, die wir den Hinterbliebenen zusenden wollten. Aber vor den im Todeskampf verkrampften Händen Zapletas hatten wohl alle Respekt. Was hätten sie auch enthalten sollen?

Jedenfalls kam zwei Tage danach Werkmeister Rechenberger zu mir und meldete den Verlust seiner Legitimationskapsel. Er vermutete, er habe sie bei den Bergungsarbeiten verloren, womöglich als er seinen Selbstretter abgenommen hat.«

»Im Kriegstagebuch des Forts fehlte das Blatt mit den Seiten 71 und 72. Sie müssen Hinweise auf diese Vorgänge enthalten haben. Kann Rechenberger das Blatt herausgetrennt haben, und wenn ja, warum?«, wollte Fiaka wissen.

»Im November 1918 hatten wir die Dokumente des Forts zurück zu den rückwärtigen Stäben bringen lassen. Ich hatte das Buch einen Tag zuvor noch einmal studiert und für den 16. August 1915 einige Anmerkungen darin notiert.«

»Ja? Und? Welche?«, drängelte Struzik.

»Einige wegen des Durchschlags, eine Vermutung über die Betonqualität.«

»Dann hätte er möglicherweise ein Motiv gehabt. Aber hatte er auch die Möglichkeit dazu besessen?«, hakte Struzik nach.

»Ich gab ihm das Tagebuch am letzten Tag, weil er es der Postordonnanz mitgeben sollte. Zeit und Gelegenheit für so etwas hätte er also gehabt.«

»Aber warum sollte Rechenberger den Kanonier umgebracht haben?«

Haschek sprach erstmals aus, was sie alle mittlerweile dachten: dass Zapleta gar nicht einer italienischen Granate, sondern dem Werkmeister zum Opfer gefallen war.

»Vielleicht wegen der alten Sache mit den Materialschiebereien. Es gab mehrere Männer im Fort, die solche Geschichten aus der Bauzeit kennen wollten. Silvano Longhi zum Beispiel, der immer noch als Zimmermann in der Festung arbeitete, oder die Artilleristen der Geschützbedienung Nr. IV, die vor dem Bau der Kaserne bei Morelli im Dorf untergebracht waren. Einer von ihnen war der Kanonier Zapleta. Er stammte aus Slowenien und hatte zu unserem Werkmeister ein ganz besonders gespanntes Verhältnis.

Rechenberger hat die Soldaten aus dem Süden und Osten der Monarchie als Zigeuner und Nichtsnutze verachtet, er glaubte schon 1915 an das deutsche Herrenmenschentum. Und Zapleta hatte Angst vor Rechenberger, eine wahrhaft unheimliche Angst. Dr. Bago erzählte mir einmal, dass er ihn wohl für so was wie einen Verbündeten des Teufels gehalten hat.

Vor dem Verbindungsgang soll er sich übrigens auch gefürchtet haben, er habe dort seltsame Zeichen an der Wand gesehen, die kämen und wieder verschwänden. Angeblich war er nie an der späteren Einschlagstelle vorbeigegangen, ohne sich zu bekreuzigen. Bago konnte mit Zapletas Spukgeschichten natürlich nichts anfangen, gab ihm ein Aspirin und ließ die Sache auf sich beruhen«, erinnerte sich Matura. »Materialschiebereien! Davon hat uns Silvano Longhi kein Sterbenswort gesagt.« Fiaka sah Struzik vielsagend an.

»Und wie soll Zapleta zu Tode gekommen sein?«, hakte Haschek nach. Matura überlegte kurz.

»Vormeister Kanarek und die Kanoniere Simeczek, Hedelmaier und Zapleta sollten an diesem Tag Granatverschläge vom hinteren Munitionsmagazin zu den Haubitzen im vorderen Batterieblock bringen. Die italienische Granate schlug mitten im Verbindungsgang ein und explodierte. Hedelmaier und Simeczek waren auf der Stelle tot – verbrannt und zerfetzt. Kanarek war da noch im Batterieblock mit der Kontrolle der Verschläge beschäftigt und daher in Sicherheit.

Vielleicht stand Zapleta gerade zufällig in einer der Nischen im Gang, in denen die Elektroverteiler hingen. Dann könnte die Druckwelle an ihm vorbeigerast sein, ohne ihn ernsthaft zu verletzen. Das ist zwar nur eine Vermutung, aber durchaus denkbar. Sicher ist aber, dass Rechenberger zu diesem Zeitpunkt gerade wieder eine seiner Runden durch das Fort machte, um die Beschussschäden zu protokollieren. Er war als Erster vor Ort, weil er eine Ausbildung für den Selbstretter hatte, denn ohne den konnte man in dem dichten Qualm gar nichts machen, nichts sehen und vor allem nicht atmen.«

Struzik und Fiaka sahen sich überrascht an. Wie konnte es sein, dass dieser alte Mann sich nach fast vierzig Jahren noch so gut an die Namen und Dienstränge einfacher Soldaten und an all diese Details erinnern konnte? Lag es daran, dass dies Maturas einzige Tote im Fort gewesen waren?

Fiaka erhob sich gemächlich, rieb sich nachdenklich die Nase und begann auf und ab zu gehen. Dann hob er zu seinem Plädoyer an:

»Zapleta lehnt also noch völlig benommen von der Explosion, dem Knall und dem Lichtblitz in seiner Nische, als er plötzlich den Werkmeister über die Leichen seiner beiden Kameraden gebeugt sieht. Es ist genau die Stelle, vor der er schon immer so eine panische Angst hatte, die verflucht und verhext ist von einem Teufel namens Rechenberger.

Ihre Blicke treffen sich, Zapleta hat das sichere Gefühl, er wird Rechenbergers nächstes Opfer sein. Der kommt auf ihn zu. Zapletas Todesangst schlägt um in blinde Wut, er schreit, er beschimpft den Werkmeister, er gibt ihm die Schuld am Tod seiner beiden Kameraden. Rechenberger erkennt blitzartig den fatalen Zusammenhang zwischen dem Einschlag in den alten Schacht des Notausgangs und der einbetonierten Leiche Fabrio Longhis. Jetzt bekommt er es mit der Angst zu tun. Er sieht seine Existenz, sein Lebenswerk und seine Zukunft in akuter Gefahr, sollten Zapletas Anschuldigungen bekannt werden. Er sieht nur eine Lösung: Zapleta muss sterben, jetzt gleich, hier, am Ort der Explosion. Jeder würde denken, er sei das dritte Opfer der italienischen Granate, keiner würde auf die Idee kommen, eine andere Ursache auch nur in Erwägung zu ziehen.

Rechenberger greift nach einem Betonbrocken und will Zapleta damit erschlagen, Zapleta versucht sich zu wehren, umklammert ihn wie ein Ringer, bekommt aber – blind vom Rauch und ohne Selbstretter – nur dessen Legitimationskapsel zu fassen. Der Betonbrocken trifft ihn an der Schläfe, Zapleta geht tot zu Boden, und Rechenberger steht vor drei statt vor zwei toten Artilleristen. So gesehen war es ein eiskalter vorsätzlicher Mord.«

Staatsanwalt Fiaka setzte sich mit triumphierender Miene zurück zu den anderen und steckte sich eine Virginia an.

»So könnte es gewesen sein – vielleicht. Aber es gibt keine Zeugen dafür«, erwiderte Struzik. »Hätte es nicht auch ganz anders gewesen sein können? Nehmen wir einmal an, Zapleta steht nach der Explosion mitten in einer dunklen, giftigen Wolke. Er ist vollkommen traumatisiert, es gibt keine elektrische Beleuchtung, nur Hitze und erstickenden Qualm. Plötzlich sieht er den Lichtkegel einer Taschenlampe auf sich zuirren. Er macht eine diffuse

Gestalt aus, die mit ihrer Rauchbrille und dem Luftschlauch im Gesicht unmenschlich und gefährlich aussieht, und erkennt Rechenberger, den er schon immer für einen Verbündeten des Leibhaftigen gehalten hat. Der Werkmeister kommt auf ihn zu, streckt ihm mit der Absicht, ihm zu helfen, die Hand entgegen. Der geschockte Zapleta glaubt aber, dass er ihn hier, an dieser verhexten Stelle des Verbindungsgangs, hinab in die Hölle ziehen will. Er steht eingekeilt in dieser Nische, seine Beine zittern noch von dem Schock, er kann nicht weglaufen. Es ist wie in einem Albtraum. Jetzt ist Zapleta nur noch Reflex, er geht in seiner Todesangst auf Rechenberger los, Rechenberger wehrt sich gegen den Wahnsinnigen, sie gehen beide zu Boden, der Werkmeister fühlt plötzlich einen Betonbrocken in seiner Hand und schlägt in seiner Verzweiflung zu. Wäre das nicht ein klassischer Fall von Notwehr, Herr Staatsanwalt?«

Struzik war zufrieden mit sich. Auch wenn er damit die These seines Freundes nicht widerlegt hatte, so hatte er doch einen glaubwürdigen Gegenentwurf aufgestellt. Er sah erwartungsvoll in die Runde, um die Stimmungslage der Geschworenen zu prüfen.

»Nicht ausgeschlossen, Herr Struzik«, wagte Matura ein erstes Urteil, »aber Sie glauben ja nicht, was wir damals in diesem Mauseloch von Festung für eine Angst vor dem Ersticken hatten. Viel mehr als davor, erschlagen oder von Granaten zerrissen zu werden. So gesehen hätte es auch ganz anders gewesen sein können.

Rechenberger war unbeliebt, auch bei mir. Aber wenn es darauf ankam, war er loyal, auch gegenüber den anderen Soldaten, ob er sie nun mochte oder nicht. Natürlich ist er sofort zu der Einschlagstelle gerannt, um nachzusehen, das war ja auch seine Pflicht als Fortifikations-Werkmeister der Geniedirektion. Er sieht die Verwüstung, die verstümmelten Leichen der beiden Soldaten, und dann entdeckt er Zapleta, starr vor Schreck, unfähig wegzulaufen und in dem dichten Qualm dem Ersticken nah. In der Todesgefahr gibt es keine Vorgesetzten und Untergebenen mehr, sondern nur noch Kameraden Er reicht ihm also das Mundstück seines Selbstretters, genauso, wie er es in seiner Ausbildung gelernt hatte, um dem Erstickenden das Leben zu retten.

Zapleta nimmt also das Mundstück, atmet tief ein, kommt wieder zu Kräften, aber noch nicht zur Besinnung. Rechenberger ist in der giftigen Atmosphäre aber genauso auf den Sauerstoff angewiesen wie Zapleta, daher müssen sie den Selbstretter abwechselnd benutzen. Er will ihm das Mundstück also wieder aus der Hand nehmen.

Zapleta sieht seine neu gewonnene Überlebenschance wieder in Gefahr, klammert sich reflexhaft und mit eiserner Hand an dem Mundstück fest wie ein Ertrinkender an einem Rettungsring und kann es in seiner Panik nicht mehr loslassen. Nun sieht sich Rechenberger selbst in Lebensgefahr, es gibt ein Ringen um den Sauerstoff, einen Kampf auf Leben und Tod, und Zapleta bleibt auf der Strecke.«

»Damit hätten wir drei Varianten: Rechenberger, der kaltblütige Mörder eines gefährlichen Mitwissers, Rechenberger in Notwehr gegen einen Tobsüchtigen und Rechenberger, der pflichtbewusste Retter. Die beiden letzten Varianten hätte er allerdings nicht zu verschweigen brauchen«, fasste Haschek die Überlegungen über Zapletas Tod zusammen.

»Aber warum sollte er so etwas erzählen und langwierige Untersuchungen riskieren? Keiner hat ihn gefragt, keiner war auf die Idee gekommen, dass Zapleta durch etwas anderes als durch die Explosion getötet worden sein könnte«, erwiderte Struzik.

»Wie sagtest du so schön: Könnte. Vielleicht. Möglicherweise. So kommen wir nicht weiter«, sagte Fiaka.

»Was wäre, wenn man diesen Kanarek auftreiben könnte, vielleicht hat er ja etwas mitbekommen?«, wollte Struzik wissen.

»Kanarek ist 1917 am Monte Grappa gefallen, wie so viele Festungsartilleristen im freien Gelände. Als Zeuge bliebe Ihnen nur noch Anton Rechenberger selbst«, erwiderte Matura resigniert. »Was ist überhaupt aus dem geworden?« Maturas

Stimme klang ängstlich, als fürchtete er sich davor, dass der Werkmeister noch leben könnte, oder aber davor, dass er vielleicht schon tot war.

»Rechenberger fiel Ende April 1945, als die Rote Armee in Wien einmarschierte. Er arbeitete dort wohl als Bunkerwart in dem großen Flakbunker im Hof der Stiftskaserne. Der Beton hat ihn offenbar magisch angezogen. Als die Russen näherrückten, soll er versucht haben, auf sie zu schießen. In dem Bau waren zu diesem Zeitpunkt allerdings mehr als zehntausend Zivilisten, die dort Schutz gesucht hatten, und draußen am Bunker hingen schon die weißen Fahnen. So wie es sich darstellte, erschossen ihn offenbar nicht die Sowjets, sondern einige Wehrmachtssoldaten, die fürchteten, dass sie sonst alle an die Wand gestellt würden«, berichtete Fiaka.

»Woher wissen Sie das, Herr Fiaka?« Matura hatte die Augenbrauen hochgezogen.

»Ich bin Festungsforscher, und das naheliegendste Objekt für einen Forscher im Kriegsarchiv ist nun einmal der große Flakbunker im Innenhof. Er war sozusagen mein Gesellenstück.«

Er schüttelte langsam den Kopf. Wie dicht die Dinge doch oft beieinanderlagen.

»Ja, das würde zu ihm passen, er wollte immer kämpfen bis zum Schluss, ohne Rücksicht darauf, ob schon alles verloren war«, bemerkte er nickend nach einer Weile.

Matura rieb sich müde die Augen. Die Geschichten hatten ihn sichtlich mitgenommen.

»Ich habe Rechenberger 1934 noch mal im Kriegsarchiv getroffen. Es war eine hässliche Begegnung. Ich hatte mich immer gefragt, was er dort wohl gesucht haben mochte«, sagte Matura mit einem erwartungsvollen Blick in die Runde.

»Die Seite aus dem Kriegstagebuch hatte er wahrscheinlich schon im November 1918 verschwinden lassen. Von den Unterlagen des Evidenzbüros ist nichts abhandengekommen, soweit man das beurteilen kann«, erwiderte Struzik.

»Vielleicht wusste er von der italienischen Militärkommission, die damals noch im Kriegsarchiv arbeitete, und fürchtete, dass die etwas herausbekommen könnte«, spekulierte Fiaka.

»Oder er wollte einfach nur noch einmal den Kampf um das Fort Martinella gewinnen«, wollte Matura das Thema abschließen.

»Oder …« Struzik tippte sich an die Schläfe, als wäre ihm gerade ein Geistesblitz gekommen. Er neigte seinen fülligen Oberkörper nach links, um an seine rechte Jackentasche zu kommen, aus der er einen Briefumschlag zog. »Oder er suchte das hier.«

Er zog eine postkartengroße Fotografie aus dem Umschlag und legte sie lässig auf den Tisch, als spiele er eine Trumpfkarte aus. »Ich habe sie in Dr. Bagos Tagebuch gefunden und eine Vergrößerung machen lassen. Am Rand ist die Kennzeichnung des Kriegspressequartiers zu sehen. Das Bild hat ein Profi gemacht.«

Matura nahm das Foto und hielt es dicht vor seine Augen. »Werksarzt Dr. Bago, Oberleutnant Jaremko, Leutnant Darfinger, die beiden Fähnriche, ich und Rechenberger.« Matura reichte das Bild an Fiaka weiter, der seine Brille auf die Stirn hochzog und wieder zu dozieren begann.

»Blitzlicht, Magnesium, Plattenkamera Format acht mal dreizehn, kolossale Auflösung übrigens. Betonabsturz von der Decke durch Schockwirkung des Einschlags, Splitterspuren und Ruß an der Wand durch die nachfolgende Explosion. Rechenberger steht da völlig verkrampft, den rechten Arm in unnatürlicher Haltung an die Wand gestützt, als wolle er dort etwas festhalten – oder verdecken. Von einem Schuhabdruck ist nichts zu sehen, kein Wunder bei den vielen Männern vor der Wand. Aber was steht denn da?«

Er hielt das Foto schräg und sah von der Seite darauf, als suche er seine dritte Dimension. »Eff Punkt Ell Punkt«, unleserlich, sechzehnter Achter, unleserlich«, buchstabierte Fiaka langsam und schaute dann fragend in die Runde.

»16.8., das war doch das Datum des Einschlags. Hat wohl jemand als Erinnerung an die Wand geschrieben.« Struzik versuchte so zu tun, als sei ihm das schon längst selbst aufgefallen.

»Nein, nein. Das hier ist nicht geschrieben oder gemalt. Das ist in den Beton eingeprägt, so wie auf den Grabsteinen unserer drei Festungsartilleristen. Die unleserlichen Stellen wurden später mit Zement gefüllt, irgendwann. Und bei den leserlichen Stellen ist die Füllung wahrscheinlich durch die Explosion herausgefallen.«

»16.8.« Struzik hatte die Augen geschlossen und murmelte wie bei einer Beschwörungsformel. »Am 16.8.1915 war der Einschlag. ›16.8./1913‹ hatte Fabrio Longhi in die Frontmauer des Batterieblocks geprägt. Fabrio Longhi – F Punkt L Punkt ...« Er öffnete die Augen und sah Fiaka an. »Das Schalbrett wurde an dem Tag von der Frontmauer entfernt, als er verschwand. Wenn Rechenberger es danach zum Verschalen des Notausgangs verwendet hat, hätte er ihm damit unfreiwillig ein Grabmal gesetzt.

Rechenberger muss zu Tode erschrocken gewesen sein, als die Verschalung nach zwei Wochen wieder entfernt worden ist. Sicher hat er dann schnell die Prägung mit Zement ausgefüllt. Und nach dem Einschlag war sie wieder zu sehen. Und bevor er die Stelle wieder zubetonieren lassen kann, kommt ihm der Fotograf dazwischen. Er versucht die Stelle zu verbergen, aber er ist nicht groß genug, er kommt mit seinen Armen nicht bis oben hin.«

Fiaka schaute noch einmal auf das Bild.

»Es wirkt ein bisschen wie Rembrandts Nachtwache. Aber alle haben den gleichen Ausdruck auf ihren Gesichtern. Geschockt, dass ihre Betondecke nicht gehalten hat, müde von einem aufregenden Tag, stolz, dabei gewesen zu sein, und glücklich, die Katastrophe überlebt zu haben. Nur Rechenberger sieht aus wie auf frischer Tat ertappt.«

Matura und Haschek waren den Analysen der beiden gebannt gefolgt, ihnen war, als stünden sie selbst neben den Offizieren im Verbindungsgang. Matura sah sich das Foto noch einmal genau an.

»Ja, Sie haben recht, so hab ich den Rechenberger vorher noch nie gesehen. Er war der Besonnenste an diesem Tag – bis zu dem Augenblick, als sich der Rauch verzogen hatte und der Fotograf angekündigt wurde. Vielleicht ist es wirklich so gewesen.«

Maturas letzter Satz relativierte die gerade gemeinsam erlebte Wahrheit zu einer vagen Indizienkette. Ohne handfeste Beweise würden sie niemals aufklären können, was damals wirklich geschehen war.

Die lebhafte Unterhaltung war ins Stocken gekommen. Matura schaute nachdenklich auf das große Aquarium neben dem Eingang, in dem ein letzter Goldfisch resigniert seine Kreise zog, auf sein Ende wartete. Die vier ließen ihre neuen Eindrücke wirken. ›Wenn man an einem Punkt nicht weiterkommt, versucht man es an einem anderen‹, dachte Haschek und sagte zu den anderen: »Hat eigentlich jemand eine Erklärung für das Motiv auf der Legitimationskapsel?«

»Peter Klepec«, antwortete Matura sichtlich ermattet. »Ein altes slowenisches Volksmärchen von dem bescheidenen, schwächlichen Hirtenjungen Peter Klepec, der oft unter seinen körperlich stärkeren Mitmenschen leiden musste. Drei Feen gewähren ihm einen Wunsch, und er wünscht sich keinen Reichtum und keine Macht, wie sonst in den Märchen, sondern einfach nur mehr körperliche Stärke. Die Geschichte ist eine Metapher auf die Bescheidenheit, die am Ende doch belohnt wird. Vielleicht hatte diese Elisabetta das Märchen von Zapleta gehört, er war schließlich Slowene, wie ich ja auch.« Matura machte eine kurze Pause. »Und er war eine sehr bescheidene Natur«, setzte er nach, vermied aber dieses Mal einen Bezug zu sich selbst.

Der Gong rief die Bewohner des Altenheims zum Abendessen. Matura wirkte jetzt ernsthaft mitgenommen, und auch den drei anderen stand der Sinn nicht weiter nach historischen Forschungen. Man versprach, sich gegenseitig auf dem Laufenden zu halten, und gab Matura höflich Genesungswünsche für seine Frau mit auf den Weg. Auf der Treppe des Altenheims verabschiedete sich auch Haschek von den beiden Forschern.

»Es hat mich gefreut, Sie kennengelernt zu haben. Vielleicht trifft man sich einmal wieder. Sie haben mein Interesse an der Geschichte meines Vaters und des Forts Martinella verstärkt.«

»Ja, wir können uns gern einmal wieder treffen«, erwiderte Struzik erfreut. Es kam selten vor, dass sich jemand für die Ergebnisse seiner Arbeit interessierte.

Als Adolf Haschek seines Weges gegangen war, blickten sich Kurt Fiaka und Rudolf Struzik lange an.

»Wir haben alles, aber auch wirklich alles herausbekommen über das Fort Martinella, nur die Geschichte mit dem Kanonier Josef Zapleta nicht«, sagte Struzik, der sich als Erster an ein Resümee wagte.

»Und die werden wir auch niemals herausbekommen«, schloss Fiaka dieses Thema ab.

Januar 1967

Simone Angerers
Geheimnis

Struzik stellte einen Stapel Kartons auf den Tresen der Archivausgabe.

»So, Simone, das war der Rest. Mein Tisch ist jetzt leer. Damit ist die Forschung über das Fort Martinella endgültig abgeschlossen. Es gibt keinen Ort mehr auf der Welt, wo ich noch etwas Neues darüber finden könnte. Was ich jetzt nicht weiß, wird auch kein anderer mehr herausfinden.« Am Ende des Satzes war das Pfeifen in seinen Bronchien in einen rollenden Husten übergegangen.

Simone Angerer verglich gewissenhaft die Signaturen der Kästen mit den Einträgen auf dem Ausleihformular.

»Wieso denn auf einmal so pessimistisch, Herr Struzik? Sie haben doch oft genug erlebt, welch wundersame Quellen sich überraschend auftun können. Vielleicht sollten Sie statt mit der Forschung lieber mit dem Rauchen aufhören!«

»Meine liebe Simone, es gibt Wichtigeres im Leben, als in staubigen Archivalien nach der Vergangenheit von kaltem, totem Beton zu suchen.«

Ihr blieb der ungewöhnlich weiche Klang seiner Stimme nicht verborgen.

»Und was könnte das Ihrer Meinung nach sein, Herr Struzik?«, säuselte sie mit gekonntem Wimpernaufschlag.

»Archivarinnen, zum Beispiel.«

»Aber Herr Struzik!« Sie sah ihn mit gespielt strengem Blick über den Brillenrand an. »Ach übrigens, ich hätte da noch eine Kleinigkeit für Sie. Vielleicht hilft sie Ihnen ja weiter.«

Sie holte einen Archivkarton unter dem Tresen hervor und schob ihn Struzik entgegen. Dieser schaute verständnislos auf das Etikett, das normalerweise die Signatur trug. Statt der üblichen Zahlen- und Buchstabenkombination stand nur ein einziges Wort darauf: PRIVAT.

»Was ist das, Simone?«

»Machen Sie es doch einfach auf!«

Struzik war viel zu überrascht, um einen klaren Gedanken fassen zu können. Sollte das ein Geschenk sein? Ein Heiratsantrag? Oder gar Fabrio Longhis Arbeitsschuh – alles war in dieser Sekunde vorstellbar. Er hob den Deckel ab, nahm ein paar Blätter heraus, überflog sie kurz und wurde bleich.

»Unternehmen T.Ma. – Beiträge zur Geschichte des k.u.k. Gebirgsforts Martinella«. Kurt Fiaka hielt das Manuskript in der ausgetreckten Linken und nahm einen tiefen Zug aus seiner Virginia. Fünfzig Seiten hatte er in die kleine Olivetti gehämmert, jedes Blatt fünf- oder sechsmal, bis es endlich seinem kritischen Juristenblick Stand gehalten hatte. Aber der Titel, diese wenigen Worte, die seine ganze Arbeit auf einen Punkt zusammenführen sollten, das war für ihn am schwersten. Er nahm einen Bleistift und strich »Beiträge zur Geschichte« durch. »Begebenheiten und Hintergründe«, das entspräche doch eher dem, was er hier zusammengetragen hatte. Oder sollte er das Ganze doch lieber »Anekdoten und Gerüchte« nennen?

Ein penetrantes Sturmklingeln aus dem Flur riss ihn aus seinen Überlegungen.

Als sich Struziks massiger Körper an ihm vorbeizwängte, stach ihm der Geruch von zu lange getragenen Hemden, schalem Bier und kalter Zigarettenasche in die Nase. Sonntag Abend – Struzik musste über das Wochenende schwer gearbeitet haben, und die Ergebnisse wollte er jetzt offensichtlich so schnell wie möglich präsentieren.

»Da, das hat mir Simone Angerer vorgestern gegeben.« Struzik knallte den Karton auf den Schreibtisch. Fiaka starrte ungläubig auf den grauen Kasten. Archivgut mitzunehmen war strengstens untersagt und konnte mit lebenslangem Hausverbot geahndet werden. Sollte sein Freund etwa über der nervenzehrenden Geschichtsforschung den Verstand verloren haben?

»Und?« Fiaka sah, dass Struzik unter hohem Geständnisdruck stand und gab sich daher keine Mühe, eine Frage auszuformulieren.

»Stell dir vor, Frau Angerer hat mir den persönlichen Nachlass von Capitano Giulio Maranza übergeben.«

»Etwa von dem italienischen Offizier der Festungsbaudirektion Verona, der kurz nach dem Krieg das Fort Martinella inspiziert hat?«

»Genau der!«

»Donnerwetter! Aber woher hat denn ausgerechnet die Angerer seinen Nachlass?« Er schaute auf das Signaturetikett. »Sie war doch nicht etwa verwandt mit ihm?«

»Und wie! Er war ihr Vater! Sie ist Jahrgang 1938, da war Maranza in Wien bei der italienischen Archivkommission und ihre Mutter hat als Sekretärin im Kriegsarchiv gearbeitet. Dämmert es?«

Fiaka zündete sich eine neue Virginia an und inhalierte tief.

»Und? Ist etwas Interessantes drin?«, fragte er mit gespieltem Desinteresse.

»Professor Saligers Buch über den Eisenbeton – die Zementbibel, du weißt schon.«

»Den Saliger habe ich selbst«, er deutete hinter sich auf das Bücherregal. »Mit Widmung oder ohne, welche Ausgabe hättest du denn gern?«

»Das hier ist das Exemplar von Werkmeister Rechenberger.« Er hatte das schwarze Buch aus dem Karton genommen und hielt es fest in beiden Händen, als sei es die Tafel mit den Zehn Geboten. »Maranza muss es im Mai 1919 in dessen Kasematte gefunden haben. Es enthält jede Menge handschriftliche Notizen und auch ein paar Unterlagen, die Rechenberger beim Rückzug offensichtlich dort vergessen hat. Hier, schau selbst.«

Struzik schlug den Einband auf, fingerte mit zittrigen Händen eine Fotografie heraus und hielt sie seinem Freund unter die Nase.

Fiaka nahm ihm das Bild aus der Hand, zog die Arbeitslampe zu sich heran, schob die Brille auf die Stirn und hielt sich das Foto so dicht vor die Augen, als wolle er hineinkriechen. »Das altbekannte Gruppenfoto der Festungsoffiziere im Verbindungsgang. Der Fotograf muss nach dem verhängnisvollen Einschlag ein Dutzend Abzüge davon verkauft haben. Aber Moment mal, was haben wir denn hier?«

Er stand auf und kam mit einem Butterbrotpapier in der Hand zurück. Struzik schaute ihm über die Schulter und beobachtete gespannt, wie er das Papier auf die Fotografie legte und begann, es mit der breiten Seite eines Bleistifts einzuschwärzen. Die Prozedur erinnerte ihn daran, wie sie als Kinder Ein-Schilling-Münzen auf Papier durchgepaust hatten, um sich anschließend daraus ihr Spielgeld auszuschneiden.

Gebannt sahen die beiden zu, wie sich erste weiße Linien abzuzeichnen begannen. Sie formten die Konturen des Verbindungsganges nach, wie er auch auf dem Foto zu sehen war. Es folgten ein Schaltkasten, ein Lüftungsrohr und eine Deckenlampe. Eine gestrichelte Linie markierte den Durchschuss der italienischen Granate. In der Mitte aber entstand wie auf einem Röntgenbild etwas Neues, von außen nicht Sichtbares: ein Kamin oder Schacht, darin auf halber Höhe die Umrisse eines liegenden menschlichen Körpers.

Fiaka schaute triumphierend zu Struzik auf. Wie oft hatte er schon an den Tatorten schwerer Verbrechen gestanden und sich gewünscht, es würde eine verborgene Dimension geben, die ihm den unverstellten Blick zurück auf den Zeitpunkt der Tat erlauben würde. Und nun hielt er die eigenhändige, fast fünfzig Jahre alte Tatortbeschreibung eines Zeugen oder sogar des Täters in den Händen. Er fühlte sich wie in einem Traum, und um wieder in die Wirklichkeit zu finden, begann er seine nüchterne Analyse mit langsamen Worten zusammenzufassen.

»Fabrio Longhi wurde also tatsächlich in der Festung einbetoniert. Und Rechenberger hat die Lage seiner Leiche auch noch präzise wie in einem Bauplan für die Nachwelt dokumentiert. Nach dieser Zeichnung hat sich die italienische Granate nur knapp an Longhi vorbei durch den Beton gebohrt.«

»Und dabei hat sie einen seiner Arbeitsschuhe mit herausgerissen, genau wie es Festungsarzt Dr. Bago in seinem Tagebuch notiert hatte«, ergänzte Struzik.

»Die Eindrücke auf dem Foto sind dadurch entstanden, dass Rechenberger eine eigene Zeichnung davon angefertigt hatte. Aber wo ist das Original davon?«

»In dem Karton war es jedenfalls nicht. Aber bevor ich weiter berichte – hättest du vielleicht ein Ottakringer für mich?«

Als Fiaka mit dem Bier und einem Glas aus der Küche zurückkam, hatte es sich Struzik schon auf dem Sofa bequem gemacht. Seine Schuhe standen ordentlich ausgerichtet auf dem Boden davor, aber das Loch in der linken Socke, durch das die bleiche, schuppige Haut eines rauchenden Stubenhockers schimmerte, bestätigte Fiaka in seinen Ansichten über die latente Verwahrlosungsgefahr von Junggesellen. Struzik hatte einige Papiere auf dem Sofatisch ausgebreitet und versuchte sie zu sortieren, als lege er damit eine Patience.

»Also: Capitano Maranza waren die Spuren auf dem Foto wahrscheinlich nicht aufgefallen, und er hatte auch das Original der Zeichnung Rechenbergers nicht. Dafür entdeckte er aber das hier.« Er hielt drei Blätter in die Luft, als seien es Asse. Als Fiaka die Hand danach ausstreckte, zog Struzik die Papiere blitzschnell zurück.

»Bring mir nur nichts durcheinander, mein lieber Kurt! Ich lese es dir lieber selbst vor:

An das k. u. k. Kriegsministerium, Stubenring 1, Evidenzbüro. August 1913. Betrifft Zementlieferung für die FstBauDir Verona ... mmh, mmh, mmh ... wurde der Zimmermann Fabrio Longhi von dem Transportunternehmer Paolo Morelli auf der Baustelle im Affekt erschlagen. Um das streng geheime Unternehmen gegen das italienische Fort Verena nicht zu gefährden, musste die Leiche Longhis unverzüglich und unauffindbar beseitigt werden. ... mmh, mmh, mmh ... gezeichnet Rechenberger, Fortifikations-Werkmeister bei der Bauleitung T.Ma.«

»Der Rapport für seine Auftraggeber. Also war es doch Paolo Morelli!«

»Nicht so voreilig, mein Lieber! Ich bin noch nicht fertig. Nehmen wir jetzt einmal dieses hier. Gleiches Datum, gleicher Adressat, gleicher Betreff. Nun kommt's: ... musste der Zimmermann Fabrio Longhi wegen der unmittelbaren Gefahr des Geheimnisverrats auf der Baustelle ungeplant liquidiert und unverzüglich beseitigt werden ... Wie findest du das?«

»Wenn du schon so fragst, gibt es wahrscheinlich noch eine dritte Version.«

»Genau! Hör zu: ... wurde der Zimmermann Fabrio Longhi im Streit von Paolo Morelli in den offenen Schacht des Notausgangs gestoßen, an dessen Boden er verletzt liegen blieb. Um das wichtige Unternehmen gegen das italienische Fort Verena nicht zu gefährden, musste Longhi anschließend von mir liquidiert und final beseitigt werden ...«

»Merkwürdig. Ich habe doch im Kriegsarchiv die gesamte Korrespondenz des Evidenzbüros für das Jahr 1913 durchforstet, aber dort gab es keine Version eines solchen Schreibens. Ob Rechenberger das Original 1934 bei seinem Besuch im Kriegsarchiv wohl aus den Kartons gefischt hat?« Fiaka hatte diese Frage mehr an sich als an seinen Freund gerichtet.

»Das glaube ich nicht. Hätte er eines davon abgesendet, hätte er auch zugegeben, dass die Leiche in der Festung einbetoniert worden war. Die dadurch entstandene Schwachstelle im Beton wäre als schwerer Makel auf seine Arbeit als Werkmeister zurückgefallen. Aber warum hat er es überhaupt geschrieben? Das ist doch wie ein Geständnis, das Papier hätte ihn um Kopf und Kragen bringen können!«

»Für mich liest sich das eher wie Etüden in Sachen Rechtfertigung und Verschleierung für den Fall, dass er in den Fokus der Untersuchungen geraten wäre. Eine vorgefertigte Zeugenaussage zum Auswendiglernen – ich kenne Anwälte, die solche Texte für ihre Klienten aufsetzen, damit sich diese nicht verplappern. Rechenberger wollte eben nichts dem Zufall überlassen.«

»Was glaubst du, Kurt: Welche der drei Versionen ist wohl die richtige?«

»Die Nr. 3 natürlich! Morelli hat ihn im Zorn in den Schacht gestoßen, und Rechenberger hat ihm anschließend kaltblütig den Rest gegeben. Genau so, wie er im August 1915 den Kanonier Zapleta im Verbindungsgang erschlagen hat.«

»Wieso bist du dir da so sicher?«

»Niemand scheibt auf, dass er einen Mord begangen hat, wenn er es gar nicht war. Da fällt einem eher der Stift aus der Hand. Versuch's doch mal selbst.«

Struzik sah sich im Geiste vor einem leeren Blatt Papier sitzen – und erstarren.

»Aber ich würde sogar noch weitergehen«, fuhr Fiaka fort. »Vermutlich hat es Rechenberger so angestellt, dass Morelli es gar nicht mitbekommen hat. Dadurch fühlte sich Morelli als der Mörder Longhis, und Rechenberger hatte ihn fortan in der Hand für seine eigenen Geschäfte.«

»Ein interessanter Gedanke: Paolo Morelli muss sein ganzes Leben mit einer schweren Schuld leben, die in Wirklichkeit ein anderer zu tragen hätte. Aber andererseits: So, wie die Leute im Dorf ihn geschildert haben, war Morelli alles andere als ein schuldgeplagter Sünder.«

»Verdrängung, alles Verdrängung! Ich könnte dir da Geschichten aus meinen Prozessen erzählen ...« Fiaka machte eine wegwerfende Handbewegung.

»Und was ist mit Rechenberger? Wie mag er sich wohl gefühlt haben in den fünf Jahren, in denen er täglich an dem Betongrab seines Opfers vorbeigehen musste?«, sinnierte Struzik.

»Jedenfalls nicht so kaltblütig, wie er sich immer gegeben hat. Sonst hätte er bei dem Durchschlag der italienischen Granate nicht die Nerven verloren und den Kanonier Zapleta erschlagen, nur weil er sich auf eine unbestimmte Weise von ihm durchschaut gefühlt hat.«

»Geht da jetzt nicht die Fantasie mit dir durch? Dass er Zapleta wirklich ermordet hat, konnten wir ihm doch gar nicht nachweisen.«

»Ich bin zwar Staatsanwalt, aber ich bin nicht im Dienst, da darf ich auch einmal vermuten«, erwiderte Fiaka mit einem selbstgefälligen Schmunzeln.

»Fabrio Longhi kaltblütig ermordet, um die Sabotage am Fort Verena nicht zu gefährden, zwei Artilleristen, die bei dem Einschlag der italienischen Granate nur deshalb sterben mussten, weil Longhis Leiche zwei Jahre zuvor überhastet im Beton verschwinden musste, und dann auch noch Josef Zapleta erschlagen, aus Angst vor der Entdeckung seines Verbrechens – Rechenberger hat im Fort Martinella schlimmer gewütet, als es die italienische Belagerungsartillerie binnen eines Jahres vermocht hat«, zog Struzik Bilanz.

Schweigend versuchten die beiden Fakten und Vermutungen zu sortieren. Fiaka drückte einen Zigarettenstummel aus und sah in den Aschenbecher wie ein Wahrsager in seine Glaskugel. Er räusperte sich, um die Stille nicht ohne Vorwarnung zu durchbrechen, und fragte:

»Ja, so könnte man es auf den Punkt bringen. Aber sag mal, was ist eigentlich aus Maranza geworden?«

»Er wurde Ende September 1943 von den Deutschen interniert, danach verliert sich seine Spur. Du weißt ja, die Deutschen waren nach der Kapitulation Italiens nicht so gut auf ihre Verbündeten zu sprechen.« Struzik griff noch einmal nach den drei Schreiben und wog sie in der Hand. »Der Capitano hätte Paolo Morelli doch mit seinen Funden entlasten können. Warum hat er es nicht getan?«

»Dazu hätte den erst einmal jemand belasten müssen. Hinzu kommt, dass Morelli 1922 zu den ersten Schwarzhemden auf der Hochebene gehört hat, solche Leute brauchten die Faschisten in den ›befreiten‹ Gebieten. Maranza hätte ihn mit jeder der drei Varianten des Tathergangs in die Sache hineingezogen, und damit wäre der Capitano womöglich selbst in politische Schwierigkeiten gekommen.«

Fiaka zog so tief an seinem Zigarettenstummel, dass auch der Filter anfing zu glimmen.

»Du erinnerst dich, was der alte Kommandant Matura über seine Begegnung mit dem aufgekratzten Rechenberger 1934 im Kriegsarchiv erzählt hatte? Man könnte die Puzzlesteine demnach folgendermaßen aneinanderlegen: Irgendwie muss der Werkmeister erfahren haben, dass in Wien eine italienische Archivkommission arbeitet. Es war für ihn ein naheliegender Gedanke, dass diese auch die Hintergründe des faulen Zements für das Fort Verena erforschen würde.

Rechenberger erinnert sich an die Zeichnung, die er von der Leiche Fabrio Longhis angefertigt hat. Er findet sie nicht mehr, vielleicht hat er sie in der Eile im Fort vergessen. Aber was, wenn die Unterlagen doch noch mit der letzten Post in die Heimat zurückgesendet worden waren? Müssten sie dann nicht im Archiv in der Stiftskaserne lagern? Und wäre es dann nicht eine Frage der Zeit, bis die Italiener sie finden würden? Was wäre da naheliegender, als selbst nachzusehen und die Papiere verschwinden zu lassen. Rechenberger auf der Flucht vor seiner Vergangenheit, das würde auch sein gereiztes Auftreten gegenüber seinem alten Kommandanten im Kriegsarchiv erklären.«

Struzik zog an seiner Memphis und blies einen Rauchring gegen die Zimmerdecke. Seine ursprüngliche Anspannung wich langsam einer entspannten Erschöpfung.

»Ein schönes Puzzlebild, wirklich. Passt lückenlos zusammen. Aber wer weiß, wie viele Bilder man mit dieser Unzahl von Steinen noch zusammenstellen könnte.«

»Alter Spielverderber!« Fiaka musste schmunzeln. »Hat Silvano Longhi eigentlich von alldem auch etwas erfahren? Bei unserem letzten Besuch in Palera ist er jedenfalls allen Fragen über das Schicksal seines Vaters geschickt ausgewichen.«

»In dem Nachlass habe ich einen Brief von Silvano Longhi vom August 1943 gefunden. Er bedankt sich darin bei Maranza für irgendwelche Informationen über Fabrios Verschwinden, aber es klingt so, als wenn der Capitano ihm keine wirklichen Neuigkeiten mitgeteilt hätte. Wahrscheinlich gab es in Palera mehr Gerüchte über die Angelegenheit, als wir ahnen können, da kommt es auf diese drei Varianten auch nicht mehr an.«

»August 1943? Das Ende Mussolinis stand damals kurz bevor, vielleicht glaubte Maranza daher keine Rücksichten mehr auf die Faschisten nehmen zu müssen.« Fiaka sah mit geschlossenen Augen an die Decke, als ermögliche ihm dies einen Blick in die Vergangenheit. »Fabrio Longhi verschwand im August 1913, also dreißig Jahre zuvor. Selbst wenn er tatsächlich ermordet worden wäre, wäre die Geschichte damals gerade verjährt gewesen.«

»Unter der deutschen Besatzung hatten die Leute dort bestimmt andere Sorgen, als im Beton nach der Leiche von Longhi zu suchen, und spätestens nach dem Tod Morellis und dem Rechenbergers, also im Frühjahr 1945, hätte die Wahrheit in Palera keinem mehr etwas genutzt.«

»Mein lieber Rudolf, Wahrheiten findet man nicht wegen ihres Nutzens, sondern um der Wahrheit willen! Aber vielleicht hast du ja recht. Unsere Entdeckungen und Schlussfolgerungen würden in Palera nur alte Wunden aufreißen. Vielleicht wäre es wirklich besser, die Totenruhe von Fabrio Longhi und dem Fort Martinella zu respektieren und ihr gemeinsames Geheimnis zu bewahren, statt es zu verraten.

Eines würde mich aber doch noch interessieren: Warum hat dir Frau Angerer den Nachlass gerade jetzt gegeben? Sie weiß doch schon seit Jahren, woran du so hartnäckig forschst.«

»Ihre Mutter ist vor zwei Monaten gestorben. Als sie deren Haushalt auflöste, fand sie den Karton auf dem Speicher.«

»Was wirst du jetzt mit dem Nachlass machen?«, fragte Fiaka.

Struzik zog die letzte Zigarette aus der Schachtel, drehte sie zwischen den Fingern und zerdrückte sie nach kurzem Zögern entschlossen im Aschenbecher.

»Ich werde ihn ihr zurückgeben und sie bitten, ihn in die Bestände des Kriegsarchivs zu übernehmen. Wer weiß, was andere später daraus noch alles lernen können.« Struzik erhob sich ächzend.

»Aber das hat doch noch bis Montag Zeit! Bleib doch noch und trink wenigstens dein Bier in Ruhe aus.«

»Ein andermal gern. Ich habe heute Abend noch etwas vor und muss mich vorher frisch machen und ein wenig in Schale werfen.« Fiaka schaute seinen alten Freund überrascht an, aber er verbiss sich in letzter Sekunde eine anzügliche Bemerkung.

Struzik klemmte sich den Karton unter den Arm, streichelte kurz über den Deckel und brummte: »Für mich ist diese Akte jetzt jedenfalls endgültig geschlossen.«

Kurt Fiaka lauschte Struziks schweren Schritten auf der knarzenden Treppe des Stiegenhauses nach. Er spannte ein neues Blatt in seine Olivetti, legte seine zehn Finger auf die Tastatur und schloss die Augen. So verharrte er einige Sekunden wie ein Klaviervirtuose vor seinem großen Auftritt. Dann begann er zu tippen:

»Unternehmen Martinella – Über die methodischen Schwierigkeiten der Wahrheitsfindung in der Festungsforschung«.

Epilog

Wer auf der Hochebene von Folgaria nach Palera sucht, wird es dort nicht finden. Ich habe es an die Stelle gelegt, wo das Dorf Serrada liegt. Eine Suche nach Morellis Garage, Longhis Schreinerei, dem Häuschen der Carbonaris oder dem Albergo mit seinem Lärchenholztisch wird dort allerdings vergebens sein, ich habe sie alle erfunden. Das fiktive Fort Martinella würde dort stehen, wo heute Wanderer die Ruine des Forts Dosso del Sommo besuchen, das von den Österreichern damals als Werk Serrada bezeichnet wurde. Die Bewohner Paleras, die Soldaten dieses Forts und die Festungsforscher hat es so nie gegeben. Niemand wurde in einer österreichischen Gebirgsfestung einbetoniert, und auch der tragische Untergang des italienischen Forts Verena geht nicht auf das Konto des österreichischen Evidenzbüros.

Die anderen Dörfer und Festungen in diesem Buch gibt es jedoch heute noch, und auch die Ereignisse in und um die beiden Weltkriege haben sich wirklich so zugetragen. Realität war ebenfalls das jahrzehntealte Spannungsfeld zwischen der deutschen und der italienischen Sprache in dieser Bergregion, das durch die fremden Truppen der österreichischen Festungsbesatzungen noch verstärkt wurde. So kamen die Soldaten des dort stationierten k. u. k. Festungsartilleriebataillons Nr. 6 aus Böhmen (heute Tschechien), Mähren (heute Slowakei), Schlesien (heute Polen), Galizien (heute Ukraine), Istrien (heute Slowenien und Kroatien), Südtirol (heute Italien), Ungarn und Oberösterreich, während die Infanteristen des k. k. Landesschützenregiments Nr. 1 deutsch- und italienischsprachige Südtiroler waren.

Für viele Einzelschicksale und kleine Begebenheiten in diesem Buch gibt es historisch verbürgte Vorbilder. Dass es bei diesem historischen Roman zu einer Verschmelzung von Fiktion und geschichtlicher Wahrheit kommt, ist unvermeidlich, aber auch gewollt.

Zur besseren räumlichen und historischen Orientierung findet der Leser auf Seite 8 eine skizzenhafte Landkarte, im Anhang, eine Zeittafel mit den wichtigsten historischen Ereignissen sowie ein Glossar mit den damals gebräuchlichen militärischen Fachausdrücken.

Die Personen

Hochwürden Fontana, Pater
(1865)

Enzo Capeletti, Gemeinde-
vorstand (1871)
Anna, Enzos Frau (1875)

Ugo Zobele, Postmeister (1875)
Lucia, Ugos Frau, Lehrerin (1880)
Alfonso, Ugos Sohn (1911)

Fortunato Carbonari, Tagelöhner
(1880)
Maria, Fortunatos Frau (1886)
Roberto, Fortunatos Sohn (1905)
Quirino, Fortunatos Sohn (1910)
Eliana, Fortunatos Tochter (1913)
Elisabetta, Fortunatos Schwester
(1897)

Fabrio Longhi, Zimmermann
(1870)
Anselma, Fabrios Frau (1872)
Silvano, Fabrios Sohn, Zimmer-
mann (1896)
Rosetta, geb. Capeletti, Silvanos
Frau (1901)
Daniele, Silvanos Sohn (1923)

Felice Toller, Wirt (1850)
Sergio Toller, Felices Sohn, Wirt
(1885)
Alberta, Sergios Frau, Wirtin
(1887)
Romano, Sergios Sohn, Wirt
(1910)
Marcelina, Sergios Tochter (1913),
heiratet 1934 Alfonso Zobele
Giuliana, Marcelinas Tochter aus
erster Ehe (1935)

Rudolfo, Perprunner, Bauer
(1860)
Basil, Rudolfos Sohn, Bauer
(1891)
Ponifilio Murano, ihr Knecht (unbekannt)

Paolo Morelli, Fuhrunternehmer
(1873)
Francesca, Paolos Frau (1876)
Dino, Paolos Sohn, Ingenieur
(1899)

Stanislaus Haschek, Offizier,
Architekt (1874)
Emalie, Stanislaus' Frau (1904)
Adolf, Stanislaus' Sohn (1904)

Franz Schröder, Offizier (1879)

Alois Matura, Offizier (1886)
Elise Matura, Alois' Frau (1890)

Anton Rechenberger, Werk-
meister (1880)
Dr. August Bago, Arzt (1887)
Karl Hedelmaier, Kanonier (1892)
Paul Simeczek, Kanonier (1877)
Josef Zapleta, Kanonier (1894)
Franz Kanarek, Vormeister (1894)

Giulio Maranza, italienischer
Offizier (1879)
Nepomuk Dopsil, Obermonteur
bei Skoda & Cie (1888)
Rudolf Struzik, Beamter (1911)
Kurt Fiaka, Beamter (1914)
Mario Bertholi, Magister (1931)
Simone Angerer, Archivarin
(1938)

Zeittafel

20.5.1882   Der Dreibund zwischen Deutschland, Österreich-Ungarn und Italien wird als Militärbündnis gegründet. Das Verhältnis zwischen Österreich und Italien ist jedoch von Spannungen geprägt, da Italien den italienischsprachigen Süden Tirols (Welsch-Tirol) für sich beansprucht (Irredenta-Bewegung).

15.4.1907   Das Reichskriegsministerium in Wien ordnet die Befestigung des Grenzabschnitts bei Lavarone und später auch bei Folgaria im Süden Tirols an.

28.6.1914   Der österreichische Thronfolger Erzherzog Franz Ferdinand und seine Gemahlin werden bei ihrem Besuch in Sarajevo von einem Mitglied der serbisch-nationalistischen Bewegung ermordet.

28.7.1914   Mit der österreichischen Kriegserklärung an Serbien bricht der Erste Weltkrieg aus. Italien verhält sich gegenüber Österreich vorläufig neutral.

23.5.1915   Italien erklärt Österreich den Krieg. Auf den Hochebenen von Folgaria und Lavarone kommt es zu schweren gegenseitigen Beschießungen der Grenzfestungen.

15.5.1916   Die österreichische Frühjahrsoffensive führt zu einer bedeutenden Frontverschiebung. Die Grenzfestungen auf den Hochebenen von Folgaria und Lavarone geraten dadurch bis zum Kriegsende aus dem Schussbereich.

3.11.1918   Österreich und Italien schließen einen Waffenstillstand.

10.9.1919   Im Frieden von St. Germain wird Tirol geteilt. Der Süden Tirols wird dem Königreich Italien als neue Provinz Venezia-Tridentina zugeschlagen. 1927 wird diese Provinz in die heutigen Provinzen Südtirol (Alto Adige) und Trient (Trento) geteilt.

28.10.1922 Die Faschisten übernehmen unter dem »Duce« Benito Mussolini mit dem sogenannten »Marsch auf Rom« die Macht in Italien. In Venezia-Tridentina wird die deutsche Sprache verboten und die Ortsnamen werden italianisiert.

2.10.1935 Italien beginnt einen blutigen Kolonialkrieg mit dem ostafrikanischen Kaiserreich Abessinien (heutiges Äthiopien).

11.12.1937 Durch den Abessinienkrieg wird Italien in Europa isoliert und tritt aus Protest aus dem Völkerbund aus. In Folge eines Embargos der demokratischen Länder Europas herrscht Rohstoffknappheit in Italien, die zu breit angelegten Metallsammlungen führt.

13.3.1938 Die deutsche Regierung zwingt Österreich zum »Anschluss« an das Deutsche Reich.

1.10.1938 Deutsche Truppen besetzen das sogenannte Sudetenland in der Tschechoslowakei, nachdem Frankreich, Großbritannien und Italien mit dem Münchner Abkommen ihre Zustimmung zu diesem Anschluss gegeben hatten.

22.5.1939 Deutschland und Italien schließen mit dem »Stahlpakt« ein militärisches Bündnis.

1.9.1939 Mit dem deutschen Überfall auf Polen bricht der Zweite Weltkrieg aus.

21.10.1939 Hitler und Mussolini beschließen ein Abkommen zur Umsiedlung der deutschen Bevölkerung in der Provinz Südtirol und in weiteren deutschen Sprachinseln in der Provinz Trient. Die Betroffenen müssen sich entscheiden, ob sie sich endgültig italianisieren lassen (»Dableiber«) oder in das Deutsche Reich umsiedeln (»Optanten«).

10.6.1940 Italien tritt an der Seite Deutschlands in den Zweiten Weltkrieg ein und erklärt Frankreich den Krieg.

10.7.1943	Nach einem glücklosen Krieg Italiens in Nordafrika landen die Alliierten in Sizilien.
26.7.1943	Mussolini wird auf Befehl des Königs Viktor Emanuel III. abgesetzt.
3.9.1943	Italien und die Alliierten beschließen einen Waffenstillstand.
9.9.1943	Die deutsche Wehrmacht besetzt das restliche Italien und entwaffnet die italienische Armee. Die Provinzen Südtirol, Trient und Belluno kommen als Operationszone Alpenvorland unter die militärische und zivile Verwaltung des Deutschen Reiches.
8.5.1945	Deutschland kapituliert bedingungslos, der Zweite Weltkrieg ist in Europa beendet.

Zeitgenössische Begriffe

Abwehr

Umgangssprachliche Bezeichnung für den deutschen militärischen Geheimdienst der Wehrmacht im Zweiten Weltkrieg.

Armierungsstraße

Straße für den Bau und die Versorgung abseits gelegener Festungen. Oft kilometerlang in schwierigem Gelände gelegen.

Bataillon

Militäreinheit mit etwa 1.000 Soldaten einer Truppengattung. Die übergeordnete Einheit ist das Regiment, die untergeordnete Einheit die → Kompanie.

Batterieblock

Gebäudeteil eines Forts, in dem die Festungsartillerie wie beispielsweise → Haubitzen unter Panzerkuppeln steht.

bombensicher

Widerstandsfähigkeit gegen den Einschlag sehr schwerer Geschosse (Bomben).

Brennzünder

→ Schrapnell

Capomastro

Italienisch für Polier bzw. Vorarbeiter.

Etappe

Militärisches Hinterland.

Fort

Bezeichnung für eine eigenständige, kleinere Festungsanlage zur Sperrung einer Straße oder eines Grenzabschnitts. In Österreich auch als Werk bezeichnet.

Genie

In Österreich Truppe für den Bau von Festungen, Kasernen oder Militärstraßen. Das Wort leitet sich von der französischen Bezeichnung für das militärische Bauwesen ab.

Geniedirektion

Militärbehörde für die Planung und den Bau von Militärgebäuden. In Tirol waren dies die Direktionen in Trient, Riva und Brixen.

Graben-streiche	Bauwerk im Hindernisgraben eines → Forts zur Bekämpfung von Angreifern, die in den Graben eingedrungen sind. In Österreich auch als Kontereskarpe bezeichnet.
Haubitze	Geschütz, das sowohl für Steil- als auch für Flachfeuer geeignet ist. Die Reichweite der Geschosse kann durch Anheben der Rohrmündung und durch Veränderung der Anzahl der Treibladungen (Seidensäckchen mit → Schießbaumwolle) in der → Kartusche beeinflusst werden.
Heimatschuss	Soldatensprache: Nicht lebensbedrohliche Verwundung, die einen längeren Genesungsaufenthalt in der Heimat nach sich zieht.
Kartusche	Messinghülse zur Aufnahme der Treibladung eines Geschosses (→ Haubitze).
Kasematte	Unterkunfts-, Kampf- oder Lagerraum mit → bombensicheren Wänden und Decke.
Kasematten-block	Gebäudeteil eines → Forts, in dem die meisten → Kasematten zusammengefasst sind.
Kaverne	Künstlich angelegte Felsenhöhle als Verbindungsgang, Lagerraum oder Unterkunft.
Kompanie	Die Kompanie besteht aus etwa 150 Soldaten. Die der Kompanie übergeordnete Einheit ist das → Bataillon.
Kooperative	Im Italienischen Famiglia Cooperativa, 1890 gegründete Verbraucherkooperation im Trentino. Die Handelskette existiert heute noch.
Kübelwagen	Geländetauglicher Militär-Pkw der deutschen Wehrmacht. Hersteller war die Volkswagen AG.

Lafette	Einrichtung zur Aufnahme des Geschützrohrs, dient zur Höhen- und Seitenausrichtung des Rohrs sowie der Aufnahme der Rückstoßenergie beim Abschuss.
Landes-schützen	Tiroler Infanterie- und Hochgebirgstruppe. Sie stellten auch die Infanteriebesatzung der → Forts.
Landsturm	Aufgebot aller waffenfähigen Männer, die nicht mehr aktiv in der Armee dienen. In Österreich-Ungarn bestand Landsturmpflicht bis zum 42. Lebensjahr.
Legitimations-blatt	Persönliches Identifizierungsmerkmal eines Soldaten für den Fall seines Todes. Erfasst wurden auf einem kleinen Zettel Name, Adresse, Religion, Militäreinheit und zu benachrichtigende Verwandte. Das Blatt wurde in einer → Legitimationskapsel aufbewahrt.
Legitimations-kapsel	Kleiner Blechbehälter zur Aufbewahrung des → Legitimationsblatts.
Magisches Auge	Umgangssprachliche Bezeichnung für eine Elektronenröhre, die die Stärke eines Signals bei Röhrenradios oder Tonbandgeräten als Leuchtbalken anzeigt.
Maschinen-gewehr	1885 von Hiram Maxim entwickelte automatische Waffe, bei der der Rückstoß eines Schusses genutzt wurde, um die leere Patronenhülse auszuwerfen, die Feder zu spannen und eine neue Patrone in die Kammer zu laden (Rückstoßlader).
Mezzogiorno	Der südliche Teil Italiens.
Monte Cassino	Süditalienischer Ort, bei dem im Frühjahr 1944 eine mehrmonatige, für beide Seiten verlustreiche Rückzugsschlacht stattfand.

Mörser	Schweres Geschütz mit kurzem Rohr und geringer Anfangsgeschwindigkeit der Geschosse. Durch den großen Rohrerhöhungswinkel von über 60 Grad ergibt sich eine sehr stark gekrümmte Flugbahn, die zu einem nahezu senkrechten Einfallswinkel der Geschosse führt.
Organisation Todt	Deutsche paramilitärische Bautruppe, die nach ihrem Führer Fritz Todt benannt war. Umgangssprachlich oft als OT bezeichnet.
Panzer	Im Ersten Weltkrieg eine Bezeichnung für eine Platte oder Kuppel aus Stahl zum Schutz von Geschützen und Soldaten.
Patrouilleführer	Mannschaftsdienstgrad der ⇢ Landesschützen, entspricht dem heutigen Gefreiten.
Pellagra	Mangelerkrankung, die durch ein Defizit an Nicotinsäure, einem Vitamin aus dem B-Komplex, ausgelöst wird. Sie trat häufig auf, wenn die Nahrung hauptsächlich aus unbehandeltem Mais bestand.
Pioniere	Technische Truppe für Sprengarbeiten sowie für den Straßen- und Brückenbau.
Priesterwürger	Italienisch Strangolapreti, traditionelle Trentiner Spinatnocken.
Sappeure	Alte österreichische Bezeichnung für ⇢ Pioniere.
Schießbaumwolle	Zellulosenitrat, wird als rauchlose Treibladung für Geschosse verwendet und kann bei Hautkontakt zu Gelbfärbung führen.
Schrapnell	Artilleriegeschoss, das noch im Flug explodiert und ähnlich einer Schrotladung zahlreiche Bleikugeln ausstößt. Der Explosionszeitpunkt wird durch die Brenndauer (⇢ Tempierung) des ⇢ Brennzünders, ähnlich der Länge einer Zündschnur, eingestellt.

Schwarz-hemden	Umgangssprachliche Bezeichnung für die Mitglieder der paramilitärischen faschistischen Miliz.
Selbstretter	Atemschutzgerät für einen geschlossenen Luftkreislauf. Der Benutzer atmet in einen Atemsack aus Gummi, wo ausgeatmete Kohlensäure durch chemische Absorption entfernt wird. Zusätzlich wird frischer Sauerstoff durch eine Pressluftflasche nachgeführt. Eine Rauchbrille hielt Qualm und Gase von den Augen fern, eine Nasenklammer stellte sicher, dass keine Luft aus der Umgebung eingeatmet wird.
Standschütze	Tiroler und Vorarlberger Freiwilligentruppe von Männern, die zu jung oder zu alt für den regulären Wehrdienst waren. Im Ersten Weltkrieg wurden sie zur Verteidigung Tirols eingesetzt und waren meist in Kompanien ihrer Heimatorte organisiert.
Tempierung	→ Schrapnell
Werkmeister	Militärbeamter des Festungsbaudienstes, entspricht etwa einem Polier, der als Bindeglied zwischen den Bauarbeitern und der Bauleitung fungiert.
Zugsführer	Unteroffiziersdienstgrad der → Landesschützen.

Festungskrieg im Hochgebirge

Rolf Hentzschel

Am Beginn des 20. Jahrhunderts wurde innerhalb weniger Jahre an der damaligen Grenze zwischen Österreich-Ungarn und Italien im Hochgebirge ein Festungsgürtel errichtet, der die Entwicklung späterer Linienbefestigungen im gesamten Europa beeinflusste. Viele von ihnen bieten auch heute noch einen unmittelbaren Eindruck der damaligen Kriegsgeschehnisse, aber auch abenteuerliche Fern- und Tiefblicke.

ISBN 978-88-6839-201-7